Jay McInerney est né en 1955 dans le Connecticut, et vit actuellement à New York. Il a écrit plusieurs romans et nouvelles. Son premier roman, *Bright Lights, Big City*, l'a propulsé au premier plan de la scène littéraire. Du jour au lendemain, il est devenu, avec Bret Easton Ellis, le chef de file d'un groupe de jeunes auteurs prompts à capter l'air du temps. La parution, en 1992, de *Brightness Falls* (*Trente Ans et des poussières*) l'établit définitivement comme le chroniqueur de sa génération.

Dans *Les Jours enfuis*, le lecteur retrouve les héros de *Trente ans et des poussières* et *La Belle Vie*.

Jay McInerney

LES JOURS ENFUIS

ROMAN

Traduit de l'anglais (États-Unis)
par Marc Amfreville

Éditions de l'Olivier

TEXTE INTÉGRAL

TITRE ORIGINAL
Bright, Precious Days
ÉDITEUR ORIGINAL
Alfred A. Knopf, 2016
© Jay McInerney, 2016

ISBN 978-2-7578-7132-4
(ISBN 978-2-8236-1012-3, 1ʳᵉ publication)

© Éditions de l'Olivier, 2017, pour l'édition en langue française

Pour Anne

« Chaque couple [...] à même à l'intérieur de sa famille [...] mystère reste entier. »

Roland 1781

« Chaque couple a son propre univers, et même à l'intérieur de sa bulle, le mystère reste entier. »

Richard Hell

1

Autrefois, il n'y a pas si longtemps, les jeunes gens rejoignaient la grande ville parce qu'ils aimaient les livres, qu'ils voulaient écrire des romans, des nouvelles ou même des poèmes, ou parce qu'ils rêvaient de participer à leur fabrication et à leur diffusion, et de travailler avec ceux qui les avaient créés. Manhattan apparaissait, aux yeux de ceux qui hantaient jadis les bibliothèques de banlieue et les librairies de province, comme l'île enchantée du monde des lettres. New York, New York : ces lettres s'étalaient sur les couvertures, c'était la ville d'où provenaient les livres et les magazines, là où se trouvaient toutes les maisons d'édition, les locaux du *New Yorker* et de la *Paris Review*, là où Hemingway avait mis son poing dans la figure d'O'Hara, où Ginsberg avait séduit Kerouac, Hellman intenté un procès à McCarthy et Mailer cogné tout le monde, là où – du moins était-ce ainsi qu'ils se l'imaginaient – les assistants d'édition prenaient leur travail à cœur et les futurs romanciers fumaient dans des cafés en récitant du Dylan Thomas. Le grand poète avait rendu l'âme au St Vincent Hospital après avoir ingurgité dix-sept whiskys à la White Horse Tavern, où on continuait à offrir à boire aux touristes et aux écrivains en herbe qui affluaient là pour lever leur verre en hommage au barde gallois. Ces rêveurs appartenaient au peuple du livre, ils vénéraient les textes sacrés de New York : *Chez les heureux du monde, Gatsby le Magnifique, Petit*

11

déjeuner chez Tiffany, etc. mais aussi tout ce qui allait avec : les histoires d'amour et la mythologie qui y étaient liées – les liaisons et les addictions, les querelles et les bagarres à coups de poing. Comme tout le monde, dans leur « sale bahut », ils avaient lu *L'Attrape-Cœurs*, mais au contraire des autres, ils en avaient été profondément ébranlés – ce roman leur parlait dans leur propre langue – et ils avaient formé en secret le projet de partir vivre à New York et d'écrire un roman qu'ils intituleraient *Où vont les canards en hiver*, ou tout simplement *Canards en hiver*.

Russell Calloway était l'un d'eux. Originaire d'une petite ville de banlieue du Michigan, il avait connu une véritable épiphanie quand son professeur d'anglais, en classe de troisième, leur avait fait lire « Fern Hill » de Dylan Thomas, ensuite de quoi il avait décidé de consacrer sa vie à la poésie, jusqu'à ce que *Portrait de l'artiste en jeune homme* de Joyce le convertisse au roman. Sur la côte Est, il était allé à Brown University, déterminé à acquérir les compétences qui lui permettraient d'écrire « le » grand roman américain, mais après avoir lu *Ulysse* – qui rendit par la suite la plupart de ses lectures décevantes – et comparé les premières nouvelles qu'il avait essayé d'écrire à celles de Jeff Pierce, son camarade de cours, il résolut qu'il avait davantage l'étoffe d'un éditeur, comme Maxwell Perkins, que d'un Fitzgerald ou d'un Hemingway. Après une première année de doctorat à Oxford, il s'était installé à New York et avait fini par décrocher chez le légendaire éditeur Harold Stone un emploi très convoité qui consistait à ouvrir le courrier et à répondre au téléphone. Durant son temps libre, il fouillait les librairies d'occasion au long de la 4ᵉ Avenue, à Greenwich Village, ou hantait le Lion's Head et Elaine's, lorgnant depuis le bar les gloires littéraires vieillissantes assises aux meilleures tables. Et si la réalité matérielle de la vie citadine et du monde de l'édition avait quelque peu mis à mal sa sensibilité romantique, il continuait néanmoins de voir en Manhattan la Mecque de la littérature américaine, et en lui-même un serviteur, voire un prêtre, du Verbe écrit. Lors d'une soirée de folie quelques mois après son arrivée en ville, il avait accompagné un écrivain à une fête organisée par la *Paris Review* dans l'hôtel particulier de George Plimpton, où il avait joué au billard avec Norman Mailer et repoussé les avances zézayantes de Truman Capote, après avoir sniffé une ligne de coke avec lui dans la salle de bains.

Trente ans plus tard, la ville avait passablement décliné en comparaison de la capitale de sa jeunesse, mais Russell Calloway en était toujours amoureux et avait gardé l'impression que c'était bien là qu'il lui fallait être. La toile de fond de Manhattan, lui semblait-il, conférait à chaque chose un supplément de grandeur, la *gravitas* incomparable de la métropole.

Peu de temps après être devenu éditeur, Russell avait publié le premier livre de son meilleur ami, Jeff Pierce : un recueil de nouvelles ; puis, après la mort de Jeff, son roman, dont deux des personnages principaux – cela ne pouvait échapper à personne – étaient inspirés de Russell et sa femme, Corrine. L'édition de ce livre aurait déjà été assez difficile, étant donné son caractère inachevé, indépendamment même du fait que l'intrigue reposait sur un triangle amoureux entre un couple marié et son plus proche ami, mais Russell était fier du professionnalisme scrupuleux dont il avait fait preuve, parfois avec douleur, afin de respecter chaque intention de Jeff. Le roman, *Jeunesse et Beauté*, avait été favorablement accueilli par la critique – y compris par certains journalistes qui n'avaient pas été très tendres avec Jeff à ses débuts –, comme c'est souvent le cas pour les livres dont l'auteur vient de disparaître, en particulier s'il meurt jeune et d'une façon confirmant le mythe qui veut que l'artiste soit un génie autodestructeur. Avant même la sortie en librairie, il y avait eu des offres enthousiastes pour les droits cinématographiques. Le livre s'était bien vendu en édition brochée et de nouveau, un an plus tard, en poche, puis les ventes avaient chuté, jusqu'à se réduire à quelques dizaines au bout de quelques années, l'auteur n'étant plus qu'un nom associé à l'époque des coiffures volumineuses et des épaulettes, une victime de plus de la grande épidémie qui avait décimé les rangs de la communauté artistique ; et pourtant, en tant qu'hétérosexuel, Jeff n'avait pas vraiment le profil des écrivains qui avaient traité de ce fléau, et sa production ressemblait davantage à celle d'un James Gould Cozzens et d'un John O'Hara qu'à la prose brillante pimentée de cocaïne de ses contemporains les plus célèbres. Les années passant, sa réputation s'était ternie comme les polaroïds du temps où ils étaient étudiants à Brown. Et puis, peu à peu, de manière assez inexplicable, le livre et son auteur avaient ressuscité.

Russell en avait pris conscience en lisant un long article paru dans le premier numéro d'une revue intitulée *The Believer*, que Jonathan Tashjian, responsable de la communication dans sa maison d'édition, lui avait montré. L'auteur affirmait appartenir à une cohorte toujours grandissante de fans, et citait en référence un site web, Lovejeffpierce.com. Au moment même où Russell commençait à soupçonner que les jeunes gens sérieux s'intéressaient beaucoup moins à la littérature que ne l'avait fait sa propre génération, voilà qu'une nouvelle vague d'amateurs de livres se soulevait pour porter Jeff au pinacle. Cet engouement pour ses œuvres était en partie suscité par leur caractère méconnu et la grande difficulté qu'on avait à se les procurer – elles étaient épuisées –, et aiguisé par le soudain intérêt accordé aux années quatre-vingt par ceux qui étaient trop jeunes pour les avoir connues. Peu après avoir ouvert sa propre maison d'édition, Russell racheta les droits des deux ouvrages et s'empressa de les republier. Les premiers chiffres des ventes ne reflétaient cependant pas le moins du monde l'enthousiasme de ces nouveaux adeptes, et Russell ne pouvait s'empêcher de penser que leur intense passion s'éteindrait dès que les livres en question connaîtraient le succès, si tant est que ce soit le cas un jour. Tout de même, ce regain d'intérêt n'avait pas laissé indifférente une maison de production, qui avait décidé de remettre une option sur les droits cinématographiques, la précédente étant devenue caduque, et Russell, en tant qu'exécuteur testamentaire, avait fait engager Corrine comme scénariste ; son adaptation du *Fond du problème* de Graham Greene, saluée par la critique, était sortie l'année précédente sur sept ou huit écrans du monde entier, avant de passer en DVD, et elle en avait retiré juste ce qu'il fallait de crédibilité pour qu'on la laisse s'essayer au scénario. Après deux versions successives, la production voulait déjà engager quelqu'un d'autre, mais Russell avait insisté pour qu'ils gardent Corrine. Et bien qu'elle et lui n'aient plus entendu parler des futurs producteurs pendant près d'un an, l'option sur les droits avait été renouvelée quelques semaines auparavant.

Dans l'intervalle, il avait accepté de déjeuner avec la créatrice d'un autre site consacré à Jeff Pierce, une certaine Astrid Kladstrup. Au contraire de certains de ses collègues, Russell croyait au pouvoir d'Internet et de la blogosphère, sans pour autant en avoir lui-même une bonne maîtrise. C'était d'ailleurs une des raisons pour lesquelles il avait engagé Jonathan, qui nageait dans ce monde comme un poisson dans l'eau, et accepté de rencontrer cette jeune fan, même s'il s'était peut-être indûment laissé convaincre par une photo d'elle publiée sur le site.

Quand elle franchit le seuil de son bureau, escortée par son assistante, Gita, elle lui sembla encore plus jeune et plus sexy que sur sa photo, si bien qu'il se sentit aussitôt coupable de l'avoir invitée à déjeuner. Sa silhouette menue et voluptueuse était mise en valeur par une robe vintage d'un rouge vermillon chatoyant, dont la jupe bouffante accentuait la taille marquée. Lèvres rouges, moue boudeuse, casque de cheveux bruns, elle portait de grosses lunettes noires qui lui donnaient un air presque moqueur, et soudain Russell eut l'impression d'être ce salaud de Humbert Humbert face à sa Lolita.

Il se leva et fit le tour de son bureau pour la saluer.

« Astrid ?

– Enchantée de vous rencontrer, monsieur Calloway.

– Je vous en prie, appelez-moi Russell. »

Il avait failli dire « M. Calloway, c'est mon père », mais s'était rendu compte que cette plaisanterie, en plus d'être éculée et vaseuse, le ferait paraître vieux, même si Astrid était tellement jeune qu'elle ne l'avait sans doute jamais entendue.

« Asseyez-vous.

– C'est bizarre, dit-elle, tout en l'observant, la tête penchée d'un côté puis de l'autre, à la manière d'un perroquet. J'ai l'impression de vous connaître.

– Si vous croyez que je suis le personnage imaginé par Jeff…

– Excusez-moi, c'est ridicule de ma part.

– Jeff était le premier à insister sur l'autonomie des personnages de ses livres. » Ne voulant pas sembler trop sentencieux, il ajouta : « Déjà, quand il avait publié un chapitre de son roman dans *Granta* en 87, il avait nié catégoriquement toute ressemblance avec nous.

– Vous et Corrine. »

En entendant le prénom de sa femme dans cette bouche pulpeuse aux lèvres d'un rouge éclatant, il sentit un frisson le traverser, un frisson de… De quoi ? Il hocha la tête.

« Oui. Rien à voir avec nous.

– Et vous l'aviez cru ? »

À l'époque, Russell s'était senti furieux, les personnages n'étant que trop identifiables dans ces premières ébauches. « Je dois reconnaître que cet extrait en particulier ne m'avait pas enchanté. »

Elle eut un air délicieusement mutin. « N'empêche, vous êtes exactement comme je vous avais imaginé.

– En un peu plus vieux, peut-être ? dit-il en essayant de garder la tête froide et de respecter un tant soit peu les convenances.

– Et puis ce bureau, reprit-elle en agitant l'index, il correspond parfaitement à l'idée qu'on se fait de celui d'un éditeur.

– Un des avantages qu'il y avait à racheter l'affaire d'un éditeur sous assistance respiratoire, c'était l'immeuble XIXe qui allait avec. » Russell avait tendance à se présenter comme le principal acteur de cette opération, alors qu'en fait, ses parts étaient beaucoup moins élevées que celles de son actionnaire, et le seraient même encore moins si le programme de l'automne n'atteignait pas les résultats attendus. Au printemps précédent, il avait dû mettre en location le dernier étage de cet hôtel particulier – à un site de vente en ligne de vêtements haute couture, excusez du peu – et faire s'entasser deux assistants spécialistes des droits secondaires dans le bureau de Jonathan. Le sien occupait tout l'arrière du premier étage et donnait sur la cour et le jardin mal entretenu, qui avait bien meilleure allure les mois où il était verdoyant. Les murs de la pièce étaient pour l'essentiel couverts de rayonnages de presque quatre mètres de haut.

« Donc, vous n'avez pas toujours travaillé ici ?

– Du temps de Jeff, non. Je travaillais chez Corbin & Dern. J'ai repris McCane & Slade en 2002.

– Super locaux. Vieux et poussiéreux. On se croirait dans un roman de Dickens. Pardon, ne le prenez pas mal. » Elle se leva et s'approcha d'une étagère remplie de photos. L'une d'elles, où l'on voyait Jeff appuyé contre la porte de son appartement d'East Village, attira particulièrement son attention.

« Celle-ci a été prise en 1986.

– Ça alors ! Vous croyez qu'on pourrait en faire une copie pour le site ?

– Bien sûr, oui.

– Elle est sympa, celle-là aussi, dit Astrid en désignant une photo publicitaire de Jack Nicholson, tirée de *Shining* et signée par l'acteur. Qu'est-ce qui est écrit ?

– "À Russ, qui a fait un beau bouquin." J'avais publié le roman en poche au moment de la sortie du film, et Stephen King lui a demandé de me signer cette photo. Je ne sais pas par quel miracle je l'ai encore. Et là, c'est John Berryman, un de mes poètes favoris depuis toujours. Vous devriez lire les *Dream Songs*, si vous ne l'avez pas déjà fait.

– C'est le type qui s'est jeté du haut d'un pont ?

– En effet. » Il était heureux de voir que ce nom était encore connu, mais pas que Berryman soit réduit à un titre de journal à scandale.

« Et là, qui c'est ? » Astrid désigna d'un mouvement de menton une photo de Keith Richards prise par Lynn Goldsmith.

« Vous plaisantez ? »

Elle haussa les épaules.

« C'est Keith Richards. Des Rolling Stones.

– Vous avez publié un livre de lui, c'est ça ?

– Non, malheureusement pas. » Le plus scandaleux des « Glimmer Twins » avait signé un contrat avec Little, Brown et reçu un à-valoir si époustouflant que Russell n'avait même jamais envisagé de se mettre sur les rangs.

« C'est important ?

– Mais putain, c'est Keith Richards ! »

Après s'être assuré qu'elle n'était pas végétarienne, comme tant de jeunes gens d'aujourd'hui – parce que,

18

dans ce cas, cela aurait été hors de question –, il l'emmena à cinq pâtés de maisons de son bureau, au Fatted Calf, dans West Village, un pub qui se proclamait gastronomique et s'inspirait des restaurants branchés de Londres où tout était toujours tellement tendance. Ouvert depuis deux ans seulement, on aurait dit qu'il remontait à la Prohibition, avec ses tables et ses chaises branlantes mal assorties, ses planches anatomiques de carcasses de bœuf découpées, sur lesquelles le nom de chaque morceau était soigneusement inscrit. Le maître d'hôtel – si tant est qu'un type affublé d'un bonnet péruvien et d'une barbichette mérite bien ce titre – les conduisit au fond de la salle jusqu'à une table chancelante en bois brut, couverte de taches d'eau. Russell connaissait ce pub depuis longtemps, grâce à un écrivain anglais qu'il publiait, et il avait commencé à le fréquenter avant qu'il ne devienne un des endroits les plus courus de la ville. À midi, cependant, on parvenait encore à trouver de la place, il n'y avait aucun immeuble de bureaux dans les parages, et le personnel paraissait toujours surpris qu'on puisse être debout à une heure aussi incongrue.

« On y mange très bien, déclara Russell. Le soir, on se croirait dans le métro aux heures de pointe. Deux heures d'attente. Officiellement, ils ne prennent pas de réservations, mais pour les célébrités et les habitués, il y a un numéro de téléphone. »

Astrid scruta les lieux avec un intérêt accru. « Je suppose que vous l'avez ?

– Je viens très souvent, c'est vrai.

– Alors, qu'est-ce que vous me conseillez ? » Elle se pencha vers lui comme si elle était prête à suivre toutes ses directives. Était-ce à cela que ressemblait la vie des professeurs ? se demanda-t-il. Faisaient-ils l'objet d'une admiration sans bornes de la part des jeunes étudiants, et si oui, comment s'en débrouillaient-ils ? Un temps, il avait pensé à une carrière universitaire, et même déposé un dossier de candidature dans plusieurs établissements, avant d'en abandonner l'idée. À ce moment précis, tout fasciné qu'il soit, il était sûr de pouvoir garder la tête froide pendant une heure ou deux. Mais s'il avait dû se retrouver face à une fille pareille durant, disons, un semestre, on l'aurait ramassé à la petite cuiller.

« Apparemment, le chef a réussi à convaincre les gourmets new-yorkais qu'il n'y a rien de meilleur qu'un sandwich à la langue de bœuf, sans parler de ses fameuses tripes sautées, répondit-il d'un ton légèrement professoral – à l'évidence incapable d'en employer un autre. Mais ce genre de plat me laisse sceptique, voire franchement dubitatif. Je vous recommande le hamburger, ils le font avec un mélange de plusieurs morceaux de viande que leur prépare ce boucher du Meatpacking District, sans doute le dernier qui n'ait pas encore plié boutique dans le quartier des abattoirs. Tous les autres ont déjà cédé la place à des boîtes de nuit et des restaurants à la mode, qui bientôt se retireront à leur tour pour céder la place à des boîtes de nuit et des restaurants encore plus branchés.

– Vous permettez ? fit-elle en brandissant un petit dictaphone.

– Je ne suis pas sûr d'avoir grand-chose de si intéressant que ça à dire.

– Vous voulez boire quelque chose ? » demanda la serveuse, une petite brune avec des mèches rousses et plusieurs piercings dans le nez. Astrid interrogea Russell du regard. Bien qu'il ait l'habitude de prendre un cocktail ou un verre de vin pour accompagner son déjeuner, il opta pour un thé glacé. À un moment ou un autre, il fallait à tout prix qu'il s'enquière de son âge.

« Je prendrais bien un Bloody Mary avec de la vodka Belvedere, dit-elle.

– La spécialité de la maison, c'est justement le "Bloody Bull", un cocktail où on remplace le jus de tomate par du bouillon de bœuf qu'on prépare ici tous les jours.

– OK, je vais goûter ça. Avec de la Belvedere. Bien tassée, s'il vous plaît.

– Et aujourd'hui, on a aussi une "surprise du chef". »

La serveuse jeta un coup d'œil alentour, avant de se pencher vers eux, paumes appuyées sur la table, comme si elle se demandait s'il fallait partager un renseignement aussi confidentiel.

« Nous sommes tout ouïe, dit Russell.

– Le chef appelle ça des "rognons blancs croustillants".

– Incroyable ! » s'exclama Russell.

Astrid, qui ne connaissait manifestement pas le terme, se tourna vers lui, l'air d'une étudiante avide d'apprendre.

« Des testicules, expliqua-t-il. Des couilles de taureau frites à l'huile, j'imagine.

– Eh bien...

– En Amérique, on appelle ça des "huîtres des prairies". »

Astrid avait relevé le défi pour le cocktail au bouillon de bœuf, mais là, c'était peut-être un peu trop. Elle lança un regard à la serveuse comme pour l'implorer de revenir sur la description que venait de faire Russell.

Mais celle-ci resta fidèle à la ligne du parti, se contentant de hausser les épaules.

« Vraiment ? » Astrid ne manquait ni de confiance en elle ni d'esprit d'aventure, et souhaitait avant tout paraître plus avertie qu'elle se savait l'être, mais elle n'avait pas quitté Middletown, Connecticut, ce matin-là, en pensant qu'elle allait manger des couilles de taureau, frites ou pas.

« Je crois que nous allons prendre deux hamburgers, décida Russell. À point. »

La serveuse partit vers les cuisines.

« Désolée, dit Astrid.

– Aucun problème. Je trouve ça moi-même un peu surréaliste, et pourtant je vis ici depuis vingt-cinq ans. Et donc, vous êtes étudiante à Wesleyan ?

21

– Tandis que vous, vous êtes tous allés à Brown, exact ? Vous, Jeff et Corrine ?

– Oui, promo 79.

– Bon, c'est un peu une première pour moi d'interviewer quelqu'un. Alors, commençons par le commencement. Comment avez-vous rencontré Jeff ?

– Les gens disaient toujours qu'on était faits pour s'entendre. Tous les deux écrivains, tous les deux fous de littérature. Évidemment, je l'ai tout de suite détesté. On ne s'est vraiment connus qu'en deuxième année.

– Vous vous êtes bagarrés à cause d'une fille ?

– Non, là, vous confondez avec le roman.

– Ça ne s'est pas passé comme ça ?

– Pas exactement. Cela dit, j'ai parfois du mal à démêler le vrai du faux. La version de Jeff est souvent très convaincante. C'était un très bon écrivain. Si bien qu'aujourd'hui, ce n'est pas toujours facile de se rappeler ce qui s'est réellement passé, au contraire de la reconstruction qu'il en a faite. Il y a eu un coup de poing, en effet, je m'en souviens. On était à une fête et il a balancé une cigarette dans mon verre de bière. Je me suis levé d'un bond pour le frapper, mais je crois qu'il a esquivé le coup. Toute cette soirée est comme enveloppée dans une brume d'alcool. Et ensuite, ce que je me rappelle, c'est qu'on se prêtait des livres et qu'on passait des nuits entières à fumer des Gauloises et à boire du Jack Daniels en parlant de l'école de Francfort, d'*Exile on Main Street* et des propriétés narratologiques d'*Ulysse*.

– Vous vous échangiez quoi, comme livres ? »

Russell réfléchit un instant avant de répondre. « Céline, Nathanael West, Paul Bowles, Hunter Thompson, Raymond Carver. Le premier recueil de Carver, c'était un truc extraordinaire pour nous.

– Et quand avez-vous connu Corrine ?

– Ça, en revanche, je m'en souviens très bien. C'était à une fête en première année. Elle se tenait en haut d'un escalier, dans le local d'une confrérie étudiante. Ma première image d'elle. J'ai levé les yeux vers cette belle blonde qui fumait. Je ne sais pas si j'aurais eu le courage de lui adresser la parole, mais pendant que je restais là à la regarder, son petit ami est arrivé par-derrière et elle s'est retournée à l'instant où il tendait la main pour lui caresser la joue. Je ne savais pas qu'ils sortaient ensemble, mais je savais parfaitement qui c'était. Il était dans l'équipe de basket. Une célébrité sur le campus. Et ils étaient là, tous les deux, sur leur Olympe, tandis que moi, je barbotais en bas parmi les débiles et les poivrots. Au semestre suivant, elle était dans mon cours de poésie romantique. Je faisais tout pour épater la galerie. Jeff aussi suivait ce cours, mais je l'ignorais superbement. Je le détestais. On était tous les deux en compétition.

– Pour attirer l'attention de Corrine ?

– Pour attirer celle de tout le monde, même si je suppose que, de fait, je voulais impressionner Corrine. Et le professeur, bien entendu. »

La serveuse apporta le cocktail d'Astrid, un voile de vapeur givrée sur le verre épais, une branche de céleri piquée entre les glaçons.

« Finalement, apportez-m'en un aussi, dit Russell.

– Avec de la Belvedere ?

– Pourquoi pas ?

– Allez, lâchez-vous, dit Astrid.

– C'est ce que je fais, même si je suis loin d'être sûr que vous ou moi sachions faire la différence entre une vodka de qualité et celles bon marché de la fosse. Je suis même persuadé du contraire. La fosse, au cas où vous ne le sauriez pas, c'est l'endroit caché sous le bar où on garde les marques les plus ordinaires. Je le sais parce que pour payer mes études à Brown, j'ai été barman à Providence, et l'idée qu'on puisse repérer un écart de goût entre la Belvedere et la vodka industrielle que boivent les péquenots à partir du moment où on la

23

mélange avec du jus de tomate, du Tabasco et du raifort, est tout simplement ridicule. En réalité, je me demande même si on pourrait faire la différence entre les deux à l'état pur. La particularité de la vodka, c'est que justement, elle n'a pas de goût. C'est de l'alcool et de l'eau. Un point c'est tout. Le culte qu'on voue à ces grandes marques est grotesque, un bobard commercial qui date de l'époque de mes dix-huit ans. On se trouvait tellement malins, Jeff et moi, en 1981, de pouvoir préciser "Absolut" quand on commandait une vodka au club de surf. Ah ça oui, on était des connaisseurs. Aujourd'hui, la Ketel One, la Belvedere ou la Grey Goose ont la cote, mais ça n'a rien à voir avec le contenu de la bouteille. C'est du pur marketing, surtout si une star à la con se fait remarquer en train de commander un verre de l'une ou l'autre.

– Alors pourquoi vous avez commandé de la Belvedere ?

– Pour ne pas avoir l'air mesquin.

– J'ai dit quelque chose qui vous a fâché ?

– Mais non, bien sûr que non. Je suis désolé, je n'avais pas l'intention de me lancer dans cette diatribe.

– Il semblerait que vous ayez été en désaccord avec Jeff sur des trucs importants, pas vrai ?

– Oh, je vous en prie, épargnez-moi ça. Vous n'étiez sans doute même pas née quand il est mort, et moi j'ai passé des dizaines d'années à y réfléchir. La seule chose que j'ai à lui reprocher, c'est d'être mort. Ça, et la drogue.

– Eh bien, justement, c'est des trucs importants.

– Excusez-moi. Je ne sais pas pourquoi je suis si à cran. » À cet instant, la serveuse, tel un ange de miséricorde, revint avec son cocktail. « Nom de Dieu que c'est bon ! s'exclama-t-il après en avoir avalé un tiers d'un coup. Bon, où en étions-nous ?

– Vous vous plaigniez de la vodka.

– Ça y est, j'ai compris d'où vient ce petit numéro.

– Quel numéro ?

– Tout ce délire à propos de la vodka. En fait, c'était celui de Jeff. Il se payait ma tête quand je précisais "Absolut". Lui, il mettait un point d'honneur à commander de la Smirnoff ou une autre vodka encore moins chère. Après sa mort, pendant des années, j'ai cessé de boire de la vodka de luxe, une sorte d'hommage à sa mémoire.

– Ça, c'est super cool !

– Vous dites ça maintenant que vous savez que ça venait de Jeff.

– Ben, c'est sur lui que j'écris.

– Et je vous en suis reconnaissant, vraiment. Il y a quelques années, ça me rendait triste de penser que personne ne le lisait plus et que nous étions bien peu à nous souvenir de lui.

– Quand même… ça doit être un peu bizarre qu'il… je ne sais pas, mais… qu'il ait été en train d'écrire sur vous, lui et Corrine.

– Assez bizarre, je vous l'accorde.

– Alors, à mon avis, ce que tout le monde veut savoir, c'est comment vous avez procédé pour corriger *Jeunesse et Beauté*.

– Exactement comme d'habitude. Phrase par phrase. En faisant une lecture attentive. En posant des questions.

– Mais Jeff n'était pas là pour y répondre.

– Du coup, j'y répondais comme je pensais qu'il l'aurait fait.

– Je veux dire, est-ce que vous avez corrigé le livre de façon à y donner une meilleure image de vous… ? De vous et de Corrine. Pour être plus précise, la question, c'est… excusez-moi, mais tout le monde se la pose sur le Web et ailleurs : est-ce que vous avez coupé des passages peu flatteurs vous concernant ?

– Votre question est un peu piégée.

– C'était sans doute tentant de faire des coupes. Vous n'avez jamais pensé à confier le manuscrit à quelqu'un d'autre ? Comment pouviez-vous vous montrer objectif ? »

La serveuse apparut avec leurs commandes, ce qui permit à Russell de se calmer et même de faire taire son indignation.

« Besoin d'autre chose ? Moutarde, ketchup ?

– Ketchup, s'il vous plaît, dit Russell.

– Moi, je reprendrais bien un cocktail. »

Russell hésita. « Allez, soyons fous, apportez-moi un verre de zifandel de chez Rafanelli.

– Et un pour moi, aussi.

– Vous voulez le cocktail *et* le vin ? s'étonna la serveuse.

– Pourquoi pas ? C'est bientôt le week-end. »

Russell était plutôt impressionné. « Une des choses que j'aime ici, c'est qu'au contraire de tous les restaurants de New York qui se targuent d'en être un, ils acceptent de vous apporter du ketchup à table.

– Est-ce que ça se fait d'arroser des couilles de taureau avec du ketchup ? demanda Astrid avant de lâcher un petit rire charmant.

– C'est même une nécessité absolue si vous voulez mon avis. En tout cas, ça ne leur ferait pas de mal. »

Quand la serveuse eut apporté la sauce, ils se lancèrent dans la préparation de leurs hamburgers, Russell déposant avec précaution une rasade de ketchup sur chaque moitié du pain rond, et une cuillerée d'oignons frits sur le steak haché. Astrid mettait la même application à confectionner le sien.

La serveuse revint avec leurs boissons, puis disparut de nouveau.

« Nous nous apprêtons à franchir un nouveau seuil d'intimité, dit Russell une fois qu'il eut recomposé son hamburger.

– Vraiment ? Ici, à table ?

– Manger un hamburger devant quelqu'un d'autre implique qu'on renonce à ses bonnes manières et à un certain degré de dignité.

– Surtout si on se met à lécher les doigts de l'autre !

– Je dois avouer que je n'y avais jamais pensé.

– Eh bien, vous devriez essayer », rétorqua Astrid, et elle leva un index luisant de graisse pour l'approcher des lèvres de Russell.

Tout à la fois flatté et consterné de voir qu'elle flirtait ouvertement avec lui, il se dit qu'il serait bien peu galant de la mettre dans une situation embarrassante et de refuser ce qui n'était, après tout, qu'un geste plutôt puéril et inoffensif. Il se pencha vers elle, ouvrit la bouche et referma les lèvres autour de son doigt.

« Alors, vous avez aimé ?

– Ça manque un peu de sel », répondit-il. Était-elle pour de bon en train de le draguer ou voulait-elle seulement l'aguicher un peu ?

La conversation s'éteignit pendant quelques minutes, chacun plongeant le nez dans son assiette.

« Et donc, il existe une école de pensée qui prétend que vous avez censuré le livre de Jeff.

– Une école de pensée ? Mon Dieu, mais de quoi parlons-nous là ? Est-ce que c'est l'opinion d'un intellectuel comme Harold Bloom, ou bien celle de jeunes monstres qui carburent au Red Bull et surfent sur le Web aux petites heures du jour ?

– C'était simplement au centre de pas mal de fils de discussion.

– Des fils de discussion ?

– Vous savez, des conversations en ligne sur un sujet ou un autre, qui ont lieu sur un site ou dans des groupes de discussion. Je ne suis pas en train de vous dire que vous avez fait quelque chose de mal. Je veux juste tirer les choses au clair. En plus, je suis curieuse de savoir ce qu'on ressent quand on prépare l'édition d'un livre qui est en partie basé sur soi et sur sa vie. Est-ce que vous n'avez pas été ne serait-ce que tenté de réécrire certaines choses ? De faire un peu de ménage ?

– Bien sûr que si. Et ça m'est arrivé d'être en colère contre Jeff, et parfois de me sentir blessé. Mais c'était mon ami, et un très bon écrivain, il aurait même pu en devenir un très grand, et mon seul et unique devoir, c'était de les respecter, lui et son livre. »

Il se rappela avoir pensé qu'il aurait aimé changer le passé aussi facilement qu'il aurait pu modifier des nuances du roman de Jeff, et même l'histoire. Il s'était toujours dit que c'était de la fiction, y compris quand il se rendait compte avec une extrême amertume combien le récit était ancré dans la réalité. Malgré tout, il était fier d'avoir réussi à améliorer le roman, mais il n'était pas question de s'en vanter pour autant.

« Vous avez bien dû opérer quelques transformations…

– Beaucoup moins que s'il avait été en vie. Je me suis plié en quatre pour ne pas faire ce dont vous m'accusez. C'est une des révisions les plus légères que j'ai eu l'occasion d'effectuer, et ni le ton ni l'intrigue n'ont été affectés. Manifestement, vous avez lu le livre. Vous savez donc que le personnage qui rappelle Russell n'a rien d'un saint. Il est si égocentrique qu'il en est parfois ridicule, et à d'autres moments, il a l'air complètement perdu. Et puis (il marqua une pause, mais après tout…), sa femme le fait cocu.

– C'est exactement ce que je dis toujours. »

Ce n'était sans doute pas la meilleure réponse à lui donner, vu le type d'interview qui l'intéressait, mais il répondit néanmoins : « Je vous remercie.

– Et le manuscrit, qu'est-il devenu ?

– Je dois l'avoir quelque part. » En réalité, il savait très bien qu'il l'avait mis sous clé, chez lui, dans un classeur.

« Est-ce que vous accepteriez… de le montrer un jour à quelqu'un ?

– Vous pensez à une personne en particulier ?

– Eh bien, à moi évidemment, j'adorerais le voir. Un jour, je veux dire. »

Le silence retomba, tandis qu'ils se concentraient de nouveau sur leurs plats, une orgie d'excès caloriques, dans la douce chaleur du soleil qui inondait leur table et une partie de la salle.

« Alors, est-ce que vous verriez une objection à me le montrer ?

– Pour moi, ce serait trahir la confiance de l'auteur. La main de l'éditeur doit rester invisible.

– Ce vin est délicieux.

– Parfait pour accompagner un hamburger.

– Est-ce que j'aurais l'air d'une débauchée à vos yeux si j'en commandais un autre verre ?

– En bon gentleman, je serais sans doute tenu de vous imiter pour ne pas vous mettre dans l'embarras. »

Il lui posa des questions sur l'université, les cours qu'elle suivait, ses lectures. Elle l'interrogea en retour sur New York, le monde de l'édition et les années quatre-vingt. Il ne pouvait s'empêcher de bien l'aimer, cette jolie jeune fille qui s'intéressait à lui et aux choses qui lui tenaient à cœur, ivre de vin et de vodka, pleine d'admiration pour sa réussite, son aisance mondaine, à tel point qu'on aurait presque pu croire qu'elle le trouvait sexuellement attirant. En sortant du restaurant, elle s'accrocha à son bras : « Et si on prenait une chambre au Chelsea Hotel ? » proposa-t-elle.

Il la regarda, abasourdi. Sa mine espiègle lui donnait l'impression d'un défi à relever.

Il y réfléchit un instant. La tentation était presque irrésistible. « Je ne peux pas vous dire combien vous me faites plaisir en me le proposant, répondit-il enfin. Même si je sais que vous n'y croyez pas vraiment vous-même.

– Mais si, j'y crois, rétorqua-t-elle en se penchant pour l'embrasser.

– Ce moment restera mon meilleur souvenir de l'année.

– Vous me direz ce que vous avez décidé pour le manuscrit. »

Plus tard, alors qu'il rentrait à pied à son bureau après l'avoir mise dans un taxi, il s'étonna de s'être montré si raisonnable, se sentant fier mais aussi un peu triste à l'idée qu'il ne connaîtrait peut-être plus jamais l'expérience grisante de l'exploration d'un corps inconnu.

Cette sensation d'un plaisir sexuel possible le hanta toute la journée, et la nuit venue, quand il se coucha après avoir bu presque une bouteille entière de pinot noir au dîner, ce même sentiment le poussa à se rapprocher de sa femme. Tandis qu'elle lisait à ses côtés, il commença à l'embrasser dans le cou et à lui caresser les seins. D'abord indifférente, elle se prêta peu à peu au jeu.

Il ne parvenait même pas à se rappeler quand ils avaient fait l'amour pour la dernière fois, mais ce soir-là, et c'était une première depuis des mois, il se sentit excité et se glissa sur elle. « Attends », dit-elle en tendant la main vers la table de chevet où elle s'empara d'une sorte de lubrifiant qu'elle appliqua alors même qu'il sentait son énergie décroître, avant de le guider en elle. Ils trouvèrent leur rythme et il se laissa aller au plaisir qui montait avec lenteur. Déjà très agréable, cela devenait encore meilleur à chaque minute. Apparemment il avait consommé juste ce qu'il fallait de vin pour ne plus se sentir inhibé ni angoissé, sans pour autant être physiquement incapacité. Leur rythme, petit à petit, alla s'intensifiant.

Soudain il ressentit une gêne respiratoire de plus en plus aiguë, jusqu'à craindre de perdre connaissance, ou pire encore. Tout en cherchant à reprendre son souffle, il continua à faire basculer son bassin. Les mots « affres de la mort » lui vinrent à l'esprit. Il allait mourir en selle, comme Nelson Rockefeller. Il avait l'impression d'approcher du terme, mais de quoi ? Le cœur battant la chamade et envahi par un désespoir croissant, il lutta pour faire pénétrer l'air dans ses poumons, possédé par l'idée de sa propre disparition. Voilà ce qu'il ressentirait au moment où il cesserait de s'accrocher à la vie, une peur haletante. Même s'il réussissait à reculer l'échéance, il savait que le moment viendrait. C'est ainsi que finit le monde. Sans un *boum*, privé de la joie de connaître au moins un ultime orgasme.

Il tenta de dire à Corrine dans quelle détresse il se trouvait, mais il était incapable de parler, de prendre congé de l'amour de sa vie. Néanmoins, à l'instant précis où il pensait qu'il allait mourir allongé sur elle, il retrouva son souffle, et sa panique s'apaisa peu à peu. Il feignit l'orgasme en donnant quelques violents coups de bassin accompagnés d'une série de gémissements, avant de se remettre sur le dos, l'angoisse à un niveau presque supportable, ne laissant dans son sillage qu'un reste de peur, son soulagement atténué par la conviction inéluctable qu'il venait d'effleurer fugitivement l'éternité.

2

Les couples les plus solides, comme les bateaux les plus résistants, sont ceux qui savent essuyer les tempêtes. Ils prennent l'eau, tanguent, donnent de la bande et sont proches de couler, puis ils se redressent et refont cap vers l'horizon. Après tout, n'est-ce pas pour le meilleur et pour le pire que l'on se marie ? Leur union était capable de naviguer, même si elle manquait parfois d'allant. Elle se portait mieux en tout cas que la République, qui avait pris des kilos sur les hanches et dont l'esprit s'était avili après avoir mené deux guerres et affronté une élection de mi-mandat, le tout absolument interminable.

Mais peut-être pas.

Au moins, ils avaient fait l'amour la veille, la première fois depuis une éternité. Elle regrettait qu'ils doivent sortir ce soir-là, mais il leur fallait se rendre à un gala de charité : le troisième du mois. Comment avait-elle pu se laisser convaincre d'y participer ? Son amie Casey avait insisté et, à un mois de distance, cela lui avait semblé ne poser aucun problème, d'autant qu'elle devait un service à Casey qui avait acheté une table pour le gala organisé par l'association Nourrir New York. Le système fonctionnait sur ce type d'échanges. Elle ne parvenait pas à se rappeler quelle était la noble cause, cette fois-ci. Quelque chose en lien avec l'Afrique du Sud ? Russell viendrait directement de son bureau, où il laissait son smoking d'ailleurs, parce que ce genre de soirée avait toujours lieu dans le nord de Manhattan, traditionnellement aristocratique, même si l'argent continuait à migrer lentement vers le sud de l'île. Heureusement, le gala de ce soir-là avait lieu tout près, au Puck Building à SoHo.

Elle s'assit devant sa coiffeuse, qui lui servait aussi de bureau, et s'appliqua de l'eye-liner non sans un certain fatalisme, car elle savait pertinemment qu'au cours de la soirée, il finirait par atterrir sur ses paupières, lesquelles s'étaient affaissées avec les années. Un lifting des yeux constituerait-il une trahison totale de ses principes ? Elle n'était même pas sûre de pouvoir se payer une telle intervention. C'était plutôt rageant, à bientôt cinquante ans, de se découvrir une nouvelle ride du rire qu'on avait d'abord prise pour une rayure sur le miroir.

Elle commençait à en avoir sérieusement assez de ces galas où une tenue de soirée était exigée. Certes, la plupart du temps, ils y assistaient en tant qu'invités, et donc, au contraire des bienfaiteurs, ne payaient pas leur place, mais il n'en demeurait pas moins qu'elle ne possédait pas la garde-robe adéquate. Les grandes bourgeoises de l'Upper East Side, comme Casey, son amie d'enfance et compagne de chambre dans le lycée privé où elles avaient fait leur scolarité, se rendaient à deux ou trois galas de charité par semaine et on ne les voyait jamais deux fois avec la même robe. Les jeunes filles de la haute société empruntaient à des créateurs leurs tenues et leurs bijoux, mais leurs mères dépensaient en robes l'équivalent du prix d'une Range Rover tous les mois. Fréquenter les riches coûtait inévitablement de l'argent, même quand, de manière ostentatoire, c'étaient eux qui payaient. D'une façon ou d'une autre, il fallait régler l'addition. Corrine allait devoir porter une de ses deux robes de soirée, probablement la Ralph Lauren, celle qu'elle avait achetée moitié moins cher à une vente privée et qu'elle avait mise au gala de la Société des écrivains, en espérant que personne ne s'en souviendrait. Du reste, pourquoi s'en souviendraient-ils ? Les photographes de ces soirées n'avaient pas pour tâche d'immortaliser ses choix vestimentaires. Et elle n'avait pas non plus l'impression que les hommes s'intéressaient beaucoup à elle. Elle examina le corsage en satin de sa robe dans le miroir. Était-il trop serré ? Plus serré qu'il y a un mois ? Et qu'allait-elle choisir comme chaussures et comme sac ? Encore des choses qu'elle aurait bien aimé s'offrir. Elle opta pour les escarpins Miu Miu argentés, plus ou moins assortis à la pochette en résille de sa grand-mère.

Elle sortit à pas lents de la chambre, attentive à l'endroit où elle posait le talon de ses chaussures, le plancher en chêne ancien de leur loft étant légèrement gauchi et semé de trous plus traîtres les uns que les autres. Bon sang, elle avait franchement dépassé l'âge de vivre dans un loft – c'était un de leurs sujets de dispute favoris, ce désir de déménagement qu'elle avait ; les enfants pourraient fréquenter une meilleure école s'ils quittaient Manhattan, où ils ne seraient pas en mesure de leur payer une scolarité dans le privé l'année suivante, quand ils entreraient au collège. Ils seraient tout à fait à l'aise financièrement s'ils vivaient n'importe où ailleurs que dans cette île minuscule où tout était hors de prix. D'une manière ou d'une autre – sauf quand il s'agissait de sexe – l'objet de leurs querelles était toujours l'argent. Jeunes idéalistes, au sortir de l'université prestigieuse où ils étaient tombés amoureux, ils avaient obéi à leur instinct et fondé leur vie sur le principe qui veut que l'argent ne fait pas le bonheur, découvrant peu à peu seulement toutes les sortes de misères qu'il aurait pu leur éviter. Russell, surtout après deux ou trois verres, aimait à répartir l'humanité en deux camps adverses : l'Art et l'Amour, contre le Pouvoir et l'Argent. C'était sans doute naïf et sentimental, mais elle était fière des convictions de son mari et de sa fidélité à son camp. Pour le meilleur et pour le pire, c'était le sien aussi.

Assis sur le canapé, les enfants regardaient le dernier DVD de *Shrek*. Dans un coin de la pièce, Joan, leur nounou, marchait d'un pas nerveux, l'air distraite et désespérée, parce qu'elle se disputait avec sa petite amie au téléphone. Apparemment, vivre avec une femme ne rendait pas les choses plus faciles.

« Au revoir, mes petits amours. Je vous aime très fort.

– Où tu vas ? » demanda Jeremy.

Corrine attendit que Storey fasse un commentaire sur sa tenue, mais la fillette demeura concentrée sur son film.

« Je sors sauver le monde.

– Comment c'est possible de sauver le monde en sortant le soir ?

– Des gens achètent des places pour des soirées très chic, expliqua Storey, et après, tout l'argent est donné à des malades ou à des animaux maltraités, à ce genre de trucs. On appelle ça des galas de bienfaisance.

– Exactement.

– Alors, pourquoi tu peux pas juste donner l'argent et rester à la maison ?

– Tu oublies que les grandes personnes adorent les soirées », dit Storey.

Corrine se rendit compte qu'aucune de ces raisons ne tenait la route, en ce qui la concernait. Elle ne faisait pas vraiment de don, et la perspective de cette soirée ne l'enchantait même pas. Elle avait l'impression de tricher, d'être fausse et hypocrite. Mais bon, les enfants n'avaient pas l'air d'aller si mal. Il y avait encore un an ou deux, ils étaient tout tristes lorsqu'elle sortait et tentaient de l'en dissuader, ils pleuraient et grinçaient des dents, mais aujourd'hui, ils semblaient ravis de la voir partir. Elle n'était pas sûre de se réjouir tant que ça de leur changement d'attitude.

L'ascenseur, à l'agonie, lâchait des râles métalliques. Elle trouva un taxi dans Church Street, qui lui aussi faisait un bruit de ferraille en multipliant les embardées.

Comment s'appelait ce groupe que Storey aimait tellement, Death Cab for Cutie ?

Dans Lafayette Street, un essaim de taxis jaunes et de limousines Lincoln noires déversait, deux par deux, des flots de New-Yorkais sur leur trente et un, devant l'entrée de l'imposant immeuble de brique. Là, ils jouaient des coudes et s'embrassaient tout en s'avançant entre les piliers gris, surplombés par la statue dorée de Puck qui les ignorait superbement, occupé qu'il était à se contempler dans un miroir à main. Si seulement, se dit Corrine, il pouvait amener un peu d'espièglerie dans ce qui promettait d'être une soirée si ennuyeuse !

Elle confia son manteau au vestiaire, retira son numéro de table à l'accueil, puis suivit la foule dans la salle de réception où, ne parvenant à repérer son mari, elle examina les lots qui allaient faire l'objet d'enchères silencieuses : sacs à main, bijoux, séances photo avec des photographes renommés, voyages – golf en Écosse, pêche au saumon en Islande, découverte œnologique à Napa, safari-photo au Kenya, rafting en Zambie. En relevant les yeux, elle aperçut Casey Reynes au bar. Elles étaient demeurées proches malgré les chemins si différents qu'avaient pris leurs vies après leurs études secondaires à la prestigieuse Miss Porter's School. Casey avait épousé un banquier d'affaires et habitait un hôtel particulier, 67ᵉ Rue Est. Elle était ici dans son environnement naturel : la ronde des galas caritatifs. Elle portait une robe longue couleur écume, style Empire, accessoirisée de diamants de bon goût. Très peu de femmes auraient réussi à porter une robe de ce genre avec aisance, mais Casey semblait être née dans une salle de bal.

« Corrine, oh mon Dieu, je pensais justement à toi. »

Elles s'embrassèrent, une bise sur chaque joue, mais Casey en ajouta une troisième, comme ça se faisait à ce moment-là dans son cercle. Corrine avait bien du mal parfois à reconnaître son amie sous le costume et les habitudes de sa tribu.

« C'est gentil à toi d'être venue.

– Le gala de ce soir est au profit de quelle cause ? »

Casey eut un petit sourire énigmatique, le front serein et parfaitement lisse, mais de part et d'autre de cette étendue rendue inaltérable par le miracle de la chimie, une série de ridules, pareilles à des points de suture, trahit une légère émotion que Corrine ne sut comment interpréter.

« C'est Luke qui l'organise.

– Luke ? Tu veux dire… »

Casey se pencha en avant avec un air de conspiratrice et siffla à l'oreille de Corrine : « Je veux dire *ton* Luke. »

Comme si l'évocation de son prénom l'avait fait apparaître, l'homme en question surgit de la foule, à quelques mètres d'elles, balayant l'assistance du regard avant de s'arrêter net en voyant Corrine. Il sembla se ressaisir plus vite qu'elle n'eut l'impression de le faire elle-même, et s'approcha à grands pas pour la saluer, lui prenant la main avant de l'embrasser sur la joue, rien qu'une fois, à l'américaine. Le parfum de son eau de toilette à la fois familier et insolite l'étonna, plus encore que sa présence, provoquant en elle une réaction chimique, un picotement sur le cuir chevelu et dans la nuque, alors même qu'elle essayait d'oublier les changements survenus dans son apparence, en particulier la cicatrice rose et boursoufflée qui s'étirait tout le long de son cou, depuis le menton.

« Quelle agréable surprise ! s'exclama-t-il.

– Je ne m'attendais pas du tout à…

– Et moi, je me demandais si j'aurais la chance de t'apercevoir.

– Je ne sais pas si tu connais mon amie Casey Reynes. Casey, je te présente Luke McGavock. » Corrine avait l'esprit très embrouillé et elle ne parvenait pas à se rappeler s'ils s'étaient déjà rencontrés ou si elle et Casey avaient simplement parlé de lui, jusqu'à ce qu'elle se rende compte qu'ils fréquentaient les mêmes cercles depuis des années.

« Nous sommes de vieux amis », répondit Luke en exagérant la vérité avec galanterie. C'était curieux, il avait l'air égal à lui-même et à la fois plus âgé, moins robuste, et pas seulement à cause de sa cicatrice. Cela faisait – combien ? – plus de trois ans qu'elle ne l'avait pas revu… Il paraissait avoir vieilli davantage dans l'intervalle : ses cheveux noirs tiraient franchement sur le poivre et sel, et deux rides lui marquaient le visage entre le nez et les lèvres. Et pourtant, il n'y avait pas de doute, elle ressentait le même frisson viscéral en sa présence.

« Je me réjouis de vous revoir, dit Casey. Félicitations pour cette splendide organisation. Si tous ces New-Yorkais blasés ont choisi de participer à un énième gala de bienfaisance, c'est à vous qu'on le doit.

– Le mérite est loin de m'en revenir entièrement, et surtout je préférerais penser que s'ils se sont déplacés, c'est pour la cause que nous défendons. » Il hochait la tête en parlant, comme s'il était d'accord avec lui-même, un tic nerveux dont elle se souvenait avec tendresse.

« C'est une cause admirable », souligna Casey.

Quelle cause, bon sang ? avait envie de crier Corrine, mais elle répugnait à reconnaître son ignorance à ce stade des mondanités. « La dernière fois que j'ai eu de tes nouvelles, tu étais en Afrique du Sud, dit-elle.

– Je vis là-bas environ la moitié de l'année. J'ai investi dans un domaine viticole et j'ai fini par y consacrer de plus en plus de temps. Je suis de retour ici pour quelques semaines, pour le gala, m'occuper de mes affaires et rendre visite à Ashley. Elle est à Vassar.

– Incroyable ! Déjà à l'université !

– C'est en général ce qui arrive après le lycée. »

Mon Dieu, pensa Corrine, comment pouvait-elle se montrer aussi insipide ? Elle qui ne supportait pas d'entendre les gens s'étonner que les enfants des autres grandissent au lieu de rester comme par magie à l'âge auquel leur interlocuteur les avait vus, ou avait pensé à eux, pour la dernière fois. Le trouble qu'elle éprouvait lui mettait les nerfs à fleur de peau.

« Comment vont les jumeaux ? reprit-il.

— Bien. En pleine forme.

— Ça leur fait quel âge ? »

Elle dut réfléchir une seconde. « Onze ans. »

Si seulement Casey songeait à se retirer avec dignité, ils pourraient peut-être échapper à cet échange de fadaises. Qu'y avait-il de pire que ces bavardages insignifiants entre deux personnes qui avaient couché ensemble ? Elle se sentait d'autant plus embarrassée qu'un des yeux de Luke semblait en permanence dirigé vers quelqu'un d'autre. Que se passait-il ? Il avait toujours eu un côté légèrement surexcité, une attention qui soudain se détournait, mais là, c'était autre chose.

« Je pense que je vais partir à la recherche de mon mari et lui demander de faire une offre pour un bijou, déclara Casey. Ravie de vous avoir revu, Luke. »

Et voilà que, d'un coup, ils se retrouvaient seuls au milieu de cette foule effervescente.

« Tu n'as pas changé. Tu es toujours aussi belle.

— Je te préviens, à présent il est probable que je ne croirai pas un traître mot de ce que tu me diras.

— Tu n'as jamais accepté le moindre compliment sans y voir malice.

— Les femmes se méfient des compliments quand elles comprennent que la malice consiste à les conduire au pieu. Et puis, en vieillissant, elles perdent à tel point l'habitude d'en entendre qu'elles ne savent plus comment les accepter. Je viens de passer vingt minutes devant ma glace, et personne ne sait mieux que moi combien j'ai changé depuis notre dernière rencontre.

— Je me rappelle très bien que ton absence totale de vanité était une des choses que j'aimais le plus en toi.

– J'aime à penser que je suis lucide.

– Moi, je préfère croire que tu es romantique.

– Autrefois, peut-être. Quand j'étais jeune. Tu as remarqué ? Les romantiques, c'est comme les gros. Ils ne font pas de vieux os.

– À mes yeux, tu es toujours jeune. Après tout, tu as quelques années de moins que moi, et je tiens absolument à considérer que je suis dans la force de l'âge. »

Peu à peu, malgré l'effet étrange que produisait sur elle son regard fuyant, le souvenir lui revint du plaisir qu'elle avait à plaisanter avec lui. C'est alors qu'une blonde en robe bleu lavande apparut au côté de Luke.

Avant même qu'il ait prononcé les mots « Ah enfin, te voilà ! », quelque chose dans l'aisance de la jeune femme, la sérénité du sourire qu'elle décochait à Luke et son soudain embarras donna à Corrine la sensation de couler à pic. La nausée l'envahit.

« Giselle, je te présente Corrine Calloway. Une amie très chère. »

Merci pour le choix des mots, songea Corrine. *Chère. Amie.*

« Corrine, je te présente Giselle… ma femme.

– Enchantée », réussit-elle à articuler, incapable d'en dire plus, au risque de s'écrouler. Elle se sentait anéantie, prise de vertige.

« De même. C'est délicieux de rencontrer tant de vieux amis de Luke. Nous nous sommes mariés avec une telle précipitation, voyez-vous, que j'ai l'impression d'avoir des milliers de choses à rattraper. » Elle avait la peau très claire, les cheveux d'un blond presque blanc, mais sa constitution de sportive et sa vitalité débordante venaient contredire cette impression de fragilité préraphaélite. Il en allait de même de son accent, une version musclée et quelque peu rustique d'un anglais aristocratique.

Corrine aperçut Russell et lui adressa des signes frénétiques de la main.

40

« Vous étiez à l'université ensemble ? s'enquit poliment Giselle.

– Nous nous sommes rencontrés en faisant du bénévolat, s'empressa de répondre Luke, comme s'il redoutait ce qu'elle aurait pu dire.

– Après le 11 Septembre.

– Ah oui, à la soupe populaire. Luke m'en a parlé. Vous avez dû traverser des moments très difficiles.

– C'était le meilleur et le pire des temps, comme l'a écrit Dickens, répondit Corrine, regrettant ces mots dès qu'elle les eut prononcés. Je veux dire qu'aussi terrible qu'ait été cet événement, il a poussé beaucoup de gens à donner le meilleur d'eux-mêmes. » Quelle imbécile elle faisait, ce soir ! Elle se rendit compte combien ces propos paraissaient cliché, pour ne pas dire désinvoltes.

À l'honneur de Luke, il faut remarquer qu'il avait l'air un peu chagriné pour elle. De façon plutôt inattendue, elle ressentit une vive reconnaissance envers Russell quand il la bouscula et lui renversa un peu du contenu de son verre sur le bras. C'était tout lui, ça, cette présence physique envahissante, ce manque de coordination digne d'un jeune chien, une sorte de défaut de grâce presque comique qui lui avait valu le surnom de « Pataud ».

« Bonsoir, ma chérie. Excuse-moi.

– Bonsoir, Russell. Je ne sais pas si tu te souviens de Luke McGavock. Et voici sa femme, Gazelle.

– Non, Giselle. »

Corrine le savait parfaitement, mais elle n'avait pu s'en empêcher, et ne décelait-elle pas une lueur de complicité amusée sur le visage de Luke ?

« Mon mari, Russell Calloway, indiqua-t-elle.

– L'homme de la soirée, n'est-ce pas ? dit Russell en serrant la main de Luke.

– Je vous suis infiniment reconnaissant d'être là, ainsi qu'à tous les autres invités », répondit Luke avant de s'excuser de leur fausser compagnie et de suivre une femme qui portait une écritoire à pince.

« Intéressant, ce type, commenta Russell quand la foule les eut tous les deux happés. Tom était justement en train de me raconter son histoire.

– Je sais. On a travaillé ensemble pendant six semaines. » Russell eut l'air déconcerté.

« Ground Zero. Soupe populaire.

– Ah, je vois. »

Cinq ans déjà. Une autre époque. « Tu l'avais croisé une fois, devant le Lincoln Center, juste avant la représentation de *Casse-Noisette*. »

Russell haussa les épaules. Il ne semblait pas se rappeler ce moment, l'un des tournants de la vie de Corrine, ni suspecter que les complexes mouvements affectifs provoqués par cette rencontre avaient sauvé son couple. La cécité de Russell avait été alors une vraie bénédiction : il n'avait jamais entretenu aucun soupçon, du moins le pensait-elle, ni même remarqué qu'elle s'était repliée sur elle-même et n'avait jamais été aussi près de le quitter.

Les lumières clignotaient pour les appeler à venir assister au clou de la soirée. « Nous ferions mieux de chercher notre table », dit Russell, et elle sentit sur son coude la pression familière de la main de son mari qui lui faisait fendre la foule – femmes radieuses et couvertes de bijoux, traits tirés jusque derrière les oreilles, décolleté vertigineux, hommes en smoking sur mesure, le regard lointain, pensant au prix des actions à la Bourse de Hong Kong et à leurs maîtresses dans leurs appartements aux environs de la 60e Rue Est.

En voyant Casey, leur hôtesse, debout à leur table, Corrine se demanda si tout ça ne tenait pas du traquenard. Comment son amie avait-elle pu ne pas préciser, en l'invitant, que le gala était organisé par Luke ? Mais à quoi bon ? Luke était marié, et elle aussi. Plutôt qu'un piège, ce n'était peut-être qu'une coïncidence.

« Corrine, tu connais Kip, bien sûr, dit Casey en désignant l'associé de Russell. Et voilà Carl Fontaine, qui travaille avec Tom, ajouta-t-elle en se tournant vers un jeune homme solidement charpenté, au teint rougeaud et au cheveu déjà rare.

– Quel plaisir ! Je vois qu'on m'a très bien placé, ce soir. »

Elle aurait aimé pouvoir affirmer la même chose, en tout cas l'enthousiasme de Carl paraissait sincère. Elle fit le tour de la table pour embrasser Tom, qui pianotait sur son BlackBerry, et la femme de Kip, Vanessa. Tous s'accordèrent à dire que leurs enfants allaient bien, merci.

Les tables étaient décorées avec somptuosité, sur le thème du safari : des troupeaux d'éléphants, de rhinocéros et d'hippopotames miniatures arpentaient les nappes au motif zébré, au centre desquelles une jungle tropicale exubérante débordait d'un vase en sisal. « Je meurs d'impatience d'en savoir plus sur cette œuvre de bienfaisance », déclara Corrine en s'emparant d'une brochure en papier glacé, de l'épaisseur d'un magazine, posée sur son assiette, avec en couverture une photographie de Luke entouré d'une nuée d'écoliers africains.

« Eh bien, expliqua Kip, McGavock était l'un des associés fondateurs de Riverside, une des plus importantes sociétés de capital-investissement. Un gros joueur. Il a retiré ses billes, il y a quelques années, pour acheter un domaine viticole en Afrique du Sud, avec l'intention de regarder gentiment mûrir son cabernet sauvignon, mais bon, vous savez bien, les types comme nous sont incapables de rester là à se tourner les pouces, peu importe le capital qu'ils ont déjà accumulé, alors bien sûr, il s'est trouvé un projet…

– Je ne sais pas si on peut parler de projet, dit le voisin de table de Vanessa. Disons plutôt un trophée.

– Tony, tu es infernal, rétorqua Vanessa, qui, Corrine le savait, en avait été un elle-même autrefois, et semblait trouver cette remarque très amusante.

– Un peu jeune, fit observer Kip.

– Non, dit Tony, c'est exactement dans la norme pour une seconde femme. L'idéal, c'est la moitié de l'âge du mari, plus six ans. »

Carl Fontaine compléta le récit des aventures de Luke. « Bien entendu, la vigne demande un sacré travail, et Luke a retroussé ses manches aux côtés de ses employés. Il a adopté ce village, y a construit une école et une clinique, et maintenant il incite ses vieux amis à imiter son exemple. »

Corrine était fière de Luke, combien cela pouvait-il coûter d'adopter un village ? Quel homme bon il était, quelle âme généreuse. Elle l'avait toujours su. Mais comment avait-il pu se marier sans le lui dire ?

« Et sa cicatrice, c'est quoi ? demanda Tony.

– Accident de voiture, répondit Fontaine. Il a passé presque trois mois à l'hôpital. »

Sous le coup de l'émotion, Corrine tenta de se donner une contenance en hélant le serveur. Peut-être cette fille était-elle demeurée à son chevet et l'avait-il épousée par gratitude. Elle tendit son verre pour qu'on le remplisse à nouveau de ce sauvignon blanc, dont Kip lui indiqua qu'il venait du domaine de Luke.

« Il est étonnamment bon, déclara Russell. Et pourtant, en général, je ne suis pas fan des vins du Nouveau Monde. »

L'Afrique du Sud faisait-elle partie du Nouveau Monde ? se demanda Corrine. N'était-elle pas le berceau de l'espèce humaine ? Le lieu d'origine de Lucy et autres fossiles d'hominidés ? Peu d'endroits avaient une histoire aussi ancienne. Elle chipota sur son entrée, s'imaginant les souffrances de Luke tout en feignant d'écouter Tom et l'homme plus âgé, assis à la gauche de

44

celui-ci, comparer leurs souvenirs de safaris africains en opposant les mérites du Kenya et de l'Afrique du Sud.

« Singita Boulders est incroyable. Le chef cuisinier est extraordinaire.

– Nous sommes allés à Masai Mara, l'an dernier. Vraiment top. On a vu les cinq grands.

– Les cinq grands ? s'enquit Corrine.

– Les cinq animaux sauvages les plus farouches : le lion, l'éléphant, le buffle, le léopard et le rhinocéros.

– Je croyais que les cinq grands étaient tous des félins, s'interposa Vanessa. Le lion, le tigre, le léopard, le guépard et... la panthère.

– Non, non, intervint Russell, depuis l'autre côté de la table. Le tigre ne vit pas en Afrique, et la panthère n'est que la version mélanistique du léopard. » Il n'avait jamais mis les pieds en Afrique, mais il avait lu tout Hemingway.

Repoussant l'idée d'une Giselle infirmière, Corrine se la représenta en prédatrice, harcelant Luke. Il était seul dans un pays étranger ; elle était chez elle, en terrain familier, et elle l'avait pourchassé. Malgré son intelligence et sa réussite, comme tous les hommes, il était naïf sur le plan sentimental. Son ex-femme, Sasha, s'était payé sa tête durant des années.

Sur scène, pendant ce temps-là, quelqu'un expliquait quel homme merveilleux il était, en dépit du raffut qui montait de la salle et couvrait ses paroles. À leur table, Carl Fontaine tenait son propre discours sur Luke : « Espérons qu'il continuera. Les types qui font du capital-investissement ont une capacité d'attention plutôt limitée dans le temps, ils fonctionnent en général sur un rythme de deux ans – achat / remise à flot / revente. Je me demande même si nous serons encore ici dans trois ans pour en parler. »

Corrine était indignée, personne n'écoutait ni ne prêtait attention au discours de présentation. Ces gens pensaient-ils, parce qu'ils avaient payé leur table vingt-cinq mille dollars, qu'ils étaient dispensés de la courtoisie la plus élémentaire ?

Après quelques applaudissements épars, Luke monta sur scène et les bavardages s'interrompirent. Corrine en fut soulagée. Il attendit que le silence se fasse dans toute la salle avant de prendre la parole. « Mesdames et messieurs, chers amis et anciens collègues, chers donateurs. J'ai eu la chance de découvrir l'Afrique du Sud presque par accident. C'est un pays d'une diversité et d'une beauté exceptionnelles. J'y étais parti pour m'occuper d'un domaine viticole, et j'ai fini par faire la rencontre d'un peuple... »

Corrine s'appliquait à écouter, et pourtant, bientôt, elle se surprit à penser à la première nuit qu'ils avaient passée ensemble, dans le petit studio qu'il possédait sur la 71e Rue, dans un ancien hôtel particulier, son corps strié par la lumière d'un réverbère filtrant à travers les stores, son parfum musqué mêlé aux relents de l'âcre fumée de Ground Zero...

Sur scène, Luke, tout ce qu'il y a de plus habillé, poursuivait son discours : «Avec trente-cinq mille dollars, moins que le prix d'une Lexus, on peut construire une école dotée de deux salles de classe en mesure d'accueillir une centaine d'élèves. Avec la même somme, on peut bâtir des logements pour les instituteurs. C'est important qu'il y ait des cuisines aussi pour que l'école puisse obtenir des aides alimentaires de l'État et souscrire au Programme alimentaire mondial. Des installations sanitaires salubres et qui respectent l'environnement coûtent environ sept mille dollars. Les systèmes de récupération d'eau, des gouttières où l'eau de pluie est recueillie avant d'être déversée et stockée dans ce qu'on appelle des réservoirs "Jojo", ne valent que quelques milliers de dollars. C'est moins que ce que certains d'entre nous dépensent pour un costume : oui, oui, c'est vous que je regarde,

Ron Tashman, est-ce que votre smoking vient bien de chez Anderson et Sheppard ? »

Cette dernière phrase provoqua quelques vagues de rire.

« Enfin, nous avons trois cliniques prêtes à bâtir, chacune avec une offre de soins répondant aux besoins d'un village entier ou d'un township, pour une somme comprise entre cent et deux cent cinquante mille dollars. Tous les détails sont dans le programme qui vous a été distribué. Il vous suffit d'inscrire votre nom sur un de ces projets. Sur l'écran à ma droite, vous allez voir s'afficher des numéros de téléphone correspondant à chacun d'eux. Envoyez-nous votre promesse de don par texto et votre nom apparaîtra sur l'écran de gauche, ainsi que le projet que vous aurez choisi. À moins, bien sûr, que vous ne préfériez rester anonymes ; dans ce cas, indiquez le nom de Ron, qui est toujours ravi de se voir cité. Commençons par les systèmes de récupération d'eau, pour mille dollars seulement. Allons, Chuck Coffey, c'est moins que ce que vous dépensez par semaine en cigares… »

Corrine ouvrit la pochette de sa grand-mère, en tira son Motorola et composa le numéro. C'était la première fois qu'elle procédait à une enchère de cette façon et elle n'était pas tout à fait sûre que cela fonctionnerait, enfin, c'est ce qu'elle se dit en entrant le code et le mot « Ionisateur ». Elle jeta un coup d'œil en direction de Russell, en pleine conversation avec la femme de Kip Taylor. Si elle ajoutait son nom, cela rendrait-il les choses plus ou moins faciles ? Ne devrait-elle pas plutôt s'arrêter tout de suite ? Elle écrivit *Corrine et Russell Calloway* et appuya sur la touche ENVOI.

« Et voilà notre première promesse de don », annonça Luke sur la scène. Il sembla hésiter une seconde avant d'ajouter : « Corrine et Russell Calloway viennent d'offrir de l'eau potable à une école du Transvaal. Merci Corrine et Russell. »

Russell parut plus déconcerté que fâché en recevant les félicitations de ses compagnons de table, avant de lancer un regard interrogateur à sa femme. Celle-ci haussa les épaules et lui décocha son plus charmant sourire. Une discussion s'ensuivrait, bien sûr, il lui rappellerait les factures à payer et les frais de scolarité des enfants, lui répéterait que charité bien ordonnée commence par soi-même. Cette extravagance allait sans doute mettre à mal l'équilibre de leur budget pendant plusieurs mois. Ils donnaient, quand ils le pouvaient, cinq cents dollars à Brown, leur *alma mater*, cinq cents à Oxfam et à des œuvres sociales en faveur des invalides ou des défavorisés, deux cent cinquante au PEN et à l'ASPCA, la Société américaine pour la prévention de la cruauté envers les animaux. Et ils donnaient tous les jours, dans un certain sens, à Nourrir New York, puisque, en tant que directrice exécutive de cette organisation, Corrine était payée environ deux fois moins que ce qu'elle aurait gagné dans le privé ; à quoi s'ajoutait le chèque qu'ils faisaient chaque année pour le gala de bienfaisance. Mais jamais ils n'avaient donné autant pour une seule cause. Pourquoi avait-elle fait ça ? Était-ce un coup de tête, une sorte de hurlement ontologique, un cri qui signifiait « J'existe », adressé à son ancien amant ? Mais à la réflexion, elle se réjouit de son geste et se dit qu'elle pourrait le justifier et apaiser les choses à la maison.

Cette nuit, Russell recevrait sa récompense. Nul doute là-dessus. Pour lui, c'était sans doute une bonne nouvelle. La mauvaise, c'était qu'elle redoutait de fermer les yeux en pensant à quelqu'un d'autre.

3

Toujours à l'heure africaine, Luke dormit peu et se réveilla en pensant à Corrine. Il vérifia l'état des marchés financiers en Europe, releva ses mails et parla avec l'intendant de son domaine viticole. Des babouins harcelaient l'équipe chargée de la taille des vignes – ce qui, en temps normal, ne se produisait qu'au moment des vendanges, en mars, quand les raisins étaient mûrs. Un problème que ne connaissaient pas les domaines de Napa ni ceux du Bordelais. Les saisonniers leur lançaient des pierres et les singes s'étaient mis à les leur renvoyer. Son intendant avait commandé à une réserve animalière locale des excréments de lion, dont on disait que c'était un répulsif efficace.

Avant-hier, il savait bien qu'il verrait Corrine au gala, mais il ignorait comment il réagirait. Trois ans plus tôt, après un énième rendez-vous postérieur à leur rupture, il s'était exilé à l'autre bout du monde, avant tout pour la fuir.

Il avait rencontré Giselle à une garden-party à Franschhoek, une jolie fille en robe blanche accroupie dans la cour, qui parlait à une tortue géante affublée d'un anneau passé dans un trou de sa carapace, tout en lui donnant un des quartiers d'orange de son cocktail. « Nous sommes de vieilles amies », avait-elle dit en relevant les yeux quand elle s'était aperçue qu'il la regardait. Et, de fait, le petit anneau d'or accroché à son nez évoquait une certaine affinité. Il s'était senti aussitôt attiré par elle ; ce n'est que plus tard qu'il avait pris conscience de sa ressemblance avec Corrine.

Âgée de vingt-neuf ans, elle venait de mettre fin à de longues fiançailles avec un homme qu'elle connaissait depuis l'enfance. Ce premier après-midi, elle lui avait déclaré, avec une franchise un peu brutale, qu'elle était lasse de tous les jeunes gens qu'elle fréquentait, de la société étriquée dans laquelle elle évoluait, et qu'elle songeait à aller vivre à Londres ou aux États-Unis. Adolescente, elle avait fait un peu de mannequinat à Paris, à l'abord de la vingtaine, elle avait beaucoup voyagé, et puis elle était rentrée au bercail, au Cap, où elle était sortie avec un vieil ami de la famille qui avait fini par lui proposer de l'épouser.

Luke lui avait parlé de son récent divorce d'avec Sasha, de sa fille, qui l'avait rejoint pour les vacances d'été, mais n'avait soufflé mot de Corrine. Avant de faire sa demande en mariage à Giselle, il était rentré à New York où il avait passé un mois au Carlyle, s'imaginant que, d'une façon ou d'une autre, il croiserait Corrine. Ce serait un signe… Quelques jours après son retour en Afrique du Sud, il était tombé sur Giselle à un cocktail.

À sept heures et demie, on leur apporta le petit déjeuner et il réveilla Giselle, qui reprenait un avion pour Le Cap dans la matinée. « Tes valises sont prêtes ? demanda-t-il, tandis qu'elle sirotait lentement son thé, vêtue d'un peignoir de bain blanc.

– Oui, je crois. Ça m'ennuie de te laisser seul ici.

– Je vais être très occupé, et puis je ne vois pas comment tu pourrais ne pas assister au mariage de ta cousine. »

Après que le garçon d'étage fut venu prendre les bagages, Luke accompagna Giselle jusqu'au taxi. « Tu vas me manquer, dit-elle.

– Tu vas me manquer aussi », répondit-il, alors que pour la première fois depuis leur rencontre, il était impatient de la voir s'en aller.

Quand la voiture eut disparu au milieu de la circulation, il chercha le numéro de Corrine dans son BlackBerry et lui envoya un message. *Merci pour ce don. C'était super de te voir l'autre soir.*

Il lui vint à l'esprit qu'au temps de leur liaison, on n'utilisait pas encore les textos, du moins pas eux. Peut-être que c'était toujours son cas à elle.

Quelques minutes plus tard, son téléphone vibrait sur la table basse en onyx.

Super pas le mot que j'aurais utilisé. Ne savais pas que tu serais là. Mari pas ravi de ce soudain accès de philanthropie.

Ne t'inquiète pas. Je te rembourserai.

Trop tard. Déjà réglé le soir même.

Je peux te voir ?

Pourquoi ?

Te le dirai quand je te verrai.

Il se tenait devant la baie vitrée et regardait le sud de Manhattan, comme s'il avait pu apercevoir Corrine tout là-bas, au bout de l'île, au-delà du MetLife, du Chrysler Building et de l'Empire State Building, consultant encore et encore l'écran de son BlackBerry tandis que les minutes s'égrenaient. Enfin, le téléphone vibra de nouveau.

Travaille dans le Bronx aujourd'hui.

On peut se voir avant ?

À 9 h, Caffe Roma.

51

Il se demanda s'il était censé savoir où c'était, s'il s'agissait d'un test. Il chercha sur Google : une pâtisserie dans Little Italy. Ils s'y étaient arrêtés un matin, ça lui revenait maintenant, au sortir d'une nuit de travail à la soupe populaire. Cannoli et cappuccino. Ils se tenaient la main sous la table. Ça sentait bon le pain chaud et le café après les heures passées dans les relents de la fumée âcre et la poussière des tours jumelles détruites en suspension dans l'air, qui imprégnaient encore leurs vêtements. Le jour se levait à peine, les seuls autres clients étaient de joyeux fêtards qui avaient fait la fermeture d'un bar ou d'une boîte du quartier, et se gavaient de sucreries pour éponger leur trop-plein d'alcool.

Si Corrine avait voulu un lieu discret, elle avait bien choisi. Dans Little Italy – enfin, ce que Chinatown n'en avait pas encore englouti –, ils ne risquaient guère de rencontrer une de leurs connaissances. Quelques tables plus loin, un couple de Français se penchait sur une carte, et quatre Italiens volubiles et bruyants buvaient expresso sur expresso en parlant avec les mains. L'endroit était plein de charme, pittoresque, les New-Yorkais branchés auraient dit kitsch : tables en marbre blanc, chaises bistrot en fer forgé stylisées, plafond vert bouteille en métal gaufré qui s'affaissait sous le poids d'innombrables couches de peinture, vitrine regorgeant de pâtisseries aux couleurs pâles. Luke vérifia ses e-mails et testa son français en écoutant discrètement le couple de touristes désormais occupé à déconstruire les films de Scorsese.

À travers la vitre, il aperçut Corrine. En caban et jean, elle marchait d'un bon pas et, l'espace d'un instant, il eut l'impression de voir une caricature, la New-Yorkaise courant à un rendez-vous important, stressée mais sans panique, sûre d'être attendue.

« Je suis désolée, dit-elle en s'asseyant face à lui. Je pensais te faire attendre, arriver exprès en retard, jusqu'à ce que je me dise que c'était vraiment très puéril de ma part, et ensuite, je suis restée coincée au téléphone avec le directeur de ma boîte à propos d'une cargaison de choux qui a été perdue. »

Rien d'une caricature, en fait, se réjouit-il, retrouvant son phrasé singulier, le rythme staccato de ses pensées, même si la référence aux choux était plutôt déconcertante. « Je suis si content que tu aies réussi à te libérer.

— Eh bien, je ne voulais pas que tu gardes de moi l'image d'une femme troublée et incapable de dire un mot. Ce qu'il me semble avoir été, l'autre soir.

— Au contraire, tu m'as paru très maîtresse de toi.

— Je t'en prie… j'étais… complètement déstabilisée. Je n'avais pas la moindre idée de ce qu'était ce gala, et encore moins que tu y tiendrais le rôle principal. Une sorte de choc, crois-moi. Tu aurais pu me prévenir que tu étais à New York.

— Sauf que dans ce cas, tu serais sûrement partie en courant.

— Mais comment j'ai pu faire pour ne pas me rendre compte qu'il s'agissait de ta soirée caritative, ça me dépasse.

— Tu sais à quoi je pensais quand je me suis retrouvé sur scène ?

— Aux fossettes de ta femme ?

— Je pensais au soir où nous avons fait l'amour à Nantucket, sur ce vieux canapé qui sentait le moisi, pendant que Gram Parsons chantait *Love Hurts*.

— Gram Parsons avait raison. L'amour, ça fait mal. Toi et moi, on ferait bien de s'en souvenir. »

Il se mit à fredonner doucement : « *Love hurts, love scars, love wounds and mars.*

— Luke, pour l'amour du ciel ! » Elle avait rougi, gênée de l'attention qu'il attirait, sans parler de la qualité de son chant. « Horrible ! On devrait t'interdire de chanter en dehors de ta douche !

– J'ai acheté le disque après ce fameux week-end. Je n'avais jamais entendu parler de Gram Parsons avant.

– Est-ce que ce n'est pas à ta femme que tu devrais chanter ce genre de ballade country ? Quel âge a-t-elle d'ailleurs ?

– Assez jeune pour être ma fille, mais en réalité plus âgée qu'elle.

– Elles n'ont pas beaucoup d'écart, en tout cas. Elles pourraient devenir meilleures amies sur Facebook.

– Elle aura trente-deux ans le mois prochain.

– Et toi, tu as, rappelle-moi, cinquante-sept ? »

Il hocha la tête.

« C'est quoi déjà, cette règle que j'ai entendue l'autre soir, la formule du remariage ? La moitié de ton âge plus six ans, c'est l'équation idéale pour une deuxième femme dans cette ville. Si on fait ce calcul, elle est juste un peu trop jeune. »

Elle souriait, mais derrière le sourire, il sentait l'agressivité. « Je reconnais que, vu sous cet angle, j'ai quelque chose de caricatural.

– Elle sait qui je suis ? »

Il secoua la tête.

« C'est déjà ça. » Elle sembla réfléchir un instant à la question. « Un cappuccino, dit-elle. Je voudrais un cappuccino à emporter. Il faut que je parte d'ici dans cinq minutes. »

Quand il revint avec les cafés, Corrine avait l'air plus sombre. « Tu te rends compte que j'ai failli quitter ma famille pour toi et qu'ensuite, je n'ai plus eu aucune nouvelle pendant trois ans. Je croyais qu'on était au moins amis. »

Le ton glacial l'avait pris de court. « Nous étions beaucoup plus que des amis, Corrine. Qu'étais-je censé faire ? T'écrire des mails pour te parler de la pluie et du beau temps ? C'était trop dur. Je te voulais toute à moi, ça n'était pas possible, il a donc fallu que je m'éloigne de toi. Bon Dieu, je suis parti aux antipodes pour t'oublier. »

Il ne l'avait pas vu forcément comme ça à l'époque, mais avec le recul, cela paraissait évident.

« Et qu'est-ce que tu as ressenti après la nuit au Carlyle, il y a quelques années ? Quand tu t'es empressé de rentrer dans le Tennessee, que tu as cessé de m'appeler ou de répondre à mes messages ?

– Je craignais qu'on ne retombe dans une situation intenable. Rien n'avait changé. Tu étais toujours mariée. J'étais triste et on était dans une impasse. Aujourd'hui, je suis presque sûr que si je me suis marié, c'était seulement pour essayer de me remettre de notre histoire.

– Et pas parce que tu m'avais oubliée, alors ?

– J'ai eu un accident l'année dernière et je suis resté entre la vie et la mort pendant deux ou trois jours. » Il caressa sa cicatrice, toujours insensible, pour illustrer son propos. « C'était bizarre, quand je suis revenu à moi à l'hôpital, ma femme était endormie dans le fauteuil à côté de mon lit et elle me tournait le dos. Je ne voyais que ses cheveux et j'étais convaincu que c'était toi. J'ai même prononcé ton prénom. » En fait, il n'était plus très certain de l'avoir dit à haute voix, mais il avait bel et bien imaginé, l'espace d'un instant, que la femme assise à son chevet était Corrine, et il voulait qu'elle le sache.

Elle le fixait d'un regard intense, évaluant apparemment jusqu'à quel point il disait la vérité. « Ton œil gauche a été blessé ? »

Il acquiesça.

« Tu vois avec ?

– Pas beaucoup. Désolé, je sais que c'est déconcertant.

– Je t'en prie. C'est moi qui suis désolée. » Elle souleva son gobelet en carton et plongea les yeux dans la mousse. « Tu sais d'où vient ce nom ? Cappuccino ? »

Il secoua la tête.

« De la couleur du café au lait, qui a rappelé à je ne sais plus qui la couleur de l'habit des moines capucins.

– C'est une des choses de toi qui me manquent.

– Quoi donc ? Ma pédanterie ?

– Non, ça aurait l'air trop négatif. Plutôt ton érudition excentrique.

– On ne peut pas dire que tu aies eu le temps de t'y habituer, pourtant.

– J'ai du mal à penser que ça n'a duré que deux, trois mois.

– Quatre-vingt-dix jours, exactement.

– Tu en es sûre ?

– Du jour où je t'ai vu remonter West Broadway couvert de cendres jusqu'au lendemain de la représentation de *Casse-Noisette*, quand on s'est quittés dans Battery Park. Tu vois, je suis vraiment pédante.

– Plus romantique que pédante, sur ce coup.

– Dans tous les cas, il faut que j'aille travailler.

– Qu'est-ce que tu écris en ce moment ?

– Rien, je n'écris pas. J'ai décidé qu'il y avait assez de scénaristes au chômage comme ça.

– Mais *Le Fond du problème* a bien été tourné. J'ai lu une superbe critique dans le *Financial Times*.

– En voilà une qui a dû m'échapper. » Elle haussa les épaules. « Enfin, ça n'a pas été ce qu'on appelle un grand succès commercial.

– Moi, j'ai trouvé le film très bon.

– Tu l'as vu ? » Elle paraissait sceptique.

« J'ai acheté le DVD. Je l'ai regardé trois fois.

– Deux fois de plus que moi.

– Tu t'es toujours autodénigrée, presque à l'excès. C'est une qualité on ne peut plus rare.

– Dans cette ville, peut-être.

– Et donc, maintenant, tu…

– Je travaille pour une association humanitaire, Nourrir New York. On récupère les excédents de nourriture dans les restaurants, les banques alimentaires, les fermes, les épiceries, et on essaie d'en faire profiter ceux qui en ont besoin.

– Ça me rappelle quelque chose… »

Elle rougit et détourna le regard. Ça le touchait que sa nouvelle occupation soit en lien avec l'expérience qu'ils avaient partagée à la soupe populaire.

« Et toi, est-ce que tu as fini par écrire ce livre sur les films de samouraïs ? »

Il ne comprit pas tout de suite à quoi elle faisait allusion. Il avait oublié que c'était un des nombreux projets auxquels il avait pensé se consacrer après s'être retiré de son entreprise, les films de samouraïs le passionnaient depuis des années. « Je me suis aperçu que je n'avais pas la patience ni la concentration nécessaires pour rester assis à écrire un livre.

– C'est sans doute vrai, dit-elle. Je ne me souvenais pas que tu étais si agité. Il n'y a qu'à voir la façon dont tu tapes du pied en parlant. » Elle marqua une pause. « Bon, quoi qu'il en soit, il faut que j'y aille.

– Où ça ?

– Une cité dans le Bronx. On organise deux fois par mois une distribution de fruits et légumes frais, là-bas. Aujourd'hui, c'est carottes, pommes, concombres et oignons.

– Je peux venir ?

– Ne sois pas ridicule.

– Vous n'avez pas de bénévoles ?

– Si…

– Eh bien voilà. J'ai de l'expérience en la matière, tu te rappelles ? Tu n'as sûrement pas oublié que c'est moi qui t'ai entraînée à la soupe populaire de Bowling Green.

– D'accord, sauf que tu as déjà fait ta part de bonnes actions, l'autre soir.

– Peut-être, mais je n'ai pas eu la chance de passer du temps avec toi. »

Elle eut un air sceptique.

« Je veux voir à quoi ressemblent tes journées.

– D'accord, puisque tu y tiens… allons-y.

– Je suis en voiture, dit-il en lui tenant la porte.

– Si tu veux vraiment voir à quoi ressemblent mes journées, il va falloir que tu prennes le métro. »

Ça semblait sans appel. Il connaissait bien ce regard, tant de gestes et d'expressions de Corrine lui revenaient à la mémoire.

Après qu'il eut congédié son chauffeur, ils marchèrent jusqu'à la station de Canal Street et montèrent dans un métro bondé de la ligne 2, pressés au milieu des banlieusards. Elle était serrée contre l'épaule et la cuisse de Luke, ses jambes enveloppant la sienne, et malgré l'odeur de renfermé et nauséabonde de la voiture, il sentait le parfum de ses cheveux. Il l'avait presque oublié, ce parfum. De manière absurde, il commença à bander. Ils firent presque tout le trajet sans échanger un mot, collés l'un contre l'autre, le contact physique rendant inutile tout dialogue. De toute façon, ce qu'ils auraient eu à se dire était trop intime pour être échangé là.

Ils descendirent à 149th Street – Grand Concourse, Corrine leur frayant un chemin à travers une série de couloirs et d'escaliers, d'où ils débouchèrent à l'angle de deux larges boulevards. D'un mouvement du menton, elle indiqua à Luke la direction à suivre.

« Alors maintenant, dis-moi, c'était seulement un oubli ou un choix délibéré de ta part de ne pas parler de moi à ta femme ?

– Plutôt la deuxième option.

– Et à présent, tu comptes le faire ?

– Non, sûrement pas.

58

– Pourquoi ? »

Il s'interrogea un instant, puis se demanda s'il devait dire la vérité à Corrine. « Parce que si je lui faisais part de la réalité de mes sentiments pour toi, ça lui briserait le cœur. »

Elle sembla réellement surprise de sa réponse. Elle l'assimila avec lenteur. « Elle se plaît à New York ? dit-elle enfin.

– En fait, elle est repartie ce matin. »

Ils longèrent la vitrine d'un coiffeur où étaient affichés deux posters aux couleurs criardes à la gloire de John F. Kennedy et de Martin Luther King, puis ils traversèrent le boulevard et s'engagèrent dans une petite rue où s'alignaient salons de coiffure, épiceries portoricaines, boutiques de vêtements, magasins d'alcool, ainsi qu'un immeuble abandonné couvert de graffitis, où on lisait entre autres : « Armez les sans-abri. »

Corrine désigna au loin un ensemble de tours en brique. « C'est là que nous allons. Quatre mille habitants dans la plus pauvre des circonscriptions d'Amérique. Le supermarché le plus proche est à environ deux kilomètres. Et bien sûr personne n'a de voiture. Avec un taxi clandestin, ça coûte entre huit et dix dollars pour y aller, et pareil au retour. La plupart des gens font donc leurs courses dans les épiceries portoricaines, qui ne vendent ni fruits ni légumes, à part quelques vieilles bananes plantains. »

En s'approchant des tours, ils virent une longue queue qui s'étirait le long du trottoir.

« Nos clients, dit Corrine. On va avoir du boulot, apparemment. »

Ils remontèrent la file, un mélange de gens hétéroclites, de tenues colorées, vêtements de sport ordinaires américains, pantalons baggy et T-shirts larges, mais aussi costumes traditionnels d'une demi-douzaine de nations différentes. Corrine salua plusieurs personnes au passage par leur prénom.

« Et votre goutte, Jimmy, ça va mieux ? Vous continuez à éviter de manger de la viande, hein ?

— Ça va plutôt mieux, ouais, et pourtant je me suis englouti une sacrée plâtrée de travers de porc avanthier. »

À un autre, elle demanda : « Et comment ça a marché, votre entretien d'embauche ?

— Vous croyez que je serais là, dans cette putain de queue, si ça avait marché ? »

Luke aurait voulu dire au type de se montrer plus respectueux, mais Corrine ne se démonta pas : « Venez m'en parler à l'intérieur, tout à l'heure », proposa-t-elle.

Luke la suivit, enjambant une chaîne pour entrer sur un parking où on avait installé de chaque côté des tentes ouvertes. Corrine le présenta à plusieurs collègues, tous très affairés, et le confia à un groupe de bénévoles. « Voici Georgia, elle va te montrer les ficelles du métier. » La Georgia en question était une petite brune gothique toute menue qui donnait l'impression de tout faire pour qu'on oublie son physique de nymphe : elle avait le crâne presque rasé, les oreilles hérissées de métal, et sa peau pâle, du moins ce qui en émergeait de sa veste en cuir noir, disparaissait sous les tatouages.

« Nous, c'est les concombres, lâcha-t-elle.

— Je vous demande pardon ?

— Notre poste. On s'occupe de distribuer des concombres.

— OK.

— Tu te fringues toujours comme ça pour distribuer des légumes dans le sud du Bronx ?

— Quand je me suis habillé ce matin, je ne savais pas que j'atterrirais ici.

60

– Quoi ? Tu croyais que tu allais tourner dans une pub pour *GQ* ?

– Je vais prendre ça pour un compliment.

– Tu fais comme tu le sens, mec. Trop belle, ta cicatrice, à part ça ! »

Elle lui montra où se trouvaient les piles de cagettes de concombres, comment peser les légumes et en préparer des paquets d'un kilo et demi, et de deux et trois kilos. « Les bénéficiaires ont une liste avec des codes. A, ça leur donne droit au plus petit sac, C, au plus gros. Pas besoin de te dire à quoi correspond le B, j'imagine. Quand tu leur files leur sac, tu le coches sur leur liste pour qu'ils viennent pas en redemander un. »

Le portail s'ouvrit quelques minutes plus tard, et ils furent littéralement assiégés par une immense file de demandeurs aux comportements aussi variés que leurs physiques, et dont les témoignages de gratitude allaient de la plus grande timidité à la plus vive exubérance. Certains paraissaient contrariés ou boudeurs, d'autres gênés, quelques-uns avides, tentant de chiper des sacs supplémentaires ou de repasser dans la queue. Il y avait une majorité de femmes, les hommes étaient presque tous des vieillards, hormis quelques adolescents renfrognés. Au bout d'une heure, on l'invita à prendre une pause et il en profita pour appeler son chauffeur. Quand il retourna à son poste, un de ses coéquipiers l'informa que de nombreux concombres de la seconde palette étaient pourris ; ils finirent par en jeter la moitié.

Corrine vint évaluer les dégâts. « Je n'arrive pas à croire qu'ils nous aient refilé ces saloperies », dit-elle. On s'aperçut que les autres légumes commençaient à manquer aussi, alors que quarante ou cinquante personnes faisaient encore la queue, elle demanda donc aux bénévoles de diviser les rations par deux. Une fois la situation plus ou moins maîtrisée, elle dit à Luke qu'elle devait rentrer à son bureau.

Espérant la convaincre du contraire, il lui emboîta le pas. En passant à côté de la femme qui fermait la queue, une mère de famille à l'air épuisé, les cheveux en broussaille, accompagnée de deux marmots qui frissonnaient et dont l'un portait des chaussures dépareillées, Corrine, pour une raison mystérieuse, se sentit particulièrement gênée. Elle tenta de lui faire accepter un billet de dix dollars, mais au lieu de l'empocher en silence, la femme vociféra : « Mais qu'est-ce que tu veux que j'en foute de ce fric ? » en brandissant sous le nez de Corrine le billet, qu'elle tenait entre le pouce et l'index comme s'il était infecté.

« C'est seulement parce que je m'en voulais que nous n'ayons presque plus de nourriture.

– J'ai pas besoin de ta putain de pitié », cria la femme.

Corrine était abasourdie par tant de colère. « Je me suis dit qu'avec vos deux petits…

– T'avise pas de parler de mes mômes. C'est pas tes oignons, pigé ? »

La femme devant elle, dans la file, intervint : « Eh, ma vieille, si t'en veux pas, moi je dis pas non.

– Toi aussi, occupe-toi de tes fesses, OK ? » À peine avait-elle fourré le billet froissé en boule dans sa poche que la rumeur d'une distribution d'argent se répandait dans la queue, et ceux qui n'avaient reçu que des bons s'empressèrent de réclamer leur dû.

Un homme squelettique vint se camper devant Corrine, la main tendue. Il s'était enveloppé dans une de ces épaisses couvertures bleues qu'utilisent les déménageurs pour protéger les meubles.

Corrine était mortifiée, c'était visible, et elle le fut plus encore quand Georgia s'approcha et demanda : « Qu'est-ce qui se passe ici ?

– Y se passe qu'y en a qu'ont un traitement de faveur. »

Corrine attira sa collègue à l'écart et s'efforça d'expliquer la situation. « Je sais, je sais, dit-elle en réponse aux reproches que Georgia ne lui avait pas encore adressés. Un manque total de professionnalisme.

– Ben, c'est toi la chef », rétorqua Georgia d'un ton qui indiquait clairement que pour elle Corrine était une dilettante qui jouait les bonnes sœurs.

« Je suis affreusement gênée, dit Corrine lorsqu'elle se retrouva seule avec Luke. Je suis désolée que tu aies assisté à ce spectacle.

– Mais non. Ça me plaît que tu sois si généreuse. Tu veux que je te raccompagne dans le centre ? » demanda-t-il en apercevant sa voiture qui tournait au ralenti de l'autre côté de la rue.

Elle semblait abattue par l'altercation qui venait d'avoir lieu, moins sûre d'elle. « Conduis-moi jusqu'à la station de métro.

– Allez, je t'invite à déjeuner, insista-t-il quand le chauffeur s'enquit de leur destination.

– Il faut que je rentre au bureau.

– Rien qu'un plat rapide au Four Seasons, c'est sur le chemin, proposa-t-il après qu'elle eut indiqué l'adresse. Je t'ai à peine parlé pendant ces trois heures.

– Désolée, Luke. J'ai une réunion.

– On dîne ensemble, alors ?

– Je ne peux pas…

– Et un verre, quand tu sortiras du travail ? Je te montrerai des photos du village qui va bénéficier de ton système de récupération d'eau.

– OK, on verra.

– Je passerai te chercher à ton bureau. »

Il la déposa à la station de métro et se fit conduire au Four Seasons, plutôt réconforté par ce qu'il venait d'obtenir, mais à cinq heures elle appelait pour annuler.

« Désolée mais ma réunion va se prolonger jusqu'à six heures et demie et ensuite il faut que je file à la maison libérer la nounou avant sept heures.

– Quand est-ce que je pourrai te voir ?

– Luke, honnêtement, je ne vois pas ce que tu attends de moi.

– J'ai simplement envie de rattraper le temps perdu, de passer quelques heures avec toi. »

Il mentait, et il le savait. Il se demandait si coucher avec elle une fois de plus éteindrait ou alimenterait le feu de son désir, en tout cas il brûlait de le savoir.

4

Russell avait passé l'après-midi à rechercher et collecter les ingrédients parfaits : canards fermiers en provenance du nord de l'État, achetés au marché fermier de Union Square, anis étoilé de chez Fujian à Chinatown. Il appartenait à cette nouvelle race d'hommes épicuriens qui considéraient la cuisine comme un sport de compétition, et il s'y adonnait avec la même passion fébrile que d'autres montrent pour la pêche à la mouche ou le golf, et un même fétichisme pour les gadgets et le matériel correspondants. Avec son meilleur ami, Washington, ils se querellaient avec âpreté sur les mérites comparés des coutelleries allemande et japonaise. Russell avait été élevé aux légumes surgelés et aux ragoûts à base de soupe en conserve, et Corrine pensait qu'il avait trouvé là une façon parmi d'autres de prendre ses distances avec ses origines du Midwest, ce qui ne lui posait à elle aucun problème ; elle préférait encore aller chez son gynécologue que de préparer tout un repas. Les machos aux fourneaux, ça lui convenait très bien.

« Où est passé ce putain de mixeur plongeant ? » s'exaspéra Russell, campé devant le plan de travail et affublé de son tablier sur lequel on pouvait lire : « Les hommes, les vrais, ne mettent pas de tablier. »

« Je ne sais même pas de quoi tu parles, répondit Corrine.

– J'en ai besoin pour préparer ma sauce brune.

– T'es vraiment une tapette, toi, on te l'a déjà dit, non ?

– C'est quoi, une tapette ? » Comme à son habitude, leur fille, Storey, était soudain apparue à leurs côtés. Pâle fantôme blond.

« Euh, c'est juste un mot… que j'utilise quand ton père se montre un peu ridicule et prétentieux.

– Alors, ça doit t'arriver souvent. C'est bizarre que je ne l'ai jamais entendu avant. »

Corrine était décontenancée. Onze ans ? Un moment, elle nageait en plein Disney et parlait d'Hannah Montana et la minute d'après, elle avait l'humour caustique de Janeane Garofalo. Russell, toujours à la recherche de son satané mixeur, semblait n'avoir rien remarqué.

« Jeremy joue à un jeu vidéo, lança Storey d'un ton plus de son âge. Et il est censé jouer seulement le week-end. »

En proie à des sentiments contradictoires, Corrine se dirigea vers la chambre de son fils pour voir ce qu'il en était. Certes, Jeremy n'était pas autorisé à faire de la console, un soir de semaine, mais d'un autre côté, Storey avait la désagréable habitude de dénoncer son frère. Ils avaient partagé la même chambre jusqu'à l'année précédente, quand Russell avait enfin accepté de prélever dix mètres carrés sur la surface totale de leur loft pour qu'ils aient chacun la leur. C'était un loft à l'ancienne avec des pièces en enfilade, six mètres sur vingt-cinq. Avant leur emménagement en 1995, quelqu'un avait bricolé une chambre à coucher au fond de l'appartement avec des planches en bois et des panneaux de plâtre ; à la naissance des jumeaux, ils en avaient aménagé une de trois mètres cinquante sur quatre mètres vingt, et maintenant celle-ci, presque identique, qui avait considérablement réduit l'espace commun. Ils avaient pris l'habitude, en particulier pour fêter la publication d'un livre, d'y entasser soixante à quatre-vingts personnes, mais à présent leurs invités étaient réellement serrés comme des sardines. Ces transformations avaient nécessité l'ajout d'une clause à leur contrat de location, leur propriétaire se réservant le droit de leur faire abattre ces cloisons en fin de bail. Parmi leurs relations, plus personne n'était locataire, mais le loyer qu'ils payaient était moins élevé que le crédit et les frais d'entretien que leur coûterait un appartement comparable s'ils en étaient propriétaires. Elle n'était même pas sûre qu'on puisse encore trouver des espaces pareils : un loft à l'ancienne avec des canalisations et des câbles apparents, un plancher en bois brut gauchi avec des fentes assez profondes pour y loger des balles de golf, des plafonds en métal gaufré et stratifié, dont les carreaux ornés de fleurs de lys avaient été redécoupés, réparés et repeints un nombre incalculable de fois ; et un monte-charge antédiluvien qui fonctionnait quand il le voulait. Depuis dix ans, la décoration était restée la même : un mur entier recouvert de rayonnages de livres, l'autre, de photos encadrées, tableaux et posters collés les uns à côté des autres, dont l'affiche du film de Disney, *Calloway le trappeur*, « Une famille que vous n'oublierez jamais ! ». Seuls un paysage de Russell Chatham, une petite eau-forte d'Agnes Martin et le portrait de James Joyce photographié par Berenice Abbott valaient plus que leur cadre.

Corrine mourait d'envie de déménager, d'avoir enfin une deuxième salle de bains, mais Russell continuait, malgré les années, à s'accrocher à son image d'habitant bohème du cœur historique de la ville. Leur appartement aurait pu figurer dans un diorama du musée d'Histoire naturelle : *Derniers spécimens des premiers Tribecains*, un exemple de l'habitat traditionnel des occupants originels des lofts de Manhattan. Le quartier s'était terriblement embourgeoisé et ils avaient assisté, impuissants, à sa rénovation. Aujourd'hui on construisait partout, nouveaux immeubles et rénovations à grande échelle, échafaudages, grues et bennes à ordures à tous

67

les carrefours, martellement incessant acier contre acier, explosions et grondements des générateurs du matin au soir ; c'était un peu comme vivre dans une ville en guerre. Le silence s'était fait pendant quelques mois après le 11 Septembre, même si, rétrospectivement, il semblait que construction et spéculation avaient repris dès que la fumée avait cessé de s'élever du volcan de gravats, un peu plus au sud. De nouvelles tours, avec spas et portiers en livrée, avaient poussé comme des champignons sur les sites d'enfouissement au long du fleuve, tandis que dans les vieux bâtiments industriels éventrés, puis redorés, s'installaient des résidents tout nouveaux, tout beaux, excités à l'idée d'avoir des murs assez hauts pour y accrocher les toiles géantes des artistes qui avaient vécu là dans les années soixante-dix et quatre-vingt. Aujourd'hui on croisait des stars de cinéma au Garden Deli, et des banquiers d'affaires à l'Odeon. À leur arrivée, il n'y avait même pas une épicerie fine dans le quartier. Le Mudd Club avait disparu depuis longtemps, les Talking Heads aussi, mais Russell aimait toujours écouter à fond, pour s'inspirer quand il cuisinait, *Life During Wartime*, un morceau emblématique de leurs premières années à New York.

Corrine s'apprêtait donc à aller vérifier ce que fabriquait Jeremy quand on sonna à l'interphone.

« Mon Dieu, dit Russell, il n'est même pas huit heures moins vingt. »

Elle se dirigea vers la porte. « On n'avait pas dit huit heures ?

– On dit toujours huit heures. Ce qui signifie huit heures vingt. Tout le monde le sait. »

Elle pressa sur le bouton.

Des parasites… comme souvent.

« Allô ?

– Je viens… pour le… dîner.

– Vous êtes qui ?

68

– Jack Carson ? »

Il n'avait pas l'air d'en être sûr, et pendant quelques secondes, elle ne le fut pas non plus. « Ah, oui. » C'était le nouveau prodige de la littérature découvert par Russell. « Poussez la porte quand vous entendrez le *bzz*. Nous sommes au troisième. »

« C'est Jack Carson, annonça-t-elle à Russell.

– Je suppose que dans le Tennessee, ils ignorent que ça se fait d'arriver un peu en retard.

– Vu ce que tu m'as raconté de sa consommation de substances illégales, on devrait déjà être contents qu'il ait réussi à arriver jusqu'ici.

– En fait, je pense qu'il n'a rien pris depuis deux ou trois mois. »

Corrine alla se poster près de l'ascenseur, curieuse de faire la connaissance de ce génie, ce poète sorti du Sud profond qui enthousiasmait tellement Russell et dont le premier livre serait publié l'an prochain. Mais elle ressentit une légère déception en voyant apparaître un gamin dégingandé avec les cheveux en bataille, une peau marbrée et des yeux perçants presque noirs, portant un jean déchiré et un blouson de cuir noir par-dessus un T-shirt noir également, orné d'une étoile à cinq branches et de la légende *Big Star*.

« Enchantée, je suis Corrine. Russell m'a tellement parlé de vous.

– C'est vous qui avez écrit le scénario du *Fond du problème*.

– On ne peut rien vous cacher.

– J'ai adoré ce film », dit-il, ce qui lui fit plaisir, mais la manière dont il la fixait de ses yeux noirs la troubla.

« Comment l'avez-vous déniché ?

– C'est Russell qui me l'a passé. Il sait que je suis un grand fan de Graham Greene. Vous avez rendu Scobie plus humain que Greene avait réussi à le faire, c'était vraiment cool. »

69

Elle s'étonna de l'érudition que sa remarque supposait – ça allait au-delà du fait que quelqu'un puisse se souvenir de son petit film –, alors même qu'elle se rendait compte qu'il n'y avait rien d'antinomique entre l'accent et la sensibilité d'un individu. Elle savait qu'elle ne devait pas faire rimer « sudiste » et « inculte ». Luke venait du Tennessee, lui aussi, et il était difficile de trouver plus fin que lui, mais son accent était presque imperceptible, comparé à celui de Jack. Il avait appelé quelques jours plus tôt pour lui dire au revoir ; elle aurait sans doute dû se réjouir de le savoir de nouveau aux antipodes, pourtant elle s'était sentie étrangement perdue à l'idée qu'il repartait.

Russell se précipita pour accueillir sa nouvelle découverte. Il l'étreignit avec chaleur. « Alors, vous êtes content d'être à New York ? Je vois que vous avez fait la connaissance de Corrine. Pas eu trop de mal à nous trouver ?

– Non, pas trop. Si ce n'est que ce connard de taxi m'a coûté la moitié de mon à-valoir.

– Il y a de quoi râler, je sais. Mais ne vous inquiétez pas, je vous commanderai une voiture pour le retour. Bon, ne restez pas là dans l'entrée, je vais vous servir quelque chose à boire. Storey, tu veux bien venir dire bonsoir à Jack ? »

Corrine s'éclipsa pour aller voir ce que devenait Jeremy.

« Qu'est-ce que tu fabriques, mon chéri ? » Il était allongé sur sa couette Pokémon, et Ferdie, le furet, était couché sur l'oreiller, juste à côté de lui.

« Je joue à *Super Mario Sunshine*.

– Et quel jour on est ?

– Je sais pas.

– Mardi, non ?

– Peut-être.

– Ce qui est donc… un jour de semaine ?

70

– Je suppose », répondit-il sans quitter des yeux son écran sur lequel le petit homme rouge traversait une île tropicale.

« Et est-ce qu'on a le droit de jouer à la console, un jour de semaine ?

– Je croyais qu'aujourd'hui, c'était comme un jour férié.

– Non, c'est le jour des élections, pas un jour férié. Les jours fériés sont ceux où tu ne vas pas à l'école. Maintenant, dépêche-toi de m'éteindre ça si tu ne veux pas que je te confisque la télécommande.

– Laisse-moi juste enregistrer la partie.

– Ça veut dire quoi ? C'est toujours ce que tu me réponds pour continuer à jouer cinq minutes de plus. » Elle n'arrivait pas à savoir si cette histoire d'enregistrement était ou non une ruse.

Comme il faisait mine de poursuivre, elle s'approcha du lit et lui prit la télécommande des mains. Ferdie, pareil à un serpent ensommeillé, ouvrit les yeux et la regarda avec langueur.

« OK, OK.

– Quand je reviens, je ne veux plus voir ce truc en marche, compris ? Et tes devoirs ?

– J'ai tout fait sauf les maths.

– Alors vas-y, fais-les. »

Et elle quitta la chambre avant de l'avoir vu éteindre sa console, lasse de ces luttes incessantes. En même temps, ce genre de rituel familial avait quelque chose de rassurant. Elle s'était sentie complètement désorientée, ces derniers jours, après avoir revu Luke, et elle n'avait qu'une envie, c'était de se convaincre qu'elle en avait fini avec lui, qu'il n'avait plus aucune incidence sur sa vie.

Storey était assise sur le canapé, à côté de Jack, et elle lui montrait un passage de son livre. « Vous votez démocrate ? demanda-t-elle. Mon père dit que les vrais amis ne laissent pas leurs amis voter républicain. C'est n'importe quoi. Il a repris la pub qui dit que les vrais amis ne laissent pas leurs amis prendre le volant quand ils ont trop bu. Tous les gens qu'on connaît sont démocrates. » L'interphone sonna avant que Corrine ait pu entendre la réponse.

« C'est Hilary et Dan. » Deux républicains, en fait. À peine audibles au milieu des parasites de l'interphone. La sœur cadette de Corrine et son fiancé, un ex-flic, qui avait fini par divorcer de sa bigote catholique, une femme terriblement amère, quelques mois plus tôt. S'appuyant sur le fait qu'Hilary sortait avec Dan depuis cinq ans maintenant, Corrine avait fini par obtenir de Russell qu'il cesse de parler d'elle comme de sa « pouf de sœur ».

« Qui a sonné ? dit Russell en sortant de la cuisine.

– Hilary et Dan.

– Ah, ton ex-pouf de sœur et son escorte policière.

– Russell, je t'en prie. » Elle fit un geste du menton en direction du canapé.

Dépité, Russell jeta un coup d'œil vers le salon et aperçut la couronne de cheveux blonds de Storey qui dépassait à peine des coussins. « Désolé. »

Ils entendirent l'ascenseur monter dans un bruit métallique, puis s'arrêter en vibrant, avant que ses portes s'ouvrent dans un couinement.

Échange de baisers et de poignées de main...

« Bon anniversaire, sœurette ! lança Hilary. Oh merde, j'avais oublié qu'on n'était pas censés le dire. » Elle posa un doigt sur ses lèvres. « Top secret.

– Plus vraiment un secret maintenant, je te remercie », répliqua Corrine. Elle avait insisté pour que ce ne soit pas une soirée d'anniversaire, n'ayant nulle envie de célébrer son entrée dans la cinquantaine, au contraire de Russell, qui avait organisé un grand raout, quelques mois plus tôt, pour fêter son demi-siècle.

« Et où sont mes petits poussins chéris ? » chantonna Hilary.

Corrine se tourna vers son mari qui la considérait d'un air affligé. Il savait combien cela la mettait en rogne que sa sœur emploie un possessif pour parler des enfants, comme si elle était de nouveau décidée à faire valoir ses droits maternels et qu'elle voulait leur donner des indices sur leurs origines complexes, qu'ils soient prêts à entendre la vérité ou non.

Storey se leva du canapé pour aller saluer les nouveaux arrivants.

« Mais la voilà ! s'exclama Hilary en soulevant la gamine dans ses bras sans lâcher son verre de pinot grigio. Comment va ma petite fille préférée ?

– Bien. » Cela réchauffa le cœur de Corrine de voir la façon dont Storey se raidissait et se cabrait entre ses bras. Hilary faisait partie de ces gens incapables d'avoir de relations avec les enfants, de parler leur langue, ayant dépensé toute leur énergie d'adulte à apprendre l'idiome et les gestes de la séduction. Pendant des années, elle avait été une femme entretenue, une concubine sans activité professionnelle, une groupie.

Dan arracha Storey à l'étreinte maladroite d'Hilary, l'embrassa à son tour et la reposa par terre. « Alors, comment va ma princesse ? Et où est ton abominable frère ?

– Moi, ça va. Lui, il joue à la console même si c'est un jour de semaine.

– On ferait peut-être bien de procéder à une arrestation, non ? » rétorqua Dan.

L'interphone empêcha cette menace d'être mise à exécution. Une voix de baryton crépita dans le haut-parleur, et l'ascenseur s'ouvrit bientôt sur Washington Lee et sa femme, Veronica. Le meilleur ami de Russell était très chic, costume noir et chemise blanche impeccable ; son épouse, qui travaillait chez Lehman Brothers, portait un tailleur strict, gris anthracite. Russell alla chercher Jack et le leur présenta comme l'auteur du recueil de nouvelles le plus brillant qu'il ait jamais eu l'occasion de publier.

Et Jeff ? pensa Corrine. Oublié, notre ami disparu ?

« Jack vient de Fairview, Tennessee », précisa Russell, se délectant, elle le savait, de ce lien à la rude Amérique éternelle. Certes, il aimait sa ville d'adoption, cette mince langue de terre surpeuplée à l'extrémité est du continent, mais il n'en croyait pas moins dur comme fer que l'Amérique était ailleurs, loin dans le Sud ou l'Ouest, ces grands espaces qui s'étendaient au-delà du vieux rempart des Appalaches, et que la vocation de la littérature de ce pays était de parler d'hommes et de femmes solides et taciturnes, vivant au fin fond des vallées ou dans l'immensité des plaines – même si, à en juger par les personnages des nouvelles de Jack, une collection de camés édentés et bavards, ils n'étaient plus nécessairement silencieux.

« Alors, vous avez voté pour ce p'tit Blanc ou pour mon frère ? demanda Washington à Jack.

– Est-ce qu'on est censés comprendre que tu parles des élections sénatoriales du Tennessee ? dit Russell.

– Exactement, je parle du duel Corker-Ford.

– Je pense qu'ils sont tous les deux complètement nuls, répondit Jack, à la plus grande surprise de tous.

– Bien sûr, mais il y a des degrés dans la nullité, rétorqua Washington. En tout cas, la dernière fois que j'ai foutu le nez dans cette campagne, Ford, lui, ne faisait pas passer des spots publicitaires sous-entendant que Corker couche avec des filles noires. » Typique de Washington, ça, remarqua Corrine, de supposer des intentions racistes sur la base de l'accent. Évidemment, pour ce qu'elle en savait, il était possible que ce gamin soit raciste. Dans ce cas, Washington n'en ferait qu'une bouchée. Il avait toujours adoré jouer la carte raciale, utiliser sa couleur de peau quand cela lui était utile. La seule chose qu'il aimait encore davantage que mettre des Blancs de gauche sur le gril, c'était cuisiner des racistes invétérés.

« Wash, je t'en prie, intervint Corrine.

– Pas de problème, fit Jack. J'ai rien à cacher. J'ai inscrit le nom de Kid Rock sur mon bulletin. »

Corrine éclata de rire, amusée de voir avec quelle adresse il avait déminé la situation. Sa plaisanterie était très drôle, plus drôle encore si c'était vrai.

Jeremy était sorti de sa chambre, comme s'il avait deviné l'arrivée de Dan. Ils étaient très complices et il lui demanda de lui montrer son arme, comme à chaque fois.

« Mais, je croyais que tu m'avais dit que tu étais démocrate ! s'étonna Dan.

– Et alors ? dit Jeremy.

– Eh bien, répondit Dan en jetant un regard taquin à Corrine, si les démocrates gagnent, seuls les grands bandits auront le droit de porter des armes. »

Jack, avec un accent du Sud indescriptible, demanda : « Et c'est quoi, comme flingue ?

– Un Sig P226.

– Waouh, c'est une arme géniale. Avec mon pote, on en a utilisé une comme ça pour tirer, y a juste quelques jours. Je peux ? »

Corrine se retint de protester tandis que Jeremy, Jack et Dan examinaient avec fascination le dangereux pistolet noir et argent, mais elle resta tout près d'eux, décidée à s'interposer au cas où on laisserait son fils y toucher.

Nancy Tanner fit son apparition au moment même où le chef Russell commençait à se plaindre de son retard. Elle venait de se réinstaller à New York après avoir passé quelque temps à Los Angeles, où elle avait travaillé comme productrice sur une adaptation de son dernier livre pour la chaîne de télévision Showtime. Elle était plus belle que jamais, mince et sculpturale, et Corrine ne put s'empêcher de se demander si elle n'avait pas profité de ce séjour en Californie pour se faire refaire quelque chose.

« Et comment vont mes bobos préférés ? » dit-elle en embrassant Corrine sur les deux joues, avant de s'adresser à Washington et Veronica : « Et comment va la vie dans le comté de Cheever ? » Ils s'étaient enfuis à New Canaan, Connecticut, au lendemain du 11 Septembre, mais étaient revenus en ville cet été, à temps pour la rentrée scolaire, et avaient acheté un loft quelques rues plus loin, dans une ancienne usine d'outillage et de teinture, mais Nancy ne le savait pas encore.

« Je pense qu'on a découvert pourquoi Cheever buvait tellement, déclara Washington.

– C'était horrible, renchérit Veronica. On croyait que c'était bien pour les enfants, mais on peut dire qu'ils ont encore plus détesté ce bled que nous.

– Sans parler du fait que tout le monde me prenait pour le domestique de service, ajouta Washington.

– Là, tu exagères, Wash.

– Des connards en shorts à carreaux qui voulaient m'engager pour que je tonde leur pelouse.

– Arrête.

– Eh, mon garçon, tu peux me porter mes clubs de golf ?

– C'est vrai, il exagère à peine. Même le chien n'en pouvait plus.

– Et Mingus a attrapé la maladie de Lyme.

– Qui aurait pu se douter que le jardin était infesté de tiques ?

– Le chien, lui aussi, a attrapé la maladie de Lyme.

– Tout le monde l'attrape là-bas. C'est comme une saleté d'épidémie.

– Je préfère encore les cafards. Mille fois plus même que les tiques.

– J'ai été tellement heureuse de trouver un cafard dans l'évier quand on est rentrés à New York.

– J'aurais pu vous dire que c'était une erreur d'emménager en banlieue, dit Nancy. J'y ai grandi.

– Comme tout le monde, non ? remarqua Hilary.

– Nous, on est des gosses de la ville, Veronica et moi. On a grandi dans ce putain de Queens, mec. Échanger notre HLM contre une maison avec jardin, c'était ça le rêve. Du coup, c'est un peu comme si on avait dû vivre le rêve de nos parents, vivre dans une banlieue résidentielle. On avait ça inscrit dans les gènes depuis que la mère de Veronica s'était enfuie de Budapest après la révolution et que la mienne avait quitté clandestinement Port-d'Espagne sur un bateau : *Partez en Amérique, travaillez dur, prenez-en plein la gueule, frottez les planchers, et un jour, vos enfants vivront dans le comté de Westchester.* La mère de Veronica, depuis qu'elle était toute gamine, voulait que sa fille habite un jour New Canaan. Quoi qu'il en soit, tout ça, c'est fini, notre petit rêve américain a viré au cauchemar. On est de retour, ma jolie. Béton et asphalte sous nos pieds. Gratte-ciel et tout le reste. Exactement ce que j'avais en tête. Des chauffeurs de limousine à disposition, le doigt sur la couture du pantalon. Un portier au garde-à-vous, un concierge dans l'immeuble prêt à intervenir chaque fois qu'un fusible saute ou qu'une lampe électrique pète. La vie en ville, voilà ce qu'il me faut à moi.

– Je ne sais pas, dit Russell après une rasade de champagne. Personne n'aime New York plus que moi, pourtant j'ai l'impression que la ville elle-même se transforme en banlieue chic. Moins de diversité, moins d'audace. Elle ressemble plus à New Canaan maintenant qu'à la grande métropole où nous étions venus nous installer.

– Pas de nostalgie, on ne va quand même pas regretter le temps des agressions, des graffitis et des pipes à crack dans le hall de l'immeuble », ironisa Corrine. Elle avait failli ajouter « et du sida », mais elle s'était arrêtée à temps. Elle ne voulait pas retourner le couteau dans cette plaie, alors que le dîner avait à peine commencé et qu'il y avait des inconnus à sa table. Pas question de parler de

Jeff. Mais c'était trop tard : il était ici, dans cette pièce, à ses côtés, avec son odeur infecte de tabac ; à l'époque tout ou presque empestait le tabac, Jeff juste un peu plus que la moyenne, chez lui elle était recouverte d'un parfum de cuir qu'elle n'avait jamais retrouvé par la suite. Chacun a son odeur, si on veut bien y prêter attention, et celle de Jeff, elle y avait été sensible. Ce qu'on appelle l'alchimie entre les êtres, soupçonnait-elle, était surtout une question d'odeurs. Elle avait pu s'en apercevoir de nouveau l'autre soir, avec Luke. Ces jugements instantanés qu'on peut avoir sans savoir pourquoi. Nous sommes avant tout des animaux. Et elle avait adoré l'odeur de Jeff, même s'il était le meilleur ami de Russell. Cela n'était arrivé que deux ou trois fois. Mais quand ça s'était su, ça avait bien failli mettre fin à leur mariage. Dix-huit ans déjà : il était mort en 1988, au plus fort de l'épidémie.

Pour rompre le sortilège, elle lança : « Vous vous rappelez ces peintures sur les trottoirs qui ressemblaient aux silhouettes qu'on trace à la craie sur une scène de crime ? On n'était jamais sûr que ce soit un graffiti ou un meurtre. Comment s'appelait ce peintre déjà ?

– Et les pipes à crack ? dit Washington. Dans l'Upper West Side, on marchait dessus comme sur des glands en forêt.

– New York dans les années quatre-vingt, s'exclama Jack. Ça devait être vraiment géant ! » Et à cet instant précis, quelque chose dans ses manières, sa jeunesse, sa façon avachie de se tenir rappela Jeff à Corrine.

« On ne savait même pas que c'étaient les années quatre-vingt, rétorqua Washington. Personne ne nous l'a dit avant 1987, et à ce moment-là, c'était déjà presque du passé. »

5

L'été suivant l'obtention de leur diplôme, Jeff sous-loue un loft à SoHo. Le mot loft lui-même semble aussi louche et bohème que le quartier, à moitié abandonné, peuplé pour l'essentiel de peintres et de sculpteurs à la recherche d'ateliers bon marché. Tout le coin est réservé à l'industrie légère et il est interdit d'y habiter, ce qui ne fait qu'ajouter à son côté magique. Jeff vit là en échange de la garde du chat d'une fille qu'il connaît, partie trois mois en tournée avec son groupe, et qui elle-même le sous-loue illégalement à un peintre habitant Berlin. C'est tout à fait le genre de magouille, de situation tordue, mais tellement jubilatoire, dans lesquelles Jeff semble inévitablement se retrouver, ou plutôt, dans lesquelles il choisit de se mettre.

À peine diplômée de Brown, Corrine vit dans l'Upper East Side et travaille chez Sotheby's. Pour elle, SoHo est *terra incognita*, une région mystérieuse située au sud de Manhattan, soi-disant habitée par des artistes et Dieu sait qui encore. Personne ayant fréquenté la Miss Porter's School, en tout cas. Tout lui paraît un peu surnaturel, quasi désert, alors qu'elle sort du métro à Prince Street et se dirige vers l'ouest, son ombre se dessinant sur les trottoirs cabossés, les façades ouvragées et noires de suie de ce qui étaient autrefois des ateliers et des usines. Elle passe devant un homme à la barbe fournie et vêtu d'une salopette qui fume sur un perron. Elle l'aurait pris pour

79

un clochard, s'il n'avait eu les doigts pleins de taches de peinture et une tenue de travail OshKosh. Pour ce qu'elle en sait, il pourrait être James Rosenquist ou Frank Stella.

C'est plutôt aventureux de sa part, ne peut-elle s'empêcher de penser, de venir là toute seule, elle en frémit presque d'avance en s'approchant de Greene Street. Jeff avait proposé de la retrouver dans son quartier, mais elle avait insisté pour connaître son repaire. Plus tard, elle s'interrogerait plus sérieusement sur ses véritables motivations.

Russell est à Oxford : il a décroché une bourse pour étudier la poésie romantique. Il lui écrit de longues lettres où il lui parle de ses lectures, de l'excentricité des Britanniques et de la Marmite, cette horrible pâte à tartiner salée, et qui se terminent inévitablement par des déclarations d'amour. Ils n'ont pas les moyens de se téléphoner plus d'une ou deux fois par mois. Pour lui, ils sont déjà fiancés, mais elle lui a demandé de manière très explicite de s'interroger sur ses sentiments au bout de leurs huit mois de séparation. Pour l'instant, cela ne fait que six semaines, et il craint déjà qu'elle ne rencontre quelqu'un. Ce n'est pas le cas, et rendre visite au meilleur ami de Russell lui donne l'impression de se rapprocher de lui.

Elle trouve l'immeuble, il a une façade métallique richement décorée – des colonnes noires de crasse encadrent de hautes fenêtres cintrées, la rouille perçant par endroits sous les couches d'une peinture autrefois blanche et la pollution urbaine. Corrine, qui a fait des études d'histoire de l'art, se plaît à remarquer que le corinthien, avec ses colonnes cannelées et ses feuilles d'acanthe ouvragées, était le style classique favori des architectes du XIXe siècle qui ont bâti le quartier. Devant l'édifice, une silhouette humaine peinte en noir s'étend sur le trottoir, ce pourrait être la reconstitution d'une scène de crime.

À la porte, des boutons d'interphone hétéroclites sont fixés à une planche de contreplaqué, et sur l'un d'eux, un bout de papier jaune porte les initiales JB griffonnées à la hâte. Elle presse dessus et elle attend, avant de lever les yeux vers une fenêtre qui s'ouvre en grinçant pour laisser passer la tête de Jeff.

« Tu es sûre que tu veux monter ?

– Absolument. Je n'ai jamais vu d'atelier d'artiste.

– Rien de bien joli à voir. » Il agite quelque chose entre ses doigts. « Attrape. » C'est une clé accrochée à morceau de balsa dégoûtant, qui rebondit sur le trottoir dans un cliquetis.

« Quatrième étage. Tu ne peux pas te tromper. »

À l'intérieur, elle distingue un vieil escalier monumental, fait de planches de chêne vétustes ; au fur et à mesure qu'elle monte, les marches s'élargissent, et elle s'enfonce un peu plus dans les profondeurs de l'immeuble à chaque palier, jusqu'à ce qu'elle débouche au sommet, devant une porte entrebâillée. « Pas exactement le genre d'escalier qui conduit au ciel », déclare Jeff, l'invitant à entrer d'un geste cérémonieux, le dos un peu courbé pour rendre sa stature de géant moins impressionnante. Comme à l'accoutumée, il porte une chemise Brooks Brothers par-dessus un jean déchiré.

« Je t'en prie, ne me dis pas "bienvenue dans mon humble demeure".

– J'allais t'annoncer la mort de ma femme de ménage, mais en fait, je n'en ai jamais eu.

– C'est très… habité…

– J'allais aussi te dire qu'ici la magie n'opère pas… »

C'est un fouillis total : partout des vêtements, des livres et des cendriers qui débordent, mais l'espace lui-même est magnifique, avec un très haut plafond en métal gaufré soutenu par des colonnes, et d'immenses fenêtres en ogive de chaque côté. Sur un des murs s'étale une longue fresque, toute en volutes de couleur, lettres déformées et animaux imaginaires, peinte récemment par un de ses amis, lui explique-t-il quand elle l'interroge après une fête qui avait duré toute la nuit ici même.

« C'est une expression tellement stupide, "faire la fête", déclare-t-elle. Vraiment, tu n'es pas d'accord ? On dirait qu'on n'ose pas appeler les choses par leur nom. Est-ce que ça signifie picoler ? Se droguer ? S'envoyer en l'air ? Les trois ? » Même à ses propres oreilles, cette sortie paraît prétentieuse et pédante, et elle se rend compte de sa nervosité, sans trop savoir à quoi elle est due.

Dans un coin de la pièce, un matelas flotte sur les larges lattes du plancher comme une péniche à la dérive, draps et couvertures en bataille. À l'autre bout, une porte repose sur deux blocs de tiroirs – un bureau de fortune sur lequel trône une grosse IBM Selectric au milieu de plusieurs piles de livres. Russell envie à Jeff cette machine à écrire depuis des années – ce qu'il existe de mieux en la matière. Entre le lit et le bureau, un îlot de meubles branlants fait figure de salon : une espèce de sofa marron sans pieds, un pouf en forme de poire, et un ersatz de table basse : une planche de surf posée sur deux parpaings.

« À l'origine, le 77 Greene Street était un des plus célèbres bordels de New York, lui raconte Jeff. Quand il a brûlé, on a construit cet immeuble-ci qui a abrité une usine de corsets pendant de nombreuses années.

– L'immoralité sans retenue cédant la place aux entraves de la féminité.

– Le progrès de la civilisation est inexorable. »

Malgré son état délabré, la majesté des volumes et les détails architecturaux font de ce loft un lieu très inspirant où on pourrait accomplir de grandes choses, peindre des toiles de génie, et même écrire un roman sublime – et cela, elle le sait, est sa seule ambition, même s'il pratique l'autodénigrement avec cynisme et qu'il n'a pour l'heure publié qu'une seule nouvelle dans la *Paris Review*. Et pourtant c'est là tout ce qu'il est : Jeff Pierce, l'écrivain, le *poète maudit*[1]. Il avait eu la révélation de son destin en lisant *Le soleil se lève aussi* à l'âge de treize ans. Robert Lowell est un de ses oncles éloignés. À Brown, il arpentait le campus avec un exemplaire d'*Ulysse* sous le bras et suivait les cours de John Hawkes, le romancier avant-gardiste qui croyait en son génie. Il était l'un des rares étudiants de Brown non new-yorkais qui se rendait souvent à Manhattan, où il évitait les lieux traditionnellement hantés par ses congénères : le Trader Vic's, le 21 et le Dorrian's Red Hand, leur préférant les lectures de poésie ou les boîtes punk-rock du centre-ville. Un jour, il a rencontré William Burroughs, qui vit aujourd'hui, dit-il, dans un ancien gymnase de la YMCA dans la Bowery.

Un chat noir et blanc apparaît et se frotte avec insistance contre la jambe de Jeff. Elle se rappelle que les animaux sentent toujours combien il les aime. « Je te présente Kurt Weill, dit-il tandis que l'animal s'éloigne.

– J'aurais pu m'en douter », répond-elle.

Il lui propose une Marlboro et l'allume, ainsi que la sienne, à la flamme d'un Zippo. Cela leur donne quelque chose à faire et surtout, ça leur occupe les mains. Tout le monde fume sans arrêt et partout : à la maison, dans les bars et les restaurants, au cinéma et dans les avions.

« Pourquoi est-ce que tu laisses toujours ouvert le col de tes chemises ? demande-t-elle. Tu n'as jamais pensé à t'en acheter des normales, avec un col sans boutons ? Ce serait plus simple, non ? Enfin, je veux dire, puisque de toute façon tu ne les boutonnes pas.

– Pas si simple. J'aime bien avoir le choix. »

Elle n'a dit ça que pour faire la conversation, sachant très bien que c'est un de ses signes distinctifs, comme la vieille Longines en or de son grand-père qu'il porte avec

1. Les mots en italique suivis d'un astérisque sont en français dans le texte. (*Toutes les notes sont du traducteur.*)

le cadran tourné à l'intérieur du poignet. Il préférerait s'arracher la langue plutôt que d'en parler, il fait tout ce qu'il peut pour se couper de ses racines, mais Jeff vient d'une de ces grandes familles de la Nouvelle-Angleterre qui considèrent les Pèlerins comme des arrivistes. Ces gens-là portent des blazers usés jusqu'à la corde, avec des bottes en caoutchouc, et roulent au volant d'Oldsmobile caca d'oie. Certains ont beaucoup d'argent. D'autres n'en conservent que le souvenir. Même ceux qui ont échappé à la force d'attraction de Boston continuent à se retrouver l'été dans des bungalows de bardeaux sur la côte rocheuse de la partie protestante du Maine, se risquant parfois à traverser la plage de galets pour se jeter dans les eaux glacées de l'Atlantique, mais restant le plus souvent à la surface des flots, à bord de leurs bateaux en bois. Jeff, lui, s'est exilé au sud de Manhattan pour se réinventer à partir de rien, du moins aime-t-il à le croire, bien qu'il paraisse déterminé à demeurer fidèle, en un certain sens, à ses origines familiales, histoire d'être à la fois authentique et unique. La montre de son grand-père, a priori, vient contredire son récit d'un homme qui s'est fait seul ; d'un autre côté, elle distingue celui qui la porte de tous ceux qui aspirent à la vie de bohème. De même que William Burroughs, célèbre junkie et assassin de sa femme, s'habille en costume trois pièces.

« Alors, demande-t-elle en s'emplissant les poumons de fumée. À quoi on passe son temps dans le coin ?

– À se droguer.

– Très drôle.

– C'est toi qui as posé la question. »

Il a l'air à la fois naïf et plein de suffisance, et elle voit bien qu'il ne plaisante pas. En même temps, ça l'amuse apparemment de jouer au plus fin, de paraître tout connaître. Il désire la choquer, alors même qu'il veut l'inviter à pénétrer le cercle du savoir défendu. Elle a déjà fumé de l'herbe avec lui, et donc elle comprend qu'il s'agit d'autre chose.

« Tu parles de cocaïne ? »

Il sourit de toutes ses dents. « Tu as déjà essayé ? »

Elle secoue la tête.

« Tu aimerais ? »

Bien sûr elle n'a aucune envie de passer pour une mauviette, une fille prude, coincée. Mais tout de même… de la cocaïne… Certains à Brown en consommaient, des jeunes de la ville qui rentraient à Manhattan le week-end et sortaient toute la nuit au Studio 54 et au Xenon, puis qui se vantaient de leur expérience à leur retour à Providence. Mais Corrine n'est pas ce genre de fille, n'est-ce pas ?

« Personne ne te force, ajoute-t-il.

– Qu'est-ce que tu proposes en fait ? Qu'on en prenne, là, maintenant ? » Elle ne semble même pas capable d'appeler cette came par son nom et elle s'efforce de gagner du temps, elle s'en rend compte, la proposition est tellement inattendue.

« Ben, pourquoi pas ? » finit-elle par répondre.

Elle a confiance en Jeff, il ne la pousserait pas à essayer quelque chose de réellement dangereux. En revanche, c'est tout lui, ça. Ce côté intrépide, plus que chez tous ceux qu'ils ont connus à Brown, c'est lui qui avait plié une Austin-Healey en fonçant dans un poteau téléphonique près de Providence et qui s'en était sorti indemne. C'est entre autres pour ça que tout le monde le trouve irrésistible.

« Tu en as ?

– Sinon, je ne t'en proposerais pas.

– Et tu crois que ça va me plaire ?

– Je te le garantis personnellement. »

Elle hausse les épaules. « OK. » Au moins, cela dissipera le malaise ambiant. « Je ne sais même pas comment on fait », dit-elle.

Elle le suit jusqu'à son bureau : il repousse livres et papiers, s'empare d'une photo encadrée, l'image sépia presque familière d'un joli garçon à la crinière rebelle et aux yeux ensommeillés, débraillé dans des vêtements démodés. Soudain elle le reconnaît : « Rimbaud ? »

Il acquiesce et pose le cadre à plat, puis déplie un rectangle de papier brillant, comme s'il confectionnait une sorte d'origami.

Après avoir renversé le contenu du paquet sur le verre du cadre, il le hache à l'aide d'une lame de rasoir, en formant huit lignes de poudre blanche identiques.

Elle ne peut s'empêcher de glousser quand il lui tend une courte paille en plastique. « Je n'arrive pas le croire. On va faire ça pour de vrai ? Je ne suis même pas sûre de savoir comment m'y prendre. Je peux te regarder d'abord ? »

Il s'empare de la paille, se penche sur le cadre et aspire sans effort une des lignes blanches, puis une autre, dans la deuxième narine.

« Tu fais ça bien, dis-moi !

– C'est pareil pour tout. Comment on se retrouve à Carnegie Hall, à ton avis ?

– Je ne sais pas.

– On s'entraîne.

– Ah, je vois. Désolée. » Pourquoi se sent-elle soudain l'esprit si lent ?

« À ton tour. »

Elle saisit la paille et se penche au-dessus du bureau. Au moment où elle baisse la tête, Jeff rassemble ses cheveux dans sa main pour les empêcher de retomber, et ce geste, qui lui paraît infiniment érotique, rend ce qu'elle s'apprête à faire bien moins dangereux.

La première fois, elle ne parvient qu'à aspirer la moitié d'une ligne. Elle éprouve une sensation très étrange, comme une brûlure, pas entièrement déplaisante, dans les fosses nasales, et puis, quelques minutes plus tard, un écoulement aigre-doux au fond de la gorge. Au bout de plusieurs tentatives, elle réussit à prendre deux lignes entières, la voilà très satisfaite d'elle-même. Elle ressentait un peu d'incertitude et d'appréhension, et maintenant elle se félicite de s'être montrée courageuse et d'avoir été au bout des choses. Pas de quoi avoir peur. Elle se sent presque comme d'habitude, juste un peu mieux que d'habitude.

« Il se passe un truc, en même temps je n'en suis pas sûre, explique-t-elle. Je me sens bien, mais pas vraiment défoncée. Pour te dire la vérité, je n'ai jamais beaucoup aimé l'herbe, cette impression de ne plus être soi-même, de tourner un peu au ralenti et d'être comme engourdie. Cette sensation de planer, de rigoler bêtement. Là, je suis bien dans mes baskets. Mais c'est bizarre, on dirait une version accélérée de moi-même. C'est la coke, tu crois ? Parce que je me sens vraiment très bien. J'ai envie, je ne sais pas, moi, de faire un truc. »

Jeff sourit et hoche la tête.

« Dis quelque chose, réplique-t-elle.

– Quelque chose.

– Arrête de te moquer de moi. Je parle trop, c'est ça ? Oui, je parle trop. C'est la coke ? C'est ça, l'effet qu'elle produit ?

– Rien d'étonnant là-dedans.

– Mais alors, pourquoi toi, tu ne parles pas autant que moi ?

– Méfie-toi, tu pourrais le regretter. »

Jeff se penche en avant et sniffe une ligne de plus, puis il s'agenouille, fouille dans un tas de 33 tours empilés par terre, près de la chaîne stéréo, en choisit un et le pose sur la platine.

« Ça me plaît, dit Corrine à propos des guitares gémissantes et des voix plaintives.

– Television », répond Jeff.

Elle regarde la chaîne stéréo et se demande si c'est une plaisanterie. Elle a souvent cette impression avec Jeff, comme si une allusion lui échappait. Peut-être la drogue lui embrouille-t-elle l'esprit, pourtant elle se sent particulièrement lucide et vive en ce moment.

« C'est une chaîne stéréo.

– Television, c'est le nom du groupe. Malheureusement, ils ont disparu. Je les ai vus en 1978 au CBGB.

– Ah, OK. » Le chanteur a la voix très nasillarde, il avait peut-être pris de la cocaïne ? Mais qu'est-ce qu'il chante ? Elle tend l'oreille pour écouter le refrain suivant. « Je suis tombé droit dans les bras de la Vénus de Milo. » Il lui faut une minute pour comprendre. Puis : « Très futé. Ça y est, j'ai pigé. Mieux vaut tard que jamais, je suppose. Tu dois penser que je suis pas très cool comme fille.

– Jamais pensé une chose pareille. Je te trouve super.

– Je ne connais rien à la musique d'aujourd'hui, pareil pour l'art. Je veux dire que jusqu'à Jasper Johns et Rauschenberg, les Stones et Led Zeppelin, ça va encore, mais après… » Elle hausse les épaules. « J'ai l'impression que le rock est en perte de vitesse depuis quelques années. Mais c'est peut-être seulement moi. Est-ce qu'on écoute toujours Led Zeppelin ? Comment on sait ce qu'il faut écouter ? Je veux dire, il y a un comité qui décide ? Genre, une bande de gamins supercool en blousons de cuir qui fument des bidis ? En tout cas ils n'ont pas mon numéro de téléphone. Et puis, en littérature aussi, j'ai des goûts plutôt conventionnels. J'ai essayé, mais j'ai pas réussi à dépasser les vingt premières pages du *Festin nu*. Et ce livre que tu m'as offert le mois dernier, *Finnegan's Stew* ?

– *Mulligan Stew*[2], de Gilbert Sorrentino. Finnegan, c'était Joyce. *Finnegans Wake*. Même si, curieusement,

2. Le livre est paru en français sous le titre *Salmigondis*.

un personnage du roman de Joyce se retrouve dans *Mulligan Stew*.

– C'est exactement ce que je veux dire. Un roman enchâssé dans un roman enchâssé dans un roman, la fiction postmoderne en repli sur elle-même. Un écrivain écrit un livre sur un écrivain qui écrit un livre, mon Dieu, je suis désolée mais je m'y perds. Moi, j'aime Edith Wharton, Anthony Powell et Graham Greene. Je ne suis tout simplement pas assez branchée. Je vis dans la 71ᵉ Rue Est, je suis membre de clubs select, le Colony Club et les Filles de la Révolution américaine. Tu as grandi dans le même milieu que moi, mais on dirait que tu as rejeté tout ça.

– Ce n'est pas ça qui te définit. Tu vaux tellement mieux. Je ne crois pas en des types d'individus, je crois en des individus. Je crois en toi. Tu es unique. Je ne connais personne d'autre comme toi. Tu ne juges jamais. Tu es sans doute l'être le moins critique, le plus exempt de préjugés que je connaisse. Tu prends les gens comme ils sont. Tu regardes un tableau et tu y vois des choses que personne n'a vues. Tu es brillante. Spirituelle. Tu n'aimes pas les idées reçues. Tu es belle.

– Tu le penses vraiment ? » Corrine est stupéfaite. Elle s'est toujours imaginé que Jeff la jugeait et qu'il la trouvait plutôt décevante. Il lui semblait que tous ses défauts secrets étaient on ne peut plus visibles au regard du meilleur ami de Russell, si séduisant, intelligent et cynique. Plus qu'elle n'a jamais été prête à le reconnaître, elle brûle d'envie qu'il approuve ce qu'elle est et même qu'il l'admire. En fait, elle voudrait qu'il l'aime, comprend-elle enfin. Cela ne signifie pas nécessairement qu'elle soit amoureuse de lui, mais elle veut qu'il la désire, en tout cas, elle, elle le désire et jamais plus qu'en cet instant précis. Il a l'air d'avoir deviné ce qui lui traverse l'esprit parce qu'il s'approche d'elle pour lui caresser la joue, prend son visage dans sa main et le guide vers le sien ; il l'embrasse avec avidité, presque avec violence, il presse ses lèvres contre les siennes et glisse sa langue entre elles. Corrine répond à son baiser avec la même ardeur, passe les bras autour de ses épaules et l'attire à elle.

On dirait qu'il n'y a pas de temps à perdre, qu'après avoir tant attendu, il leur faut saisir ce moment sur-le-champ. Il la soulève dans ses bras et la porte jusqu'au lit sans décoller sa bouche de la sienne. Ils se défont en hâte de leurs vêtements, comme si le feu y avait pris, elle lui détache sa ceinture pendant qu'il dégrafe son soutien-gorge. Puis elle déboucle la ceinture de son jean, ouvre sa fermeture et enlève son pantalon d'un bond. Lui a encore le sien sur les chevilles quand, penché sur elle, il la pénètre. Une sorte de cri animal lui échappe et elle se met à basculer le bassin, de plus en plus vite, au rythme du plaisir qui monte en elle. Elle ne s'est jamais sentie aussi déchaînée, aussi désespérée, et même l'image, inévitable, de Russell n'atténue en rien son désir – elle semble même l'attiser encore. Elle n'a jamais joui si vite, un peu avant Jeff, et alors qu'elle reprend conscience de son corps et de ses sens, elle a soudain l'idée que c'est à cause de la drogue qu'ils ont couché ensemble, elle qui s'était imaginé cette scène plus d'une fois – elle est attirée par Jeff de manière irrésistible depuis le premier jour –, et elle a du mal à croire qu'elle pourrait regretter un jour ce qui s'est passé. Plus tard, cependant, elle s'interrogera sur sa certitude post-coïtale selon laquelle elle s'était en fait rapprochée de Russell en baisant avec son meilleur ami.

Cette idée-là, en revanche, était peut-être bien due à la drogue.

6

Jack ne savait pas bien quoi attendre d'un dîner à Manhattan, toujours est-il que pour l'instant, il se faisait l'effet d'être un péquenot – ce qui, pour le coup, était exactement ce qu'il s'était imaginé. Il avait un peu le sentiment de regarder un film, une version remasterisée d'une de ces comédies new-yorkaises tournées pendant la Dépression, où tout le monde semble ridiculement beau et spirituel. Il n'aurait pas été vraiment surpris si l'un des amis de son éditeur s'était soudain mis à chanter *Puttin' on the Ritz*, même si le décor était un peu miteux, plus proche d'*After Hours* de Scorsese que des *Invités de huit heures* de Cukor.

« On ne savait même pas que c'étaient les années quatre-vingt, disait Washington. C'était le présent, voilà tout. A-t-on jamais l'impression d'appartenir à une décennie ou à une autre ? Je veux dire, est-ce que vous ressentez en ce moment, à cette minute précise, que vous évoluez dans les années 2000 ? Si c'est bien comme ça qu'on les appelle ! Représentons-nous ici et maintenant l'esprit de notre temps ? Faisons-nous preuve d'un sens "début de siècle" ? Je suis sûr à cent pour cent qu'on n'avait aucune conscience que les années quatre-vingt avaient commencé à l'époque.

– Je ne crois même pas que Corrine et Russell aient jamais su que c'étaient les années quatre-vingt, déclara Nancy. Ils avaient cette façon si élégante de nous ramener dans les années vingt, avec leurs petites soirées si chic. Nous, on vivait dans des taudis, on sous-louait illégalement des appartements dans l'East Village, ou bien on en partageait qui étaient affreux et tout en longueur dans Hell's Kitchen, on mangeait des pizzas et des nouilles chinoises dans des boîtes en carton pendant qu'eux servaient des cocktails et des petits-fours dans l'Upper East Side. La figure emblématique de la famille idéale, le couple parfait, alors que nous étions encore tous célibataires, en quête de rencontres et sans aucune allure. Russell avait même une veste d'intérieur en velours. Très Scott et Zelda Fitzgerald, Nick et Nora Charles, tout ça.

– Tu mélanges complètement les époques, dit Washington.

– N'oubliez pas que j'ai publié un livre de Keith Haring, intervint Russell.

– Tu es toujours tellement branché, putain, ironisa Washington. Figurez-vous que Russell est allé au Mudd Club, un soir, en blazer bleu marine et chino. Je ne déconne pas. Tout le monde a pensé que c'était de l'humour.

– Eh bien pas du tout, c'était naturel. Comme dit Popeye, "J'suis c'que j'suis et c'est tout c'que j'suis".

– Avant que qui que ce soit continue à idéaliser ces années-là, je n'aurai que deux mots : "Milli Vanilli".

– Dans le genre naturel... »

Jack décida de ne pas demander qui pouvait bien être ce zozo de Milli Vanilli.

Finalement, quand ils eurent pris place à table, Russell se leva pour porter un toast. « Je voudrais saluer les vieux amis et les nouveaux, et en particulier souhaiter la bienvenue à Jack Carson dans notre belle ville. » Tout en tentant d'échapper à ce coup de projecteur inattendu, à tous ces yeux qui se tournaient vers lui, péquenot parmi la gauche caviar, habillé comme un clodo avec les manières qui vont avec, Jack, sur la défensive, songea que plus personne ne disait encore « notre belle ville ». Que ce célèbre éditeur new-yorkais s'exprime de façon aussi ringarde le soulagea.

« Il y a deux ans, poursuivait Russell, mon assistante m'a poussé à lire des nouvelles inédites postées sur MySpace et j'étais on ne peut plus sceptique. En fait, je n'avais même qu'une vague idée de ce qu'était MySpace.

— Il croit toujours qu'Internet ne sera pas plus qu'une mode, se moqua Washington.

— Mais au bout du compte, je les ai lues et j'ai été littéralement soufflé. C'était comme si Raymond Carver et Breece D'J Pancake avaient eu un enfant de l'amour...

— Quelle idée répugnante ! s'écria Nancy.

— Breece D'J quoi ? demanda Hilary.

— Et en même temps, cela ne ressemblait à rien de ce que j'avais jamais lu. Je vous demande donc de lever votre verre à notre nouvel ami et à son livre magistral, que je suis plus qu'honoré de publier. »

Jack n'avait pas la moindre idée de ce qu'il était censé faire ou de qui il devait regarder. On ne lui avait jamais porté de toast. D'ailleurs, il n'était même pas sûr d'avoir déjà été à un dîner en ville, exception faite, bien sûr, des quelques repas de Thanksgiving ou barbecues chez son oncle Walt. Tout cela lui paraissait tellement *civilisé*, Russell et Corrine tels deux parents prestigieux présidant une sorte de *salon littéraire*. Si son beau-père pouvait le voir en ce moment, il dirait : « Mais pour qui tu te prends, petit con ? »

Après avoir disparu quelques minutes, Washington revint à table et fit tinter à plusieurs reprises sa four-chette contre son verre, jusqu'à obtenir l'attention de presque tous les convives. « Mesdames et messieurs les parasites, il semblerait qu'Eliot Spitzer soit notre nouveau gouverneur.

– Pas vraiment une surprise, dit Dan. Mais n'oublie pas que New York, ça n'est pas l'Amérique.

– Dieu soit loué, s'exclama Nancy. N'est-ce pas la raison pour laquelle nous nous y sommes tous installés ?

– Je vous déconseille d'afficher ce genre d'idées si vous venez faire un tour dans mon coin d'Amérique », ne put s'empêcher de répliquer Jack. Il n'avait pas eu l'intention de le dire à haute voix, mais sa nervosité lui avait déjà fait ingurgiter deux vodkas et deux verres de vin.

« Je vous le fais pas dire, se moqua Hilary en imitant son accent du Sud.

– Chéri, intervint Corrine, parle-nous un peu du vin. » À l'évidence, c'était une manœuvre à laquelle elle se livrait souvent. Et sans hésiter une seconde, ce bon vieux Russell se leva et se mit à pérorer sur le vin, qui venait d'Espagne, semblait-il. Washington lui lança un morceau de pain. Jack éclata de rire, enfin au moins un geste dont il était familier dans un dîner.

Quand Russell se fut rassis, Corrine se tourna vers Jack : « Je ne me rappelle pas avoir jamais vu mon mari aussi excité par un livre qu'il l'est par le vôtre.

– Bon sang de bois, m'dame, pardonnez ma façon de parler, mais moi, j'ai grandi en lisant les bouquins qu'il publiait, dit-il en exagérant son accent traînant pour lui faire plaisir. Être publié par Russell, c'est pareil que d'être recruté dans cette putain d'équipe des Yankees. De là où je viens, imaginer être édité un jour, c'était juste prendre ses désirs pour la réalité. »

Il était devenu impossible d'ignorer Hilary, de l'autre côté de la table, qui, à en juger par le volume de sa voix, semblait avoir fait un sort au vin de Russell. « Ah, elle est belle, cette putain de gauche ! Vous êtes tous tellement prévisibles ! » déclara-t-elle, et d'un geste de dédain, elle renversa son verre, le rouge d'Espagne se répandant sur la table.

« Et vous, saloperie de gens de droite, vous êtes tellement violents, s'exclama Washington en essuyant quelques gouttes qui maculaient la manche de sa veste.

– C'était un accident.

– Ouais, c'est ça, exactement comme l'expérience de Tuskegee.

– Allons, allons, fit Russell en épongeant la tache avec sa serviette.

– C'est quoi, cette foutue expérience ? demanda Hilary.

– Les services de santé américains ont utilisé six cents Noirs comme cobayes pour étudier les effets de la syphilis quand on ne la traite pas.

– Le rapport avec la droite ?

– Cherche sur Google.

– Compte sur moi. »

Au désespoir, Corrine s'adressa de nouveau à Jack : « C'est votre premier dîner à Manhattan ?

– Oui, m'dame.

– Je suis désolée. En général, nous nous montrons un peu mieux élevés.

– Chez nous, une soirée n'a pas commencé tant que le sang n'a pas coulé. À Thanksgiving, l'année dernière, mon oncle a poignardé ma tante avec un couteau électrique.

– Oh, mon Dieu ! Et elle s'en est tirée ?

– Ouais, sans gros bobo. Le couteau n'était pas branché. Ils l'ont recousue et renvoyée chez elle, le soir même.

– Et ils sont toujours mariés ?

– Pas vraiment. Elle l'a abattu d'un coup de revolver quelques mois plus tard. » Ce qui n'était pas tout à fait la vérité. Elle lui avait seulement tiré une balle dans le bras et il s'était conduit tout seul au même hôpital où elle avait été soignée à Thanksgiving, mais Jack sentait qu'il lui fallait tenir son rôle dans cette conversation et il ne voulait décevoir personne.

« Oh, mon Dieu ! répéta Corrine.

– De toute façon, il souffrait gravement d'emphysème, c'était donc plus qu'une question de temps », expliqua-t-il en traînant sur chaque mot. En tant que Sudiste et écrivain de fiction, il détestait que la réalité vienne se mettre en travers d'une bonne histoire.

« Et vos parents ? demanda Corrine.

– Eh bien, mon père s'est fait la malle avant ma naissance. Il était musicien. Ma mère l'avait rencontré à Nashville ; elle est restée avec lui que quelques mois, après il a repris la route. Ensuite, il y a eu le dealer de cristal meth, et ensuite Cliff, mon soi-disant beau-père, qui touchait un peu à tout, et surtout à rien. Ma mère aurait dû lui mettre une balle dans le cul depuis longtemps, mais elle l'a jamais fait. Ç'aurait pourtant rendu service à l'humanité. J'ai même pensé le faire moi-même. Au final, je l'ai assommé avec une hache et je me suis retrouvé en maison de correction. »

Corrine semblait avoir mal pour lui et Jack en eut presque honte. Manifestement, elle n'avait pas encore lu ses nouvelles.

« Les Français avaient raison à propos de la guerre en Irak, disait Russell. À l'époque où tous ces branleurs boycottaient le vin et les fromages français, et avaient rebaptisé les frites "*freedom fries*", histoire de ne plus dire "*French fries*", moi, j'appelais les cheeseburgers des "burgers au *fromage**"* et je n'achetais plus de vin de Californie.

– Tu parles d'un sacrifice ! s'exclama Washington. Tu n'en buvais déjà pas depuis des années.

– Attendez un peu, fit Nancy, je croyais que maintenant l'Espagne, c'était la nouvelle France.

– En réalité, répondit Russell, si on boycotte les produits d'un pays parce qu'on est en désaccord avec sa politique étrangère, alors ceux d'entre nous qui pensent que l'intervention foireuse en Irak a été l'opération la plus mal inspirée et la moins justifiée, dans le genre "Tuez-les tous", depuis le Vietnam devraient boycotter les produits américains.

– Pas bien sorcier, dit Washington. L'Amérique ne fabrique pratiquement plus rien.

– Et Harley-Davidson ? demanda Jack.

– Et Levi's ?

– Non, désolé, c'est fait en Chine.

– Des missiles de croisière et des bombardiers furtifs, ça, on en fabrique bien.

– Des armes de destruction massive.

– Notre pire ennemi, c'est nous-mêmes.

– La littérature, reprit Russell, on se débrouille encore très bien dans ce domaine-là. La littérature américaine est pleine de vitalité. Quand je suis entré dans l'édition, tout le monde disait que le roman était mort, que notre génération ne lisait plus. Et pourtant, depuis, on a vu naître deux ou trois générations de romanciers américains qui ont fait leur chemin.

– Va donc dire ça au jury du prix Nobel », protesta Washington.

Pendant ce temps, Hilary distrayait Veronica en lui parlant du pilote que Dan et elle essayaient d'écrire pour la télé, à partir de sa carrière de flic à Brooklyn. « C'est rien que du vrai, tu vois, tout l'inverse de ces séries policières bidons. Dan a passé vingt ans dans la police. Il sait exactement dans quels placards les cadavres sont enfermés. » Elle est plutôt sexy, cette Hilary, songeait Jack, même si elle n'a pas l'air d'être un cerveau – l'un allant rarement sans l'autre, cela dit – et la façon dont Corrine ne cherchait même pas à dissimuler le mépris qu'elle lui inspirait le fascinait.

« Mais en tant que flic, remarqua Russell, est-ce qu'il n'était pas censé ne pas attendre jusqu'à aujourd'hui pour le révéler ? »

97

Jack tenta de nouveau de divertir son hôtesse en lui racontant des histoires de cristal meth au pays de l'alcool de contrebande. « La meth, c'est une affaire de famille, expliqua-t-il. Trois générations à la cuisine pour la fabriquer. Évidemment, il n'y a pas beaucoup de différence d'âge entre les trois. Maman a trente-trois ans, et mamie, quarante-cinq. Et plus personne n'a de dents à cause de la meth et du Coca. *Sans ratiches à Fairview*, ça pourrait être le titre de mon roman.

— Merde alors ! Par ici, la meth, c'est un truc de gays, s'étonna Washington. Des décorateurs pleins de fric et des producteurs de films qui draguent dans les bains publics défoncés jusqu'à la garde.

— Je n'arrive pas à croire que tu aies pu dire "décorateurs", dit Corrine. Quel cliché !

— Un truc de gays ? » Jack n'en croyait pas ses oreilles. « La cristal meth ? Bordel ! J'aurais jamais cru. Je croyais que cette saloperie, c'était pour les bouseux du Sud.

— Mais les bains publics n'ont-ils pas fermé dans les années quatre-vingt ? » dit Corrine.

Washington secoua la tête et se resservit un verre de vin ; Jack tendit le sien pour qu'il le lui remplisse aussi.

« Ils ont rouvert, répondit Washington. Ces mecs commencent dès le vendredi soir, ils se bourrent de cristal meth et de Viagra et ils font la fête jusqu'au dimanche soir.

— C'est vrai, confirma Russell.

— Et comment vous le savez ? demanda Corrine.

— Un type que je connais bien, Juan Baptiste. C'est un habitué.

— Le type qui écrit dans le *Voice* ?

— Le *Voice* existe encore ?

— C'est un journal gratuit maintenant. »

Jack avait un peu de mal à suivre. Il fallait qu'il arrête de boire avant de perdre les pédales devant tous ces gens et de dire ou de faire quelque chose de stupide. « Quel *Voice* ? demanda-t-il.

– Le *Village Voice*, répondit Corrine. C'était l'hebdo alternatif à la mode quand nous sommes arrivés à New York.

– C'est Norman Mailer qui l'a fondé. On le lisait tous pour savoir ce qu'on devait penser au plan politique et aimer comme musique.

– Mailer, c'est cool, dit Jack, s'accrochant à un nom familier. Surtout *Publicités pour moi-même*.

– J'ai joué au billard avec lui une fois, déclara Russell.

– Mais par la suite, il est devenu franchement gay, dit Nancy.

– Qui ? Mailer ? fit Jack, perplexe.

– Non, le *Village Voice*.

– Mon Dieu, on est en train de parler comme des anciens combattants, dit Corrine. Si on mettait CNN pour savoir où en sont les élections. »

Russell protesta, ils n'avaient pas encore pris le fromage.

« Je déteste cette mode du fromage, murmura Corrine à l'adresse de Jack.

– Du fromage ? » Jack se demanda si ce n'était pas un nom de code.

« Encore une chose que nous avons empruntée aux Français. Depuis dix ans, à Manhattan, le fromage, c'est branché. On finit un repas pantagruélique, et ensuite on se gave de produits laitiers à moitié rances.

– Je ne vois pas bien l'intérêt, c'est clair, dit Jack. Là d'où je viens, on a un truc qui s'appelle dessert.

– Ça, c'est après le fromage », expliqua-t-elle.

Malgré l'âge qu'elle avait, il était étonné de trouver la femme de Russell aussi désirable – d'une façon élégante, presque intouchable. Elle ressemblait à l'image qu'il se faisait des femmes au foyer tentatrices qui peuplent les banlieues chic, dans les livres d'Updike. Elles avaient l'air si détachées et si maîtresses d'elles-mêmes, jusqu'à ce qu'elles vous agrippent par la braguette derrière leur piscine, tandis que leurs maris jouaient au croquet sur la pelouse, à quelques mètres de là. Il s'imaginait à quel point cela devait être excitant, parce que tellement inattendu, d'entendre les cris et les gémissements de passion d'une créature aussi distinguée. Il se sentit très bizarre à fantasmer ainsi sur la femme de son éditeur, et il se força à se concentrer sur Nancy, assise face à lui de l'autre côté de la table, et franchement sexy aussi pour une nana de son âge.

Finalement, après qu'il se fut rappelé que ces gens venaient d'une autre planète et étaient peut-être même dotés d'organes génitaux complètement différents, tout le monde se leva de table et Corrine alluma la télévision pour qu'ils puissent suivre les résultats des élections. Apparemment, les démocrates allaient remporter la majorité à la Chambre des représentants et au Sénat. Russell était juché sur le dos du canapé, derrière Corrine, et il lui caressait les cheveux. Jack trouva ça plutôt attendrissant. Il n'avait jamais vu de couple marié se toucher de cette manière.

Wolf Blitzer annonça que selon CNN, Nancy Pelosi avait toutes les chances de devenir la première femme Speaker de la Chambre des représentants de toute l'histoire.

« Et tout ça à cause de ces gauchos sans cervelle de Californie », s'écria Hilary. Elle était déjà passablement saoule. Ses lèvres semblaient se figer sur chaque mot.

« Elle doit savoir de quoi elle parle, glissa Corrine à Russell. Elle a couché avec la moitié d'Hollywood. » Cette remarque n'était sans doute destinée qu'à son mari, mais le hasard voulut qu'à l'instant même où elle était proférée, le brouhaha indescriptible qui avait régné jusque-là fasse place au silence.

Hilary se tourna vers sa sœur et la fixa d'un regard vitreux, plein de reproche et de douleur, puis elle fila vers la salle de bains.

« Oh, merde ! lâcha Corrine. C'était censé être un aparté.

– Attendez, écoutez un peu ça ! » dit Russell en désignant sur l'écran la photo d'un type d'une cinquantaine d'années. Blitzer commentait : « Nous venons d'apprendre que le journaliste américain Phillip Kohout a été retrouvé vivant à Lahore, au Pakistan, après avoir, selon lui, échappé à ses ravisseurs, des terroristes associés aux Talibans. Kohout avait disparu, il y a presque trois mois, alors qu'il enquêtait sur le terrorisme dans une province frontalière, au nord-ouest du Pakistan. Il aurait réussi à rejoindre le consulat américain à Lahore après s'être enfui d'un camp de prisonniers situé dans une banlieue proche de la capitale. Nous ne manquerons pas de vous tenir informés dès que nous en saurons plus. »

« Je n'étais même pas au courant qu'il avait été enlevé, déclara Corrine.

– Moi, j'en avais entendu parler, il y a environ deux mois, dit Russell.

– C'était bien fait pour lui, dit encore Corrine.

– Là, tu es un peu dure », lui reprocha Russell. Puis il se tourna vers Jack : « Un auteur que j'ai publié. Son premier roman a connu un grand succès.

– Après quoi, il t'a jeté comme une vieille chaussette, compléta Corrine.

– Ce salopard n'a pas respecté l'option que j'avais prise sur son deuxième bouquin. Cela dit, ça ne justifie pas qu'il ait passé deux mois sous une cagoule noire au Waziristân. »

À ce moment-là, leur fille Storey surgit en chemise de nuit, affolée, et se précipita dans les bras de Corrine. « Tante Hilary dit que tu n'es pas ma vraie maman ! Que c'est elle ma mère ! »

Hilary apparut dans le sillage de la fillette, l'air sûre de son bon droit, alors même qu'elle commençait à en douter. Jack n'arrivait pas à en croire ses yeux ni ses oreilles : Storey maintenant s'agrippait à la taille de sa mère, qui la prit dans ses bras et l'enlaça avec désespoir, tandis que Russell s'avançait vers Hilary.

« Tu as vraiment fait ça, espèce de pauvre conne ?

– Elle a le droit de savoir la vérité. Vous ne pouvez pas continuer à la lui cacher *ad vitam aeternam*.

– Salope ! cria Russell en l'acculant contre le mur.

– Parle pas à ma copine comme ça », s'exclama Dan qui attrapa Russell par l'épaule, le fit pivoter sur lui-même et lui décocha un direct du droit dans la figure, l'envoyant valser avec fracas contre le mur. Russell se releva en titubant et lança le poing en direction de Dan, réussissant à peine à lui effleurer la cage thoracique.

L'espace d'un instant, Jack ne put déterminer qui venait de pousser un gémissement de douleur à l'autre bout du loft, jusqu'à ce qu'il aperçoive Jeremy, planté dans le couloir, qui fixait son père, lequel était affalé contre le mur, l'air hagard, une main posée sur sa joue.

Corrine pressa la tête de Storey contre son épaule et marcha droit sur Dan et Hilary. « Maintenant, sortez s'il vous plaît. Tous les deux ! » Mais comme Jeremy se remettait à hurler et que Storey éclatait en sanglots, sa fureur redoubla. « Tirez-vous d'ici, putain ! Tout de suite ! »

C'est alors que Washington, dont Jack avait un peu oublié la présence depuis le début des hostilités, souleva Jeremy d'un bras et pointa l'autre sur Dan. « Vous avez entendu ce qu'a dit la dame ? menaça-t-il. Dégagez vos culs d'ici, pauvres merdes ! Je ne vais pas le dire deux fois ! »

Jack ne savait trop quoi penser de la scène à laquelle il venait d'assister, même s'il avait l'habitude des rancœurs et des violences familiales et qu'il y voyait quelque chose de rassurant. Pour la première fois depuis le début de la soirée, il se sentit presque à l'aise. Apparemment, ces gens n'étaient pas aussi différents qu'il l'avait d'abord cru.

7

Corrine se réveilla, le cerveau embrumé et angoissée, envahie par la peur et le désespoir tandis qu'elle se repassait cette scène absurde et si mortifiante qui avait constitué le point d'orgue de la soirée de la veille. De toutes les indignités commises par sa sœur au fil des ans, celle-ci était sans nul doute la plus impardonnable.

Dans la cuisine, elle trouva Russell qui terminait de faire la vaisselle, une ecchymose jaune et bleu sur la joue gauche.

« Aïe, aïe, aïe. Ça fait mal ?

– Seulement quand je respire. » Il prit la cafetière à piston pour lui servir une tasse.

« Je ne parviens toujours pas à y croire. En me réveillant, il y a un instant, je me suis dit qu'il n'était pas possible que ce soit effectivement arrivé.

– Pour parler de choses plus réjouissantes, les démocrates ont pris le contrôle des deux Chambres. »

Elle entendit un bruit sourd venant de la chambre d'un des enfants. « Et merde, dit-elle. On est bons pour une conversation sérieuse. Mais d'abord on doit décider de ce que l'on va leur dire.

– Salope d'Hilary.

– Une vraie salope, oui ! Tu as été merveilleux, Russell. Je n'aurais jamais cru que je pourrais approuver un jour l'usage du mot salope. Jamais. Mais là, je ne vois pas ce qu'on pourrait dire de plus juste.

« – Eh bien, j'ai toujours pensé qu'il y avait un terme ou une expression adaptés à chaque circonstance, et là, c'était le mot qui s'imposait. Au fait, elle est interdite de séjour ici pour toujours.

– Ce n'est pas moi qui vais m'y opposer.

– *Persona non grata* jusqu'à la fin des temps.

– Je crois qu'il faut qu'on parle tout de suite aux enfants.

– Oui, tu as raison. Mais pas ce matin. Ce serait trop. Je rentrerai tôt ce soir et on dînera tous ensemble. »

Parfois, aux moments précis où elle avait le plus besoin de lui, Russell savait être là pour elle, et elle ressentit un petit frisson de culpabilité d'avoir été, récemment encore, si habitée par Luke.

Les jumeaux se montrèrent inhabituellement calmes, et même obéissants, comme s'ils craignaient ce que la suite des événements pourrait leur réserver. Russell les conduisit à l'école et leur promit de rentrer de bonne heure. Corrine se servit une seconde tasse de café et tenta d'organiser sa journée. Elle devait aller au bureau organiser la distribution de nourriture prévue à Harlem, ce samedi, mais en même temps elle était sûre qu'elle ne parviendrait pas à se concentrer – la conséquence d'un léger excès de vin durant le dîner mêlé à l'impossibilité d'oublier la situation créée par Hilary.

Combien de fois s'était-elle demandé pourquoi elle l'avait choisie elle comme donneuse d'ovules, son écervelée de sœur cadette, cette dépravée cocaïnomane, et pourtant, mettre en doute cette décision, c'était aussi questionner l'identité même des enfants ; pour le meilleur ou pour le pire, ils étaient bel et bien issu des ovules d'Hilary, et elle ne pouvait regretter son choix sans en renier le résultat. Elle aimait tant ses enfants, au point qu'il arrivait que des jours et même des semaines passent sans qu'elle pense une seule fois aux circonstances de leur conception, le sentiment qu'elle avait d'être leur mère n'aurait pu être plus fort. Pour l'essentiel de l'histoire de l'humanité, être mère avait signifié donner naissance à des enfants issus de son ventre. Elle s'était toujours imaginé qu'elles existaient quelque part dans le vide et qu'elles l'attendaient, ces chères petites âmes ; après des années de lutte, de fausses couches et d'échec de FIV, elle avait trouvé un moyen de les amener au monde. Elle croyait fermement qu'ils étaient les siens ; jamais elle ne laisserait la réalité biologique la faire dévier de cette conviction profonde.

Mais aujourd'hui, elle avait peur, elle était hantée par le doute : n'allaient-ils pas l'aimer moins quand ils apprendraient la vérité ? Ne lui reprocheraient-ils pas de ne pas être celle qu'ils avaient naturellement pensé qu'elle était ? Ou pire encore, chair de sa chair, ne se tourneraient-ils pas vers Hilary, leur vraie mère ? Une nuit, elle avait fait un cauchemar dans lequel sa sœur et Russell s'enfuyaient ensemble avec les enfants. Et parfois, avec une certaine dose de masochisme, elle imaginait qu'un jour, dans un avenir pas très lointain, ils lui demanderaient s'ils pouvaient aller vivre avec tante Hilary. Une phrase l'obsédait aussi, que sa sœur avait prononcée l'été où ils avaient loué tous ensemble une maison à Sagaponack ; à l'époque, elles synchronisaient leurs cycles menstruels et Russell faisait à Hilary des injections de progestérone, lui enfonçant dans la fesse une immense aiguille dont la seringue était emplie d'une substance distillée à partir de l'urine de femmes ménopausées : « Ce n'est pas très naturel, ce qu'on fait là », avait-elle dit. Hilary était rentrée au milieu de la nuit, ivre et sans doute bourrée de coke, histoire de se rebeller contre le strict régime d'abstinence et de piqûres qu'elles observaient ce mois-là, mais Corrine se demandait parfois si elle n'avait pas eu raison et si elles n'avaient pas en effet porté atteinte à l'ordre naturel des choses.

Tous ces questionnements l'avaient minée, mais elle les avait toujours repoussés à plus tard, n'ayant jamais imaginé qu'ils devraient tenter d'expliquer aux enfants ce qui s'était passé avant qu'ils aient assimilé les lois fondamentales de la reproduction. Comment leur faire comprendre, en particulier, que Russell avait refusé de façon catégorique d'adopter et d'élever des enfants qui ne soient pas génétiquement les siens, dans lesquels il avait peur de ne pas se reconnaître. Donc, quand il était devenu évident que les ovules de Corrine n'étaient pas bons, elle avait décidé de faire implanter ceux d'Hilary dans son propre utérus, une technique dont presque personne n'avait encore entendu parler à l'époque. Le gynécologue spécialiste de la fertilité, quand elle lui avait soumis le projet, avait répondu que c'était théoriquement faisable. Mais malgré ses efforts, elle n'avait à l'évidence pas envisagé tous les détails pratiques.

Elle consulta ses mails, accepta une invitation à une projection la semaine suivante, envoya à la corbeille des spams pour des produits pharmaceutiques discount et des augmentations mammaires. *Des augmentations mammaires.* Comme si... Un lifting des paupières, à la limite.

Le téléphone gazouilla, et le nom et le numéro de Joan, leur baby-sitter et employée de maison à mi-temps, apparurent. Elle avait un rendez-vous médical et ne pourrait pas aller chercher les enfants à l'école. Elle avait un ton pleurnichard et Corrine craignit, si elle lui posait la question, qu'elle ne lui raconte une fois de plus combien sa petite amie, Carlotta, qui la rendait malheureuse depuis près de douze ans, s'était montrée cruelle et indifférente, et Corrine n'avait tout simplement pas le temps pour ça, ce matin-là. De plus, elle songea que c'était une bonne idée, aujourd'hui plus que jamais, d'aller chercher elle-même les enfants à l'école. Elle répondit donc : « Ne vous inquiétez pas, Joan. Prenez votre après-midi, on se verra demain. »

Elle prit le métro jusqu'à son bureau et passa la matinée à appeler différentes banques alimentaires de l'agglomération au sens large, afin de dénicher des légumes qui aient une demi-chance de ne pas être pourris. Pas vraiment le genre de journée de travail dont elle aurait rêvé, vingt ans plus tôt. Après avoir travaillé chez Sotheby's, elle s'était lancée dans une activité d'agent de change – un succès mais rien de très exaltant –, puis elle avait choisi de satisfaire ses aspirations artistiques en prenant des cours de cinéma à l'université de New York et avait écrit le scénario du *Fond du problème* de Graham Greene qui, contre toute attente et au bout de nombreuses années, avait franchi les étapes sans fin menant à une production, et ensuite, au prix de grandes difficultés, à quelques rares salles de cinéma. Dans l'ivresse des mois précédant la sortie sur les écrans, Russell avait réussi à la faire engager pour écrire le scénario de *Jeunesse et Beauté*, dont l'option sur les droits avait été renouvelée par la société de production de Tug Barkley, mais le projet avait été abandonné après deux versions infructueuses. Après quoi, elle s'était efforcée d'écrire sur ce qu'elle avait vécu dans le sillage du 11 Septembre, mais à défaut d'être une source d'inspiration pour un livre ou un film, son expérience à la soupe populaire l'avait amenée à accepter ce boulot au sein de Nourrir New York.

Elle venait de finir d'avaler un SlimFast à son bureau, quand Nancy l'appela.

« Oh mon Dieu, j'ai une telle gueule de bois !

– Tu es sortie hier soir ? » demanda Corrine. Parfois elle avait l'impression de vivre par procuration à travers Nancy qui menait encore cette existence de femme célibataire qu'elle-même n'avait jamais connue et à laquelle la plupart de ses semblables avaient renoncé, dix ans plus tôt.

« Je suis allée au Bungalow 8 avec ce jeune et beau péquenot que Russell publie. Mais au moment où j'étais assez pétée pour songer à le séduire, il avait déjà disparu.

– Je dois dire qu'il a un certain charme, à la fois plein de malice et brut de décoffrage.

– Du coup, ensuite, je suis allée dans une boîte qui fait des afters et là, je me suis fait draguer par un jeune admirateur, mais même bourrée comme je l'étais, j'ai senti qu'il dégageait une vibration bisexuelle, et ça, c'est fini et bien fini, je ne donne plus dans ce genre de trucs. Pourquoi j'attire tellement les homos, je me le demande. Ils ne peuvent pas rester entre eux tout simplement ? Je n'ai vraiment rien d'une fille à pédés. Tu crois que j'en suis une, toi ?

– Bien sûr que non. Bon alors, qu'est-ce qui s'est passé ?

– Je ne sais pas comment j'ai réussi à rentrer chez moi, mais je me suis réveillée tout habillée dans mon salon, ce qui veut dire que je suis rentrée seule. Et maintenant, je suis en train de rendre l'âme. Tu m'excuses, je vais encore vomir, c'est la troisième fois.

– Je t'excuse. »

Familière des vomissements, Nancy savait s'enfoncer un doigt dans la gorge quand elle pensait avoir trop mangé ou qu'elle était déjà ivre, mais voulait continuer à boire. Corrine se montrait plutôt compréhensive, elle était elle-même passée par là, mais elle n'en était plus capable maintenant – en tout cas pas souvent, et pas longtemps –, au lieu de ça, elle essayait de réduire sa consommation de calories. En même temps, cela la soulagea que Nancy soit trop occupée d'elle-même pour ramener le désastre Hilary sur le tapis.

En attendant devant l'école, Corrine observa les parents et les baby-sitters : il y avait davantage des premiers que des secondes, et plus de pères qu'on n'en voyait devant les établissements du nord de la ville : Buckley ou

St Bernard, Chapin ou Spence. Ici, à l'école primaire 234, les mamans étaient moins uniformément blondes que celles de l'Upper East Side, moins souvent habillées en Chanel ou en Ralph Lauren ; plus de besaces que de sacs Kelly de chez Hermès. Elle adressa un signe de la main à Karen Cohen et à Marge Findlayson, en grosse doudoune et bottes Ugg, toutes deux mères au foyer et dont l'implication dans les divers comités et projets de l'école lui donnaient le sentiment de ne pas être à la hauteur. Le vacarme provenant du chantier de l'immense ensemble immobilier, un peu plus loin dans la rue, lui épargna la nécessité de leur dire quoi que ce soit, et elle vint se placer près du beau Todd, dont elle n'avait jamais réussi à saisir le nom de famille et qui travaillait chez lui comme webdesigner, tandis que sa femme gagnait des fortunes à la banque Morgan.

Soudain les enfants jaillirent sur le trottoir, braillant comme des sauvages, les mains serrées sur les courroies de leurs sacs à dos. Les siens l'accueillirent avec un certain enthousiasme, mais sur le chemin de la maison ils se révélèrent inhabituellement taciturnes, et les barres de céréales aux Rice Krispies achetées à la confiserie n'y changèrent rien.

Comme promis, Russell rentra tôt, avec de quoi préparer des blancs de poulet panés, le repas favori des enfants, qu'il refusait catégoriquement d'appeler des « tenders », ainsi qu'on le faisait dans certains quartiers. Il était connu à une époque pour reprendre des serveurs sur ce point, expliquant qu'en anglais, tender n'était pas un nom, sauf pour désigner un navire ravitailleur ou un ferry. En tout cas, cela n'avait rien à voir avec un morceau de poulet. Les enfants employaient le mot rien que pour le provoquer et l'entendre débiter sa tirade habituelle. Au mieux, il acceptait qu'ils appellent ça des « bâtonnets de poulet », à condition qu'ils comprennent bien qu'il s'agissait d'une association de mots un peu loufoque. Quel que soit le nom qu'on leur donne, Corrine détestait qu'il leur en fasse, car la préparation de la pâte à frire et la cuisson laissaient la cuisine dans un état épouvantable ; il était capable d'en mettre absolument partout, une fois même jusque sur plafond, alors qu'il aurait pu en commander chez Bubby's, à quelques rues de là. Mais les enfants adoraient en manger, même s'ils avaient désormais assez grandi pour apprécier des plats d'adultes comme les beignets de calamars et les tempuras de crevettes. Ils affirmaient toujours avec loyauté que les blancs de poulet paternels étaient meilleurs que ceux des restaurants, et peut-être avaient-ils raison. De toute façon, ce soir, il paraissait essentiel de respecter ce rituel familial, et elle était reconnaissante à Russell d'y avoir pensé.

« As-tu réfléchi à ce que nous allons exactement leur dire sur ce qui s'est passé hier soir ? » demanda-t-il tout en préparant sa pâte.

Les deux enfants, censés faire leurs devoirs, étaient dans leurs chambres.

« Je crois qu'il faut tout leur dire. Écoute, on savait très bien que ça arriverait un jour. On n'a fait que repousser l'échéance. »

Les morceaux de poulet pané sifflaient et crépitaient au moment où il les plongeait dans l'huile, protestant comme si l'animal était encore en vie. « Voilà un châtiment qui serait trop doux pour ta sœur, dit-il en désignant la friteuse. Quoiqu'on ne jette plus les gens dans l'huile, je suppose. J'imagine qu'elle n'a pas appelé pour s'excuser. »

Corrine secoua la tête.

« Eh bien, je suis aussi prêt qu'on peut l'être », déclara Russell, quelques minutes plus tard, en apportant une salade et un plat de « ce qu'on voudra » de poulet. Corrine alla chercher les enfants, qu'elle trouva chacun penché sur son bureau.

« Papa vous a préparé vos tentacules de poulet adorés, dit-elle pour les faire venir à table.

– Pourquoi il est là si tôt ? répliqua Storey.

– Pour le plaisir de partager un bon dîner avec sa famille. »

Une fois qu'ils furent tous installés, Russell leur demanda comment s'était déroulée leur journée à l'école et n'eut droit qu'à une réponse sommaire de la part de Storey.

Il se racla la gorge. « Maintenant, parlons un peu d'hier soir. J'imagine que ce qu'a dit votre tante Hilary a dû vous faire un drôle d'effet.

– C'est vraiment elle, notre mère ? demanda Storey.

– Non, pas du tout, répondit Russell. Votre mère est votre mère.

– Ça va, toi, Jeremy ? » s'enquit Corrine en lui passant un bras autour des épaules.

Il hocha la tête et, les yeux soudain pleins de larmes, se laissa aller contre la poitrine de sa mère en sanglotant.

« Tout va bien, mon chéri. Il n'y a rien de changé.

– On peut rester vivre ici ? interrogea Storey.

– Mais bien sûr, petite sotte. » Russell jouait son rôle de père comme il le fallait, sage et solide, et tant mieux, parce que Corrine était au bord de la crise de nerfs.

« Elle peut pas nous emmener ?

– Personne ne peut vous emmener.

– Voici l'histoire, dit Corrine en s'efforçant d'empêcher sa voix de trembler. Plus que tout au monde, nous voulions vous avoir tous les deux, mais j'avais un problème d'ovules – ils n'étaient pas assez résistants –, alors il a fallu que j'en emprunte à quelqu'un d'autre.

– Est-ce que ça signifie que papa a couché avec tante Hilary ? demanda Storey.

– Absolument pas, répondit Corrine.

– Vous avez l'air de tout savoir en matière de… reproduction, mes enfants, dit Russell.

112

– Papa, on a onze ans, lui rappela Storey.

– Eh bien, en gros, euh… mon sperme a été mélangé avec des ovules d'Hilary.

– Une fécondation *in vitro*, tu veux dire ? » remarqua Storey.

Russell et Corrine échangèrent un regard. « Oui, exactement, et ensuite les ovules fécondés ont été transplantés dans l'…, à l'intérieur de maman.

– Et ça, ça ferait d'Hilary notre mère ? »

Corrine était à deux doigts de perdre son sang-froid. « Tante Hilary a joué un certain rôle dans cette histoire, mais maman est votre seule mère, affirma Russell. Et elle le sera toujours.

– Elle peut pas nous reprendre ?

– Personne ne peut vous enlever à nous, répondit Russell. Vous vivrez avec nous jusqu'à ce que vous en ayez vraiment marre et que vous n'ayez plus qu'une seule envie, partir habiter sur un campus et faire comme si vous n'aviez jamais eu de parents du tout. »

Elle avait été si impressionnée par la façon dont s'était comporté Russell durant ce dîner, et celui de la veille, qu'elle éprouva un regain de l'amour et du désir dont elle avait craint parfois qu'ils ne soient éteints, et qui avaient été récemment éclipsés par le retour de Luke. Mais, ce soir-là, elle sentit se ranimer la conviction profonde qu'il était son âme sœur, l'être unique sur cette planète fait pour elle, son jumeau platonicien. Elle ne s'était pas sentie aussi proche de lui depuis des années, et quand ils furent couchés, elle l'embrassa dans le cou et descendit au long de sa poitrine, impatiente de lui témoigner sa gratitude. Russell sembla d'abord surpris, puis il gémit en cambrant le dos et banda presque aussitôt. Elle se rendit compte alors qu'elle n'avait pas fait cela depuis des mois, et quand il fut sur le point de jouir, elle rampa sur lui et le fit glisser en elle, se moquant qu'il explose presque tout de suite – elle prit ça pour un compliment, au contraire –, et elle s'endormit avec un sentiment de bonheur et de plénitude qu'elle n'avait pas connu depuis bien longtemps.

8

Une fois de plus, c'était la période des fêtes, ce cock-tail ininterrompu entre Thanksgiving et le nouvel an, où la ville se parait des couleurs de Noël et exhibait son âme commerciale, où la consommation compulsive de ses citoyens, dirigée vers l'achat rituel de cadeaux, se métamorphosait en vertu, et où la modération apparaissait comme un vice. Des pères Noël mendiants s'installaient sur les trottoirs, avec un seau accroché par une chaîne à un trépied, et agitaient leurs clochettes. Les portiers, soudain impatients d'accomplir leur tâche, vous aidaient à monter dans les taxis et à porter vos innombrables paquets, tandis que les maîtres d'hôtel dans les restaurants saluaient les habitués avec une obséquiosité accrue. Comme la fin de l'année fiscale approchait, l'élan philanthropique se faisait plus pressant. Les directeurs des grands musées et les institutions caritatives attendaient le courrier avec la même impatience que les analystes financiers et les agents de change de Wall Street, dont les primes allaient bientôt paver les rues d'or. Des paysages fantastiques surgissaient comme par enchantement dans les vitrines de Saks, Bergdorf et Lord & Taylor, et des légions d'acteurs et de danseurs répondaient aux offres d'emploi des traiteurs qui orchestraient et fournissaient les banquets des grandes entreprises et des réceptions privées. Les enfants étaient surexcités, débordant de l'énergie que leur procuraient les sucreries et le plaisir anticipé des cadeaux. Les lions qui montaient la garde devant la Grande Bibliothèque publique de New York arboraient des couronnes hérissées d'épines. Sentant encore la naphtaline, les fourrures et les tweeds étaient tirés du fond des placards. De belles blondes enveloppées de zibelines et de visons descendaient de l'arrière de Mercedes et de Cadillac Escalade noires pour s'élancer à travers la toundra des trottoirs et gagner le refuge des boutiques de Madison Avenue. L'île autrefois verdoyante de Manhattan était reboisée, des bosquets de conifères jaillissaient au long des rues et dans des terrains inoccupés – de denses bouquets de pins sylvestres, d'épicéas bleus et de sapins baumiers dont prenaient soin des pépiniéristes venus du nord de l'État, emmitouflés dans des couches de duvet et de laine polaire.

Russell aimait cette période de l'année plus que nulle autre, il aimait plus que tout cette ville quand elle s'adonnait aux rituels de sa jeunesse, aussi amplifiés ou déformés soient-ils, il aimait partager ces moments avec les enfants. Pendant six semaines, chaque année, il renonçait à tout jugement critique, il ne s'offensait pas du mercantilisme outrancier ni des clichés, ni de la cupidité cachée sous la bonhomie. Il parcourait la rubrique culinaire du *Times* à la recherche de la meilleure façon de cuisiner la traditionnelle volaille de Thanksgiving, les dernières recettes allant de la jeune dinde rôtie accompagnée d'une sauce aux abats de Pierre Franey et Craig Claiborne, à une également rôtie mais marinée au préalable dans la saumure de R.W. Apple, en passant par la version improbable, et pas très alléchante, de Mark Bittman qui proposait de la cuire quarante-cinq minutes seulement. La question de savoir s'il fallait ou non farcir la dinde était une question éternellement épineuse. Cette année, il décida de la faire mariner et cuire lentement – c'était une volaille labellisée qu'il avait commandée deux mois à l'avance dans une ferme près de Woodstock –, et de préparer à part la farce traditionnelle de sa mère aux noix de pécan. Ils avaient convié pour l'occasion, en plus des Lee et des Reynes, la mère de Washington et celle de Veronica. Au plus grand soulagement de tous, la mère de Corrine avait décidé d'inviter Hilary et Dan à fêter Thanksgiving dans sa maison de Stockbridge après que ses tentatives pour réconcilier tout le monde n'eurent rencontré aucun écho, épargnant ainsi aux Calloway l'inévitable dispute familiale due à des esprits échauffés par la vodka.

Puis les sorties s'enchaînèrent à un rythme croissant : *Casse-Noisette* au Lincoln Center, déjeuner familial au 21 avec des chants de Noël interprétés par l'Armée du Salut, fêtes aux bureaux respectifs de Russell et de Corrine, cocktail de Noël offert par les Reynes chez Doubles. Ensuite, ce fut le moment de choisir le sapin – un rituel qui faisait appel au sens esthétique de Russell et à son art de la fête, et enchantait les enfants. Son propre père allait jusqu'à visiter trois ou quatre pépinières dans la banlieue de Detroit avant de trouver l'arbre idéal et il avait hérité de cette même exigence obsessionnelle. Avec les enfants, ils parcoururent les quelque trois cents mètres qui les séparaient du vendeur de sapins installé à l'angle de Chambers Street et de Duane Avenue. Cette forêt « transportable » poussa Russell à raconter aux enfants une version abrégée de *Macbeth*, évoquant en particulier la façon dont la mort du *thane* est précipitée quand se réalise la prophétie et que la forêt de Birnam se met en marche vers la colline de Dunsinane.

« Mais comment elles le savaient, les sorcières ? demanda Jeremy.

– C'est leur métier, répondit Russell.

– Les soldats devaient être super nombreux pour pouvoir abattre toute une forêt et la déplacer.

– Bon, en fait, je ne suis pas certain qu'ils l'aient déplacée en entier. Ils ont dû seulement couper des branchages et se camoufler avec.

– Mouais, un peu difficile à croire, ironisa Storey.

– Mais, dites-moi, c'est qui l'éditeur dans cette famille ? rétorqua Russell. Suspendons un peu notre incrédulité, comme disait Coleridge… et choisissons le plus beau des sapins. » Il examina les spécimens qu'on lui proposait d'un œil critique, tenant à la symétrie la plus stricte. Il rejeta le premier choix de Jeremy, une sorte de pin sylvestre aux branches tombantes, mal proportionné à son goût, et celui de Storey, tordu et tristement dégarni sur un des côtés. Les deux enfants ne sélectionnèrent alors que des arbres au rebut, rien que pour l'embêter, éclatant de rire avant même qu'il ait eu le temps de lancer un commentaire dédaigneux. Il finit malgré tout par trouver le sapin parfait, un épicéa bleu de deux mètres de haut qu'il transporta, dûment ficelé, jusqu'à leur loft. Il passa le reste de la journée à ôter la sève parfumée qui collait aux aiguilles.

On consacra la soirée à la décoration : Russell installa les ampoules électriques avant de laisser les enfants faire comme bon leur semblait avec les guirlandes, les boules de verre et les babioles fabriquées à la main, à quoi ils ajoutèrent quelques horreurs qu'ils avaient confectionnées à l'école au fil des ans.

Le soir de Noël, les Calloway louèrent une voiture et prirent la direction de Stockbridge, au nord de la ville, pour se rendre chez la mère de Corrine, leur appréhension due au souvenir des visites précédentes se dissipant à la soudaine apparition de flocons dansant devant les phares, alors qu'ils roulaient sur la voie rapide de Taconic Parkway. Et plus tard, cette nuit-là, après que les enfants eurent déballé un cadeau chacun, Russell leur lut des passages d'« Un Noël d'enfant au pays de Galles » de Dylan Thomas, tandis qu'ils se serraient contre Corrine, dans un état mi-comateux mi-agité.

Et puis il y eut le plaisir inhabituel d'une semaine chez Tom et Casey à Saint-Barth, des journées passées à bronzer parmi les richards et les pop stars, buvant du rosé de Provence, couleur pelure d'oignon, et mangeant des plats hors de prix, composés de salade de lentilles et de langoustines grillées, lors de déjeuners qui s'éternisaient jusqu'à la tombée du jour. Au cours d'un de ces interminables festins dans un restaurant du bord de mer, Russell s'étonna de voir Phillip Kohout trôner à la table principale, entouré d'une bande de convives tapageurs, dont un acteur d'Hollywood et un créateur parisien. Plus tard, alors qu'il se rendait aux toilettes, il se cogna contre l'écrivain, assez fort pour lui faire lâcher l'objet qu'il tenait à la main et qui s'écrasa sur le sol avec fracas : un petit flacon de verre empli de poudre blanche.

« Russell, s'exclama-t-il en se penchant pour ramasser son précieux produit. Quelle surprise, mon vieux ! Ça fait un bail, non ?

— Comment vas-tu, Phillip ?

— Je peux te dire que j'ai traversé des moments difficiles.

— J'ai appris ça.

— Tu sais, le Waziristân c'était déjà très dur, mais le débriefing à Washington, putain, ça, c'était un vrai cauchemar.

— On dirait que tu fais ce qu'il faut pour rattraper le temps perdu. » Russell n'avait pas voulu se montrer teigneux, pourtant il venait de l'être.

« Eh bien, *carpe diem*, tu vois ? S'il y a une chose que j'ai apprise durant ces deux mois où je suis resté sous une cagoule noire, c'est bien ça.

— Non, enfin oui, je veux dire, évidemment je comprends, bredouilla Russell qui, sans le vouloir, venait de couvrir toutes les possibilités de réponse.

— On devrait essayer de se voir à New York.

— Ce serait chouette.

— Ouais, faisons-le. »

Phillip fit un pas vers la porte, puis il se retourna et prit Russell dans ses bras à la manière d'un gros ours. « Écoute, je suis désolé de ce qui s'est passé avec mon deuxième livre. C'était une période complètement folle.

– Tout cela est oublié depuis longtemps.

– On va rattraper le temps perdu à Manhattan, je te le dis. »

Et bien trop vite, ils furent de retour dans la grande ville, bronzés, un peu au ralenti et comblés, brusquement tirés de leur rêve par une gifle de vent froid sur la passerelle de l'avion à JFK.

Puis, tempête de neige le jour de la Saint-Valentin : les flocons tombaient dru depuis leur réveil. L'école était restée fermée au plus grand regret de Storey, qui apparemment espérait une déclaration d'amour de son camarade de classe, Rafe Horowitz. Ce soir-là, ils firent garder les enfants par Joan et se rendirent à pas lents, lourdement emmitouflés, chez Bouley, le restaurant où ils fêtaient chaque année la Saint-Valentin, un temple de la grande cuisine qui avait en plus l'avantage d'être situé tout près de chez eux. Corrine tenait d'une main le bras de Russell, et de l'autre un parapluie, une neige épaisse mêlée de grêlons recouvrant les trottoirs, semblable à du sable mouillé. Elle n'aurait vu aucun inconvénient à passer la soirée à la maison, mais Russell avait insisté pour fêter l'occasion avec un dîner romantique.

Il discuta du vin avec le sommelier pendant que Corrine allait en cuisine saluer le chef qui siégeait au conseil d'administration de son association caritative. Quand elle revint, Russell avait fait son choix, après avoir comparé les mérites du chablis et du chasselas. Parfaitement rompu aux usages de la galanterie par son père, il se leva à son approche.

Quelques minutes plus tard, relevant le nez de son menu, il s'aperçut qu'elle pleurait.

Il prit sa main dans la sienne. « Que se passe-t-il, ma chérie ?

– Oh Russell, tu as vu où nous en sommes ? Des roses une fois par an, et peut-être une partie de jambes en l'air sous l'effet de l'alcool. On a cinquante ans, et notre belle histoire d'amour, qu'en reste-t-il ? Qu'est-elle devenue ? »

Pourquoi disait-elle cela ? Il pensait au contraire que les choses allaient plutôt bien entre eux – mais c'était loin d'être la première fois qu'elle se laissait aller à ce genre de débordement. Et bien que persuadé, après toutes ces années, qu'il la connaissait mieux que quiconque, il soupçonnait parfois que certains recoins de son âme lui demeuraient inaccessibles, de vastes régions qui s'étendaient au-delà des balises de sa compréhension.

9

« Y a-t-il quelque chose de meilleur au monde que la pêche à la banane de mer ? » demanda Kip, alors que, allongés sur des transats, ils contemplaient, depuis la terrasse du camp de pêche, les marécages d'un rose argenté dans les reflets du couchant. Kip, le visage brûlé par le soleil, clignait des yeux comme un hibou, après une journée passée sur l'eau. Il portait des lunettes de soleil blanches de forme ovale, une chemise hawaïenne turquoise à poches multiples et une casquette Lehman Brothers.

Après cette journée quasi parfaite en mer, Russell pensait en effet qu'on pouvait faire pire qu'aller pêcher à la mouche dans les Bahamas en compagnie de Kip Taylor, son actionnaire principal, qui en outre réglait la note.

« C'est vraiment super, mais je ne sais pas si j'en ferais une de mes priorités », dit Russell. Ses mains sentaient encore l'odeur des neuf bananes de mer qu'il avait prises et relâchées, et dont l'une devait avoisiner les cinq kilos, son record à ce jour.

« Russell, évitons les clichés, pour l'amour du ciel. Essaierais-tu de me dire qu'à notre âge, le sexe est toujours la chose la plus importante dans la vie ? »

Kip se montrait-il là d'une honnêteté rafraîchissante ou s'efforçait-il seulement de paraître original ? s'interrogea Russell. « Peut-être pas la plus importante, mais en tout cas la plus agréable, répondit-il.

– Alors qu'est-ce que tu fais ici plutôt que de rester chez toi à sauter ta femme ? À mon avis, tu dis ça parce que tu penses que c'est ce qu'il faut dire.

– En tout cas, si je devais choisir entre l'une et l'autre, je ne crois pas que je choisirais la pêche.

– Après vingt-cinq ans de mariage, tu trouves encore ça excitant ? »

La discussion faisant le larron, Russel avait pensé au sexe en général, ou à ce qu'il en était au début de son mariage, plutôt qu'aux relations conjugales du moment, même si leur couple connaissait un certain regain d'activité dans ce domaine depuis quelque temps. « Ça va, ça vient, dit-il.

– Tous les combien ? demanda Kip. Honnêtement. »

Russell avait parfois l'impression que son ami considérait que sa fortune lui donnait droit à la vérité sur tout, comme si celle-ci pouvait s'acheter à l'instar de n'importe quelle marchandise. Ses questions prenaient souvent cette forme, une interrogation suivie d'un impérieux « honnêtement ».

« Une fois par semaine, environ », répondit-il. C'était une estimation franchement optimiste. Deux fois par mois, en vérité.

« J'en suis à mon troisième mariage et j'en suis arrivé à la conclusion qu'en moyenne, le désir sexuel dure environ cinq ans.

– Heureusement que tu pêches, alors.

– Honnêtement, conclure un marché juteux me fait plus bander que coucher avec ma femme. Et toi, tu préférerais sans doute découvrir le nouvel Hemingway plutôt que de sauter la tienne. En toute franchise, je préférerais même lire, moi aussi, le nouvel Hemingway, bon Dieu ! Ou relire *Et au milieu coule une rivière*. On t'a déjà raconté cette blague sur les trois étapes du mariage ? Au tout début, c'est le sexe électrique, on baise en s'accrochant aux lustres. Ensuite, c'est le sexe en chambre, une fois par semaine, au lit. Et finalement, c'est le sexe du couloir. Tu sais ce que c'est ?

– Non, raconte.

– On se croise dans le couloir et on se dit : "Va te faire foutre !" »

Russell lâcha un petit rire poli.

« Et l'histoire de cette belle fille qui est au supermarché avec ses deux gosses, tu la connais ? poursuivit Kip sur sa lancée. Elle leur crie dessus sans arrêt : "Touche pas à ça, arrête de faire l'idiot…", elle les insulte carrément même et quand enfin elle arrive à la caisse, toujours en criant, le type derrière elle lui dit : "De bien beaux garçons que vous avez là. Ils sont jumeaux ?" Alors, elle le regarde et elle lui balance : "Non, c'est pas des jumeaux, ils ont neuf et onze ans, espèce d'abruti ! Vous êtes débile ou quoi ? Ça se voit tout de suite que c'en est pas." Et le type lui répond : "C'est juste que j'ai du mal à imaginer qu'un mec ait pu te baiser deux fois !" »

Content de son petit effet, Kip marqua une pause, avant d'ajouter : « Ah, ces mômes ! L'appétit sexuel de la jeunesse, c'est rien que pour répondre au besoin naturel de reproduction. Mais une fois que les mômes sont là, fini le désir. Ça m'étonne toujours qu'on puisse décider d'en avoir plus d'un ; ces petits casse-couilles semblent programmés pour décourager leurs parents de remettre le couvert. »

Russell hocha la tête, se sentant soudain coupable de ne pas avoir pensé à ses enfants une seule fois de la journée.

« Mais bon, on a besoin de distractions, c'est sûr. De plaisirs qui nous prennent aux tripes. Dieu sait que moi, le semi-retraité, j'en ai besoin. Pêche à la mouche et *single malt*, dit-il en levant son verre, qu'il huma d'un air connaisseur. C'est soit ça, soit baiser sa kiné.

– J'ai décliné la proposition d'une jeune étudiante franchement sexy, il y a quelques mois », lui confia Russell.

Kip parut intrigué. « Et pour quelle raison ?

– Je ne suis toujours pas sûr de le savoir.

– Il n'en existe que trois, affirma Kip. La fidélité, la peur de se faire pincer ou le manque d'intérêt. » Il aimait à l'évidence les déclarations à l'emporte-pièce.

« Les deux premières, j'imagine », dit Russell, bien qu'il doive reconnaître que si Astrid Kladstrup avait attisé son désir – et dans un monde parfait, rien ne lui aurait plu davantage que de l'éteindre en sa compagnie –, au stade où il en était dans sa vie, il ne pensait plus que le jeu en valait la chandelle.

« Je ne suis pas sûr qu'on puisse séparer les différentes raisons de façon aussi nette, ajouta-t-il. La culpabilité et la peur de se faire pincer peuvent émousser l'intérêt, l'enthousiasme charnel. Là, il s'agissait moins d'une absence d'intérêt que du manque de cette énergie phénoménale qu'il faut pour surmonter la culpabilité et la peur de se faire pincer.

– C'est exactement ce que je disais tout à l'heure. Le sexe ne gouverne plus ta vie. Il y a un certain temps, tu ne te serais pas encombré de tout ça. Moi, je ne l'étais pas, en tout cas. Mon passe-temps favori, c'étaient les secrétaires et serveuses. Pourquoi crois-tu que j'ai divorcé deux fois ? »

De fait, Russell avait trompé Corrine dans le passé, pas souvent, mais plus d'une fois. Il n'en était pas fier aujourd'hui et n'avait aucune envie de ressentir cette honte de nouveau. Est-ce que cela signifiait qu'il était plus sage ou simplement plus vieux ?

« C'était qui, alors ? demanda Kip. Une fille du bureau ?

– Non, même s'il m'est arrivé parfois de commettre cette erreur. »

Kip eut l'air surpris, et Russell se rendit compte que c'était la première fois qu'il reconnaissait avoir eu une aventure extraconjugale devant son associé. Leur amitié était relativement récente. Ils s'étaient connus à Brown, mais avaient perdu contact durant les années qui avaient suivi leur installation à New York. Ils avaient recommencé à se voir depuis environ cinq ans, après s'être retrouvés par hasard à un dîner dans les beaux quartiers et s'être aperçus que le fils de Kip avait le même âge que les jumeaux de Russell.

Ils avaient tous les deux fait des études de lettres, mais après une année à Paris où il n'avait pas réussi à écrire son premier roman, Kip avait suivi la formation organisée par la First Boston Bank et lancé ensuite un fonds d'investissement, tout en maintenant son abonnement à la *New York Review of Books* et au *Times Literary Supplement*. Il se tenait au courant de l'actualité éditoriale, et Russell avait été flatté de voir qu'il s'était intéressé à sa carrière. Kip avait reconnu qu'il s'était toujours demandé ce qu'il se serait passé s'il avait poursuivi dans la littérature, et il avait souvent consulté la revue éditée par les anciens de Brown pour s'informer de ce que devenait Russell. « Tu sais, cet intérêt qu'on garde pour la voie qu'on n'a pas choisie. » Le fils de Kip s'entendait très bien avec Jeremy, et Russell partageait la passion de son ami pour la pêche à la mouche, même s'il n'était jamais allé plus loin que dans le nord de l'État de New York pour s'y adonner, avant que Kip ne lui propose de l'accompagner dans ses virées. C'était sur la North Platte River, dans le Wyoming, qu'ils avaient eu l'idée de s'associer, mais il leur avait fallu plusieurs mois encore pour concrétiser leur projet.

Russell rongeait son frein dans son ancien emploi, travaillant pour un béotien au sein d'une maison d'édition autrefois prestigieuse, rachetée par un consortium français. Il se sentait de plus en plus malheureux depuis le changement de propriétaire, et après les événements du 11 Septembre, il avait éprouvé le besoin de laisser sa marque dans le monde pendant qu'il en était encore temps, et d'en faire plus pour les écrivains en qui il croyait. Il avait vu trop d'auteurs talentueux être sortis du circuit, alors que les grandes maisons plaçaient tous leurs espoirs et leur énergie sur quelques titres tape-à-l'œil qu'elles avaient surpayés à la suite de véritables guerres d'enchères. Russell revenait alors de l'enterrement d'un ami qui avait publié quatre romans sérieux et salués par la critique, mais dont il n'avait pas réussi à convaincre ses employeurs d'acheter le suivant, étant donné les ventes décevantes des premiers. Même si on devait apprendre que l'écrivain en question avait été suivi pour dépression, quand il s'était suicidé un an plus tard, Russell n'avait jamais pu se le pardonner, comme il n'avait jamais pardonné non plus à son patron... Et puis bien sûr, il y avait eu Jeff... Lorsque McCane & Slade avait été mis en vente après la crise cardiaque du vieux Slade, Kip et lui avaient sauté sur l'occasion. C'était une maison prestigieuse avec un catalogue qui rapportait plus d'un million de dollars par an. Kip avait rassemblé un petit groupe d'investisseurs et apporté lui-même la moitié de l'argent nécessaire, offrant à Russell vingt pour cent des parts, avec un intéressement proportionnel aux résultats. Et en 2004, au bout de deux ans seulement, ils avaient déjà dégagé un petit bénéfice. 1-0 pour l'équipe de l'Art et de l'Amour.

Ils furent appelés pour dîner par Matthew Soames, un Anglais d'environ trente-cinq ans dont le cinquième arrière-grand-père s'était vu offrir cette île des Bahamas par le roi George III. Au fil des générations, plusieurs projets de cultures avaient été essayés puis abandonnés, jusqu'à ce que Matthew, après s'être fait renvoyer d'Oxford, ait finalement eu l'idée d'installer ce camp de pêche sur une île par ailleurs déserte. Après ses deux premiers séjours et son premier tarpon pêché à la mouche, Kip avait investi dans le développement du site. Les conditions d'hébergement y étaient plus spartiates que celles auxquelles il était habitué, mais les joies de la pêche compensaient largement ce désagrément, et la compagne de Matthew cuisinait divinement.

Ce soir-là, elle servit en entrée des pinces de crabe caillou noir. Puis, en plat principal, un délicieux curry vert de mérou de Nassau. Ils parlèrent de pêche et, avec ce sérieux que partagent les pêcheurs et les marins, de la météo, jusqu'à ce que Kip envoie Matthew chercher une seconde bouteille de vin.

« Alors qu'est-ce que tu penses du bouquin de Kohout ? demanda Kip.

– Un ouvrage important, à n'en pas douter.

– Pourtant, se faire kidnapper par les Talibans ou je ne sais quels putain de terroristes n'est pas vraiment un exploit en soi, si ?

– Non, mais Phillip a réussi à s'échapper, ce qui n'était sûrement pas si facile, et entre-temps, il a su glaner des renseignements essentiels. Il affirme que Ben Laden se trouve au Pakistan.

– Rien de nouveau sous le soleil.

– Certes, mais au-delà de tout ça, c'est l'histoire d'une victoire contre l'adversité. Ce qui fait la différence, c'est que là on a affaire à un très bon écrivain, et un vrai écrivain est capable de rendre passionnant le récit d'une virée dans un fast-food. » Russell décida de ne pas parler de leur rencontre récente à Saint-Barth. S'il gardait rancune à ses auteurs parce qu'ils étaient accros à la drogue ou trop narcissiques, il ne publierait plus grand monde. « J'ai déjà travaillé avec Kohout. On peut même dire que c'est moi qui l'ai découvert, alors je pense que ça me donne un avantage. De plus, un livre comme celui-ci nous place d'emblée au cœur du débat culturel.

– Moi, j'ai l'impression que notre politique éditoriale tient la route. Priorité aux nouveaux talents et à la fiction, achat à bas prix, vente des droits à l'étranger et abandon des gros coups trop chers pour nous aux grandes maisons. »

Facile à dire pour Kip – il vivait dans un six-pièces sur Park Avenue. Russell aurait pu objecter qu'il aimerait pouvoir scolariser ses enfants dans un établissement privé ou acheter un appartement, ou encore s'offrir de temps en temps un voyage en Europe, mais il se contenta de répondre : « D'accord, mais parfois, il faut qu'on se montre un peu souples et qu'on accepte de prendre des risques pour un projet qui en vaut la peine et qui peut rapporter gros. » Il avait l'air un peu compassé, se dit-il, quand il essayait d'adopter le langage de Kip. « Évidemment, si le bouquin part à trois ou quatre millions, on n'est plus dans la course, point final, mais on pourrait peut-être faire une offre préemptive, disons à sept cent cinquante mille, et voir si on peut conclure l'affaire. À mon avis, c'est un livre important qui nous permettrait de jouer dans une autre cour. »

Il n'y avait là rien de très stupéfiant pour un homme comme Kip. Pour lui, McCane & Slade – l'entreprise dans laquelle Russell avait mis toutes ses ambitions – n'était plus ou moins qu'un passe-temps, ce qui ne signifiait pas qu'il était prêt à perdre de l'argent – pas davantage que Russell, d'ailleurs. Tout de même, si Russell espérait s'acheter un jour une maison ou laisser de l'argent à ses enfants, c'était la chance de sa vie, et cela comptait pour beaucoup dans l'intérêt qu'il manifestait pour le contrat Kohout. La majeure partie de sa carrière, il l'avait faite dans de grandes entreprises dont il ne partageait que très indirectement les profits. Au fil des ans, il avait acheté plusieurs best-sellers, sans que cela lui rapporte. En conséquence, il s'en apercevait maintenant, il avait eu le luxe de choisir les livres selon ses propres goûts et centres d'intérêt, convaincu qu'à long terme ils feraient gagner de l'argent au groupe et lui permettraient donc de conserver son emploi. Les titres qu'ils publiaient remportaient souvent des prix littéraires et faisaient l'objet de critiques élogieuses, et ses employeurs savaient très bien que la valeur marchande de leur marque s'en trouvait accrue. Mais aujourd'hui, sa rémunération était indexée sur ses succès. Après avoir été salarié des années durant, il était désormais devenu un entrepreneur.

« Bon, si tu crois qu'on peut le décrocher pour sept cent cinquante mille dollars. On parle de quels droits-là ?

— Eh bien, on pourrait essayer d'acquérir les droits pour l'étranger et ceux de prépublication.

— Laisse-moi le temps de regarder encore une fois la proposition, OK ? »

Quand Matthew revint avec une seconde bouteille de bourgogne blanc, Russell lui dit : « Kip est d'avis que le sexe est survalorisé dans ce qui nous motive. Qu'en penses-tu ?

— Je suis anglais, comment pourrais-je ne pas être d'accord ?

— Tu déformes ma pensée, répliqua Kip. J'ai avancé l'idée qu'à partir d'un certain âge, ce n'est plus ça qui nous dirige de manière exclusive et primordiale. »

Matthew dodelina de la tête, son visage brûlé par le soleil était d'un rouge éclatant à la lumière des bougies. « Il n'y a pas grand-chose à discuter sur ce point.

— Alors, quel est ton secret ? demanda Kip.

— Mon secret ?

— Du bonheur.

— Qui te dit que je suis heureux ? rétorqua Matthew.

— Il semble que tout va de soi pour toi.

— En termes de relations hommes-femmes, si c'est ça la question, mon secret, c'est de ne pas me marier. Cora et moi sommes ensemble depuis onze ans et je suis convaincu que si on officialisait les choses, ça gâcherait tout.

— Et elle, qu'en pense-t-elle ?

130

– Elle est toujours là. Et avec la même silhouette qu'à vingt ans. »

Matthew revint sur le sujet, le lendemain, alors qu'il emmenait Russell dans les marécages. « Ce qui est sûr n'est jamais très excitant, c'est l'un ou l'autre, il faut choisir. »

Ils avaient décidé de rester à l'intérieur de l'île et de parcourir le lacis de ruisseaux et de marais qui bordaient la côte, tandis que Kip et son guide sillonnaient le littoral. C'était un paysage primitif, plus liquide que solide, la frontière entre les deux éléments était estompée par les palétuviers rouges, leurs feuillages vert foncé cachaient le sable, et leurs racines s'enfonçaient dans l'obscurité, un univers de proies et de prédateurs qui se dissimulait sous ces forêts sous-marines. Une heure à peine après la marée basse, tout l'arrière-pays était envahi par des remugles de pourriture et de régénération montant des eaux stagnantes, les effluves de milliards de micro-organismes qui copulaient et mouraient.

La nappe d'eau était lisse et vitreuse. Matthew faisait avancer le bateau à coups de perche à travers le marais en direction de deux bananes de mer occupées à se nourrir, leurs queues argentées crevant la surface et s'agitant pendant qu'elles fouillaient les hauts-fonds à la recherche de crabes et de mollusques, partageant l'espace avec deux aigrettes blanches qui marchaient avec prudence et détermination, soulevant haut leurs pattes à chaque pas et enfonçant çà et là leurs longs becs dans l'eau. Elles marquèrent une pause pour observer le skiff qui s'approchait, puis déployèrent leurs ailes à l'unisson et s'envolèrent, les deux bananes de mer bondirent alors de peur, de l'autre côté d'un banc de sable à moitié submergé.

Quand Matthew réussit à franchir à son tour le banc de sable, les poissons évoluaient déjà cinquante mètres plus loin, et il mima de ses doigts un personnage qui marchait. Russell se laissa glisser hors de l'embarcation et progressa d'un pas prudent, s'efforçant de faire aussi peu de bruit et de mouvement que possible à chaque fois qu'il retirait un pied de la boue, jusqu'à être assez près pour lancer, les yeux rivés sur les queues des poissons qui apparaissaient périodiquement à la surface. D'abord, il effectua deux faux lancers pour allonger la soie, guettant le léger signe de résistance lorsqu'elle s'étira derrière lui, avant de la relancer vers l'avant en la fouettant pour faire atterrir sa mouche à deux mètres des poissons. Il lui sembla que son bas de ligne avait fait beaucoup de bruit en heurtant l'eau, mais par miracle, ils ne prirent pas peur et continuèrent à s'approcher de la mouche, telles deux ombres grises se découpant sur la vase brune. Quand ils ne furent plus qu'à un mètre de l'appât, Russell le fit tressauter et entreprit de sa main gauche de ramener la ligne, tout en maintenant la canne à la surface de l'eau de sa main droite, jusqu'à ce qu'un des poissons dévie de sa course pour poursuivre la mouche.

Dans son excitation, il souleva l'appât pile à l'instant où le poisson allait essayer de s'en emparer ; il cessa de rembobiner, puis recommença lentement à le faire tandis que le poisson effectuait une nouvelle tentative, et cette fois il sentit que quelque chose tirait violemment sur l'hameçon. La proie mit un moment à réagir, et le temps parut s'être arrêté. Russell espérait qu'il avait réussi à ferrer le poisson, mais soudain il le vit filer en dévidant cinquante mètres de soie. Il parvint à retirer sa main juste à temps pour éviter au bas de ligne de se rompre, et redressa sa canne aussi haut que possible alors que le frein du moulinet grinçait tant et plus.

« Joli coup », lui cria Matthew depuis le skiff.

Dix minutes plus tard, après que le poisson argenté eut été finalement ramené avant d'être relâché, Russell déclara : « Au fond, il n'est pas impossible que Kip ait raison. Pêcher, c'est peut-être plus exaltant que le sexe.

– Encore une bonne raison d'éviter le mariage : j'espère ne jamais en arriver à penser la même chose que vous.

– Pourtant tu adores ça, tu le sais, dit Russell.

– Quoi, la pêche ? Oui, mais c'est mon gagne-pain. Ce n'est pas toujours bon de transformer sa passion en métier. Ça revient un peu à épouser sa maîtresse, pas vrai ? »

10

Elle retrouva Casey au Justine's, un club privé installé au sous-sol d'un hôtel du centre-ville, un sanctuaire de velours rouge très prisé par les femmes qui dépensaient beaucoup de temps et d'argent un peu plus loin dans la rue, chez Bergdorf, tandis que leurs compagnons se rassemblaient au Four Seasons ou au 21. Casey habitait à la hauteur de la 60ᵉ Rue Est, et lorsqu'elles se retrouvaient pour déjeuner ensemble, elles choisissaient alternativement le quartier de l'une ou de l'autre. Pour une fois, elle était à l'heure et bavardait avec les clientes d'une autre table quand Corrine arriva. Elles étaient toutes en tailleur Chanel, semblait-il. Casey, elle, était à la dernière mode avec son look bohème chic : une jupe sous le genou bordeaux et un long col roulé en laine chenille couleur olive, serré à la taille par une large ceinture marron.

« Désolée… la circulation. J'adore ta tenue.

— Oscar de la Renta. Un peu paysan pour lui, je sais. Ne me dis pas que tu as pris un taxi ? D'habitude, je suis condamnée à t'entendre m'expliquer combien le métro est rapide et pratique, et moi je peux seulement m'inquiéter à l'idée que tu te fasses agresser, contaminer par de l'anthrax ou que sais-je encore.

— J'étais dans l'Upper East Side, je n'avais pas le choix.

— Qu'est-ce que tu faisais là-bas ? Tu recommences à voir ton psy ? »

À l'instant même où elle avait dit d'où elle venait, Corrine s'était rendu compte qu'elle s'était plus ou moins trahie.

« Eh bien, oui. Rien qu'une fois comme ça. La situation avec les enfants.

– Tu veux que je fasse comme si ça ne m'intéressait pas ?

– Non, j'allais t'en parler. Ma chère sœur m'a appelée plusieurs fois, elle essaie de reprendre une place dans nos vies de manière insidieuse.

– Raconte-moi tout.

– Je vais d'abord me remplir une assiette au buffet : je meurs de faim.

– Le chef va être ravi, à moins qu'il ne soit terrassé par le choc. La nourriture est surtout là pour décorer. Très peu de nos membres mangent, en fait. »

Quand elles furent revenues à leurs places, Casey déclara : « Ça m'a toujours étonnée que tu aies une sœur genre "racaille blanche". » Elle piqua dans le losange de son escalope de poulet. « Du plus loin qu'il m'en souvienne, elle a toujours été un problème. Je veux dire, j'ai grandi avec toi, je connais ta famille, et tu es une des personnes les plus élégantes de la planète. Ta mère s'est peut-être envoyée en l'air un jour avec le laitier ou le ramoneur.

– Je t'en prie. Hilary est la mère biologique de mes enfants.

– Tu ferais bien d'espérer que l'éducation l'emporte sur la nature.

– Ton optimisme me réchauffe le cœur.

– Si tu veux un conseil, tiens-la éloignée de ta vie et de celle de tes enfants.

– Tôt ou tard, ils voudront la connaître davantage.

– Je n'en suis pas si sûre, mais le plus tard sera le mieux.

– Je ne peux pas m'empêcher d'avoir peur qu'ils finissent par la considérer comme leur mère.

– Tu leur as appris à avoir meilleur goût. » Casey sirota une gorgée de son thé glacé et se pencha vers Corrine avec un air de conspiratrice. « Tu as vu Washington ?

– Oui, avec sa femme. » Corrine n'approuvait pas la liaison de Casey avec le meilleur ami de Russell ; ça durait depuis des années maintenant, de façon intermittente.

Casey salua d'un signe de la main une blonde à la mine féroce, avec des pommettes saillantes et des bras grêles, assise quelques tables plus loin.

« Qui est-ce ? demanda Corrine.

– Carol Ricard. Son mari vient d'obtenir le divorce juste avant que la clause d'indexation de l'accord prénuptial ne soit effective.

– C'est bien triste, dit Corrine, l'air pensif.

– Pas tant que ça ; apparemment il a accepté de l'épouser de nouveau après le divorce. »

Quand elle travaillait chez Sotheby's et habitait Beekman Place, Corrine voyait la partie sud de Manhattan comme le lieu de toutes les excentricités bohèmes, mais ces derniers temps, la grande bourgeoisie du nord de la ville que fréquentait Casey était à ses yeux encore plus débauchée et désabusée.

« Un jour, on l'a vue au 21, elle n'avait que quelques feuilles de salade dans son assiette, et Tom a demandé qu'on lui serve un hamburger. C'était hilarant. Il a fait promettre au serveur de ne pas dire d'où ça venait, mais toute la salle se passait le mot. »

Corrine jeta un coup d'œil à la squelettique Mme Ricard avec une certaine fascination, sans toutefois la blâmer complètement pour son extrême maigreur. Se dépouiller de sa lourde enveloppe de chair, c'était un rêve contre lequel elle n'était pas immunisée. Et de fait, Carol Ricard était à peine plus maigre que ses compagnes de table – ou que Casey et Corrine d'ailleurs.

« Elle est obligée de se raser les bras et la poitrine, dit Casey. Quand on est près de tomber d'inanition, au sens propre du terme, le corps se couvre d'une sorte de fourrure pour se protéger et conserver sa chaleur.

– C'est répugnant. » Ainsi, il était donc possible d'être trop maigre. Comment savoir ? Au moins, se dit Corrine, elle n'en était jamais arrivée là.

Casey souleva un bras qui n'avait rien de dodu, orné de plusieurs bracelets en or et d'une montre Bulgari « Serpenti », et héla un serveur posté non loin de là. « Je voudrais un autre thé glacé, dit-elle, et mon amie reprendra un jus d'airelle avec du soda et du citron vert. »

C'était le moment pour Corrine : « J'ai reçu un appel de Luke aujourd'hui, annonça-t-elle.

– Il est ici ? »

Elle hocha la tête, surprise que son amie ne le soit pas.

Casey posa la main sur la sienne, l'air radieux : « Alors, tu vas le voir ? Et surtout, est-ce que tu vas coucher avec lui ? »

Mortifiée, Corrine balaya la salle du regard, mais personne ne semblait s'intéresser à elle.

« Il m'a invitée à Sagaponack pour le week-end.

– C'est géant ! s'exclama Casey. Et sa femme ?

– Elle est à quinze mille kilomètres.

– Eh bien, qu'est-ce que tu attends ?

– Un sursaut de conscience. Enfin, je ne comprends pas comment je peux même considérer sa proposition ?

– Parce qu'il est riche, beau et qu'il t'aime.

– Comment peux-tu être sûre d'une chose pareille ? À l'évidence, il s'intéresse à moi et il a envie de coucher avec moi, semble-t-il, ce qui, je dois le reconnaître, parle largement en sa faveur. Il m'a envoyé des mails très romantiques, je dois dire.

137

– Il est fou de toi. Tu crois que c'est un hasard si tu t'es retrouvée à ma table, le soir de son gala de bienfaisance ? Il m'avait demandé de t'inviter.

– C'était un coup monté ?

– Il m'avait fait promettre de garder le secret, Corrine.

– Je suis ta meilleure amie quand même.

– Et en tant que telle, tu devrais comprendre que je prenne tes intérêts à cœur.

– C'est-à-dire ?

– Que je me réjouis pour Luke et toi, c'est tout.

– Il n'y a pas de Luke et moi. Nous sommes tous les deux mariés.

– Je pense que le mariage de Luke, c'est déjà du passé.

– Ridicule. Tu l'as vue, cette fille ?

– Oui, je l'ai vue. Et elle te ressemble beaucoup. Qu'en déduis-tu ?

– Qu'il est accro à un certain type de femmes.

– Tu couches avec Russell ?

– C'est loin. L'automne dernier, on a eu un petit retour de flamme, et puis après, une fois, à Saint-Barth.

– Moi, je ne veux même plus coucher avec Tom ; et c'est sans doute ça, le plus triste. Je lui taille une pipe pour son anniversaire et on se dit à l'année prochaine. »

Corrine ne s'habituerait jamais à la liberté de parole de son amie en matière sexuelle, mais elle était sans nul doute la meilleure conseillère dans la situation présente ; impossible d'imaginer une autre confidente de toute façon. « Qu'est-ce que je dois faire ? Et qu'est-ce que je pourrais dire à Russell, bon Dieu ?

– Eh bien, que tu vas passer le week-end avec moi à Southampton – une petite escapade loin de la famille, ça ne te fera pas de mal.

– Pourquoi dis-tu ça ?

– Parce que je ne pense pas que tu en aies fini avec lui. Ni lui avec toi. »

Corrine refusa de se laisser conduire par Luke – un petit point d'honneur sans doute absurde, puisqu'elle avait accepté de passer deux jours et deux nuits seule avec lui – et choisit de prendre le *jitney*. Les principales compagnies de cars reliant New York et les Hamptons utilisaient ce terme assez obscur pour désigner un moyen de transport public parce que les gens qui avaient les moyens de vivre dans ces deux endroits soit ne prenaient pas de cars, soit ne les auraient jamais appelés ainsi. D'où la nécessité d'un néologisme. Même ceux qui avaient des chauffeurs et plusieurs grosses voitures allemandes trouvaient parfois cela commode, et il n'y avait rien de honteux à voyager en car dès lors qu'on n'employait pas ce mot-là. Corrine, pour qui c'était un moyen de transport plus pratique et plus écologiquement responsable, l'aurait de toute manière préféré à tout autre même si elle était allée là-bas pour des raisons irréprochables. Casey, pour finir, ne viendrait passer que vingt-quatre heures sur l'île, elle arriverait le samedi et ils rentreraient tous ensemble le dimanche.

Corrine emmena les enfants à l'école, ce matin-là, et elle les vit disparaître dans le bâtiment avec un sentiment croissant de panique et de terreur, comme si elle risquait de ne jamais les revoir. Elle s'apprêtait à franchir les limites, qu'adviendrait-il si elle ne pouvait pas revenir en arrière ? Et si quelque chose de terrible se produisait là-bas ? Sur le chemin du retour de l'école, elle décida de tout annuler. La veille au soir, après plusieurs verres de sancerre, elle était certaine que voir Luke, à défaut d'être juste, était bien ce qu'elle souhaitait, ce qu'elle voulait par-dessus tout. Il fallait qu'elle se sorte cette obsession de la tête. Son désir était palpable : elle était allée se coucher en se remémorant avec plaisir les moments où ils avaient fait l'amour au cours de leur brève liaison. Ce matin, en revanche, elle pensait seulement à tout ce qu'elle mettait en péril, sans envisager la moindre compensation, à part celle de lui appartenir et qu'il lui appartienne deux ou trois fois encore, de satisfaire un désir qui continuait à la consumer, même s'il était presque resté à l'état latent jusqu'à ce qu'elle le revoie à l'automne dernier.

Tout cela la rendait un peu honteuse et la déconcertait. Elle avait toujours eu un goût sain pour le sexe et n'avait pas tout à fait cessé d'y prendre plaisir avec Russell, mais jamais elle n'en avait ressenti un tel besoin compulsif, sauf peut-être au tout début de leur histoire à Brown. Une partie d'elle avait considéré les choses de manière plus rationnelle rétrospectivement : Luke et elle s'étaient rapprochés dans les jours qui avaient suivi le 11 Septembre, et ce genre de cataclysme avait quelque chose d'aphrodisiaque pouvant entraîner des conduites compulsives et irresponsables. Mais la vérité était plus simple : il l'attirait toujours.

À l'angle de Broadway et de Reade Street, elle appuya sur la touche 3 de ses numéros préenregistrés. « Je n'y arrive pas, dit-elle à Casey quand son amie décrocha.

– Tu te dois d'aller jusqu'au bout de cette histoire. Il faut que tu trouves une solution. Sinon, tu te poseras toujours la question.

– Mais quelle solution veux-tu que je trouve ? Même si on fait l'amour comme des fous, avec passion, une fois qu'il aura assouvi son désir, il se rappellera sans doute qu'il a laissé une blonde plus jeune et plus sexy à la maison.

– Ne minimise pas l'importance de la passion et de la folie. Je me couperais le sein gauche pour connaître ça une nuit entière.

– Je sais, c'est bien ce qu'il y a de terrible là-dedans. J'ai tellement envie de lui. »

Heureusement, il n'y avait aucun visage familier dans le *jitney* quand elle y monta sur la 40e Rue, au dernier arrêt avant le tunnel de Long Island. En juillet-août, il serait bondé après avoir traversé l'East Side, mais ce jour-là, il n'y avait que cinq passagers éparpillés dans les différentes rangées : un couple de personnes âgées, une Hispanique qui avait dépassé la cinquantaine et semblait très lasse, et une jeune et jolie maman en veste Barbour et pantalon d'équitation, accompagnée de sa fille encore toute petite. Corrine avait emprunté les épreuves des *Détectives sauvages* sur la pile de Russell, dans leur chambre, et elle entreprit de les feuilleter dans l'intention de se distraire.

Quand le car eut quitté la voie rapide, un peu moins de trois quarts d'heure plus tard, elle délaissa sa lecture pour contempler les pins sylvestres qui bordaient la route ; ils traversèrent le canal de Shinnecock, puis Southampton, et à Bridgehampton elle descendit à l'arrêt situé face à la poste. Ils pensaient tous les deux qu'il serait risqué que Luke vienne la prendre là et il avait donc envoyé à sa place son gardien, Luis, qui attendait au volant d'un pick-up. Celui-ci s'excusa pour le désordre du véhicule, lequel était, en fait, parfaitement bien rangé, et expliqua à Corrine, en réponse à ses questions, qu'il venait d'Oaxaca et travaillait pour monsieur Luke depuis treize ans.

Le trajet au long de Sag Main Street était court et familier. Russell appelait cet endroit « le carré des écrivains » et en faisait une visite guidée aux nouveaux venus quand il allait les chercher à l'arrêt du *jitney* : la maison où James Jones avait passé les dernières années de sa vie, la ferme aujourd'hui condamnée où ils achetaient autrefois maïs et tomates, la vieille école avec son unique salle de classe, l'épicerie-quincaillerie, la villa où avait vécu John Irving, et sur le trottoir d'en face, la vieille maison en piteux état qui avait appartenu à George Plimpton pendant des années, celle où habitait encore Kurt Vonnegut, et d'où il sortait encore à l'occasion pour aller acheter un paquet de Pall Mall à l'épicerie – il avait dit à Corrine lors d'une réception que, selon lui, fumer était la façon élégante de se suicider –, et un peu plus bas dans la même rue, la demeure de Peter Matthiessen. Russell adorait la proximité de tous ces écrivains, qui à ses yeux, parvenaient presque à contrebalancer l'invasion de ceux qu'il appelait les « coureurs de fonds alternatifs », barricadés derrière leurs haies, même si aujourd'hui, les écrivains avaient, pour la plupart, disparu ou déménagé. Corrine se disait que ce n'était pas si différent de ce qui se passait à TriBeCa.

En cette fin de mars, les champs étaient bruns, les arbres gris et dénudés. Des bourrasques de vent soulevaient des tourbillons de feuilles mortes sur la route. Elle se retrouva bientôt devant la clôture blanche de la maison de Luke, une bâtisse d'une centaine d'années de trois étages, avec des volets bleus, typique du style Shingle local, une de celles d'origine qui avaient inspiré des centaines d'imitations dans la campagne environnante. Quand elle s'était rendu compte que c'était la sienne, il était déjà en plein divorce d'avec sa femme Sasha, laquelle, semblait-il, avait exigé d'en avoir la jouissance exclusive pendant les années suivantes.

Il l'attendait dans l'allée, l'air impatient et avec une vague allure de marin dans son pull blanc de pêcheur irlandais. Elle avait presque oublié son œil paresseux si déconcertant. Mais elle était heureuse et même excitée de le voir. Luis, qui portait le sac de Corrine, demanda dans quelle chambre elle allait séjourner.

« Je m'en charge », dit Luke.

Il lui ouvrit la porte. Dans le vestibule, il lâcha le sac, attrapa Corrine par l'épaule et la fit pivoter vers lui d'une main ferme, avant de se pencher pour l'embrasser. Un baiser tout à la fois familier et enivrant.

« Pardon, dit-il en la libérant. J'en avais vraiment besoin. »

Elle se sentit soudain terriblement timide et maladroite, heureuse d'être là, sans être sûre, toutefois, de pouvoir aller jusqu'au bout de ce que promettait ce week-end de manière implicite.

« Je vais te faire visiter », proposa-t-il.

L'intérieur était décoré de façon plus sophistiquée qu'elle ne l'aurait supposé, moins ostentatoire et conventionnelle, certes, que beaucoup des maisons qu'elle avait vues à Southampton, tout en chintz et meubles Chippendale, mais néanmoins plus raffinée et fabriquée qu'elle ne l'aurait voulu, son goût en la matière ayant été à jamais influencé par les maisons plus fantasques de Wellfleet et de Nantucket de son enfance, avec leur fatras de bibelots et d'objets récupérés sur les plages au fil des ans, leurs fauteuils au capitonnage usé et décoloré, et leurs babioles insolites. Cette maison-ci était comme une version Ralph Lauren des villas d'été un peu désuètes de la Nouvelle-Angleterre qu'elle avait connues dans sa prime enfance, elle était aussi éloignée de sa version originale que les répliques en série qu'on en construisait aujourd'hui dans les champs de pommes de terre avoisinants.

« C'est Sasha qui l'a décorée, dit-il, comme s'il avait lu dans ses pensées. Avec un petit coup de pouce de Peter Marino. »

Bien sûr, elle aurait dû s'en douter. L'ex-femme de Luke était bien du genre à vouloir un décor pareil. « C'est ravissant, dit-elle.

— Et de si bon goût », ajouta-t-il avec ironie. Sa déception s'en trouva atténuée. De quel droit, après tout, aurait-elle exigé que la maison de Luke ressemble à celle de sa grand-mère ? Ce n'était pas non plus sa faute à lui si son grand-père avait dilapidé toute sa fortune, si sa mémoire était à jamais encombrée de souvenirs de privilèges perdus et si elle avait gardé un sens esthétique qui confinait au snobisme.

« Aurais-tu faim ? » demanda-t-il, et pour une fois, elle se rendit compte que oui. Une faim de loup, même.

« Je vais nous préparer quelque chose à déjeuner. Tu peux explorer les lieux pendant ce temps-là. »

Elle traversa lentement le salon pour gagner la bibliothèque, le coin le plus masculin de la maison, et examina les objets autour d'elle : les livres et les photographies, dont la fille de Luke, Ashley, était le sujet le plus fréquent. Une seule les montrait tous les trois, Sasha, Luke et Ashley, habillés tout en blanc à une garden-party, et Corrine fut, une fois de plus, frappée par la beauté de son ex-femme, en tout cas à cette époque : elle ressemblait à Candice Bergen. « Mais qu'est-ce qu'il lui trouve ? » Voilà une question que jamais personne ne devait jamais poser, mais ça la dérangeait qu'il ait épousé deux beautés – cela révélait une certaine superficialité chez lui, un déficit de jugement. Elle aurait pu se sentir flattée d'être en pareille compagnie – peut-être la trouvait-il belle, elle aussi –, à moins qu'elle ne lui ait plu précisément parce qu'elle était différente des femmes qu'il avait épousées. Dieu merci, il n'y avait aucune photo de la nouvelle, mais il n'y avait pas plus de preuve tangible de l'existence de Corrine, du moins est-ce ce qu'elle crut jusqu'à ce qu'elle repère un exemplaire du *Fond du problème* sur une table d'angle, près d'un fauteuil club en cuir. En l'examinant plus attentivement, elle s'aperçut que c'était celui qu'elle lui avait offert, six ans plus tôt, avec l'inscription : XI XII MMI XXCC – des baisers et ses initiales griffonnés juste à côté de la date du cadeau, deux mois exactement après leur première rencontre.

Elle poursuivit son chemin vers la cuisine, où il terminait les préparatifs du déjeuner. « Presque fini », dit-il. Cette pièce était plus chaleureuse que les autres, peut-être à cause des placards en pin et des chaises Windsor anciennes autour d'une table ronde, qui lui rappelaient la cuisine où elle avait grandi.

Il tira un siège et lui fit signe de s'asseoir : « Je nous ai préparé un petit festin », déclara-t-il en déposant devant elle un plateau de sandwiches.

Ça lui sembla terriblement rétro : des tranches de pain blanc coupées en triangle. « Oh mon Dieu, ils sont au beurre de cacahuètes et à la confiture ?

– Désolé. C'était plus fort que moi. Tu n'es pas obligée d'en manger. J'ai une salade grecque au frigo. »

Elle mit un moment à saisir l'allusion aux jours où ils travaillaient ensemble à la soupe populaire, une sorte de plaisanterie partagée, ces sandwiches-là figurant en première place au menu.

« Je me rappelle en avoir mangé un le premier jour, dit-il, et ça m'avait provoqué une très forte émotion, comme si j'avais été d'un coup ramené à mon enfance. Je n'en avais pas mangé depuis que j'étais gosse. Je n'en ai d'ailleurs pas remangé depuis.

– Moi, je n'ai pas pu en avaler un seul », répondit-elle. Elle trouvait touchant cependant qu'il en ait préparé. « Peut-être en avais-je trop mangé, petite.

– Ah, que veux-tu…, dit-il en posant la salade sur la table juste devant elle, avant de prendre un sandwich et de mordre dedans.

– Alors, ça t'évoque quoi, aujourd'hui ? Ton enfance ou la soupe populaire ?

– Les deux. J'arrive presque encore à sentir cette fumée infecte.

– Une odeur de Décap'four.

– Plutôt de plastique brûlé, pour moi.

– C'est parce que tu n'as aucune idée de ce que sent le Décap'four. » Elle se servit un peu de salade. « Si je me souviens bien, c'est toi qui es allé le premier voir les restaurants pour les mettre à contribution. Un jour, tu as fait une descente chez Babbo et tu es revenu avec cinquante côtes de veau.

– Je crois que c'était une idée de Jerry, dit Luke. Je me demande ce qu'il est devenu. Vous êtes restés en contact ? »

Elle secoua la tête. Jerry était menuisier et il s'était précipité sur les lieux dès l'effondrement des tours jumelles pour aider aux recherches dans les gravats. Le lendemain, il était revenu avec une fontaine à café et une camionnette pleine de nourriture, organisant sur place une soupe populaire ad hoc qui avait vite attiré des volontaires, Corrine et Luke, entre autres. « Pendant un temps, oui. On a pris un café ensemble, deux trois mois plus tard. Échangé des e-mails. Mais c'était dur. J'avais l'impression que ces quelques semaines avaient été la grande affaire de sa vie et qu'après ça, il se sentait floué et perdu. En plus, honnêtement, je n'en avais pas la force. Ça me rappelait trop nous deux.

– Je suis désolé. »

Elle haussa les épaules. « Que pouvions-nous faire ? Nous avons agi pour le mieux, au bout du compte.

– Je n'en suis pas si sûr. J'ai eu tout le temps qu'il fallait pour y réfléchir quand j'étais à l'hôpital.

– Mais non, tu avais raison la première fois. Je suis incapable de laisser tomber ma vie, mon mariage et mes enfants.

– Et pourtant tu es là…

– Je peux savoir pourquoi tu as demandé à Casey de m'inviter à ce gala ?

– Ça devrait te paraître évident maintenant.

– Pas vraiment.

– Je pense à toi sans arrêt depuis mon accident.

– Parle-m'en, si ce n'est pas…

– Je ne me souviens pas très bien de ce qui s'est passé. J'étais seul dans la voiture, je rentrais du Cap à la maison, de nuit, et j'ai été percuté par une camionnette qui a franchi la ligne blanche, avant de se rabattre dans la voie où je roulais. Le chauffeur était ivre, bien sûr. Il

146

est mort, ainsi que son passager. Apparemment, je n'y étais pour rien. Giselle a engagé un détective et plusieurs avocats, mais ça n'a pas empêché que la situation s'envenime. Un survivant blanc, deux victimes noires. Cela dit, je n'ai pas tout suivi de l'affaire. Je suis resté presque trois mois hospitalisé.

– Tu dis ça comme on le dit là-bas : "hospitalisé".

– Comment ça ?

– Nous, on dirait plutôt "à l'hôpital".

– Je n'y avais pas pensé. » Il marqua une pause, frottant le carré de peau brillante sur son cou. « J'aimais l'idée de l'Afrique, reprit-il. Et j'en aimais la réalité aussi. Cette vie primitive, ce côté berceau de la civilisation, origine des espèces. Les odeurs, et pas seulement les relents du fumier fertile dans la steppe ; l'odeur du bois qui brûle, également, de la viande calcinée, et les remugles des égouts des townships. C'était comme l'origine du monde, là où je pourrais tout recommencer. Même le fait d'appartenir à une minorité, même la violence latente, me faisaient me sentir plus vivant à une époque où j'étais à moitié mort. Mon entreprise avait acheté ce domaine viticole et j'étais chargé d'en assurer l'intendance et d'en augmenter le rendement pour le revendre ensuite avec un maximum de profit, mais quand je suis allé le visiter, je suis tombé amoureux de tout le tableau, l'Afrique, le retour à la terre, la vie de safari.

– La fille.

– Ça, c'était plus tard. En tout cas, au moment où j'ai négocié ma retraite, j'en ai profité pour me vendre le domaine à moi-même.

– Je n'ai jamais très bien compris ce que tu faisais avant.

– *Private equity*. Du capital-investissement. Tu ne m'avais pas raconté qu'il y a plusieurs années, ton mari avait essayé de racheter la maison d'édition pour laquelle il travaillait en procédant à une opération de *leveraged buy-out* ?

— Oui, mais au bout du compte, bien entendu, il a raté son coup.

— Eh bien, ce que je fais, c'est la même chose mais à une beaucoup plus grande échelle et étendue à plusieurs secteurs industriels. Le capital-investissement n'est qu'un relooking du rachat d'entreprise avec effet de levier. Pour l'essentiel, nous sommes des revendeurs de voitures de luxe d'occasion. On récolte de l'argent auprès d'investisseurs privés, de fonds de pension, etc. Ensuite, on prend pour cible une entreprise qui fait des contreperformances, idéalement mal gérée mais avec un bon cash-flow. On utilise nos fonds propres pour une petite part, mais la clé de l'opération, c'est l'effet de levier. Par exemple, on investit, nos actionnaires et nous, un milliard de dollars, et on en emprunte six fois plus à la banque. On rachète l'entreprise, on installe une nouvelle direction, on assainit sa gestion, on vend les pièces détachées, on paie les intérêts bancaires avec le cash-flow, et deux ans plus tard, on essaie de la revendre pour environ dix milliards. Profit : trois milliards. Une fois la banque remboursée, on a triplé notre investissement original : c'est la beauté de l'effet de levier, on utilise l'argent de quelqu'un d'autre.

— Et si vous n'arrivez pas à faire de profit au moment de la revente ?

— C'est là toute la différence entre les gagnants et les autres. Mais au bout du compte, ce type de rachat marche toujours. Si c'est un fiasco, ce sont les prêteurs qui subissent le plus gros choc.

— Ça ressemble un peu, je ne sais pas… comme tu le dis toi-même, à de la vente de voitures d'occasion.

— Nous, on considère qu'on contribue à la bonne santé de notre économie en remettant sur pied des entreprises déficitaires.

– Et donc, tous les deux ans, tu travailles sur une nouvelle affaire ?

– Tous les deux ans, on est sur dix nouvelles affaires. Du moins, c'était mon cas. Et puis j'en ai eu assez et j'ai revendu mes parts. Le domaine viticole n'était qu'une entreprise que nous avions acquise au passage en achetant un conglomérat sud-africain, une des composantes que le groupe mettait en vente. Je l'ai racheté, ainsi qu'une réserve de gibier sauvage dans le Transvaal. C'est splendide. Tu devrais venir me rendre visite.

– Et ça donnerait quoi ? Toi, moi, Russell et Gazelle dans une Land Rover à la poursuite des cinq animaux les plus recherchés ?

– Je nous voyais plutôt, toi et moi, dans un Cessna, volant à basse altitude au-dessus de la savane. Je t'ai dit que j'avais passé mon brevet de pilote ? C'est très pratique, avec tous les déplacements que je fais entre le vignoble et la réserve.

– Je ne suis pas sûre que j'aurais très confiance avec toi aux manettes.

– Comment ça ?

– À cause de cette façon que tu as de fixer sans arrêt ton attention sur une chose, puis sur une autre. C'est peut-être pour cela que tu étais si bon en matière de capital-investissement.

– Je te signale que je suis un excellent pilote.

– Eh bien peut-être qu'un jour, je m'en rendrai compte par moi-même. En attendant, si on allait se balader sur la plage ? »

Il lui prêta une grosse parka doublée de flanelle, appartenant sans doute à Sasha, mais elle s'abstint de poser la question.

Elle sentit la mer dès qu'ils passèrent la porte, et le bruit des vagues lui parvint alors qu'ils s'approchaient du parking de la plage municipale. Quelques mois plus

149

tôt, elle s'était promenée ici avec Russell et les enfants. Elle s'immobilisa, ne sachant pas très bien si elle voulait continuer.

« Qu'y a-t-il ? demanda Luke.

– Rien », répondit-elle en se forçant à reprendre sa marche. Ce n'était jamais qu'une promenade sur la plage, après tout. Puis, sentant le froid et respirant les embruns, elle se souvint d'une autre à Nantucket en hiver, cinq ans plus tôt, en compagnie de Luke – au retour, l'odeur du feu de bois et la musique de Gram Parsons, dans la maison empruntée pour un week-end. *Love Hurts*. Tu m'en diras tant !

Le long ruban de sable blanc était désert à perte de vue, et elle s'autorisa enfin à lui prendre la main. Même si c'était marée haute, la plage lui semblait plus étroite que dans son souvenir ; elle avait entendu quelque chose à propos d'une tempête du Cap Hatteras. Une haute vague s'écrasa sur le sable, les couvrant de sel.

« On comprend pourquoi il y avait tellement de peintres qui venaient par ici, dit Luke. Le ciel a une telle clarté. Et il est encore plus pur en hiver. » C'était vrai. Le ciel était d'un bleu pervenche limpide, elle ne se souvenait pas d'en avoir vu d'aussi lumineux, l'été précédent, des flottilles d'altocumulus majestueux filaient vers l'est par-dessus l'océan, poussés par un fort vent d'ouest. Elle eut une vision de Luke et elle, tels qu'on aurait pu les apercevoir depuis un bateau en pleine mer, deux minuscules silhouettes dans l'immensité de ce décor digne de Turner, une perspective qui paraissait à la fois les ennoblir et minimiser les conséquences morales de leurs actes.

Quand ils furent de retour à la maison, elle avait presque accepté son propre désir. Aussi transie qu'elle soit, elle s'imagina prendre un bain avec Luke, chacun redevenant peu à peu familier du corps de l'autre, bien qu'elle ne sente pas encore assez hardie pour le suggérer.

À ce moment précis, son téléphone sonna dans son sac et elle sut, avant même de l'avoir en main, que c'était Russell, convaincue comme on peut l'être sous le coup de la culpabilité que sa fantaisie adultère lui valait une réprimande. Luke la regarda fouiller au fond de son sac, pour finalement en extirper l'appareil à l'instant même où la sonnerie s'arrêtait. Il avait compris, lui aussi. Il retenait son souffle. Elle ouvrit le rabat pour vérifier de qui provenait l'appel.

« C'était Russell », dit-elle.

Il hocha la tête avec tristesse.

« Je ferais mieux de le rappeler. »

Dehors, sur la terrasse, le vent s'était levé et elle songea à rentrer prendre son manteau, puis se ravisa, elle méritait de souffrir un peu. En composant le numéro de son mari, elle se représenta, au-delà de la possibilité que son secret ait été découvert, tout ce qui avait pu arriver aux enfants en son absence : maladie, accident, disparition. Et donc, elle ne fut pas plus surprise que ça quand Russell lui dit : « C'est Jeremy. »

Luke semblait avoir deviné la mauvaise nouvelle. Il la serra tendrement dans ses bras pendant qu'elle lui expliquait ce qu'il en était : « Douleurs à la poitrine, les urgences, appendicite.

– Ne t'inquiète pas, dit-il. Je vais te ramener en ville. Il me suffit de passer un coup de fil. »

Elle redoutait déjà les deux heures de route, la circulation au ralenti sur la voie express, alors que son fils l'attendait, en pleine détresse, à l'autre bout.

« Tout est prêt, annonça Luke en sortant de la bibliothèque. Je vais te raccompagner moi-même en avion.

– Quoi ? Tu es sûr ? »

Il reprit le bagage de Corrine là où il l'avait déposé, deux heures plus tôt seulement. « Allons-y. »

Ils n'échangèrent presque aucune parole tandis qu'il fonçait sur les petites routes qui conduisaient à l'aéroport d'East Hampton, où ils ne firent qu'une halte rapide au comptoir d'embarquement. L'avion était un bimoteur quatre places d'aspect peu solide. Luke fit asseoir Corrine sur le siège du copilote, lui boucla sa ceinture, puis entama, avec une grande aisance, les manipulations d'avant-décollage sur le tableau plein de touches, de boutons et de cadrans. Il lui montra comment se servir du casque, parce que l'avion était trop bruyant pour une conversation normale dans le cockpit, mais elle demeura silencieuse pendant presque toute la durée du vol, dévorée par l'angoisse et la culpabilité, sans un regard pour le paysage désertique s'étendant entre l'océan et le canal, ne reprenant conscience que lorsqu'ils survolèrent le cimetière à l'est du Queens et aperçurent au-dessus d'une mer ondoyante de pierres tombales la silhouette des immeubles de Manhattan, surprise de nouveau par sa récente défiguration, comme un sourire familier auquel il manquerait désormais deux dents.

11

Russell réveilla les enfants, passant et repassant d'une chambre à l'autre jusqu'à ce qu'ils soient tous les deux debout et se mettent en mouvement, insensible à leurs protestations. Ferdie émergea de sous les couvertures de Jeremy et suivit Russell dans la cuisine d'une démarche ondoyante, impatient qu'on lui donne son bol de croquettes de régime spécial furets, complété par une sardine hachée menu, censée être bonne pour son poil et ses os, mais qui lui donnait une fort mauvaise haleine. Il se releva sur ses pattes de derrière, comme un bandit masqué, tandis que Russell mélangeait le frichti odorant.

Storey fit son apparition la première, habillée et déjà prête à partir avec son sac sur le dos et son classeur de devoirs à la main. « Tu peux me faire du pain perdu ?

– Ça, c'est une gourmandise du week-end, répondit Russell. Aujourd'hui, il y a du yaourt, une banane et des Cherrios au miel et aux noix. Je te promets de te faire du pain perdu demain.

– Avec des saucisses ? J'ai adoré les saucisses anglaises que tu avais achetées la semaine dernière. Celles qui éclatent.

– Des "pétards". » Il les avait trouvées à l'épicerie british du West Village, où il avait pris aussi des biscuits Aero et des barres Cadbury pour Corrine, le chocolat au lait étant un des rares aliments dont elle raffolait.

« Pourquoi on les appelle des "pétards" ?

– À cause de la façon dont elles pètent et éclatent dans la poêle. »

Il détestait le reconnaître, mais Corrine avait raison : Storey s'intéressait de façon de plus en plus obsessionnelle à la nourriture et elle s'arrondissait même un peu. Corrine pensait que c'était sans doute en réaction aux révélations d'ivrogne d'Hilary, ce qui semblait tout à fait plausible. Ils s'occuperaient du problème tôt ou tard, mais là, tout de suite, il devait aller voir où en était Jeremy : lui demander de s'habiller et d'être prêt à l'heure était une bagarre constante. De fait, le garçonnet était encore en pyjama, penché sur son bureau.

« Je croyais que tu avais fini tes devoirs, hier soir.

– J'ai seulement oublié de faire un exercice de maths.

– C'est plus le moment. Habille-toi et en route !

– Hé, papa ?

– Quoi ? » répondit Russell en tentant de contenir son irritation croissante. Il avait trop souvent échoué à la maîtriser pour ne pas en connaître les conséquences potentielles, les enfants en larmes, et lui contraint de s'excuser. Ces derniers temps, ils paraissaient tous les deux excessivement sensibles à toute critique.

« Est-ce qu'on reverra un jour tante Hilary et Dan ?

– Je ne sais pas. Pourquoi ? Ils te manquent ? »

D'où pouvait lui venir pareille envie ? Pour les gosses, rien n'était jamais absurde, l'absence de logique était une donnée de base, mais quand même.

« Hilary devrait me manquer, je suppose, puisque d'une certaine façon, c'est ma mère.

– Enfin... oui et non.

– J'ai un peu honte de l'avoir jamais beaucoup aimée.

– Il ne faut jamais avoir honte de ses sentiments. Du moment que tu essaies d'être compréhensif et gentil avec les autres, je ne t'en demande pas plus. Mais on ne peut pas toujours contrôler ce qu'on ressent.

– Je crois que Dan me manque un peu, dit Jeremy. Je le trouvais sympa. Enfin jusqu'à ce qu'il te balance ce coup de poing dans la figure, je veux dire.

– Il a ses qualités. Allez, maintenant prépare-toi.

– C'était super cool quand il nous montrait son revolver.

– Mouais, en fait, c'était vraiment une idée de tête de nœud.

– De quoi ?

– Je veux dire que ce n'était pas très cool.

– Je crois que Storey angoisse, déclara Jeremy.

– À propos de l'affaire Hilary ?

– Oui.

– Pourquoi ? Elle t'a dit quelque chose ?

– Juste un truc ou deux, c'est tout. »

Mais avant qu'il ait pu poursuivre, Storey était apparue à côté de lui. « On va être en retard pour de bon. Est-ce que Jeremy fait encore semblant d'avoir mal quelque part ? »

C'était vrai : Jeremy avait passé la semaine à malaxer sa cicatrice d'appendicite pour montrer qu'il souffrait, et Storey n'avait pas tardé à perdre patience.

Il les poussa dans l'ascenseur, quelques minutes seulement avant que la cloche de l'école retentisse, et les fit avancer au pas de charge dans la rue, s'emportant contre Jeremy quand il se mit à caresser un fox-terrier que promenait en laisse une jolie jeune femme rousse, qu'il avait souvent rencontrée à cette heure. Quand ils parvinrent dans la cour de l'école, elle était vide, et Storey désespérée, en bonne petite citoyenne qu'elle était, scrupuleuse et respectueuse des lois, craignant d'enfreindre le règlement ou de ne pas être à l'heure. Son frère, lui, était un anarchiste dans l'âme.

Il conduisit les deux enfants dans leur salle de classe et l'odeur dans les couloirs fit remonter en lui des tas de sensations, cette odeur de lino, de tubes de peinture, de détergent, de goûters et d'effluves enfantins qu'on ne rencontre que dans les écoles primaires et qui lui rappelait la sienne, à mille cinq cents kilomètres de distance, quarante ans plus tôt dans le Michigan.

Quand il ressortit, un vent frais soufflait de l'Hudson et il dévala Chambers Street jusqu'au métro sous sa poussée. En descendant les marches, il croisa plusieurs trolls et une princesse, une jolie créature en veste de cuir blanc dont le visage de porcelaine était encadré de tresses bleu nuit scintillantes. Le jour n'était pas encore venu où il resterait insensible aux belles inconnues qui semblaient plus nombreuses encore aujourd'hui qu'à son arrivée dans cette ville, à chaque fois son cœur bondissait et il imaginait d'invraisemblables histoires de rencontres érotiques et de vies différentes de la sienne. Quelque part, dans cette grande ville, se trouvait un certain Russell Calloway qui consacrait sa vie à la séduction. Ce jour-là, il faisait la cour à l'ange de cuir blanc, jusqu'à partager son lit, puis il emménageait dans le penthouse qu'elle habitait sur Broome Street, devenait riche de façon inexpliquée et abandonnait l'édition pour faire le tour du monde avec elle, tout cela durant le temps qu'il mit pour aller de Chambers Street à Canal Street. Là, elle se leva de son siège et descendit du métro, tandis qu'il poursuivait son trajet jusqu'à l'arrêt de la 14ᵉ Rue.

De retour à l'air libre, il passa devant le Starbucks de la 8ᵉ Rue, dépassa son bureau et remonta la 9ᵉ Avenue jusqu'au marché de Chelsea sur la 15ᵉ Rue, pénétrant dans l'édifice de brique où flottait une bonne odeur et où s'alignaient boulangeries et restaurants ; il y a bien longtemps, c'était une biscuiterie Nabisco qui avait été abandonnée et transformée en refuge pour les sans-abri et les miséreux, un squat où Jeff Pierce venait se fournir en héroïne. En compagnie de cadres de chez Food Network, il attendit au comptoir d'un café qu'on lui serve un *latte* avec un cœur dessiné dans la mousse. Il n'aurait sans doute pas voulu qu'on sache, et en tout cas pas sa femme pour qui son épicurisme était une forme de maladie, qu'il faisait chaque matin quelques centaines de mètres supplémentaires parce qu'il pensait que c'était là le meilleur café de la ville.

Il prit ensuite le chemin de son bureau, ouvrit la porte de l'immeuble et se baissa pour ramasser trois prospectus de menus à emporter et une publicité pour un salon de manucure nouvellement installé dans le quartier. Tous ces papiers allaient se retrouver à la poubelle, et pourtant, quand il y pensait, comme maintenant, ça l'émouvait, ces petits commerces qui jaillissaient ainsi du néant et essayaient de l'atteindre : un immigrant chinois ou coréen jouant toutes ses économies, endetté jusqu'au cou auprès d'un assassin qui l'avait fait entrer en fraude dans le pays. Et s'il ressentait autant d'empathie pour eux, c'était qu'il était, lui aussi, un petit entrepreneur avec un capital dérisoire entièrement investi dans sa boîte, au bord du péril financier, voire de la ruine complète. Ce matin, il était particulièrement sensible aux mauvais présages parce qu'il manquait de sommeil, qu'il avait un peu la gueule de bois, et surtout parce qu'il s'apprêtait à prendre le plus grand risque de sa carrière.

À son bureau, il rédigea trois lettres de refus. Il était fier de son art en la matière, et connu pour ça ; alors que la plupart des éditeurs se contentaient de vagues généralités – « cela ne rentre pas tout à fait dans notre ligne du moment » –, il se montrait toujours précis dans ses réserves et formulait des critiques constructives, tout en reconnaissant que son jugement était faillible ou, du moins, qu'au bout du compte, il restait prisonnier de sa subjectivité (ce à quoi d'ailleurs, il ne croyait pas tout à fait). D'ordinaire, cette attention scrupuleuse lui valait une certaine gratitude, même si l'agent littéraire Martin Briskin lui avait déclaré un jour : « Contentez-vous de me donner votre putain de verdict, et épargnez-moi vos conseils à l'eau de rose. » Et justement, c'était avec lui qu'il avait affaire aujourd'hui.

À neuf heures trente, il appela Kip Taylor, dont il allait risquer l'argent, pour obtenir la confirmation de son accord.

« Russell, tu n'as vraiment pas l'air en forme. Tu coasses comme une vieille grenouille. Ressaisis-toi, mon vieux.

– Tout va bien, Kip. Je suis prêt.

– Tu penses toujours pouvoir l'obtenir pour sept cent cinquante mille ?

– Je vais tout faire pour.

– Tu sais qu'il va en vouloir un million. Un compte rond. L'unité de base. »

C'était probablement une façon polie, de la part de Kip, de considérer les enjeux financiers insignifiants ayant cours dans le monde de l'édition, parce qu'il se rappelait avec précision qu'il avait déclaré que dans celui de la finance, l'unité de base, c'était cent millions.

« Alors, il faut sans doute que nous soyons prêts à nous retirer, suggéra Russell.

– C'est ce que tu veux ? demanda Kip.

– Je pense que ce livre vaut bien le million, avec les droits étrangers.

– D'accord. Fais-le si tu penses que c'est possible. »

C'était une des choses qu'il admirait le plus en Kip : sa réactivité. Il avait commencé sa carrière comme trader chez Salomon Brothers, misant parfois des millions en une fraction de seconde.

« Russell, je suis obligé de faire confiance à ton instinct. Je t'ai engagé pour ça. Si tu sens au fond de toi qu'il faut y aller, vas-y. Honnêtement, la décision t'appartient. »

En réalité, Kip ne l'avait pas engagé. C'était Russell qui avait sollicité un apport de fonds de sa part pour l'aider à racheter une affaire en difficulté dans laquelle ils voyaient tous les deux un certain potentiel, mais il était disposé à laisser passer cette chance. Ayant obtenu la réponse qu'il souhaitait, il ne comprenait pas pourquoi, après avoir raccroché, il éprouvait une telle appréhension et une telle angoisse. Il avait des brûlures à l'œsophage, et l'estomac soudain barbouillé.

Il descendit chez le traiteur et s'acheta un muffin au maïs fraîchement grillé sur la plaque graisseuse – un mets délicat et populaire qu'il appréciait tout autant que le plat-de-côtes de la veille –, dont il avala la moitié en rentrant au bureau avant de jeter le reste. Il intercepta Gita, son assistante, et Tom Bradley, son responsable des droits secondaires, qui arrivaient ensemble. Avaient-ils une liaison ? En tout cas, ils avaient l'air un peu gênés de le croiser là, sur les marches. Ils le suivirent tous deux au premier après que Russell eut expliqué à Tom qu'il voulait réévaluer les perspectives de vente du Kohout à l'étranger avant de passer le coup de fil décisif.

À dix heures et demie, il composa le numéro. Il aurait pu dire à Gita d'appeler pour lui et de demander à l'assistant de Briskin d'attendre qu'il prenne la ligne, mais ce n'était pas son style. Briskin le fit patienter plusieurs minutes avant de décrocher.

« Dites-moi.

– Je veux préempter le Kohout.

– J'espère que vous pensez à un gros chiffre.

– Énorme, à mes yeux.

– Et quand votre femme vous dit ça de votre bite, vous la croyez, j'imagine. Mais bon, je vous écoute quand même.

– Sept cent cinquante.

– Vous vous foutez de ma gueule ? C'est ça que vous appelez préempter ?

– Ce sera le titre phare de notre année. Et c'est moi personnellement qui serai aux côtés de Phillip à chaque étape. Il a déjà travaillé avec moi et je pense que ça lui plairait de recommencer. Il sait que je suis un bon éditeur et qu'il peut me faire confiance.

– Russell, soyez sérieux, je ne peux pas approcher mon client avec une offre pareille.

– Au pire il dira non, voilà tout.

– Il pourrait dire des choses bien pires que ça, et moi aussi. Si vous étiez pris dans un incendie, c'est pas sept cent cinquante mille dollars qui me feraient traverser la rue pour venir vous pisser dessus », lâcha-t-il avant de raccrocher.

Russell arpenta son bureau d'un pas lourd toute la matinée, incapable de se concentrer et de décider s'il devait rappeler Briskin pour faire une meilleure offre ou attendre que l'agent se manifeste. Peut-être que je ferais mieux de ne pas bouger, se disait-il. Peut-être avait-il simplement esquivé une balle. Il déjeuna, l'esprit ailleurs, au Soho House avec David Cohen, le jeune éditeur de chez Corbin & Dern qu'il avait emmené avec lui. David était un ardent défenseur du projet Kohout et il poussa Russell à augmenter le chiffre. Ce restaurant sur un toit-terrasse venait de rouvrir pour la saison, et il semblait presque miraculeux de pouvoir déjeuner à l'extérieur, le visage inondé de soleil, en dominant l'Hudson dont les vagues relents un peu fétides étaient portés jusque-là par le vent.

Il venait de se rasseoir à son bureau quand Gita lui dit que Briskin était en ligne.

« Offrez-moi un million.

– Neuf cent mille, et on garde les droits mondiaux.

– Allez, encore un effort. Un million et je vous donne le Royaume-Uni. C'est ce que je peux faire de mieux. »

Le simple fait que Briskin l'ait appelé était un signe de faiblesse, se dit Russell.

« Un million et les droits mondiaux, dit-il. C'est mon dernier mot.

– Allons, Russell, les droits mondiaux pourraient bien ne pas être très importants pour ce livre.

– Alors, vous ne devriez pas avoir de mal à nous les céder.

– Allez vous faire foutre », répondit Briskin avant de lui raccrocher de nouveau au nez.

Le pouls de Russell s'était accéléré, son visage, empourpré. Alors que l'adrénaline refluait, il se sentit déçu et réexamina d'un œil critique toute sa stratégie. Toutefois, quand son responsable de la communication et David vinrent le retrouver un peu plus tard pour faire un point, il se sentait déjà soulagé.

« Écoutez, ce n'était pas notre genre de livre de toute façon, dit Jonathan. Je ne sais pas comment je l'aurais vendu aux critiques.

– Peut-être, mais c'est pas une raison pour qu'on reste coincé dans le confort de notre petite niche, dit David. Il faut qu'on se développe.

– Tu crois ?

– Absolument, affirma David.

– Pas besoin de faire dans le best-seller, non plus », protesta Jonathan.

Comme c'est facile d'être un pur quand on n'a pas trente ans, songea Russell.

Gita l'appela alors pour lui dire que Briskin était en ligne. Aussitôt, le silence dans le bureau devint palpable. Russell décrocha.

« OK, dit Briskin. Marché conclu. Je dois quand même vous dire que j'ai conseillé à mon client de ne pas accepter.

– Si je n'étais pas convaincu que nous pouvons faire ce qu'il y a de mieux pour ce livre, je n'aurais pas insisté autant. Je ferai tout ce qui est en mon pouvoir...

– Épargnez-moi vos beaux discours à la con et envoyez-moi le contrat.

161

– Entendu », répondit Russell. Quand il reposa le téléphone, il avait la tête qui tournait.

« On a les droits mondiaux ? » demanda Jonathan.

Russell acquiesça. « Je vais mettre Tom sur le coup.

– Vous vous sentez bien ?

– Je crois », dit Russell, qui partit d'un pas hésitant vers les toilettes, où il vomit les restes de son déjeuner.

12

« Le ligre est un croisement entre un lion (*panthera leo*) et une tigresse (*panthera tigris*). » Jeremy lisait l'article de Wikipédia à sa mère, se préparant mentalement à l'aventure du jour : aller voir un véritable ligre dans l'habitat naturel d'un des plus généreux donateurs de la Wildlife Society. « Donc, il a des parents du même genre mais d'espèces différentes. C'est le plus grand des félins existants. Les ligres aiment nager, ce qui est caractéristique des tigres, et vivre en groupe, comme les lions. Les ligres n'existent qu'en captivité car les habitats respectifs des deux parents ne se recoupent pas dans la nature… »

Casey avait deux billets supplémentaires pour voir le ligre et son dresseur dans l'hôtel particulier, situé sur la 5ᵉ Avenue, de Minky Rijstaefal, présidente de la Wildlife Society. L'animal était passé de l'ombre à la lumière, faisant l'objet même d'une sorte de culte après qu'on eut parlé de lui dans *Napoleon Dynamite*, et depuis lors, l'association tirait de larges profits de cette célébrité. De fait, la représentation avait vite affiché complet, attirant une foule d'enfants blasés ayant pour code postal le 10021 – autrement dit, celui de l'Upper East Side –, qui avaient déjà vu quantité de lions, de tigres et d'ours, et dont un bon nombre avait déjà participé aux safaris Abercrombie & Kent au Kenya et en Afrique du Sud. Corrine, pour sa part, ne pouvait s'empêcher de penser à Luke qui, elle le savait, passait la semaine dans sa réserve d'animaux sauvages. Elle voyait dans cette expédition sur la 5ᵉ Avenue le signe d'une communion entre eux et songeait déjà au mail qu'elle lui écrirait par la suite.

Même si Storey avait beaucoup aimé *Napoleon Dynamite* et son héros binoclard et boutonneux, elle refusa d'y aller. Cela la rendait toujours triste de voir des bêtes en captivité. N'ayant que deux billets, Corrine ne s'était pas donné la peine d'expliquer que le ligre n'était pas, d'un point de vue technique, un animal sauvage. Elle se demanda s'il n'y avait pas une autre raison à l'opposition de Storey. Celle-ci venait d'entrer dans une période de sensibilité sociale aiguë et s'était récemment plainte des « gosses de riches prétentieux de l'Upper East Side » qu'elle avait rencontrés à une fête d'anniversaire, et le public du spectacle organisé par la Wildlife Society serait en majorité composé d'enfants de cette espèce. En revanche, Jeremy était excité par la dimension zoologique de l'événement et relativement indifférent aux implications sociologiques. Allongé sur son lit avec son ordinateur portable, la tête soulevée par un oreiller, il lisait tout ce qu'il pouvait trouver sur le sujet sur Internet. « Ils disent pas si c'est un animal dangereux ou non.

– Eh bien, je suppose que celui-ci ne doit pas trop l'être, sinon personne ne le ferait venir dans son salon. »

L'idée d'un ligre inoffensif ne parut pas le satisfaire. « Les lions sont dangereux, et les tigres encore plus.

– En tout cas, moi, je compte m'asseoir aussi loin que possible de cet animal.

– Pas moi, j'essaierai de me mettre tout près.

– Ne venez pas vous plaindre ensuite si vous vous faites bouffer tous les deux, lança Storey.

– Personne ne va se faire manger, répliqua Corrine.

– Eh bien, de mon côté, je vais rester à la maison et regarder *Napoleon Dynamite* », déclara Storey pour clore la discussion.

Le printemps avait enfin commencé, et bien que Corrine ait prévu de prendre le métro, il lui sembla dommage de s'enfermer sous terre par cette chaleur et ce soleil inhabituels, elle héla donc un taxi qui passait par là, en pensant avec raison qu'elle avait déjà économisé deux mille dollars sur les billets.

Quand ils arrivèrent à l'hôtel particulier en question, une belle bâtisse Art déco en pierre de taille construit par le célèbre cabinet d'architecture McKim, Mead & White, à quelques pas de la 5ᵉ Avenue et de Central Park, Corrine se rendit compte qu'elle y était déjà venue une fois, des siècles plus tôt – une folle nuit dans les années quatre-vingt. Minky, née Hortense, était une célèbre débutante à qui on avait donné ce surnom de femme au vison quand elle avait dix-sept ans, après que *Town & Country* eut écrit qu'elle possédait vingt-trois manteaux de fourrure. Elle organisait des réceptions scandaleuses et avait fini par passer la fin des années quatre-vingt dans des centres de désintoxication. Après un séjour à la clinique de Silver Meadows, elle avait publiquement renoncé à son goût pour les fourrures et vendu, lors d'enchères chez Christie's dont on avait beaucoup parlé, tous ses manteaux, offrant l'argent récolté à l'association Pour une éthique dans le traitement des animaux. Depuis, elle se contentait d'excentricités inoffensives, collectionnant et abandonnant des maris exotiques – un joueur de polo argentin, un danseur étoile russe et un propriétaire de ranch italo-uruguayen –, tout en se consacrant toujours davantage au bien-être des animaux. En plus de la Wildlife Society, elle faisait partie du conseil d'administration du zoo de Central Park et de l'ASPCA, et était la seule membre bienfaitrice d'un sanctuaire pour éléphants dans le Tennessee et d'un refuge pour tortues d'eau à Palm Springs.

Un jeune Asiatique à l'air lugubre, en costume Nehru noir, leur ouvrit la porte et leur fit signe d'entrer. L'hôtel particulier de son souvenir venait d'être entièrement rénové, les dorures et chrysocales démontés et recouverts de plâtre. Les splendeurs baroques d'antan avaient été remplacées par un temple zen, avec, d'un côté du vestibule, un bassin ornemental alimenté par un tuyau en bambou, et de l'autre, un jardin minéral inspiré de celui du temple bouddhiste japonais Ginkaku-ji, un austère rectangle couvert de galets noirs polis, gros comme des œufs de caille aplatis. Un kouros grec se tenait dans une niche, un torse monté sur un piquet d'acier, sans bras ni jambes ni tête, des amputations en harmonie avec le minimalisme du décor, quoique son pénis ait miraculeusement traversé le millénaire. Juste en face de la statue était accroché un Picasso de la période classique, une silhouette blanche sculpturale déformée de façon surréaliste sur un fond d'un bleu laiteux. En dehors de cela, l'espace était vierge de toute décoration, une vaste étendue de murs blancs et de dalles en marbre noir : la maîtresse des lieux paraissait affirmer avec fierté que le dépouillement était l'extravagance ultime dans ce quartier huppé d'une ville si opulente. Dans les années quatre-vingt, toutes les demeures y étaient décorées dans le style Versailles, mais aujourd'hui, il semblait à Corrine que c'était l'esthétique des lofts du centre-ville qui était à la mode, comme si quelqu'un d'ici s'était rendu compte ou, du moins, avait suspecté, que l'air du temps s'était déplacé vers le sud de Manhattan. Le seul élément d'architecture de tout le rez-de-chaussée était un escalier massif en bronze brut, dont on aurait dit qu'il mettait au défi le visiteur intrépide d'explorer les zones supérieures de la maison. L'homme en noir signala qu'il y avait aussi un ascenseur à l'autre extrémité du vestibule.

Corrine ne se décida pas assez vite pour éviter Sasha McGavock, l'ex-femme de Luke, qui était entrée juste derrière elle, ses talons cliquetant sur les dalles de marbre. Elle tirait par la main son beau-fils de six ans qui, tel un bouledogue récalcitrant au bout d'une laisse, refusait obstinément d'avancer. Au début de sa liaison avec Luke, Corrine s'était montrée d'une curiosité maladive au sujet de Sasha. Elle était à peu près sûre que celle-ci ne savait rien de son existence, mais elle, en revanche, avait suivi dans la presse, et grâce à ce que lui racontait Casey, l'ascension sociale de sa rivale depuis son divorce, laquelle n'était pas sans ressemblance avec la façon dont elle venait à l'instant de traverser au pas de charge l'immense hall d'entrée, un triomphe de la volonté pour vaincre une résistance forcenée. Sa liaison avec le milliardaire Bernie Melman, un secret de Polichinelle aux derniers temps de son mariage, s'était terminée par une humiliation. Elle avait confié à tous ses amis qu'elle s'attendait pour de bon à ce qu'il lance une procédure de divorce dès que le sien aurait été prononcé. Entre-temps, la femme de Melman avait décidé de porter l'affaire sur la place publique, giflant Sasha dans la salle de restaurant du Cirque lors d'un déjeuner en lui conseillant avec virulence de se tenir à distance de son mari. Cet affrontement avait beaucoup diverti les épouses de leur milieu, mais aussi les échotiers mondains au cœur de pierre, et la publicité qui s'en était suivie avait marqué un tournant dans l'attitude de Bernie Melman envers sa femme et sa maîtresse. Dans les jours d'après la joute, des photos des Melman occupés à se témoigner leur affection en public avaient été publiées dans *Women's Wear Daily* et dans le *New York Post*. Sasha avait aggravé sa disgrâce en s'approchant en larmes de Melman à un gala organisé au bénéfice du Costume Institute du Metropolitan Museum – dont le thème cette année-là se trouvait être *Les Liaisons dangereuses* –, et en exigeant de savoir pourquoi il n'avait pas répondu à ses appels, le tout sous le nez réprobateur d'Anna Wintour et de Charlize Theron. Et alors qu'il semblait qu'elle n'avait plus d'autre possibilité que de quitter la ville, elle était apparue au gala de la fondation Robin Hood au bras de Nate Bronstein, en conflit avec Melman dans plusieurs opérations de rachat d'entreprises. Certains s'étonnèrent de voir Bronstein s'intéresser à la maîtresse délaissée de son ennemi, mais d'autres, en particulier ses confrères du monde de la finance, jugèrent qu'en récupérant ainsi Sasha, il avait témoigné d'un astucieux et opportun sens du marché, puisqu'il avait fait un placement de premier ordre à un prix défiant toute concurrence. Et, il y a un an, Sasha avait conclu l'affaire avec Bronstein, même s'il n'échappait à personne qu'elle continuait à utiliser le nom de McGavock, ce qui pour nombre de commentateurs soulignait sa réticence à faire usage d'un patronyme sémite.

Par chance, elle ne reconnut pas Corrine – elles ne s'étaient croisées que rapidement et une seule fois –, tout occupée qu'elle était à pousser son beau-fils vers l'escalier.

« Je veux pas voir le tigre.

– Ce n'est pas un tigre, siffla Sasha. C'est un ligre. Comme dans ce film idiot. »

Jeremy observait ce garçon plus jeune que lui d'un air à la fois condescendant et compatissant. « T'inquiète pas, lui dit-il. Il n'y a vraiment pas de quoi avoir peur. »

C'est faux, songea Corrine. Ce petit garçon a toutes les raisons d'avoir peur.

À l'étage, un troupeau de mères et d'enfants babillaient déjà dans le salon. Venant du centre-ville, Corrine se faisait l'effet d'être une intruse au milieu de cette assemblée, et elle n'était pas en mesure de décoder qui était qui, ni d'évaluer les intrigues à l'œuvre. Dans cette masse indistincte, elle ne reconnut que la première et la seconde femme – souvent vues en photo dans les magazines – d'un célèbre spéculateur dont le divorce avait fait l'objet de chroniques mondaines : la seconde et jeune épouse, au centre d'un cercle d'admiratrices enthousiastes jacassant comme des pies ; la première, d'un âge avancé, furieuse d'être reléguée à l'extérieur de la mêlée en compagnie d'une seule comparse.

Cette pièce-là était moins austère que le hall d'entrée, le décorateur ayant reconnu à contrecœur, semble-t-il, la nécessité de quelques meubles – une paire de sofas beiges, aussi longs que des péniches, se faisaient face de part et d'autre d'une immense table basse laquée blanche. Un Rothko orange et vert chartreuse était accroché au-dessus de l'austère cheminée de marbre noir.

Casey lui fit signe de s'approcher depuis le coin du salon où elle se tenait avec une femme qu'elles avaient vue chez Justine's, quelques semaines plus tôt, et qui ressemblait à un Giacometti couvert de bijoux en robe jaune canari. À côté se dressait un authentique Brancusi, un marbre brillant intitulé *Oiseau dans l'espace*. Au moment même où Casey faisait les présentations, l'épouvantail jeta un coup d'œil circulaire par-dessus la tête de Corrine, à la recherche de visages plus familiers.

« Je ne sais pas comment te remercier, dit Corrine à son amie. Jeremy est tellement content. » Son fils hocha la tête avec solennité pour confirmer ses dires, à l'évidence troublé par l'arrivée de la fille de Casey, Amber, une beauté naissante de trois ans son aînée. Une quadruple menace : blonde, grande et d'une minceur élégante, il lui était poussé, cette dernière année, deux seins parfaits en forme de poire. Il paraissait presque injuste, étant donné tous ses autres atouts, qu'elle soit si belle, ou qu'elle ait invariablement un A de moyenne générale à Spence. Elle était destinée, Corrine en était persuadée, à rendre très malheureux un gentil garçon de Harvard ou Princeton.

« Tu te rappelles Jeremy ? demanda Casey.

– Ouais, salut. Dis-moi, maman, est-ce qu'on peut aller chez Jessica après ? Son père a réussi à récupérer en avant-première *En cloque, mode d'emploi*, et on voudrait se le passer dans leur salle de projection.

– Qu'est-ce que c'est ? Un nouveau film ? »

Amber roula des yeux surpris. « Oui, c'est le dernier Seth Rogen et Katherine Heigl, et il n'est pas encore sorti en salles.

– Il paraît que c'est hyper bien, dit Jeremy en lançant à Amber un regard de crainte mêlé de désir.

– Je veux bien que tu y ailles, répondit sa mère. Mais pas avant la fin de la représentation. Je compte sur toi d'ailleurs pour que tu poses des questions.

– Oui, t'inquiète.

– Tu sais que je déteste cette expression.

– Entendu, d'accord, je poserai des questions pertinentes pour faire honneur à ma mère et augmenter ses chances d'entrer au conseil d'administration de la Wildlife Society, qui est la seule raison pour laquelle nous sommes ici. C'est nul, ce conseil, je ne vois même pas pourquoi tu veux en faire partie. Toi qui n'aimes pas les animaux.

– Nous sommes tous des animaux, Amber. Et si nous montions réserver nos places ? »

Des rangées de chaises pliantes avaient été installées dans la bibliothèque, au deuxième étage. Jeremy insista pour s'asseoir au premier rang. Corrine prit place à côté de lui à contrecœur, avec Casey à sa droite. Au bout de leur rangée, un caméraman et un preneur de son se préparaient sous la supervision de Trina Cox, une des animatrices vedettes du câble, par ailleurs ancienne associée de Russell dans la tentative ratée de reprendre Corbin & Dern, la maison d'édition pour laquelle il travaillait à l'époque. Russell avait eu la curieuse idée de vouloir racheter la boîte de son employeur après avoir appris qu'il était sur le point de se faire virer, et Trina, alors en poste dans une banque d'investissement, l'avait conseillé, en couchant sans doute avec lui au passage. Ils auraient pu réussir leur coup si l'effondrement boursier n'avait pas fait capoter le projet. C'était durant les années quatre-vingt. On avait vu des choses plus étranges à ce moment-là.

Aujourd'hui, Trina était l'une des poupées qu'employaient les chaînes du câble, depuis ces dix dernières années, pour présenter les nouvelles du monde des affaires et de l'économie, le pari général étant que le public intéressé, comme celui du sport, se composait en majorité d'hommes hétéros. Corrine devait reconnaître que c'était une jolie femme. Ce n'était probablement pas une beauté exceptionnelle au temps où elle séduisait Russell – Corrine était peut-être folle, mais elle n'y croyait pas du tout –, mais elle faisait partie de ces femmes qui deviennent de plus en plus attirantes à la trentaine et à la quarantaine, leur visage perdant son côté poupin et s'affinant. Quoi qu'il en soit, ça ressemblait plutôt à une déchéance après avoir donné chaque mois les chiffres du chômage sur CNN. Elle se tenait soit devant la caméra, micro en main, soit devant l'écran de contrôle pour vérifier la qualité de l'enregistrement.

« Mon Dieu, j'ai l'air de Kathy Bates dans *Misery*. Est-ce qu'on pourrait faire quelque chose pour ces putain de lumières, s'il vous plaît !

– Excusez-moi… »

Une des mères s'était élancée pour taper sur l'épaule de Trina. « *Excusez-moi*, mais ce spectacle, comme vous devez vous en être rendu compte, est destiné aux enfants, et nous vous serions tous reconnaissants si vous pouviez utiliser un langage plus approprié.

– Pardon, fit Tina en se tournant vers le caméraman. Je voulais vous demander si vous pouviez faire quelque chose pour ces *prostituées* de lumières ? »

Le bourdonnement des conversations s'éteignit quand Minky se glissa dans la pièce, son caftan doré claquant comme une voile au vent. Déjà, à l'époque où elle avait débuté dans le monde, elle était plus plantureuse que ses pairs, et les années n'avaient rien arrangé. Au milieu de ces corps ultraminces, elle semblait sereine et parfaitement à son aise dans le sien, ignorant les névroses et les troubles alimentaires des moins riches. Elle était constellée d'énormes bijoux, et sa frange blonde maintenue par un bandeau de velours noir.

« Mes amis, commença-t-elle. Merci, oh merci, d'être venus. Et merci du soutien que vous apportez à la Wildlife Society. » Quelques enfants ricanèrent, manifestement amusés par sa voix de crécelle de grande bourgeoise. « Je suis ravie à l'idée de faire connaître notre association à ces jeunes gens. Il est essentiel que nous préservions la vie sauvage pour qu'ils héritent d'une terre où humains et animaux vivent en harmonie. Imaginez une planète sans lions, sans tigres et sans éléphants. Si notre association n'avait pas agi, il n'y aurait sans doute plus de bisons d'Amérique. Les enfants, savez-vous tous ce qu'est un bison ?

– Une sorte de buffle ?

– Nous, on mange des burgers de buffle quand on va à Jackson Hole. Maman dit que c'est excellent pour la santé.

– C'est dégoûtant. »

Minky fronça les sourcils. « Ce que vous ne savez peut-être pas, c'est qu'au cours du siècle précédent, le bison a été tellement chassé qu'il a presque disparu. En 1907, notre fondateur, William Temple Hornaday, a expédié quinze bisons du zoo du Bronx dans une réserve de Wichita, au Kansas, où ces animaux vivaient autrefois par millions, et peu à peu, cette espèce a repeuplé une partie de son habitat naturel. À présent, nous travaillons à sauver d'autres espèces menacées. Qui d'entre vous a déjà visité le zoo de Central Park ? »

Chœur unanime de hourras et d'acclamations.

« Et celui du Bronx ? »

Quelques rares oui.

« Eh bien, aujourd'hui, nous avons un visiteur très spécial venu du Bronx. Merci d'accueillir chaleureusement Lionel le ligre et son dompteur, le docteur Michael Jost. »

Tous les yeux se tournèrent vers le couloir, vide de toute présence. Une voix désincarnée appelait la vedette du spectacle : « Lionel… Lionel ? »

Les cous se dévissaient, les pieds s'agitaient. La tension fut un instant rompue par une fillette avec une queue-de-cheval et un pullover écossais. « Allons, Lionel, n'aie pas peur ! »

Dompteur et animal finirent par apparaître en haut des marches. Les spectateurs en eurent le souffle coupé et on entendit quelques couinements aigus, le ligre refusait d'avancer, faisant s'entrechoquer ses chaînes argentées et secouant la tête de droite et de gauche. C'était une bête énorme, plus impressionnante encore que Corrine ne l'avait cru. L'homme qui tenait la laisse, bien que franchement robuste, n'aurait eu aucune chance face à un fauve pesant sans doute trois ou quatre fois plus que lui.

Les couinements s'amplifièrent quand le dompteur réussit à forcer le ligre à entrer dans la bibliothèque. Après l'avoir cajolé et encouragé, il parvint à faire asseoir l'animal sur son arrière-train.

« Bonjour, tout le monde. Je suis le docteur Jost du zoo du Bronx, et je vous présente Lionel qui arrive d'une réserve de Caroline du Sud pour nous rendre visite.

– Il ne vient pas d'Afrique ?

– Non, mais je suis heureux que vous ayez posé cette question. Dans le monde sauvage, les lions et les tigres ne vivent pas aux mêmes endroits. Le tigre du Bengale habite en Asie, et le lion, lui, vient d'Afrique.

– Alors, comment est-ce que le lion a pu coucher avec la tigresse ? » demanda un des garçons les plus âgés.

Le Dr Jost attendit patiemment que le chahut se calme.

« Eh bien, dans le cas de la maman et du papa de Lionel, ils vivaient ensemble dans la réserve d'animaux.

173

Son père était un lion, et sa mère une tigresse. Ce qui fait que le ligre partage des caractéristiques avec chacun de ses deux parents génétiques. Comme les tigres, il aime nager, et comme les lions, il est très sociable. Mais il est beaucoup plus grand qu'un tigre ou qu'un lion. Il peut atteindre presque deux fois leur taille. »

Peu importe qui étaient les parents de ce félin, Corrine n'aimait pas beaucoup la façon dont il regardait Jeremy. D'abord, elle crut que c'était un effet de son imagination, mais en observant son fils, elle vit que ses yeux étaient rivés sur ceux du ligre, qui le fixait, lui aussi, de manière déconcertante.

Une mère et son fils arrivés en retard se tenaient sur le seuil de la pièce, et Corrine saisit cette opportunité pour éloigner Jeremy de la ligne de mire du ligre en se déplaçant de quelques sièges au bout de la rangée. Mais le fauve continua de suivre le garçon du regard quand ils prirent place sur leurs nouvelles chaises, ce que ne manqua pas de remarquer le dompteur.

« Arrête de fixer ce garçon », lui dit-il en le frappant sur le côté du cou.

L'animal secoua son énorme tête en bâillant, puis il recommença à observer Jeremy. C'était terrifiant, et même l'enfant paraissait un peu effrayé.

« Maman, pourquoi le ligre me regarde comme ça ?

– Je ne sais pas très bien, mon chéri. »

Le Dr Jost continuait son numéro. « Ce que nous savons, c'est que le ligre ne possède pas le gène inhibiteur de croissance qui le maintiendrait à une taille normale. Il peut peser jusqu'à cinq cents kilos et son crâne est quarante pour cent plus gros que celui d'un tigre du Bengale. Lionel, *arrête de fixer* ce garçon. »

Il frappa de nouveau le félin et c'en fut trop pour Corrine. Elle prit Jeremy par la main et se dirigea vers la sortie. Au moment où ils passaient devant le ligre, l'animal se ramassa, comme s'il se préparait à bondir.

Le Dr Jost tira alors fort sur la laisse : « Tiens-toi tranquille, Lionel ! »

Corrine fit avancer Jeremy tout en gardant un œil sur le ligre immobile qui agitait toujours la tête sous le joug du collier.

« C'était plutôt flippant », dit Jeremy, alors qu'ils descendaient les marches de l'escalier.

Corrine acquiesça. Elle ne voulait pas trop dramatiser les choses, mais elle-même avait eu très peur.

« C'est moi, ou ce ligre avait vraiment l'air de vouloir me manger tout cru ?

– Disons simplement que je n'aimais pas beaucoup la façon dont il te regardait. »

Une fois dans la rue, par ce bel après-midi de printemps, elle se demanda si elle s'était ou non laissé emporter par son imagination. Juste en face de l'hôtel particulier était garée une grande roulotte tirée par un pick-up avec un logo du zoo du Bronx. Ils traversèrent la 5e Avenue et longèrent le parc sous la jeune frondaison encore clairsemée des arbres. Elle prévoyait déjà que Casey allait l'appeler et l'accuser d'être bien trop mère poule, mais cela lui était égal.

D'ailleurs, quand son amie finit par téléphoner, le départ précipité des Calloway avait été oblitéré par la suite des événements. D'après l'histoire qui s'était peu à peu racontée, Lionel, alors qu'on le ramenait à sa roulotte, avait bondi sur un jogger qui passait par là, lequel malheureux avait été transporté à l'hôpital de Lenox Hill, où son état n'inspirait désormais plus d'inquiétude.

13

Vint ensuite le week-end de Memorial Day, et les Calloway entassèrent leurs bagages dans la Land Rover qu'ils avaient empruntée et prirent part à l'exode des habitants de Manhattan. Les voitures sortaient au compte-goutte du Midtown Tunnel pour gagner la voie prétendument express et rejoindre la file longue de plus de cent cinquante kilomètres qui s'acheminait vers la côte la plus reculée de Long Island, puis la circulation finissait par stagner, comme du beurre fondu qui refroidit, sur la partie inférieure en forme de pince de homard de la South Fork. Chaque année, ils quittaient TriBeCa plus tôt, le vendredi après-midi, et chaque année le trajet durait plus longtemps, c'est du moins ce qu'il semblait à Corrine.

La vieille ferme qu'ils louaient depuis des lustres, avec l'hectare de terre qui restait d'un immense empire planté de maïs et de pommes de terre, à portée de nez de l'océan, était mise en vente pour quatre millions neuf de dollars. Même si le marché était en pleine expansion, il paraissait peu probable que les Polanski en tirent une telle somme, et de fait, l'annonce était déjà publiée depuis neuf mois quand Sarah Polanski, pour qui il n'y avait pas de petits profits, avait appelé Corrine pour lui proposer de la leur louer une dernière fois, si les Calloway du moins acceptaient de la faire visiter, alors même qu'une avalanche d'argent déferlerait sur eux dès que la maison serait vendue. Les Polanski, qui avaient exploité cette ferme pendant plus d'un siècle, étaient déjà plus riches que certains des propriétaires de résidences secondaires venus de la ville, après des années passées à vendre des terrains en bord de mer. En tout cas, ils l'étaient beaucoup plus que Russell et Corrine qui les avaient aidés à faire entrer Becca Polanski à Brown, première élève du lycée de Bridgehampton à s'y inscrire. Corrine, d'autre part, leur écrivait des cartes de vœux et d'anniversaire chaque année, et Russell leur envoyait des livres susceptibles de plaire à un membre de la famille ou un autre – des attentions bienvenues au moment de négocier leur contrat de location à chaque printemps.

Le premier week-end de juin, ils fêtèrent tranquillement leur vingt-cinquième anniversaire de mariage, à l'Old Stove Pub, un grill au bord de la route nationale, tout comme ils l'avaient fait à l'occasion d'autres moins significatifs. Ils ne semblaient ni l'un ni l'autre avoir envie d'en faire un grand événement, décidés d'un commun accord à se montrer raisonnables et à économiser argent et énergie pour leur grande réception de la fête du Travail[1]. Pour finir, ils invitèrent Tom et Casey, dont les noces d'argent tomberaient quelques mois plus tard, à se joindre à eux.

Russell prenait le *jitney* en ville, le jeudi soir, et ne rentrait que le lundi matin, tandis que Corrine, en congé de ses activités, prenait ses quartiers à Southbeach avec les enfants et adoptait le mode de vie local à la lettre. Durant la semaine, Russell téléphonait aux enfants tous les jours ; vers la fin juillet, Jeremy et lui allèrent camper devant la librairie Books of Wonder, à Chelsea, où ils attendirent, en communion avec de vraies chouettes et des centaines de fans, la sortie à minuit du dernier tome d'Harry Potter. Cet été-là, à part quelques partisans de John Edwards, on appartenait soit au camp d'Hillary

1. Le premier lundi de septembre.

Clinton, soit à celui d'Obama, et les discussions étaient vives autour des piscines et des feux de camp.

Tom et Casey leur avaient prêté leur vieille Land Rover, un véhicule élégant bien qu'assez peu sûr, de la couleur vert bouteille réglementaire, et ils purent de ce fait passer un nouvel été au bord de l'océan, allant à des avant-premières des films projetés à East Hampton, en présence des acteurs et des réalisateurs, organisant des journées de jeux avec les enfants d'un magnat des médias, jouant au tennis sur gazon à Southampton avec les héritiers des requins de l'industrie et de la finance. Ils menaient cette existence-là depuis de nombreuses années et n'y prêtaient donc plus attention, sauf quand un incident mineur ou une gêne ponctuelle venait en souligner l'absurdité. Le désir exprimé par Storey d'avoir un cheval en pension dans une écurie des environs dut ainsi être fermement découragé. La proximité de pareilles fortunes pouvait devenir contagieuse : l'année précédente, Russell n'avait-il pas parlé d'acquérir un vignoble en faillite ? De même, à moins d'être conviés par quelqu'un qui avait acheté une table entière, ils se devaient de trouver une manière élégante de refuser les invitations aux galas de bienfaisance dont la mode s'était étendue vers l'est, jusqu'aux Hamptons, ces dernières années, et où un billet pouvait être vendu jusqu'à mille dollars. Pourtant, nombre de leurs amis et de leurs enfants appartenaient à ce monde-là, et au fil du temps, sans efforts trop violents ni dépenses exagérées, ils avaient su se faire une place dans cette arène sociale darwinienne. On les aimait bien et leurs réceptions étaient courues – des fêtes où se mêlaient les derniers rescapés des communautés littéraire et artistique, un peu du sang bleu de Southampton, les politiciens du parti démocrate d'East Hampton, et les habitués du *Saturday Night Live* séjournant à Amagansett.

Même les spéculateurs qui avaient acheté la plupart des propriétés sur le front de mer, et les dentistes et les dermatologues dont les maisons émaillaient les anciens champs de pommes de terre avaient un petit faible pour le mythe fondateur d'une colonie artistique en bordure de l'océan, pour ces jours où Pollock et De Kooning avaient titubé dans les mêmes dunes de sable que Capote et Albee. Les Calloway, d'une certaine façon, étaient les héritiers de cette tradition. Un des nombreux magazines gratuits en papier glacé qui faisaient la chronique de l'été les avait récemment comparés à Gerald et Sara Murphy, dont les réceptions étaient célèbres à l'époque de la Génération perdue ; cela avait enchanté Russell, qui avait publié un livre sur eux, même si Corrine trouvait que la comparaison laissait à désirer, au chapitre de leurs fortunes respectives.

Leur réception du vendredi précédant la fête du Travail était devenue une date incontournable du calendrier des Hamptons, et Corrine était toujours stupéfaite de se voir courtisée durant tout l'été par ceux qui espéraient y être invités. Ils tentaient de limiter le nombre de cartons à cent, mais l'an dernier, plus de deux cents personnes étaient venues. Ce n'était certainement pas pour le buffet qu'ils affluaient en si grand nombre – bien que Russell soit très fier du chili con carne, du pain de maïs et de la salade qu'il préparait avec l'aide d'un chef local, l'essentiel du budget était consacré aux alcools forts, au vin et à la bière. Ils engageaient pour la soirée trois barmans et trois serveurs et croisaient les doigts pour qu'il ne pleuve pas, parce qu'il y avait toujours plus de monde que la maison ne pouvait en accueillir et qu'un barnum était au-dessus de leurs moyens. C'était une organisation épuisante, mais Russell serait mort plutôt que d'y renoncer.

« Tout ça nous dépasse », dit-il un jour à Corrine qui se plaignait des efforts et de la dépense. Elle se demanda si cette tradition qu'ils avaient instituée était du genre à survivre à une délocalisation. La réception de cette année aurait des relents d'adieu, ce serait certainement la dernière qu'ils donneraient dans cette vieille ferme.

Cette semaine-là, Cody Erhardt, le réalisateur, séjournait chez eux. Autrefois, c'était un mauvais sujet notoire, un ninja américain – le titre de son film le plus connu – gros buveur et coureur de jupons, mais parvenu à la soixantaine, le cheveu plus rare et le teint couperosé, il était devenu plutôt discret, s'était empâté et ramolli. Quoiqu'il ait joué une version de lui-même dans un film de Godard, plus aucun directeur de casting ne l'aurait proposé désormais pour un rôle de réalisateur macho et branché. C'était étrange de le voir – lui, si clairement un animal d'intérieur, pilier des studios de montage et des salles de projection – dans ce décor de bord de mer. Cody était, sinon exactement un ami de toujours, du moins une vieille connaissance, un représentant de la brève et regrettée renaissance du cinéma américain qui avait fleuri autour de 1969 dans le sillage d'*Easy Rider*. Russell avait publié un recueil de trois de ses scénarios et, un peu plus tard, Cody avait brièvement travaillé sur l'adaptation de Corrine du *Fond du problème* après qu'elle eut été achetée par New Line. Même si ce film avait été tourné par quelqu'un d'autre et distribué seulement dans quelques salles, c'était encore un projet dont on parlait quand elle avait réussi, avec l'aide de Russell, à se faire confier le scénario de *Jeunesse et Beauté*. Tug Barkley, ou un de ses assistants, avait découvert le roman de Jeff. Après deux ans de silence, sa société de production avait récemment renouvelé l'option, et Corrine travaillait sur une autre version du script avec Cody. Le développement du projet, de son point de vue, avait subi des retards sans fin et des tas de complications qu'elle avait trouvés fort pénibles, mais, lui assurait Cody, rien de plus que pour n'importe quel autre film. Par exemple, cela faisait dix-sept ans qu'il essayait de tourner *Les Clochards célestes* de Kerouac.

Même si elle aimait donner l'impression qu'elle avait adapté *Le Fond du problème* par pur caprice et qu'elle n'avait jamais pensé que cela finirait par aboutir un jour à quoi que ce soit, elle avait travaillé dessus d'arrache-pied et été aux anges quand une option avait été mise sur son scénario ; elle était ravie de s'être fait un nom dans la jungle culturelle de Manhattan après sa période de mère au foyer, se fâchait quand on insinuait que Russell avait fait jouer ses relations, et avait très mal vécu que le film disparaisse sans laisser de trace. Sous le coup de cet échec, elle s'était jetée à corps perdu dans son activité au sein de Nourrir New York. Elle adorait ce travail, mais quand on lui avait offert une seconde chance comme scénariste avec *Jeunesse et Beauté*, elle avait eu l'impression d'un nouveau départ dans l'existence. Corrine voulait à tout prix que le projet aboutisse et que le film soit un succès : elle aurait cependant eu bien du mal à dire si c'était elle-même ou Jeff qu'elle espérait sauver de l'oubli.

Cody et elle travaillaient durant la journée et, le soir, faisaient avec Russell leur tournée mondaine. Comme on avançait dans le mois d'août, le rythme de la vie sociale s'accélérait encore ; il aurait été impossible d'honorer ne serait-ce que la moitié des invitations à des cocktails et dîners, même si la circulation n'avait pas été si dense qu'il fallait établir son plan d'attaque à l'avance, en fonction du temps qu'on prévoyait de mettre pour se rendre d'un lieu à l'autre, et de la priorité qu'on accordait à certaines soirées par rapport à d'autres quand la distance qui les séparait était trop importante. Russell prenait un véritable plaisir à ce tourbillon de folie, au moins jusqu'à un certain point, et Corrine se réjouissait de la présence de Cody, qui accompagnait son mari quand elle préférait passer la soirée avec les enfants.

Pour leur dernière séance de travail, elle avait forcé Cody à l'accompagner sur la plage, où elle n'était pas allée depuis trois jours, et il s'était emmailloté comme une momie, avec plusieurs couches de sweat-shirts gris et une serviette sur la tête.

La fin du roman de Jeff avait toujours posé problème. Dans le livre, l'avatar de Jeff – un peintre néo-expressionniste à succès – meurt d'une overdose d'héroïne, vraisemblablement accidentelle, bien que la possibilité d'un suicide ne soit pas exclue ; il est tout de même désespérément amoureux de la femme de son meilleur ami. Pour compliquer encore les choses, le meilleur ami en question est aussi le directeur de la galerie où il expose. Dans sa première version, Corrine était restée fidèle au roman, mais les responsables des studios avaient regimbé devant ce choix, et dans la mouture suivante, un accident de voiture avait remplacé l'overdose. Plus récemment, on s'était accordé sur l'idée que le protagoniste ne devait pas mourir du tout.

« Autrefois, les studios nous auraient laissé tourner ça, déclara Cody un matin. Le héros qui meurt d'overdose. Bon Dieu de merde, ils nous auraient autorisés à montrer l'aiguille dans le bras, le filet de sang, avant que la caméra recule pour faire un plan large sur le mec en train de devenir bleu. Après *Easy Rider*, *Five Easy Pieces*, *Mean Streets*, et *Death by a Thousand Cuts*, ils se sont rendu compte qu'ils n'étaient plus dans la course, et pendant un certain temps, ils ont laissé les clés de la confiserie aux gosses. Mais au bout du compte, ce sont les mecs du marketing qui ont repris les rênes, et maintenant ce sont eux qui mènent la danse. Pas la peine de rêver, putain : ils nous laisseront jamais tuer le héros de l'histoire.

– Pourtant sa mort résout la question du triangle amoureux de façon plutôt satisfaisante.

– On pourrait peut-être imaginer un ménage à trois, un remake de *Jules et Jim*, dont je suis sûr que pas un de ces crétins du marketing a jamais entendu parler, sauf que ça risque quand même d'être interdit aux moins de treize ans. Au fait, dis-moi, tu as vraiment baisé avec ce type ou il l'a seulement rêvé ?

– Je vais laisser ton imagination surchauffée et lubrique en décider, Cody.

– Est-ce qu'il n'y a que moi à trouver bizarre que Russell ait publié ce roman ?

– Non, loin de là.

– Et ça ne te fait pas un peu grincer des dents ?

– C'est de l'histoire ancienne, maintenant », répondit-elle.

Le jour de la réception se leva sur un ciel clair et lumineux et le beau temps se maintint au long de la journée, la chaleur tempérée par l'air de l'océan, qu'on entendait murmurer de l'autre côté des dunes, pour atteindre à six heures du soir la température idéale où l'on peut rester en bras de chemise.

« Excusez-nous, ce n'est pas très *in* de notre part d'être là si tôt, déclara Judy Levine en arrivant la première, accompagnée de son mari, Art. Mais nous sommes pris par le temps. Il nous faut encore passer chez les Alda, et ensuite nous dînons chez les Michaels. » Pour Corrine, c'était une certitude, Judy devait considérer que sa façon de s'excuser en citant les noms de personnes très en vue était fort habile, cela laissait penser à son hôtesse qu'on pouvait se permettre d'arriver en avance chez eux car ils n'étaient pas si *in* que ça, en fait, et qu'une brève apparition suffisait alors qu'on était attendu à des réceptions tellement plus importantes.

« Au moins, ainsi, nous aurons l'occasion de bavarder un peu avant que tous les gens *in* ne soient là », riposta Russell d'un ton caustique. Corrine s'appliqua à ne pas sourire. Russell était un hôte charmant, mais il ne se laissait pas marcher sur les pieds. Art était un type assez intéressant, un scénariste et un réalisateur de l'âge d'or de la télévision, mais il appartenait à cette génération pour laquelle les femmes étaient tout sauf des égales, et Judy n'était qu'une écervelée arriviste qui n'avait sans doute pas fait grand-chose pour améliorer l'opinion de son époux sur la gent féminine, au bout de trente ans de mariage.

Les invités arrivèrent, pour la plupart, à deux, quelques-uns ne voulant pas être en retard, accompagnés d'un enfant, d'autres avec des amis qui logeaient chez eux – une jeune divorcée ou un célibataire venu de la ville. Certains couples vinrent avec un ami gay, et des couples gays avec un copain hétéro. Tous observaient la loi somptuaire en cours ici et maintenant : en regardant les voitures garées dans la rue, par exemple, on aurait pu remarquer que les américaines étaient proscrites et que les gens qui en descendaient avaient adopté un style chic et décontracté : polos, jeans, mocassins. Pas question de chaussettes pour les hommes, non plus que de cravates – même si, au cours de la soirée, un intrus venu de Southampton, manifestement égaré, apparut sur la pelouse vêtu d'un costume en seersucker et d'une cravate rose ornée de bateaux à voile, en tenant une bouteille de Macallan par le goulot.

Les femmes portaient des robes d'été et des sandales, et celles qui arrivèrent tôt se cachaient derrière de grosses lunettes noires – Tom Ford était la marque du moment – qu'elles remontèrent sur le sommet du crâne, après le coucher du soleil, d'un geste qui voulait rappeler Jackie Onassis. Corrine avait mis une robe en stretch turquoise à motifs cachemire, Emilio Pucci, qu'elle avait achetée à Capri quand Russell l'avait emmenée là-bas à un colloque littéraire, et elle se demandait si elle n'était pas un peu trop serrée.

Elle était toujours surprise de connaître presque tout le monde à part les invités des invités, qui inévitablement tenaient à la remercier avec chaleur de leur avoir permis de venir. En revanche, elle ne savait même pas qu'ils avaient convié Tug Barkley avant de le voir remonter tranquillement l'allée, affublé d'un bermuda et d'un marcel, et flanqué de deux poupées glamour en minuscules robes blanches. C'est parce que Tug s'intéressait au projet que la production depuis longtemps endormie de *Jeunesse et Beauté* avait été relancée, mais elle ne l'avait encore jamais rencontré. Il sembla deviner qu'elle était la maîtresse de maison et, souriant de toutes ses dents, il lui tendit la main : « Bonsoir, je suis Tug. C'est gentil de me recevoir.

– Je suis Corrine. Enchantée de faire votre connaissance. » Alors qu'elle se croyait immunisée contre le charme des célébrités insipides, ce n'était pas du tout ce qu'elle ressentait en ce moment. Peut-être parce que cet homme allait jouer Jeff à l'écran. Sauf qu'il s'agissait aussi d'autre chose, bien sûr. « En fait, c'est moi qui travaille sur le scénario de *Jeunesse et Beauté* avec Cody.

– Cool, répondit-il. J'adore Cody. »

Un peu décontenancée, s'attendant à une poursuite de la conversation ou, au moins, à quelques mots de reconnaissance, elle leur indiqua qu'il y avait des bars à l'intérieur et à l'extérieur, et les invita à faire comme chez eux. Cela l'étonna à peine de voir son mari bondir de la véranda pour venir saluer Tug comme une vieille connaissance. Russell était on ne peut plus sociable, et si elle trouvait qu'il manquait parfois de discernement dans ses relations, elle ne pouvait pas non plus s'empêcher d'admirer l'étendue de son réseau et son enthousiasme pour les nouvelles rencontres, ainsi que la conviction qu'il avait de pouvoir encore se faire des amis à un âge où la plupart des hommes se contentaient de consolider leur carnet d'adresses. Après toutes ces années, il avait encore un goût de petit garçon pour les fêtes, et une fascination de provincial pour la comédie sociale qu'offrait New York, avec ses étoiles brillantes et ses improbables rapprochements – et de fait, ici, c'était bien New York, avec un zeste d'Hollywood, qui se prolongeait sur la pelouse à l'herbe déjà brunie, à l'ombre de la vieille ferme aux murs de bardeaux.

Cody, pendant ce temps, s'était mis à bavarder avec une des deux magnifiques créatures arrivées au bras de Tug : « Je dis seulement que chaque roman est unique, une réinvention de la forme. Un scénario a des conventions qui doivent être respectées – action, dialogue, structure en trois actes.

– C'est quoi une structure en trois actes ?

– Garçon rencontre fille, garçon avec fille dans de beaux draps, garçon profite de l'occasion. »

Elle gloussa, portant la main à sa bouche pour dissimuler une dent de travers.

« J'ai manqué la blague, dit Tug, qui revenait avec trois cocktails et lui en tendit un. Je vois que tu as rencontré l'immense Cody Erhardt.

– Cody qui ? »

Celui-ci parut vexé, évidemment.

« Putain, voilà qui prouve ce qui s'est passé dans ce métier ! s'exclama Tug. Cody, c'est un géant. Il a tourné tous ces superfilms dans les années soixante-dix. Il fait partie de la bande Scorsese-Schrader. *American Ninja. Death by a Thousand Cuts.* »

Le grand homme en personne, qui avait autrefois essayé de se retrouver entre des draps avec Corrine, inclina le buste pour montrer qu'il appréciait le compliment.

« Oh, je vois ! fit la fille. J'ai adoré *American Ninja.* »

Ce grand gaillard barbu de Rob Klemp, le peintre, vêtu d'un bermuda maculé de taches de peinture s'entretenait avec la si mince Jillian Simms, la créatrice de mode, l'air angélique dans son tee-shirt et son jean blancs, ses cheveux blonds tirés en arrière et attachés en queue-de-cheval. De quoi pouvaient-ils bien parler ? Parfois Corrine se demandait comment ces gens se connaissaient et comment il était possible que *eux* les connaissent... En se rapprochant, elle se rendit compte qu'ils se querellaient.

« Je t'en prie, Obama n'a rien sur son CV, s'indignait Jillian. Je veux dire, il a été sénateur pendant combien de temps ? Trois minutes ?

– Assez pour avoir raison sur la guerre en Irak.

– Hillary a davantage de carrure. Regarde les choses en face, Obama est un peu léger. »

Russell avait rempli un iPod spécialement pour l'occasion et Corrine avait l'impression d'entendre en boucle *Boys of Summer* de Don Henley, *Vacation* des Go-Go's, *Suddenly Last Summer* des Motels, *Summertime Blues* par plusieurs artistes différents, *Margaritaville*, et pratiquement toutes les chansons des Beach Boys. Dieu merci, il leur avait épargné *Big Girls Don't Cry* et *Umbrella*, les tubes omniprésents de l'été.

« Ça alors ! s'exclama-t-elle en repérant un nouvel invité. Mais c'est Tony Duplex !

– Oui, répondit Rob. Il est venu avec Gary Arkadian. Tony va présenter une nouvelle expo cet automne dans sa galerie.

– Je ne l'ai pas vu depuis des années », dit Corrine. Tony Duplex semblait déplacé avec son costume noir ajusté et une chemise aussi blanche que son teint.

« Il est parti en fumée dans une pipe à crack pendant la plus grande partie des années quatre-vingt-dix, mais apparemment il est de retour.

– Je me rappelle, dit-elle. Il était très copain avec Jeff. »

Sans surprise, il était tout frêle pour son âge. Ils avaient sans doute à peu près le même, mais lui paraissait beaucoup plus vieux, le visage anguleux et creusé de rides profondes. Il ne donna aucun signe montrant qu'il la reconnaissait quand Russell s'approcha pour le présenter à Corrine. Il avait été un de ces mauvais garçons du sud de Manhattan qui n'avaient pas voulu quitter la fête tant que la table était bonne, réussissant à continuer à se droguer jusque tard dans les années quatre-vingt-dix, moment où sa réputation artistique avait chuté et où sa came favorite avait disparu du marché. Pour autant qu'elle s'en souvienne, il y avait eu une espèce de bagarre avec un collectionneur qui détenait des dizaines de ses toiles et qui les avait balancées sur le marché toutes en même temps, juste avant que Robert Hughes ne rédige une critique incendiaire de sa dernière exposition. Elle n'avait plus entendu son nom depuis des années ; puis, récemment, elle avait vu une photo de lui prise à une réception du *New York Magazine*, et si elle se rappelait bien, elle avait aussi lu quelques lignes sur sa résurrection dans la « Page Six » du *Post*.

« C'est gentil de me recevoir », dit-il en lui serrant mollement la main. À l'évidence, il n'avait gardé aucun souvenir de la nuit où elle l'avait croisé dans le Lower East Side et où elle l'avait sauvé, ainsi que Jeff, des griffes d'un dealer à qui ils devaient de l'argent en proposant à celui-ci une poignée de pièces d'or.

Kip Taylor émergea de la foule, une main levée en guise de salut, l'autre posée sur l'épaule de sa femme, et accompagné de Luke et Giselle McGavock. Tandis qu'ils approchaient, Corrine tenta de dissimuler son ébahissement et de se composer une expression aimable ; Kip et Vanessa l'embrassèrent chacun leur tour, puis la question de savoir comment saluer Luke se posa. Il y répondit rapidement en lui posant une bise sur la joue et Giselle fit de même.

« J'espère que vous ne nous en voudrez pas de débarquer ainsi, sans invitation, dit Luke. Nous passons le week-end chez Kip et Vanessa.

– Vous avez très bien fait, bienvenue à vous, répondit Corrine, espérant paraître moins troublée qu'elle ne l'était en réalité.

– Je leur ai expliqué que c'était *la* réception de la saison, intervint Kip.

– Il ne faut rien exagérer », répliqua Corrine.

Luke lui adressa discrètement un regard triste et désolé.

Dix minutes plus tard, il la trouva seule dans la cuisine où elle avait vite battu en retraite.

« Je ne voulais pas te tomber dessus comme ça, par surprise, dit-il. Mais Kip nous a prévenus il y a seulement une heure que nous venions ici.

– Et pourquoi cela me dérangerait-il ? rétorqua-t-elle, se rendant aussitôt compte de l'aigreur de son ton. Excuse-moi. Je ne m'attendais pas à te voir, c'est tout.

– J'ai pensé t'appeler. Je n'étais pas sûr que ce soit une bonne chose. Mais j'avais très envie de te voir.

– Eh bien, me voici.

– Je veux dire seul à seul.

– Nous rentrons à New York lundi.

– J'y serai la semaine prochaine.

– Et ta femme ? » Elle n'était pas sûre de ce qu'elle aimait le moins utiliser, son prénom ou son titre.

« Elle reprend l'avion mercredi. Samedi, Ashley descend de Poughkeepsie pour me retrouver en ville.

– Appelle-moi », dit Corrine, ne sachant pas très bien si elle voulait l'encourager ou l'inverse, mais leur conversation fut interrompue par un extra qui venait chercher des glaçons.

Ils sortirent de la pièce et elle aperçut son mari engagé dans une conversation plutôt animée avec un inconnu pâle et potelé qui semblait effrayé.

Elle se précipita vers eux alors que les invités étaient de plus en plus nombreux à se retourner pour observer la scène.

« C'est mon travail d'exprimer mon avis, se défendait l'homme.

– Disons plutôt que vous faites tout pour attirer l'attention en démolissant le travail de ceux qui valent mieux que vous, connard de pousse-au-crime !

– Et là, qui est-ce qui se montre insultant ?

– Je vais me gêner ! Alors, maintenant, tu fais demi-tour dans tes Birkenstock de merde et tu dégages ton gros cul de ma pelouse. »

Steve Sanders, qui ressemblait au jeune Trotski et écrivait dans le *Times*, s'était tenu jusque-là en bordure du champ de bataille. « Russell, dit-il. Soyons raisonnables.

– Je t'emmerde, Steve. Il n'y a rien de raisonnable dans ses saletés de petites tirades. Je ne peux pas l'empêcher de les écrire, mais je ne vois pas ce qui devrait me forcer à supporter sa présence à ma soirée, putain ! » L'homme en question battait en retraite, sa dignité en lambeaux, sous le regard de la moitié des convives.

« Je ne savais pas qu'il avait attaqué un de tes auteurs, sinon je ne serais jamais venu avec lui.

– Je m'en doute bien », répondit Russell dont la rage se dissipait alors que son objet disparaissait.

« Que s'est-il passé, mon chéri ? demanda-t-elle, quelques minutes plus tard en l'entraînant à l'écart, vers la grange.

– C'était Toby Barnes.

– Qui ?

– Le ver de terre qui avait écrit cette critique désastreuse de *Jeunesse et Beauté* dans *Details*.

– Pour l'amour du ciel, Russell, ça doit bien faire quinze ans. C'était une autre époque.

– Je m'en souviens comme si c'était hier. Le titre était : "Grossier et snob". »

Elle trouvait admirable qu'il défende encore Jeff après toutes ces années, même si ce n'était sans doute pas de bonne politique. « Mais est-ce bien raisonnable de l'humilier en public comme ça ? Tu t'es fait un véritable ennemi, maintenant.

– Qu'il aille se faire foutre ! C'était déjà mon ennemi.

– Mais n'oublie pas que tu publies pas mal d'auteurs qui n'aimeraient peut-être pas se faire descendre par Barnes.

– Ils seraient ravis au contraire de voir que je serais prêt à me battre pour eux exactement comme je viens de le faire pour Jeff.

– Bon, voyons un peu ce que nous pouvons faire pour sauver cette fête, à présent, monsieur le castagneur ! Souris, rigole, montre-leur que tout va pour le mieux », dit-elle en le prenant par le bras pour le ramener parmi la foule.

L'explosion de Russell, loin de refroidir l'ambiance, paraissait avoir donné à la fête un surcroît d'énergie. Il fut félicité par une demi-douzaine d'invités, pour la plupart peintres ou écrivains, qui avaient tous été victimes, un jour ou un autre, de critiques assassines. La scène apporta de l'eau au moulin de dizaines de conversations sur l'art, la critique et l'hospitalité, et ferait l'objet d'un entrefilet dans la rubrique mondaine de « Page Six », le mardi suivant.

La soirée se prolongea pendant plusieurs heures encore, jusqu'à ce que les invités finissent peu à peu par disparaître, et Corrine se retrouva seule dans la véranda à respirer l'odeur saumurée, primitive, de l'océan invisible, à écouter les vagues déferler derrière les dunes et striduler les grillons qui semblaient chanter la fin de l'été, la fraîcheur envahissant l'air comme l'annonce mélancolique de l'automne. Loin là-bas, depuis l'intérieur de la maison, elle entendait la voix de baryton étouffée de Russell qui s'entretenait avec quelque retardataire. Un peu plus loin, Luke faisait Dieu sait quoi. Elle avait peut-être trop bu, mais elle éprouva soudain une immense tristesse. La familiarité de ces sensations, plutôt que la rassurer, la déprima. La première fois qu'elle avait senti l'approche de l'automne à travers les dunes, en se tenant exactement au même endroit, elle était encore une jeune femme. L'été touchait à sa fin, elle avait cinquante ans, et sa vie filait si vite que la brume qui envahissait la pelouse lui fit l'effet d'un mauvais présage.

14

Non moins que la campagne, la ville s'accorde au rythme des saisons, même si l'automne, plus que le printemps, est ici la saison de la renaissance et du renouveau – le début de l'année pour les Gentils, aussi bien que pour ceux qui fêtent Rosh Hashana, le moment de secouer la torpeur et l'oisiveté de l'été et de renvoyer les enfants à l'école où ils repartiront de rien, se feront de nouveaux amis intéressants et réussiront mieux encore que l'année précédente ; la saison des inaugurations de restaurants et de galeries ; l'époque où la mode de l'année à venir défile sur les podiums, tandis que les feuilles de ginkgo virent au jaune, la Fashion Week cédant la place au New York Film Festival, à l'ouverture du Metropolitan Opera, du Philarmonique et du City Ballet, aux grands galas de bienfaisance et, un peu plus tard, aux ventes chez Christie's, Sotheby's et Phillips de Pury, qui nous disent combien les riches se sentent riches cette année. C'est aussi, de manière moins spectaculairement rentable, la saison où les éditeurs dévoilent leurs titres les plus importants et les plus prometteurs.

Avant de sortir déjeuner, Russell passa voir son directeur de la communication, juste de l'autre côté du couloir. « Le *Times* est sorti ? demanda-t-il.

– Ça ne devrait pas tarder. »

Le bureau de Jonathan était austère, les murs nus, à part l'affiche publicitaire du livre de Carson et une autre du groupe Arcade Fire.

« Vous avez eu des échos ?

– Ma source me dit qu'on devrait être contents. »

Ils attendaient l'exemplaire distribué à l'avance aux professionnels du supplément littéraire du *New York Times* du dimanche suivant, dans lequel devait être publiée une critique du livre de Jack. Le fait qu'ils aient envoyé dans le Tennessee, deux semaines plus tôt, un photographe pour lui tirer le portrait était un signe positif, et Jonathan avait appris, par ailleurs, que la critique du livre avait été confiée à un auteur en vue, ce qui était aussi bon signe, même si Russell n'aimait pas beaucoup qu'ils aient choisi un écrivain du Sud ; de façon comparable, le *Times* demandait presque toujours à des femmes d'écrire les papiers sur des écrivaines.

« Entre-temps, il ne s'est pas présenté aux deux dernières interviews.

– Vous avez appelé l'hôtel ? »

Jonathan hocha la tête. « Il ne répond pas.

– J'aurais dû m'en douter.

– C'est peut-être bon pour nous, dit Jonathan. Ce côté "mauvais garçon", poète maudit.

– C'est sur l'œuvre qu'on essaie d'obtenir des articles, protesta Russell. Sur ce qui est sur la page. Dans cette maison, on s'efforce de vendre de la littérature. » Au moment même où il prononçait ces mots, il se rendit compte de combien ils pouvaient paraître prétentieux, mais il y croyait. Simplement, il n'était pas sûr de pouvoir faire passer pareil message à ce jeune homme de vingt-huit ans qui portait un T-shirt vintage « *Le Festin nu* » sous une chemise à carreaux ouverte. « Je ne veux pas que, d'entrée de jeu, on lui colle une étiquette de pauvre Blanc accro à la cristal meth. Il risque déjà d'être réduit à un stéréotype : les écrivains du Sud sont presque toujours relégués dans leur propre ghetto, enfermés dans une image de décadence exotique. »

De manière plus générale, Russell désapprouvait le culte de la personnalité, s'opposait à l'idée si fausse de l'*authenticité*, à la notion qui voulait que l'intensité de la vie de l'auteur soit un gage de la qualité de l'œuvre, toutes ces conneries sur le sacro-saint ivrogne et le génial junkie qui faisaient rimer excès avec sagesse, cirrhose avec talent. Blake avait beaucoup de comptes à rendre à ce sujet. Le chemin de l'excès conduisait au centre de désintoxication, ou même au cimetière, plus souvent qu'au palais de la sagesse. Russell croyait que la littérature s'accomplissait *malgré* les excès de conduite, et non pas *grâce à* eux.

« J'en ai plus que marre d'entendre dire que se saouler la gueule ou se défoncer transforme un étudiant des beaux-arts en génie.

– Mais vous êtes bien obligé de reconnaître, patron, que beaucoup d'écrivains et de peintres sont des alcooliques ou des junkies.

– Absolument pas. Je ne crois pas que la proportion de poivrots chez les écrivains soit plus élevée que chez les plombiers. » Ce n'était pas la première fois qu'il se demandait où Jonathan dénichait des jeans aussi serrés. Est-ce qu'on les vendait comme ça ou les faisait-il reprendre ? Et comment pouvait-on entrer dans des trucs pareils ?

« Je ne sais pas, répondit Jonathan. N'empêche, je pourrais vous en faire une liste, à commencer par Christopher Marlowe. La plupart des auteurs que nous aimons tous les deux étaient soit des alcooliques, soit des drogués, soit les deux. Rien que les modernistes : Hemingway, Fitzgerald, Faulkner. Des champions de la bouteille. Pour ne pas parler de la Beat Generation. La plus grande partie des écrivains de notre catalogue sont à l'ouest et émotionnellement instables.

– Ils seraient encore meilleurs et plus productifs s'ils faisaient un peu de ménage dans leur tête. *Tendre est la nuit* aurait été un bien meilleur livre si son auteur n'avait pas été ivre la moitié du temps, et sous amphétamines l'autre moitié.

– Si vous le dites, papa.

– Eh ! Je ne fais pas de morale, je dis seulement qu'il ne faut pas confondre la cause et les conséquences.

– Et Burroughs ?

– Lui il avait choisi la drogue et le dérèglement pour sujet, alors on doit faire une exception dans son cas. Idem pour Hunter Thompson.

– Bon, et qu'est-ce qu'on fait avec notre paumé de service ? Je veux dire Jack ?

– Continuez à l'appeler. S'il ne répond toujours pas, j'irai le voir à son hôtel après déjeuner. » Il se montrait un peu véhément sur cette question, se dit-il, et même très nerveux, et cela avait sans doute beaucoup à voir avec Jeff qui hantait ses pensées depuis le début de la matinée : son meilleur ami mort, le junkie de génie devenait l'objet d'un véritable culte à titre posthume. Les ventes de ses livres augmentaient régulièrement. Quel gâchis ! Parfois, encore aujourd'hui, Russell ressentait sa perte comme un coup de poing dans l'estomac. Comme il lui en voulait de ne plus être là ! Personne ne l'avait jamais remplacé dans sa vie. Corrine disait qu'il devrait aller en parler à un psy. Évidemment, en elle aussi, Jeff avait laissé des traces.

Après déjeuner, il fouilla ses tiroirs et retrouva l'article sur *Jeunesse et Beauté* qui l'avait tellement mis en rage, mais bien qu'il ait l'habitude de conserver des copies carbone de toutes ses lettres, il ne put mettre la main sur celle de la réponse cinglante qu'il avait écrite. La coupure de presse de *Details* était datée d'avril 1991 :

Ceux qui s'imaginent que les gardiens de la culture avec un grand C trônent dans les nuages, tels des dieux, et qu'ils se liment distraitement les ongles tout en évaluant les offrandes littéraires déposées à leurs pieds, devraient s'intéresser à la canonisation de Jeff Pierce à l'heure où son roman posthume, *Jeunesse et Beauté*, apparaît sur les tables des librairies. D'augustes voix du *New York Times*, de la *New York Review of Books* et du *Village Voice* se sont hâtées de resservir le cliché favori des tabloïdes : un jeune et talentueux artiste, torturé et trop sensible pour ce monde cruel. Écoutez avec attention la clameur des critiques dont le retentissement n'est rien de moins qu'artificiel et vous entendrez, en contrepoint, les piaillements aigus d'adolescentes à un concert pop. (Bien sûr, Pierce avait lui-même donné le ton avec son titre qui fait songer à Keats.) Personne n'a osé écrire jusqu'à ce jour qu'il n'était en fait qu'un junkie de bonne famille dont la vision du monde était bornée d'un côté par les privilèges, de l'autre par l'addiction.

« Est-ce que je peux vous dire deux mots à propos de la soirée ? demanda Jonathan en passant la tête par la porte.

– Comment ça se présente ? s'enquit Russell, soulagé de pouvoir laisser tomber ce laïus.

– On en parle de plus en plus à chaque minute. »

Russell ne croyait pas beaucoup aux soirées de lancement ou, du moins, il rechignait à cette dépense parce qu'il pensait que cela contribuait fort peu au succès d'un livre. Le plus souvent, ça ne servait qu'à flatter l'ego de l'auteur. Mais Jonathan l'avait convaincu d'en organiser une pour Jack après la lecture à la librairie 192 Books, et maintenant que le supplément littéraire du *Times* promettait de faire une place de choix à son livre, tout semblait annoncer que ce serait l'événement *du jour**. La lecture et la réception auraient lieu ce lundi, le lendemain du jour où la plupart des New-Yorkais auraient lu le *Times*. Toute la semaine, les gens avaient supplié qu'on les ajoute à la liste des invités, et Jonathan craignait que les deux lieux ne puissent, l'un comme l'autre, accueillir tout le monde.

La librairie était à peine plus grande que les toilettes de chez Nobu, et la salle de réception au-dessus du Fatted Calf, une sorte de salon privé pour les habitués que Russell avait réussi à louer à prix d'amis, était encore plus exigu que la librairie, mais lui le trouvait parfait.

« Ça va être un joyeux bordel ! dit Jonathan.

– Tant mieux, répondit Russell. Tout est préférable à une salle à moitié vide. On va quand même engager un barman supplémentaire. Personne ne râle d'être compressé au milieu de ses pairs et de quelques célébrités du monde littéraire dès lors qu'on lui remplit son verre.

– Richard Johnson de "Page Six" a confirmé ce matin qu'il viendrait.

– Incroyable !

– Je crois qu'une grande partie de ce succès vient du Web, de blogs comme Gothamist, Gawker et d'autres du même genre. Et puis, de manière assez bizarre, il y a ce site qui s'appelle Tweakers.com fréquenté par les accros aux amphètes, qui apparemment s'est aperçu que deux des nouvelles parlent de cristal meth. Ils viennent de poster les infos concernant la lecture dans la librairie.

– Les accros à la meth ont leur propre site ?

– Ils en ont plusieurs, répondit Jonathan en secouant la tête tout en marchant vers la porte.

– Mon Dieu, qui l'aurait cru ? »

Depuis vingt-cinq ans, Russell essayait de comprendre et de canaliser cette force mystérieuse qu'on appelle « la rumeur », ou « le bouche à oreille », et voilà qu'aujourd'hui elle semblait avoir muté pour prendre cette forme numérique.

Il était toujours un peu mystérieux de savoir pourquoi certains livres marchaient et d'autres pas. Cette semaine, il avait vendu les droits en Espagne, en Allemagne et en Italie, ce qui, en gros, voulait dire que l'à-valoir de Jack était remboursé et qu'à partir de maintenant, tout n'était que bénéfice. Exactement la façon dont il aimait que les choses se passent.

Jonathan revint en trombe dans le bureau en agitant plusieurs feuilles de papier. « Je l'ai ! Je l'ai !

– Et ?

– C'est du délire ! Je l'ai seulement parcouru, mais ils nous taillent une pipe d'enfer. Écoutez un peu : "Les personnages de Jack Carson sont les héritiers maléfiques des Snopes de Faulkner et des prolos miséreux de Carver, les descendants des victimes de la Dépression décrites par Walker Evans, pris au piège des trous sans soleil du Tennessee et du Kentucky. Leur rêve américain est un cauchemar de cruauté et d'inceste, auquel s'ajoute le dénuement. L'alcool de contrebande et la cristal meth sont leur seule échappatoire, et pourtant Carson réussit à donner à leur lutte pour la vie une certaine grandeur stoïque, et même, par instants, à glorifier leurs pas hésitants vers la lumière…"

– Bon sang, faites-moi voir ça », dit Russell en arrachant presque la critique des mains de Jonathan.

L'après-midi avant la réception, Russell était plongé dans les chiffres des nouvelles commandes du livre, qui étaient plus que satisfaisants, quand Corrine l'appela. Elle avait passé une journée difficile avec les bureaucrates du Service du logement de la ville et elle était passablement agitée. Elle essayait d'obtenir l'autorisation d'installer une banque alimentaire sur le parking d'une cité à Brooklyn. « Je ne sais pas si je dois me sentir plutôt rassurée ou complètement démoralisée.

– Si toi, tu ne le sais pas, ma chérie, je ne vois pas comment je pourrais le savoir.

– Est-ce que tu te rends compte que tu m'appelles "ma chérie" quand je t'exaspère ? Tout ça, à mon avis, parce que tu te sens coupable d'être exaspéré et que tu veux alléger ta conscience.

« – Je ne me suis jamais aperçu de ce tic dont tu m'accuses et qui plus est, je ne crois pas que ce soit vrai.

– D'accord, j'arrête de t'empoisonner. On se voit à la maison tout à l'heure.

– Je vais rentrer assez tard, tu te souviens ? C'est la soirée de lancement du livre de Jack.

– Ah oui. Tu veux que je vienne ?

– Si j'étais toi, je m'en passerais. Ça va être la foire d'empoigne, tous les m'as-tu-vu seront là. J'espère ne pas rentrer trop tard. Si Jack a envie de sortir après ça, je laisserai Jonathan l'accompagner. »

Afin d'être sûr que l'invité d'honneur arrive à l'heure à la grand-messe, Russell décida de passer lui-même prendre Jack à son hôtel. Il se présenta au Chelsea, un peu avant six heures, et l'appela dans sa chambre depuis le hall. Comme il ne répondait pas, il se renseigna à la réception, où l'on n'avait aucune information sur l'endroit où pouvait être M. Carson. Pourquoi, se demanda Russell, l'avait-il logé à l'hôtel où Sid Vicious avait assassiné Nancy Spungen ? Il fit demi-tour et ressortit ; il descendit la rue jusqu'au Trailer Park Lounge, où il retrouva le disparu assis au bar et penché sur son verre, l'air extrêmement mélancolique.

« On dirait que c'était pas une très bonne cachette », déclara-t-il quand Russell vint s'asseoir à côté de lui. Ses cheveux rebiquaient dans tous les sens et il était livide. De ce bar-grill kitsch, décoré de souvenirs d'Elvis, Jack s'était fait un foyer loin de chez lui. C'était bien le style de plaisanterie qu'il affectionnait : un vrai péquenot du Sud dans un faux bar de péquenots du Sud.

« Vous avez déjà sûrement trouvé mieux dans le genre, dit Russell.

– Je ne pense pas être capable de faire ce truc.

– Mais si, bien sûr que vous en êtes capable.

200

– Je pourrai jamais me lever pour lire mes histoires devant une bande d'intellos new-yorkais.

– Il faut voir les choses autrement : la plupart des personnages de vos nouvelles pourraient les envoyer valser d'un coup de pied aux fesses jusque dans le New Jersey.

– La plupart de mes personnages sont des culs-terreux, des pauvres Blancs crétins.

– Je ne dirais pas qu'ils sont crétins. Ils me semblent plutôt futés, au contraire. Dans une émission de téléréalité comme *Survivor*, ces New-Yorkais n'auraient aucune chance de s'en sortir contre eux. Ils se feraient éjecter de l'île en un rien de temps par vos gars et vos nanas. Je vais vous dire un secret sur les intellos new-yorkais, quatre-vingt-dix pour cent d'entre eux sont arrivés ici de leur bled, complètement paumés, après avoir été les gosses les moins populaires de leur lycée. Les autres sont restés au pays parce que eux s'y sentaient désirés.

– Allez, tirez-moi une balle dans la tête.

– Prenez donc encore un verre.

– C'est pas de refus. »

Après une autre vodka, il paraissait un peu moins terrifié.

« Qu'est-ce que vous comptez lire ?

– Pas la moindre idée.

– Eh bien, lisez la nouvelle dont vous pensez qu'elle sera la moins appréciée de ce public, et je vous parie que vous allez casser la baraque.

– J'ai besoin d'un peu de coke.

– Désolé, mais j'ai fini mes derniers grammes il y a une vingtaine d'années.

– J'attends quelqu'un. Je ne peux pas partir avant.

– Un dealer ?

– Une copine », répondit Jack.

Russell lui fit remarquer que la lecture devait commencer dans dix minutes, mais Jack ne voulut pas bouger avant l'arrivée de son amie : une brune menue et sensuelle, au nez percé par un anneau d'or, qui se présenta comme Cara.

« Tu as la dope ?

– Suis-moi », dit-elle en se dirigeant vers les toilettes.

Russell finit par les faire monter tous les deux dans un taxi, dix minutes après l'heure prévue pour la lecture, un peu inquiet de l'état de Jack. Il avait l'air tout aussi ivre qu'avant, mais maintenant, en prime, il mordillait sa lèvre inférieure qui tressautait. Alors qu'ils approchaient de la librairie, sur la 10ᵉ Avenue, ils aperçurent un flot de spectateurs qui se pressaient sur le trottoir. Toutes les conversations s'interrompirent quand Jack descendit du taxi et fendit la foule en traînant les pieds, Russell le guidant d'une main posée sur son épaule, s'excusant pour deux tandis qu'ils se frayaient un chemin. « L'auteur est avec moi. Pardon, mais il faut qu'on passe. Excusez-nous. »

Il n'y avait sans doute pas plus de cent personnes, mais la librairie était pleine à craquer, la moitié des gens assis sur des chaises dépliées pour l'occasion, et le reste debout, occupant déjà tout l'espace alors que les retardataires luttaient pour se faufiler à l'intérieur. Astrid Kladstrup, trop élégante pour l'occasion dans sa minuscule robe de cocktail noire, lui fit signe depuis le fond de la salle. Il n'arrivait pas à croire qu'un an s'était déjà écoulé depuis qu'il avait invité à déjeuner la gestionnaire du site de Jeff, ni qu'il ait pu réussir à lui résister.

C'était un public plus enthousiaste que Russell en avait jamais vu, et l'atmosphère était électrique. Les spectateurs paraissaient convaincus qu'ils allaient assister à quelque chose de spécial, ils avaient l'air fiers d'être là et impatients de voir leurs attentes comblées. Russell aurait voulu dire à Jack qu'ils étaient tous avec lui, qu'ils rêvaient qu'il soit quelqu'un dont ils diraient plus tard qu'ils l'avaient connu au tout début, qu'ils le suivraient n'importe où ce soir, pourvu que ce soit novateur – mais Jack était en train d'affronter les amabilités du libraire et de ses vendeurs. On aurait dit qu'il venait de se lever après avoir cuvé une terrible cuite – les cheveux en bataille, les traits tirés, le visage émacié.

Il était parfait !

Quand il commença à lire, l'assistance entière se pencha en avant. Jack marmonnait et il parlait si vite et de manière si peu intelligible que personne, même pas Russell, ne parvenait à distinguer le moindre mot, mais un employé obligeant ajusta le micro, et le silence se fit quand il reprit. Il marmonnait toujours et le discours restait flou par instants, mais à présent, on réussissait à saisir l'essentiel de ce qu'il disait.

Il lut « La famille d'abord », une nouvelle sur une jeune femme d'une petite ville du Tennessee agressée sexuellement par son père, et qui s'enfuit à Memphis où elle finit par travailler dans une agence d'escort girls. Des années plus tard, elle reçoit un appel pour une passe dans un motel et quand elle arrive, elle trouve son père qui l'attend, alors elle lui tire dessus avec le revolver à crosse de nacre qu'elle lui avait volé dans son camion, la nuit où elle s'était enfuie. Le lecteur sait déjà, à ce stade, que cette fille est une sacrée gâchette, et bien qu'elle veuille tuer son père et que nous ayons aussi envie qu'elle le fasse, elle le touche à la cuisse et quitte les lieux en abandonnant le revolver sur la table de chevet.

La scène décisive tenait en moins d'une page – auparavant il en fallait trois pour décrire les pensées et les sentiments de la jeune femme, mais Russell en avait coupé une bonne partie, ne conservant que l'essentiel et mettant en valeur, de son point de vue, le noyau dur et irréductible de l'action. Tout était là, mais Jack en disait trop dans sa première mouture, il doutait trop de la qualité de son matériau alors qu'en fait, il avait déjà tout mis en place et fourni chaque détail dont le lecteur avait besoin. Russell lui avait montré ce qui s'y trouvait déjà et comment dépasser sa crainte de ne pas être assez explicite, citant l'éternel cliché qui veut que « moins c'est plus ». Il n'attendait pas de gratitude de sa part, mais il savait qu'il avait raison et il se réjouissait que ce matériau exceptionnel lui soit tombé entre les mains pour qu'il puisse contribuer à lui donner toute son ampleur. Même la première version qu'il avait lue, encombrée qu'elle était d'explications, contenait déjà cette envolée vertigineuse à laquelle il aspirait toujours à la fin d'une histoire, le sentiment de s'élever au-dessus de la compréhension ordinaire de notre condition de mortels, et dans le même temps la sensation, tout en décollant, de plonger le regard dans l'abîme, l'annonce d'une rédemption, ou d'une damnation, d'autant plus marquante qu'elle n'était exprimée qu'à demi-mots, et à présent, le public en faisait, lui aussi, l'expérience ; l'addition des effets de la nouvelle elle-même et la façon dont le public confirmait à l'évidence la validité de son jugement lui fit monter les larmes aux yeux. Il savait en outre, et cela expliquait peut-être aussi son émotion, que la rude sagesse de Jack avait été chèrement acquise : père absent, beau-père maltraitant, détention juvénile, petits boulots dans des fast-foods et bagarres dans des bars. Tout était là, dans ses nouvelles. C'était, d'un bout à l'autre, *son* histoire.

On applaudit à tout rompre, et de nombreux spectateurs se levèrent pour manifester leur enthousiasme. Russell savait déjà que ce texte était magnifique – personne n'aurait pu le convaincre du contraire –, mais il y avait quelque chose d'exaltant à entendre Jack le lire et à voir la réaction du public, que ne venait dicter aucun préjugé. C'était un interprète puissant, sa pudeur manifeste ajoutant du poids à sa lecture. Les spectateurs sentaient qu'ils venaient d'entendre quelque chose de rare. Le *Times* les avait préparés à être impressionnés, mais sans doute pas à être aussi émus.

Quant à Jack, il paraissait ébahi, comme s'il ne savait pas comment interpréter ce succès. Il dodelina de la tête, cligna des yeux et fit un signe de la main avant d'aller s'installer à la table des signatures, où ses nouveaux admirateurs se pressèrent autour de lui.

Russell bavarda avec le personnel de la librairie et fit le tour des rayons pendant que Jack dédicaçait son livre. Au bout de plus d'une heure, toutefois, il finit par l'extraire de là. La jeune revendeuse de drogue, Cara, le suivit dans la rue. Astrid Kladstrup, qui fumait sur le trottoir, s'approcha de leur petit groupe. « C'était merveilleux », dit-elle à Jack, qui se contenta de grommeler alors qu'un taxi s'arrêtait à côté d'eux. En vraie fille de son temps, Cara lui ouvrit la portière et poussa Jack vers le fond, avant de se glisser à côté de lui et de refermer la portière. Mais il en fallait plus pour décourager Astrid, qui fit le tour par l'arrière et s'installa à la gauche de Jack, ce qui obligea Russell à s'installer à l'avant.

Il demanda qu'on les conduise au Fatted Calf tandis que Cara expliquait à Jack qu'il aurait vraiment dû organiser cette réception au KGB dans l'East Village, après quoi elle se lança dans un discours sur ses autres bars et clubs favoris, gazouillant d'une voix mélodieuse sans discontinuer afin d'empêcher sa rivale d'ouvrir la bouche. Elle parlait encore quand ils arrivèrent au restaurant. Devant cette lutte effrénée pour attirer l'attention de Jack, et la jeunesse de l'assistance qui les attendait, Russell se sentit soudain vieux et las. Il ne resta que le temps de présenter Jack à quelques autres écrivains, puis fendit la foule des invités qui continuaient d'affluer pour redescendre l'escalier et rejoindre la sortie, laissant la vedette de la soirée aux bons soins de Jonathan.

Le responsable de la communication apparut peu avant midi, le lendemain, et entra dans le bureau de Russell pour lui faire son rapport. « Vous avez raté toute la deuxième partie : de la folie pure ! Nancy Tanner a pris une sacrée cuite, elle a dansé sur le bar, et puis deux filles se sont crêpé le chignon pour Jack, et vers une heure et demie, il a filé à l'anglaise avec Dan Auerbach.

– Qui est-ce ?

– Le guitariste des Black Keys. Jack m'a laissé un message à quatre heures et demie, ce matin. Difficile à saisir, entre l'accent, l'élocution traînante et la musique de fond, mais je crois qu'il voulait de l'argent.

– Il est décidément temps de le renvoyer dans le Tennessee.

– Il faudrait peut-être y réfléchir à deux fois. Le 92nd Street Y vient d'avoir une annulation de dernière minute dans sa programmation et ils se demandent si Jack ne voudrait pas partager l'affiche avec Richard Conklin, lundi soir. Pour être franc, c'est Conklin lui-même qui a réclamé sa présence.

– Bon Dieu ! » s'exclama Russell. Il avait beau être le premier à croire en Jack, il n'en était pas moins éberlué par la rapidité de son ascension et s'inquiétait un peu de la façon dont le jeune écrivain saurait s'en débrouiller. Il avait beaucoup de problèmes personnels non résolus, et Russell n'était pas sûr que sa vie précédente, à la lisière de la civilisation américaine, l'ait préparé à l'épreuve de la renommée littéraire. « Dites-leur que si nous le retrouvons d'ici lundi et qu'il accepte, nous n'avons rien contre. »

15

« Ouah ! J'ai l'impression de sortir de la machine à remonter le temps, on se croirait dans les années quatre-vingt. Ce serait pas David Byrne là-bas ? Sûr que d'une minute à l'autre, on va voir Keith Haring et Basquiat entrer en traînant les pieds.

– Je sais, on dirait que mon nez pique. J'ai tout d'un coup envie de me crêper les cheveux et de me faire une ligne.

– C'est pas comme si la coke avait complètement disparu.

– Pour certains, si, mon poussin.

– L'homme de la soirée est enfin clean ?

– Qui, Tony ? Mais c'est toute l'idée de ce show. Dont le sous-titre pourrait être : "Et voilà, ma treizième cure de désintox a enfin marché !"

– En fait, je suis un peu tombé des nues quand j'ai appris qu'il était encore vivant.

– À ce qu'on m'a dit, Arkadian l'a vu en train de tituber dans le Lower East Side, habillé comme un clodo, une nuit, il l'a ramené chez lui et lui a payé un séjour au centre Hazelden.

– C'est la chose la plus gentille qu'on m'ait jamais racontée sur Gary.

– Oui, enfin, il prend cinquante pour cent de ce que Tony touche sur chaque tableau, à partir de maintenant. En plus, il a acheté un nombre incroyable de vieilles toiles pour presque rien pendant que Tony était en désintox. Et c'est justement celles-là qu'on s'arrache aujourd'hui. Au fond, c'est tout Gary, ça...

– Oh, regarde ! Ce serait pas Dash Snow ? Il est tellement sexy !

– Tellement poilu, tu veux dire.

– Quand on parle de la recrudescence de la drogue...

– De la quoi des drogues ?

– Ça veut dire que les drogues sont de retour.

– Je me tue à t'expliquer qu'elles n'ont jamais disparu. Tous les gamins de vingt-deux ans dans cette ville ont le numéro d'un dealer enregistré sur leur portable. »

Le type aux cheveux trop blonds, avec un costume étriqué à la Pee-Wee Herman, se rendant compte qu'elle tendait l'oreille, se retourna avec un air furieux : « Je peux faire quelque chose pour vous ?

– Je ne crois pas », répondit Corrine, qui s'enfonça dans la foule à la recherche de Russell, censé la retrouver là.

L'artiste était caché au milieu d'une mêlée de corps, dans un halo de lampes LED et une clameur de voix interrogatives.

Elle finit par repérer Washington, qui draguait une jolie fille asiatique en robe rétro vert fluo avec, en guise de manches, un lacis de tatouages. Il parut un instant décontenancé en l'apercevant, mais retrouva vite son assurance et l'embrassa sur la joue.

« Je te présente mon amie Corrine Calloway », lança-t-il, n'ayant manifestement aucune idée du prénom de la fille.

« Moi, c'est Jenna, dit celle-ci.

– J'étais en train de donner à Jenna quelques infos sur le contexte artistique de ces années-là. Basquiat, Kenny Scharf, Futura 2000.

– Tellement gentil de ta part. Tu as un véritable instinct de pédagogue.

– J'adore les années quatre-vingt, déclara Jenna. Vous avez eu tellement de chance de connaître cette époque.

– Oui, une époque… mémorable, approuva Corrine. Sauf que, comme on dit, si on s'en souvient, c'est qu'on n'y était probablement pas. »

Un instant déconcertée, Jenna fit semblant d'avoir compris. « Je veux dire, les boîtes de nuit, l'Area, le Danceteria, et tout ce truc autour des graffitis. Ça devait être tellement cool. »

Corrine n'avait jamais mis les pieds dans les boîtes en question, ni beaucoup aimé les graffitis, à l'époque. Elle se rappela le temps où, à New York, la moindre surface était couverte de noms et de slogans bizarres, et que cela reflétait parfaitement le climat psychique qui régnait alors en ville, un mélange de peur et de menace, l'équivalent visuel des ghettos-blasters et des alarmes des voitures, la toile de fond des agressions et des assassinats. Des voitures entières de métro disparaissaient sous ce cancer de couleurs, ce qui, dans son esprit, était lié au retard chronique des trains et à leur tendance à tomber en panne sous les tunnels. Et même la couleur était rapidement effacée par l'envahissante saleté des pots d'échappement pré-catalytiques qui flottait dans l'air, un nuage de suie pénétrante qui faisait virer le vert acidulé au jaune moutarde, le rose au bordeaux, le blanc au gris. Avec le temps, les tatouages de cette fille subiraient le même sort.

« Tu te rappelles ces peintures sur les trottoirs qui ressemblaient aux silhouettes sur les scènes de crime, dit Corrine. Ces corps que la police dessine ? Tout le monde pensait qu'elles étaient authentiques parce que *bien sûr*, elles auraient pu l'être. Il y avait tellement de crimes.

– Les silhouettes noires de Richard Hambleton », dit Washington d'un air un peu suffisant.

Elle se rendit compte qu'ils avaient déjà eu cette conversation, peu de temps auparavant. « OK, dit-elle, je te crois sur parole. Ce type savait ce qu'il faisait. Il avait immortalisé l'esprit du temps. Je me rappelle qu'en voyant ces dessins, je m'étais dit : Eh oui, voilà comment on vit et on meurt à New York. Ça, c'était les années quatre-vingt, conclut-elle en se tournant vers la jeune femme en vert. On jetait sans arrêt des coups d'œil inquiets par-dessus son épaule, sûrs qu'on allait se faire agresser ou assassiner. On se faisait voler son sac ou son collier en or en pleine 5e Avenue. On se réveillait au milieu de la nuit pour trouver un junkie en train d'écarter les barreaux de la fenêtre de la chambre. On voyait mourir du sida tous ces gens qu'on connaissait. Mais sinon, c'était hypersympa.

– Jolie tirade, dit Washington après que Jenna fut partie en courant.

– Je voulais seulement lui donner un peu du contexte sociologique pour compléter ton cours d'histoire de l'art », rétorqua-t-elle. Elle se demanda ce que Luke aurait pensé de ses commentaires et elle regretta qu'il n'ait pas été là pour les entendre.

« Tu vivais dans l'Upper East Side, pour l'amour du ciel.

– Ça n'empêche que je me baladais pas mal.

– C'est ça, oui. Entre Park Avenue et Madison Avenue. Qui connaissais-tu qui soit mort du sida ?

– Tu me poses cette question sincèrement ?

– Oh merde, excuse-moi », dit-il.

Le sujet de Jeff ayant été abordé, même de façon allusive, elle ajouta : « Ça t'intéressera peut-être de savoir qu'un jour j'ai tiré Tony Duplex d'un repaire de drogués, Avenue B.

– Tu forces un peu la dose, ma belle. Si tu avais dit d'un tripot, Avenue A, je t'aurais presque crue.

– C'est pourtant la vérité. Jeff m'avait appelée, une nuit. Ils étaient retenus en otages par un dealer à qui ils devaient beaucoup d'argent. Il a fallu que j'apporte du liquide. »

Il la regarda comme on regarde une fillette qui s'obstine à mentir.

Elle haussa les épaules, espérant lui montrer que son opinion lui était indifférente alors qu'elle voulait vraiment qu'il se rende compte qu'elle était moins conventionnelle et prévisible qu'il le croyait. Elle pouvait être mauvaise – elle l'était, d'ailleurs –, et parfois elle avait l'impression de tromper son monde. Elle ne voulait pas être l'éternelle bonne fille, mère aimante et épouse fidèle. Washington comprendrait. Elle avait presque envie de lui parler de Luke, qu'il sache qu'elle n'était pas une puritaine en jupe écossaise et mocassins. Elle aussi avait ses désirs et ses péchés secrets. Et qui pouvait-on trouver de mieux comme confident d'un crime qu'un tueur en série ? Mais bien sûr, elle en était incapable.

« Où est Veronica ? demanda-t-elle en apercevant Russell qui slalomait maladroitement à travers la foule pour se rapprocher d'eux.

– Au bureau, je suppose. Tiens, voici ton mari. L'expression "comme un éléphant dans un magasin de porcelaine" me vient une fois de plus à l'esprit, dit Washington en regardant Russell s'excuser auprès d'un amateur d'art portant un feutre mou qu'il venait de faire glisser d'un coup de coude.

– Moi, je le vois plutôt comme un chiot maladroit, dit-elle.

– Un peu tard dans la vie pour ce genre de comparaison, répondit Washington avant de serrer la main de Russell. On ne te voit pas souvent à des vernissages, Pataud.

– Beaucoup d'œuvres de Tony comportent des légendes, intervint Corrine. C'est ce que préfère Russell, l'art avec du texte. » En fait, elle n'ignorait pas que c'était le lien entre Duplex et Jeff qui avait éveillé

211

l'intérêt de son mari. À sa mort, on disait qu'ils étaient en train de travailler sur un projet commun.

Washington les conduisit dans la seconde salle de la galerie, légèrement moins bondée, où étaient exposées les toiles les plus anciennes – celles qu'ils l'avaient vu peindre dans leur jeunesse et dont ils avaient fait peu de cas. Les toutes premières avaient été récupérées ou volées dans la rue : accrochées à des réverbères, à des fenêtres et à des palissades de chantiers. Des dessins figuratifs et colorés avec leurs légendes.

« Je me rappelle le temps où ces putain de trucs étaient partout dans le métro », soupira Russell avec mélancolie.

Pour sa part, Corrine ne s'en souvenait pas, mais elle reconnaissait certaines œuvres, notamment la célèbre « BOUFFE LES RICHES », une toile où l'on voyait un squelette, une fourchette et un couteau géants en main, s'attaquer à un cochon affublé d'un haut-de-forme et d'un smoking. Et trois versions de la série « C'EST BON LA COKE », figurant un jeune homme avec un colt .45 enfoncé dans une narine. L'iconographie et la technique de Duplex étaient devenues plus subtiles au fil des années quatre-vingt, alors que ses productions gagnaient les murs des galeries et des lofts des collectionneurs sans pour autant perdre de leur exubérance. Les légendes s'étaient faites plus énigmatiques, au moins pendant un certain temps, le coup de pinceau plus nuancé, la palette plus riche. Et soudain elle tomba sur un tableau représentant un homme et une femme séparés par les mots : TU AVAIS RAISON, PARDON. Il ressemblait à celui que Jeff lui avait offert longtemps auparavant, qui se trouvait sans doute encore dans le placard chez sa mère et qui, apparemment, devait avoir une certaine valeur.

Campée devant la toile, elle perçut une vague d'agitation qui venait perturber le ronronnement des voix dans la salle voisine, un pic de volume et d'intensité, et quand elle se retourna, elle vit un type au visage caché par un bandana, comme un hors-la-loi dans un vieux western, se ruer dans la salle et jeter un regard alentour avant de se précipiter vers eux en brandissant une sorte de cylindre. Il visa le premier des tableaux « C'EST BON LA COKE », qui explosa dans un nouveau nuage de couleur et parut se mettre à saigner tandis qu'il l'aspergeait d'un symbole en lettres cursives illisible. Elle comprit que le cylindre était une bombe de peinture et que l'homme était en train de marquer la toile, de se l'approprier : l'éclair de couleur était sa signature, son tag, à défaut de son nom.

Il contourna Corrine au moment où un gros homme en blazer se précipitait sur lui, puis, utilisant Russell comme bouclier humain, poussa celui-ci vers le vigile et fila vers la sortie. Un deuxième gardien lui barra alors la route et le plaqua au sol, hors du champ de vision de Corrine.

« Et voilà, c'était le point d'orgue, ma belle, dit Washington. Tony Duplex est de retour.

– Ça faisait partie du spectacle ? s'enquit une jeune femme derrière eux.

– En tout cas, maintenant, oui, répondit Washington, pendant que les deux vigiles rapatriaient de force le tagueur vers la grande salle.

– Tu ne penses pas que c'était prévu ? demanda à son tour Corrine.

– Eh bien, je ne voudrais surtout pas paraître cynique, mais prévu ou pas, il est clair qu'Arkadian ne doit pas être mécontent de ce qui vient de se passer.

– Combien se vendent les toiles de Tony, à propos ?

– Après ça, je dirais sans doute deux fois plus cher qu'hier. »

Il devint vite manifeste qu'ils avaient été aux premières loges de l'événement artistique de la saison. Sans qu'on sache vraiment pourquoi, Russell finit par être interviewé par *Entertainment Tonight*. Comptes-rendus et rumeurs s'échangeaient comme des petits-fours particulièrement exquis. Le vernissage avait trouvé là un second souffle, c'était tout à la fois un début et une fin, mais mis à part l'artiste lui-même qui semblait sincèrement désespéré par cette dégradation de son œuvre, chacun ressentait plutôt une énergie positive. Un observateur étranger aurait pu voir dans la réaction des invités celle des fans d'un champion local à l'occasion d'une grande victoire sportive ; un autre, cependant, aurait deviné que le vertige de ce public ressemblait au soulagement qu'éprouvent les témoins d'une catastrophe qui vient de les épargner – un cyclone, par exemple, ayant abattu plusieurs immeubles sans faire de victimes. La réception aurait pu en tout cas se prolonger jusque tard dans la nuit si, au bout d'une heure, le pinot grigio et le prosecco n'étaient venus à manquer. Finalement, les feux s'éteignirent pour repartir de plus belle chez Bottino, le bar branché des amateurs d'art dans la 10ᵉ Avenue, et ensuite, un peu plus loin, au Bungalow 8. Les Calloway rentrèrent s'occuper de leurs enfants, mais Russell reçut un coup de téléphone de Washington, quelques heures après, lui demandant de le rejoindre à l'after à laquelle il prétendit d'abord ne pas avoir très envie d'aller, pour finalement décider que son ami avait peut-être besoin de sa présence et ne rentrer qu'à deux heures et demie du matin, empestant la cigarette et l'alcool, comme au bon vieux temps.

16

Quand le téléphone sonne quelques heures après que Corrine s'est endormie, elle suppose que c'est Russell qui l'appelle depuis la Foire du livre de Francfort. Mais la voix à l'autre bout de la ligne, c'est celle de Jeff, rauque et tendue, et il lui réclame son aide avec insistance. « Mais il est deux heures du matin, lui dit-elle.

– Je suis dans un sacré pétrin, Corrine. J'ai besoin d'argent pour... *hier*.

– Combien ?

– Mille dollars et aussi vite que tu peux faire pour me les apporter. »

Elle ne lui demande pas si ça peut attendre le lendemain matin, sachant que, pour lui au moins, c'est évidemment impossible. Il s'agit d'une grosse somme : un mois de loyer. Elle devine qu'il a des ennuis, sinon il n'aurait pas téléphoné. Elle se concentre sur l'aspect pratique des choses, lui rappelant, après avoir découvert en ouvrant son sac qu'il contient moins que cette somme en liquide, qu'on ne peut retirer plus de deux cents dollars à la fois à un distributeur.

« Où es-tu ? » demande-t-elle.

Il lui donne une adresse dans le Lower East Side, un quartier de Manhattan où elle n'a jamais mis les pieds depuis trois ans qu'elle vit à New York.

Mais elle a une réserve secrète d'argent, en cas de coup dur, des pièces d'or de vingt dollars que son grand-père lui avait offertes pour ses dix-huit ans. Il lui avait dit de n'en parler à personne, de les conserver en prévision du jour où elle en aurait réellement besoin. Elle s'habille, prend l'ascenseur et adresse un signe de tête rapide au portier surpris. C'est une fraîche nuit d'octobre, la lune est dans son troisième quartier. À la Chase Manhattan de la 2e Avenue, elle retire le maximum autorisé. Un premier taxi refuse de l'emmener. « Je vais pas dans des endroits aussi pourris au milieu de la nuit. C'est en pleine jungle. »

Le second chauffeur est hésitant, mais se met en route sans proférer le moindre commentaire. Il finit cependant par demander : « C'est quoi, cette adresse ? Vous allez dans cette boîte, là, comment elle s'appelle déjà… Kill the Robots ! »

Elle hausse les épaules. « Je ne crois pas. » Finalement, ils trouvent le numéro qu'ils cherchent dans un bout de rue aux immeubles à moitié calcinés et aux fenêtres condamnées. Au rez-de-chaussée, planches et briques sont couvertes de graffitis colorés. Le trottoir est défoncé, la rue, déserte. L'adresse est peinte sur un panneau de contreplaqué recouvrant la vitrine d'une boutique fermée qui, comme le reste de cette portion de rue, paraît abandonnée malgré la présence incongrue d'une lourde porte en acier brillant. Le chauffeur secoue la tête et la regarde d'un air contrit, comme pour lui donner une dernière chance de changer d'avis. Elle manque de se décourager ; c'est le coin de la ville le plus effrayant qu'elle ait jamais vu et elle a du mal à s'imaginer en repartir indemne. Le taxi lui dit qu'il l'attendra pendant qu'elle essaie d'entrer.

Elle appuie sur une sonnette fixée au chambranle et entrevoit une ombre qui passe devant l'œilleton, à l'intérieur. La porte s'ouvre avec un cliquetis métallique et elle jette un dernier regard au chauffeur avant de pénétrer dans le bâtiment.

Un Hispano-Américain, maigre et nerveux, affublé d'un bandana rouge, la fait avancer dans un hall sombre et frappe à une seconde porte. Celle-ci s'ouvre à son tour sur un espace complètement noir, voilé de nuages de fumée, avec pour toute source d'éclairage l'écran allumé d'un téléviseur qui diffuse une chaîne en espagnol. Jeff et son ami Tony Duplex sont étendus sur un canapé miteux, parmi d'autres qui semblent avoir été tirés de la rue. À leurs côtés, assis dans un fauteuil, un Hispano d'une cinquantaine d'années, en marcel et au cou et aux bras couverts de tatouages, regarde la télé. Il paraît en bons termes avec Jeff et Tony. Une silhouette de race et de sexe indéterminés gît sur un des autres canapés, recouvert par un édredon. La fumée des cigarettes a épaissi l'air, traversé par d'âcres remugles chimiques.

Jeff adresse un signe de tête à Corrine, mais semble peu désireux de bouger, à moins qu'il n'en soit incapable.

« Alors, c'est ton amie ? »

Jeff opine du chef.

« Tu as apporté le fric ? »

C'est au tour de Corrine de hocher la tête, elle a peur que sa voix ne lui fasse défaut. Mais elle se rend compte qu'elle doit fournir des explications. « J'ai cent cinquante dollars en liquide », dit-elle, et elle voit les yeux de l'homme lancer un éclair, la bonhomie du drogué défoncé soudain disparue. « Et douze cents en or. »

Elle lui tend les billets et trois pièces d'or de vingt dollars.

« L'or a clôturé ce soir à quatre cent neuf dollars l'once. Au cas où tu te demanderais comment je le sais, je travaille comme agent de change chez Merrill Lynch. Chacune de ces pièces pèse 0,96 once d'or, donc au total ça fait pratiquement trois onces, ce qui, converti en lingots, est l'équivalent de mille deux cent trente dollars, mais un collectionneur t'en donnerait encore davantage. »

Pendant un court moment, le type a l'air déconcerté et Corrine craint d'avoir tout fait capoter, mais brusquement il éclate de rire.

« Putain, mec, c'est qui celle-là ? La secrétaire du Trésor ? » s'exclame-t-il en soupesant les pièces dans sa paume.

Ébahie elle-même d'avoir réussi à tenir ce discours, elle tousse et frotte ses yeux qui la piquent à cause de la fumée âcre. Quand elle les rouvre, le tatoué tripote une balance à trois fléaux, soudain apparue sur la table devant lui, et place les pièces sur le plateau. Elle se sent un peu étourdie et nauséeuse, et d'un seul coup, elle est prise d'une irrépressible quinte de toux, elle n'entend pas si d'autres paroles sont échangées, mais l'instant d'après, elle sent que Jeff lui donne une tape sur l'épaule et la fait sortir de la pièce, et c'est seulement en partant qu'elle se rend compte que l'homme à la porte a un revolver chromé à la ceinture.

Dehors, l'air est à peine moins nauséabond et fétide, la rue, toujours aussi sombre et déserte. Jeff lui prend la main et ils se dirigent vers l'ouest, vers le monde civilisé.

« Je ferais bien une partie de pyramide, marmonne Tony.

– Il faut que je la ramène chez elle, répond Jeff.

– Moi, je crois qu'on a tous besoin de s'en jeter un. » Elle est certaine qu'un verre de plus est tout sauf ce qu'il faut à Tony, à le voir ainsi tituber sur le trottoir, tanguant comme un voilier qui prend l'eau, alors qu'il tente de marcher droit.

Quelques minutes plus tard, ils se trouvent face à une autre devanture, au rez-de-chaussée d'un immeuble dont la porte est gardée par un colosse vêtu d'un dos-nu rose à paillettes. Il échange une poignée de main compliquée avec Jeff et leur fait signe d'entrer dans le vacarme d'une salle enfumée, au fond de laquelle, sur une petite scène, une drag-queen en combinaison de lamé or cabriole en mugissant *Let me Entertain You*.

Dans le public, on compte beaucoup d'hommes travestis. Elle se demande comment Jeff, qui paraît complètement déplacé dans sa chemise Brooks Brothers, peut avoir l'air tellement à son aise. Il échange plusieurs saluts tandis qu'il la tire vers le bar. Elle est assez furieuse qu'il l'ait amenée là, au beau milieu de dealers et de malfrats armés, mais elle est aussi fascinée, d'une certaine manière, par ces jolis garçons fragiles avec leur gros paquet entre les jambes, ces divas aux épaules de catcheur en perruque blonde de tapette, cette femme aux seins nus qui danse sans que personne ou presque ne lui prête attention au bar. L'espace d'un instant, elle comprend cet élan, elle ressent le désir d'expérimenter cette liberté. Mais c'est éphémère : elle ne pourrait jamais faire une chose pareille.

Elle a envie de parler à Jeff, d'exiger une explication, d'entendre un commentaire sur ce qui vient de se passer, des excuses, peut-être, mais la musique est trop forte pour que les voix puissent la couvrir, et donc, à la place, elle se hâte de vider le verre de vodka tonic qu'il lui a placé dans la main et en réclame un autre. Il la présente à des gens aux noms impossibles et aux coiffures extravagantes, et ils assistent à deux numéros de plus sur la scène, le second se terminant par une apothéose de cris de plusieurs minutes, que le programme annonce comme un hommage à Yoko Ono.

Finalement, elle se sent vexée et s'en va.

Jeff la rattrape sur le trottoir.

« Tu peux me trouver un taxi ?

– On peut parler d'abord ? » Il allume une cigarette, la lui tend, puis s'en allume une autre.

Elle cherche un taxi des yeux mais la rue est déserte.

« Il faut que tu apprennes à te prendre en charge, dit-elle.

– Mais j'aime que tu t'occupes de moi.

– Je ne suis pas prête à recevoir un autre coup de fil comme celui-là.

– Entendu.

– Est-ce que tu peux, s'il te plaît, me trouver un taxi ?

– Rentre avec moi.

– Impossible, tu le sais très bien. Je suis la femme de ton meilleur ami.

– Ça ne nous a pas arrêtés par le passé.

– Je n'étais pas mariée à ce moment-là.

– Il n'est pas trop tard.

– Que veux-tu dire par là ?

– "Viens vivre avec moi, viens, sois mon amour / Et nous goûterons plaisirs tous les jours."

– Comment peux-tu dire une chose pareille ?

– Je ne faisais que citer Christopher Marlowe.

– Jeff, j'aime Russell.

– Moi, je crois que c'est moi que tu aimes.

– C'est vrai, mais ça ne veut pas dire que j'ai besoin d'être avec toi. Et certainement pas que je voudrais être ta femme. »

À cet instant, un taxi Checker crasseux se gare devant la porte du club, et plusieurs personnes habillées de couleurs criardes en descendent tant bien que mal.

« Ne pars pas », insiste Jeff.

Elle l'embrasse avant de monter dans la voiture et lui adresse un signe de la main tandis qu'il reste à fumer sur le trottoir.

Le lendemain, on lui livre un tableau de Tony Duplex chez elle, accompagné d'un petit mot : *Cette toile me fait penser à nous. Tony te remercie. Avec amour, Jeff.*

Elle n'avait jamais parlé de cet épisode à Jeff, ni d'ailleurs à qui que ce soit, et elle avait fait expédier le tableau chez sa mère, lui demandant de l'enfermer dans un placard, dont il n'avait pas bougé durant toutes ces années. Il lui était venu à l'esprit, même alors, que cette toile valait beaucoup plus que les pièces d'or dont elle s'était démunie, mais elle n'avait jamais songé à la vendre à l'époque, et ensuite, Tony avait plus ou moins disparu, de même que les acheteurs qui recherchaient ses œuvres à cor et à cri.

Elle n'avait jamais raconté ce qui s'était passé cette nuit-là à Russell, comme si cela faisait partie de son histoire cachée avec Jeff.

Tous les couples, se convainquait-elle, ont leurs petits secrets.

17

Russell avait finalement réussi à réserver chez Gaijin, le restaurant ultraprivé, grâce à son ami Carlo qui l'avait recommandé ; il en avait d'abord entendu parler par Washington, incapable jusque-là de leur y obtenir une table. Il n'y avait aucun numéro de téléphone dans l'annuaire, aucune critique de publiée, uniquement quelques entrefilets cryptiques sur Internet.

Quand il appela, Russell se vit demander par une femme au lourd accent japonais comment il avait eu ce numéro. « Par Carlo Russi, le chef cuisinier.

– Et quel est numéro de téléphone de lui ? »

Russell donna le numéro de portable de Carlo.

Il pensait que la communication avait été coupée, quand elle reprit la ligne pour connaître le nombre de convives, avant de lui dire qu'ils étaient attendus le jeudi suivant à dix-neuf heures.

« Merci donner numéro de téléphone à personne. » Manifestement, quand on s'appelait Carlo, on pouvait recommander quelqu'un, mais pas quand on s'appelait Russell Calloway.

Elle lui indiqua l'adresse et lui précisa que le restaurant se trouvait derrière une porte sans signe distinctif, à côté d'une boutique de vêtements. Il fallait sonner trois fois à l'interphone.

Après avoir raccroché, il appela aussitôt Washington pour fanfaronner et l'inviter, ainsi que Veronica, au dîner. Son ami fit mine d'être assez peu intéressé.

« Comment un restaurant peut-il être clandestin ? demanda Corrine dans le taxi qui les y conduisait. On ne comprend même pas ce que ça veut dire.

– Eh bien, à la base, ça signifie que leur numéro n'est pas dans l'annuaire, qu'ils n'ont pas d'enseigne, ni même de nom sur la porte, et que pour entrer, il faut être recommandé par quelqu'un qui y est déjà allé.

– Mais sur le restaurant lui-même, on sait quelque chose ? Par exemple, quel genre de plats ils servent ?

– Ils font de la cuisine japonaise d'avant-garde.

– Ah, et comment de la nourriture peut-elle être d'avant-garde ?

– Si elle est vraiment, vraiment fraîche, non ?... En tout cas, Carlo m'a dit que c'était sublime.

– Tout ça m'a surtout l'air franchement prétentieux. Quant à Carlo, il pèse bien cent cinquante kilos ! Il mangerait ses propres enfants si on les trempait dans de la sauce bolognaise. » Il aurait été facile pour Corrine de ne se nourrir que de salade verte et de saumon en conserve, et les excentricités culinaires avaient le don de l'agacer assez vite.

« En fait, il a perdu un nombre de kilos considérable.

– Ah, le régime cocaïne, je vois.

– Non plus. Il a arrêté depuis sa crise cardiaque. »

Au coin de Lafayette Avenue et de Bond Street, ils tombèrent sur les Lee qui cherchaient le restaurant. Russell, semble-t-il, avait été moins précis que la dame du téléphone en matière d'indications. Après avoir repéré la boutique de vêtements, il appuya sur l'interphone de la porte située immédiatement à gauche. Alors qu'ils s'apprêtaient déjà à sonner à celle de droite, un mince jeune homme en costume rouge très cintré les fit entrer.

Après un bref interrogatoire, on les conduisit à travers un long couloir jusqu'à une petite pièce meublée de tables et de chaises hétéroclites – provenant d'un magasin de la 4e Avenue spécialisée dans la décoration des années cinquante –, qui étaient toutes à vendre. Les murs étaient tapissés de couvertures de livres encadrées – celles de mangas japonais représentant des écolières aux yeux exorbités et des ninjas –, ainsi que celles, aux couleurs non moins criardes, et aux illustrations stylisées, de livres de poche Avon des années quarante et cinquante : *La Chasteté de Gloria Boyd, J'ai épousé un cadavre, Six femmes funestes*.

Fort heureusement, le lieu était dépourvu de tous les bibelots qu'on trouve d'ordinaire dans les restaurants de sushis. Seuls deux très jeunes couples étaient déjà installés, ce qui laissait quatre tables vides.

« Je déteste avoir l'impression d'être obligée de chuchoter, chuchota Corrine.

– Il est encore un peu tôt, voilà tout, répondit Washington. Apparemment, mon entremetteur ici présent n'a pas réussi à nous obtenir une réservation en *prime time*.

– J'aurais pu en obtenir une un peu plus tard, mais pour *deux*, rétorqua Russell. C'est peut-être ce que j'aurais dû faire.

– Asseyez-vous l'un en face de l'autre, les garçons, comme ça, vous pourrez passer la soirée à chanter les louanges de vos assiettes, dit Corrine. Je vous demande seulement de ne pas vous disputer de nouveau à propos de Clinton et Obama.

– Je suis d'accord, intervint Veronica. Laissons tomber ce sujet pour l'instant. » Chez eux aussi la querelle faisait rage, Veronica étant une partisane inconditionnelle d'Hillary, Washington un tout aussi ardent défenseur d'Obama.

Le serveur, qui ne semblait pas avoir encore l'âge où on est autorisé à consommer de l'alcool, leur indiqua que le cocktail maison s'appelait le « Rudyard Kipling » – un mélange d'umeshu, la liqueur japonaise à la prune, de bourbon Kentucky de quinze ans d'âge, série limitée, et de bitter *home-made* aux oranges sanguines.

« Bon sang, on se demande quelle est la différence entre *"home-made"* et "fait maison", s'interrogea Washington. Où qu'on aille ces derniers temps, il est question de *home-made* fettucini et tout le toutim.

— *"Home-made"*, d'un point de vue technique, peut faire référence à quelque chose qui a été fabriqué ailleurs, pourvu que ce soit dans un environnement artisanal, expliqua Russell. Alors que "fait maison" indique que ça été fait sur place.

— Alléluia ! s'exclama Veronica. Mon vocabulaire s'enrichit de minute en minute. Mais Russell, je t'en prie, "environnement artisanal" ! »

Il haussa les épaules et commanda un cocktail maison pour tout le monde, renonçant à demander, étant donné le niveau de scepticisme des convives, pourquoi cet étonnant mélange d'ingrédients asiatiques et américains avait reçu le nom du poète qui avait écrit : « L'Orient, c'est l'Orient et l'Occident, c'est l'Occident, et les deux sont inconciliables. » Le barman, lui avait-on expliqué, était l'un de ces nouveaux spécialistes de mixologie qui s'était fait un nom dans un célèbre bar à absinthe du Lower East Side.

« Russell, tu sais que je déteste que tu commandes pour tout le monde, dit Corrine. On n'a peut-être pas tous envie de ce sacré Kipling !

— Pardon, ma chérie, mais Carlo m'a dit qu'il ne fallait pas rater ça. Quant aux plats, on n'a pas le choix de toute façon, c'est un menu dégustation.

— Oh pitié, le redoutable menu dégustation ! Avec son interminable défilé de plats. Les mille bouchées de la mort.

— Sérieusement, renchérit Veronica, Washington m'a emmenée chez AKA la semaine dernière et il y avait tellement à manger que j'ai cru vomir.

– Ça, ce n'était pas à cause de la bouffe, mais des quatre bouteilles de vin qu'on a éclusées en attendant qu'on veuille bien nous servir.

– Mon Dieu, à qui le dis-tu ! Russell m'a emmenée là-bas le mois dernier, dit Corrine. Treize plats en quatre heures. Il n'a vraiment pas eu de chance, ce soir-là.

– *Menu dégustation*, reprit Veronica. Une combinaison de mots parmi les plus effrayantes qui soient.

– Peut-être pour vous, les filles, répliqua Washington. Pour nous, ce serait plutôt *réduction mammaire*.

– Désopilant », rétorqua Veronica.

Cette blague ne serait jamais passée, songea Russell, si Veronica ne faisait pas un bonnet C. « Les portions ici sont toutes petites, indiqua-t-il.

– Mais tu n'es jamais venu ! objecta Corrine.

– J'ai lu des critiques.

– D'après ce que tu m'avais raconté, ce restau n'apparaît nulle part.

– Il y a eu quelques avis postés sur des blogs.

– J'ai l'impression qu'on ne fait jamais plus d'expériences esthétiques par soi-même, dit Corrine. Chaque fois qu'on prend un livre ou qu'on va voir un film, on a déjà lu un commentaire dessus.

– Je m'étonne que tu reconnaisses que manger peut être une expérience esthétique.

– En tout cas, certains d'entre vous le croient.

– Regarde un peu le serveur. Cet enfant de salaud est plus que sûrement anorexique, remarqua Washington.

– Ça, c'est bon signe au moins », conclut Veronica.

Les cocktails arrivèrent, accompagnés de petites assiettes de crabes minuscules. Corrine et Veronica se firent un devoir d'ignorer les crustacés et reprirent leur conversation.

« Pas mauvais, dit Russell en mordant dans un crabe coincé entre son pouce et son index.

– Sans intérêt, lui opposa Washington.

– Le cocktail est bon. » Depuis qu'il avait fait cette réservation, il agissait en propriétaire responsable des lieux.

Le serveur apporta le premier plat. « Le chef propose à vous de commencer par un *O-dori ebi*, annonça-t-il en plaçant devant eux une crevette décortiquée qui se tortillait dans une assiette.

– Elle est vivante ! s'écria Corrine, horrifiée.

– On appelle cela "crevette dansante". Après retirer carapace, le chef met petit morceau de wasabi sur épine dorsale de la crevette, et elle, alors, commencer à danser.

– C'est répugnant. Et barbare !

– Bon appétit.

– Je vais prendre la tienne, proposa Russell quand le serveur se fut retiré.

– Je te donne la mienne », dit Veronica à Washington.

Russell avala sa crevette, puis celle de Corrine.

« Savoureux, déclara Washington. Simple, mais présentation intéressante.

– Vous êtes désespérants, tous les deux, dit Corrine. Je suis à deux doigts d'appeler la PETA[1].

– Espérons seulement qu'ils ne vont pas faire aussi danser les vertébrés, dit Washington. Alors, où en es-tu du livre de Kohout ?

– Il m'a envoyé quelques pages. Elles sont bonnes. On le publie au printemps.

– Tu savais que Briskin m'avait appelé pour que je surenchérisse sur ton offre ? »

Cette révélation prit Russell totalement au dépourvu. « Eh bien, je te remercie de ne pas avoir accepté de rentrer dans ce petit jeu.

– Tu ne devrais peut-être pas t'en réjouir autant que ça. J'ai toujours pensé que ce type était un enfoiré de

1. L'association Pour une éthique dans le traitement des animaux.

première. J'ai entendu dire que Harcourt aussi avait décliné sa proposition.

– Tant mieux pour moi, alors, dit Russell en affectant le détachement.

– OK, mais tu devrais peut-être te demander *pourquoi* on a refusé ?

– Je suis tout à fait d'accord, dit Corrine.

– Je vous retrouverai tous à la remise du National Book Award », rétorqua Russell. Il se sentait soudain légèrement nauséeux et ce n'était pas à cause de la crevette dansante. Il ne lui était jamais venu à l'esprit que d'autres avaient pu refuser ce livre. Il pensait l'avoir préempté.

Pendant qu'on débarrassait leurs assiettes, il changea de sujet et demanda à Washington ses prévisions en matière d'immobilier à Manhattan. Son ami s'était toujours montré plus perspicace que lui sur les questions financières et depuis qu'il faisait partie de l'équipe dirigeante de la maison d'édition dans laquelle il avait lui-même travaillé comme un acharné autrefois, son salaire avait fait un bond considérable. Il gagnait cependant toujours moins d'argent que sa femme, consultante interne chez Lehman Brothers. Veronica et lui possédait un loft de quatre pièces dans une ancienne usine, à quelques rues de chez les Calloway, mais avec son portier, son gymnase et son spa, il paraissait à des années-lumière du leur, dans le temps et dans l'espace.

Russell avait entendu dire que leur propriétaire songeait à créer une copropriété dans le but de vendre les cinq appartements de l'immeuble, et alors qu'il n'était pas exclu que les Calloway puissent continuer à louer, Russell, avec raison lui semblait-il, voulait acheter un appartement pour la première fois de sa vie.

« J'ai cinquante ans et je n'ai jamais possédé aucun bien immobilier, dit Russell. C'est assez pathétique, non ?

– Jusqu'à maintenant, tu faisais une très bonne affaire, répondit Washington. Le contrôle des loyers, voilà une des expressions les plus heureuses de la langue actuellement.

– Sauf si tu es propriétaire, intervint Veronica.

– C'est vrai, mais je me dis que ce serait sympa, pour une fois, de posséder le toit au-dessus de ma tête.

– En fait, dans une copropriété, le toit appartient à celle-ci.

– Cesse de faire le malin, Wash. Tu vois très bien ce que je veux dire.

– Tu veux posséder un patrimoine. Être un châtelain, en quelque sorte.

– Ce que moi, je veux, dit Corrine, c'est une seconde salle de bains avant d'avoir les cheveux gris.

– Si on achète l'appartement, on pourra en aménager une, indiqua Russell.

– Oh, mon Dieu, est-ce qu'on ne pourrait pas tout simplement se trouver un appartement d'adultes ? On a deux enfants, quand même.

– D'abord, il faut qu'on fasse part de notre intérêt, et s'il y a une création de copropriété, on aura droit à un prix spécial en tant qu'anciens locataires. De plus, je veux investir dans un bien qui soit sûr de prendre de la valeur. J'ai l'impression d'être totalement passé à côté de ce grand boom immobilier, et si on attend trop longtemps, on ne pourra jamais rien acheter.

– Tout le problème des booms, c'est qu'ils sont toujours suivis d'un effondrement », dit Corrine.

La conversation fut interrompue par la préparation du second plat, d'énormes matsutakes que le serveur fit griller à table sur un petit brasero au charbon de bois, et qu'il arrosa ensuite d'un jus de citron vert. Ces champignons, précisa-t-il, étaient un mets recherché dans son pays, des sortes de « truffes japonaises ». Même Corrine les trouva délicieux, alors qu'elle se montra plus qu'hésitante sur le plat suivant : un poulet teriyaki « déconstruit », autrement dit une glace au teriyaki sur laquelle le serveur versa une sauce demi-glace de poulet ; et se rebella complètement contre le quatrième. « Le chef appeler ça "fusion transgressive", déclara le serveur en disposant devant eux des assiettes carrées.

– Mais qu'est-ce que c'est que ce putain de truc ? s'interrogea Washington. C'est un peu comme si Chuck Palahniuk concoctait des sushis de ris de veau…

– Ça, bouchées de foie gras enveloppées dans pâte à la fleur de lys, et ça, feuille d'or vingt-quatre carats », poursuivit le serveur en époussetant chacun des beignets, tandis que Russell guettait l'expression de plus en plus incrédule qui se peignait sur le visage de sa femme. « Et ça », poursuivit le serveur en égrenant ce qui paraissait être des copeaux de bacon, « petits morceaux de crâne de caille écrasés ». Corrine refusa d'y goûter même après que les trois autres eurent trouvé ce plat délicieux. Russell fut le seul à défendre le suivant, un soufflé aux oursins, et la situation faillit devenir critique quand on leur apporta une assiette chargée de ce qui ressemblait à des boudins crémeux de semifreddo en forme de virgules.

« Voici *shirako* », annonça fièrement le serveur.

« Je ne pensais pas qu'on était censés manger de la laitance de poisson, dit Corrine, une fois dans le taxi. Bon sang, Russell !

– Pas exactement ce que j'ai préféré, je dois le reconnaître.

– Mais tu en as mangé.

– Plus exactement, j'y ai goûté. Je n'ai pas fini mon assiette, c'est certain. Mais je pensais que je me devais, et que je devais à cet établissement, d'essayer.

– Absolument répugnant. Je n'ai même pas envie de m'asseoir à côté de toi après ça.

– Je ne dis pas que je serais prêt à recommencer.

– Est-ce que ça t'est déjà venu à l'esprit que les problèmes alimentaires de Storey pouvaient être liés à ta gourmandise obsessionnelle ?

– Oh, calme-toi là… Tu vas un peu loin, non ? »

Ces derniers mois, Storey s'était prise de passion pour tout ce qui se mangeait et elle avait pris entre cinq et sept kilos. Russell aurait voulu expliquer que cela n'avait rien à voir avec son propre enthousiasme pour la nourriture – appeler ça une « obsession » était une calomnie – car leur fille avalait sans distinction tout ce qui lui tombait sous la main. Ils s'en étaient tous deux inquiétés, mais n'avaient pas osé aborder le sujet par peur d'aggraver les choses. Corrine affirmait que ce serait une erreur monumentale de la rendre trop consciente de son image, même si elle était horrifiée par toute forme de corpulence, considérant cela comme un signe de faiblesse morale. C'était l'un de ses rares préjugés.

« Tu portes un intérêt malsain à la nourriture, lui dit-elle. Et aujourd'hui, on dirait qu'elle t'imite. Dès le petit déjeuner, elle veut savoir ce qu'on mangera à midi, et à midi, elle pose des questions sur le dîner. En plus, elle s'est mise à regarder cette chaîne idiote de Food Network.

– Écoute, dit Russell, qui avait préparé sa défense, tout cela a commencé juste après qu'Hilary a cru bon de dire aux enfants qu'elle était leur vraie mère. On peut imaginer que le monde de Storey s'en soit trouvé chamboulé, qu'elle l'ait ou non exprimé ouvertement. Qu'elle ne l'ait pas fait, d'ailleurs, me paraît assez étrange. S'il y a eu un changement notoire dans son comportement, c'est sans doute là qu'il faut d'abord chercher une explication.

– Peut-être, mais tu n'as pas besoin de leur laisser penser à tous les deux que la bouffe est si importante.

– C'est mon poids qui te dérange ?

– Non, tu as l'air plutôt en forme, tout compte fait, mais c'est seulement parce que tu as la chance d'avoir ce qu'on appelle un "haut métabolisme". Et si tu veux vraiment que je sois franche, si tu perdais quelques centimètres de tour de taille, ce ne serait pas plus mal.

– C'est pour ça que tu ne veux plus jamais qu'on fasse l'amour ?

– Ne sois pas ridicule. Et puis, de toute façon, je te rappelle que c'est de notre fille que nous sommes en train de parler.

– Je ne suis pas "ridicule". Les choses allaient bien à l'automne dernier, j'ai eu l'impression qu'on s'était retrouvés sexuellement, pour la première fois depuis des années, et puis c'est redevenu merdique.

– Tu exagères un peu, non ?

– Réfléchis. C'était quand, la dernière fois ?

– Je ne sais pas. Il y a une quinzaine de jours ?

– Sept semaines. Et j'ai presque dû te supplier.

– Je ne savais pas que tu tenais des comptes aussi précis.

– Eh bien, si.

– Il y a des cycles dans un couple, tu es au courant.

– Tout à fait. Mais ce n'est pas comme cette saloperie de météo sur laquelle on ne peut rien. Là, la volonté y est pour beaucoup.

– OK, j'enregistre ta plainte. » Elle soupira d'un air théâtral et se rencogna contre la banquette. « Et maintenant, est-ce qu'on peut terminer cette conversation à propos de Storey ?

– Si tu veux. Je crois que si elle s'est mise à s'empiffrer d'un seul coup comme ça, c'est autant en réaction à ta phobie de certains aliments et de la prise de poids en général qu'en réaction à mes propres problèmes. Mais honnêtement, je pense que ce n'est qu'une mauvaise passe. Comme ton manque d'intérêt pour le sexe. »

C'était une habile manœuvre rhétorique de sa part, se dit-il, même s'il devint clair, alors que le silence qui s'était installé dans le taxi les poursuivait encore dans l'ascenseur, que c'était plutôt une victoire à la Pyrrhus.

Ils saluèrent tous deux Joan, puis allèrent séparément dire bonne nuit aux enfants, qui venaient seulement d'éteindre leurs lampes. Ferdie était recroquevillé sur le lit de Jeremy, qui demanda : « Alors ce restaurant mystère ?

– C'était très sympa.

– Maman n'a pas aimé.

– En effet.

– C'était quoi, le mystère ?

– Le mystère, c'est qu'ils savent faire danser les crevettes.

– Bizarre. Bonne nuit, papa.

– Bonne nuit, mon fils. »

De retour de la salle de bains, elle se déshabilla derrière la porte du placard, réapparut en pyjama, une veste et un pantalon en coton rouge qui n'avaient jamais été arrachés dans le feu de la passion, et se coucha de son côté du lit avec son livre, les souvenirs de Joan Didion sur la mort de son mari – pas vraiment un très bon présage. À observer la commissure droite de ses lèvres, il voyait bien qu'il était peu probable qu'elle reprenne la parole, le silence les enveloppant comme une chape de béton. Il prit un manuscrit, une histoire d'addiction à laquelle il n'aurait même pas jeté un coup d'œil si l'agent, pour lequel il avait beaucoup de respect, ne lui avait pas assuré que le texte était d'une grande qualité littéraire. À son avis, le monde n'avait pas besoin d'un récit de plus de ce genre, mais ils continuaient à se vendre, même après le scandale de *Mille morceaux* de James Frey, comme s'il existait une curiosité insatiable pour les histoires vraies de dégradation et de rédemption. Les récits étaient devenus complètement stéréotypés, aussi invariables dans les stations de leur chemin de croix qu'un épisode de *New York, police judiciaire*, avec, toutefois, quelques variantes – la cocaïne à la place de l'héroïne ou, dans ce cas précis, la cristal meth.

« Je vais lire encore un petit peu, dit-il quand elle éteignit sa lampe de chevet.

– Pas de problème. »

Un quart d'heure plus tard, il savait qu'elle ne dormait toujours pas, il sentait sa conscience en éveil de l'autre côté de l'immense lit king size. La tension était palpable. Le fait qu'il continue ainsi de lire était une chose de plus à lui reprocher. Il reposa le manuscrit et éteignit sa lumière, mais alors qu'il s'apprêtait à lâcher une parole conciliante, il entendit le rythme de sa respiration endormie.

À une heure du matin, il se leva pour aller dans la salle de bains prendre un somnifère. Il se fit réchauffer une tasse de lait au micro-ondes et y mélangea de l'Ovomaltine. Il l'emporta avec lui sur le canapé et de là, observa son royaume : les étagères remplies de premières éditions signées, le portrait de Joyce photographié par Berenice Abbott, le paysage presque abstrait de Russell Chatham qu'ils avaient acheté au peintre en personne lors d'un voyage dans le Montana, la table d'angle « Wiener Werkstätte » qu'ils avaient dénichée aux puces, en Pennsylvanie, pour soixante-quinze dollars. C'étaient là quasiment les seuls objets de valeur, et au total, cela ne représentait pas une grosse somme – en tout cas, moins que le montant du premier versement à effectuer pour l'achat du loft, mais ils avaient rassemblé toutes ces choses ensemble, au fil des ans, et il ressentit un sens aigu de propriété commune en regardant les portraits de famille et ce bric-à-brac, le fauteuil club au cuir tout fendillé trouvé dans la tanière de son père, l'affiche de *Calloway le trappeur*, les dessins des enfants encadrés et accrochés aux murs ou bien fixés sur le réfrigérateur à l'aide d'aimants – le décor qu'ils avaient créé au long de toutes ces années pour écrire l'histoire toujours en cours de leurs vies.

Il ne pouvait pas croire qu'après tout ce temps, alors qu'il avait travaillé si dur, il ne soit même pas certain d'avoir les moyens de s'offrir ce loft décrépit, avec son installation électrique qui n'était pas aux normes, sa peinture qui s'écaillait, ses planchers ondulés et son unique salle de bains. Était-ce vraiment trop demander ? Il savait, en choisissant ce métier, qu'il n'y ferait jamais fortune, mais il n'avait pas songé à ce moment-là qu'un jour, il aurait cinquante ans et deux enfants encore d'âge scolaire. Il n'avait pas non plus prévu que Corrine abandonnerait aussi vite son poste chez Merrill Lynch et qu'elle travaillerait dans le secteur associatif. Il était fier de sa femme, mais son salaire laissait un peu à désirer.

Le somnifère commençait à faire effet et il se retira dans sa chambre ; il fallait qu'il se mette au lit tout de suite, dans le noir, sinon il raterait le coche et ne fermerait pas l'œil de la nuit.

Il était un peu plus de deux heures quand il se coucha, et il se réveilla exactement cinq heures plus tard avec cette migraine que lui causait à chaque fois une prise de somnifère après une soirée où il avait bu... d'abord le cocktail maison, puis deux bouteilles de Pol Roger, et ensuite qui sait combien de ces petites carafes traîtresses de saké ? Avait-il mangé pour de bon cette répugnante poche de laitance de poisson ? Il devait être franchement ivre.

Quelque chose d'autre le perturbait, fiché au fond de sa cervelle, tel un hameçon. C'était comme dans ce poème des *Dream Songs* de Berryman où Henry se réveille en craignant d'avoir tué quelqu'un, mais où « personne ne manque jamais à l'appel ». De quoi s'agissait-il, bon Dieu ? Quand il eut réveillé les enfants et allumé la radio pour écouter les informations, la question qui le harcelait se précisa enfin : pourquoi Washington avait-il choisi de laisser passer le livre de Kohout ?

18

Le printemps arrivait dans la vallée d'Hemel-en-Aarde au moment même où New York s'enfonçait dans l'automne. À peine rentré du Transvaal, Luke se sentait agité. Les vignes et l'herbe étaient de nouveau d'un vert brillant, tandis que les os fossilisés des anciens hominidés, les carcasses des animaux qu'ils avaient tués, ainsi que les outils de pierre qu'ils avaient façonnés restaient plongés dans leur éternel sommeil. Parfois, le fragment d'un maxillaire ou la pointe d'un couteau apparaissait dans le vignoble, ramené à la surface par les pluies ou l'érosion. Aux côtés de quelques balles datant de la guerre de Sécession et de boucles de ceinture venues de la maison familiale dans le Tennessee – reliques de la bataille de Franklin –, trois haches acheuléennes décoraient le bureau de Luke : des losanges de pierre taillée au manche lourd et agréable à tenir en main, les plus vieux outils fabriqués et utilisés par l'homme, exhumés d'entre les vignes.

Il adorait cette vallée, mais il en était aussi las, et en cet instant, New York lui manquait : rien n'était ancien là-bas, et une nouvelle flopée de magasins, de bars et de restaurants poussait entre les fissures des trottoirs, où ils s'épanouiraient pendant une saison ou deux, avant d'être à leur tour remplacés par d'autres. Malgré les trente ans qu'il y avait passé, la grande ville, ces dernières années, pour lui, restait surtout associée à Corrine. Il était nostalgique des moments qu'ils n'avaient jamais partagés, contraints de dissimuler leur liaison – pique-niques à Central Park, shopping dans Madison Avenue, dîners paisibles dans des restaurants italiens recommandés par le *Times*. En fait, il ne s'était jamais donné le temps de vivre ces idylles urbaines qu'il imaginait à présent, travaillant seize heures par jour, allant et venant en limousine de chez lui au bureau, du bureau à l'aéroport, en partance pour Columbus ou Little Rock, s'arrêtant à l'occasion pour se refaire une santé au Four Seasons, fêter un contrat au 21, ou accompagner sa femme à un bal de charité, son principal divertissement, semblait-il, où il tapotait sur son BlackBerry sous la table pendant qu'elle flirtait avec ses amis ou les maris des siennes. Il gardait un souvenir attendri de certains rituels new-yorkais partagés avec sa fille, mais au fond de lui, il savait qu'il avait été au mieux un père à temps partiel. Sa vraie vie s'était déroulée sur des écrans à cristaux liquides, avec Manhattan pour décor, alors qu'il s'échinait sur des audits d'acquisition ou réalisait d'occasionnels et héroïques exploits numériques de haute finance. Exactement la raison pour laquelle il avait retiré ses billes de la société de capital-investissement qu'il avait cofondée. Quelques jours plus tard, les avions s'écrasaient contre les tours jumelles et tous ses plans avaient dérapé.

Au bar du salon, il se servit trois doigts de scotch dans un petit verre, puis il se retira dans son bureau où il consulta les chiffres des marchés financiers à la clôture de la Bourse de New York – le Dow Jones et le S & P ayant encore remonté, le rand continuant sa chute face au dollar –, ainsi que le bulletin météo du lendemain – soleil, avec une température maximale de dix-sept degrés Celsius, qu'il dut convertir dans sa tête en Fahrenheit, tant cette unité de mesure restait abstraite pour lui, même après trois ans passés dans cette vallée entre ciel et terre ; le temps n'avait pourtant plus beaucoup d'importance maintenant que les vendanges étaient faites, que le nouveau millésime commençait à vieillir dans les caves à l'abri des éléments, sauf peut-être de l'attraction de la lune. Même s'il n'était pas un adepte de l'école de viticulture « Dansons nus dans les vignes », son implication tardive dans l'agriculture faisait qu'il portait un intérêt tout nouveau au rythme des planètes et aux forces invisibles du monde naturel, aussi inexorables que les lois du marché. Il n'ignorait pas que le goût du vin était altéré par l'approche de la pleine lune, comme il savait que la valeur des titres était inversement influencée par les taux d'intérêt, et il se sentait désormais beaucoup plus en phase avec le cycle des saisons qu'au temps où il vivait dans les salles de conférences et les aéroports.

En vérifiant ses e-mails, il trouva des factures concernant des équipements destinés à la nouvelle école du township, une demande pour un système de récupération des eaux émanant d'un district voisin, et un message de son ex dont il se serait bien passé.

Luke,
Je ne me rappelle jamais quelle heure il est là-bas et je ne veux surtout pas risquer de réveiller ta si jeune femme, mais il faut que je te parle d'Ashley. Elle est venue à New York, le week-end dernier : un vrai désastre. Tu sais que je ne suis pas du genre à penser qu'une fille peut être trop mince, mais Ashley est d'une maigreur à faire peur. J'ai essayé d'en parler avec elle, mais bien sûr, elle est dans le déni total. Je ne sais pas du tout si c'est ou non dû à la drogue, mais je crois qu'il faudrait peut-être qu'elle se fasse soigner et que tu devrais venir t'en occuper. Tu sais qu'elle ne m'écoute pas ; apparemment, tu as réussi à la monter contre moi. Elle termine ses cours à la mi-mai et ce serait bien que tu sois sur le pont. Elle peut habiter chez nous, ici, les deux semaines suivantes, mais après, nous partons à Londres, et ensuite nous avons

loué le yacht des Lawlor pour une croisière de quinze jours sur la côte d'Amalfi, et je ne pense pas que ce soit une bonne chose qu'elle reste seule à New York. Sarah Bradley l'a invitée à Southampton, mais cela n'est certainement pas non plus une très bonne idée qu'elle passe un été entier sans parents. Je sais qu'il y a beaucoup d'orphelins nécessiteux et de mariages forcés en Afrique du Sud, mais ta fille a besoin de toi ici, en Amérique. Charité bien ordonnée commence par… la famille, papa.

Sasha

Luke téléphona aussitôt à sa fille, mais il tomba sur sa boîte vocale. « Ash, c'est papa. Rappelle-moi s'il te plaît. »

Il songea à appeler aussi Sasha, mais il sentit qu'il aurait du mal à contenir ses émotions.

Sasha,

Suis très inquiet de ce que tu me dis de la santé d'Ashley. Quand je l'ai vue, le mois dernier, elle semblait aller bien, quoique maigre, mais pour que toi, tu penses qu'elle a un poids insuffisant, c'est que la situation doit être critique. Tu t'en souviens sans doute, mais tes sarcasmes devant ses rondeurs à l'adolescence ont largement contribué à ses problèmes d'image corporelle, et tes pilules de régime ne sont sûrement pas pour rien dans le fait qu'elle se drogue. Je vais appeler Ash et certaines de ses amies, et t'assure que je prendrai toute décision qui s'impose.

Luke

L'épidémie d'obésité américaine ne s'était pas étendue jusqu'à la riche Manhattan et à sa sphère d'influence, ses écoles privées satellites et ses camps de vacances où

239

la gent féminine, en particulier, semblait plutôt sujette à l'anorexie et à la boulimie, tout au moins celles qu'il connaissait de près, comme son ex-femme, sa fille… peut-être même Corrine. Dans le cas de Sasha et de ses amies, il s'agissait d'une vraie croisade contre le poids qui se pratiquait dans les cours de Pilates, les salles de sport et les toilettes des restaurants. Pour toutes ces femmes anguleuses aux coudes pointus de l'Upper East Side, la minceur était une vertu, prenant la place de toutes celles qu'elles avaient rejetées.

Il lui vint à l'esprit que la solution à deux de ses problèmes personnels pourrait passer par un rapide voyage à New York.

Soudain, la lumière s'éteignit et l'écran de l'ordinateur devint noir. Luke chercha sa lampe électrique sur le bureau et prit son trousseau de clés dans sa poche. Il ouvrit le tiroir du haut où il gardait un revolver Sig Sauer chargé en permanence. L'électricité était un peu aléatoire dans cette vallée, comme d'ailleurs dans tout Le Cap, et Eskom, la compagnie de distribution, notoirement peu fiable. D'autre part, les incursions de nuit dans les fermes étaient devenues de plus en plus fréquentes dans le nord du pays, des bandes armées faisant irruption pour tuer des familles blanches, avec l'approbation tacite de l'ANC qui prônait la redistribution des terres et adressait périodiquement des messages aux « colons » pour qu'ils plient bagage. Viol, torture et mutilations n'étaient pas rares lors de ces agressions, leurs auteurs, en général, commençant d'abord par couper les lignes de téléphone et électriques, et Luke ne pouvait s'empêcher de se crisper à la moindre panne de courant, même s'il avait l'impression de se montrer paranoïaque en réagissant de cette façon.

Il s'approcha de la fenêtre pour regarder du côté des vignes, mais ne perçut aucun mouvement. Il se précipita dans la chambre et trouva Giselle, allongée sur le dos et endormie, un bras en travers du visage, la tête au creux du coude – sa position habituelle au lit. Il se félicitait qu'elle jouisse d'un sommeil profond, parce que lui l'avait plutôt léger. Il s'apprêtait à vérifier si le téléphone fonctionnait, quand il entendit le groupe électrogène se déclencher. Aussitôt la lumière revint dans le couloir de la chambre. Il décrocha néanmoins le combiné et fut rassuré d'entendre la tonalité. À peine l'eut-il reposé que le téléphone sonna.

« Allô ?

– Luke, c'est Charles. Je voulais m'assurer que tout allait bien.

– Oui, pour l'instant, pas de problème. Le groupe s'est remis en marche. Vous avez du courant ?

– Pareil que chez vous. C'était donc juste une panne de plus.

– Merci d'avoir appelé.

– Dors bien. »

« Qui c'était ? demanda Giselle en ouvrant un œil.

– Charles, pour savoir si tout allait bien ici. Il y a eu une panne d'électricité. »

Elle s'assit dans le lit. « Oh merde !

– C'est rétabli maintenant.

– Mon Dieu, je ne vais jamais pouvoir me rendormir !

– Ce n'était rien.

– Oui, mais ça aurait pu être grave.

– N'y pensons plus.

– Comment pourrais-je ne plus y penser ? C'est absurde. On ne peut pas décider de ce à quoi on ne pensera plus. Tu as entendu parler de ce qu'ils ont fait à ces femmes et ces enfants dans le Transvaal ?

– Ça n'est jamais arrivé par ici.

– Non, mais c'est seulement une question de temps. Ce n'est pas non plus comme si on était coincés ici. Charles et Emma n'ont pas vraiment le choix, eux, mais nous, on peut partir quand on veut. »

Tout en l'écoutant, il l'admirait, la courbe de ses seins qui émergeaient du drap, encadrés par la cascade de ses cheveux blonds. Il ne pouvait s'empêcher de la désirer et de se mépriser un peu pour ça.

« Bien sûr, il y a des problèmes, dit-il, mais je crois que les choses vont dans la bonne direction. » Tout en prononçant ces mots, il se rendit compte qu'il soutenait une position à laquelle il ne croyait déjà plus. Il avait perdu tellement de son enthousiasme pour sa patrie d'adoption, et pourtant il continuait à défendre ses idées antérieures, à maintenir fermement ses lignes de bataille, c'était plus fort que lui.

« Ce n'est pas parce que tu voudrais que ce soit vrai que ça l'est. D'ici peu, ce qui se passe au Zimbabwe se produira ici aussi. Mbeki considère que Mugabe est un grand chef politique. »

Luke ne put s'empêcher de songer à un safari qu'il avait fait au Zimbabwe, peu après que la guerre civile se fut enfin terminée, dans les environs de Hwange et des chutes Victoria, quand il semblait que la transition allait se faire en douceur, quand Mugabe apparaissait comme un homme responsable, et même idéaliste.

« Parfois, je me dis que tu as tellement peur d'être perçu comme un raciste, à cause, j'imagine, de ta culpabilité d'homme du sud des États-Unis, que tu ne veux pas regarder la réalité en face. Nous ne sommes pas en Amérique. J'ai grandi ici, j'aime ce pays, mais je dois reconnaître non sans douleur que je ne crois pas que j'y ai un avenir. Que nous y ayons un avenir. Je préférerais qu'il en soit autrement. Mais il nous faut au moins réfléchir au futur. Luke, tu sais combien j'aimerais fonder une famille, mais je ne veux pas élever mes enfants dans un pays qui les rejettera, où ils seront accusés des crimes de leurs ancêtres, et toujours considérés comme des colons et des usurpateurs. »

Luke comprenait cette partie de son raisonnement. S'il avait eu le moindre désir de fonder une famille, lui aussi, alors c'est bien aux États-Unis qu'il aurait voulu le faire. Mais il avait cinquante-huit ans et une fille de vingt. « Quelquefois, je me demande si tu ne m'as pas épousé pour mon passeport, soupira-t-il.

– Mon Dieu, Luke, comment peux-tu dire quelque chose d'aussi affreux ? » Elle se retourna et enfonça la tête dans son oreiller.

« Je n'étais pas sérieux, répondit-il en lui caressant les épaules. Excuse-moi. » Mais elle refusa obstinément de se retourner. « Le fait est que je ne peux pas envisager d'abandonner cette fondation.

– Rien ne t'oblige à être ici sans arrêt. Je veux dire, trouver des fonds c'est ce qui t'incombe avant tout, et ce n'est pas sur place que tu vas en trouver. Quant au vignoble, il se gère tout seul la plupart du temps. Du moment que tu es là pour les vendanges et le pressurage. À moins que tu ne vendes le domaine à Charles. Ça pourrait être une éventualité. Pour ce que ça te rapporte, de toute façon. »

Il ne savait pas très bien pourquoi il défendait l'idée de rester au Cap, même si, certainement, la fondation y était pour quelque chose. Grâce à elle, il se sentait nécessaire et utile comme jamais auparavant. Seul, il avait réussi à fournir l'eau courante, une nouvelle école et une clinique au township, un peu plus loin sur la route. En revanche, il n'avait plus jamais éprouvé le même enthousiasme pour cet endroit depuis l'accident. Il avait fini par se lasser de toute cette aventure africaine.

Il savait qu'il s'opposait à elle par réflexe. Si Giselle avait été farouchement déterminée à demeurer dans son pays natal, il aurait sans doute défendu la position contraire. En vérité, il était prêt à rentrer en Amérique, mais pas avec elle.

« Je ne veux plus attendre, dit-elle en se retournant pour lui faire face et en posant les bras sur ses épaules. Je veux une famille. Je veux un bébé. Je ne sais pas ce que tu attends, mais moi, je sais que tu ne m'as pas fait l'amour depuis près de deux semaines. Ses yeux s'emplirent de larmes. « Je ne sais pas si c'est parce que je ne te plais plus ou que tu as peur que je tombe enceinte. Mais je ne peux pas continuer comme ça. »

Il grimpa sur le lit à côté d'elle. « Je suis désolé. J'ai été très occupé par les vendanges. Et puis ensuite, Ashley a eu toutes ces difficultés à la fac.

– Je ne te plais plus ?

– Mais si. Tu es l'une des plus belles femmes que j'aie jamais vues.

– Tu as peur que je tombe enceinte ?

– Peut-être un peu.

– Tu ne veux pas d'enfants ?

– Je dois me faire à cette idée, c'est tout.

– Mais on en a parlé depuis le début. » Elle sanglotait maintenant et il jugea impossible de lui parler avec franchise. S'il avait été tout à fait honnête avec lui-même, il aurait dû dire qu'il ne voulait plus être de nouveau père, qu'il espérait pouvoir longtemps user de faux-semblants, mais elle était déterminée à lui forcer la main. Tant qu'il n'aurait pas fait le point sur sa passion pour Corrine, il n'était pas question de mettre sa femme enceinte. Il ne pouvait pas non plus le lui refuser indéfiniment, et son désir de repousser le moment où il faudrait rendre des comptes, conjugué à des regrets sincères et même à une part d'amour firent imperceptiblement se transformer le mouvement de consolation en gestes de stimulation, ses sanglots se muant en gémissements lorsqu'elle lui arracha ceinture et pantalon. Ses réserves et ses scrupules disparurent quand il s'enfonça en elle.

Il se réveilla juste après l'aube et laissa sa femme endormie ; il s'habilla, prit son café dans le patio en contemplant la vallée, les vignes dorées dévalant les pentes jusqu'à l'Onrust River, les montagnes rousses se dressant en direction du nord. Une petite bande de babouins remonta le chemin d'accès, avant de disparaître entre les ceps. Une brise fraîche soufflait, et de la tasse de café s'élevait un petit nuage de vapeur. Par un matin pareil, il était difficile de croire à la réalité des angoisses de la veille.

Il descendit jusqu'au poulailler et ramassa cinq œufs, deux bruns, deux petits blancs pondus par les poules naines, et un dernier d'un bleu pâle, presque spectral. Dans la cuisine, il les fit frire avec des saucisses, puis porta un plateau à Giselle, qui lui sourit en s'éveillant. On aurait dit qu'elle flottait sur le lit de plumes comme sur une nuée de sérénité post-coïtale.

Elle s'assit, puis installa le plateau sur ses genoux et saisit délicatement une saucisse qu'elle approcha de ses lèvres et mordilla de façon aguichante.

Ayant depuis longtemps échappé au sortilège de la chambre, il éprouva le besoin de lancer une conversation plus pragmatique. « Alors, comment se présente ta journée ?

– Je vais au township aider le vétérinaire. Nous avons plusieurs chiens à traiter contre les parasites et des femelles à opérer. Et toi ? Tu veux venir ?

– Non, je dois rester ici pour attendre l'œnologue. Il vient de Stellenbosch pour nous aider à relancer la fermentation. La dernière cuve de pinot s'est arrêtée dans son élan. On dirait que nos ferments locaux se sont mis en grève. Ils refusent de se multiplier. Il va peut-être falloir qu'on leur joue du Marvin Gay et qu'on allume des bougies parfumées pour créer l'ambiance nécessaire.

– Et si on allait dîner en ville, ce soir ? Je me sens un peu enfermée.

– D'accord. »

Un peu plus tard, il l'accompagna jusqu'à la porte, l'embrassa pour lui dire au revoir.

« Tu réfléchiras à ce dont nous avons parlé ? dit-elle.

– À quel sujet ?

– À propos de partir recommencer une vie ailleurs.

– OK », répondit-il, tout en s'interrogeant pour savoir s'il aurait le courage de demander le divorce. Soudain, il lui sembla que c'était la seule chose honorable à faire. Il tenta de dissocier cette idée de celle d'un avenir possible avec Corrine. Il n'avait aucune garantie qu'elle mettrait jamais fin à son couple, mais en toute conscience, il lui était impossible de le lui demander tant qu'il n'était pas libre de son côté. Le pouvait-il ? Cette perspective le revivifia, un espace de liberté se dessinant à l'horizon. Mais quoi qu'il arrive, il comprit que ce chapitre-là de sa vie était terminé.

« Et à propos d'avoir… des enfants ?

– Je suis désolé, soupira-t-il en détournant le regard.

– Que veux-tu dire ?

– Je ne peux pas. J'en suis incapable. »

19

Hors saison, le train de Montauk était presque vide, seuls vestiges des hordes de l'été, les derniers relents de transpiration et de bière éventée.

Ils avaient changé de train à Jamaica, dans le Queens, et continuaient désormais leur trajet dans un vacarme infernal, passant devant les immeubles et les maisons en brique, contournant avec tact, par le sud, les cités-dortoirs de Long Island et les enclaves des nantis avec leurs terrains de golf et leurs manèges d'équitation au long de la côte Nord, longeant les grands ensembles construits après la guerre, aux murs revêtus de panneaux d'aluminium, qui abritaient des adolescents assassins, des plombiers coureurs de jupons, des truands habillés comme des dandys, ainsi que d'autres sans doute dont on ne parlait pas dans les tabloïdes new-yorkais, la végétation gagnant du terrain au fur et à mesure qu'ils s'éloignaient de la ville et que les pavillons de banlieue se transformaient en maisons de vacances, puis ils traversèrent l'îlot de verdure paradisiaque de Southampton, avec ses villas à bardeaux cachées derrière leurs haies privées, avant de poursuivre leur chemin sinueux vers Bridgehampton et East Hampton, puis le long de l'étroit isthme de dunes piquées de broussailles qui reliait tant bien que mal Montauk aux Hamptons.

Montauk était située à l'extrémité de Long Island, tout au bout de la route. Autrefois une île, la ville continuait

247

à donner l'impression d'être totalement isolée des communes dorées des vacanciers situées plus à l'ouest. Chaque automne, alors que l'océan fraîchissait, les bars rayés suivaient la masse tourbillonnante des alevins qui déferlait en longeant la côte depuis le Maine et le cap Cod jusqu'au détroit de Long Island pour atteindre le cap de Montauk. Peu de temps après le départ des touristes, la ville était prise d'assaut par les campeurs, les camping-cars et les Jeeps aux énormes pneus dentelés, avec des cannes à pêche customisées et des glacières montées sur les grilles de ventilation, pilotées par des sportifs venus du centre de Long Island, du nord de l'État de New York et du New Jersey, qui se plantaient sur la plage pour lancer dans la vague des bouchons en plastique ressemblant vaguement à des poissons et hérissés de terribles hameçons acérés, prédateurs de pointe en quête du *Morone Saxalitis*.

Les habitants du coin avaient tendance à se montrer plus chaleureux avec ces pêcheurs en expédition qu'avec les estivants ; parmi ces importuns, les pires pour cette communauté irlandaise étaient les New-Yorkais branchés, tous ces envahisseurs au chic négligé qui venaient de l'East Village et de Williamsburg, attirés par l'authenticité populaire que leur seule présence contribuait à saper. Les surfeurs formaient un autre groupe dont le périmètre recoupait en grande partie celui du précédent, ils pullulaient sur la plage de Ditch Plains, chaque année plus nombreux. La lutte des classes couvait de façon palpable dans les embruns. Pêcheur à la mouche, Russell était naturellement suspect, un snob doté d'une canne pareille à une baguette magique, qui lançait chaque jour ses hameçons délicatement ornés de plumes. Pour sa part, Jack ne voulait rien savoir de ces rites prétentieux. Là d'où il venait, la dynamite faisait partie de l'arsenal du pêcheur, mais dans ce cas précis, il se serait volontiers contenté d'une solide canne à pêche à moulinet ordinaire.

Deke, l'ami de Russell, les attendait à la gare, appuyé contre son 4 × 4 piqué de rouillé, un Land Cruiser série 6, relique du temps de Reagan. Chaque fois qu'il voyait ce véhicule délabré, Russell ne pouvait s'empêcher d'entonner cette rengaine de la campagne républicaine : « Un nouveau jour se lève sur l'Amérique. »

« Qu'est-ce que tu chantes là ? demanda Jack.

– Un slogan insipide de ma jeunesse. Viens, on va retrouver Deke. »

On échangea présentations et poignées de main viriles. L'intérieur du Toyota était encore plus déprimant que sa carrosserie vérolée : jonché de restes de hamburgers, de journaux, de cartouches vides, de matériel de pêche et de mégots. On aurait dit qu'un junkie avait vécu là-dedans pendant plusieurs semaines.

Russell connaissait Deke depuis les années quatre-vingt, quand il était chercheur de têtes pour la maison de disques, Atlantic Records. Il avait volé trop près du soleil sur les ailes de la cocaïne et s'était finalement échoué dans le détroit de Long Island, où il s'était métamorphosé en moniteur-guide de pêche. Il était déjà propriétaire de son bateau et comme il le disait lui-même, la pêche était la seule chose qu'il sache faire, à part se procurer de la came.

« Autrefois, j'avais aussi une bonne oreille », confia-t-il à Jack, alors qu'ils quittaient la marina sur son bateau sans nom, un Parker de huit mètres à console centrale, qui s'enorgueillissait jadis d'un capitonnage de luxe et d'un tableau de bord sophistiqué. « Mais tu sais, quand on atteint la trentaine, c'est dur de se maintenir au top dans ce métier. On perd peu à peu son flair et on décroche de l'esprit du temps qu'on croyait pourtant tenir par les couilles. Les nouveaux groupes sont tous composés de jeunots de vingt ans et on a vite fait de se sentir nostalgique du temps où sévissaient les Smiths, les Clash et Dinosaur Jr. Alors, avant même que tu t'en rendes compte, c'est toi qui es devenu un putain de dinosaure. Il y a encore les grands producteurs de musique comme Mo Ostin et Seymour Stein qui continuent, mais au fond, c'est un truc de jeunes, tout ça.

– La dope, à l'époque, ça devait quand même être plutôt cool, dit Jack.

– Ah oui, ça, c'était le pied. C'était comme l'air qu'on respirait. Y avait qu'à se baisser pour en ramasser.

– Et toi, mec, c'était quoi, ta came préférée ?

– Bon Dieu, moi, j'aimais tout, mais je dois reconnaître que c'est avec le crack que je me suis fait les meilleurs trips. L'expérience la plus chouette de ma vie, avant de devenir tout l'inverse, c'était de chasser le dragon. Tout bien aligner, un petit tas de crack, deux boulettes d'héroïne. Oh putain, je te jure, c'était le summum ! »

Jack hocha la tête, comme si cette déclaration était absolument banale. « Tu dois adorer le speedball.

– Rien ne m'a jamais rendu aussi heureux de ma vie, répondit Deke. Et toi, c'est quoi ton poison favori, mon gars ?

– Eh ben, là d'où je viens, la cristal meth, c'est comme le lait de ta mère. Presque une affaire de famille. Fabriquer du speed ou de l'alcool de contrebande, c'étaient les seuls boulots qu'ont jamais connus certains types à Fairview. Alors, j'avais vraiment la meth dans le sang, pour ainsi dire. Mais le genre de saloperies que j'ai vu passer dans ce trou perdu aurait réglé son compte à un type plus faiblard en moins de deux. Personnellement, je me suis repositionné vers le haut de gamme, dérivés de coke et opiacés.

– Bon sang, s'exclama Russell. Me voilà coincé sur ce rafiot avec ces deux putain de Glimmer Twins. »

Il faisait un temps splendide, lumineux et frais, de légères traînées de nuages traversaient un ciel bleu acier, poussées par une brise venue de l'ouest. Ils remontèrent toute la face nord du cap, jusqu'à Shagwong Reef, et contournèrent la pointe située à l'extrême est de l'île pour prendre la direction du sud. D'un côté, le phare, une relique du temps de George Washington, était perché sur une falaise surplombant les vagues, deux cents mètres plus près de la mer qui gagnait du terrain qu'à l'époque où on l'avait édifié. De l'autre, cinq mille kilomètres d'océan les séparaient de l'Irlande.

Cinq ou six bateaux étaient rassemblés à environ deux cents mètres du cap. Deke passa à bonne distance et poursuivit sa course au long de la côte sud où les pêcheurs de bord de mer s'égrenaient sur le rivage, certains jetant leur ligne, d'autres campés face à la vague, la canne prête, guettant tout signe de vie.

« Quand la bataille commence pour de bon, d'un seul coup ils se multiplient, expliqua Deke. Ils forment une véritable ligne front, épaule contre épaule, tout le long de la plage, et ils jettent leurs lignes dans ce chaudron en ébullition de bars et d'alevins. Ces pêcheurs-là sont comme les oiseaux – soudain, ils apparaissent, ils s'attroupent là où passent les bars, comme poussés par un mystérieux instinct, à moins que ce ne soit par un appel sur leur portable. Pendant six semaines, ces putain de mecs abandonnent tout pour venir s'installer par ici, dans leurs camping-cars ou des motels de merde. Et ils peuvent pas blairer ceux qui pêchent en bateau. »

Deke fila devant l'immense disque du radar, le hideux jumeau moderne du phare, installé pendant la Seconde Guerre mondiale, indiqua-t-il, au moment où les sous-marins allemands faisaient régulièrement surface dans les parages. Il longea la côte jusqu'à Ditch Plains, la plage des surfeurs, où quelques inconditionnels en combinaison de plongée dansaient sur leurs planches. Russell pointa le doigt vers l'ancien domaine de Warhol.

Brusquement, les oiseaux surgirent à la laisse de haute mer, juste face à la proue, des dizaines et des dizaines qui plongeaient dans la vague et en rejaillissaient comme des drapeaux claquant au vent sur un champ de bataille. Deke mit les gaz et se précipita vers cette curée, puis ralentit à mesure qu'ils s'approchaient et manœuvra pour prendre position, tandis que les autres bateaux se dirigeaient vers le même hectare de remous où des milliers de nageoires crevaient la surface de l'eau, les fous de Bassan fondant sur les alevins, mouettes et goélands rasant la surface pour ramasser les déchets, l'odeur huileuse des anchois se mêlant à la fumée d'échappement du gasoil.

« Bordel de merde », s'écria Jack. Deke l'installa à l'arrière, alors que Russell se mettait à l'avant, jetant sa ligne dans ce tourbillon et ferrant un poisson déjà à son second lancer. Celui-ci fila sur près de quatre-vingts mètres avant qu'il puisse le ramener. Lançant un coup d'œil par-dessus son épaule, il vit que Jack se débattait aussi avec une prise. Il fallut dix minutes encore à Russell pour tirer la sienne hors de l'eau. Deke s'approcha pour lui donner un coup de main et récupérer l'hameçon : c'était un beau spécimen bien brillant, d'environ quinze livres, qu'il souleva par la queue avant de le rejeter à la mer.

« Mais qu'est-ce que vous foutez ? s'indigna Jack, qui venait de perdre le sien. Vous le laissez partir ?

– On prend et on relâche, répondit Russell. Le code du pêcheur à la mouche.

– Putain, les mecs, c'est comme réussir à entrer dans la chambre d'une fille, et puis se contenter de la border et de lui dire bonne nuit avec un bisou. Y a un truc qui m'échappe.

– On en pêchera d'autres. Qu'est-il arrivé au tien ? demanda Russell.

– Il a essayé de forcer et la ligne s'est cassée, dit Deke. Aucune importance, on attrapera le suivant. »

Les alevins étaient remontés vers le rivage avec le courant. Deke suivit les oiseaux et les bateaux jusqu'à l'endroit où se déroulait la nouvelle bataille, trouva une ouverture, indiqua à Jack la meilleure place et lui montra comment lancer sa ligne. Russell décida d'attendre qu'il ait réussi à attraper une proie avant de retenter le coup lui-même. L'eau bouillonnait de bateaux, de poissons et d'oiseaux, chacun d'eux pris de frénésie à sa façon. Jack loupa ses deux premiers lancers, et au troisième accrocha la chemise de Deke.

« Doucement, lui recommanda Russell. Prends ton temps. »

Jack continua néanmoins de lancer et de rembobiner aussi vite qu'il le pouvait, sans parvenir à faire la moindre touche. « Qu'est-ce qui se passe, putain ?

– Mouline un peu plus lentement, dit Russell.

– J'en ai vraiment ras le cul que tu me dictes sans arrêt ce que je dois faire.

– Comme tu voudras », soupira Russell, qui regagna l'avant du bateau pour s'occuper de ses propres affaires ; un poisson mordit dès le premier lancer et tandis qu'il fatiguait sa proie, il fut envahi de sentiments divers, passant de l'étonnement à la peine, puis à la colère. Connard ingrat. Il n'était pas aveugle au point de croire qu'il s'agissait uniquement de pêche. Bon sang, il avait tiré ce gamin du néant, et l'intuition de son talent avait été confirmée. Nul ne l'avait remercié pour les phrases qu'il avait su rendre plus incisives, les paragraphes qu'il avait dégraissés, et d'ailleurs il n'attendait aucune gratitude de personne, mais il n'était pas prêt non plus à l'expression d'un tel ressentiment. Il ramena le poisson sans l'aide de quiconque et décrocha l'hameçon sans un regard vers l'arrière du bateau.

Jack finit par en attraper un à son tour, après qu'ils se furent de nouveau déplacés, et Russell abandonna son poste à l'avant pour observer la fin de la capture, résistant à l'envie de lui crier de ne pas brutaliser le poisson, laissant Deke se charger de ce fardeau. Et quand l'animal fut enfin hissé à bord, ils s'aperçurent qu'il était énorme, au moins vingt livres, plus gros que les deux que Russell avait pêchés.

« Bien sûr que je veux le garder, bordel ! » répondit Jack à la question de Deke. Sa joie eut le don d'alléger l'atmosphère.

« Joli coup, fit Russell.

— Merci, mec. Écoute, je suis désolé de t'avoir agressé comme ça tout à l'heure. Ça m'avait juste un peu chauffé de pas y arriver.

— Sans rancune », dit Russell. Mais à partir de là, ils maintinrent une distance polie entre eux, Jack lui demandant conseil à plusieurs reprises et Russell le félicitant chaque fois qu'il ramenait une prise. À la fin de la journée, sur le quai, ils proposèrent tous deux à Deke de se joindre à eux pour dîner à leur hôtel, un ancien dortoir pour marins de commerce et pêcheurs récemment rénové et décoré sur le thème du surf. Russell convainquit le cuisinier de préparer le bar de Jack, et Deke en fit des tonnes sur les excès du rock, les filles faciles, les tequilas sunrise sur l'île Moustique et les montagnes de cocaïne bleue de Colombie. Il devint même franchement lyrique sur ce dernier sujet. « Elle était topaze et irisée comme un albacore qu'on vient de pêcher. Elle avait la couleur des yeux de la première fille avec qui j'ai couché, une Suédoise venue dans le cadre d'un programme d'échange avec mon lycée, qui avait l'air d'un ange et qui, pour une raison que j'ai encore aujourd'hui du mal à comprendre, avait choisi de me faire à moi le cadeau de sa beauté. La couleur de la munificence. »

Cette rhapsodie rappela à Russell un passage du livre que Sheila Graham avait consacré à Fitzgerald, où tous les traits de l'écrivain qu'elle dépeignait, des yeux aux lèvres, étaient bleus.

« Ça ne te manque pas ? demanda Jack en sirotant sa cinquième vodka tonic.

– Quoi donc ?

– Tu sais bien. La came. La vie.

– Oh que si, putain, tout le temps », répondit Deke en contemplant d'un air mélancolique son Coca light, ses yeux bleus miroitant comme des lacs dans le paysage désertique de son visage rougeaud. « Le désir, l'obsession, l'envie lancinante, ça ne disparaît jamais. À la place, je vais à une réunion chaque jour. »

Comme pour compenser l'abstinence de Deke, Russell et Jack burent plus que de raison et s'effondrèrent presque au même moment sur leurs lits jumeaux, sous des photos noir et blanc vintage de surfeurs à Maui.

Le lendemain matin, au petit déjeuner, leur guide leur fournit un sujet de conversation.

« Ce type est un véritable apôtre de la coke, commença Jack. Si jamais le cartel de Medellin veut faire un jour une campagne de pub, j'ai le bonhomme qui leur faut.

– Je continue à me demander ce qui le faisait le plus bander, la cocaïne ou la Suédoise.

– Oh je peux te répondre, moi. La coke, sans aucun doute. »

Dans le train qui les ramenait à Manhattan, Jack brisa un long moment de silence pour annoncer à Russell qu'il avait signé un contrat avec Martin Briskin. Jusque-là, il n'avait pas ressenti le besoin d'engager un agent, laissant Russell s'occuper des droits d'auteur sur le premier livre. Qu'il recoure un jour aux services d'un agent était inévitable, et pourtant, Russell ne put s'empêcher de se sentir un peu dépossédé, notamment parce que Jack avait choisi le plus grand requin d'entre eux, un type qui traitait les éditeurs comme des ennemis mortels.

« Briskin, c'est assurément le haut du panier, dit-il.

– C'est juste que ça me fait beaucoup de choses à régler tout seul.

– Je comprends. » Néanmoins il avait l'impression que c'était la fin de quelque chose. Depuis presque deux ans, il avait été le représentant de Jack, son lien avec le monde de l'édition, avec New York et le vaste monde.

« Il a réussi à vendre une nouvelle au *New Yorker*. Ils la publient le mois prochain.

– Laquelle ?

– Une que je viens d'écrire. Tu l'as pas lue. »

Russell se rencogna dans son siège pour digérer l'information.

« Félicitations.

– Merci.

– Le mois prochain ?

– Ouais.

– Tu voudrais que j'y jette un coup d'œil ?

– Je t'enverrai un exemplaire de lancement, t'inquiète. »

Jusqu'à ce jour, Russell avait toujours placé la plupart des nouvelles de Jack dans des magazines. Le *New Yorker* en avait refusé deux. Et surtout, il les avait toutes révisées avant de les soumettre.

« Super partie de pêche, dit Jack, quand ils se quittèrent sur le quai de Penn Station.

– C'est toujours un plaisir très spécial, répondit Russell.

– Bon ben, j'espère que cette histoire de Briskin te dérange pas.

– Je ne dirais pas que c'est mon agent préféré. Mais je me réjouis pour toi au sujet du *New Yorker*. J'aurais seulement aimé lire cette nouvelle avant qu'il la leur propose.

– J'avais besoin de l'écrire tout seul. Qu'elle soit à moi.

– Bien sûr. Tes nouvelles t'ont toujours appartenu.

– Mais il fallait que celle-là soit complètement à moi, qu'elle me ressemble. Parfois, j'ai l'impression que tu fais un travail de manucure sur ma prose. Que ça devient un truc à toi.

– Pourtant, ce que je souhaite, c'est bien qu'elle te ressemble. Tu as une voix – ce que n'ont pas la plupart des auteurs. Et je veux tout sauf l'étouffer. Je veux simplement être sûr qu'on l'entende. Que le fouillis qui l'encombre a été nettoyé.

– Si tu avais visité le mobile home où j'ai grandi, tu saurais que le fouillis, c'est l'air que j'ai toujours respiré. Je dis juste que quand tu supprimes trois phrases dans un paragraphe…

– Je te fais seulement des suggestions. Tu peux très bien ne pas les prendre en compte.

– Pas si simple. Tu es quand même un gros éditeur new-yorkais, avec tout ce que ça représente. Et moi, un péquenot qui débarque de sa brousse. Et comme tu l'auras sans doute remarqué, j'ai un peu de mal avec les représentants de l'autorité.

– Je suis désolé. Je ne savais pas que tu ressentais les choses de cette façon.

– Comprends-moi bien, Russell. Je te suis reconnaissant, comme tu l'imagines même pas, pour tout ce que tu as fait pour moi.

– On dirait le prélude à des adieux.

– Non, j'ai seulement besoin que tu me laisses être moi-même.

– Il me semblait que c'était le cas.

– Tu as été génial, mec. Tu as cru en moi avant tout le monde.

– C'est toujours vrai. »

Ils s'étreignirent gauchement.

« OK, dit Jack. On est pas fâchés ? »

Russell fit signe que non. Il se sentait mélancolique. C'était la fin de quelque chose. On n'y pouvait rien. Il s'était souvent imaginé qu'un jour il éprouverait ce même sentiment face à ses enfants : quand il verrait tous ses efforts pour les lancer dans le monde, autrefois bienvenus, devenir désormais superflus.

« On prend un taxi ensemble pour descendre dans le centre ? proposa Jack.

– D'accord », répondit Russell qui se rendit compte que, sans doute pour la première fois depuis qu'ils se connaissaient, il ne savait pas où séjournait Jack ni avec qui.

Le lendemain, il reçut un appel d'un libraire spécialisé dans les livres rares, Steve Israel, qui était dans l'année au-dessus de lui à Brown. Steve avait su exploiter sa licence de littérature anglaise à des fins lucratives. Cela étonnait prodigieusement Russell, et l'agaçait aussi parfois, que la vente des premières éditions de Hemingway ou de Joyce ait permis à ce vieux camarade de s'acheter une *brownstone* dans l'Upper West Side.

« Hier, j'ai reçu un coup de fil qui pourrait t'intéresser. Un libraire de Nashville dit qu'il est en possession du manuscrit original des nouvelles de Jack Carson, lourdement annoté de ta main.

– Mais où a-t-il pu le dénicher, bon sang ?

– J'ai émis quelques doutes, mais il assure qu'il le tient de ton jeune auteur. Apparemment, il avait un besoin d'argent qui ne pouvait pas attendre.

– Oh mon Dieu ! Et tu as une idée de combien il le lui a acheté ?

– Je peux te dire combien il en demande : cinq mille dollars.

– Ça me paraît beaucoup.

– Pas si Jack remporte le National Book Award, ce qui est du domaine du possible, chuchote-t-on. De plus, le volume même de tes annotations en fait un document intéressant d'un point de vue historique.

– Eh bien, je ne vois pas à quoi pourrait me servir ce truc !

– Je voulais seulement que tu saches qu'il est sur le marché. Et te donner la possibilité d'être le premier à faire une offre. Permets-moi de te dire, en toute amitié, qu'il m'a faxé quelques pages et que je les ai trouvées fascinantes. Tu as déjà la réputation d'être un relecteur des plus sérieux, mais certains, en voyant jusqu'où vont tes suggestions, pourraient considérer qu'il s'agit presque d'un travail à quatre mains.

– Tu veux bien être plus clair, Steve ?

– Je me demande juste si tu as intérêt à laisser traîner pareil document. Ou si l'auteur lui-même y a intérêt. Carson est en train de devenir un écrivain américain de premier plan, et les sceptiques pourraient penser que cela remet un peu en cause la réalité de son talent.

– Des foutaises, tout ça.

– Je voulais te donner une longueur d'avance, Russell, ça s'arrête là.

– Si je ne te connaissais pas depuis toutes ces années, j'aurais pu croire que tu essayais de me faire chanter.

– Comment peux-tu utiliser un mot pareil, Russell ? Il me suffit de passer un coup de fil pour vendre ce truc et réaliser un joli profit. Je t'ai appelé le premier parce que je pensais que nous étions amis. Et pour te dire que je crois que tu devrais songer à retirer ce bouquin du marché.

– Excuse-moi, je suis un peu secoué. La façon dont je fais mon travail d'éditeur ne regarde personne, mais tu as raison, je préférerais que ça ne circule pas.

– Eh bien, avec un peu de chance, le livre tombera entre les mains d'un acheteur privé qui le cachera dans un coin jusqu'à ce que Carson devienne vraiment célèbre.

– Steve, laisse-moi y réfléchir un peu et je te recontacte. J'ai un autre appel à prendre.

– Comme tu voudras. »

20

Corrine devait retrouver Veronica et Nancy chez Declan, la caféteria des grandes maisons d'édition, des agences littéraires et des chaînes de télévision dans le centre-ville – le genre d'endroit où si vous lisiez *Vanity Fair* et regardiez *Charlie Rose*, vous identifieriez beaucoup de visages dans la salle, et où si vous étiez vous-même une célébrité, vous reconnaîtriez tout le monde aux tables voisines. Un lieu impeccable et bien éclairé, doté d'un décor minimaliste aux murs blanchis, destiné à mettre d'autant plus en valeur sa clientèle sophistiquée et souligné par la présence de quelques rares tableaux, pour l'essentiel abstraits, prêtés par des peintres faisant partie des habitués. C'était le choix de Nancy, récemment revenue de son exil à Sag Harbor où elle avait travaillé sur un roman, et qui ne voulait pas prendre le risque de ne voir personne ou de ne pas être vue.

S'approchant de la table, Corrine passa devant un animateur d'émission, un propriétaire de chaîne, une star de cinéma, et trois ou quatre journalistes divers qu'elle avait déjà croisés avec Russell.

Comme le maître d'hôtel le lui avait annoncé, Nancy et Veronica étaient déjà là.

« Salut, excusez-moi d'être en retard.

– Pas de problème. C'est nous qui étions en avance. »

Elles paraissaient toutes deux nerveuses, comme si on les avait surprises en train de parler d'elle dans son dos.

« Quelle bonne idée vous avez eue, dit Corrine. On se voit si rarement. »

Les deux autres échangèrent un regard coupable.

« En tout cas, moi je vous vois trop rarement.

– Tu as raison, dit Veronica. On devrait faire ça plus souvent.

– En fait, intervint Nancy, d'un air un peu guindé, si on est là, ce n'est pas seulement pour un déjeuner entre copines.

– Ah bon ? Pour quelle raison, alors ? »

Le serveur choisit ce moment précis pour leur demander si elles préféraient de l'eau plate ou gazeuse, à quoi toutes trois répondirent de l'eau du robinet.

« Est-ce que c'est dans les années quatre-vingt-dix qu'on a découvert l'eau minérale en bouteille ? demanda Veronica. Et qu'il était tellement branché d'en commander une d'une marque précise ?

– Aujourd'hui, cela paraît juste prétentieux et écologiquement discutable, observa Nancy.

– Alors, dis-nous, si ce n'est pas un déjeuner entre copines, c'est quoi ? demanda Corrine.

– C'est une sorte de médiation, répondit Nancy.

– Une médiation ? »

Le serveur réapparut. « Est-ce que ces dames aimeraient boire quelque chose ? »

Corrine et Veronica commandèrent un thé glacé, Nancy un Bloody Mary.

« Rien à voir avec ma consommation d'alcool, je suppose, dit Corrine.

– Non, cela concerne davantage tes relations.

– Une personne que tu aimes a pris contact avec nous », précisa Nancy.

Corrine sentit un frisson de peur lui chatouiller la nuque. Elle pensa d'abord, avec un sentiment coupable, qu'il était question de Luke dont elle avait rêvé la nuit précédente.

« De qui parlons-nous ?

– De ta sœur.

– Ma sœur ?

– Nous pensons qu'elle mérite d'être entendue. Cela fait un an, Corrine.

– Elle est très triste et désolée de ce qu'elle a dit ce soir-là. Le temps n'est-il pas venu de lui pardonner ?

– Je n'arrive pas à croire qu'elle ait choisi de passer par vous pour m'atteindre. Et je n'arrive pas non plus à croire que vous ayez accepté.

– C'est ta sœur », insista Nancy.

Corrine l'imagina mettant cette confrontation en scène comme si elle faisait partie d'un de ses romans. Et si elle n'avait vraiment pas de chance, Nancy en ferait en effet une scène d'un de ses prochains romans.

« De plus, elle est… » commença Veronica, mais la fin de sa phrase resta en suspens, dans le non-dit.

« Laisse-moi deviner : *la mère de mes enfants*.

– Ce n'est pas exactement ce que j'allais dire. Mais elle a fait une chose merveilleuse pour toi, il y a douze ans, et on peut tout de même le mettre à son actif.

– Elle a envie d'être en contact avec les enfants, d'apprendre à les connaître. Ils lui manquent. Est-ce qu'on peut lui refuser ça ?

– Le statu quo me convient plutôt bien. Honnêtement, il y a beaucoup moins de tension depuis qu'on ne la voit plus.

– Honnêtement, Corrine, dit Nancy, c'est cette question de mère biologique qui t'inquiète, n'est-ce pas ?

– Je ne peux pas accepter ça.

– Je comprends. Mais c'est parce que c'est la vérité. Je suis désolée, tu es mon amie, mais je pense que tu te réjouis presque d'avoir trouvé cette excuse pour éloigner Hilary des enfants.

– C'est vrai. Cette femme est une épave.

– Peut-être, mais ce n'est pas ce que je veux dire. Tu as peur des liens qu'elle pourrait créer avec eux.

– Ridicule.

– Ah oui ? Allons, Corrine. C'est à moi que tu parles. Je te connais bien. »

Veronica, pour l'instant, semblait se contenter de rester sur la touche.

« Même si tu as sans doute raison pour ce qui me concerne, dit Corrine, il faut aussi penser à Russell. Il m'a répété tant de fois qu'il préférerait vraiment ne plus la revoir.

– Je suis sûre que tu pourrais le faire changer d'avis.

– Pas moi. »

Le téléphone de Nancy posé sur la table devant elle se mit à vibrer.

« Elle est arrivée, annonça-t-elle.

– Tu n'as pas osé !

– Écoute seulement ce qu'elle a à dire.

– Je ne peux pas croire que vous m'ayez tendu un piège pareil », répliqua Corrine en voyant Hilary s'approcher au bras du maître d'hôtel. Devant la mine affligée et abattue qu'elle affichait, elle sentit sa résolution de fer l'abandonner, et quand sa sœur parvint à leur table, son visage tremblait déjà dans une vaine tentative de maîtriser son émotion. Elle se leva et prit Hilary dans ses bras, irritée d'avoir une réaction si sentimentale.

« Je savais bien qu'il suffirait de vous mettre en présence l'une de l'autre, dit Nancy.

– Oh, la ferme ! rétorqua Corrine en se rasseyant.

– Salut, sœurette, lança Hilary. J'aime beaucoup ta veste.

– C'est Casey qui me l'a passée il y a longtemps, et je suis sûre que tu l'as déjà vue.

– Chanel est Chanel est Chanel, dit Nancy.

– Shakespeare ? demanda Veronica.

– Je crois que c'est du Gertrude Stein, répondit Nancy. Eh bien, en tout cas, tu parais en forme, Hilary.

– Je fais un régime jus de fruits depuis trois jours, mais la triste vérité, c'est que j'ai tout de même l'air d'avoir pris un an depuis la dernière fois que tu m'as vue. »

De fait, Corrine la trouvait vieillie. Même si, de façon exaspérante, elle demeurait jolie et gardait une belle silhouette, elle semblait enfin s'être décidée à entrer dans la quarantaine – à peine, il est vrai – et à perdre son allure d'adolescente attardée, cette impression étant peut-être due, toutefois, à sa tenue : un chemisier blanc boutonné jusqu'au col et un tailleur gris, avec une jupe fourreau qui lui arrivait aux genoux, l'ensemble le plus raisonnable et sobre qu'elle ait vu sa sœur porter depuis l'enterrement de leur chère mamie. Elle jouait manifestement les pénitentes.

« Et donc ? demanda Hilary. Comment va Russell ?

– Rien de changé chez les Calloway. Tu n'as pas raté grand-chose. »

Hilary commanda un Bloody Mary et étudia le menu. « Qu'est-ce que vous me conseillez ?

– Le must, c'est leur salade Cobb, répondit Nancy. Ils ont une carte très complète, mais personne ne commande jamais rien d'autre. Si tu veux avoir l'air d'une habituée, tu prends une Cobb, mais sans bacon, sans bleu, sans œuf et sans vinaigrette.

– Mais il reste quoi, alors, en dehors de la laitue ?

– Pas grand-chose. De l'eau, des fibres et le doux parfum du sacrifice.

– Tu as raison, ça n'a pas l'air mal », déclara Corrine. C'était exactement le genre de chose qui rendait fou Russell. Elle l'entendait déjà dire : *Enfin, bon sang, c'est le fromage et le bacon qui font de cette salade une Cobb*, mais au contraire de la plupart de ses congénères, elle ne raffolait pas spécialement de l'un ni de l'autre et elle détestait les déjeuners trop copieux. Elle n'aimait pas se promener tout l'après-midi avec l'impression d'être une saucisse garnie. Quand le serveur revint, elle commanda une salade Cobb sans fromage ni bacon. Elle garda les œufs, cependant, et demanda qu'on lui mette la vinaigrette à part.

Le serveur les écouta, l'air stoïque, soustraire l'une après l'autre divers ingrédients de leur salade. « Un petit hors-d'œuvre ? demanda-t-il, un peu abattu.

– Et si on prenait une bouteille de vin », proposa Nancy.

Hilary soutint la motion ; l'attention de Corrine fut soudain distraite par l'apparition de son mari, guidé jusqu'à sa table par Declan, le propriétaire des lieux.

« Parmi tous les endroits où on peut boire un gin dans cette ville…, s'exclama Russell.

– J'espère que vous ne vous apprêtiez pas à déjeuner avec votre petite amie », dit Declan, avec une grimace complice et un clin d'œil.

Russell s'apprêtait à embrasser Nancy, quand il remarqua la présence d'Hilary. Il blêmit.

« Hello, beau-frère.

– Hilary… » Signe qu'il prenait note de sa présence, presque une exclamation, mais moins qu'un salut. Il paraissait abasourdi.

« C'est moi la coupable, déclara Nancy. J'ai organisé cette petite rencontre sans que ta femme le sache. »

Russell hocha la tête d'un air songeur. Malgré toutes ses bonnes manières, il se refusait à faire comme si tout cela lui était indifférent.

« J'aurais pu jurer que tu avais dit que tu ne venais plus jamais ici, intervint Corrine, espérant alléger un peu l'atmosphère. Je me rappelle très bien avoir entendu quelqu'un dire qu'il en avait assez de ces restaurants du nord de Manhattan spécialisés dans les repas d'affaires et qu'il allait forcer la terre entière à revenir vers le centre-ville.

– La personne avec qui je dois déjeuner a insisté pour que nous nous retrouvions ici.

– Un mondain narcissique ? demanda Nancy.

– Attends une seconde. On serait quoi, nous, alors ? répliqua Corrine.

– Je déjeune avec Phillip Kohout, dit Russell.

– Oh mon Dieu ! s'écria Hilary. Présente-moi, je t'en prie.

– Moi d'abord, protesta Nancy.

– Je suis sûr qu'il sera ravi de signer quelques autographes, répondit Russell. En attendant, je vais laisser ces dames entre elles.

– Bon, ça s'est plutôt bien passé, déclara Nancy, qui ne savait pas très bien que dire.

– Si tu entends par là qu'il n'y a pas eu d'échanges d'injures ni de violence, commenta Corrine, alors oui, ça a été un grand succès.

– Russell est un vrai gentleman », conclut Veronica.

Corrine avait envie de retirer sa veste – on se serait cru dans un sauna, ici –, mais elle avait honte de ses bras, de cette peau qui pendait sous ses biceps. « Personne d'autre que moi n'a trop chaud ? » dit-elle en s'éventant avec le menu.

Veronica échangea un regard entendu avec Nancy.

« Quoi ? rétorqua Corrine.

– Il ne fait pas particulièrement chaud, répondit Nancy.

– Moi, je suis pratiquement gelée, renchérit Hilary.

– Eh bien, moi, j'étouffe.

– C'est le retour d'âge…, commença Nancy.

– De quoi tu parles ?

– Bouffées de chaleur ?

– Qu'est-ce que tu me chantes ? N'importe quoi ! » s'indigna Corrine, tout en s'interrogeant. Elle avait souvent eu l'impression d'avoir trop chaud ces derniers temps, surtout la nuit, elle se réveillait en sueur, et ses règles avaient quinze jours de retard.

« Est-ce que tu as des problèmes de lubrification ?

– De lubrification ?

– Oui, vaginale, je veux dire.

– Pour l'amour du ciel ! s'exclama Corrine. J'ai seulement un peu trop chaud. » Soudain, il y eut comme une sorte de pause, le volume baissa dans toute la salle et les têtes se tournèrent vers l'entrée, là où Phillip Kohout serrait la main du journaliste Brian Williams. Escorté par le très attentif Declan, il s'arrêta à plusieurs tables pour saluer ou embrasser une connaissance.

« Je n'aurais rien contre me retrouver enfermée dans une cellule avec lui, déclara Nancy.

– Il est plus petit que je ne croyais.

– Comme toujours, non ? »

Au passage, il aperçut Corrine et dit : « Mon Dieu, c'est la pure vérité, *tout le monde* est là. Corrine, vous êtes un vrai mirage. » Il se pencha pour lui poser la main sur l'épaule et, voyant que ce geste ne suscitait aucune réaction négative, il l'embrassa sur la joue.

« Et vous, Phillip, vous êtes un flatteur et un marchand de clichés.

– Corrine, je t'en prie, intervint Nancy. Est-ce une façon de s'adresser à un héros de guerre ?

– Madame Tanner, je ne crois pas avoir eu le plaisir…, dit-il. Mais je suis un grand fan de votre œuvre.

– Moi de même, répondit-elle. Et j'admire votre courage.

– Il n'en faut pas beaucoup pour être fait prisonnier, croyez-moi. »

Tout en se rappelant combien elle l'appréciait peu et trouvait son côté lèche-bottes déplaisant, Corrine n'en oublia pas moins ses bonnes manières. « Phillip, je vous présente mon amie Veronica Lee et ma sœur, Hilary. » Elle se rendit compte seulement par la suite qu'elle avait manqué de courtoisie en ne donnant pas le nom de famille d'Hilary, mais à voir la réaction de Phillip, elle se dit qu'il n'en avait nul besoin.

Après avoir poliment serré la main de Veronica, il saisit celle d'Hilary comme si elle risquait d'une seconde à l'autre de tomber de sa chaise.

« Comment se peut-il que Corrine ne m'ait jamais dit qu'elle avait une sœur ?

– Devant ses amis intellectuels, elle a un peu honte de moi, en fait.

– Elle a peut-être une autre raison de vous cacher.

– C'est vrai, fit Corrine. Je tiens à protéger la vertu de ma petite sœur. » Personne ne rit de sa plaisanterie, cela l'étonna un peu.

« Mais si je promets de la ramener de bonne heure, peut-être que vous me permettrez de l'inviter à prendre un verre. Seulement si elle a l'âge légal de boire de l'alcool, bien entendu. »

Corrine, avec effroi, eut l'impression qu'elle allait vomir, là, devant tout le monde, jusqu'à ce qu'Hilary donne son numéro de téléphone à Phillip, mettant ainsi fin à cette scène insipide et grotesque.

« À bientôt, belles dames », lança-t-il avant de poursuivre son chemin sirupeux vers la table de Russell.

« Quel charmeur ! s'exclama Nancy. Il est encore plus mignon en chair et en os.

– Comment se fait-il qu'il soit célibataire ? s'enquit Hilary.

– Je crois qu'il a été marié brièvement, répondit Corrine.

– Et Dan dans tout ça ? demanda Veronica.

– On s'est séparés, expliqua Hilary. Je l'adorais – enfin, je veux dire, c'est un type formidable et tout et tout, mais ces derniers temps, ça ne marchait plus entre nous. On vient d'horizons trop différents. On essaie de faire comme si on vivait dans une société sans classes, mais c'est faux. En plus, il se sentait tellement coupable d'avoir divorcé que ça a fichu notre relation en l'air. La dernière fois que j'ai eu de ses nouvelles, il s'apprêtait à retourner avec son ex, ce qui ne me dérange pas du tout. Je me demande juste quel a été le sens de notre petite aventure.

– De son côté, dit Nancy, je pense qu'il a dû prendre son pied avec toi.

– Il m'a déjà appelée deux fois ivre mort au milieu de la nuit pour un plan cul, raconta Hilary. Mais pour moi, c'est une affaire classée. Je suis passée à autre chose, et j'espère qu'il va se dépêcher de faire pareil. »

Corrine était déjà au courant de cette séparation, mais elle voulait entendre la version d'Hilary. Elle trouvait le snobisme de sa sœur assez divertissant, cette idée d'une fracture de classes entre eux. En réalité, Dan, diplômé de Queens College, avait fait de plus longues études que sa sœur, qui avait arrêté les siennes à Hollins, au fin fond de la Virginie, au bout d'un an, même si elle avait auparavant fréquenté les plus prestigieux pensionnats du pays – d'où elle avait invariablement été renvoyée. Corrine avait toujours pensé que Dan était quelqu'un de bien, qu'il avait une influence apaisante sur sa sœur, et elle regrettait de le savoir parti. C'était aussi lui qui faisait bouillir la marmite, ce qui posait la question de la façon dont Hilary subvenait maintenant à ses besoins : la réponse étant d'ordinaire à chercher du côté de celui avec qui elle couchait.

« Je travaille sur un pilote pour une série télé, genre *Sex and the City*, mais en plus graveleux, répondit Hilary, quand Veronica eut abordé le sujet de l'emploi. Et j'ai eu un rôle dans *New York, police judiciaire*, le mois dernier.

– On tourne encore des épisodes ? s'étonna Veronica.

– J'adore cette série, déclara Nancy.

– Et ça te suffit pour payer ton loyer ? » demanda Corrine, sceptique.

Nancy lui jeta un coup d'œil sévère.

« En fait, j'habite chez un ami dans la 57ᵉ Rue en ce moment. C'est franchement sympa, comme appart. Vous devriez venir voir. »

Ah oui… un ami, songea Corrine.

La Cobb dûment dépouillée fit son apparition – de grands saladiers blancs remplis de laitue toute simple –, accompagnée d'une bouteille de pinot grigio. Tout était soit blanc soit vert.

« Je pourrais peut-être t'obtenir un rôle dans mon film, proposa Nancy.

– Il va se faire ?

– On commence à tourner cet été à New York.

– Génial !

– C'est sûr à quatre-vingt-dix pour cent », précisa Nancy. L'adaptation au cinéma de son deuxième roman était passée en production depuis cinq ou six ans, ce qui finalement n'était pas si long quand on pensait aux péripéties de *Jeunesse et Beauté*.

« Qui joue ton rôle ?

– Ce n'est pas vraiment moi, répondit Nancy. C'est de la fiction, évidemment.

– Bien sûr, rétorqua Veronica. La vaillante héroïne blonde n'a aucune ressemblance avec sa créatrice.

– Je pense que Jennifer Aniston serait parfaite, dit Hilary.

– Trop sainte-nitouche », répliqua Nancy. La question de savoir qui devrait jouer Nancy à l'écran occupait leurs conversations depuis des années. Pour ce qu'en savait Corrine, personne n'avait jamais proposé une actrice qui trouve grâce à ses yeux.

« Et ton film à toi ? demanda Hilary à Corrine. À partir du livre de Jeff.

– Je n'y compte plus trop. Je n'ai eu aucune nouvelle depuis que j'ai rendu la dernière version en septembre.

– J'ai vu un gamin qui lisait ce bouquin dans le métro, la semaine dernière », intervint Veronica.

Corrine hocha la tête. « Russell dit que les ventes augmentent régulièrement. C'est devenu un roman culte sur les campus.

– Je vous ai dit que je donnais une conférence à Vassar, le mois prochain ? » demanda Nancy.

Après déjeuner, Corrine se rendit à son bureau où elle regretta d'avoir bu ce verre de pinot grigio quand elle fut prise d'un sommeil irrépressible devant son ordinateur. Elle devait s'assurer qu'il y aurait assez de bénévoles pour la collecte de nourriture au Greenmarket, cette semaine. Pour l'instant, il lui en manquait trois. Quatre jours par semaine, leurs bénévoles ratissaient le Greenmarket d'Union Square à la fermeture afin de récolter les produits frais invendus. Elle aurait dû enrôler ses compagnes de déjeuner, ces prêtresses de la salade réduite à sa plus simple expression. Elle était toujours irritée de s'être laissé piéger de cette façon, mais l'idée d'Hilary ou de Nancy faisant du bénévolat avait quelque chose de risible. Elle avait été émue, malgré elle, de revoir sa sœur, toutefois elle n'était pas prête à renouveler trop souvent l'expérience et continuait de penser qu'elle n'avait pas une bonne influence sur les enfants.

À cinq heures et quart, elle passa prendre Jeremy à la sortie de son cours de karaté. Toutes leurs tentatives pour l'intéresser au sport avaient échoué, mais Russell avait regardé quelques films de samouraïs avec lui, et la plupart des étranges dessins animés et jeux vidéo qui l'attiraient semblaient inspirés par les arts martiaux japonais ; le karaté était en parfaite harmonie avec l'esthétique des Pokémon, Digimon et autres Dragon Ball Z. Finalement, les Japonais n'avaient pas conquis les États-Unis, comme on avait craint qu'ils ne le fassent au milieu des années quatre-vingt quand ils avaient racheté Sony et le Rockefeller Center. À l'époque tous les best-sellers étaient plus ou moins des copies de *La Voie du samouraï*. Néanmoins, ils avaient laissé une empreinte durable dans l'univers imaginaire des jeunes garçons américains.

« Le *sensei* m'a donné un "Excellent" pour mon *kata Heian Nidan*, lui annonça-t-il en sortant du dojo.

– Ça m'a l'air très bien.

– Il y a vingt-six mouvements et il est vraiment difficile à réussir.

– Félicitations, Jeremy !

– Si quelqu'un essayait de nous agresser dans la rue, je pourrais m'en occuper.

– Eh bien, c'est bon à savoir, mais je ne crois pas qu'on risque grand-chose par ici. » Dans les années quatre-vingt, c'était une sorte de rite de passage ; tous ses amis s'étaient fait agresser et elle-même arracher son sac sur la ligne 6 en 1981. Russell était parvenu à s'enfuir en courant pour échapper à deux malfrats dans le West Village peu après – du moins, c'était ce qu'il racontait –, mais depuis quelque temps, on n'entendait plus parler d'incidents de ce genre à Manhattan.

« La sœur de Dylan Lefkowitz s'est fait attaquer, la semaine dernière, insista-t-il. Des Hispanos lui ont arraché son portable.

– En tout cas, j'espère que tu ne comptes pas utiliser le karaté dans la rue. »

Quand ils arrivèrent à la maison, Storey et Joan venaient de rentrer du club de français. « Russell vous a dit quelque chose pour le dîner de ce soir ? demanda Corrine à la baby-sitter.

– Il a dit que les enfants prendraient des plats à emporter chez Bubby's. On est lundi.

– Ah zut ! » Corrine avait oublié que c'était leur soir de sortie, une tradition qu'ils observaient aussi souvent que possible. Elle n'en avait aucune envie, aujourd'hui, après son déjeuner copieux. De plus, elle avait l'impression qu'elle allait avoir ses règles d'une minute à l'autre maintenant – son cycle était devenu irrégulier depuis peu, après des années où il était de vingt-huit jours précis. Elle se demanda si ses copines avaient raison de penser qu'elle était en préménopause. Ce n'était pas que ses règles lui manqueraient, ah ! ça non, mais elle avait peur de perdre un aspect vital de sa féminité.

Après avoir donné à manger aux enfants et surveillé leurs devoirs, Russell et elle remontèrent la rue jusqu'à l'Odeon, un restaurant installé là depuis aussi longtemps qu'eux et qui avait survécu à toutes les modes impitoyables en matière de cuisine et de décoration, sa vitrine rétro éclairée au néon ressemblant à un tableau perdu d'Edward Hopper des années quarante, alors qu'il avait ouvert sous la présidence de Reagan. Pour Russell, cet endroit avait la patine de la mélancolie, il était empreint du souvenir cher à son cœur de repas pris ici en compagnie de Jeff Pierce. Il ne restait pas tellement de lieux du New York que celui-ci avait connu. Pour Corrine, qui n'était pas présente à la plupart de ces soirées entre potes, l'Odeon avait l'avantage d'être à quelques pâtés de maisons de chez eux et de servir une salade frisée au chèvre classique.

Il y avait aussi, pour lui, le plaisir d'être salué par son nom par la jeune femme de l'accueil, et de se faire escorter jusqu'à leur table habituelle. À cet égard, Russell n'était en rien différent des habitants de cette ville, il avait ce même besoin d'être reconnu et choyé dans son petit coin de la métropole.

Pendant que l'hôtesse et lui bavardaient, Corrine se laissa aller à penser à Luke dans son vignoble lointain. À moins qu'il n'ait été dans sa réserve d'animaux sauvages ? Il l'avait appelée quelques jours plus tôt pour lui dire qu'il arriverait à New York, la semaine prochaine. Aucun plan précis, mais il avait clairement exprimé le désir de la voir. Si elle ne s'était pas montrée aussi explicite que lui, elle n'en avait pas moins le même désir, bien qu'elle ait du mal à savoir pourquoi.

Soudain, l'hôtesse disparut et Russell déclara : « Ne me dis pas, s'il te plaît, qu'Hilary est de retour dans notre vie.

— Eh bien, il est évident que je n'ai rien fixé avec elle. Et si tu veux savoir, j'ignorais tout de sa présence à ce déjeuner.

— Que devient-elle, si je peux me permettre ?

— Je t'ai dit qu'elle avait rompu avec Dan, il y a six ou sept mois, et à présent elle raconte qu'elle est en train d'écrire un pilote pour la télé.

— Mon Dieu ! Il ne faudra pas rater ça ! Mais quelles sont ses compétences en la matière, là est la question.

— N'oublie pas qu'elle est apparue dans deux épisodes de *New York, police judiciaire.*

— Comme tous les gens qu'on connaît, d'ailleurs. »

Impatiente de changer de sujet de conversation, elle lança : « Kohout avait tout du héros triomphant, à midi, chez Declan. J'imagine qu'il était ravi.

— Et pourquoi pas ? Il a bien mérité de se retrouver sous les projecteurs, si tu veux mon avis.

— Et il en profite à fond !

— Qu'est-ce que tu lui reproches exactement ?

— Je ne sais pas, je trouve qu'il a les chevilles assez enflées. Je ne crois pas que ce soit quelqu'un de bien, voilà tout. De plus, je n'aime pas l'idée que tu risques autant d'argent sur son bouquin.

— Il faut prendre des risques si l'on veut que ça rapporte.

— Ta politique d'édition, c'est de trouver et publier des livres dont les grands éditeurs ne veulent pas. D'être sur un marché de niche, tu te rappelles ?

— Justement, je voudrais l'élargir un peu.

— Tu cultives le paradoxe, maintenant ? Par définition, une niche, c'est…

– Merci, Corrine, je sais ce que c'est. Voyons un peu ce qu'on nous propose au menu du jour », dit-il en se tournant vers la serveuse qui s'était approchée de la table.

Corrine s'excusa, ses règles s'étaient déclenchées d'un seul coup et elle se dirigea avec précaution vers les toilettes. Pour le meilleur, et pour le pire, elle restait dans la course, malgré l'empressement de ses amies à prononcer l'oraison funèbre de sa féminité.

21

« La veille encore, j'étais assistant à l'université d'Iowa City, dit Phillip, et voilà que soudain je trouvais ma photo dans le *Times Book Review* et que je passais à l'émission *Today*. »

Ils étaient au KGB, un café de l'East Village connu pour ses rencontres littéraires et son service à la cosaque, franchement discourtois. Russell l'avait invité à venir écouter Jack Carson lire, et à présent, tandis que l'étoile montante se noyait dans le flot de ses admirateurs, Phillip s'excusait avec volubilité auprès de Russell pour avoir, il y a longtemps, rompu un contrat, tout en revisitant les jours où, lui aussi, avait été un jeune auteur de fiction adulé.

« Dès la fin du semestre, j'avais emménagé à Manhattan, pris un billet de première classe pour Hollywood et passé une soirée avec River Phoenix au Viper Room, trois soirs avant qu'il tombe raide mort sur le trottoir. D'un côté, tout ça semblait très naturel, je l'avais bien mérité, une reconnaissance un peu tardive de mon talent inné et de mon travail acharné. Bien sûr, j'avais toujours pensé que j'étais un génie méconnu. Mais de l'autre, j'avais l'impression d'une gigantesque imposture, on m'encensait sans raison et je n'étais pas prêt à jouer le rôle qui m'était échu : celui du jeune prodige, la voix de la nouvelle génération. Et aussi, je me demandais pourquoi ce n'était pas moi qui avais fait cette overdose devant le Viper Room, étant donné la quantité de coke que j'avais sniffée ce soir-là. J'y avais déjà touché, mais maintenant que j'avais de l'argent et que je jouissais d'un minimum de célébrité, je m'y étais mis pour de bon. La première fois où j'en avais pris, j'avais tout de suite su que je venais de trouver ma came favorite, l'accès au meilleur de moi. Je me sentais *normal* : par exemple, je pouvais entrer dans une pièce et m'imaginer que je faisais partie de ce groupe d'êtres humains sans la moindre gêne ni timidité. Du moins, c'est ce qu'il m'a semblé au début, et dans les années qui ont suivi. Et puis, un jour, tu te rends compte que la drogue ne fait qu'accentuer ta gêne et qu'elle te sépare de la grande majorité de tes semblables qui ne prennent pas de coke sans arrêt, mentir, alors, devient un réflexe constant, tu appelles ton agent à dix heures du matin pour annuler une lecture à l'heure du déjeuner à Philadelphie parce que, dis-tu, tu souffres d'une crise de diverticulite aiguë, et pas parce que tu as passé une nuit blanche à te défoncer avec une serveuse du Bar-Tabac. Finalement, tu te mets à inventer par avance des excuses pour refuser tout engagement qui pourrait t'éloigner de la coke, et à en inventer aussi après avoir manqué un dîner, un anniversaire ou dépassé une date limite de boulot. »

Russell vit qu'un groupe de jeunes femmes avaient repéré la présence de Kohout. Elles affichaient un style trop décontracté pour paraître s'en émouvoir, ce qui ne les empêchait pas pour autant de se repasser l'information les unes aux autres.

« Malgré tout, je maintenais une certaine façade. Genre, tu dis à ton agent et à ton éditeur que ton deuxième roman va être génial. Bientôt quelques pages, c'est une question de jours, vraiment un truc bien. C'est étonnant de voir combien de gens attendent en fait qu'on leur mente. Des hordes entières. On finirait par croire à la bonté intrinsèque de l'humanité à faire ainsi l'expérience de la crédulité de notre espèce. Plus on est célèbre, et plus on nous pardonne nos mensonges. Les femmes – on déteste dire ça, ça paraît sexiste, mais bon… –, ce sont elles qui ont le plus tendance à tout gober, qui sont capables d'espérer sans espoir de retour, en particulier quand on leur promet qu'on va s'amender. »

En jetant un coup d'œil de l'autre côté de la salle, sous les affiches datant de l'époque soviétique, Russell vit une vague d'hilarité traverser la foule qui se pressait autour de Jack.

« Entre-temps, le scénario en est à sa troisième version et a fait l'objet d'une bonne dizaine de réunions, et ton agent à Hollywood met de plus en plus de temps à te rappeler quand tu lui téléphones. À la fin, bien entendu, il y a l'intervention. Tu t'en souviens, j'imagine ? »

Russell hocha la tête. Comment aurait-il pu oublier ? L'assaut donné chez Phillip à dix heures du matin. De façon mystérieuse et désagréable, cela lui avait rappelé la première opération commando de ce genre qu'il ait jamais menée, même si l'attirail était différent, rouleaux de billets et lames de rasoir à la place des seringues et des petites cuillers, l'héroïne étant le poison favori de Jeff. Au bout du compte, ils n'avaient pas réussi à le sauver, mais seulement parce qu'il était déjà contaminé par le virus du sida, et l'idée qu'il aurait pu agir plus tôt avait tourmenté Russell durant toutes ces années – c'était d'ailleurs une des raisons pour lesquelles il avait accepté de leur prêter main-forte quand le frère de Phillip lui avait téléphoné. Russell, Marty Briskin, l'ancienne petite amie de Phillip, Amy, qui leur avait donné la clé pour entrer, le frère et son compagnon de chambre à Amherst, sans parler du conseiller en toxicomanie, un brave barbu plein d'empathie en sandales et pantalon de chanvre. Russell se mettait à la place de Phillip et il imaginait cette horreur : être réveillé en sursaut, après quelques heures de sommeil agité, pour se retrouver face à ses jurés, rien que des proches, qui venaient de s'infiltrer dans son appartement en plein désordre, encore empesté par des relents de tabac et de vodka renversée, la table basse tachée et striée de résidus de cocaïne. Un cauchemar éveillé, assurément. Le frère était le chef du commando, c'est lui qui l'avait secoué pour le réveiller, d'abord gentiment, puis plus brutalement. Quand Phillip avait compris qu'ils ne repartiraient pas, il avait titubé jusqu'à la salle de bains et passé un quart d'heure sous la douche. L'agent d'Hollywood avait alors fait entendre sa voix, pendant exactement neuf minutes, à travers le haut-parleur du téléphone, proposant des soirées cocaïne avec différentes vedettes du cinéma avant de raccrocher pour prendre l'appel d'un autre acteur célèbre. Phillip avait tout nié en bloc, bien sûr. Il n'avait aucun problème particulier. Il consommait de temps à autre pour s'amuser. De terribles récits de perfidie et de malfaisance avaient été échangés ; on avait joué de la carotte et du bâton, et il avait fini par accepter une cure de désintoxication de deux mois à Silver Meadows.

« On ne peut pas dire que je me sois senti soulagé quand tout s'est effondré et que cette célébrité que je ne méritais pas s'est envolée, poursuivit Phillip. Une fois désintoxiqué, j'ai vu dans cette expérience le sujet de mon prochain roman. Et même si je devais par contrat te le proposer en premier, il était évident pour tout le monde que je pourrais en tirer davantage d'argent ailleurs, et honnêtement, j'ai pensé que tu étais quelqu'un de trop élégant pour me forcer à respecter les termes du contrat.

– Dois-je prendre ça pour un compliment ?

– J'essaie seulement d'expliquer les choses. Non, en fait, je te demande de m'excuser. En définitive, tu as eu de la chance de ne pas devoir publier cette merde, même si je suis certain que tu en aurais fait un bien meilleur livre. En l'occurrence, mon soi-disant éditeur chez HarperCollins n'a fait aucun travail de correction.

Le problème, c'est que je ne croyais pas du tout au salut que j'étais censé promouvoir. Mon engagement à rester *clean* était plus tactique que ressenti. Et je n'avais pas remarqué que les Mémoires en tout genre commençaient à connaître une popularité sans égale dans les années quatre-vingt-dix.

– Si tu avais appelé ça Mémoires, le livre se serait peut-être mieux vendu.

– J'en suis sûr. Regarde un peu James Frey. Les gens ont voulu croire que la déchéance était bien réelle, peu importait que les souvenirs soient ou non fiables – surtout ceux d'un drogué –, que les junkies soient avant et plus que tout des menteurs et que la plupart des romans soient en réalité des Mémoires, et les Mémoires des romans. »

Une jeune femme se cogna contre leur table et renversa la plus grande partie de son verre sur Phillips. Elle resta un instant bouche bée avant de s'exclamer : « Je sais qui vous êtes.

– Comme j'aimerais pouvoir en dire autant », répondit-il.

Après s'être enfin débarrassé de ses fans, Jack Carson vint s'asseoir à leur table. Au bout de quelques minutes, Phillip se leva et disparut avec la jeune femme.

« Je reviens tout de suite, s'excusa-t-il.

– Ce mec est complètement mytho », dit Jack.

Russell commençait à craindre que ce ne soit pas faux. Kohout n'avait toujours pas reparu quand il quitta les lieux vingt minutes plus tard.

22

En empruntant Spring Street en direction de l'est, Corrine fut frappée une fois de plus par le nombre de boutiques chic qui infestaient SoHo depuis l'arrivée de Prada, Chanel, Longchamp et Burberry, et se demanda à quel moment exactement Manhattan était devenu un repaire de marques de luxe et de franchises : Dubaï sur l'Hudson. Elle marqua une pause rapide devant la vitrine d'Evolution – une exception à cette tendance déprimante –, sans doute la boutique préférée de Russell, qui vendait des fossiles, des crânes d'ours, des météorites et autres objets fétiches des garçons de douze ans. Sur un mur en stuc, quelques mètres plus loin, dégoulinait un graffiti : OPPOSEZ LE GLAMOUR À LA TERREUR.

La fraîcheur de cette fin d'automne, ce tournant de l'année, lui remémora tout ce qu'elle avait pour projet d'accomplir et tous les vœux de changement qu'elle avait formulés, non sans une vague mais puissante nostalgie teintée d'une nouvelle note de désespoir à l'idée qu'elle avait moins de novembres devant elle que derrière. Et aujourd'hui, comme pour matérialiser cette mélancolie sans objet, Luke avait reparu.

Si elle n'en disait mot à Casey, elle avait l'impression que le rendez-vous qu'elle avait ce soir-là avec Luke pourrait lui paraître moins tangible ou, en tout cas qu'il ressemblerait moins à une infidélité. Elle adorait tout raconter à son amie, mais si elle lui parlait de ce rendez-vous, ce serait comme si elle trahissait plus gravement encore la confiance de Russell, et puis elle s'était juré de ne pas coucher avec Luke, ce que Casey ne croirait sûrement pas. C'était au tour de Casey de se déplacer, et elles devaient se retrouver dans le centre chez Balthazar, qui rappelait Paris à son amie, mais dont elle ne pouvait s'empêcher de dire que ce n'était tout de même pas La Coupole.

Casey l'attendait dans l'entrée et elle portait ce qu'elle devait penser être une tenue typique du quartier : un blouson de motard en velours noir, avec épaulettes et chaînes en argent, sur un T-shirt blanc, un pantalon en cuir noir moulant et des espèces de bottes matelassées, en cuir noir elles aussi. Manifestement, elle supportait mal d'être bousculée par les clients sans réservation et les touristes de passage qui s'amassaient autour de la porte. Elle embrassa son amie trois fois sur les joues, comme il se devait, et Corrine se fraya un chemin jusqu'au maître d'hôtel, une superbe Eurasienne grande et svelte, pour faire valoir sa réservation.

Suivant les jambes étonnamment longues de leur guide, elles passèrent devant les box réservés aux VIP – même si ce jour-là Corrine ne reconnut personne, rien qu'une troupe de magnats du quartier très satisfaits d'eux-mêmes –, et elles s'installèrent à une petite table bien placée.

« Depuis le temps que tu viens ici, ils pourraient quand même te donner un box.

– À Russell, ils en proposent toujours un, mais moi, il ne m'est jamais venu à l'idée d'en réserver un.

– C'est seulement que c'est plus confortable », répliqua Casey, ce qui était sans doute vrai, mais Corrine soupçonnait que cela avait peu de lien avec le désir de son amie d'être vue dans un box. « Je pourrais demander à Washington de faire la réservation la prochaine fois, si tu ne veux pas déranger Russell. »

Corrine mit un certain temps à digérer l'information. « Oh mon Dieu, ne me dis pas que… »

Casey ne put retenir un petit sourire satisfait. « Je l'ai croisé par hasard la semaine dernière au gala de la Literacy Partners, je siège au conseil d'administration en fait, Tom était en voyage, comme d'habitude, et je suppose que Veronica était à la maison avec les enfants.

– Alors, vous avez décidé que vous pourriez peut-être vous prendre une chambre ?

– Oh, je t'en prie, tu sais bien que notre histoire ne date pas d'hier…

– Autrefois, tu disais que c'était une espèce d'alchimie.

– Que ce soit ça ou autre chose, ça existe toujours.

– Mais comment est-ce arrivé ? demanda Corrine, qui savait très bien que leur liaison remontait aux années quatre-vingt.

– Un cocktail après l'autre… puis, un bouton après l'autre. Tu veux vraiment tout savoir ?

– Et donc, comme ça d'un seul coup, vous décidez qu'il faut vous retrouver dans un lit toutes affaires cessantes ? » Bizarrement, elle avait envie de connaître tous les détails préliminaires. Alors qu'elle-même avait une aventure, il lui semblait toujours incroyable que des adultes mariés puissent se retrouver à coucher avec des gens qui n'étaient pas leur conjoint.

« On a flirtouillé, puis on est allés dans un bar au coin de la rue. Ensuite, on a pris une chambre.

– Où ça ?

– Un hôtel dans le West Side.

– Et je suis censée en penser quoi exactement ? Tu sais que Washington et Veronica sont pour ainsi dire nos meilleurs amis. »

La peau de Casey lui paraissait magnifique. Quel nouveau peeling exotique ou autre nouveau traitement la lui avait rendue aussi lumineuse ?

« Tu as toujours été au courant de… notre petite passion.

– Je pensais que c'était de l'histoire ancienne.

– Ça l'était, mais je suppose que le feu couvait encore sous la cendre. Et puis Veronica et toi, vous n'êtes pas si proches que ça, en réalité.

– Nous dînons avec eux demain soir. Je me comporte comment, moi ?

– Ne fais pas comme si tu n'avais aucune expérience en la matière.

– Tu sous-entends quoi, que je suis une hypocrite ?

– Bon, maintenant que nous avons abordé ce sujet, venons-en à toi, tu en es où avec Luke ? »

Corrine avait hésité à en parler à Casey parce qu'elle ne savait pas très bien elle-même quoi penser de la fin du mariage de Luke, et qu'elle devinait très bien, en revanche, quelle serait l'opinion de son amie à ce sujet. Malgré cela, elle avait envie de lui donner les dernières nouvelles. De plus, il lui fallait un alibi pour ce soir, et Casey était sa seule complice. « Il est revenu et je le vois aujourd'hui.

– Génial ! Où est-ce que vous vous retrouvez ? » demanda-t-elle avec la curiosité d'une habituée des rendez-vous clandestins à Manhattan. Quand on ne connaît pas bien la ville, on pourrait croire que, surpeuplée comme elle est, elle offre des refuges innombrables aux amants désireux de se rencontrer, deux anonymes dans la foule, mais quiconque a vécu à Manhattan pendant un certain temps sait que c'est un village et que votre camarade de chambre au pensionnat, ou l'associé de votre mari, risquent toujours de vous accoster sur un trottoir de Chelsea ou de vous faire signe depuis la table voisine dans une trattoria discrète des environs de la 80e Rue Est.

« Je n'ai pas trouvé d'endroit qui conviendrait. Il est descendu au Carlyle, alors je pense qu'on fera appel au room service.

– Magnifique. Voilà qui simplifie la question.

– Il y a autre chose. » Elle marqua une pause et reprit en baissant la voix : « Il divorce.

– Oh, mon Dieu !

– Je ne te le fais pas dire.

– C'est énorme !

– C'est clair. Mais je ne sais pas quoi en penser. »

Contrairement à d'habitude, Casey semblait avoir du mal à trouver ses mots. Elle se pencha pour prendre la main de son amie.

Corrine se sentit soulagée quand la serveuse s'approcha de leur table.

« Avez-vous jeté un coup d'œil au menu ? dit-elle.

– Non, mais nous prendrons deux salades Balthazar et nous partagerons une omelette, répondit Corrine pour respecter leurs traditions.

– En fait, j'ai commencé un nouveau régime, dit Casey. Je voudrais seulement du sirop d'érable, du jus de citron et de l'eau chaude.

– Je ne suis pas sûre que nous ayons du sirop d'érable.

– Eh bien, pouvez-vous vous renseigner ? Et je voudrais aussi du poivre de Cayenne. »

Corrine l'observa avec attention. « C'est ça qui te donne un teint aussi éclatant ?

– Il faut que tu essaies. J'ai perdu deux kilos et demi en trois jours. Incroyable que tu n'aies rien remarqué. » Quand la serveuse se fut éloignée, elle ajouta : « Je n'arrive pas à croire que Luke divorce. Ça doit te faire flipper, non ? »

Corrine hocha la tête.

« Que s'est-il passé ? C'est lui qui a pris la décision ? Tu penses que tu y es pour quelque chose ?

– On n'en a encore parlé que très brièvement, mais d'après ce qu'il m'a expliqué, c'est surtout parce qu'il ne veut plus d'enfants. Alors qu'elle, elle a vraiment envie d'en avoir.

– Les hommes devraient prendre ça en compte quand ils épousent de jeunes et belles plantes.

– Il paraissait très triste, soupira Corrine.

– Bien sûr qu'il l'est. Mais ça ne veut pas dire qu'une partie de lui ne s'en réjouit pas.

– Je ne veux pas que ce soit lié à moi. Ça ne se peut pas.

– Puisque tu le dis », conclut Casey.

La serveuse revint leur annoncer qu'ils avaient du sirop d'érable.

« Oh, et puis merde ! Je meurs de faim, déclara Casey. Nous allons prendre les deux salades Balthazar et l'omelette.

– Une seule omelette ?

– Exact. Et *deux* verres de chardonnay.

– Le mâcon ? À moins que vous ne préféricz le chablis ? Ce sont tous les deux des chardonnays.

– Parfait. N'importe lequel, disons le mâcon », répondit Casey, et lorsque la serveuse eut disparu avec les menus, elle marmonna : « Je ne supporte pas qu'ils se comportent comme si on commettait un crime de lèse-majesté quand on ne commande pas deux plats par personne.

– Je me dis toujours que je devrais essayer le steak frites, déclara Corrine en lorgnant sur un losange de bœuf luisant bien grillé et des cornets de frites, à la table voisine. Mais je me dis aussi que c'est un peu répugnant. Comment peut-on manger un truc pareil au milieu de la journée ?

– À propos de problèmes de nourriture, comment va Storey ? »

Corrine regretta d'avoir un jour abordé la question de la prise de poids de sa fille. Elle aurait dû savoir que cela donnerait à Casey une occasion supplémentaire de comparer Storey à sa propre fille si parfaite, elle, et qui, en plus de tout le reste, parlait couramment le mandarin.

« J'espère que ce n'est que passager. Russell pense que c'est sans doute en lien avec la tempête provoquée par Hilary. D'après lui, c'est juste après qu'elle a commencé à grossir, ce qui est la pure vérité. Jusque-là, elle avait toujours été un petit oiseau écorché, et depuis le dîner de Thanksgiving, on dirait qu'elle n'a plus cessé de manger. Tu ne devineras jamais quelle est son émission de télé préférée. *Barefoot Contessa*.

– La comtesse aux pieds nus, cette grosse vache qui avait une épicerie de luxe dans les Hamptons ?

– Celle-là même. Maintenant, elle fait de la télé et elle montre comment s'injecter du beurre directement dans les cuisses, et pour une raison qui m'échappe, ma fille trouve cette émission fascinante.

– Je t'ai déjà dit que tu devrais l'amener chez mon nutritionniste.

– Je ne veux pas lui faire remarquer qu'elle a pris des kilos. Elle est assez consciente comme ça de son image.

– Si tu ne le fais pas, crois-moi, ses camarades s'en chargeront. Cette ville n'aime pas les gros.

– Certes, mais il faut être attentif à ce qu'on dit, sinon, ça peut vite provoquer un problème de boulimie. » Corrine avait beau détester l'idée que Storey se laisse grossir, elle était terrifiée à celle qu'elle puisse transmettre ses propres angoisses à sa fille. Quand elle y réfléchissait à tête reposée, elle savait qu'elle devait y prendre garde. À l'époque où elle était élève à la Miss Porter's School, elle avait été hospitalisée pour boulimie et elle luttait encore de temps à autre contre l'envie de se faire vomir. Ou plutôt, elle y succombait encore parfois. Quoique, presque jamais. Cela faisait des mois…

Comme si elle avait lu dans ses pensées, Casey reprit : « Il y a des choses plus graves que de se faire vomir de loin en loin. C'est une des spécialités féminines de base, comme savoir feindre un orgasme, rien de plus. »

Une des craintes les plus fortes de Corrine était de se mettre à juger sa propre fille, à détester en elle ce qu'elle-même abhorrait chez les autres. Le fait que Storey se montre désormais critique envers elle, se moquant de ses tics, de ses vêtements, de ses habitudes, dès qu'elle en avait l'occasion, l'inquiétait tout autant. Elles avaient toujours été si proches, mais soudain Storey paraissait s'éloigner. Chaque fois qu'elle se laissait aller à vaguement imaginer un avenir avec Luke, elle n'avait qu'à se représenter la réaction de sa fille pour étouffer son rêve.

Elle se pencha pour ramasser sa serviette et, en se relevant, s'étonna du visage qu'elle vit dans la glace fumée derrière Casey, comme si, durant une fraction de seconde, elle ne reconnaissait pas tout à fait cette quinquagénaire qui lui ressemblait certes, mais en plus vieille. Dans son cœur, elle avait encore vingt-sept ou trente-trois ans. Au maximum, quarante-deux. Elle avait toujours repoussé l'idée d'un lifting, mais il était peut-être temps d'y songer. Le décalage qu'il y avait entre le passage des ans et l'image qu'elle se faisait d'elle-même était énorme. Tous les trois ou quatre ans, l'âge qu'elle avait en conscience faisait un bond en avant, poussé par un événement ou une rencontre, sans pour autant aller jusqu'à rattraper le présent.

« Tu couches avec Russell ces derniers temps ? » demanda Casey.

Corrine se pencha vers elle pour murmurer : « Je ne me souviens même pas de la dernière fois. Il y a encore quelques mois, il se plaignait que je n'en ai pas envie, mais aujourd'hui, on dirait que ça ne l'intéresse plus. Je me suis peut-être un peu laissé aller. » Un garçon leur proposa du pain, mais elles le renvoyèrent d'un geste de la main comme le diable en personne.

« Tu as déjà pensé à te faire retoucher les paupières ?

– Je suis si moche que ça ?

– Pas encore, mais il est temps de commencer à y songer. Il ne faut pas attendre d'en avoir vraiment besoin. L'entretien préventif, c'est le mieux, crois-moi. »

La serveuse leur apporta le vin et revint presque aussitôt avec les salades. « Voulez-vous que je les poivre un peu ? »

Elles refusèrent d'une seule voix.

« Incroyable qu'ils continuent avec ce rite ridicule du moulin à poivre ! s'exclama Corrine. Ils le faisaient déjà quand je suis arrivée dans cette ville, sauf qu'à l'époque, les moulins étaient énormes.

– Tout était énorme dans les années quatre-vingt. Les coiffures, les épaulettes, les fesses dans les robes moulantes. Même les moulins à poivre, les fameux Rubirosa.

– À en croire *Vogue*, les années quatre-vingt reviennent en force.

– Cela fait des années qu'elles reviennent, dit Casey. J'adore cette salade.

– Russell prétend que l'huile de truffe n'est que de l'huile d'olive à laquelle on ajoute un composant chimique qui imite le goût de la truffe.

– Quel rabat-joie ! Quelqu'un me racontait l'autre jour que le Splenda n'est pas fabriqué avec du sucre et je n'ai surtout pas voulu savoir à base de quoi c'était. Ça pourrait bien être un dérivé de crotte de chameau, du moment que c'est sans calorie et que c'est bon.

– J'adore le Splenda.

– Maintenant, si on pouvait inventer un chardonnay à zéro calorie, la vie serait absolument parfaite. »

Ce soir-là, Russell préparait un risotto pour les enfants tout en expliquant sa recette à une Storey aux anges, perchée sur un haut tabouret à côté de la cuisinière, et chacun leur tour, ils touillaient le riz, tandis que Jeremy faisait ses devoirs sur la table, Ferdie sur les genoux – un tableau du bonheur domestique qui semblait spécifiquement dressé pour la dissuader de mener à bien ses projets coupables. Elle aurait pu s'asseoir avec eux, parler avec son mari et ses enfants de leur journée ; au lieu de quoi, elle les abandonnait pour aller retrouver son ancien amant en prétextant une soirée entre copines. Toute sa journée avait eu une espèce de parfum français – elle aurait presque pu allumer une putain de Gauloise là, sous leur nez.

Elle se serait sentie mieux si Russell ne l'avait pas complimentée sur sa tenue. « Très élégante, ma chérie. Ce doit être vrai après tout, les femmes se font belles pour les autres femmes. »

Storey releva les yeux de la casserole. « Je ne t'ai jamais vue autant maquillée. » Elle avait un ton un peu hargneux. Et un peu soupçonneux aussi, mais peut-être était-ce seulement l'effet de son imagination. Il fallait à tout prix qu'elles se réservent un moment mère-fille bientôt : demain, ou au plus tard ce week-end.

Corrine portait une robe trapèze dos nu bleu pastel, qui s'arrêtait juste au-dessus du genou, achetée après déjeuner, le jour même, chez Century 21, la boutique des dégriffés de luxe, et des escarpins Gucci avec un talon de dix centimètres que Casey lui avait donnés, le mois dernier, après avoir décidé qu'ils lui comprimaient les orteils. Sous l'œil attentif de son mari et de sa fille, elle était consciente du temps qu'elle avait passé à se pomponner pour cette soirée.

Elle se sentait terriblement en faute.

« Pourquoi tu as l'air si triste ? dit Jeremy.

– Parce que je vous laisse, c'est tout.

– T'as qu'à rester.

– Est-ce qu'on peut regarder *Survivor* ? demanda Storey, qui sentait une ouverture possible.

– Vous connaissez la règle. Il y a école demain. » Sans compter qu'elle trouvait ridicule cette émission de téléréalité, même si plusieurs de ses propres amies en étaient fans, elles aussi.

« Mais on a fini nos devoirs. Tu nous as laissés la regarder la semaine dernière, et maintenant on veut savoir si Gillian va se faire ou pas éjecter de l'île au prochain vote.

– C'est votre père qui décide », répondit-elle pour ne pas céder, sachant pertinemment que Russell choisirait le chemin du compromis.

L'ascenseur descendit en vacillant jusqu'au rez-de-chaussée. Elle croisa Bill Sugarman, leur voisin, portant un sac de linge dans une main et tirant un marmot récalcitrant de l'autre. « Salut Bill, tout va bien ? »

Il soupira et fit une grimace. « Ce n'était pas exactement la vie dont j'avais rêvé, tu vois. »

Peu préparée à cet accès de sincérité, elle ne sut que répondre quand il passa devant elle pour monter à son appartement.

Elle arriva au Carlyle à bout de nerfs, pénétra le souffle court dans l'ascenseur d'un autre âge en compagnie du petit liftier obséquieux, sanglé dans son uniforme galonné et coiffé de sa casquette, portrait craché de ses homologues dans les films new-yorkais des années trente, qui amenaient Carole Lombard ou Norma Shearer retrouver Cary Grant ou Ronald Colman.

Son empire sur elle-même continua de s'effriter quand elle aperçut Luke sur le seuil de sa chambre, son sourire triste rendu plus poignant encore par sa cicatrice et son œil paresseux un peu trouble. Soit parce qu'il la sentait réticente, soit par timidité, il ne la prit pas dans ses bras, mais se pencha pour lui poser une bise sur la joue. « Que je suis heureux de te voir, entre, je t'en prie !

– Je suis contente, moi aussi. »

Elle balaya du regard le vaste et élégant salon qui donnait sur Central Park et les gratte-ciel élancés du

West Side, son décor Louis XV un peu fatigué et même presque défraîchi. Follement cher, assurément, mais sans prétention idiote.

« J'adore ta robe.

– Merci. Si tu savais comme j'aimerais te dire que je l'ai trouvée au fond de mon placard, mais la vérité, c'est que je l'ai achetée cet après-midi.

– OK, mais pourquoi cela te rend-il si malheureuse ?

– Je m'en veux, parce que… parce que je l'ai achetée pour toi, parce que je voulais me faire belle pour toi.

– Je me sens flatté et honoré.

– Alors, pourquoi est-ce que je m'en veux ? C'est à toi que je devrais en vouloir.

– Je n'ai pourtant rien fait pour mériter ta colère, que je sache.

– Tu es revenu. Tu as appelé. Tu m'enfermes dans un dilemme. »

Il pivota sur lui-même et se dirigea vers la petite alcôve du bar, où une bouteille de dom pérignon avait été mise à rafraîchir dans un seau en argent, et il emplit deux flûtes. Dieu du ciel, ce champagne et le room service devaient coûter aussi cher que sa robe, et même plus sans doute. Était-ce bien convenable de fêter un divorce ? Sans avoir résolu cette question, elle accepta la flûte qu'il lui tendait et but une gorgée.

« Je comprends, mais j'espère que tu vas tout de même accepter de dîner avec moi. »

Elle s'approcha de la fenêtre pour admirer Central Park.

« As-tu déjà remarqué combien la perspective qu'offre l'Upper West Side est plus intéressante et plus flamboyante que celle de l'Upper East Side, tous ces hauts bâtiments fantasques au long du parc, le Majestic, le Beresford et le Dakota, avec leurs tours, leurs pignons et leurs toits mansardés. De ce côté-ci, les immeubles sont beaucoup plus monolithiques et uniformes.

– Un peu comme les gens qui y vivent, hasarda-t-il.

292

– Dont tu faisais partie il n'y a pas si longtemps.

– C'est pour cela que je le sais. Je suis un ex-habitant de l'Upper East Side en convalescence.

– Ce qui signifie ?

– Que j'ai laissé mon boulot et le monde fermé où je vivais parce que je voulais élargir mon horizon. Tu trouves ça prétentieux ?

– Carrément.

– On peut dire que ma première tentative de fuite s'est soldée par un échec.

– Que ton mariage ait pris fin, c'est une chose, ce n'est pas pour autant que tu as échoué. Je suis sûre que tu as beaucoup appris. Ta fondation est une véritable réussite.

– Oui et non. Je m'étais imaginé dans la peau d'un philanthrope qui met la main à la pâte, qui travaille aux côtés de ceux qu'il veut aider, mais aujourd'hui, ce que je vois, c'est que je suis en train de me retirer de tout ça, peu à peu. Enfin, bien sûr, je vais doter financièrement la fondation, mais si je veux être honnête avec moi-même, je dois reconnaître que gérer les choses au quotidien ne m'intéresse plus vraiment. Cela faisait partie de mon aventure africaine, et après mon accident, elle a commencé à perdre de son sel. »

S'il ne s'était pas accusé tout seul d'inconstance, elle aurait pu formuler ce reproche à sa place, mais elle appréciaient sa lucidité. « Certaines personnes sont douées pour lancer un projet, mais pas pour le faire tourner par la suite, suggéra-t-elle.

– Je pense que Giselle faisait aussi partie de mon fantasme africain. Une grande fille sportive, amatrice de safari et de vie au grand air. »

Ils se tenaient devant la fenêtre, et d'un geste, il indiqua le salon. Corrine prit place sur le sofa, et lui s'assit face à elle, dans un fauteuil club dont il se mit à tambouriner l'accoudoir.

« Où est-elle maintenant ?

– À Londres, mais elle veut s'installer à New York. Elle a obtenu la nationalité américaine par le mariage, alors, elle en a le droit.

– Génial. On pourrait peut-être déjeuner tous ensemble. »

Il la regarda sans comprendre.

« Je plaisantais. Pourquoi personne ne se rend-il jamais compte que je plaisante ?

– Désolé.

– Et toi ? Qu'envisages-tu de faire ?

– À vrai dire, je suis assez impliqué dans la campagne d'Obama. Je récolte des fonds auprès de mes vieux potes. » Il se releva, s'approcha du bar et s'y accouda. « C'est super.

– Un instant, j'ai craint que tu ne sois une partisane d'Hillary.

– Pourquoi ? Parce que je suis une femme ?

– Non, parce que je me suis toujours dit qu'on avait des opinions et des goûts communs et que j'aurais été légèrement déçu si nous n'avions pas choisi le même candidat.

– Tu t'en tires bien. Mais oui, je suis à fond pour Obama.

– Les grands esprits se rencontrent… »

Il arpentait la pièce de long en large ; elle se demanda s'il était angoissé ou simplement fébrile. « Cela veut dire que tu vas revenir t'installer ici ? » demanda-t-elle avec méfiance. Elle avait beau avoir très envie que ce soit le cas, elle savait que sa propre vie en deviendrait singulièrement plus compliquée.

Il fit signe que oui. « Je pense que je vais chercher un appartement dans le centre-ville. »

Mais pourquoi tout le monde voulait-il vivre là maintenant ? songea-t-elle.

« Au moins, tu peux te le permettre financièrement.

– C'est une pique, j'imagine ? fit-il en s'asseyant sur le sofa cette fois.

– Non, je pensais simplement que nous, on manque tellement de place et on ne peut pas s'offrir quelque chose de plus grand dans le quartier, précisément parce qu'on est en compétition avec des stars du cinéma et des financiers.

– Je pourrais peut-être t'aider.

– Luke, tu sais très bien que je ne peux pas accepter une chose pareille de ta part.

– Je ne vois pas pourquoi. » Il tapota du pied sur le tapis. « Je voudrais bien que tu n'excludes pas complètement cette possibilité d'emblée. »

Il retourna vers le bar pour remplir la flûte de Corrine.

« Je refuse de penser que c'est à cause de toi et moi que tu divorces.

– Je ne dirais pas que c'est à cause de toi et moi, mais l'inverse serait faux aussi.

– Juste pour tirer les choses au clair : ce n'est pas elle qui part, c'est toi, n'est-ce pas ? »

Il acquiesça, puis se rassit.

« Je me sens très coupable, dit Corrine.

– Moi aussi, en même temps je suis soulagé. Et plein d'espoir. Est-ce que c'est une chose si affreuse que ça à avouer ?

– Je n'en sais rien. »

Il était si près qu'elle pouvait sentir son odeur.

« Je ne peux pas faire comme si je ne te voulais pas, murmura-t-il, l'air blessé.

– Sois plus précis, ça signifie que tu veux qu'on couche ensemble ?

– Oui, bien sûr, mais ça veut dire davantage, en réalité.

– Peut-être que si ça arrivait, tu me sortirais de ta tête. » Elle se rappelait combien elle avait toujours eu envie de lui, et elle sentit de nouveau le désir l'envahir. Cela n'avait rien de délibéré, mais c'était bel et bien réel.

« Je ne crois pas, mais j'adorerais essayer. »

Il se pencha et l'embrassa, et cela lui plut autant que dans son souvenir.

Elle recula, surprise, en entendant sonner à la porte.

Luke alla ouvrir et fit entrer un employé de l'hôtel qui poussait un chariot ; il lui assura qu'ils pouvaient mettre la table et se servir eux-mêmes, avant de lui glisser un billet dans la main et de le pousser fermement vers la sortie. Une fois la porte refermée, il revint vers le sofa, prit Corrine dans ses bras et la porta jusqu'à la chambre. Enfin, songea-t-elle, déloyale, un homme qui ne pense pas qu'à manger, même si les faits devaient en partie la contredire. Il la déposa doucement sur le lit, lui retira robe et collants avant de se mettre à la dévorer au plus intime d'elle-même.

La suite réalisa tous les fantasmes qu'elle avait eus depuis la dernière fois où ils avaient fait l'amour. Ensuite, alors qu'elle tentait de reprendre son souffle, allongée sur le lit, elle s'exclama : « Bon Dieu de merde !

— Qu'est-ce qui ne va pas ?

— J'espérais que ce serait moins bon que dans mon souvenir.

— Je suis désolé de ne pas t'avoir déçue.

— Il ne nous reste plus qu'à reprendre chacun le chemin de notre vie.

— Je n'en suis pas si sûr. »

23

À TriBeCa, les ombres s'allongeaient dans les défilés venteux, et il fut bientôt temps de jeter les citrouilles ratatinées et de sortir des placards les manteaux d'hiver. Bien qu'ils se soient montrés impatients d'aller frapper aux portes des voisins pour réclamer argent et bonbons, Jeremy et Storey déclarèrent durant le dîner de Thanksgiving que désormais, ils étaient trop grands pour aller voir *Casse-Noisette*, une tradition familiale depuis qu'ils étaient en âge de marcher.

Décembre était le moins long des mois de l'année, les jours raccourcissaient à mesure qu'invitations et obligations s'accumulaient, qu'on disparaissait sous les chapeaux, manteaux et gants, enfilés et retirés à grand-peine, que l'on signait et expédiait les cartes de vœux, qu'on choisissait et achetait les cadeaux de Noël. Et puis toutes ces réceptions qui dès la mi-décembre commençaient à ressembler à de l'esclavage : on se réveillait dans l'obscurité matinale avec la gorge desséchée et la tête lourde, gelé, quelques heures à peine après le dernier cocktail et le dernier adieu ; le givre zébrait les carreaux, l'air glacé s'infiltrait par les fissures des encadrements de fenêtre gauchis, déformés par les couches de peinture successives, et on s'enfonçait plus loin sous les couvertures en se serrant contre la masse chaude du corps de son conjoint.

Tous les nouveaux restaurants, cette année, semblaient être des hauts lieux de la cuisine fusion asiatique, de la taille de hangars et décorés de Bouddhas géants et d'aquariums remplis de poissons prédateurs, mais ce soir-là, les maris avaient choisi un établissement faussement rustique dans le Village, dont la décoration rappelait celle d'un mas provençal. En guise de menus, des cylindres de papier kraft qui indiquaient la provenance de tous les ingrédients utilisés en cuisine, pour la plupart bios. Le canard de Corrine venait de Bucks County en Pennsylvanie.

« Tu as fini tes achats de Noël ? demanda Veronica, tandis que les hommes passaient la carte à la loupe.

– Presque. Storey, bien sûr, a choisi son cadeau, un lit de princesse de chez Pottery Barn, qui doit être livré demain, et des accessoires coordonnés de très mauvais goût de chez Juicy Couture. Jeremy a demandé un téléphone portable, j'ai oublié de quelle marque – c'est Russell le coupable – et quelques abominables jeux vidéo. En revanche, je n'ai pas fini d'écrire mes cartes.

– Je n'arrive pas à croire que tu en envoies encore.

– Russell y tient. Tu sais combien Noël est important pour lui.

– Nous, on fait tout sur Internet : achats et cartes virtuelles.

– Ah si seulement on pouvait rendre une visite virtuelle à ma mère et s'épargner ainsi le voyage à Stockbridge !

– Ça aussi, vous le faites toujours ?

– J'en ai bien peur. Je pars seule un jour ou deux à l'avance, histoire d'avoir le temps de me disputer avec maman, puis Russell et les gosses arrivent pour le réveillon et on décampe aussi tôt que possible, le 26, pour aller skier pendant cinq jours à Killington – un forfait qu'on a acheté aux enchères de l'école. » Les Lee eux, elle le savait, allaient à Saint-Barth, où ils s'étaient eux-mêmes rendus l'année précédente.

Après dîner, tous quatre reprirent leurs manteaux et leurs écharpes au vestiaire, dans lesquels ils s'emmitouflèrent pour se protéger du froid glacial, leur haleine gelée formant comme des bulles de bandes dessinées vides alors qu'ils longeaient les hôtels particuliers néo-classiques de Downing Street, puis attendaient un taxi dans Varick Street. L'air givré la réveilla et lui rappela d'autres nuits d'hiver à New York : ces moments où on décidait sur le trottoir de là où on irait ensuite, les dernières cigarettes, et soudain, cette nuit particulière, glacée, où non loin d'ici, en sortant d'un bistrot fermé depuis longtemps maintenant, ils étaient passés devant un jeune garçon recroquevillé sur lui-même et tremblant de tous ses membres, à l'ombre d'un porche ; elle s'était arrêtée pour lui demander si tout allait bien, Russell, visiblement très irrité par ce qu'il appelait ses « pulsions missionnaires », méfiant envers les mendiants de tout poil, et ce gamin si jeune, à peine adolescent, qui avait fini par répondre : « J'ai froid. » Elle avait alors dénoué son écharpe et s'était penchée pour la lui attacher autour du cou, puis elle avait regardé Russell et – il faut reconnaître qu'il avait immédiatement compris – il avait pris quelques billets dans son portefeuille et les avait tendus au garçon ; ce souvenir lui fit chaud au cœur, en même temps elle se sentait si triste en pensant à ce protégé disparu et à toutes les années qui s'étaient enfuies depuis qu'elle ne put contenir son émotion.

« Que se passe-t-il ? demanda-t-il en l'attirant à lui. Tu pleures ?

– C'est seulement à cause du froid. »

« Je me réjouis que vous vous soyez rabibochées, ta sœur et toi », dit Jessie en se servant la première vodka de la journée, quatre doigts dans l'épais verre à jus de fruits qu'elle utilisait déjà quand Corrine était enfant. Il était quatre heures de l'après-midi, le moment pour elle, semble-t-il, de se mettre aux cocktails. Autrefois, elle commençait à six heures, mais au moins il y avait aujourd'hui encore une heure limite. Avant de se servir son premier verre, Jessie avait observé la pendule de la cuisine, attendant que l'aiguille des minutes arrive à son zénith, même s'il n'y avait pas de « 12 » pour le confirmer, tous les chiffres s'empilant en désordre au bas du cadran, sur lequel on pouvait lire : « Ça m'est égal, je suis à la retraite. » C'était un des seuls éléments du décor qui avait changé depuis le temps où Corrine était au lycée. Or, Jessie n'avait pas véritablement pris sa retraite, elle tenait encore un jour ou deux par semaine son magasin d'antiquités à Stockbridge, ou du moins le prétendait-elle, alors qu'elle en avait abandonné peu à peu la direction au couple de lesbiennes qui y travaillaient depuis l'obtention de leur licence à Bennington, dix ans plus tôt.

« Pour être franche, je ne me suis pas vraiment réconciliée avec elle, dit Corrine. J'ai seulement voulu éviter de la contrarier et j'ai vaguement proposé qu'on se revoie.

– Personne n'est parfait, tu sais. Même si on a parfois pu se dire que toi, tu l'étais. N'oublie pas que ça n'a pas été si facile pour elle, d'être à ta suite, avec tes notes toujours excellentes, ta scolarité à la Miss Porter's School, ton poste de capitaine dans l'équipe de lacrosse. Et puis tes études brillantes dans une des meilleures universités de la côte Est, et juste après, ton mariage avec Russell. Hilary n'avait plus qu'un rôle possible : celui de la mauvaise fille. »

Corrine était assez étonnée de ce portrait idéalisé que sa mère venait de brosser d'elle. « Eh bien, elle doit se sentir mieux maintenant que je ne suis pas parvenue à accomplir les promesses de mon jeune âge.

– De mon point de vue, ta vie a l'air plutôt réussie, ma petite chérie. Un bon mari, deux enfants magnifiques. Même si je ne les ai pas vus souvent, ces derniers temps.

– Tu les verras demain, maman.

– Une belle famille unie, poursuivit Jessie. Profites-en parce qu'on ne sait jamais quand notre mari nous plaquera pour notre meilleure amie.

– Je ne pense pas que Russell soit assez riche pour tenter Casey. »

Tôt ou tard, Jessie ramenait toujours la conversation à elle, sur son propre sentiment d'abandon et de trahison – son mari, de fait, l'avait quittée trente ans plus tôt pour partir avec sa meilleure amie –, même si d'ordinaire, ce type de jérémiades n'intervenait que plus tard dans la soirée. C'était devenu l'événement déterminant de la vie de Jessie, le péché originel. Corrine était décidée à s'épargner cette ambiance délétère aussi longtemps que possible, et elle s'excusa en expliquant qu'elle devait aller ouvrir ses valises.

Les visiteurs ne manquaient jamais d'être surpris en découvrant le côté macabre de la chambre de Corrine, que Russell qualifiait de « gothique BCBG » ; à part quelques trophées sportifs et sa crosse de capitaine, l'élément décoratif principal était une série de calques de pierres tombales effectués dans les cimetières de l'époque coloniale avoisinants. Comme beaucoup d'adolescents, Corrine avait fait preuve d'un certain caractère morbide en marge de son intérêt pour l'histoire locale. Elle avait parcouru ces cimetières de long en large à la recherche d'histoires tragiques, collant des feuilles de journal sur les pierres tombales et les frottant avec du charbon de bois, les lettres spectrales surgissant ainsi, tels des écrits fantômes, des messages laconiques adressés par les morts. Elle avait choisi certaines stèles pour la beauté primitive de leurs sculptures, les crânes dotés d'ailes d'ange étant ses préférées. Mais, pour l'essentiel, elle les sélectionnait en fonction du caractère poignant des inscriptions. Par exemple, la petite Hattie Speare, décédée en 1717 : *Une âme éternelle qui n'avait connu que sept hivers en ce bas monde*. Adolescente, Corrine avait été littéralement hantée par cette phrase et avait passé des heures et des heures à s'imaginer la vie qui l'avait inspirée. Ces mélancoliques haïkus l'avaient aidée à traverser l'âge ingrat. Elle y puisait un certain réconfort, de la même façon que d'autres se consolaient en écoutant des chansons d'amours malheureuses.

Elle ouvrit la porte du placard et plongea dans ses profondeurs, repoussant les tas de robes et de chemisiers qui sentaient le renfermé, enjambant les rangées de chaussures et de bottes démodées, écartant les boîtes, jusqu'à retrouver un gros paquet plat scellé par du scotch. Elle le ramena à grand-peine à la lumière et coupa l'adhésif avec un cutter, arrachant l'une après l'autre les couches de carton pour dégager un tableau qu'elle n'avait pas revu depuis plus de vingt ans, une œuvre signée Tony Duplex.

Elle la posa en équilibre contre le lit et recula pour mieux l'observer. La toile était divisée en trois parties. Sur le panneau central, l'artiste avait collé une carte de Manhattan, et il avait peint, sur un côté, le buste d'un homme, et celui d'une femme sur l'autre, réussissant à suggérer un lien entre les deux, même s'ils ne se regardaient pas. Les portraits étaient moins stylisés, plus réalistes et lyriques que la plupart de ceux peints par Duplex. Au bas de la carte, il avait inscrit les mots suivants, qui se détachaient clairement : « OH MERDE, J'AURAIS DÛ ME DOUTER QUE LES CHOSES SE PASSERAIENT COMME ÇA. »

Elle avait toujours pensé que, pour Jeff, les deux personnages n'étaient autres que lui et elle. À présent, elle devait décider de ce qu'elle allait faire de ce tableau, le vendre ou le garder encore dans l'espoir qu'il prenne de la valeur. Pour l'instant, il semblait en sûreté chez sa mère, au milieu des autres objets du passé dont elle n'arrivait pas à se défaire, y compris quelques très rares carnets de Jeff qui avaient survécu. Il s'était toujours montré très prudent en matière de traces écrites ; elle regrettait aujourd'hui que, par discrétion, il ne lui ait jamais adressé de lettre. À la place, il lui envoyait des livres avec des passages soulignés, des textes décisifs et poignants. Elle sortit un petit carton du placard et y prit un livre que Jeff lui avait expédié après que Russell était rentré d'Oxford. Ils s'étaient mariés quelques mois plus tard. Elle travaillait comme agent de change dans le sud de Manhattan et Jeff lui avait fait parvenir ce mince volume, *Les Poèmes de Sir Thomas Wyatt*, à son bureau, et comme un reproche et une plainte silencieuse, il avait ajouté un marque-page à l'endroit des vers intitulés : « Elles me fuient ».

Fuient celles qui souvent venaient me retrouver,
Elles avançaient sans crainte, en chemise et pieds nus
Dociles, douces et tendres, je les avais connues ;
Aujourd'hui si distantes, auraient-elles oublié
Qu'elles bravaient jadis pour moi tous les dangers
Pour manger dans ma main ? Mais voici qu'elles s'en vont
Chercher fiévreusement de nouveaux horizons.

Louée soit Dam' Fortune, la chance m'a souri
Quand un jour j'ai connu plus belle que ces belles :
Sous un voile de tulle, cachée sous la dentelle
Elle laissa choir sa robe de ses épaules frêles
Et me fit prisonnier de ses bras élancés
Me donnant à goûter le plus doux des baisers,
Elle m'appela son cœur, me voulant contenter.

Ce n'était pas un rêve, je gisais éveillé.
Mais malgré ma douceur, elle m'a abandonné
D'une étrange façon, rendant une liberté
Que tout au fond de moi je n'avais pas souhaitée,
La sienne par là même choisit de recouvrer.
Mais puisque depuis lors, je me sens si comblé,
Ne cesserai jamais de lui en savoir gré.

Le second livre était un vieil ouvrage relié en piteux état, sans jaquette, une édition de 1959 d'un texte médiéval, le *Traité de l'amour courtois* d'André le Chapelain, dans lequel était soulignée une lettre adressée à « L'illustre et sage M… comtesse de Champagne ». Nul besoin de relire cette lettre, elle l'avait fait tant de fois. Rédigée à quatre mains par deux aristocrates, un homme et une femme, elle posait deux questions : l'amour véritable était-il possible entre mari et femme, et les amants avaient-ils le droit d'être jaloux des époux légitimes ? La comtesse y répondait avec force détails que l'amour ne peut, par définition, exister entre deux êtres unis par le devoir, mais seulement entre des amants qui s'élisent librement ; la jalousie étant alors une composante naturelle de leurs sentiments. Jeff avait trouvé le raisonnement séduisant et pertinent à l'époque, quelques mois après le mariage de Corrine et Russell. Il paraissait presque ridicule, au vu de la situation – l'amitié entre les deux hommes et leur désir commun pour Corrine –, que Jeff étudie la littérature élisabéthaine et qu'il ait choisi comme sujet pour son mémoire de maîtrise les conventions de l'amour courtois. Étant donné la suite des événements, il lui semblait infiniment touchant qu'il ait choisi d'écrire sur l'éternelle notion d'un amour tout à la fois illicite et spirituellement exaltant, un amour qui ne pouvait exister que hors la sphère légale du mariage. Se voyait-il même alors comme son féal, son chevalier servant ?

Au temps du lycée, elle n'aurait jamais cru possible d'aimer deux personnes à la fois, mais elle savait désormais que ça l'était. Et la triste vérité était que la possession émousse le désir, tandis que l'amant inaccessible chatoie à la lisière de l'esprit comme une étoile brillante, fichée dans le cœur, tel un éclat de cristal.

24

Presque parfaite, pensait Washington, cette histoire avec Casey. Ils étaient tous les deux heureux dans leur couple – ou du moins, lui l'était, et pour ce qui était de Casey, son mariage lui convenait, il n'y avait pas de doute là-dessus, elle n'avait aucune envie d'y changer quoi que ce soit, ni d'abandonner les sphères sociale et économique dans lesquelles elle évoluait.

Il avait parfois connu des situations moins faciles – des filles célibataires qui au début paraissaient insouciantes, mais peu à peu se mettaient à geindre parce qu'elles passaient seules la Saint-Valentin, et qui finalement menaçaient d'appeler sa femme. Les larmes au restaurant, les crises de nerfs au coin des rues, les débarquements intempestifs à son bureau. Et en fin de course, les coups de fil à son appartement, *chez lui*, là où il vivait avec sa famille. Oui, Washington pouvait dire honnêtement qu'il avait payé pour ses fautes. Il aimait à penser qu'il avait un radar pour repérer les cinglées, mais cet équipement était parfois déficient à cause des interférences libidinales. En général, plus la fille était folle, meilleur était le sexe. La folie, c'est imprévisible. La folie, ça vous brûle. Et il avait du mal à y renoncer, ou même à s'en priver par avance.

Casey, la tête sur les épaules et conventionnelle à bien des égards, se révélait au lit une vraie diablesse, une lionne rugissant de désir. Tous les clichés qu'il avait pu entretenir sur la frigidité des riches femmes WASP étaient passés à la trappe la première fois que Casey l'avait entraîné dans les toilettes du club de surf dans les années quatre-vingt. Il était ivre et défoncé, mais elle s'était montrée insatiable et pas prête pour un sou à envisager une panne technique ; au bout de quelques minutes, il avait eu l'impression délirante qu'elle allait le dévorer tout entier, ce qui n'aurait pas été une si mauvaise façon d'en finir et de marcher, bille en tête, vers l'éternité. Depuis, ils s'étaient retrouvés épisodiquement, laissant parfois s'écouler plusieurs années avant de remettre le couvert, mais l'alchimie sexuelle demeurait si puissante entre eux qu'ils ne cessaient d'y revenir, et au cours des derniers mois, après cinq ans d'abstinence, ils rattrapaient le temps perdu et s'envoyaient en l'air comme des adolescents. La nature illicite de leur liaison, les séparations forcées et l'impératif du secret alimentaient leur désir. Rien ne valait l'inattendu, après tout. Il avait souvent entendu des hommes afficher leur préférence pour la cuisine familiale, mais lui, il adorait dîner dehors.

Pourtant, depuis peu, il commençait à se demander s'il n'était pas trop vieux pour un binz pareil. La dernière fois qu'il s'était déshabillé devant elle, il avait senti un remords le traverser, une sorte de désir d'agir avec droiture, mais Casey l'avait vite fait disparaître en entrant en action. Le nouveau plan qu'elle avait mis au point était franchement délirant. Ayant découvert qu'ils se rendaient tous deux au gala de Nourrir New York à l'hôtel Waldorf, elle avait décidé d'y prendre une chambre. « On trouvera un moment, entre deux cocktails. Tu t'excuses, je m'excuse, on se retrouve là-haut, on baise comme des lapins et on retourne auprès de nos conjoints respectifs », avait-elle proposé, une semaine avant le gala, alors qu'ils paressaient après l'amour entre les draps en bataille, au Lowell, un petit hôtel de luxe dont ils avaient fait leur club privé depuis quelque temps. Il avait eu le sentiment d'être un pécheur, un criminel même, la première fois qu'il avait annoncé à la réception qu'il venait voir Casey Reynes. Il la trouvait déraisonnable de réserver sous son vrai nom, mais elle affirmait que Tom ne regardait jamais le relevé de la carte Visa. Allongé sur le lit, donc, il se demandait combien pouvait coûter cette chambre, quand elle avait suggéré de pimenter un peu le gala de Corrine.

« Putain, tu es vraiment malade ! s'était-il exclamé.

– Et tu adores ça », avait-elle rétorqué en lui assénant une claque sur la cuisse, sous les draps.

Il la connaissait assez pour savoir que l'idée de leurs conjoints au rez-de-chaussée était un facteur d'excitation supplémentaire. C'était complètement pervers quand on y réfléchissait, mais cela l'émoustillait, lui aussi. L'infidélité était en soi un aphrodisiaque, et comme pour toutes les drogues, il fallait sans cesse augmenter la dose pour prendre son pied. La présence toute proche dans la salle de bal de leurs époux respectifs ne soupçonnant rien était la poudre de cantharide de ce scénario particulier.

« Extravagant, je te l'accorde, mais en même temps, c'est infaillible. Parfois, j'ai peur d'être surveillée par des détectives privés – enfin, je n'ai aucune raison de penser que Tom soupçonne quoi que ce soit, mais tout le monde fait appel à eux, un jour ou l'autre. Le sel de l'affaire, c'est qu'il n'y a aucune chance qu'il me fasse suivre quand, précisément, je suis *avec* lui.

– Attends une seconde, bordel ! s'écria Washington. Redis-moi ça. Tu as peur d'être surveillée par des détectives et tu ne me le dis que maintenant ? » En pleine panique, il pensait à la chanson d'Elvis Costello, *Watching the Detectives*, qu'on entendait partout à son arrivée à Manhattan.

« Non, je n'ai pas de véritables craintes, mais je veux quand même prendre toutes les précautions. Amanda Giles sortait avec son prof de yoga…

– "Sortait avec" ? Bel euphémisme ! » Il était stupéfait d'entendre une femme qui venait de crier « J'ai la chatte en feu, baise-moi », dix minutes plus tôt, en revenir soudain à ce type d'expression châtiée.

« D'accord, elle baisait avec son prof de yoga. Et avant qu'elle ait eu le temps de dire ouf, son mari lui montrait des photos d'elle et de Swami Tommy dans des positions supratantriques que même les auteurs du Kamasutra n'avaient jamais imaginées.

– Swami Tommy ?

– Tu vas me reprendre à chaque mot ou écouter ce que je te raconte ?

– C'est ce nom qui m'a plu, je me demandais si c'était vraiment le sien ou une invention maligne de ta part.

– Mais on s'en fout de son nom ! C'est le prof de yoga, voilà tout !

– D'accord, tu as raison. Continue.

– Merci. En réalité, il n'y a pas grand-chose à ajouter. Bla-bla-bla, preuves photographiques, notification de mésentente conjugale, tribunal des affaires familiales, recours à la clause du contrat de mariage concernant l'infidélité en vue de boucler la procédure en douze mois avant que la clause d'indexation des cinq ans n'entre en vigueur. Ce que je veux dire, c'est qu'il serait inconscient de ne pas s'entourer de précautions. Il faut toujours vérifier qu'on n'a personne dans le dos, si j'ose m'exprimer ainsi.

– Tu crois qu'il y a ne serait-ce qu'une vague possibilité qu'il te fasse suivre ?

– Je dis seulement qu'on n'est jamais trop prudent.

– Et tu dirais que ce que tu proposais tout à l'heure est *prudent* ?

– Tout à fait. Du génie pur.

– C'est totalement tordu.

– Il me semblait justement que tu aimais ce qui est un peu tordu. » Elle baissa la tête et glissa la langue dans son oreille.

308

« Bizarre, c'est une chose. Complètement dingue, c'en est une autre. »

Il devait admettre cependant que plus c'était dingue plus c'était excitant. Excitant au possible, même. N'empêche, « tordu » était la limite à ne pas dépasser. Il fallait stopper là pour de bon. Non que l'idée de devoir l'annoncer à Casey le remplisse de joie.

Elle l'appela deux fois sur son lieu de travail pour essayer de le faire changer d'avis, mais vu de son bureau au trentième étage, à la lumière blême des néons, l'idée ne lui parut pas plus raisonnable qu'entre les draps de luxe du Lowell.

Le soir du gala, il se sentait incroyablement tendu, ne sachant soudain pas très bien comment se comporter au cas où Veronica et Casey se croiseraient. Il espérait qu'elle avait fini par renoncer à son plan ; en tout cas, il ne comptait pas y prendre part.

Son fils, Mingus, sur le visage duquel il reconnaissait inévitablement les traits de sa mère dans ce qu'elle avait de plus beau, pesta contre leur départ. « C'est la troisième fois que vous sortez cette semaine.

– Caroline Cartwright dit que ses parents sortent tous les soirs », rétorqua sa sœur. Zora avait un nouvel amoureux dont le père gérait un fonds de placement. La semaine suivante, elle s'envolait pour Palm Beach à bord du G5 des Cartwright pour une fête d'anniversaire qui devait durer deux jours.

« Je parie que la mère de Caroline porte une robe neuve tous les soirs, soupira Veronica.

– Je suppose que oui », répondit Zora avec hauteur, parée de gloire par ricochet, même son langage se faisant plus sophistiqué par la grâce de cette sublime fréquentation.

Quand Veronica avait avoué que cela la gênait de remettre une robe déjà portée ce mois-là, Washington avait gaffé en affirmant que personne ne le remarquerait, ce qui lui avait valu un regard assassin. Il voulait seulement dire que ce n'était pas comme si on les voyait souvent, l'un ou l'autre, en photo dans la presse people, parmi les gens du monde et les célébrités. Il songea qu'elle était particulièrement à cran ce soir-là parce que sa banque d'investissement allait recevoir le prix décerné à l'entreprise la plus généreuse – Veronica en personne ayant œuvré pour qu'une partie des dons déductibles de sa société soit versée à l'association caritative de Corrine – et que son P-DG serait dans la salle.

« Soyez gentils avec Rosalita, recommanda-t-elle aux enfants.

– Et inutile d'appeler pour vous plaindre qu'elle ne vous laisse pas jouer à *Halo*, ajouta-t-il.

– Wash, je ne trouve pas mon portable. Tu peux l'appeler ?

– Tu n'en as pas besoin. J'ai le mien.

– Tu sais très bien que je déteste ne pas l'avoir sur moi. »

C'est vrai, pensa-t-il en composant son numéro. Elle avait une peur très maternelle de ne pas être joignable, mais cela prenait des proportions excessives chez elle, à ses yeux à lui du moins, même si personne, pour autant qu'il puisse en juger – ni femme, ni homme, ni enfant –, ne se sentait nulle part en sécurité sans son portable de nos jours. Il entendit la tonalité, puis le téléphone de Veronica se mit à sonner : il était resté sur le canapé où ils avaient regardé les infos.

« On rentrera tôt », dit-elle après avoir récupéré son précieux appareil et l'avoir glissé dans une pochette Judith Leiber entièrement brodée de perles qu'elle avait achetée à des enchères silencieuses à un autre gala de charité, un petit sac en forme de papillon juste assez grand pour y ranger téléphone et rouge à lèvres, mais pas assez pour y mettre ses lunettes de lecture, qu'elle confia à son mari.

Washington embrassa du regard son royaume, dont il aimait à dire qu'il ressemblait à une succursale du paradis dessinée par une disciple de Le Corbusier – une vaste étendue de bois massif, ponctuée des affleurements harmonieux de meubles beiges, blancs et noirs, avec deux magnifiques enfants à la peau café au lait – et se demanda pourquoi il ne passait pas plus de temps à la maison. Il avait l'impression d'être particulièrement vulnérable et nostalgique, ce soir-là. La perspective de croiser Casey lui causait une réelle panique et le rendait plus enclin à la sentimentalité domestique. Il voulait être un type bien, il le voulait vraiment. Il était décidé à s'amender. Mais, un peu comme saint Augustin durant les années de débauche et de luxure qu'il avait connues avant sa conversion, s'il y était prêt en théorie, il ne l'était pas encore en pratique. *Seigneur, sauvez-moi, mais pas tout de suite.*

À leur arrivée au Waldorf, contenant son sentiment de panique, il éclusa aussitôt deux martinis dry, ce qui réussit à lui calmer les nerfs. Veronica venait de partir vers la table des enchères pour parler à une amie, quand il repéra Casey qui s'avançait vers lui.

« Salut, *lover*. » Elle était on ne peut plus désirable dans sa robe moulante en satin turquoise. Il y avait quelque chose d'automatique, ou peut-être d'autonomique, dans ce frémissement à l'entrejambe, cette vague de chaleur qui le submergeait dès qu'il l'apercevait. Bien obligé de reconnaître qu'il commençait à bander !

« Bonsoir, lança-t-il en essayant de garder son calme et en enfonçant sa main droite dans sa poche pour dissimuler son érection. Quelle belle robe !

– C'est gentil. Vu comme elle me serre, je n'avais pas d'autre choix que de la mettre sans rien en dessous.

– Je vois, en effet.

– Tu t'amuses ?

– C'est une très noble cause, répondit-il, décidé à se faire désirer.

– De quoi tu parles ?

– De donner à manger aux affamés. N'est-ce pas la raison pour laquelle nous sommes là ?

– Je me sens plutôt affamée, moi-même. » Elle se pencha en avant, effleurant son épaule. « En ce qui me concerne, je ne suis venue que pour baiser avec toi. Chambre 308. J'y serai dans trois minutes. »

Elle ne semblait pas douter qu'elle ferait de lui son complice, ce qui eut le don d'irriter Washington, mais elle était tellement désirable, tellement désinhibée qu'il comprit qu'il allait la suivre, tout en se jurant que ce serait la dernière fois. Avait-il le choix ? Le sort en avait été jeté des millions d'années auparavant. L'évolution des espèces. L'instinct qui pousse à répandre ses gènes autant que possible, même s'il n'avait aucune intention consciente de se reproduire, ce soir-là. Tandis que Casey se dirigeait d'un pas ondoyant vers les ascenseurs, il eut la sensation d'être biologiquement programmé pour lui emboîter le pas. Il vérifia que Veronica se trouvait toujours près de la table des enchères, occupée avec son amie Becky Fiers à admirer les articles exposés, sacs à main, bijoux et fourrures dont il avait été fait don, puis il suivit sa maîtresse.

À l'étage, la porte était entrouverte, il frappa doucement et, ne recevant pas de réponse, entra avec précaution. Casey qui s'était cachée derrière bondit sur sa proie en lui causant une peur bleue.

« Bordel ! »

Elle lui fourra la langue dans la bouche avant qu'il ait pu en dire davantage et lui agrippa la braguette, ses doigts se refermant sur son portable avant de trouver la cible qu'ils cherchaient. Après plusieurs secondes ou quelques minutes de pétrissage mutuel, il la porta jusqu'au lit où il la laissa retomber.

« Défais ma fermeture et fourre-moi vite cette grosse bite », exigea-t-elle en roulant sur le flanc pour faciliter la manœuvre avant de faire glisser sa robe. Elle souleva la ceinture de son smoking, ouvrit sa braguette, plongea la main pour y prendre l'engin en question, lequel émergea brièvement avant d'être englouti dans sa bouche.

Puis, se relevant de sa position agenouillée, elle le renversa sur le lit pour se jeter sur lui. « Baise-moi fort, bien profond ! »

C'est à peine s'il réussit à s'exécuter avant la fin des opérations, Casey répétant « Baise-moi, baise-moi, baise-moi » tandis qu'il explosait en elle, son ardeur décuplée par la peur. Aussi rapide qu'il ait été, il s'inquiétait déjà de l'heure dans le feu de l'action, craignant que son absence n'ait été remarquée.

Il se laissa rouler sur le lit. « Désolé, fit-il, on aurait vraiment dit un record de vitesse.

— Ne t'excuse pas. Je prends ça pour un compliment que tu aies été si excité. »

Il attendit deux secondes. Quatre. « Je ne veux pas casser l'ambiance, mais je crois qu'on devrait sans doute y retourner.

— Tu ne préférerais pas rester ici pour voir combien de temps ils mettent à se rendre compte qu'on a disparu ?

— Je crois que je préférerais ne pas me faire tuer, ne serait-ce que pour avoir une chance de baiser une autre fois. »

Il l'aida à enfiler sa robe, puis s'employa à remettre son smoking. Bien que dans leur hâte ils n'aient pas pris le temps de lui retirer sa chemise, il s'aperçut que deux des boutons clous avaient sauté.

« Merde ! s'exclama-t-il en ratissant le couvre-lit. Il faut qu'on les retrouve. Je ne peux quand même pas redescendre la chemise ouverte.

— Du calme, l'étalon. Ils ne peuvent pas avoir disparu. »

313

Ils parvinrent à remettre la main dessus, mais il était terriblement conscient des secondes et des minutes qui s'écoulaient, l'un des deux ayant roulé loin par terre pendant la bagarre. Fixer ce genre de boutons était déjà un vrai calvaire en temps normal, il fallait les pousser de la main droite depuis l'intérieur de la boutonnière tandis que de la gauche, on les faisait ressortir de l'autre côté tout en s'efforçant de ne pas faire sauter ceux qui étaient déjà en place, et ce soir-là, il était particulièrement maladroit. Campé devant le miroir en pied du placard, il finit par réussir à en attacher un, mais le second tomba sur la moquette.

« Bon Dieu de merde ! Voilà pourquoi les Anglais avaient des valets.

– Et pourquoi les messieurs de Park Avenue ont des femmes, rétorqua-t-elle. Laisse-moi t'aider. »

De fait, elle avait un sacré coup de main, et grâce à elle, il eut de nouveau l'air tout à fait présentable. Toutefois, quand il regarda sa montre, il constata, bien qu'ayant démontré qu'il pouvait tirer plus vite que son ombre, qu'il s'était écoulé presque vingt minutes depuis qu'il avait quitté la réception.

« Il ne faut surtout pas qu'on redescende ensemble, dit-il avant d'ajouter à contrecœur : Honneur aux dames.

– Je vais continuer à te sentir en moi pendant tout le temps des discours, dit-elle en l'embrassant sur le pas de la porte.

– J'aime bien cette idée », répondit-il en la poussant presque dehors. Heureusement Tom et Casey avaient leur propre table, il n'aurait donc pas à dîner en face d'elle. Il en aurait été incapable.

Il consulta encore sa montre, laissa s'écouler trente secondes et passa la tête dans le couloir. Personne. Il se précipita vers les ascenseurs, pressant cinquante fois le bouton d'appel tout en vérifiant avec nervosité qu'il avait bien son portefeuille, ses clés et son portable.

Quand il retira celui-ci de sa poche, il vit le nom de Veronica affiché sur l'écran. Il lui fallut un moment pour comprendre que la connexion avait été établie, que le compteur des minutes était en marche, qu'il tournait depuis quatorze minutes…

Horrifié, il appuya sur la touche rouge pour couper la communication et examina différentes hypothèses. Il y avait certainement une possibilité pour que, dans le vacarme de la réception, Veronica n'ait pas entendu son téléphone, surtout enfermé dans son sac ridicule. Et même si elle avait répondu à l'appel, quelles étaient les chances qu'elle ait capté quelque chose d'intelligible, alors que son téléphone à lui était dans sa poche, le son étouffé par l'épaisseur du tissu ? En revanche, Casey s'était laissé aller à parler plus encore que jamais.

L'ascenseur finit par arriver, bien que Washington ne soit désormais plus aussi impatient de regagner la soirée de gala. Il continua à envisager toutes les éventualités tandis que la cabine descendait, puis traversa le hall en redoutant le moment où il retrouverait Veronica, tentant de prévoir sa réaction ; saurait-il deviner si elle avait entendu quoi que ce soit dès l'instant où il la verrait ? Elle excellait à se composer un masque d'impassibilité et elle avait souvent été déçue par la conduite de son mari. Si elle paraissait tout ignorer de son escapade, il trouverait un moyen de subtiliser son téléphone et d'effacer ces quatorze minutes.

Le salon d'accueil était presque désert, les retardataires se hâtant vers la salle de réception pendant que les lumières clignotaient pour annoncer le début du dîner. Les jambes flageolantes, il se fraya un chemin entre les tables et repéra la sienne, au milieu de la pièce. Veronica était déjà assise à côté de Russell. Au moins, on lui avait donné une bonne place, songea-t-il, craignant de croiser son regard, et en effet, son expression ne semblait ni chaleureuse ni bienveillante quand elle leva les yeux vers lui, même si cela n'était peut-être rien d'autre que le signe de l'irritation causée par son absence prolongée, et non de la conscience de ce qu'il avait fait. Puis, le cœur dans les chaussettes, il découvrit le téléphone de sa femme posé à côté de son assiette, mais il se dit qu'elle avait pu le sortir de son sac après la malencontreuse connexion.

Un inconnu s'installa sur la chaise voisine, et Veronica fut distraite par les présentations pendant que Washington gagnait sa place de l'autre côté de la table et entamait une conversation avec Corrine, qui paraissait aussi nerveuse que lui. C'était elle qui, pour l'essentiel, avait organisé ce gala et elle lui raconta les pépins de dernière minute et la bataille des dames du comité pour leur temps de parole à la tribune.

« Elles veulent toutes parler, expliqua-t-elle. Moi, je préférerais me tirer une balle dans la tête plutôt que de monter sur scène, mais chacune a l'air de penser que les cinquante mille dollars offerts par son mari lui en donne le droit. Alors que la moitié d'entre elles n'ont pas encore envoyé le chèque ! Seule exception, Karen Fontana, et son mari, en plus, nous a donné un million de dollars ! Mais ne le dis à personne parce qu'il veut absolument rester anonyme. Si seulement les autres pouvaient en prendre de la graine ! »

Quand Washington finit par regarder Veronica, elle semblait absorbée par la conversation de son voisin de gauche, et il s'autorisa à croire qu'il était hors de danger, qu'une nouvelle chance venait de lui être accordée – une chance de se ressaisir, de goûter la vie qu'ils menaient ensemble, d'apprécier sa femme à sa juste valeur, de cesser de baiser dans tous les coins, d'aimer ses gosses et de rentrer chaque soir dans le cocon familial. Il se jura, si par miracle il échappait à la révélation de sa faute ce soir, de ne plus s'écarter du droit chemin.

Au début, le fait qu'elle ne croise jamais son regard lui procura un certain soulagement, mais quand les discours eurent débuté et qu'il s'aperçut qu'elle ne tournait jamais, même fugitivement, les yeux vers lui, il se mit à penser qu'elle l'évitait de façon délibérée.

Il se laissa distraire par une brève allocution prononcée par une petite femme menue vêtue d'une tunique africaine violette et d'une coiffe assortie. Elle expliqua qu'elle venait du Ghana, qu'elle n'avait droit à aucun bon alimentaire ni à aucune aide financière, et qu'elle n'avait pas pu subvenir aux besoins de sa famille jusqu'à ce qu'elle entende parler de Nourrir New York. Elle conclut par un vibrant hommage à « Miss Corrine » qui s'était particulièrement intéressée à son cas. Mortifié, l'objet de sa reconnaissance rougit comme une pivoine quand toutes les têtes se tournèrent vers leur table et que les applaudissements retentirent.

Les discours s'éternisaient et le suspens devenait insupportable, Washington envoya alors un texto à sa femme pour prendre la température.

Salut, toi.

De l'autre côté de la table, elle baissa les yeux, consulta son écran et lui jeta un regard interrogateur.

Barbant, tapa-t-il.

Elle posa le téléphone sur ses genoux pour lui répondre : *Tu ne t'es pas assez amusé pour une seule soirée ?*

Il releva les yeux, mais elle s'était retournée vers la scène.

Désespéré, il lui envoya un nouveau texto : *???*

Sans lui accorder le moindre coup d'œil, elle reposa son portable sur ses genoux et tapa sa réponse en se mordillant la lèvre. Il avait presque peur de lire son message quand le téléphone vibra de nouveau.

Me demande si elle continue à te sentir en elle pendant les discours.

Il leva la tête, affronta le regard de sa femme, découvrit sur son visage une expression qu'il ne connaissait que trop bien, mais qu'il avait espéré ne plus devoir y lire de toute sa vie. Et pour la première fois, alors qu'il en avait entendu tellement, il se prit à souhaiter que les discours ne s'achèvent jamais.

25

Les journalistes de CNN discutaient de la primaire du Wisconsin toute proche et prédisaient la victoire d'Obama quand Russell et Corrine laissèrent les enfants aux soins de Joan et se dirigèrent vers l'Odeon, à quelques centaines de mètres de chez eux. Ils étaient à peine installés que Russell repéra la présence de Washington à une table voisine, en compagnie d'une jeune femme vêtue d'une robe noire très élégante qui semblait sortir de chez Condé Nash plutôt que de chez Corbin & Dern – et il le regretta aussitôt, Corrine étant à même de prendre cela comme une provocation. En tant que meilleur ami de Washington, et membre de la gent masculine, il craignait que cela ne lui retombe dessus d'une manière ou d'une autre ; en fait, il se sentait déjà coupable, comme si Corrine, face à cette situation, avait pu deviner qu'il lui était arrivé plus d'une fois de pécher par pensée, si ce n'est par action.

« Oh mon Dieu, Wash est là ! s'exclama-t-elle en dépliant sa serviette.

– Il pourrait au moins avoir la décence d'aller fricoter dans un autre quartier », dit-il. Veronica l'avait jeté dehors, le soir du gala de Corrine, environ deux semaines auparavant.

« Écoute, ce n'est pas comme s'il ne l'avait pas suppliée de le reprendre. Ça ne leur ferait probablement pas de mal à tous les deux si elle le voyait ici avec cette belle plante.

– Je suppose que tu as raison, dit-il, attentif à ne pas se montrer trop ouvertement du côté du mari volage.

– C'est peut-être un simple rendez-vous d'affaires.

– Oui, sans doute.

– Je ne dis pas que Washington est un saint.

– Ce serait en effet un peu difficile à faire avaler.

– Mais quand un couple bat de l'aile, c'est rarement la faute d'un seul.

– Je ne suis pas sûr d'être d'accord avec toi, protesta Russell. Je n'irais pas jusqu'à accuser Charles Bovary de la conduite de sa femme.

– Et pourquoi pas ? C'était tout de même un pitoyable crétin. »

Brusquement, il se demanda s'il était possible qu'*elle* aussi ait un amant. Était-elle en train de préparer sa défense, un plaidoyer pro domo ? Mais il ne lui revenait aucun souvenir suspect, et l'hypothèse ne tenait pas la route – ce n'était qu'un accès de paranoïa.

« Je dis seulement qu'à mon avis, elle a changé les règles, reprit Corrine. Pendant des années, elle a fait mine de ne rien voir, et puis soudain, elle lui balance un scud. »

De fait, ça ressemblait assez à Corrine, cette façon de prendre le parti des hommes, d'adopter leur point de vue. C'était une des choses qu'il aimait en elle, même s'ils se retrouvaient dans des camps différents pour les primaires démocrates. Elle était très tôt devenue une partisane d'Obama, alors qu'il croyait ferme en Hillary, pensant que le jeune sénateur de l'Illinois avait surgi de nulle part et bénéficiait d'une mesure psychologique de discrimination positive ; en le soutenant, les démocrates blancs se sentaient fiers de leur ouverture d'esprit de gauche. Peut-être Hillary n'était-elle pas sympathique, mais elle avait de l'expérience, elle portait les cicatrices de batailles antérieures et elle savait où elle allait. Pourtant, même à New York où le racisme était craint autant que les herpès, le sexisme ordinaire, c'était un peu comme le tabac : en théorie, très dépassé, mais non sans un certain charme rétro – une thèse qui se trouvait confirmée, selon Russell, par le succès retentissant de *Mad Men* que tout le monde avait vu. Même dans le centre-ville de Manhattan, où les républicains étaient aussi rares que des licornes, la nostalgie pour l'époque où une femme était soit au foyer soit sténodactylo couvait encore sous la surface.

La serveuse s'approcha : « Un Negroni et une coupe de champagne ?

– Absolument, répondit Russell.

– Ça te fait si plaisir qu'elle sache ce qu'on boit !

– Et pourquoi pas ? »

Quand la serveuse revint avec leurs boissons, ils commandèrent leurs plats. Washington, qui avait remarqué leur présence, leur adressa un signe de la main.

« Je déteste la frisée, déclara Russell. On ne dirait même pas que c'est comestible. Ça me rappelle la texture de la fibre de bois – ces copeaux bizarres qu'ils utilisaient autrefois pour naturaliser les animaux morts et empaqueter les denrées fragiles avant l'arrivée des chips de polystyrène. » Il gagnait du temps, tentant de retarder le moment de la discussion. Le propriétaire avait officiellement décidé de convertir leur immeuble en copropriété et il leur fallait maintenant trouver une solution. Acheter cet appartement était au-dessus de leurs moyens, mais il était résolu à essayer.

« Oui, Russell, tout le monde sait ce que tu penses de la frisée. Heureusement qu'en 2004, nous ne sommes pas partis vivre en France où on ne mange que ça. »

À l'époque, ils avaient dit à tous leurs amis qu'ils s'exileraient là-bas si Bush remportait les élections – enfin, Russell au moins le disait.

« Mais nous aurions peut-être dû le faire, ajouta-t-elle.

– Pour quelle raison ?

– Parce qu'on serait peut-être ailleurs aujourd'hui. Ça me paraît toujours incroyable qu'on partage une salle de bains à quatre. Je voudrais avoir une vie d'adulte, Russell.

– Habiter au cœur de la ville impose quelques sacrifices. Nous aurions sans doute quatre salles de bains à White Plains, mais est-ce bien cela dont nous avons envie ?

– Parce qu'à ton avis, ce que nous voulons, c'est continuer à vivre ici ? Regarde un peu autour de toi. Quand nous avons emménagé dans ce quartier, c'était branché et pas cher. À présent, on dirait un faubourg de Wall Street. Les artistes ont été remplacés par des banquiers et des gosses de riches. Quand j'emmène les enfants à l'école, c'est à peine si je ne me fais pas renverser par une horde de mecs en costume avec leurs attachés-cases.

– Lou Reed et James Rosenquist vivent encore ici.

– Et ils sont tous les deux riches comme Crésus. Écoute, si les enfants réussissent à entrer à Hunter, il va vraiment falloir qu'on songe à s'installer plus au nord de la ville, et sinon, on choisira un quartier où ils bénéficieront d'un bon enseignement dans le public. On était d'accord pour considérer que l'Hudson River Middle n'était qu'une solution provisoire. Je ne suis pas prête à sacrifier leur avenir à une idée romantique et dépassée de la vie de bohème. Ça n'existe plus, Russell. Ce monde-là s'est déplacé vers Williamsburg, ou Red Hook, ou peut-être qu'il est mort, tout simplement. Au lieu d'essayer d'acheter notre appartement, je pense que nous devrions déménager dans un coin moins cher et doté de meilleures écoles.

– Où, par exemple ?

– Je ne sais pas moi. Brooklyn ? Le New Jersey ?

– Ça me dépasse que tu aies proposé le New Jersey. » Russell eut soudain l'impression d'être l'un des perdants de cet affreux jeu télévisé que regardaient ses enfants. On allait le chasser de Manhattan. De *son* île.

« Il y a de très beaux coins dans le New Jersey. Steve Colbert vit dans le New Jersey. Richard Gere aussi.

– J'emmerde Richard Gere. J'ai gâché deux heures de ma vie à regarder *Les Mots retrouvés*, et personne ne me les rendra jamais.

– Même l'Upper East Side est moins cher que notre quartier. Et c'est là, je croise les doigts, qu'ils vont aller au collège.

– L'Upper East Side ? Est-ce que j'ai l'air d'un…

– D'un quinquagénaire bien comme il faut ? Eh bien oui, si tu veux le savoir. Te rends-tu compte qu'on habite dans le coin le plus cher de tout New York ? Même si on avait deux millions en banque, je ne voudrais pas les dépenser pour acheter notre vieux loft pourri. On était très heureux quand on vivait au nord de la ville, et à l'époque tu répétais que tu détestais les lofts.

– C'est notre foyer. Et il ne va pas être mis en vente à deux millions.

– Je parie que si. On pourrait s'acheter une maison, je ne sais pas, moi, à Park Slope, pour beaucoup moins.

– Je déteste Park Slope. La République populaire des glandeurs, des coopératives alimentaires, de tous ceux qui se font une religion de cogner sur Manhattan.

– Pour un homme de gauche, tu es parfois incroyablement sectaire et étroit d'esprit. En tout cas, il y a beaucoup d'autres quartiers à Brooklyn. La plupart de tes employés y habitent, ainsi d'ailleurs que pas mal d'écrivains.

– Moins un, depuis qu'on a perdu Norman Mailer », répliqua Russell avec mélancolie. Corrine avait raison de penser que la ville changeait, qu'elle rétrécissait même, mais il n'était pas prêt à quitter le navire. « Ce bon vieux Norman. Tu te rappelles sa maison à Brooklyn Heights ?

– Brooklyn Heights est complètement hors de prix, répondit Corrine. Presque aussi cher que Manhattan.

– Si on achetait le loft, on pourrait le faire rénover et ajouter une salle de bains.

– Et tu la mettrais où, bon sang ? Sur l'escalier de secours ? »

Russell se sentait de plus en plus nerveux, impatient d'avaler un second verre.

« Russell, je voudrais que tu sois honnête avec toi-même et avec moi. On vit comme des étudiants, et nos gosses reçoivent une éducation de merde. Voilà encore quelque chose que je ne saisis pas. A-t-on vraiment besoin de manger au restaurant deux ou trois fois par semaine ? Ça nous coûte combien ? Quelques milliers de dollars par mois ? On ne peut plus se permettre de vivre ici.

– On ne peut pas se permettre de ne pas y vivre, rétorqua Russell, maussade.

– C'est un raisonnement puéril et absurde. Je ne comprends même pas ce que tu veux dire.

– Je veux dire, comme le formulait Updike, que je fais partie de ces gens qui pensent que vivre ailleurs qu'à New York n'a aucun sens.

– Est-ce que tu es conscient qu'on pourrait se payer une maison de ville à Harlem pour le même prix que cette connerie de loft dans lequel on étouffe depuis déjà dix ans ? Sérieusement, de plus en plus de gens vont s'installer là-bas, mais pour le moment, c'est encore abordable. Et en plus, Harlem prend sans arrêt de la valeur. »

Harlem ? Bon Dieu ! Pourtant, Bill Clinton y avait son bureau, n'est-ce pas ? Citoyen honoraire de la communauté noire, même s'il avait récemment perdu un peu de sa crédibilité sur ce point en faisant campagne contre Obama. « Au moins, ça reste Manhattan, concéda Russell. Enfin, à peine…

– Mais Manhattan, ça veut dire quoi aujourd'hui ? En tout cas, plus la même chose qu'il y a vingt-cinq ans. Maintenant, c'est une île de riches qui font leurs courses dans les mêmes magasins qu'on trouve à San Francisco,

Londres et Dubaï. Regarde un peu autour de toi, Russell. Tous ces immeubles de luxe qui chassent les classes moyennes et tes chers bobos et ne leur laissent plus de place au soleil. Je voudrais que tu acceptes de grandir et que tu te montres un peu sérieux. Il faut qu'on se cherche un autre endroit où vivre, et si tu te sens incapable de le faire, je m'en occuperai moi-même. »

Il aurait voulu expliquer qu'être un habitant non seulement de Manhattan, mais qui plus est du sud de l'île, faisait irréductiblement partie de son identité. Il était aussi – si ce n'est plus – new-yorkais que ceux qui se trouvaient là par les hasards de la naissance, sans l'avoir choisi ni avoir lutté pour y parvenir. Il appartenait à cette tribu d'immigrants prêts à tout, venus du fin fond de la province et des quatre coins de la planète, attirés de manière inexorable par cette ville qui était devenue la leur : ils l'avaient façonnée et elle les avait façonnés en retour. Pour Russell, New York, ce ne pouvait être que le sud de Manhattan : Greenwich Village, SoHo, TriBeCa. À la limite, il aurait pu envisager Chelsea et le Flatiron District. Il se refusait à croire que la ville n'avait plus de place pour les gens comme eux, à abandonner New York à l'équipe du Pouvoir et de l'Argent. La ville avait besoin de l'équipe de l'Art et de l'Amour, bon sang – des acteurs qui n'étaient pas encore célèbres, des librairies d'occasion et des gens qui y travaillaient, des serveurs de restaurant, des promeneurs de chiens et des accordeurs de piano. Il fallait des joueurs de basson, des danseurs de comédies musicales autant que des danseurs classiques, des horlogers et des restaurateurs de meubles, des cordonniers et des vendeurs de pièces de monnaie et de timbres rares. Il fallait des grandes bourgeoises diplômées de Brown qui donnent à manger aux affamés, et des réfugiés du Midwest qui publient de la littérature de qualité. New York avait besoin d'eux. C'était la ville qu'il avait choisie entre toutes. Aller vivre ailleurs ressemblerait pour lui à un exil.

26

« J'ai désespérément besoin de te voir », dit Luke.

Je meurs d'envie était un cliché, mais *désespérément besoin* la fit réfléchir. Il avait l'air sincère. Il fallait qu'elle soit désespérée, elle aussi, pour répondre à Luke dans sa chambre, avec Russell et les enfants à quelques mètres, mais après tout, c'était la Saint-Valentin. Luke était parti à Vassar, dans le nord de l'État, rendre visite à sa fille. Il appelait pour dire à Corrine qu'il voulait la kidnapper le week-end suivant.

« Peux-tu au moins me préciser quelle sera notre destination ? Je ne peux pas partir comme ça sans dire où je vais.

— Appelons ça le merveilleux pays des Neiges. Emporte des vêtements bien chauds. Et aussi ton costume d'Ève.

— Mais quel âge as-tu ? Douze ans ? Qui dit encore "costume d'Ève", à notre époque ?

— Des quinquagénaires amoureux, je suppose.

— Je ne peux pas disparaître aussi facilement que tu le crois durant un week-end entier.

— Pourquoi pas ?

— Parce que j'ai une famille. » Au moment même où elle disait cela, elle le pensait davantage en termes de logistique que de moralité, se demandant déjà ce qu'elle allait pouvoir inventer.

Quand ils eurent raccroché, elle téléphona à Casey qui possédait une maison dans le Connecticut où elles pourraient théoriquement passer un week-end entre filles.

« Je trouve un peu fort que tu me fasses la leçon au sujet de Washington et que maintenant tu veuilles que je sois ton alibi pour un week-end coquin avec Luke.

– D'abord, je ne t'ai pas fait la leçon. Je t'ai seulement dit que je ne voulais pas être mêlée à cette affaire.

– Si tu réussis à convaincre Washington de m'appeler, je te couvre.

– C'est du chantage ?

– Je t'en prie, si quelqu'un est en mesure de comprendre ce que je ressens, c'est bien toi. »

Corrine détestait que Casey mette sa situation en parallèle avec la sienne. Mais l'aide de son amie lui était indispensable.

Ce soir-là, ils dînaient chez Bouley, le restaurant où ils allaient traditionnellement le 14 février, à quelques rues de chez eux, une expédition rendue périlleuse cette fois par les résidus de glace et de neige de la tempête de mardi.

Ils s'installèrent à leur table habituelle et le sommelier tendit à Russell la carte des vins. Elle se mit à étudier le menu, à la recherche de légumes verts et de mets simples parmi tous les plats sophistiqués, détachée de la conversation inévitable et sans fin sur le vin qui lui faisait l'effet d'un babillage d'étourneaux. Elle fut tirée de sa rêverie par Russell : « J'ai déjeuné avec Washington, annonça-t-il.

– Comment va-t-il ?

– Pas terrible. Mais je suppose que tu es déjà au courant.

– Oui, en effet.

– Et donc, tu savais qu'il avait une histoire avec Casey.

– Oui, elle me l'avait confié, un jour.

– C'est incroyable que tu ne m'en aies jamais parlé.

– C'était sous le sceau du secret.

– Je suis ton mari. Nous ne sommes pas censés avoir de secrets l'un pour l'autre.

– Oh, je t'en prie. Il y a bien des choses que tu ne me dis pas.

– Aucune qui me vienne à l'esprit.

– Permets-moi d'en douter.

– De surcroît, il s'agit de mon meilleur ami, insista Russell.

– Raison de plus pour ne pas t'en parler. Je suis désolée, mais j'étais dans une position très inconfortable.

– Je suis vraiment passé pour un idiot. Il était convaincu que j'étais au parfum.

– Mais pourquoi ne te l'a-t-il pas dit lui-même s'il est ton meilleur ami ? Vous vous téléphonez presque tous les jours. De quoi vous discutez, d'ailleurs ? De sport ? De recettes ? De groupes de rock alternatif ? Ça m'étonnera toujours, ce code masculin qui empêche les hommes de se parler de leurs émotions ou de tout ce qui compte pour eux. »

Elle avait déjà prononcé des centaines de versions de ce discours-là, mais en ce moment précis, elle sentait que c'était important.

« On attend que les choses en vaillent la peine », rétorqua Russell, bien que son indignation ait été purement rhétorique à ce stade – leur divergence de vues semblant davantage alimentée par la force d'inertie que par la conviction. « Il pensait peut-être que je me montrerais critique à son égard, que je le désapprouverais.

– Alors, comment va-t-il ?

– Il se sent penaud.

– Normal.

– Il a pris une chambre au Mercer pendant qu'elle rumine toute l'affaire. Tu sais, je croyais vraiment qu'il avait tiré un trait sur ce genre d'histoires. Arrive un jour, quand même, où on s'installe dans la vie qu'on s'est choisie et où on en accepte le périmètre et les limites. »

C'était on ne peut plus raisonnable, mais combien triste et défaitiste aussi : comme si la monogamie à long terme n'était en fin de compte qu'une conséquence de l'épuisement.

« Je suppose que Tom n'est pas au courant. »

Elle secoua la tête.

« Le malheureux ! » Puis après quelques secondes, il reprit : « Je meurs de faim. Si on commandait ? »

Après le dîner, Russell réclama un marc et étendit les bras sur les cloisons du box, dans la posture d'un homme qui a beaucoup trop bu. Il avait même un certain mal à articuler.

« Et Casey, elle tient le coup ? demanda-t-il en reprenant le fil de leur conversation.

– Elle est dévastée. D'ailleurs, je pensais aller passer le week-end prochain avec elle à Litchfield, si tu n'y vois pas d'inconvénient. » Elle n'avait pas prévu d'en parler tout de suite, mais l'occasion était trop belle. Il était presque effrayant de voir comme on s'habituait vite à la duplicité.

« Qu'est-ce je vais faire avec les enfants pendant deux jours ? J'ai beaucoup de travail. »

Elle avait espéré que ce ne serait pas trop compliqué. En même temps, elle ressentait une sorte de soulagement devant la résistance de Russell, comme si on la délivrait du poids de cette décision, comme si on la sauvait d'elle-même.

« Je suppose que Washington aura ses gosses avec lui au moins le samedi ou le dimanche, et il devra lui aussi leur trouver des distractions. Vous pourriez faire équipe. »

Il fit pivoter son verre entre ses doigts, admirant le liquide ambré avant d'en siroter une gorgée. « Bon, d'accord », dit-il. Peu de choses lui faisaient autant plaisir qu'un digestif après un bon repas.

« Et le livre de Kohout, qu'est-ce que ça donne ? » demanda-t-elle, se sentant soudain en mal de générosité et désireuse de changer de sujet avant qu'il ne revienne sur sa décision. Il était essentiel de se montrer curieuse et ouverte sur une question qui les avait divisés auparavant.

« Jusque-là, très bon. Tout à fait passionnant. Mais j'attends encore la fin.

– C'est pourtant bien dans trois mois que tu le publies, non ?

– Si Dieu et Phillip le veulent.

– Tu as l'air inquiet.

– Il y a beaucoup en jeu. Énormément même. »

Elle tendit la main par-dessus la table et serra la sienne. « Tout ira bien, dit-elle, espérant ne pas se tromper. Je sais que tu vas y arriver. »

Après qu'ils eurent couché les enfants, elle se sentit tendue et nerveuse, s'interrogeant sur les intentions de Russell et ses propres désirs. Faire l'amour était pratiquement une obligation la nuit de la Saint-Valentin. Même en période d'hibernation, ils s'étaient toujours rapprochés pour l'occasion. De longues semaines s'étaient écoulées depuis leur partie de jambes en l'air bâclée du 31 décembre, et même si elle n'était pas prête à lancer les opérations ce soir, elle restait ouverte aux suggestions, à une réanimation de leur histoire d'amour anesthésiée. Elle avait envie qu'il saisisse cette chance de la faire changer d'avis et renoncer à son week-end avec Luke, se dit-elle. Mais quand après avoir lu un manuscrit pendant une demi-heure et éteint la lampe, il l'embrassa chastement sur la joue avant de lui dire bonne nuit, il scella involontairement son destin.

Alors que la date de leur escapade approchait, Corrine s'inquiéta de plus en plus du mauvais temps : une tempête de neige était annoncée pour la nuit précédant son départ. « Ne t'angoisse pas, dit Luke. Ce ne sont pas quelques flocons qui vont nous poser problème. Même si les vols commerciaux sont annulés, nous arriverons toujours à décoller de Teterboro.

– Et si je ne parviens pas à rejoindre l'aéroport ?

– Je t'enverrai Brendan. Un ancien flic. Il a une Chevrolet Suburban capable d'escalader l'Everest. »

Quelques jours plus tard, après avoir accompagné les enfants à l'école, elle rentra à la maison réveiller Russell et finir ses bagages. Il avait mal dormi et était d'une humeur de dogue, grognant après les nouvelles du matin dans le journal, y compris les chances accrues d'Obama contre Hillary. « Enfin, qu'est-ce qu'on sait de ce type, au fond ?

– On sait qu'il s'est opposé à une guerre désastreuse alors qu'Hillary a voté pour.

– Influencée par des informations mensongères, protesta Russell.

– On se détermine tous à partir d'informations mensongères », rétorqua Corrine, sans vraiment savoir ce qu'elle voulait dire par là, mais vite convaincue que c'était une fort bonne définition de la condition humaine.

« Je ne comprends toujours pas pourquoi tu pars avec cette tempête de neige.

– Le chauffeur de Casey dit qu'il n'y aura pas de problème. C'est un ancien flic. » C'était vrai. Les Reynes, comme beaucoup de leurs congénères, y compris Luke, employaient des policiers à la retraite comme chauffeurs, en grande partie pour profiter des privilèges et des avantages dont jouissaient ces anciens fonctionnaires. Mais il lui vint soudain à l'esprit que Russell pourrait avoir l'idée d'appeler Tom ou Casey pour prendre de ses nouvelles. En proie à la panique, elle appela son amie de sa chambre. « Ne t'inquiète pas, Tom est à Dubaï et il ne sait pas ni ne se soucie de savoir où je suis. Quant à moi, si Russell me téléphone, je ne répondrai pas et je te préviendrai qu'il cherche à te joindre.

– D'un seul coup, j'imagine toutes les façons dont je pourrais me faire attraper. Sans même parler du fait que je dois décoller en plein blizzard.

– Il faut vivre dangereusement. La prochaine fois que mon voisin de table à un dîner me demande, comme hier soir, où mes enfants étudient, je me jette par la fenêtre. »

Corrine appela Luke : « Tu es sûr que tu veux qu'on y aille ?

– Absolument. Je viens de parler au pilote. Il affirme qu'il n'y a pas de problème. Et Brendan t'attend au pied de l'immeuble. »

Russell se laissa embrasser sur la joue à contrecœur. « Tu es folle, si tu veux mon avis.

– Je le fais pour Casey », répondit-elle. Comment pouvait-elle mentir avec autant de facilité ? « Elle traverse une période très difficile. »

Le chauffeur de Luke l'attendait dans la rue, en effet, occupé à épousseter la neige qui recouvrait le capot de sa Suburban.

« Vous pensez que nous allons réussir à aller sans encombre jusqu'à Teterboro ?

– Sans aucun doute. Vous pouvez avoir toute confiance en moi, madame », dit-il en refermant la portière derrière elle.

Brendan avait beau être intrépide, d'autres automobilistes roulaient comme des tortues, ils dérapaient et patinaient, ralentissant leur trajet vers le tunnel du New Jersey. Ils parvinrent enfin de l'autre côté, mais se retrouvèrent prisonniers d'une longue file de voitures immobilisées par un semi-remorque en travers de la route. Quand ils arrivèrent à Teterboro, la neige tombait dru – les essuie-glaces s'activant à grand bruit comme des épées jumelles tentant de pourfendre l'ennemi – et elle se demanda comment ils pourraient bien décoller, la déception se mêlant au soulagement. Peut-être cela valait-il mieux. C'était sans doute un signe.

À l'entrée de l'aéroport, le chauffeur précisa dans l'interphone le numéro d'immatriculation de l'avion, c'était le sésame, et la barrière se leva lentement pour les laisser passer. Elle était déjà venue là deux ou trois fois avec Casey et Tom, mais l'idée de voler à bord d'un jet privé continuait à lui sembler irréelle. Elle se rappela une plaisanterie stupide de Tom qui avait affirmé que si on avait un numéro tatoué sur le cul, ça prouvait qu'il y avait au moins quelqu'un pour le lire. Elle, en tout cas, ne voyait pas qui se serait intéressé à ses fesses un jour pareil.

Luke l'attendait à l'intérieur de l'aérogare, prêt pour un week-end hivernal, en col roulé bleu marine et grosse canadienne de couleur fauve. Ils s'embrassèrent et il faillit littéralement lui couper le souffle, alors ses derniers scrupules s'envolèrent.

« Tu es prête ?

— On ne va quand même pas voler par un temps pareil ?

— Pas de quoi fouetter un chat. Rien que quelques centimètres de neige. »

Le pilote vint se présenter et leur demanda s'ils étaient prêts à embarquer.

« Vous êtes sûr qu'il n'y a aucun danger ? insista Corrine.

— Oui, tout à fait, répondit-il, mais je pense qu'on ferait mieux de décoller tout de suite. » Elle eut l'impression qu'il était moins confiant que Luke.

« Allons-y », dit celui-ci en lui prenant la main.

Ils traversèrent avec le pilote le tarmac couvert de neige jusqu'à leur avion, leurs bagages les suivant sur un chariot.

La cabine sentait le cuir neuf et le parfum d'ambiance ; le plafond était juste assez haut pour qu'elle puisse se tenir debout dans l'étroite allée centrale, alors que Luke devait baisser la tête. Elle s'installa sur un siège en cuir beige.

« Est-ce qu'il t'est déjà arrivé, demanda-t-elle, de te réveiller en te disant : Bon Dieu, c'est incroyable ce que je peux être riche ? Ou bien est-ce qu'on se fait peu à peu à l'idée ? Comme une habitude à prendre.

– L'un n'empêche pas l'autre. On s'habitue mais parfois, certains jours, on regarde autour de soi et on a peine à croire à la réalité de ce qu'on vit. Aujourd'hui, en cet instant précis, c'est plutôt un de ces moments-là. »

Au lieu d'accepter ça comme un compliment, elle le chicana sur les sous-entendus. « Tu veux dire que le plaisir qu'on prend au bien-être matériel est comme la passion et qu'il finit par s'effacer ?

– Qui dit que la passion doit s'effacer ? »

Avant qu'elle ait pu expliquer l'inévitabilité de la chose, le pilote réapparut pour lui donner les instructions concernant la sécurité à bord du jet.

« J'espère que tu n'y verras pas d'inconvénient, c'est moi qui vais être aux manettes, annonça Luke après cet exposé. Mais le vol est court, et nous avons un excellent copilote. »

Cette décision ne fit que ranimer les craintes de Corrine. « Luke, tu es sûr que nous ne nous sommes pas en train de commettre une imprudence ? Je ne sais même pas où tu m'emmènes.

– Jamais je ne te mettrais en danger. Et tu vas adorer notre destination. » Il l'embrassa et suivit le copilote dans le cockpit.

C'était étrange d'être la seule passagère d'un avion, songea Corrine tandis qu'ils décollaient. Parviendrait-elle un jour à se sentir à l'aise avec l'argent ? Elle n'en était pas certaine. Ou bien était-ce seulement qu'elle n'avait jamais eu l'opportunité d'apprendre à l'être ? Elle avait passé toute sa vie au sein de l'équipe Art et Amour.

Moins d'une heure plus tard, ils traversaient les nuages pour redescendre en direction de collines blanches et floconneuses, la sérénité du paysage contrastant de manière saisissante avec les sursauts violents de l'appareil qui se dirigeait vers une petite ville de Nouvelle-Angleterre. Corrine s'agrippait aux accoudoirs, se demandant si ce n'était pas la fin, le châtiment ultime pour sa malhonnêteté et son infidélité, le moment venu de payer pour ses péchés passés et à venir. UN JET PRIVÉ S'ÉCRASE : LES AMANTS PARTIS EN ESCAPADE MEURENT EN VOL.

Les cahots de l'atterrissage furent accueillis comme un heureux soulagement.

« Bienvenue dans le Vermont, lança Luke en émergeant du cockpit.

– J'ai cru que nous allions y passer.

– Quoi ? À cause de quelques trous d'air ?

– Tu as toujours été aussi…

– Flegmatique ?

– J'allais dire "imprudent". Ou "insouciant". Ou plus précisément : "Tu as toujours été aussi cinglé et inconscient ?" » Et au moment même où elle prononçait ces mots, elle se souvint qu'il avait couru vers les tours, ce jour-là, alors que tant d'autres s'enfuyaient à toutes jambes.

« Si je n'aimais pas le risque, je suis sûr que ma vie serait très différente », dit-il avec un plaisir sans mélange.

Un SUV les attendait devant la passerelle. Luke signa pour en prendre possession, serra la main du pilote et donna un pourboire à l'employé qui chargeait leurs bagages à l'arrière.

« Est-ce que tu comptes me dire un jour où on va ? demanda-t-elle tandis qu'ils franchissaient le portail.

– Tu ne préfères pas que je te fasse la surprise ?

– Je ne dois pas être une vraie aventurière au fond. J'aime bien savoir ce qui m'attend à chaque tournant.

– Je me réjouis d'autant plus alors que tu l'aies été assez pour venir avec moi.

– Ça ne me ressemble pas du tout, je t'assure.

– Parfait.

– Aurais-tu au moins la gentillesse de me dire ce qu'était ce grand obélisque que j'ai aperçu pendant que je priais pour qu'on ne s'écrase pas ? Ou bien ai-je eu une hallucination ?

– C'est le monument qui commémore la bataille de Bennington durant la guerre d'Indépendance.

– Je suis passée à Bennington un jour, mais j'ai trouvé que c'était un peu trop loin de tout pour moi.

– Moi, je me rappelle être sorti avec une fille de Bennington. Une vraie panthère.

– J'ai envie que tu me parles de toutes les femmes que tu as connues.

– Il n'y en pas eu tant que ça.

– Alors tu n'auras pas de mal à en faire la liste.

– Je ne veux pas jouer les experts, mais d'après mon expérience, quand les femmes disent qu'elles veulent tout savoir sur celles qui les ont précédées, elles ne sont pas complètement sincères.

– Je ne ressemble en rien à toutes ces garces.

– Là, tu as raison. »

Après avoir roulé plein sud durant dix minutes dans la vallée, ils quittèrent la nationale et prirent une route plus étroite qui grimpait dans les collines, avant d'emprunter une longue allée menant à une ferme blanche un peu biscornue avec des volets verts, plantée au sommet d'une petite éminence enneigée. Alors qu'ils remontaient l'allée glissante, les pneus patinant et soulevant des gerbes de flocons, une grange rouge et délabrée au toit mansardé se profila derrière la maison.

« J'imagine que tu gardes aussi caché quelque part un golden retriever pour compléter le tableau.

— Je ne sais même pas si tu es une personne à chiens.

— En fait, je suis plutôt une personne à furets. Mais j'ai grandi avec des terriers.

— Je n'étais pas au courant qu'il existait des personnes à furets.

— Nous aimons fouiller dans tous les coins, déterrer des choses et les ramener à la lumière. »

Il s'arrêta devant la maison et dit : « Te porterai-je dans mes bras pour te faire franchir le seuil ?

— Cela me paraît un peu prématuré. Où sommes-nous, alors ?

— Pownal, Vermont. C'est la maison d'un ami.

— On ne risque pas d'être dérangés, apparemment. »

À l'intérieur régnait une sorte de désordre stratifié qui suggérait des dizaines et des dizaines d'années d'accumulation : tapis défraîchis et effilochés, meubles couverts de livres, de magazines et de quotidiens, étagères croulant sous le poids d'encore plus de livres, trésors et curiosités, rondins et journaux entassés près de la cheminée en brique. À côté du salon, une petite bibliothèque trop remplie. Dans la chambre principale tapissée d'un papier peint aux motifs de treillis et de vigne vierge, il y avait aussi une cheminée, ainsi qu'un télescope et un lit dont le baldaquin touchait presque le plafond bas et affaissé.

« J'adore cette maison.

— Elle appartient à mon prof d'histoire préféré. J'y viens de temps à autre depuis des années. Il vit maintenant dans une résidence médicalisée à Williamstown, à une quinzaine de kilomètres d'ici.

— J'avais oublié que tu avais fait tes études à Williams.

— Mais je me souviens que tu m'as dit y avoir passé un week-end quand tu étais en deuxième année.

337

– Mon Dieu, c'est vrai. Tod Baker, le week-end des anciens élèves, en 1977. Je ne me rappelais même pas t'avoir raconté ça.

– Et pourtant…

– Et tu as pensé que ce serait romantique de me faire revisiter le lieu de cette humiliation ? »

Il eut soudain l'air inquiet. « Dans mon souvenir, c'était plutôt idyllique.

– Si l'on excepte le moment où je lui ai vomi sur les genoux.

– Tu ne m'avais pas confié ce détail.

– À part ça, oui, c'était idyllique. »

Luke avait préparé deux glacières de nourriture, et ce soir-là, tandis que Corrine s'enfermait dans la bibliothèque pour appeler la maison, il disposa sur la table caviar, foie gras, fromages et plusieurs salades toutes prêtes. « Je ne sais pas vraiment cuisiner, dit-il quand elle le retrouva dans la cuisine et découvrit ce festin.

– Dieu soit loué », répondit-elle en l'embrassant.

Le sexe avec Luke avait été électrique depuis le début, mais elle ne s'était jamais sentie aussi audacieuse ni aussi insatiable qu'au cours des quarante-huit heures qui s'ensuivirent. Son ardeur était décuplée par le sentiment du caractère éphémère de la situation : elle était consciente non seulement des heures qui s'égrenaient là, sur la colline, mais également du ressort de sa vitalité qui se détendait peu à peu. Elle ne ressentirait plus jamais un élan aussi fort. Avec Russell, leur histoire commune était trop longue pour éprouver encore l'excitation de la découverte. Elle avait un désir ardent de tout partager avec Luke, de se constituer un capital de souvenirs dans lequel puiser durant les nuits froides à venir.

Ce soir-là, elle était allongée sur le lit et quand il se mit à la caresser, elle guida gentiment sa main. Elle s'étonna de la vitesse à laquelle elle jouit sous le doux tapotement de ses doigts. Tandis que ses tremblements s'apaisaient, elle lui lâcha le bras pour faire courir sa main sur le corps de son amant. Comme il bandait, elle fut prise d'une inspiration soudaine. « Je veux que tu me la mettes dans le cul. »

Elle n'avait jamais prononcé une phrase pareille et elle n'en fut qu'à peine moins surprise que lui, même s'il ne fit pas mine de protester ni de discuter. Elle prit la lotion Kiehl's pour le corps sur la table de nuit.

Elle tenta d'imaginer les choses de son point de vue à lui tandis qu'il s'avançait lentement, le report de sa propre satisfaction au moment où il marquait une pause avant de pousser de nouveau gentiment, s'interrompant pour la laisser reprendre son souffle.

« Ça va ? demanda-t-il.

– Oui. »

Ça avait dû être difficile pour lui de ralentir ainsi le mouvement alors que l'instinct le conduisait à la pénétrer sans attendre. Elle sentit un dernier spasme de résistance, puis soudain, elle céda, il fut en elle, et la douleur se transforma en quelque chose qui ressemblait toujours davantage à du plaisir. Elle n'était même pas sûre que l'expérience lui plairait, son désir initial avait été plus symbolique que physique. Cela faisait tellement d'années, quelques rares fois quand Russell et elle venaient de se rencontrer, mais elle avait voulu le faire avec Luke, partager cette intimité, et maintenant, elle se sentait plus proche de lui que jamais et voulait se rappeler cette impression pour toujours.

« Je veux me souvenir de ton odeur, dit-elle, se reposant contre son torse.

– Mais je suis là, répondit-il. Pourquoi parler déjà de souvenirs ? »

Néanmoins, de façon perverse, elle avait conscience de la nuit et de leur week-end qui s'enfuyaient. Elle ne pouvait s'en empêcher : elle songeait déjà au moment où, plus tard, Luke lui manquerait.

Le lendemain, des effluves de bacon frit saluèrent son réveil, et elle s'aperçut que le lit était vide. Mon Dieu, s'il vous plaît, faites que ce ne soit pas encore un homme qui rêve de me préparer avec amour mon petit déjeuner, se dit-elle, mais à y mieux réfléchir elle se rendit compte qu'elle avait très faim. Elle enfila son peignoir de soie, passa aux toilettes, se brossa les dents et les cheveux, ajouta une touche de brillant à lèvres. En voyant sa trousse de toilette Dopp ouverte sur le lavabo, elle s'autorisa à jeter un coup d'œil à ce qu'elle contenait, en particulier aux tubes de médicaments, Lipitor, Stilnox, Cialis et Adderall. Elle ne put s'empêcher d'être un peu déçue par le Cialis, préférant penser qu'elle était la seule cause de sa vigueur, mais l'Adderall était plus surprenant. La moitié des gosses de Manhattan en prenaient pour cause de déficit d'attention, réel ou allégué, l'autre moitié pour des problèmes de perte de poids ou seulement en raison du buzz autour de ce produit. En consommait-il pour se faire plaisir ou pour se doper ? Quelle importance ? L'Adderall expliquait certainement quelques-uns de ces tics, sa conduite parfois survoltée.

Quand elle le rejoignit dans la cuisine, au rez-de-chaussée, il reposa sa spatule, la serra contre lui et l'embrassa, sa barbe d'un jour lui râpant la joue, puis il retourna à ses fourneaux en fredonnant un air qui ressemblait à *Rehab*. Était-ce dû à son imagination ou à ce qu'elle venait d'apprendre, mais n'était-il pas trop alerte et trop énergique si tôt le matin ? « Je croyais que tu ne savais pas faire la cuisine ?

– Rien que le petit déjeuner.

– On a des plans pour aujourd'hui ? demanda-t-elle en s'asseyant à table.

– Oui. Après le petit déjeuner, on prend la voiture.

– Pour aller où ?

– Surprise… »

Après avoir dévoré son toast à l'œuf poché, Corrine monta s'habiller.

Ils empruntèrent la route 7 en direction de Williamstown, une bourgade où elle n'était pas retournée depuis trente ans, avec un campus à la belle architecture mêlant les styles néoclassique, gothique et roman, sans oublier quelques touches de modernisme.

« Tu t'y plaisais ? s'enquit-elle alors qu'ils remontaient l'allée menant à un édifice qui ressemblait à un temple dorique de marbre blanc.

– La plupart du temps, oui. Tu sais où nous sommes ?

– Pas vraiment.

– Au Clark Art Institute. Je nous ai organisé une visite privée. »

Un jeune homme attendait à l'entrée principale et les conduisit à l'intérieur. Maintenant, elle se rappelait : elle avait passé un matin de gueule de bois dans ce bâtiment, tentant d'échapper à son flirt du moment entre les Renoir et les Monet. Le guide leur expliqua que les Clark étaient de riches collectionneurs new-yorkais qui, craignant qu'une apocalypse nucléaire ne balaie Manhattan, avaient fait bâtir ce musée dans les monts Berkshire afin de mettre leurs tableaux à l'abri, causant ainsi une grande déception aux administrateurs du Metropolitan Museum of Modern Art.

« On a peine à croire qu'ils aient pu rassembler une collection pareille en une seule génération, s'exclama Luke.

– On dirait que tu es jaloux. »

Il haussa les épaules.

« Y a-t-il quelque chose que vous voudriez voir en particulier ? demanda le guide.

– Vous pourriez nous montrer *Intérieur à Arcachon* ? répondit Luke.

– Certainement. C'est l'un de mes favoris. »

Luke regarda Corrine, l'air d'attendre quelque chose.

« Le Manet, dit-elle enfin, la mémoire lui étant revenue.

– Tu m'avais confié que c'était ton tableau préféré, dit-il, déçu, tandis qu'ils suivaient leur guide au long du couloir de marbre.

– C'est incroyable que tu t'en sois souvenu. » Plus exactement, c'était qu'elle-même l'ait presque oublié qui l'était. Elle avait dit ça, en effet, et c'était vrai, du moins sans doute au moment où elle le lui avait assuré, mais entre-temps elle avait oublié. Ce tableau avait-il réellement été son préféré durant les longues années séparant le jour où, étudiante, elle l'avait découvert de celui où elle en avait parlé à Luke peu après le 11 Septembre ? Il paraissait plus probable que le chaos d'alors, tel un tremblement de terre ou une éruption volcanique, ait fait resurgir des émotions et des souvenirs enfouis, et que celui-ci, en particulier, ait été ressuscité. L'essentiel pour elle, à ce stade, était que Luke se le soit rappelé. L'idée de ce voyage, comprenait-elle, était partie de l'envie soudaine de lui faire revoir son tableau prétendument favori.

Et il était là : une petite toile gris-marron, l'intimité d'un intérieur, un jeune homme qui fume une cigarette, tandis qu'une femme plus âgée, de l'autre côté de la table, sa mère certainement, lève les yeux de ce qu'elle est occupée à écrire pour regarder la mer par la porte-fenêtre grande ouverte. Des dizaines d'années auparavant, elle avait eu du mal à comprendre pourquoi ce tableau lui faisait pareille impression, si éloigné qu'il était de l'érotisme héroïque de son *Olympia*, ou de la tragique grandeur de *L'Exécution de Maximilien*. Néanmoins, le sentiment de calme, de sérénité qui s'en dégageait était fascinant. Le gris des murs et de l'océan avait la couleur de l'après-midi, la couleur de la contemplation.

« Je sais que ce n'est qu'une petite scène domestique, dit-elle, se sentant obligée d'expliquer pourquoi elle aimait cette toile. Mais à l'époque, elle me rendait triste et nostalgique. Sans doute parce que ma propre famille passait son temps à se déchirer.

– Manet venait de rentrer de la guerre franco-prussienne, indiqua le guide, et on voit combien il appréciait ce paisible interlude familial. Le bien-être et la tranquillité sont palpables.

– Et si nous nous retrouvions d'ici dix minutes devant le Piero della Francesca, lui suggéra Luke.

– Je n'arrive toujours pas à croire que tu t'en sois souvenu, dit Corrine, alors que le jeune homme s'éloignait discrètement. Ou que tu m'aies amenée ici… Je suis impressionnée. Et touchée. » Elle posa un baiser sur sa joue mal rasée.

« C'est un beau Manet, dit-il.

– Est-ce que tu l'avais remarqué avant ? Tu as peut-être été déçu quand je t'ai confié que ce petit tableau était mon préféré.

– Je ne me rappelle pas l'avoir remarqué quand j'étais à Williams, mais je suis venu le voir après que tu m'en as parlé. »

Ils l'admirèrent en silence jusqu'à ce que Luke reprenne la parole : « Évidemment, mon Manet favori serait plutôt *Le Déjeuner sur l'herbe*.

– Mais bien sûr. Des dimensions grandioses, des hommes habillés et des femmes nues, tout pour plaire au mâle dominant. »

Il choisit de ne pas entendre le sarcasme. « Enfant dans le Tennessee, j'avais un parrain et une marraine, enfin pas au sens technique du terme, mais des espèces de guides spirituels, les Cheatham. C'étaient des amis de mes parents et j'adorais m'imaginer que c'étaient eux mon père et ma mère. Ils étaient très raffinés et collectionnaient de l'art moderne dans un bled où tout le monde accrochait au mur des lithos de chasse et des photos de famille. Joleen Cheatham m'emmenait au musée et m'expliquait l'art. Ils avaient un dessin, peut-être une estampe, un Picasso tardif intitulé *Le Déjeuner sur l'herbe* qui me fascinait. Je ne savais pas alors que c'était une variation sur le tableau de Manet, mais j'étais ébloui par la composition, deux femmes nues parmi des hommes habillés. J'avais aussi un gros béguin pour Joleen – je parle de rêves érotiques et de fantasmes – et tout ça se mélangeait, mes sentiments pour elle, l'art, et mes premiers émois sexuels. Plus tard, étudiant, quand j'ai vu *Le Déjeuner sur l'herbe* de Manet, j'ai eu l'impression d'avoir trouvé la clé des mystères qui me torturaient à la puberté.

– Tu ne m'as pas l'air si torturé que ça !

– Je sublime comme une bête.

– Je devrais sans doute être très reconnaissante à cette Joleen. »

Ils arpentèrent les galeries, se délectant au passage de tous leurs trésors, l'éblouissant Piero, les marines de Turner et d'Homer. Ensuite il lui montra les lieux de ses divers succès et échecs – la résidence des étudiants de première année sur le grand parvis, où il avait perdu son pucelage ; le majestueux édifice néoclassique où étaient dispensés les cours et où il avait soutenu sa thèse consacrée au partage des revenus ; la chapelle gothique où il avait épousé Sasha. Il la laissa à la bibliothèque pendant qu'il allait rendre visite à son ancien professeur dans sa maison de retraite, puis il l'emmena déjeuner dans un restaurant à flanc de colline, au sud de la ville.

Le cadeau extravagant que représentait cette visite privée, le fait qu'il s'était souvenu de l'histoire du Manet, tout cela l'avait touchée et elle tenta de lui expliquer le sentiment d'insécurité qui l'habitait dans sa jeunesse, les tensions et les violences psychiques, les duels de cris et les vacances gâchées. Elle était occupée à lui relater une scène de pugilat, un soir de Thanksgiving, quand il ouvrit le menu et se mit à le consulter.

« Je rêve, ou tu es en train de lire la carte ? »

Il baissa le menu et releva les yeux, surpris par son ton.

« Je voulais seulement…

– J'essaie de te raconter les traumas de mon enfance et toi, tu lis ce putain de menu ?

– Désolé.

– C'était tellement ennuyeux ?

– Non, je t'assure. Je t'écoutais.

– Comme tu veux. Replonge-toi dans ta lecture. Je détesterais te distraire dans ta commande.

– Excuse-moi. J'ai juste un peu de mal à me concentrer.

– C'est pour ça que tu prends de l'Adderall ?

– Oui, effectivement.

– J'ai vu le tube, par hasard, dans ta trousse de toilette.

– Ça doit être pratique d'avoir des rayons X à la place des yeux.

– OK, je regrette, j'ai regardé.

– Non, tu as raison ; c'est un problème. Je suis facilement distrait. Parfois, j'ai les capacités d'attention d'un moucheron. Je m'étonne que tu aies mis si longtemps à t'en plaindre. » Il se pencha pour lui prendre la main. « Je voulais tout sauf te faire de la peine. »

La neige avait recommencé à tomber quand ils traversèrent la vallée pour regagner la maison.

Leur désir et leurs tentatives pour l'assouvir atteignirent leur apogée ce soir-là ; ils se réveillèrent au milieu de la nuit pour s'y essayer de nouveau, et une fois encore juste avant le lever du jour. Ensuite, ils se levèrent pour regarder le ciel se teinter de rose et d'argent au-dessus de la prairie que recouvrait une couche de neige fraîche. Après le petit déjeuner, ils chaussèrent des skis de randonnée et partirent explorer les environs pendant une heure, étouffant pour un temps les regrets du départ imminent, Corrine se sentant malgré tout de plus en plus mélancolique à mesure que le soleil montait plus haut dans le ciel. Elle se demandait si c'était la dernière fois qu'elle passait un moment seule avec Luke, consciente que sa vraie vie était ailleurs.

« Je déteste les dimanches, dit-il en l'aidant à se déchausser, comme s'il avait lu dans ses pensées.

– Moi aussi », répondit-elle, et elle épousseta la neige qui couvrait son jean, tandis que Luke délaçait ses bottillons.

« Pourquoi ne pas rester un jour de plus ?

– Je ne peux pas, soupira-t-elle.

– Pourquoi ne pas rester, un point c'est tout ?

– Qu'est-ce que tu veux dire ?

– Que nous n'avons qu'à rester ensemble, dit-il en retirant son pantalon et en le laissant tomber dans le vestibule.

– Tu es fou.

– Pourquoi ? Ce qui est fou, c'est que je t'ai déjà laissé partir une fois, et je ne veux pas commettre encore la même erreur.

– J'adore que tu penses ça, mais crois-moi, ça passera.

– Cela fait six ans, et rien n'a changé.

– C'est parce que j'étais loin de toi. Sinon, tu te serais lassé de moi il y a déjà plusieurs années. » Et pourtant, alors même qu'elle en était persuadée, elle se surprit à s'émerveiller qu'il l'aime toujours autant.

« Tu sais, j'ai l'habitude d'obtenir ce que je veux.

– Dis-moi, est-ce que cette réplique arrogante de macho plein aux as marche avec les autres filles ?

– Excuse-moi. Parfois j'oublie que tu ne ressembles à personne.

– Celle-ci aurait plus de chances de marcher », répondit-elle en retirant son jean.

Ils atterrirent en douceur à Teterboro, et Luke émergea du cockpit quand l'avion eut freiné jusqu'à l'arrêt complet. En traversant le tarmac pour rejoindre le terminal, elle lui prit la main. Elle essayait de s'armer de courage pour la séparation, quand Kip Taylor, assis dans la salle d'attente, les héla, puis se leva pour les saluer. « Corrine, Luke, quelle s... »

Il parut incapable de finir la phrase, sa surprise entraînant une certaine confusion.

« Kip, cela fait un moment que je voulais vous appeler, dit Luke. J'ai une entreprise dans laquelle il pourrait vous intéresser d'investir. »

Kip acquiesça d'un air sceptique. Corrine, elle aussi, cherchait désespérément quelque chose à dire.

Luke reprit : « Vous partez pour une destination de rêve, j'espère.

– Une partie de pêche à la banane de mer dans les îles, répondit Kip.

– Russell parle encore de votre expédition de l'hiver dernier », articula Corrine d'une voix trop aiguë et même un peu hystérique.

Avant qu'elle ait pu songer à une explication plausible, Kip ajouta : « Passez-lui le bonjour », et il tourna les talons pour se diriger vers le comptoir d'embarquement, la laissant se demander si sa culpabilité était seule responsable de faire résonner cette phrase comme un reproche.

« Oh mon Dieu ! s'exclama-t-elle tandis qu'ils marchaient vers la sortie. Que va-t-il penser ?

– Il va penser ce qu'il va penser, dit Luke sans craindre la tautologie. Mais il n'a aucune raison de *dire* quoi que ce soit. »

Il n'avait pas tort, mais elle eut l'impression que le week-end était terni, pour ne pas dire gâché, par ce rappel brutal à ses obligations et à la place qu'elle occupait dans un complexe réseau social, familial, et même commercial. Comment avait-elle pu croire un instant qu'elle pourrait y échapper ?

27

La cité s'élevait au fur et à mesure qu'on remontait vers le nord, les basses-terres de SoHo et de Greenwich Village cédant la place aux tours du centre géographique de Manhattan. Au premier plan : Chessie Steyl, l'actrice, dans une robe violette chatoyante au décolleté plongeant, que Russell était occupé à complimenter sur sa performance, se méprisant un peu de ne pas réussir à échapper aux clichés, à l'obséquiosité du fan, alors même qu'il se sentait encouragé par la présence toute proche de cette femme et le fait qu'il paraissait bel et bien exister pour elle. Ils se connaissaient, quoique de façon superficielle, pour s'être rencontrés plusieurs fois lors de soirées semblables : une fête organisée à la suite de la projection privée de son dernier film, au sommet du Soho Grand Hotel. De près, il trouvait à la star une présence aussi iconique que l'Empire State Building ou le Chrysler Building qui étincelaient derrière elle. De temps à autre, il lui faisait expédier un livre dont il pensait qu'elle l'aimerait, et elle lui envoyait chaque fois un mot de remerciement, quelques lignes écrites à la main sur une carte de correspondance personnalisée – elle était un pur produit de Greenwich, Connecticut, après tout – et parfois, il lui arrivait de citer les titres en question durant ses interviews. Connaître Russell lui donnait un petit semblant de crédibilité littéraire, l'aidait à se trouver plus intelligente qu'elle n'en avait l'air, ce qui, de fait, était vrai. Pour sa part, il pensait depuis un moment qu'elle serait parfaite dans le rôle principal du film adapté du roman de Jeff. Elle n'était pas sans lui rappeler un peu la jeune Corrine Calloway. Ce serait une sublimation élégante de son désir pour cette jeune actrice sexy de la voir jouer un avatar fictionnel de sa propre épouse.

« Je viens de recevoir les dernières épreuves du nouveau roman de Toni Morrison », dit-elle en lui proposant une American Spirit de son paquet, qu'il accepta alors qu'il n'avait pas fumé depuis plusieurs années. Elle sortit un Zippo de son sac à main.

« Je peux ? » demanda-t-il en prenant le briquet. Il protégea la flamme dans sa paume et elle se pencha en avant, offrant une vue inoubliable sur ses seins.

« Qu'est-ce que je devrais lire d'autre ? »

Ça le flattait qu'elle lui accorde autant d'attention. La main posée sur le bras de Russell, elle semblait l'attirer dans une conspiration qui mettait à distance toute la réception bruyante et animée donnée en son honneur. « Vous ai-je envoyé les nouvelles de Jack Carson ? Non ? Vraiment étonnant. Il ressemble à un Raymond Carver moderne, un Hemingway malin comme un singe et sorti de ses collines. Une puissance incroyable. Et je publie aussi les souvenirs de Phillip Kohout, vous savez, le type qui s'était fait capturer par les Talibans. Il aurait dû m'accompagner ce soir, mais il a des problèmes d'estomac. Je ne sais pas si vous avez déjà reçu l'invitation, mais nous organisons une soirée pour le lancement de son livre, la semaine prochaine.

– Je meurs d'impatience », dit-elle, lui lâchant le bras pour s'intéresser à l'attaché de presse qui lui murmurait quelque chose à l'oreille. Quand elle hocha la tête et se retourna vers Russell, le charme était rompu. Elle jeta sa cigarette et l'embrassa sur la joue avant de prendre congé.

Russell la regarda s'éloigner de sa démarche ondoyante, son indépendance sereine inaltérée par l'angoisse irascible de son coach, et il se retrouva seul sur la terrasse, où il lui parut faire terriblement froid à présent, au sommet de la cité étincelante et glacée. Celle-ci semblait silencieuse pour une fois, comparée au vacarme de cette réception, un cirque grotesque à son avis : tous ces bavardages, ces poses et ces gestes, l'ambition, les manœuvres et les efforts qui se déployaient en sous-main... la façon dont l'énergie se déplaça et se canalisa différemment quand l'actrice quitta la terrasse. L'espace d'un instant, il mesura combien tout cela était artificiel, mais il en faisait partie lui aussi.

De retour à l'intérieur, il se dirigeait vers le bar, quand il fut abordé par Steve Sanders, un journaliste culturel du *Times*. Un brave type un peu ballot qui se débrouillait toujours pour commettre une erreur ou une autre quand il écrivait sur le monde de l'édition. Sans chercher à mal, il manquait seulement de sagacité et d'humour. Russell ne l'avait pas revu depuis la fête du Travail, quand il était venu à leur réception avec ce gros lard teigneux de Toby Barnes.

« J'ai appelé votre bureau tout à l'heure, mais vous étiez déjà parti.

— Et me voici en chair et en os.

— J'ai aussi essayé de joindre Phillip Kohout plusieurs fois.

— En fait, il était censé être ici ce soir, expliqua Russell, mais il s'est désisté au dernier moment.

— Nous devrions peut-être... euh... » Il désigna un coin tranquille, et Russell lui emboîta le pas. Les manières du journaliste ne lui disaient rien qui vaille.

« Que se passe-t-il ?

— Je voulais que vous ayez une chance de répondre à ces accusations avant que je...

— Quelles accusations ?

– En résumé, d'après mes sources, il paraîtrait que durant le temps où Kohout prétend avoir été en captivité dans la province frontalière du Nord-Est, il se cachait dans une fumerie d'opium à Lahore. »

Russell éclata de rire : « Vous parlez de ce truc paru sur un site islamiste, la semaine dernière ? Je vous en prie, on est allé voir, c'est un forum qui accueille toutes les divagations djihadistes. Quelles sont les preuves ?

– Des photos datées. Une vidéo. Des e-mails. Datant tous de la période où Kohout affirme avoir été prisonnier au Waziristân. En réalité, il semble qu'il soit resté quelque temps aux mains de trafiquants de drogue à qui il devait de l'argent et qui l'auraient un peu malmené.

– D'où vient l'info ?

– Je ne peux pas divulguer mes sources, mais il s'agit de gens qui l'ont effectivement vu à Lahore.

– Qu'il se soit donné un peu de bon temps à Lahore ne signifie pas qu'il n'a pas été prisonnier au Waziristân. Il en parle d'ailleurs dans son livre. » La cervelle de Russell était en ébullition, son indignation minée par une peur rampante. Internet regorgeait de théories du complot et de sous-entendus infondés, comme le lui avait rappelé Kohout quand le premier post remettant en question la réalité de sa capture avait été signalé à son attention. Mais comme les horloges arrêtées, les excentriques et les fous révélaient parfois la vérité.

« Selon les preuves que nous avons rassemblées, il se trouvait à Lahore pendant toute cette période. Et à en croire notre bureau de Washington, le département d'État a eu des doutes depuis le début. Ils s'occupent de l'affaire de leur côté, et nous aimerions bien parler avec Kohout pour recueillir sa réaction. Mais en attendant, je voudrais connaître la vôtre. Aviez-vous conscience que Kohout avait monté un canular ?

– Bien sûr que non. Et je ne le crois toujours pas.

— Je serais curieux de savoir à quelles vérifications vous avez procédé pour vous assurer de la réalité de son histoire. »

Russell fut pris de vertige et de nausées. En vérité, il n'avait presque rien vérifié – le récit de l'enlèvement de Kohout avait été publié dans le monde entier, y compris dans les pages du *New York Times*, et le livre lui-même était vivant, foisonnant de détails et d'une structure solide.

Soudain, il entrevit une lueur d'espoir, une chance de sursis. « Si vous voulez parler de dispositif de contrôle, dit Russell, le *New Yorker* publie un extrait du livre, la semaine prochaine, et ils ont le plus sérieux service de vérification de faits au monde.

— Moi, on m'a dit qu'ils avaient renoncé à la publication de cet extrait précisément à cause des doutes qui concernent sa véridicité. Vous l'ignoriez ? »

Cela pouvait-il être vrai ? Si oui, c'était assurément mauvais signe. Il avait eu lui aussi quelques doutes sur l'histoire de Kohout, certains détails de son récit ne collaient pas avec d'autres, mais ses explications avaient paru plutôt convaincantes, même si, avec le recul, il se reprochait d'avoir peut-être été trop *enclin* à les croire, et d'avoir un peu trop facilement fait taire ses soupçons. Le désistement de Kohout à la dernière minute, ce soir, juste avant la projection, semblait soudain suspect et révélateur. En y repensant, il se rendit compte que Phillip lui avait paru agité et pas très en forme cette semaine…

Tout d'un coup, Sanders lui brandit sous le nez un petit dictaphone. « Voudriez-vous commenter ces allégations ?

— Non, bon Dieu de merde, non ! » Voilà au moins une réponse qu'il ne pourrait pas faire paraître dans le *Times*. Il consulta sa montre : vingt-deux heures quarante, trop tard pour l'édition du lendemain. Dans l'hypothèse où Sanders considérait qu'il avait assez de matériau, Russell avait vingt-quatre heures devant lui pour tenter de régler le problème. Entre-temps, il ne fallait pas qu'il se mette ce type à dos. « À l'évidence, il faut que je creuse un peu la question, dit-il. Je vous appelle à la première heure demain matin.

– L'affaire ne va pas partir en fumée comme ça, Russell », rétorqua Sanders, l'air féroce derrière ses lunettes rondes à monture d'acier, ce qui ne lui ressemblait guère, et en tout cas moins ballot et paumé que jamais.

Il suivit Russell qui se frayait un chemin dans la foule pour regagner l'ascenseur. Dans sa hâte de s'enfuir, celui-ci faillit se cogner contre Chessie Steyl qui répondait à une interview filmée.

« Oh, voici mon ami Russell Calloway ! lâcha-t-elle. Un brillant éditeur. Nous discutions justement de livres, il y a quelques minutes. Il est pour ainsi dire mon mentor littéraire. Pour l'essentiel, il publie des romans, mais il m'a parlé des Mémoires de ce type qui a été enlevé par les Talibans. Je n'ai jamais la mémoire des noms. Comment s'appelle-t-il déjà, Russell ?

– Hmmm, Phillip Kohout.

– J'ai tellement hâte de le lire », conclut-elle.

Le reporter ne savait apparemment que penser de cet échange. Sanders, lui, le jugea fascinant. Penché sur son bloc, il noircissait une feuille après l'autre, dodelinant de la tête comme un corbeau affamé picorant une charogne.

La messagerie vocale de la personne que vous essayez de joindre est pleine et ne peut plus accepter de messages en ce moment.

Russell n'était pas le seul à vouloir joindre Phillip, visiblement, ce salaud de baratineur ! Il résolut de tenter de le coincer chez lui, il habitait à quelques rues, à l'angle de Spring Street et de Sullivan Street – une entorse à l'étiquette de Manhattan rendue indispensable par l'urgence de la situation. Il lui fallut marcher avec prudence, les trottoirs gelés de SoHo étant aussi glissants qu'un toboggan de piscine sous la semelle de ses mocassins neufs en cordovan.

Aucune réponse, malgré ses appels répétés à l'interphone. Il aurait volontiers téléphoné à Briskin, l'agent de Phillip, qui saurait sans doute au moins si le *New Yorker* avait dénoncé le contrat, mais il n'avait le numéro ni de son domicile ni de son portable.

Presque plus qu'à tout autre, il redoutait d'en parler à Corrine. Elle s'était déclarée contre l'achat du livre de Kohout depuis le début, et même si elle n'en avait pas remis l'authenticité en question, elle avait eu de sérieux doutes sur la moralité de l'auteur, ce qui était bel et bien au centre de l'affaire, désormais. Elle n'avait aucune confiance en lui, et maintenant, il le sentait dans ses tripes : elle avait raison et il s'était fait flouer. Il avait tiré ce bouquin à soixante-quinze mille, dont la moitié était déjà en cours d'acheminement vers les librairies ; les exemplaires de lancement étaient entre les mains des critiques depuis des semaines. Deux jours plus tôt, il avait signé un chèque de deux cent cinquante mille dollars à l'ordre de Kohout ; Briskin avait exigé qu'une avance sur les droits d'auteur soit payée dès la publication – une demande qui, elle aussi, paraissait franchement suspecte, aujourd'hui. Quoi qu'il advienne, le livre était pour ainsi dire déjà publié.

Planté sur le trottoir devant l'immeuble de Phillip, après avoir sonné en vain à son interphone, Russell se rendit compte qu'une des rares personnes travaillant au *New Yorker* qu'il connaissait vivait à quelques rues de là, et sans réfléchir davantage, il prit le chemin de Thompson Street, tout en se demandant si elle y habitait toujours après tout ce temps. En approchant de la porte de son immeuble, il sentit comme un frisson de déjà-vu lui parcourir les veines et réchauffer la surface de sa peau. Pendant des années, il était venu retrouver dans cet appartement une femme avec qui il n'avait jamais partagé un repas ni une soirée mondaine ; il arrivait au milieu de la nuit après un dîner d'affaires trop arrosé ou le lancement d'un livre. Cela faisait longtemps qu'il n'avait pas sonné à cet interphone – le 11 Septembre avait rompu le charme et il ne l'avait revue qu'une fois par la suite –, il n'en puisait pas moins encore dans les souvenirs de leurs rencontres quand il avait besoin d'un stimulant érotique, et là, devant la porte familière, il éprouva involontairement un frémissement de désir. Vérifiant les noms sur la liste, il repéra celui qu'il cherchait, appuya sur le bouton et sursauta en entendant la voix entre les parasites.

« Qui est-ce ? »

Il eut du mal à se décider à répondre, honteux de l'avoir négligée, ces six dernières années. Mais à vrai dire, il avait toujours ressenti une certaine honte quand il se retrouvait devant cette porte. « C'est Russell », finit-il par coasser.

L'interphone demeura silencieux, et au bout de ce qui lui parut être une éternité, il s'apprêtait déjà à tourner les talons, quand il fut surpris d'entendre le tintement métallique retentir. Il avança la main vers la poignée et ouvrit la porte.

« Je n'en crois pas mes yeux », dit-elle. Elle portait un T-shirt noir défraîchi et une culotte blanche. Un bleu avec des traînées jaunes marquait sa cuisse gauche, et ses jambes étaient couvertes d'un léger duvet noir. D'abord, ce fut l'odeur qu'il reconnut le mieux, un mélange entêtant de marijuana, de pourriture sèche, d'aliments en décomposition, de linge sale et d'encens japonais, qui ne réussissait pas à masquer d'autres fragrances. Derrière elle, il aperçut sur le plancher, près du lit, une pile de vêtements sales ; et dans la petite cuisine, un pâté impérial à demi grignoté dans une assiette, à côté d'un nid de nouilles au sésame.

Il resta sur le seuil tandis qu'elle se tenait appuyée contre le chambranle de la cuisine, à quelques mètres.

« Après toutes ces années, tu débarques ici comme si de rien n'était.

– Je sais. Je suis désolé.

– Tu ne vas même pas entrer ? »

Il fit un pas à l'intérieur et referma la porte derrière lui.

« Pourquoi tu es là ?

– Parce que j'ai des ennuis et que j'ai besoin de ton aide.

– Ah, je pensais que tu voulais que je te taille une pipe. C'est bien pour ça que tu venais me voir dans le temps, non ?

– Ne dis pas ça.

– Et pourquoi je ne le dirais pas ? C'est faux ?

– Ce n'est pas pour ça que je suis venu. » Il se rendit soudain compte que lui donner la vraie raison de sa visite – avouer qu'il n'était pas là pour elle du tout, mais seulement pour les informations qu'elle pourrait détenir grâce à son travail – était encore pire que reconnaître qu'il était là pour le sexe.

« Tu en es sûr ? Parce que avant, tu venais pour ça. Tu ne pouvais pas t'en empêcher, pas vrai ? Tu te rappelles, tu te pointais ici au milieu de la nuit et tu sonnais à mon interphone parce que tu savais pertinemment qu'à n'importe quelle heure, j'accepterais de te sucer.

– Oui, je me rappelle, dit-il, la voix tremblante.

– Et maintenant, tu voudrais que je t'en taille une ? »

Elle s'approcha de lui, à quelques centimètres, le sommet de son crâne lui arrivant juste sous le menton, et elle posa la main sur sa braguette. « Je suis sûre que ça te plairait.

– Je ne suis pas venu pour ça. Il faut que je sache si le *New Yorker* a annulé la publication de l'extrait de Phillip Kohout. »

Elle referma les doigts. Il la repoussa et elle faillit tomber.

Il se retourna, ouvrit la porte à la volée, puis se précipita dans l'escalier. Quelques dizaines de mètres plus loin dans la rue, il entendit des pas, se retourna pour s'apercevoir qu'elle lui courait après, sa parka matelassée laissant entrevoir sa culotte.

Sans se donner le temps de réfléchir, il détala. C'était absurde de s'enfuir ainsi devant une fille de cinquante kilos. Par réflexe, par instinct, il s'était mis à courir. Il voulait se débarrasser d'elle, oublier pour toujours cette sordide partie de son existence, et elle semblait bien décidée à ne pas le laisser s'échapper. Mais il risquait sa vie avec ses mocassins neufs et il devint vite clair qu'elle allait le rattraper.

Il s'arrêta à l'angle de Spring Street et de Thompson Street et fit volte-face pour l'affronter.

« C'est ridicule, dit-il, essayant de déchiffrer l'expression de son visage, alors qu'elle se tenait à quelques mètres de lui, hors d'haleine. Que veux-tu ?

– Qu'est-ce que toi, tu veux, plutôt ? C'est toi qui es venu frapper à *ma* porte.

– Écoute, excuse-moi. Je ne sais pas à quoi je pensais. C'était une très mauvaise idée. Est-ce qu'on peut dire que c'était une erreur stupide et que je suis désolé ?

– Tu crois que tu peux me faire disparaître comme ça ? Comme tu l'as toujours fait, pas vrai ? Dès que tu avais fini de te servir de moi, je cessais d'exister.

– Si je t'ai fait penser que c'était le cas, je suis profondément désolé. »

Un couple de fêtards s'approcha d'un pas titubant, leur rire résonnant dans le canyon désert de Spring Street avant de s'éteindre au moment où ils croisèrent Russell et Trish. Russell regarda la fille, avec sa tignasse de mèches jaune paille enveloppée dans un keffieh noir et blanc, et il roula des yeux en espérant lui faire comprendre qu'il n'avait rien à voir avec cette pauvre folle sur le trottoir, qu'il n'était pas responsable du bleu sur sa cuisse, qu'il était seulement l'otage de cette malheureuse à moitié nue, en bottes Ugg et parka, mais la jeune femme ne donna aucun signe de sympathie, elle releva son nez orné d'un piercing d'un air soupçonneux, méprisant cette scène et ses deux acteurs, et se pencha vers le pullover écossais de son compagnon pour murmurer : « Un vrai numéro de cirque », en passant devant eux, puis ils poursuivirent leur chemin vers les quartiers ouest en s'esclaffant.

« Que veux-tu ? demanda de nouveau Russell.

– Qu'est-ce que toi, tu veux ?

– Juste rentrer chez moi, d'accord ?

– Retrouver ta parfaite petite Corrine ?

– Rentrer chez moi, c'est tout.

– Comment crois-tu qu'elle réagirait, Corrine, si elle savait que tu étais venu me voir ce soir ?

– Je t'en prie, Trish.

– Quoi ? Je suis censée fondre dès que tu prononces mon prénom, c'est ça ?

– Je vais y aller maintenant, d'accord ? »

Il se retourna, traversa Spring Street et prit la direction du sud de Manhattan. En jetant un coup d'œil par-dessus son épaule, il s'aperçut qu'elle le suivait à dix pas. Il résolut de lui faire face, encore une fois :

« Tu as l'intention de me suivre jusque chez moi ?

– En voilà une idée intéressante ! »

Il tourna de nouveau les talons et se mit à courir, mais il était gêné par ses semelles trop lisses qui, par leur manque d'adhérence, menaçaient dangereusement son équilibre. Quand il regarda derrière lui, elle était à une cinquantaine de mètres et le poursuivait toujours.

Dans Broome Street, il repéra un taxi qui se dirigeait vers l'ouest et le héla. Il faillit s'écraser contre la carrosserie en descendant du trottoir, bondit à l'intérieur et claqua la portière au moment où Trish le rejoignait.

« Emmenez-moi n'importe où, dit-il au chauffeur sikh. Et verrouillez les portes. »

Elle tirait comme une forcenée sur la poignée, mais il parvint à l'empêcher d'ouvrir jusqu'à ce que le type ait verrouillé le mécanisme.

« Démarrez, s'il vous plaît. »

Tandis que le chauffeur semblait évaluer la situation, Trish contourna la voiture et se coucha en travers du pare-brise. Il écrasa son klaxon, sans succès. Elle demeurait étendue là, sa culotte blanche sous le nez du sikh, regardant Russell d'un air à la fois étrange et serein, et semblant lui dire « Tu vois de quoi je suis capable ? ».

« Allez faire vos conneries ailleurs. Sortez de mon taxi.
– Elle est folle.
– Descendez !
– Je vous en prie, mon vieux.
– Je vais appeler les flics.
– D'accord, appelez-les. »

L'homme plongea sous son siège et réapparut en brandissant un grand poignard à lame recourbée, un *kirpan*. Le mot avait surgi à l'esprit de Russell, il avait dû le lire quelque part. Tous les sikhs baptisés devaient en porter un.

« OK, OK. »

Il ouvrit la portière d'un geste violent et s'élança vers l'Hudson, s'assurant cette fois une confortable avance, puis il obliqua vers le sud par la 6ᵉ Avenue. Comment pouvait-il s'enfuir ainsi devant ce petit brin de fille ? Et pourtant il ne voyait pas d'autre solution, effrayé qu'il était de la voir le suivre jusqu'à son loft. Une fille capable de se jeter sur un pare-brise n'était pas du genre à faire des façons. Il songea à prendre le métro en se rapprochant de Canal Street, mais y renonça.

Quand il atteignit cette rue, elle était toujours sur ses talons, et il s'engouffra sous le tunnel en évitant les rares voitures qui circulaient à cette heure tardive.

Il retira alors ses chaussures et réussit à mettre de la distance entre eux, mais il se rendit compte qu'il était en train de la conduire directement chez lui, ce qu'il ne devait surtout pas faire. Connaissait-elle son adresse ? Il tourna dans Lispenard Street, en direction de l'est, et courut jusqu'à Broadway avant de repartir vers le sud de la ville. En se retournant au coin de Walker Street, il constata qu'elle ne le suivait plus et pensa avoir réussi à la semer, mais il continua néanmoins à progresser en diagonale ; il descendit Church Street, puis fila de nouveau vers l'est dans Walker Street, en ralentissant peu à peu son allure, conscient que ses pieds s'étaient engourdis.

Il emprunta, enfin, Chambers Street et arriva par le sud devant l'entrée de son immeuble, balayant du regard la rue qui, Dieu merci, était déserte.

L'appartement était plongé dans l'obscurité. Il ôta ses chaussettes en lambeaux et les jeta dans la poubelle de la cuisine, puis il massa ses pieds endoloris avec des serviettes en papier humidifiées.

Dans la chambre, il se déshabilla sans faire de bruit.

« C'était comment ? demanda Corrine quand il fut allongé auprès d'elle.

— Oh, ma chérie, j'ai de très gros ennuis », dit-il en enfouissant sa tête dans un chaud refuge parfumé, entre le bras et la poitrine de sa femme, son cœur battant toujours la chamade.

28

« Corrine, ça fait des années qu'on ne vous voit pas !

– Bonjour, Sara. Athena.

– Nous avons beaucoup pensé à vous.

– C'est gentil.

– Sincèrement, s'il y a quelque chose qu'on puisse faire pour vous…

– *Sincèrement*, je vous le ferai savoir. »

Aussi tôt que Corrine vienne chercher les enfants, Sara Birkhardt et Athena Goldstein semblaient toujours être déjà devant l'école à attendre, inséparables et inévitables, à l'image des gargouilles ornant l'immeuble néogothique sur le trottoir d'en face. En fait, elle choisissait de déléguer le plus souvent cette tâche à Joan, ce qui apparaissait sûrement comme une forme de négligence démoniaque à ces harpies de Battery Park en tenue de yoga, hauts pastel de chez Lululemon et legging noir. Pire encore que leur désapprobation, se dit-elle cet après-midi-là, il y avait leur sirupeuse commisération et leur joie malsaine devant le malheur des autres. Mais Joan avait pris un jour de congé maladie, et elle avait donc été obligée d'être là à la sortie de l'école – Russell pouvait parfois venir en coup de vent depuis son bureau, mais elle n'avait même pas osé le lui demander aujourd'hui. Dieu sait qu'il avait assez de soucis comme ça – quelques jours auparavant, des journalistes d'une chaîne d'information l'avaient pris en embuscade devant l'immeuble.

Certains parents, dont les enfants étaient en sixième, les laissaient rentrer seuls à la maison, mais Corrine n'y était pas prête. Quand elle était arrivée à New York, Etan Patz avait disparu quelques mois plus tôt entre l'appartement de ses parents à SoHo et l'arrêt de bus, le tout premier matin où il avait fait ce trajet sans être accompagné, et même si la ville était plus sûre aujourd'hui qu'en 1979, elle ne voyait aucune raison de tenter le diable.

« Tout le monde ici aime Russell, affirma Athena.

– Un si merveilleux papa, renchérit Sara.

– Je ne peux que vous donner raison », dit Corrine.

Les autres mères s'appliquaient à faire comme si de rien n'était, bavardant discrètement entre elles ou consultant leur BlackBerry, tandis que les nounous caribéennes formaient un petit groupe isolé, un peu plus loin.

« Saluez-le pour nous.

– Je n'y manquerai pas. »

Elle sortit son portable de son sac et en fixa l'écran, histoire d'échapper à ce groupe de soutien par trop ostentatoire. Elle mourait d'envie de leur annoncer que ses enfants n'en avaient plus pour longtemps dans cette école merdique parce qu'ils venaient d'être acceptés à Hunter, mais si elles n'en avaient pas déjà entendu parler, elles le sauraient bien assez tôt.

« Il doit s'être senti terriblement trahi. »

Cette observation n'appelait aucune réponse de sa part.

« Enfin, ils étaient amis, n'est-ce pas ?

– Pas vraiment, répondit-elle. Associés, à l'évidence, mais pas vraiment proches. Plutôt une question de circonstances, comme quand on se retrouve à fréquenter des gens dont le hasard a voulu que les enfants aillent à l'école avec les vôtres. »

Difficile de déterminer si cette dernière phrase était exagérément agressive ou, au contraire, bien trop subtile pour être comprise. Les deux femmes en étaient encore à retourner l'insulte dans leur tête pour mieux en décider, quand les enfants commencèrent à sortir : d'abord, au compte-goutte, quelques grands garçons qui se bousculaient en braillant, puis des vagues successives de gamins qu'on libérait, les deux siens émergeant séparément, Jeremy en premier, son ami Nicolas le tirant par le bras et glapissant qu'ils n'avaient pas terminé quelque chose, et ensuite Storey, au milieu de son petit groupe, Taylor, Hannah et Madison, trois nouvelles amies si précieuses qu'elle voulait les tenir autant que possible à l'écart de sa famille, ou au moins de sa mère.

« Oh, maman, tu es là, dit Jeremy, agréablement surpris. Est-ce que Nick peut venir avec nous ?

– Pas aujourd'hui, mon chéri. Tu as karaté, tu te rappelles ?

– Ah oui, c'est vrai. »

Storey restait collée à ses copines en remontant la rue.

« Tu m'amènes au dojo ? » demanda Jeremy.

Elle fit signe que oui.

« En taxi ?

– Si on en trouve un.

– Nick dit que le métro, c'est pour les pauvres. »

Elle détestait ce genre de remarques. Le type même d'attitude qu'ils avaient espéré éviter en scolarisant leurs enfants dans le centre-ville, non que ça ait été vraiment un choix de leur part, cela dit, jusqu'à ce que les jumeaux aient l'âge de passer les tests pour le programme destiné aux surdoués à Hunter. Néanmoins, à présent que les financiers colonisaient SoHo et TriBeCa, de telles distinctions étaient de moins en moins pertinentes.

Storey s'arracha finalement à ses amies et se rapprocha d'elle sans se presser.

« Comment ça s'est passé aujourd'hui, ma chérie ?

– Rien de spécial. » Elle marqua une pause, puis : « Taylor dit que papa est un escroc. »

Corrine s'arrêta aussitôt, à moitié tentée de faire marche arrière pour aller dire deux mots à la mère de

cette petite peste, entrevue parmi les parents qui attendaient. « Répète-moi exactement ce qu'elle t'a dit.

– C'est la vérité ?

– Bien sûr que non. Qu'est-ce qu'elle t'a raconté ?

– Qu'aux infos, on disait que papa avait publié un
livre plein de bobards. »

Elle s'accroupit devant ses enfants, laissa passer une
mère trop curieuse et son fils, puis leur expliqua : « Écoutez, mes petits cœurs, votre père a fait une erreur, mais
en toute honnêteté. Il a fait confiance à quelqu'un qui
ne le méritait pas.

– Ce type, là, Phillip, dit Jeremy.

– Exactement. Votre papa a publié son livre en croyant
dur comme fer que tout était vrai dedans.

– Mais, protesta Jeremy, je croyais que papa publiait
des romans.

– D'habitude, oui. C'est sans doute ce qu'il fait le
mieux. Mais ce livre-là était censé être un témoignage,
une histoire vraie – sauf qu'aujourd'hui, il semblerait
que ce n'était pas le cas. Votre père s'est laissé ber-
ner, comme beaucoup d'autres gens. Mais il n'a voulu
escroquer personne. Il a été stupide peut-être, mais en
rien malhonnête.

– Ça alors, maman ! Comment tu peux dire un truc
pareil ? s'exclama Storey.

– J'essaie seulement de vous expliquer les choses
comme elles sont.

– Mais papa est super intelligent. » Cela faisait partie
du credo des enfants, un point essentiel de la doctrine
familiale. Papa, le génie, papa, l'étudiant d'Oxford.

« Les gens les plus intelligents font parfois des bêtises.
Et le type qui a écrit ce livre est très intelligent, lui aussi.
Mais en plus d'être intelligent, votre père est généreux et
honnête, et il croit que les autres le sont aussi. Ce qui,
bien entendu, n'est pas toujours vrai.

– Je savais que c'était un pauvre mec, dit Jeremy.

– Tu pensais ça, toi ?

– Oui. Il avait une tête d'hypocrite. Il essayait tout le temps de parler aux enfants pour avoir l'air cool. Mais ça se voyait que c'était pour de faux. »

Corrine était impressionnée. « Je pensais la même chose, moi aussi. Votre père est parfois un peu trop confiant.

– Tu es fâchée contre lui ? » s'enquit Storey.

Elle soupira, se demandant s'il était possible d'exprimer une pensée nuancée à ses propres enfants. « Non, je suis désolée pour lui. » Bien sûr, elle lui avait témoigné son soutien et sa sympathie durant les trois jours qui avaient suivi l'explosion du scandale, mais ses sentiments avaient parfois viré à la colère. Elle avait toujours eu un mauvais pressentiment à propos de ce livre, non seulement à cause de l'avance invraisemblable et sans précédent que Russell lui avait consentie, mais aussi du projet lui-même, l'auteur et l'éditeur ayant tourné le dos à leur domaine spécifique pour des raisons de mode et de succès commercial. Et maintenant, ils allaient tous les quatre pâtir de cette erreur. Elle était également indignée par la façon dont Russell avait défendu Kohout ce premier jour crucial après la révélation, faisant au *Times* une déclaration mi-figue mi raisin pour le soutenir au lieu de reconnaître son erreur sur-le-champ. Elle avait eu un mal fou à regarder son mari en face, le lendemain soir, alors qu'ils observaient Kohout, apparemment sous calmants, qui tentait de se justifier à l'émission *Charlie Rose*. Et elle se sentait non moins coupable de ne pas avoir avoué à Russell que Phillip lui avait fait du gringue peu après la sortie de son premier livre. Cela aurait peut-être fait pencher la balance en sa défaveur.

Pendant que Jeremy s'entraînait à donner des coups de pied de côté et à enchaîner des katas au dojo de Lower Broadway, Corrine emmena sa fille faire des courses chez Necessary Clothing et chez All Saints, parcourant avec elle les interminables rayons de jeans et de robes d'été. Chacune de ses propositions provoquait soit un haussement d'épaules soit un ricanement de Storey, et les articles que celle-ci choisissait semblaient ne viser qu'à provoquer sa mère.

« Qu'est-ce que tu lui reproches ? demanda Storey en soulevant un minuscule dos-nu à paillettes.

– Un peu… vulgaire, peut-être.

– Tu trouves toujours que ce qui est cool fait un peu pute.

– Je n'ai pas employé ce mot. »

Pourquoi irritait-elle autant sa fille ? Il était possible que l'humeur de Storey soit un reflet de son désarroi face à son père et au scandale récent. Pour finir, Corrine accepta sans broncher de lui acheter un maillot de bain deux pièces qu'elle jugeait minuscule, et un jean True Religion au prix exorbitant, dans l'espoir de regagner quelques points.

De retour à la maison, tandis que les enfants faisaient leurs devoirs, elle se réfugia dans sa chambre et céda à une envie qu'elle sentait monter en elle depuis longtemps.

« Comment vas-tu ? demanda Luke.

– Pas mal. » Elle avait adopté un ton qu'elle voulait léger et badin. Elle avait songé plusieurs fois à l'appeler depuis quelques jours, mais à présent, en entendant sa voix, elle n'était plus certaine de vouloir se confier à lui. À bien y réfléchir, elle se dit que ses soucis relevaient strictement du domaine conjugal et que les partager avec Luke serait déloyal envers Russell, un principe auquel elle s'accrochait, même si ses trahisons à répétition rendaient la chose un peu absurde.

« J'étais un peu inquiet. J'ai entendu parler… enfin… de ce livre. »

Luke était à Londres, et l'espace d'un instant, elle s'étonna que cette nouvelle ait traversé l'Atlantique. En même temps, on en parlait partout désormais. Elle redoutait d'ouvrir un journal ou d'allumer la télévision.

Elle soupira. Au moins, elle n'aurait plus besoin de faire comme si tout allait pour le mieux.

« Eh bien, j'ai connu des semaines plus faciles. Et Russell aussi. » Il lui semblait important à ce stade de prononcer le nom de son mari, ce qu'elle faisait rarement lors de ses conversations avec Luke.

« Est-ce que je devrais te demander comment il tient le coup ?

— Sans doute pas, mais je suis sûre que tu peux te l'imaginer.

— Oui, je suppose. Je suis vraiment désolé. »

Elle commençait à regretter de l'avoir appelé.

« Est-ce que je peux faire quelque chose ?

— Je ne vois pas quoi, honnêtement. À moins que tu n'aies accès à une machine à remonter le temps pour que je puisse revenir en arrière et éviter tout ce cirque.

— Excuse-moi.

— Je voulais juste vérifier. Ayant des revenus limités, savoir qu'il existe encore des choses que l'argent ne peut pas acheter me paraît étrangement réconfortant. » Elle se rendit compte que cette tirade avait quelque chose d'assez agressif, mais elle n'avait pas pu se retenir.

« Je peux t'assurer que ce n'est pas la seule, Corrine.

— J'ai peur de ne pas être experte en la matière. »

Plus tôt elle mettrait fin à cette conversation, mieux ce serait. Elle savait que Luke essayait de lui témoigner sa sympathie et elle ne lui en voulait pas, mais elle ne pensait pas non plus qu'il était la personne la mieux indiquée pour la consoler en cette occasion. Elle s'était trompée. Elle l'aimait, certes, mais en cet instant, elle était incapable de se montrer tendre avec lui.

« Je veux simplement que tu saches…

— On se reparle plus tard, d'accord ? Ce n'était pas une bonne idée, là. Je te rappelle bientôt », l'interrompit-elle.

Chaque phrase paraissait plus creuse que la précédente, mais c'était plus fort qu'elle. Malgré son silence, elle entendait bien qu'il était blessé et troublé. Si elle raccrochait maintenant, elle craignait qu'ils ne s'en remettent pas, et peut-être cela valait-il mieux ; peut-être était-ce le bon moment pour en finir, bien que ce soit inattendu. Mais elle n'y était pas vraiment prête et elle savait que ce sentiment allait sans doute passer, qu'elle se réveillerait le lendemain en se languissant de lui, comme cela lui était arrivé si souvent depuis qu'elle l'avait vu remonter West Broadway couvert de cendres, et donc elle lui dit : « Je t'aime » avant de raccrocher.

« Qui c'était ? »

Corrine sentit l'air lui manquer en apercevant sa fille dont la silhouette s'encadrait dans la porte de sa chambre. « Un ami.

– Qui ?

– Personne que tu connaisses.

– Pourquoi tu as l'air si coupable ?

– Tu m'as surprise.

– Papa le connaît, cet ami ?

– Si tu tiens à le savoir, oui, il le connaît. Tu as déjà fini tes devoirs ?

– Pourquoi tu changes de conversation ?

– Parce qu'elle est terminée. Il n'y a rien de plus à ajouter. »

Storey continuait à la fixer d'un œil sévère et Corrine avait du mal à affronter son regard accusateur. Depuis quand était-elle si agressive ? Et pourquoi ? La question de la maternité biologique refaisait-elle surface ? Ou bien était-ce seulement son âge qui voulait ça ?

« Peux-tu m'expliquer pourquoi tu es toujours si critique envers moi, ces derniers temps ?

– J'observe un peu plus les choses, c'est tout, rétorqua Storey. En plus, papa et toi m'avez appris à être très exigeante.

– J'espère que nous t'avons aussi appris la valeur de la compassion et de l'empathie.

– Puisque tu le dis », lança-t-elle avant de tourner les talons et de disparaître.

29

Russell arriva dix minutes à l'avance et prit un siège au bar. Il avait lu un article sur ce restaurant, le Bacchus – son menu à deux cents dollars (prix fixe) ; sa cave aux cent mille bouteilles ; les quatre banquiers de chez Lehman qui y avaient mangé pour soixante-douze mille dollars, ce qui avait valu à l'associé principal d'être viré après le compte-rendu du *New York Post* –, mais il n'y avait jamais mis les pieds avant que Tom Reynes ne lui suggère de l'y retrouver. Le bar à cocktails était tout en bois laqué brillant et en cuir souple mat, et le comptoir fait d'une seule pièce d'acajou cubain patiné, un meuble qui, autrefois, lui expliqua le barman, ornait l'ancien Waldorf-Astoria situé dans la partie sud de la 5e Avenue et disparu depuis longtemps.

Parce qu'il voulait se montrer prudent, Russell commanda d'abord une San Pellegrino et, par curiosité, demanda à consulter la carte des vins, pour se voir aussitôt préciser qu'il en existait deux, une pour le rouge et une pour le blanc. Ah oui, il se rappelait avoir lu ce détail. Il réclama les deux et on lui présenta deux volumes identiques reliés en cuir marron, chacun pesant plusieurs kilos, dans lesquels il se plongea jusqu'à l'arrivée de Tom, quinze minutes en retard, qui gratifia le barman d'une vigoureuse poignée de main avant de se tourner vers Russell.

« Désolé, ma réunion s'est éternisée, dit-il. On passe à table ? » Le maître d'hôtel africain-américain, mince et élancé dans son costume noir cintré, s'était matérialisé à côté de lui et, en s'inclinant, leur indiqua la salle à manger.

En chemin vers leur table, Tom s'arrêta plusieurs fois pour saluer des connaissances et des membres du personnel. D'une élégance impeccable dans un costume en piqué bleu-gris, il bavarda avec le serveur et demanda à parler au sommelier, un homme étonnamment jeune aux traits délicats, avec une grappe de raisin tatouée sur le cou.

« Bonsoir, monsieur Reynes, chantonna-t-il.

— Bonsoir, Don. Nous allons prendre une bouteille de blanc. Comment est le montrachet 89 du domaine Ramonet ?

— Un pur nectar. Vous allez l'adorer. J'en ai justement ouvert une bouteille pour monsieur Trousdale, hier soir.

— Trousdale, ce maudit poseur. Il serait incapable de reconnaître un bon vin même si Scarlett Johansson le lui donnait à lécher sur sa chatte. » Il se tourna vers Russell. « Tu connais Larry Trousdale ? Un crétin, mais il a fait un paquet de fric en court-circuitant les télécoms il y a une éternité. »

Russell haussa les épaules. « Je le connais de nom. »

Tandis qu'ils jetaient un coup d'œil au menu, Tom déclara : « On dirait que tu t'es fourré dans un sacré pétrin. »

Russell hocha la tête. « On peut le dire comme ça, je pense.

— Au moins, tu as eu l'intelligence de te tenir à l'écart des médias. J'ai vu ton soi-disant écrivain l'autre jour sur CNN à mon club de sport. Il s'est enfoncé tout seul. On est censés être désolés pour lui parce que ses romans se vendaient mal et qu'il était accro à la drogue ? Pauvre connard. Je veux dire qu'on se demande où il avait la tête

372

quand il a écrit ce putain de bouquin. Et d'ailleurs, on se demande où toi, tu avais la tienne quand tu l'as publié. »

Russell vit avec soulagement le sommelier revenir avec la bouteille de blanc et poser deux grands verres d'une extrême finesse devant Tom et lui, avant d'ouvrir la bouteille et d'en verser une petite quantité à Tom, qui fit tournoyer le verre entre ses doigts, le huma, le fit tournoyer de nouveau et, pour finir, l'approcha de ses lèvres.

Russell s'aperçut qu'il retenait son souffle en attendant le verdict. Tom se lécha les babines en reposant le verre et inclina sèchement la tête.

Le sommelier versa quelques centimètres cubes dans le verre de Russell, puis ajouta quelques millimètres du précieux liquide dans celui de Tom. On aurait dit du miel, même si ce vin n'avait rien de sucré. « Ouah ! s'exclama Russell.

– Eh oui ! » fit Tom. Il sirota une autre gorgée avant de s'adosser à sa chaise et de faire craquer ses articulations. « Alors, dis-moi, tu n'avais pas le moindre soupçon sur l'histoire de Kohout ? Enfin, même le nom de ce fils de pute est un vrai signal d'alarme. Genre, attention, il va envoyer son éditeur au tapis par *knock-out* !

– Au bout d'un certain temps, oui, j'ai eu des soupçons. Mais je dois dire qu'il était très convaincant et je ne suis pas le seul à être tombé dans le panneau. Le *New Yorker* était sur le point de publier un extrait du livre, et toutes les chaînes se battaient pour obtenir une interview de lui. »

Tom secoua la tête et vida son verre. « Mais tu n'effectues pas une sorte d'audit préalable avant achat ? Tu ne t'es même pas demandé comment il était possible que les grosses maisons d'édition n'aient pas fait d'offres supérieures à la tienne ? »

Russell haussa de nouveau les épaules. « Le livre avait suscité beaucoup d'intérêt.

– Mais n'avait fait l'objet d'aucune offre ?

– Je l'avais préempté. »

Tom soupira.

Avant les hors-d'œuvre, Russell allait devoir manger son chapeau. Il était sur le territoire de Tom, en position de demandeur : il espérait que le mari de la meilleure amie de Corrine le sortirait du gouffre financier dans lequel il menaçait d'être happé. Déjà en difficulté avant l'affaire Kohout, il était maintenant dans une situation désespérée. Kip Taylor, invoquant des problèmes de liquidités, refusait d'investir un kopeck de plus dans l'entreprise McCane & Slade. Dans l'état actuel des choses, Russell n'avait de quoi tenir que trois semaines.

Malgré son envie de mépriser l'aisance que confèrent les privilèges, Russell s'était toujours senti un cran au-dessous face à quelqu'un qui tenait le haut du pavé, comme Tom, de même qu'à Brown, il n'avait cessé d'envier en secret les gosses de riches de New York ou de Boston qui roulaient en BMW et possédaient des demeures ancestrales à Nantucket, Martha's Vineyard ou aux Hamptons. Tom était allé à Princeton, mais c'était la même hiérarchie. Des types comme lui donnaient le la sur les campus de l'Ivy League, ils débarquaient nantis d'un savoir héréditaire que les étudiants venus du Midwest et les boursiers comme Russell rêvaient d'acquérir. À eux les vieux maillots de rugby aux couleurs passées, les bottes à lacets imperméables, les vestes Barbour, et le numéro des filles de Smith et Mount Holyoke. Ils savaient quels profs et quels cours éviter grâce à leurs frères et à leurs aînés à Andover ou St Paul. Vous auriez voulu les détester, mais vous ne pouviez vous empêcher de jalouser leur désinvolture, le sentiment qu'ils avaient d'être toujours à leur place, leur prestance naturelle. Corrine appartenait plus ou moins à cette caste, ce qui faisait partie de son charme, mais elle avait aussi été plus que cela. C'était également une intello sérieuse, ce qui la rendait plus approchable que d'autres, surtout pour quelqu'un comme Russell qui avait toujours misé sur sa propre intelligence, à défaut de pouvoir placer sa confiance dans sa garde-robe.

Né dans Park Avenue, élève à St Bernard et à Groton, Tom avait enfilé le costume de son grand-père. Cet auguste gentleman avait été un des cofondateurs de la banque Reynes, McCabe et Simms, et Tom bénéficiait aujourd'hui d'un tiers de cette fortune, sous forme de fidéicommis, qui lui aurait largement permis de vivre de ses rentes, mais il avait choisi d'aller travailler dans un établissement rival et ajouté plusieurs millions de dollars à la fortune familiale. Homme accompli dans son costume trois-pièces sur mesure, il était aussi le meilleur joueur de tennis du Racquet Club, avait remporté quatre fois le double messieurs sur gazon au Meadow Club de Southampton, et trois fois le titre de champion de son club au golf de Shinnecock Hills.

Un serveur s'approcha, tenant en main un verre ballon doté d'un long pied délicat, dans lequel chatoyait une petite flaque d'un rouge cramoisi, et le posa avec respect devant Tom. « Vos amis souhaitent vous faire goûter ceci », dit-il en désignant une table de l'autre côté de la salle où quatre messieurs en costume portèrent un toast à sa santé.

Tom prit le verre à deux doigts et le fit tournoyer, le liquide rubis montant à l'assaut de la paroi de cristal, puis il le renifla avant d'approcher le ballon de ses lèvres. Il aspira une gorgée et sembla mâchonner quelques secondes, après quoi il reposa le verre. « Vous êtes de vrais pédophiles, les gars. Cette bouteille est encore toute jeune. »

Des cris d'indignation s'élevèrent de l'autre table. « Pas d'accord, vieux. Elle a déjà une belle poitrine, lança l'un des convives.

– Des seins et un cul sous forme liquide, renchérit un autre.

– Je n'ai pas dit que je ne l'aimais pas, beugla Tom. J'ai seulement expliqué que cette bouteille n'avait pas atteint sa majorité.

– Harlan, 1994, rétorqua celui qui avait parlé de seins.

– Je n'ai rien à ajouter : une collégienne. » Tom leva son verre à la santé du groupe, avant de recommencer à étudier la carte des vins. « Putain de traders, ils travaillent chez Goldman. Ils effectuent des transactions pour nous. Des blancs-becs, ils en sont restés au culte du cabernet sauvignon de Californie. Un pont vers les drogues dures. Mais ils sont beaux joueurs, je suis prêt à le reconnaître. Cette bouteille figure à près de deux mille huit cents dollars sur la carte.

– Dieu tout-puissant !

– Je ne te le fais pas dire, du Lacryma Christi. Goûtes-y. En fait, il est absolument délicieux, mais je ne peux pas le leur avouer. »

Russell souleva le verre avec précaution et prit une petite gorgée. C'était peut-être lié au pouvoir de suggestion, mais il était prêt à donner raison au type qui avait parlé de seins. Un vin avec du corps, bien rond, comme un sein qui ne tient pas dans votre bouche mais vous donne envie de l'aspirer tout entier.

Bien qu'il y ait eu quelques couples disséminés dans la salle, l'atmosphère ressemblait à celle d'un club pour hommes. À la place du squash, l'œnophilie.

Tom fit un signe impatient au sommelier. « Don, portez un peu de ce montrachet à ces messieurs, et ensuite, voyons pour un rouge. Que dit le cheval blanc 82 ?

– Je l'ai essayé la semaine dernière. On peut dire qu'il chantait.

– OK, mais il chantait quoi, bon sang ?

– *Good Life* de Kanye West, à mon avis.

– Alors ouvrons-en une bouteille et faites-en goûter un peu à ces jeunes gens de chez Goldman.

– Tout de suite, monsieur Reynes.

– C'est du sérieux, ce vin, dit Russell, alors que le sommelier se hâtait de disparaître.

– La vie est trop courte pour en boire du mauvais, répondit Tom. Crois-moi, je ne bois jamais une goutte de vin dans ces galas où nos femmes nous traînent. Ils ont toujours de la vodka haut de gamme mais leur pinard, c'est de la piquette. Tu es un mordu, pas vrai ?

– Disons plutôt un amateur enthousiaste. Mais pour être franc, je ne peux pas dire qu'il m'arrive souvent de goûter des premiers grands crus de bordeaux. » Russell avait émis cette réserve en partie pour se dégager de la responsabilité de payer l'addition.

« Alors, rassemble tes forces. Parce que en voici un magnifique spécimen. »

Tandis que le sommelier découpait le capuchon de métal recouvrant le bouchon, Tom demanda : « Eh bien, qu'est-ce que tu attends de moi, en fait, Russell ? »

Ils se connaissaient depuis plus de vingt ans, mais ce n'était que la deuxième fois qu'ils dînaient en tête à tête. Russell avait organisé cette rencontre parce qu'il était au désespoir.

« Honnêtement, j'ai besoin de cinq cent mille dollars pour finir l'année. Bien sûr, je te céderai une partie de mes actions. Mais à terme, je voudrais racheter les parts de mon associé.

– Je suppose qu'il doit vouloir la même chose.

– À dire vrai, je pense qu'il a perdu un peu de son enthousiasme pour l'édition littéraire.

– Tu m'étonnes ! Même si ce n'est pas exactement la littérature qui t'a fichu dans ce pétrin. Ta spécialité, c'est la fiction, non ?

– Oui, on peut dire ça. C'est ce qui fait notre réputation.

– Tu es un expert dans ce domaine, donc – sur ce marché.

« – Je ne crois pas que je définirais les choses de cette manière. Je suis capable de reconnaître ce qui est ou non de la littérature et d'en évaluer la qualité, et puis nous avons aussi deux éditeurs en qui j'ai toute confiance, mais je ne suis pas sûr qu'on puisse jamais prédire avec certitude qu'un livre va marcher. » Ces paroles à peine prononcées, il les regretta, non pas parce que c'était faux, mais parce qu'il était en train de demander de l'argent à Tom.

« Mais tu en sais plus que la plupart des autres.

– Oui, je crois.

– Cela fait de toi un spécialiste du marché. Je veux dire qu'à mon avis, tu devrais t'en tenir au marché que tu connais. »

Comme un élève docile, Russell hocha la tête.

Satisfait de voir que la leçon avait été entendue, à moins que le sujet ne l'ait déjà lassé, Tom reprit : « Je t'enverrai un type de confiance demain pour examiner vos livres de comptes. Entre-temps, commandons quelque chose pour éponger ce vin. »

Le sommelier, dans l'attente du verdict, n'avait pas bougé.

Après l'avoir goûté, Tom déclara que le vin était correct, bien que légèrement moins bon que la dernière bouteille qu'il avait bue de sa propre cave, et il demanda qu'on en porte quatre verres à la table des hommes de chez Goldman. « On va leur montrer un peu ce qu'on sait faire dans le Bordelais », dit Tom.

« Et comment va Corrine ? » lança-t-il quand ils eurent commandé. Russell avait pu constater que le menu polyglotte était un heureux mélange de termes français, italiens et asiatiques, placés sous la bannière de la nouvelle cuisine américaine. Les fruits de mer étaient rangés sous l'étiquette « crudo » plutôt que « sashimi », et étaient agrémentés d'un filet d'huile d'olive plutôt que de sauce ponzu ou soja, alors que lorsqu'ils étaient présentés en friture, ils étaient désignés par le mot « tempuras » plutôt que par l'expression « fritto misto » ; par ailleurs, la moitié au moins des plats de résistance étaient cuits sous vide, une méthode high-tech imaginée par les frères Troisgros à Roanne, qui consistait à faire bouillir les aliments dans des sacs en plastique, et que tous les chefs new-yorkais avaient récemment adoptée pour préparer leurs recettes.

« Corrine va bien, répondit-il. Je ne sais pas. Occupée. Distraite.

– C'est peut-être une bonne chose pour elle.

– Pas nécessairement. » Il marqua une pause, ne sachant pas jusqu'à quel point il était prêt à se confier. Il montrait en général une certaine réticence à parler de sa vie conjugale avec qui que ce soit ; devant Washington et ses autres amis, il éprouvait toujours le besoin de faire bonne figure, de maintenir leur réputation de couple idéal. D'une certaine façon, il était très important pour lui de se dire que les gens continuaient à le penser. Mais sa connaissance coupable des difficultés maritales de Tom l'autorisa à plus de franchise.

« Je ne me rappelle pas quand nous avons couché ensemble pour la dernière fois. » C'était un peu déloyal de sa part de dire ça, mais il en fut aussi soulagé et étrangement revivifié.

« Bien sûr que tu ne t'en souviens pas. Vous êtes mariés depuis… combien déjà ? Vingt-cinq ans ? Quelques mois avant nous, c'est bien ça ? Bon Dieu, j'y étais. Je me rappelle qu'on s'était fait des rails avec votre ami Jeff dans la chambre de Corrine. Je veux dire, bordel, on a fêté nos noces d'argent, comment voudrais-tu qu'il en soit autrement ?

– J'ai juste envie de baiser une fois de temps en temps.

– Rien de plus normal, mais quel rapport avec ta femme ?

– Est-ce que Casey et toi…

– Mais oui. Trois fois par an. Le jour de la Saint-Valentin, le jour de son anniversaire et du mien, elle me taille une pipe. »

Le sommelier réapparut avec un nouveau verre, qu'il posa sur une serviette cocktail devant Tom. « De la part des messieurs à l'autre table. »

Après avoir fait tournoyer le verre, l'avoir reniflé et siroté, Tom proposa à Russell d'y goûter.

« Superbe.

– C'est vrai », reconnut Tom, qui prit la serviette sur la table et s'en tamponna doucement les lèvres.

Un des types de chez Goldman se détacha du groupe et s'approcha nonchalamment de leur table, son verre à la main. Tom fit les présentations, puis tous deux réglèrent les détails de leur partie de golf du week-end.

« Alors, que pensez-vous que ce soit ? demanda l'homme en désignant le verre de Tom.

– J'aurais été tenté de dire un Masseto, répondit Tom, ménageant ses effets. Mais à mieux y réfléchir, je dirais un pétrus 82. »

Le type en resta interloqué. « Merde, vous avez vu la bouteille !

– Peu probable, vous avez demandé à Don de l'envelopper dans une serviette. » Et en effet, Russell constata que la bouteille posée sur l'autre table disparaissait sous un linge blanc.

« Impressionnant, Reynes.

– Comment as-tu deviné ? demanda Russell quand le banquier eut rejoint ses amis.

– Je les connais, ces zozos. Après mon vin, je savais qu'ils allaient essayer de trouver mieux. Ils ne connaissent rien au bourgogne, donc ce ne pouvait être qu'un premier cru de bordeaux et un très grand millésime. Il y a huit premiers crus, si on compte les trois de la rive droite qui n'ont pas l'appellation officielle, et le pétrus est le seul qui soit constitué à cent pour cent de merlot.

– Je suis quand même impressionné.

– En fait, j'aurais sans doute mis le doigt dessus, dit Tom, mais je n'ai rien laissé au hasard. » Après avoir jeté un coup d'œil en direction de la table Goldman, il souleva la serviette cocktail que le sommelier avait placée sous son verre, sur laquelle était gribouillé « pet 82 ». « Je lui lâche de bien plus gros pourboires qu'eux. De plus, je fais partie des actionnaires de cet établissement. » Il semblait plutôt satisfait de lui-même. « Dans la vie, dans les affaires, il faut toujours avoir un avantage. Être bien informé, c'est la clé du pouvoir, Russell. Veiller à ne jamais rien laisser au hasard. Je ne conclus jamais une affaire si je n'en sais pas plus que l'autre. C'est exactement ce que je te disais tout à l'heure.

– Je ne vois pas bien qui je pourrais arroser pour trouver le prochain best-seller.

– Si tu as confiance en ta capacité à débusquer les talents littéraires, si tu as un avantage dans ce domaine, alors sers-t'en. »

Durant les deux heures qui suivirent, les exigences de sa vie professionnelle passèrent au second plan tandis qu'ils appréciaient les sept plats du menu dégustation, ainsi que plusieurs bouteilles de vin exceptionnelles, ses angoisses anesthésiées pour un temps, jusqu'à ce que, vers la fin du dîner, il commence à se demander si on n'attendrait pas de lui qu'il partage l'addition qui, assurément, serait plus salée qu'aucune autre au cours de sa vie.

Des hommes en costume bleu ou gris s'arrêtaient parfois à leur table afin d'échanger quelques mots avec Tom, de s'informer de ses résultats au golf ou de prendre des nouvelles de sa femme, ou encore de partager leur vin. C'était agréable d'avoir une place dans ce club, même si ce n'était que pour un soir. Ils étaient tous frères dans l'effervescence de cette dépense extravagante. Des poivrots de luxe. D'où venait cette expression ? songea

Russell. Du nom d'un groupe de potes de Keith Richards, les « Expensive Winos ».

Après qu'un énième acolyte de Bacchus et de Mammon, dans un costume parfaitement coupé, eut regagné sa table, Russell s'enquit : « Mais où est-ce que tu vas alors quand tu veux t'envoyer en l'air, si ce n'est pas à la maison ?

– En général, dans un hôtel particulier de la 73ᵉ Rue Est.

– Tu as une petite amie attitrée là-bas ?

– Oui. D'ailleurs j'étais justement en train de me dire que j'irais bien y faire un petit tour. Tu devrais m'accompagner.

– Tu parles d'un… bordel ?

– Je trouve ce mot assez inélégant. Disons plutôt un club réservé aux messieurs. »

Russell comprit qu'il ne plaisantait pas et ne put s'empêcher d'être fasciné à l'idée d'un lieu de ce genre. Bien sûr, il savait que cela existait – tous les deux ans environ, le *Post* rendait compte d'une descente de police dans un bordel –, mais il n'avait jamais connu personne qui en ait une expérience de première main ou, du moins, c'était ce qu'il avait cru jusque-là.

« Tu devrais essayer, sérieux.

– Même en faisant abstraction de toute autre considération, je suis sûr que je ne pourrais pas me le payer.

– Ce soir, c'est ma tournée. Le dîner et la fille. Si on doit faire des affaires ensemble, il faut qu'on soit en confiance. »

Russell ne pouvait s'imaginer franchir cette ligne : payer pour coucher, et c'était précisément ce qui rendait l'idée si séduisante. Ce n'était pas comme s'il n'avait jamais trompé Corrine, et la pénurie sexuelle du moment à la maison était un facteur favorisant. Sous l'effet d'un litre au moins de vin obscènement cher, la perspective ne manquait pas de charme – et la façon qu'avait eue Tom de lier son investissement dans sa maison d'édition à sa participation à la soirée n'y changeait rien.

« Russell, tu me tues là ! Ne me dis pas que tu as été un ange durant toutes ces années ! » Il secoua la tête. « C'est une zone de non-culpabilité, mon vieux. On échange de l'argent contre des services. Au niveau affectif, tu restes cent pour cent fidèle, et c'est ça qui compte pour les femmes. »

Que Tom croie savoir ce qui importait aux femmes était si comique que Russell, trop ivre pour réprimer un accès d'hilarité, s'étouffa en buvant son eau.

« Qu'est-ce qui t'amuse tellement ?

– Rien », répondit-il. Ne voulant pas offenser son ami, il s'interrogeait : serait-il ingrat, voire peu politique de sa part de repousser l'offre généreuse qu'il lui faisait ? D'une certaine manière, n'allait-il pas se priver ainsi d'un archétype d'aventure humaine ? Quel homme n'avait pas rêvé de pareille expérience, même ceux qui, comme lui, avaient grandi à l'ère du féminisme et se considéraient comme des compagnons de route des femmes – ce qui donnait à leur sentiment de culpabilité potentiel un caractère non seulement métaphysique mais aussi personnel.

Plus il y pensait, plus il trouvait cette perspective effrayante… et excitante.

De retour après une courte absence, Tom annonça : « Tout est arrangé. » Il tendit la main et posa sur la table devant Russell une pilule jaune.

« Qu'est-ce que c'est ?

– Du Cialis. Soyons lucides. On a beaucoup bu et on n'a plus vingt ans. »

Tout en avalant le comprimé, Russell se demanda s'il irait jusqu'au bout.

Quand on leur porta la note, Tom repoussa sa main hésitante et fit claquer sa carte noire American Express Centurion, réservée à ceux qui dépensaient plus d'un million de dollars par an ; celle-ci résonna comme une vraie pièce de monnaie contre le plateau en métal argenté sur lequel se trouvait l'innocent morceau de papier détaillant l'exorbitante addition.

Une limousine Lincoln noire les attendait au-dehors. Tom indiqua au chauffeur une adresse dans la 73ᵉ Rue Est. Russell n'en revenait pas de ce qu'il était en train de faire. Il allait demander au chauffeur d'arrêter la voiture et dire à Tom qu'il avait changé d'avis. C'était une folie. Impossible de croire qu'il en serait capable. Mais la voiture poursuivait silencieusement sa route au long de Madison Avenue et Tom continuait à lui expliquer combien ces filles étaient sexy.

« Tu ne crains pas une descente de flics ?

– La tenancière est mariée avec un flic du commissariat n° 10 et elle verse des pots-de-vin à toute la hiérarchie. »

Le chauffeur les déposa devant un immeuble de grès rouge qui ne payait pas de mine. Deux limousines identiques à la leur étaient déjà là et tournaient au ralenti. Au moment même où il commençait à se dire que les mystères de cette ville n'étaient peut-être pas inépuisables, on lui en faisait découvrir une facette inconnue, pensa Russell. Il avait beau vivre depuis très longtemps à New York, certaines zones lui restaient étrangères, semble-t-il : des terres inconnues à l'abri de portes fermées, de nouvelles républiques au coin d'une rue ou d'une autre qui toutes attendaient d'être arpentées.

Ils gravirent le perron et Tom sonna à l'interphone. Une blonde élancée d'une cinquantaine d'années vêtue d'un kaftan grenat vint leur ouvrir et il la présenta à Russell. Gretchen avait le visage ridé et parcheminé d'une grande fumeuse et ressemblait fort à une châtelaine de l'Upper East Side. Elle laissa Tom l'embrasser sur la joue et les conduisit dans un grand salon qui empestait la cigarette et le cigare, sans que cela parvienne totalement à couvrir une odeur de moisi. La pièce était meublée d'un bric-à-brac de canapés et de fauteuils tendus de tissus disparates et ressemblait à la salle commune d'une association d'étudiantes de seconde zone. Accrochées de part et d'autre de la cheminée, des gravures encadrées évoquaient des scènes de la mythologie ; la plus chargée représentait apparemment l'enlèvement des Sabines, mais les autres murs étaient nus, fissurés, et leur peinture s'écaillait. Russell s'était attendu à un endroit de meilleur goût et plus luxueux, ou bien plus vulgaire, alors que tout ici n'était que terne et triste.

Une beauté rousse et svelte parut sur le seuil, drapée dans un peignoir de soie bleue. Le visage de Tom s'éclaira tandis qu'elle s'approchait sans un bruit pour l'embrasser. Manifestement, ils se connaissaient bien.

« Je crains de ne rien savoir des goûts de votre ami, s'excusa Gretchen en se tournant vers Russell qui sentit son cœur se mettre à cogner dans sa poitrine. Mais je pense que vous serez très satisfait de la personne que je vous ai réservée, monsieur, ajouta-t-elle en lui prenant la main pour la frotter entre les siennes. D'ailleurs, voici Tanya qui arrive. »

Russell se retourna et découvrit, sous l'arc de la porte, moulée dans une robe à motifs léopard, sa belle-sœur, Hilary.

30

Corrine était déjà en retard quand elle arriva à la station 149th Street – Grand Concourse, ayant manqué son métro de justesse après avoir déposé les enfants à l'école. Elle avait crié pour demander que quelqu'un lui tienne la porte, mais vu la rame s'éloigner, le type au chapeau ridicule avec des protège-oreilles la regardant d'un air abruti, les bras ballants. Après avoir attendu un quart d'heure le métro suivant, elle avait encore été ralentie par un vent contraire qui s'engouffrait dans la 149e Rue, et elle avait une bonne demi-heure de retard quand elle atteignit Morris Avenue.

La file de clients – c'est ainsi qu'on les appelait – partait du parking au coin de la rue et s'étirait sur une bonne cinquantaine de mètres en remontant l'avenue : demandeurs en parkas et vestes polaires, bonnets de ski, foulards babouchkas et turbans africains : autant de taches de couleurs tropicales qui se détachaient sur le morne paysage urbain à l'herbe rare. La scène lui rappelait la vue depuis la cuisine de sa mère par un matin d'hiver, geais bleus, cardinaux rouges et tohis à queue verte se disputant autour de la mangeoire. Un homme portait un gilet orange fluo et une casquette, comme s'il rentrait de bon matin d'une partie de chasse au cerf ; un autre en treillis de camouflage militaire se glissait furtivement dans la fin de la queue.

La réunion de répartition des tâches venait de se terminer, et les bénévoles rejoignaient leurs postes. Luke McGavock se tenait parmi eux, tellement déplacé que, l'espace d'un instant, cela ne la surprit même pas. Ils ne s'étaient pas parlé depuis une semaine et elle ne l'avait pas revu depuis deux mois. Après cette longue interruption, la façon dont elle réagit à sa présence la décontenança : l'accélération de son métabolisme, une sorte de raz-de-marée mental qui simultanément lui fit tourner la tête et décupla sa concentration. Elle réussissait à ne pas penser à lui pendant plusieurs jours, et passé un certain temps, elle pouvait s'imaginer que le voir ne l'affecterait plus. Il portait un jean et une veste polaire. Il l'aperçut et s'arrêta net au milieu du parking, haussant les épaules et lui adressant un triste sourire de gosse. Parfois, ce qu'on apprécie particulièrement chez ceux qu'on aime – ce sourire, par exemple – peut ensuite être retenu contre eux. Elle l'embrassa comme un ami, sur la joue. Il était rasé de frais, et la détermination de Corrine à se comporter comme une collègue de travail fut laminée par le parfum de sa peau.

« J'avais peur que tu ne viennes pas, déclara-t-il.

– Autrement dit, ce n'est pas par bonté d'âme que tu veux distribuer à manger aux nécessiteux.

– Mes motivations ne sont pas cent pour cent pures, je te l'accorde. On pourrait, de manière charitable, les décrire comme "mixtes". Mais c'est toujours un peu le cas, tu ne crois pas ?

– Tu as peut-être pensé que c'était le bon endroit pour qu'on bavarde un moment, mais moi, j'ai trois heures de travail qui m'attendent.

– Je sais et je suis là pour filer un coup de main. Je suis aux carottes, aujourd'hui.

– Un poste important. Si quelqu'un te pose la question, tu réponds que le bêta carotène est en partie métabolisé sous forme de vitamine A, laquelle peut améliorer la vision, sans que ça permette toutefois de voir dans l'obscurité. C'était une rumeur propagée par la RAF pendant la Première Guerre mondiale, destinée à expliquer pourquoi les pilotes anglais parvenaient à abattre tellement d'avions allemands, la nuit. On répandait le bruit que les mitrailleurs mangeaient beaucoup de carottes pour dissimuler le fait qu'on était en train de développer l'utilisation du radar. »

Elle se rendit compte que la nervosité la rendait volubile, ce qui n'avait dû être que trop évident.

Il la dévisageait avec affection, comme une folle inoffensive qu'il aurait bien connue.

« Quand es-tu revenu ?

– Il y a quelques jours. Je me suis dit qu'on pourrait peut-être déjeuner ensemble quand on aura fini ici.

– Pas impossible. Tout dépendra de comment se passe la matinée.

– En tout cas, tu sais où me trouver », lança-t-il avant de rejoindre son poste au petit trot.

Cette fois, ils eurent assez de provisions pour tenir jusqu'au bout, et la matinée se déroula sans encombre. Corrine avait une conscience aiguë de la présence de Luke, alors même qu'elle prétendait le contraire. La seule chose qu'on puisse dire, c'est qu'elle vint sur le stand « carottes » moins souvent que sur les autres. Luke semblait s'acquitter de sa tâche avec enthousiasme et efficacité, il s'entendait bien avec ses compagnes de travail, au moins avec l'une d'elles, odieusement séduisante.

« Je suppose que tu es en voiture ? » lui demanda-t-elle quand elle en eut fini avec ses obligations diverses.

Il secoua la tête.

« Tu as pris le métro ?

– Non, mais j'ai demandé au chauffeur de repartir. J'avais l'impression… enfin ça me paraissait un peu bizarre d'avoir une limousine qui m'attende pendant trois quatre heures, le temps que je distribue des carottes dans une cité. »

D'un côté, elle trouvait ses scrupules honorables, de l'autre, elle s'était réjouie à l'avance de rentrer dans le centre-ville en voiture. Elle était un peu lasse de s'appliquer à vivre selon ses moyens. « Alors, prenons le métro. Tu ne sais pas ce que c'est, j'imagine, c'est une espèce de train qui circule sous terre.

– Magnifique ! »

Ils auraient pu déjeuner à Manhattan, bien sûr, mais curieuse de voir comment il réagirait, elle l'entraîna dans un restaurant salvadorien dans la 149e Rue, que Doreen, l'une des bénéficiaires de l'aide alimentaire, lui avait fait connaître, l'année précédente.

« Tu viens souvent ici ? dit-il après qu'elle l'eut conduit jusqu'à une table en formica.

– De temps en temps.

– Je ne suis pas sûr de te croire, plaisanta-t-il en s'asseyant face à elle. Et qu'est-ce que tu commandes d'habitude ?

– Il y a un plat avec du poulet que j'aime bien. » Du moins, c'était ce que Doreen avait commandé, mais elle avait beau faire des efforts, elle n'arrivait pas à se souvenir du nom.

« Tu es certaine de vouloir déjeuner ici ?

– Absolument », dit-elle, même si cela ne lui paraissait plus une très bonne idée et qu'elle n'avait pas vraiment faim. Seules deux autres tables étaient occupées – l'une par un couple hispanique avec un petit garçon, et l'autre par une jolie jeune femme africaine-américaine, en tenue médicale bleu ciel, qui lisait le magazine *Us*.

Une serveuse obèse s'approcha en se dandinant et posa deux menus plastifiés devant eux, envoyant valser le verre de Luke comme une toupie jusqu'à l'autre bout de la table, mais il le saisit au passage et l'empêcha de tomber. L'indifférence de la serveuse, qui repartit vers le comptoir sans un regard, laissait penser qu'elle était coutumière du fait.

« Quelle ironie du sort, les malheureuses avec qui j'ai fait équipe aujourd'hui et qui travaillent au *back office* de la Bear Stearns vont bientôt devoir recourir à la charité publique, elles aussi.

– Comment ça ?

– La Bear Stearns a coulé le mois dernier. Les marchés à court terme étaient en pleine frénésie et la Federal Reserve Bank de New York a refusé de leur consentir un crédit. La boîte s'est retrouvée sur la paille en quelques jours. »

Elle avait lu un article à ce sujet. D'abord, elle songea à Veronica, mais non, elle travaillait chez Lehman Brothers. « Est-ce qu'on devrait tous être inquiets ?

– Moi, en tout cas, je le suis. Le marché des subprimes fond comme neige au soleil. Je suis partout à la baisse.

– Tu en as parlé à ton ami Obama ?

– Il a d'autres soucis. L'affaire du révérend Wright empoisonne sa campagne. »

Avant que Corrine ait pu répondre, la serveuse revint en traînant les pieds et se pencha pour remplir leurs verres d'eau ; elle fit déborder celui de Corrine, inondant le formica et sa serviette. « Prêts à commander ?

– Que nous conseillez-vous ? » demanda Luke.

Elle haussa les épaules. « Pour des maigrichons comme vous, peut-être un *chicharrón de pollo con tostones*.

– Ça m'a l'air délicieux. Et toi ?

– Je prendrai juste un *café con leche* », dit Corrine.

La serveuse roula des yeux ronds.

« Un *café con leche* et un *chicharrón de pollo*. »

Quand elle se fut éloignée, Luke dit : « Si tu as des doutes sur la nourriture, s'il te plaît, préviens-moi tout de suite.

– Rien à voir. Je n'ai pas faim, c'est tout.

– Je trouve un peu bizarre que quelqu'un qui a – comment le dire avec tact ? – une attitude si ambivalente envers la nourriture s'engage dans une association d'aide alimentaire.

– Tu n'es pas le premier à me le faire observer. Mais tu devrais savoir mieux que personne que tout a commencé quand nous avons bossé ensemble à cette soupe populaire. Les flics et les sauveteurs ne mouraient pas de faim, certes, mais c'était tout de même gratifiant de leur donner à manger, et je me suis mise à penser à tous les habitants de cette ville qui avaient des difficultés à se nourrir eux-mêmes et à nourrir leurs familles. Je voyais aussi combien ils mangeaient mal, toutes ces saloperies qu'ils ingurgitaient. Et plus je me penchais sur la question, plus je me rendais compte qu'il était très compliqué pour les gens aux revenus les plus modestes d'avoir accès aux données nutritionnelles de base, sans parler des produits sains et frais.

– Mon but n'était pas de te critiquer, Corrine.

– Par ailleurs, je ne suis pas d'accord avec ta remarque sur mon "attitude ambivalente envers la nourriture". C'est la gloutonnerie et la gourmandise qui me posent problème. On dirait que les chefs sont devenus des dieux et que les restaurants sont les nouveaux night-clubs. Nos amis parlent de truffes comme autrefois on parlait de cocaïne. Ma fille passe son temps sur Food Network, bon sang ! Qu'il y ait même une chaîne de télé qui porte ce nom, ça me dépasse un peu. De quand ça date, tout ça ? Le culte de la bonne bouffe, aujourd'hui, c'est la nouvelle forme qu'a prise la culture de la consommation, et je trouve ça franchement dérangeant. La frénésie de boutargue est tout aussi superficielle que l'envie d'avoir le dernier sac à main Kelly. Ni l'une ni l'autre ne correspondent à de réels besoins. »

Elle marqua une pause, consciente de devoir se reprendre. « Excuse-moi, je déblatère.

« – Peut-être pour éviter l'autre sujet ?

– Quel autre sujet ?

– Nous.

– Nous, on est un sujet ?

– Et si à la place de légumes, on distribuait des millions de dollars.

– De quoi tu parles ?

– On pourrait avoir notre propre fondation. Tu es capable de contribuer à changer le monde, tu sais ?

– Tu es en train de me demander en mariage ?

– Je veux seulement que tu réfléchisses à ce que pourrait être la vie.

– Tu as déjà une fondation. » C'était une objection spécieuse, mais Corrine se sentait complètement déconcertée.

« On pourrait la placer sous l'égide de la Fondation Corrine et Luke McGavock.

– Ouah ! s'exclama-t-elle, abasourdie. Je ne crois pas avoir jamais entendu de déclaration qui allie si parfaitement les intentions les plus nobles à l'égoïsme le plus manifeste.

– Ils sont toujours indissociables, Corrine.

– Je ne pense pas. Qu'en est-il de l'espoir que nous plaçons dans l'avenir de nos enfants ?

– Voilà un exemple intéressant. On pourrait dire qu'en prenant soin de nos rejetons, on promeut nos propres gènes. Mais si tu t'intéresses réellement à l'avenir de tes enfants, et je sais que c'est le cas, tu devrais prendre en compte ce que je pourrais leur apporter. Toutes les opportunités qui ne leur sont pas offertes actuellement.

– Ce n'est pas juste », répondit-elle, même si parfois, elle s'était laissé aller à se demander comment ce serait, non pas de diriger une fondation, ou de ne plus résister aux tentations de la consommation la plus folle, mais de ne plus devoir opérer de choix draconiens pour boucler son maigre budget. Même si l'argent ne faisait pas le bonheur, il pouvait mettre fin à de nombreuses causes de malheur. Elle voyait clairement aujourd'hui qu'elle avait longtemps sous-estimé l'importance de la sécurité financière et que, ce faisant, elle avait limité ses perspectives d'avenir et celles de ses enfants. Et pourtant, elle croyait toujours en ces valeurs sur lesquelles elle avait fondé sa vie, elle continuait à penser que l'instinct de possession était l'une des pulsions les plus basses sur l'échelle des valeurs humaines. Était-ce un résidu de snobisme culturel qui lui faisait considérer le culte de Mammon comme vulgaire ? Par ailleurs, ses enfants la remercieraient-elle quand elle leur expliquerait qu'elle avait quitté Russell en vue d'améliorer leur bien-être matériel ?

Soudain, elle repéra une faille dans le raisonnement de Luke : « Je croyais que tu t'étais séparé de Giselle parce que tu ne voulais pas d'enfants.

– Je ne voulais pas fonder une famille avec *elle*.

– Et tu voudrais *maintenant* prendre en charge un foyer désuni, je ne comprends pas. Tu es complètement détraqué ou quoi ?

– Tu as raison », dit-il juste avant que la serveuse ne plaque à grand bruit son assiette sur la table, des morceaux de poulet nageant dans un marécage orange, à côté d'un plateau de riz jaune. « Tout cela n'a aucun sens. Ça doit être l'amour qui me rend fou, je suppose. »

31

Jack atterrit à La Guardia avec quelques minutes d'avance et appela le dealer depuis le taxi qui le conduisait en ville. Quand il arriva au Chelsea, un peu après six heures du soir, Kyle l'attendait dans le hall. « Je prenais justement mon petit déj un peu plus loin dans la même rue », expliqua-t-il. Il portait la tenue du parfait hipster : casquette de camionneur Peterbilt, chemise à carreaux rouge sur un T-shirt Pabst Blue Ribbon.

Ils montèrent dans la chambre et Kyle vida son sac à dos pour lui montrer sa marchandise – coke, héroïne, Xanax et plusieurs qualités d'herbe.

« La blanche, ça dit quoi ? demanda Jack.

– Meilleure que la dernière fois. Bien clean. Essaie-la. »

Jack décrocha du mur un cadre représentant une scène de chasse et le posa sur la table basse, ensuite il ouvrit un sachet, disposa un tiers du contenu en une ligne fine, roula un billet de vingt dollars et aspira la poudre. D'abord, ça lui brûla les narines, puis une chaleur l'envahit tout entier. Très vite, il eut l'impression que le monde alentour ralentissait, jusqu'à atteindre une vitesse raisonnable. Tout allait bien se passer.

« Hmmm », grommela-t-il. Au bout de quelques secondes, il rassembla l'énergie nécessaire pour acheter davantage de cette came avant d'oublier.

« Pas mal, hein ?

– Tu l'as dit.

– Soixante-dix, le paquet. Dix sachets. »

Jack fit oui de la tête. « Hé hé…

– Tu en veux combien ?

– Disons deux paquets.

– OK, mais vas-y doucement. C'est de la forte.

– Tant que je me l'injecte pas, ça devrait aller, non ?

– Tu veux de la coke aussi ?

– Montre-moi. » Il avait peut-être laissé passer un long moment avant de répondre, il n'en était pas sûr.

« J'ai de la normale. Mais aussi de la bleue bolivienne.

– De la coke bleue ?

– De vraies écailles de maquereau, mon pote.

– Putain, fais-moi voir. » La coke bleue mythique. C'était comme la baleine blanche. Tout le monde en avait entendu parler mais lui n'en avait jamais vu.

Après ce qui lui sembla être une éternité, Kyle sortit un paquet plié de son sac à dos et l'ouvrit, puis il poussa les copeaux empilés du bout de son couteau scalpel, les agitant pour qu'ils prennent la lumière. « Tu vois ces reflets bleus ?

– Oui, je crois. » Jack était presque certain que oui. C'étaient de magnifiques écailles, pour sûr, pareilles à des fragments de mica avec des chatoiements gris-bleu.

« Combien ?

– Deux cent cinquante.

– Putain de merde !

– C'est parce que je la coupe pas, et mon fournisseur non plus. Si tu veux la normale, elle est à cent dollars, moi, ça me dérange pas.

– Non, je veux celle-là. Sois sympa, fais-moi une ligne. »

La coke atteignit droit ses sinus, sans ce goût d'acide du mauvais rinçage ou du mauvais coupage, et quand elle lui descendit dans la gorge, qu'il sentit un fourmillement sous son cuir chevelu, il sut qu'il avait fait le bon choix.

Au bout du compte, il acheta deux grammes de bleue et deux paquets d'héro avec l'argent liquide qu'il avait tiré ces deux derniers jours à Nashville.

Il était censé aller dîner chez Russell et Corrine, mais c'était bien la dernière chose qu'il avait envie de faire. Il était sept heures moins le quart et le dîner était à huit heures. Il se fit deux rails de plus d'héroïne et il s'aperçut d'un seul coup qu'il était déjà huit heures vingt. À un moment donné, il avait dû mettre son iPod sur la station d'accueil, et on entendait un morceau des Black Keys.

Il songea à sauter le dîner, mais il se fit deux lignes de coke qui le remirent d'aplomb et rechargèrent ses batteries. Son jean et son T-shirt noir à l'effigie de « Kid Rock » feraient très bien l'affaire, parce que s'il devait se changer, il n'y arriverait jamais.

Dans la rue, il héla un taxi et se présenta devant la porte des Calloway, quelques minutes avant neuf heures. Corrine se montra gentille et accueillante ; aussi tendue qu'elle puisse être parfois, elle paraissait avoir pour lui une affection quasi maternelle et pardonner toutes ses fautes ; Russell, lui, était un peu geignard, le nez dans ses marmites. Jack avait du mal à comprendre comment un homme pouvait s'intéresser à la cuisine. Mais la bouffe ne le passionnait pas beaucoup non plus, il faut dire.

« Ravi que tu aies réussi à venir, marmonna Russell, plus grincheux que ravi, en fait.

– Désolé. Mon avion a eu du retard. »

Il battit en retraite pendant que son hôte se mettait à hacher des herbes sur une planche à découper.

Étant donné l'humeur de Russell, il fut particulièrement content de voir que Washington était là. En voilà un au moins qui ne jugeait personne, à moins qu'on ne lui cherche des noises, et qui était toujours prêt à se marrer avec vous. Beau comme un prince, ce soir-là, dans un costume noir parfaitement coupé, une chemise blanche impeccable et amidonnée de frais, le crâne rasé et luisant, comme s'il l'avait poli. Après un check, poing contre poing, ils s'étreignirent chaleureusement.

« Comment ça va, péquenot ?

– J'me fais un plan touriste dans la grande ville, mon frère.

– Ah, New York, New York, pile comme tu l'avais rêvé !

– Les gratte-ciel et tout et tout, je te dis pas !

– Je pourrais peut-être t'emmener voir un peu autre chose après, quand les grands seront allés se coucher.

– Cool, mon pote. Ça me dit ! Où est passée madame ?

– Elle fait une petite excursion hors mariage. Je suis sur le banc des accusés.

– Et merde ! Désolé de l'apprendre. Mais je suppose que ça doit pas être la première fois. »

Washington haussa les épaules, comme pour suggérer que c'était un cas de force majeure.

« Tu connais Nancy Tanner ? demanda-t-il.

– Sûr », répondit Jack alors qu'elle se penchait vers lui. D'abord il fut un peu décontenancé, mais il comprit qu'il était censé l'embrasser sur la joue.

« On est de vieilles connaissances », dit Nancy. Il l'avait rencontrée la première fois qu'il était venu chez Russell, et ils étaient ensuite allés ensemble dans un bar de luxe. Elle écrivait de la littérature féminine, ou un truc du genre. Elle était encore drôlement sexy pour une dame qui avait largement dépassé la quarantaine, très à son avantage dans sa petite robe dorée moulante et très courte. Elle avait un grain de beauté sur la joue gauche, juste au-dessus de la lèvre, comme Cindy Crawford.

Redevenu l'hôte parfait, Russell apporta une vodka à Jack et lui présenta un peintre d'une cinquantaine d'années, nommé Rob, et son petit ami, beaucoup plus jeune, Tab.

« Tab ? Comme une tablature de guitare électrique ? demanda Jack.

– Comme Tab Hunter, plutôt, dit le gamin. L'acteur. C'est mon nom d'artiste. Tab Granger. »

Le peintre eut l'air désolé de cette explication. Jack se rendit compte, à voir comment il se tenait, comment il lui serrait la main – on aurait dit une obligation pénible –, que c'était sans doute quelqu'un d'important, à ses propres yeux en tout cas, et qu'il était donc censé connaître son nom et pisser dans son froc à l'idée de le rencontrer. Encore un New-Yorkais célèbre. Tout le monde dans cette ville l'était plus ou moins. Chaque fois qu'on allait au restaurant, un type se disputait avec l'hôtesse d'accueil, sur le mode « Vous ne savez pas qui je suis ? ». Les mains et les ongles de l'artiste étaient émaillés de peinture, ce qui avait tout d'une affectation.

« Le Whitney organise une rétrospective des œuvres de Rob, annonça Russell.

– Les peintres pour qui ils l'avaient fait jusqu'ici étaient tous plus vieux que lui, sauf un, renchérit Tab.

– Et c'est qui exactement, ce Whitney ? » demanda Jack. Il savait qu'il n'aurait pas dû, mais n'avait pas pu se retenir.

« Très drôle ! » grinça Russell.

Les deux autres paraissaient déconcertés.

Il y avait plus en retard que Jack : l'actrice avec laquelle ils avaient l'intention de le brancher ; c'est le sentiment qu'il eut quand Russell lui dit que Madison Dall voulait faire sa connaissance. C'était une vedette du cinéma indépendant dont les frasques défrayaient la chronique, à ce qu'on lui avait raconté, du moins. Apparemment, elle était aussi une grande admiratrice de Jack, d'autant plus qu'on parlait partout du scénario plus ou moins tiré de son livre. Elle venait d'un trou perdu du Kentucky et avait, à l'en croire, l'impression de connaître tous les personnages qu'il avait imaginés. Arrivée quelques minutes après lui, elle portait une minuscule robe rouge à bretelles spaghettis et occupa aussitôt un espace considérable. Très mince, elle était dotée d'une poitrine remarquable, et même s'il n'en était pas tout à fait sûr, il lui semblait que ses seins bougeaient comme des vrais.

« Ouah, je suis, genre, tellement honorée de vous rencontrer, déclara-t-elle, ses voyelles indûment diphtonguées trahissant un léger accent du Kentucky.

– Très heureux aussi, répondit-il.

– Je vous dirais bien que je suis fan de ce que vous faites, sauf qu'à Hollywood, c'est à peu près aussi original que de dire "Salut". Quand on rencontre un acteur ou un réalisateur, ça sort machinalement. Ça me donne envie de gerber. Et je déteste balancer cette phrase quand c'est vrai, vous me suivez ?

– Alors, disons seulement que vous me trouvez génial.

– Ouais. Ça, c'est mieux. » Un teint laiteux, avec quelques taches de rousseur, et une crinière cuivrée indisciplinée. Elle le regardait d'une façon si directe que la nuit s'annonçait pleine de promesses. Sur la scène d'un cours de théâtre, si on lui avait demandé d'avoir l'air séduisante et disponible, elle aurait à coup sûr reçu un vingt sur vingt. Ça promettait, au bon sens du terme.

Les deux enfants Calloway, Jeremy et Storey firent leur apparition, ils se présentèrent poliment et serrèrent la main des invités. Plus mûrs que leur âge, ces gosses de New York. Plus grands que dans son souvenir. La fille était plus petite que son frère, mais elle semblait plus âgée, treize ans, sur le point d'en avoir trente.

« Tu te rappelles monsieur Carson, dit Corrine, un bras autour de l'épaule de Jeremy.

– Mon papa est impatient de lire votre prochain livre, déclara le garçon.

– Quel âge as-tu maintenant ? s'enquit Nancy en articulant comme si elle s'adressait à un idiot ou à un mal entendant, manifestement peu habituée aux enfants.

– Douze ans et demi, répondit Jeremy.

– Incroyable, dit Nancy.

– Il n'y a pourtant aucune réussite personnelle là-dedans, rétorqua Storey.

– Le dîner est servi », annonça Russell du fond de la cuisine. Corrine leur demanda à chacun de repérer le carton qui indiquait sa place et d'approcher avec son assiette du bar où les plats étaient disposés. À un moment ou un autre, Russell s'était changé pour enfiler une veste d'intérieur en velours bordeaux, ce qui parut un peu ridicule aux yeux de Jack. Il ne pouvait s'empêcher cependant d'être impressionné par le tableau qu'il avait devant les yeux : il n'avait jamais été confronté à ce genre d'assemblée sophistiquée avant sa première soirée chez les Calloway, lors de son premier voyage à New York. Sa mère ne recevait jamais, et les repas de famille, pour les fêtes, n'étaient que de déprimants passages obligés qui se terminaient d'ordinaire dans les larmes et les coups de poing. Il n'aurait jamais pu imaginer alors un monde où des gosses à l'allure martiale se retiraient dans leurs chambres, tandis que peintres et écrivains se saoulaient élégamment la gueule en buvant du bon vin, parlaient de politique, et pas de sport, et disaient pis que pendre de leurs semblables.

Il se retrouva assis à côté de Madison, qui sentait franchement bon et soulignait les points forts de son propos en lui malaxant le genou.

Elle avait entrepris de lui expliquer combien elle aimait la nouvelle où des frères fabriquent et vendent illégalement de l'alcool. « Comment elle s'appelle déjà ? demanda-t-elle, lui offrant, comme à chaque fois qu'elle se penchait en avant, une vue plongeante sur sa poitrine.

– "Contrebande", répondit Jack.

– Mais, bien sûr. Comment j'ai pu oublier ! »

Russell, surprenant leur conversation, s'en mêla : « C'est une des meilleures nouvelles de ce quart de siècle. Même si j'ai dû convaincre Jack de ne pas se montrer trop explicite sur ce qui arrive au frère aîné à la fin.

– Pas faux ! Je ne sais pas où j'avais la tête, dit Jack. Sans mon éditeur, je ne serais rien. Tout ce que je suis aujourd'hui, c'est à Russell que je le dois.

– Cette remarque était assez déplacée de ta part, Russell, renchérit Corrine.

– Je ne voulais m'attribuer aucun mérite, dit Russell, interloqué par la réaction qu'avait suscitée sa remarque. En fait… j'ai compris que cette nouvelle était exceptionnelle dès que je l'ai lue.

– Voilà ce que tu aurais dû commencer par dire, insista Corrine.

– Tu as de la chance, Jack, intervint Nancy. Mon éditrice à moi sait à peine lire. La semaine dernière, elle m'a dit que mon personnage principal n'était pas assez sympathique et qu'il fallait que j'utilise moins de grands mots. »

Le groupe se subdivisa de nouveau. Madison raconta à Jack la première fois qu'elle s'était saoulée avec de l'alcool de contrebande, à l'âge de douze ans, et Nancy, de l'autre côté de la table, leur fit à son tour le récit de sa première cuite, quand elle avait vomi dans son sac à main pendant un match de foot au lycée. Russell gravitait autour de la table, remplissant les verres de vin, et il donna à Jack une bourrade dans le dos au passage.

« Désolé, vieux. Je ne voulais pas faire le malin.

– Pas bien grave », répondit Jack.

À l'autre bout de la table, on parlait du 11 Septembre.

« C'est comme si ça ne s'était jamais passé, disait Washington. Tout le monde était prêt à changer de vie, et au bout du compte, on est resté les mêmes hédonistes superficiels et matérialistes qu'on a toujours été.

– Certains ont changé, commenta Corrine, soudain très triste.

– Comme les pauvres bougres qu'on a envoyés en Irak, intervint Russell.

– Moi, je m'en souviens à peine, dit le bébé acteur.

401

– Parce que tu avais huit ans à l'époque, expliqua le peintre.

– Non, non, j'en avais… douze.

– En tout cas, pour tous ceux qui étaient présents ce jour-là, c'est une blessure qui commence à peine à cicatriser, reprit Corrine. Quand on entend un avion voler bas, on se raidit à la seconde, ce qui n'arrivait jamais avant. Et puis, je vous rappelle qu'on a perdu un ami, Jim Crespi.

– Ce pauvre vieux Jim, soupira Washington.

– Si on n'était pas ici, on ne peut pas comprendre, déclara le peintre. Mais je ne crois pas que ceux qui ont vécu ce moment-là s'en remettront un jour.

– Arrêtez un peu, protesta Washington. Les New-Yorkais sont incapables de repenser au passé. Quand est-ce qu'on a prononcé le nom de Jim pour la dernière fois ? Moi, je ne me rappelle même pas ce que j'ai fait hier soir.

– Tout le monde ne boit pas autant que toi, Wash, ironisa Russell.

– Mon Dieu, je viens de me souvenir d'une chose tout à fait étrange, dit Nancy. Que j'ai couché avec deux pompiers, cette semaine-là. Ils avaient travaillé à Ground Zero pendant presque trois jours et ils ont débarqué chez Evelyn, pleins de suie et épuisés, tout le monde leur offrait à boire et j'ai fini par les ramener chez moi.

– Tu as couché avec les deux en même temps ? demanda Corrine.

– C'était une période très bizarre. On était tous déglingués », répondit Nancy.

Jack n'avait pas grand-chose à dire de tout cela, il était chez lui à Fairview, à l'époque. Il s'était défoncé la veille dans la cabane de chasse d'un pote, avait passé la journée entière à dormir et n'en avait pas entendu parler avant la fin de la soirée. Vu que toute la tablée continuait à jacasser sur le 11 Septembre, il décida d'en profiter pour disparaître dans la salle de bains et s'envoyer en l'air de nouveau.

Il essuya le réservoir de la chasse d'eau pour s'assurer qu'il était bien sec, posa dessus un sac d'héroïne, se prépara deux rails et les sniffa. Il avait l'intention de passer à la coke ensuite, mais sentant ses jambes flageoler, il s'assit sur le siège des toilettes et quand la porte s'ouvrit, il eut peur que cela fasse déjà un certain temps qu'il était là.

Madison se tenait sur le seuil et au lieu de reculer, elle entra et referma la porte. « Tu as quelque chose pour moi ?

– Un peu de coke, dit-il, ne voulant pas parler du reste. Donne-moi juste une seconde pour me remettre les idées en place. »

S'il parvenait seulement à se concentrer un peu et à se rappeler comment on se servait de ses bras et de ses jambes, tout irait bien, mais il lui fallait de la coke pour retrouver sa volonté. C'était un cercle vicieux. Or, avant qu'il ait pu se ressaisir un tant soit peu, Madison était tombée à genoux, avait ouvert sa braguette et pris sa bite dans sa bouche, ce qui rendit l'exercice de concentration encore plus difficile. Il ferma les yeux et s'appliqua à jouir de l'instant tout en se demandant s'il parviendrait ou non à bander, mais il s'avéra que oui.

Soudain, il entendit le bruit d'une poignée de la porte qu'on abaisse et il souleva les paupières. Le jeune Jeremy se tenait là, fixant avec des yeux ronds la crinière de Madison qui montait et descendait entre les cuisses de Jack. Il s'écoula bien cinq ou quinze secondes avant qu'il referme la porte.

Jack comprit qu'il était franchement dans la merde, mais il se dit que la punition pouvait attendre. Pour le moment, il voulait avant tout finir ce que Madison avait commencé.

En sortant dans le couloir, il s'aperçut que la porte de la salle de bains était visible depuis la table de la salle à manger, où son siège et celui de Madison étaient ostensiblement inoccupés. Après s'être nettoyé et lui avoir refilé un peu de coke, il lui avait suggéré de laisser passer quelques minutes avant de retourner à table ; pourtant, à ce stade, il se demandait si pareilles précautions valaient vraiment la peine.

Personne ne sembla faire attention à lui, jusqu'à ce que Nancy le regarde bien en face et lui lance : « Vous avez pris votre pied là-dedans ? »

Jack haussa les épaules et enfourna une bouchée du plat que Russell avait préparé, une putain de viande en sauce. De l'autre côté de la table, Corrine paraissait résignée.

Quelques minutes plus tard, quand Madison eut regagné elle aussi sa place, agitée de tics spasmodiques et se mordillant la lèvre inférieure, Storey vint tirer Corrine par le bras. « Jeremy a vu deux personnes avoir un rapport bucco-génital dans la salle de bains », annonça-t-elle.

Décochant un regard furieux à Jack, Corrine se leva et suivit sa fille vers les chambres, sans doute pour s'assurer que son fils traumatisé n'allait pas trop mal.

« Eh bien, dit Nancy, à présent, tout le monde est au courant de ce que vous fabriquiez là-dedans, tous les deux. »

Russell ne semblait pas savoir comment réagir. Il secouait la tête et versa la moitié d'une bouteille de vin rouge dans son verre. Jack tenta de lui adresser un sourire contrit, mais il n'était pas sûr de pouvoir contrôler l'action des muscles de son visage.

À cet instant il sentit quelque chose se frotter contre sa cheville, juste avant d'entendre Madison pousser un cri strident.

« Putain, un rat ! » Elle recula sa chaise et bondit sur ses pieds. Jack écrasa la créature poilue sous le talon de sa botte.

« C'est Ferdie, dit Russell en se précipitant vers leur côté de la table.

– *C'était* Ferdie, corrigea Nancy.

– Mais c'est quoi, un ferdie, bordel de merde ? »

Quoi que ça ait pu être, c'était maintenant un tas de poils sanguinolent écrabouillé sur le plancher.

« Bon sang, Jack ! C'était notre furet apprivoisé ! » s'exclama Russell en s'agenouillant pour examiner le carnage. La petite créature rendit son dernier soupir.

« Désolé, mec, j'ai cru que c'était un rat.

– Les rats n'ont pas la queue poilue, dit Russell en touchant avec précaution l'animal du bout du doigt. Mon pauvre Ferdie. Oh mon Dieu ! » On aurait dit qu'il allait se mettre à pleurer.

Corrine réapparut. Découvrant la scène, elle pâlit et demanda : « Que s'est-il passé ?

– C'est Ferdie », répondit Russell, toujours à genoux.

Elle porta la main à sa bouche en voyant l'animal écrasé. « Oh, je n'y crois pas, est-ce qu'il est…

– Il est mort, dit Russell en se relevant et en la forçant à s'éloigner, un bras autour de ses épaules.

– Que s'est-il passé ? demanda-t-elle de nouveau.

– Putain, les copains, je suis désolé, dit Jack. C'était un accident. »

Storey qui s'était approchée discrètement se mit à hurler.

« Oh mon Dieu ! gémit Corrine en le regardant avec horreur.

– Je crois que tu ferais mieux de partir, dit Russell.

– Oh… non… non…, hoqueta Corrine, la voix brisée, à peine audible sous les lamentations de Storey. Tu l'as tué ? Tu as tué Ferdie ? Mais tu es complètement détraqué !

– Il a cru que c'était un rat, expliqua Madison.

– Tu as raison, Russell. Je vais y aller », dit Jack, battant en retraite vers la porte de l'ascenseur et attendant que la cabine monte pesamment depuis le rez-de-chaussée, au milieu des sanglots de Corrine serrée contre l'épaule de son mari, tandis que les autres invités, impuissants, se rasseyaient autour de la table.

Madison regarda tour à tour les Calloway et Jack, puis se décida à rejoindre celui-ci juste avant l'arrivée de l'ascenseur.

« Eh bien, la fête est finie, et pour de bon, dit-elle pendant que la porte se refermait.

– Qu'est-ce qui m'a pris de tuer leur furet ?

– Qu'est-ce qui leur a pris d'en avoir un, d'abord.

– C'est horrible !

– Tu ne seras sans doute pas invité à la soirée du Memorial Day.

– Nom de Dieu !

– Il sera bien obligé de te pardonner, tu es un trop bon écrivain.

– Tu comprends pas. J'allais le plaquer.

– Quoi ?

– Je voulais lui dire la semaine prochaine.

– Pourquoi tu veux le plaquer ?

– Parce qu'il me traite comme un bébé. Parce qu'il pense qu'il sait mieux que moi ce que je dois écrire. Parce qu'il croit que c'est lui qui m'a fait. Tu l'as entendu, encore ce soir, raconter comment il a changé la fin de "Contrebande".

– Alors, qu'est-ce que tu comptes faire ?

– Le problème, c'est que je l'aime bien, moi, ce type. Et en tout cas, je peux plus le plaquer maintenant. »

L'ascenseur s'arrêta au rez-de-chaussée.

« On va où ? demanda-t-elle.

– Je m'en fous. N'importe où pourvu qu'on puisse continuer à se défoncer. Je sais pas s'il y a assez de cette saloperie de came dans le monde pour que je puisse oublier ce putain de dîner, mais tu peux croire que je vais tout faire pour, bordel ! »

32

Le premier vendredi de chaque mois était organisée une distribution de nourriture à la cité Grant à Harlem. Carol, l'agent immobilier, faisait partie de ceux qui encadraient les volontaires.

« J'allais vous appeler, dit-elle, sa tignasse de cheveux poivre et sel attachée en queue-de-cheval et retenue par un chouchou. Je ne sais pas si vous cherchez toujours à déménager, mais la maison de la 121e Rue Ouest va se vendre à un prix considérablement plus bas. La banque menace le propriétaire de saisie et il est désespéré. On dirait qu'ils vont faire une vente à découvert. »

Cette nouvelle avait beau susciter l'intérêt de Corrine, elle ne put s'empêcher de penser que ce n'était ni le lieu ni le moment pour cette conversation, même si elle avait adoré la maison que Carol lui avait montrée deux mois plus tôt. La plupart des familles de cette cité à moitié délabrée touchaient des allocations d'une sorte ou d'une autre, et le revenu moyen d'un foyer de quatre personnes, d'ailleurs peu nombreux, ne dépassait pas les vingt mille dollars par an.

« Reparlons-en plus tard », proposa Corrine en installant les différents postes pour les navets, les carottes et les courgerons.

Elles s'étaient rencontrées ici quand Carole s'était portée volontaire un an plus tôt, et au bout de quelques minutes, Corrine savait tout d'elle : « Nous formions un couple parfait. Version intelligentsia juive de gauche de l'Upper West Side. Il était professeur de sciences politiques à Columbia. Du point de vue culturel, nous étions juifs – on a fait nos bar-mitsvah et bat-mitsvah –, mais nous n'étions pas religieux. Des humanistes laïcs et fiers de l'être. Pour nous, la religion divisait l'opinion ; c'était une superstition, l'opium du peuple. Avance rapide jusqu'au 11 Septembre : le frère d'Howard travaillait pour Cantor Fitzgerald. Il était au cent cinquième étage quand le premier avion s'est encastré. Ils étaient très proches, et Howard était au bout du fil quand la tour s'est effondrée. Et il pète les plombs. On a tous pété les plombs, pas vrai ? Mais Howard ne s'en remet pas et il se tourne vers la religion. Il commence à aller à la syna-gogue, puis il choisit d'aller dans une *schul* orthodoxe, moi, je m'y rends quelquefois, mais le cœur n'y est pas. Je lui dis : "Écoute, chéri, c'est ton truc, pas le mien." Il devient ultrasioniste, insiste pour qu'on mange casher, veut envoyer les gosses au Talmud-Torah, et pour finir, il quitte son travail et la maison pour rejoindre une secte hassidique à Brooklyn. Soudain, je me suis retrouvée sans mari et sans argent. C'est comme ça que j'ai commencé à travailler dans l'immobilier. »

Quand elle avait appris que Corrine envisageait de déménager, Carol s'était mise à lui chanter les louanges du lointain Upper West Side, entre la 80e et la 100e Rue, où elles avaient visité plusieurs quatre-pièces dans un bel immeuble des années trente. Mais les moyens limités de Corrine les avaient poussées à remonter de plus en plus vers le nord, jusqu'à ce que Carol lui dise : « Pour à peu près la même somme, vous pourriez vous offrir une maison de ville à Harlem. Il y en a des quantités : des rues entières de ces maisons fin XIXe. Jusqu'il y a encore cinq ans, je n'aurais jamais donné ce conseil à quelqu'un comme vous. Je veux dire que je n'aurais pas voulu avoir ça sur la conscience. Aujourd'hui, je vous

engage à vous y précipiter avant qu'il ne soit trop tard.
Bien sûr, c'est encore un peu brut de décoffrage, mais il
y a déjà des articles qui paraissent à ce sujet dans le *New
York Magazine*. Croyez-moi, vous regretteriez d'être les
derniers Blancs à profiter de cette aubaine.

– Je déteste l'idée de forcer à partir... les résidents
du quartier.

– Vous n'y êtes pour rien, c'est l'économie. Les forces
du marché. Harlem a déjà été complètement ravagé.
L'héroïne dans les années soixante et soixante-dix,
puis les guerres du crack dans les années quatre-vingt
et quatre-vingt-dix ont balayé tout ce qu'il restait des
classes moyennes. La majeure partie de ces biens – les
meilleures affaires, en réalité – sont des saisies bancaires
abandonnées. Des maisons condamnées, utilisées comme
repaires de drogués depuis une vingtaine d'années. Le
prix de celles qui sont déjà rénovées commence à monter
sérieusement. Je ne suis pas sûre que vous puissiez vous
en payer une. C'est drôle tout de même que le genre de
Blancs qui pensent s'installer à Harlem de nos jours – je
ne vous parle pas des spéculateurs – soient justement ceux
qui ont une mauvaise conscience de gauche.

– Et qu'en est-il de... la criminalité ?

– Oh mon Dieu, SoHa est absolument sans danger.

– SoHa ?

– South Harlem. Vous comprenez ? C'est le SoHo
du début de ce siècle. Je ne dis pas que ce soit l'Upper
East Side, mais c'est plus sûr que ne l'était l'Upper
West Side quand j'étais gamine. On habitait Riverside
et ma mère ne me laissait pas aller à pied à Central
Park, parce que Amsterdam Street, Broadway et Columbus Avenue étaient si dangereuses. Vous avez entendu
parler de *Panique à Needle Park*, non ? Un film avec
Al Pacino. À l'angle de Broadway et de la 72ᵉ Rue. Les
riches familles juives habitaient le long du fleuve et sur
le parc, mais entre les deux, c'était le Far West. Junkies,

malfrats, pervers en imperméable... Broadway regorgeait de pensions minables où s'entassaient des malades mentaux tout juste sortis de l'hôpital psychiatrique. Ah, les beaux jours ! Comparé à ça, Harlem aujourd'hui en est arrivé au point où on a du mal à s'y procurer de la drogue, d'après ce qu'on me dit. Les dealers pour la plupart sont partis plus au nord, à Inswood. »

Harlem. Une idée grisante. Russell détestait l'Upper West Side de façon irrationnelle, mais Harlem, certes au nord lui aussi, pouvait titiller son sens du romanesque urbain. Elle ne lui avait pas encore dit qu'elle avait commencé à chercher. Elle voulait d'abord trouver, puis lui apporter le tout sur un plateau. *Une maison de ville à Harlem* avait quelque chose d'attirant, on y entendait des tensions, des contradictions, un paradoxe vibrant de domesticité et de menace citadine. Corrine avait un lien familial lointain à ce quartier, son grand-père étant tombé sous son charme après avoir été emmené dans un club de jazz par son ami Carl Van Vechten, et il lui avait souvent raconté ces expéditions.

L'idée avait continué de germer dans la cervelle de Corrine après un tour du quartier en compagnie de Carol, deux mois plus tôt. Elles avaient concentré leurs recherches au sud de la 125e Rue, aussi près que possible de la nouvelle école des enfants dans la 94e Rue Est, et visité des duplex et des maisons, entières ou subdivisées, y compris plusieurs aux portes et fenêtres condamnées, fétides, les murs couverts de graffitis, des tessons de pipes à crack jonchant le sol. Certaines n'étaient plus que des carcasses, d'autres gardaient des éléments de décoration du siècle précédent : cheminées et moulages recherchés, escaliers magnifiques et arches monumentales.

Elle avait été complètement conquise par la dernière maison de la journée, une *brownstone* de style italien dans la 121e Rue Ouest, partiellement rénovée par sa propriétaire, qui l'avait achetée en 2006 mais s'était vite retrouvée sans un sou. C'était celle dont Carol voulait lui parler maintenant. L'étage de réception était composé de deux pièces aux dimensions spectaculaires, dotées de plafonds de plus de quatre mètres de hauteur, de frises d'oves fleuronnées, et séparées par une arche qui s'élançait avec élégance vers le ciel. Le salon avait été rendu à sa gloire d'antan, avec ses cheminées en marbre de Carrare flanquées de colonnes ioniques. « Cette cuisine n'existait même pas, elle se trouvait au sous-sol. Regardez-moi un peu ça », avait dit Carol, le jour de cette visite, lui montrant un autre salon, une immense cuisine et la salle à manger. « Électroménager Sub-Zero, lave-vaisselle Miele, plans de travail en granit, et tout le tremblement. » Corrine s'imaginait déjà Russell s'enthousiasmer pour sa trouvaille. « De plus, la chaudière et le toit sont neufs. » Les pièces des étages montraient divers états de délabrement, mais rien d'irréparable. De nombreuses fenêtres étaient condamnées par des planches en bois ou murées de briques, et le grenier était un vrai dépotoir, mais Corrine avait le vertige rien qu'en songeant à tout cet espace, au nombre de pièces et au jardin clos. « Si la propriétaire avait terminé les travaux, cette maison pourrait facilement atteindre les un million cinq, un million sept, mais c'est bien l'intérêt de la chose. Vous pouvez la finir à votre goût, et elle fera tout pour vendre.

– C'est quand même beaucoup plus que la somme que nous avions envisagée, soupira Corrine avec tristesse.

– Ce ne serait pas difficile de fermer la partie basse de l'escalier et de louer l'appartement du sous-sol pour amortir le crédit. »

Elle s'y voyait déjà, dans une vraie maison, avec sa famille : Russell lisant devant la cheminée, les enfants jouant avec leurs copains dans le jardin. Cela semblait presque faisable, et pourtant elle savait que c'était au-dessus de leurs finances du moment. Et puis – elle ne put

411

s'en empêcher –, l'espace d'un instant, elle se demanda ce que Luke penserait de cet endroit.

« Je suis presque sûre de pouvoir vous l'obtenir pour un million cent », affirma Carol à Corrine, quand le dernier courgeron fut distribué.

Elle n'avait jamais été du genre à désirer une vie au-dessus de ses moyens, mais elle voulait désespérément cette maison et elle se dit que si elle trouvait une façon de l'obtenir pour sa famille, elle serait satisfaite de son sort et de l'homme qu'elle avait épousé. Alors, elle ne rêverait plus jamais d'autre chose.

33

En arrivant chez lui peu avant sept heures, Russell prit le courrier et trouva parmi les factures et les cartes d'agents immobiliers une mince enveloppe sur laquelle il reconnut l'écriture cursive et penchée en arrière de Jack. Cela piqua sa curiosité de recevoir une lettre manuscrite d'un de ses auteurs, comme s'ils étaient Max Perkins et Hemingway en 1927. Mais pourquoi diable Jack pouvait-il bien lui écrire une lettre ?

Joan l'attendait devant la porte de l'ascenseur pour lui exposer ses doléances. « Les enfants, ils ont faim, et madame Corrine, elle reste tard au bureau ; moi, j'ai ma répétition de chorale ce soir et je vais être en retard. »

Jeremy leva les yeux de son ordinateur portable. « Qu'est-ce qu'on mange ?

– Bonne question.

– N'oublie pas que le lundi, c'est sans viande », cria Storey depuis le canapé. Elle était récemment devenue végétarienne, par souci éthique, et puisqu'il lui était impossible de convertir toute la famille, ils s'étaient mis d'accord pour éliminer tous les produits d'origine animale, une fois par semaine. Même Mario Batali, le célèbre chef cuisinier, le faisait, avait-elle souligné. Corrine s'inquiétait de savoir si Storey avait des carences nutritives, mais elle était ravie de voir que sa fille avait perdu cinq kilos en six mois et grandi de cinq centimètres.

Désormais, comme elle, celle-ci était attentive au nombre de calories et examinait scrupuleusement les ingrédients indiqués sur les paquets des aliments.

Elle lut à haute voix l'étiquette noire sur le bocal de sauce marinara Rao que Russell réchauffait tout en faisant bouillir l'eau des pâtes : « Pas de gluten, pas de cholestérol. Mais les pâtes, elles, contiennent des tonnes de gluten. C'est du gluten pur, je veux dire. On devrait penser à acheter des pâtes de riz complet.

— Bon Dieu, les poules auront des dents avant que des pâtes de riz complet entrent dans cette cuisine, lui assura Russell. De plus, c'est lundi sans viande, pas lundi sans gluten.

— Papa, tu as dit "Bon Dieu". » Autrefois, Jeremy formulait des reproches de cet ordre en les pensant vraiment, mais aujourd'hui, sa remarque était ironique, une sorte de plaisanterie partagée, fondée sur la reconnaissance de la maturité qu'il avait acquise, et du haut de ses douze ans, il se moquait de celui qu'il était alors.

« Appelle-moi quand le dîner sera prêt, dit-il, je vais finir ma géométrie.

— Tante Hilary m'a téléphoné, confia Storey quand son frère eut disparu dans sa chambre.

— Comment ça ? Elle t'a appelée ? Pourquoi ?

— Ça n'est pas la première fois.

— Et vous parlez de quoi ?

— De pas grand-chose. De trucs de filles. Je pense qu'elle se sent assez seule.

— Tu l'as dit à ta mère ? »

Storey secoua la tête. « Pas question. Je ne crois pas que maman serait d'accord.

— Tu as sans doute raison.

— Tu ne le lui répètes pas, promis ?

— Promis.

— Tu ne l'aimes pas beaucoup, hein ?

– Hilary ? Je ne sais pas. Disons que je lui suis reconnaissant quand je vois quels beaux enfants vous êtes devenus. »

Il monta le volume de l'émission *All Things Considered* : « Hier soir, c'est une Hillary Clinton prête à relever tous les défis qui a annoncé ses succès de campagne et s'est enorgueillie du soutien indéfectible de ses millions de supporters. Elle n'a rien concédé à Barack Obama au moment même où son rival franchissait le seuil fatidique du nombre de délégués nécessaires à la nomination par le Parti démocrate... »

Il ne put s'empêcher de remarquer l'indifférence de Storey à l'égard de sa mère quand Corrine rentra quelques minutes plus tard, au contraire de son frère qui bondissait dans tous les sens comme un jeune chien en lui racontant sa journée.

« Et toi ? demanda Corrine à Storey, assise sur le canapé et plongée dans un livre de classe. Ça a été ?

– Toujours pareil. »

Corrine avait décidé de ne pas boire une goutte d'alcool pendant une semaine, si bien que Russell éclusa seul une bouteille de gigondas pendant le dîner, se servant le dernier verre tandis qu'elle allait aider Jeremy à faire ses maths. Il s'apprêtait à se plonger dans la lecture d'un manuscrit quand il se souvint de la lettre de Jack posée sur le comptoir de la cuisine.

Russell,
Bon Dieu, mec, c'est sans doute la lettre la plus dure que j'ai jamais eu à écrire et j'ai descendu une demi-bouteille de vodka pour trouver les couilles de m'y coller. J'avais espéré qu'on réussirait à arranger les choses pour ne pas avoir à le faire, mais on est arrivé au point où il faut que je dise ce que j'ai à dire.

Personne sait mieux que moi tout ce que je te dois et je t'en serai toujours reconnaissant (peut-être que je devrais écrire « personne NE sait », tu vas me dire, mais laisse tomber cette putain de grammaire pour une fois, OK ?). Tu m'as découvert et fait une place au soleil. Tu as joué ta réputation pour me défendre. Et je suis pas prêt de l'oublier. Mais au risque de ressembler à un connard New Age, je dirais que j'ai besoin d'être moi et que j'ai l'impression que tu veux faire de moi l'idée que toi t'en as, une espèce de toi version péquenot du Sud. Je prétend pas que mes phrases sont toujours parfaites ou même grammaticalement correctes, mais des fois, quand tu as fini de travailler dessus, je reconnais même plus mon texte. J'ai ma voix à moi et j'aime à penser qu'il y a une certaine musique dans ma prose, mais quand tu te met à reconstruire mes phrases, la mélodie et le rythme disparaissent. C'est peut-être rien qu'un pipeau, mais c'est mon pipeau. Je pense que toi, tu lis une nouvelle et tu la vois comme une machine qui peut être rendue plus performante, moi, je crois qu'une nouvelle, c'est plutôt comme un animal. On dirait que tu empailles des êtres vivants. Suivant tes critères, tu considère que tu as amélioré le truc, mais en réalité, tu l'as tué. Et pourquoi est-ce qu'il vaudrait toujours mieux faire plus court ? D'accord, on peut toujours enlevé cinq mots, mais qui va aller compter, bordel ? Je te paye pas au nombre de signes, et pourtant, c'est l'impression que ça me donne des fois. J'ai essayé de te le dire, et peut-être que j'ai pas essayé assez fort, mais bon, tu sais, c'est pas facile pour un pauvre paysan qui a même pas fini le lycée de tenir tête à son grand éditeur new-yorkais diplômé d'une fac de l'Ivy League. T'es Russell Calloway, putain ! Il y a du bon et du mauvais là-dedans. Je te laisse trop me pousser dans ton sens et si je réagis pas et vite, je sens que je vais plus me retrouver. Je crois qu'il est temps que je trace ma route. C'est une question de vie et de mort pour moi. Je sais que tu vas te dire que c'est parce que j'ai signé avec Briskin, mais tu te trompes. J'y penses depuis très longtemps et je sais qu'il faut que je le fasse. Je te répète que je suis vraiment reconnaissant de tout ce que tu as fait. Je t'aime, vieux. Et ton amitié, ça compte beaucoup pour moi. J'espère qu'on va rester potes, mais je sais bien que tu pourras plus me voir en peinture après ça, et je peux pas dire que ça m'étonne.

Jack

P-S : Encore super désolé pour le furait.

34

Quand Corrine quitta son bureau ce soir-là, un vent violent soulevait des rideaux de pluie à l'oblique, retournant et menaçant sans cesse d'emporter son parapluie. Elle était trempée jusqu'aux os avant même de réussir à s'engouffrer dans le métro.

En route vers la maison, sur la ligne 1, elle lisait *L'Intégriste malgré lui*, quand, levant les yeux, elle aperçut Russell au bout de la voiture, échevelé et dégoulinant, lui aussi, dans son vieux Burberry. À y mieux regarder, ce n'était pas lui, mais quelqu'un qui lui ressemblait – une version plus âgée et épuisée de son mari. Non, en fait, c'était bel et bien lui, et elle fut choquée de le voir, les épaules affaissées, l'air avachi, et les cheveux presque tous gris. En avait-il vraiment autant ? Quand avaient-ils changé de couleur, et pourquoi ne l'avait-elle encore jamais remarqué ? On aurait dit un de ces pauvres types éreintés qu'elle croisait chaque jour dans le métro, des hommes qu'elle imaginait coincés dans des boulots qu'ils détestaient, allant retrouver des femmes qu'ils n'aimaient plus, ou parfois même une chambre solitaire tout au bout de la ligne, où ils feraient tiédir une conserve de soupe sur un réchaud en regardant la télé. Le plus surprenant, c'était qu'il ne lisait pas – Russell lisait sans arrêt normalement. Mais là, il restait planté à regarder par la vitre, la main agrippée à la barre, oscillant au rythme du métro. Son apparence la décontenança tellement qu'elle descendit furtivement à l'arrêt Houston Street et attendit la rame suivante pour poursuivre en direction de Canal Street.

Quand elle arriva à la maison, il était assis sur le canapé à côté de Jeremy, et ils regardaient tous les deux *Les disparus*, une violation flagrante des règles familiales, un soir de semaine. Ils ne levèrent les yeux ni l'un ni l'autre jusqu'à ce qu'elle vienne se camper entre eux et l'écran, ce qui arracha un « Maman ! » à Jeremy.

Russell lui accorda une seconde d'attention limitée. Il semblait moins hagard et indifférent que dans le métro, mais il n'avait pas l'air non plus égal à lui-même. C'était un peu comme s'il avait vieilli pendant qu'elle ne le regardait pas et qu'il était devenu pour de bon un homme d'âge mûr. Se sentant de nouveau très troublée, elle s'éloigna sans adresser la parole ni à l'un ni à l'autre et se retira dans sa chambre, où elle éclata en sanglots.

Ce même soir, alors qu'elle aidait Jeremy à faire ses devoirs, il lui demanda : « Est-ce que papa a quelque chose qui ne va pas ?

— Qu'est-ce qui te fait dire ça ?

— Il a pas l'air heureux. Il raconte plus de blagues et d'histoires drôles à table.

— Je pense qu'il travaille trop.

— Il est toujours déprimé à cause du bouquin de faux souvenirs ?

— Sans doute. »

Elle se réveilla en sursaut à trois heures trente-deux, seule dans leur lit. Elle le trouva au salon, qui regardait à la télé un publireportage consacré à un banc de musculation.

« Tout va bien ?

— Je n'arrivais pas à dormir. Je ne voulais pas te perturber dans ton sommeil. »

Perturbée, ça, elle l'était, de le voir regarder un reportage de ce genre, mais cela aurait été pire encore d'y faire allusion, presque aussi gênant que si elle l'avait surpris en train de visionner un film porno. Elle se rappelait au moins une dizaine de fois où il avait zappé d'une chaîne à l'autre, le soir ou le week-end, en maugréant : « Je me demande bien quels sont les nullards qui peuvent se taper ce type de programmes. » Et voilà que maintenant, c'était lui qui observait un groupe d'athlètes vieillissants faisant la démonstration d'une machine imbécile. Russell jouait au tennis et skiait, mais il détestait l'idée du sport pour le sport. La seule excuse possible qu'elle pouvait lui trouver, c'était la jolie blonde à la plastique spectaculaire, moulée dans un justaucorps bleu, qui assurait le commentaire.

« Pourquoi tu ne viens pas te coucher ?

– J'arrive.

– Russell, qu'est-ce qui ne va pas ? Quelque chose t'inquiète ?

– Rien de plus que d'habitude. »

Il gardait les yeux rivés sur l'écran. La bimbo au justaucorps bleu bavardait avec un boxeur à l'air lessivé.

« Si quelque chose de vraiment grave se passait, tu me le dirais ? »

Il fit signe que oui, toujours sans tourner la tête.

« J'ai fait quelque chose qui te rend malheureux ? » C'était une façon indirecte de lui demander s'il avait des soupçons, elle ne pouvait en dire plus.

Il secoua la tête.

Au bout de quelques minutes, quand il apparut clairement qu'il ne bougerait pas, elle lui souhaita bonne nuit et retourna l'attendre dans la chambre.

N'avait-elle pas été trop absorbée dans son idylle avec Luke pour remarquer que son mari déclinait ? Était-il possible qu'il ait découvert quelque chose, surpris une conversation entre eux ? Avait-il fouillé dans son ordinateur et trouvé un message de Luke ? Mais non, Luke lui en envoyait très peu, et elle les effaçait scrupuleusement et sans faire de sentiments aussitôt après les avoir lus, lui recommandant de ne pas recommencer. Tant de liaisons avaient été décelées de cette manière. Il n'était pas exclu que Kip lui ait raconté qu'il l'avait croisée avec Luke à Teterboro. À la réflexion, cependant, elle jugeait plus probable qu'il souffre encore des retombées du scandale Kohout. Cette affaire avait porté un coup terrible à son orgueil et à l'équilibre de ses comptes, même s'il n'avait pas dit grand-chose à ce sujet et si elle avait choisi de ne pas le pousser dans ses retranchements. Elle comprenait qu'il préfère ne pas lui en parler à moins d'y être réellement obligé.

Quand il vint enfin se coucher, elle fit semblant de dormir, mais resta éveillée à côté de lui, sentant qu'il ne pouvait trouver le sommeil et qu'il était incapable, néanmoins, de briser le silence qui les séparait.

35

Autrefois, les enfants de Washington adoraient aller au musée d'Histoire naturelle – les dinosaures, les dioramas sur les hommes des cavernes et les Indiens d'Amérique, ainsi que sur la faune et la flore d'Afrique, la baleine bleue géante qui flotte dans le grand hall comme un zeppelin, le planétarium… mais quand il le leur proposa ce samedi matin, ils rechignèrent avec énergie, et obligé d'improviser, il les emmena chez les Calloway. Il aurait été exagéré de dire que Jeremy et Mingus étaient des amis proches, mais lorsqu'ils jouaient à *Halo 3*, ils devenaient frères d'armes, échangeant les rôles de Maître et d'Arbitre, leurs traits de caractère disparaissant sous la peau de leurs personnages dans cet univers virtuel. Pour les filles, la situation était plus compliquée : Zora avait un an de plus que Storey et se situait quelques échelons plus haut au sein de la hiérarchie sociale complexe des collégiens, ce qu'elles reconnaissaient et acceptaient toutes les deux, même si elles ne fréquentaient pas le même établissement. C'était un beau jour de printemps ensoleillé, l'air avait été purifié par la pluie de la veille, mais les activités de plein air étaient hors de question – ils avaient atteint l'âge où leurs habitudes ressemblaient à celles des vampires, désormais si populaires dans les émissions de télé et les œuvres de fiction destinées à la jeunesse. Les deux adolescentes étaient excitées comme des puces en pensant au premier film de la saga *Twilight* qui devait sortir sur les écrans à l'automne, et elles avaient demandé avec insistance à leurs parents, qui étaient parfois conviés aux premières et aux projections privées, de surveiller leur courrier. En attendant, elles voulaient bien se contenter d'aller voir *Sans Sarah, rien ne va*.

Russell, qui ne semblait vraiment pas en forme, se défila, alléguant qu'il devait lire une pile de manuscrits, et Washington amena donc seul les filles au multiplexe de Union Square.

Dans la salle qui empestait le pop-corn, il s'assit près de Zora qui le pinça deux fois pendant le film pour le tirer de sa torpeur, lui reprochant d'une voix mauvaise de ronfler. Alors qu'il piquait du nez de nouveau, il fut réveillé par le signal l'avertissant qu'il avait reçu un texto. Il consulta furtivement son écran et vit que le message venait de Casey Reynes. *Suite au Lowell. Réservation au nom de Lily Bart. Viens tout de suite.*

Il retrouva Russell et Corrine pour un dîner de bonne heure chez Bubby's, avec les enfants – sans répondre à aucun des nouveaux messages de Casey –, puis il ramena son fils et sa fille dans cet appartement qui était autrefois le sien. Il lui parut magnifique, si vaste et si luxueux en comparaison du studio qu'il sous-louait dans West Chelsea, mais aussi tellement chaleureux et familier – c'était leur maison. Il y avait là son coin de lecture préféré, avec le fauteuil Egg dessiné par Arne Jacobsen au cuir souple couleur cannelle, à l'angle de la fenêtre côté sud-est, et sa chaîne stéréo McIntosh vintage aux cadrans lumineux bleu-vert dans une console en zébrano, où étaient rangés ses 33 tours de Miles Davis, Coltrane, Charlie Parker et Dizzy Gillespie. Parmi eux se trouvait *Pithecanthropus Erectus*, un disque de Charles Mingus, le seul bien qu'il ait hérité de son père – celui-ci l'avait laissé derrière lui quand il avait abandonné sa femme et son fils à Trinidad. Pendant des années il avait pensé que s'il décodait ce titre, il parviendrait à comprendre son père, ou du moins sa substantifique moelle, titillé qu'il était par ce qu'*Erectus* suggérait de priapique.

Veronica apparut à la porte, embrassa les enfants, l'air faussement joyeuse et la mine défaite ; elle les écouta raconter leurs aventures de la journée, tandis que Washington attendait dans l'entrée.

« Comment vas-tu ? » lui demanda-t-elle quand Zora et Mingus eurent filé dans leurs chambres.

Il haussa les épaules. « Et toi ?

— La situation est devenue assez effrayante au travail. Les rumeurs vont bon train et les actions sont malmenées. Je déteste annoncer de mauvaises nouvelles, mais le fonds dans lequel nous avons investi pour payer les futures études des enfants a perdu la moitié de sa valeur en un mois.

— Il remontera », dit-il, alors qu'il n'avait aucune information sur ce qu'il se passait chez Lehman Brothers. Il voulait seulement la rassurer.

« Espérons. »

Tandis qu'il cherchait un taxi dans Greenwich Street, il reçut un nouveau texto : *Mais tu es où, bordel ? Suis à deux doigts d'appeler concierge pour avoir numéro d'une agence d'escort boys.* Il se dit que s'il ne trouvait pas de voiture dans les trois minutes, il répondrait qu'il n'avait pas réussi à s'échapper, mais à ce moment précis, un de ces nouveaux taxis qui ressemblaient à des minibus de ramassage scolaire s'arrêta à sa hauteur.

Il n'était pas très partant pour cette rencontre – encore sous le coup de la nostalgie de la vie familiale perdue qu'avait suscitée en lui son passage au loft, et animé d'un vieil instinct protecteur devant la détresse de Veronica. Le chauffeur traversait la ville en trombe, accélérant et freinant tour à tour, et en arrivant à l'hôtel, il se sentait vaguement nauséeux. Il hésitait entre s'arrêter à la réception ou se diriger droit vers les étages, quand il perçut le regard un peu trop insistant dont le gratifiaient le petit crétin à la peau bien rose derrière son comptoir et le groom posté devant l'ascenseur – tous deux blancs, évidemment. Il avait toujours du mal à imaginer que le peuple s'apprêtait à donner à un Noir plus qu'une simple chance de remporter les élections. Il n'y croyait pas.

« Je viens voir madame Lily Bart, dit-il, se demandant si le type derrière son comptoir était fan d'Edith Wharton. Elle m'attend.

– En effet, madame Bart nous a prévenus qu'elle aurait peut-être de la visite et m'a chargé de vous dire qu'elle faisait un saut en face… Oh, mais je crois que voici madame Bart qui revient. »

Il se retourna pour voir Casey passer la porte, féline et sexy dans son blouson de cuir noir et son chemisier argenté.

« Je croyais presque que tu ne viendrais pas, dit-elle en l'entraînant vers l'ascenseur. Je suis allée au Bilboquet boire un cocktail.

– J'avais les enfants.

– Tu n'es pas pressé de les expédier tous les deux en pension ?

– Il faudrait d'abord que je réussisse à convaincre leur mère », dit-il, alors qu'il n'avait aucune intention, aucun désir d'éloigner ses enfants. Aujourd'hui qu'il n'était plus qu'un père du dimanche, ils lui manquaient déjà.

Elle lui sauta dessus avant même que les portes de l'ascenseur se soient refermées dans un bruit de succion : elle le saisit par le col, plaqua ses lèvres sur les siennes et enfonça une langue avide dans sa bouche, l'haleine chargée d'alcool et d'un léger parfum de genièvre.

« Je t'ai tellement attendu », ahana-t-elle en repoussant ses cheveux en arrière tandis que les portes s'ouvraient.

Elle le prit par la main et l'entraîna le long du couloir, mais leur progression fut soudain arrêtée par un client qui émergeait d'une chambre juste devant eux, un homme en veste Barbour et pantalon de velours côtelé bordeaux à pinces, sur le point de se rendre, semblait-il, dans la ferme qui lui servait de résidence secondaire à Millbrook.

« Oh mon Dieu ! s'exclama-t-elle.

– Casey ? »

L'homme – le mari de Casey, Washington en était désormais presque sûr – paraissait déconcerté, tandis qu'elle avait l'air positivement abasourdie.

« Qu'est-ce que tu fais là ?

– J'avais une réunion », affirma-t-il, au moment où la vraie réponse à cette question se matérialisa quand la porte de la chambre d'où il venait de sortir s'ouvrit sur une appétissante poupée, fraîche comme un sorbet à la menthe, enveloppée dans un peignoir en éponge blanche : longues jambes fuselées et boucles rousses.

« C'est ça, ta putain de réunion ?

– Eh bien, oui, précisément. Et toi, puis-je te demander ce que tu fais là ? »

Casey eut du mal à retrouver son souffle avant de réussir à articuler : « Qui est cette dinde ? Ta nouvelle secrétaire ?

– En fait, dit Tom, c'est ma maîtresse. Laura, je te présente Casey, ma femme. Casey, Laura. »

Washington ne put s'empêcher d'admirer l'aisance de Tom, il avait l'air de parfaitement maîtriser la situation : il était sans doute le moins troublé des quatre. La fille était éberluée, son visage, déjà rose de confusion, devenait de plus en plus rouge au fil des secondes.

« Pendant que nous y sommes, tu pourrais peut-être me présenter à ton ami.

– Tu connais Washington.

– Moins que toi, dirait-on.

– Nous allions juste… » Casey ne parvint pas à terminer cette phrase de façon satisfaisante.

Se tournant vers l'amant de sa femme, Tom déclara : « Je n'aimerais pas être à votre place. »

Washington haussa les épaules ; mortifié, bien sûr, mais surtout impressionné, encore une fois, par le contrôle de la situation que gardait son rival officiel.

« Si tu arrivais à bander, éructa Casey, je ne serais peut-être pas ici avec lui.

– Je n'ai jamais constaté la moindre difficulté de Tom en la matière, rétorqua Laura.

– Toi, je ne te permets pas de m'adresser la parole, pétasse !

– Rien ne t'oblige à entendre ça, intervint Tom en poussant la fille vers la chambre avec une petite tape sur les fesses. Je t'appelle plus tard », lui dit-il, et il referma la porte. Puis il ajouta, à l'adresse de sa femme : « Maintenant, si tu veux bien m'excuser.

– Pas question de t'excuser. Tu ne peux pas t'en aller comme ça.

– Je ne vois aucune raison de rester. Tu es manifestement occupée.

– Espèce de salaud. Je vais te mettre sur la paille.

– Oh, je t'en prie !

– Tu vas te retrouver au ban de la ville entière quand j'aurai raconté à tout le monde comment tu m'as traitée. Tu crois que ta petite garce va être accueillie chez les Deepdale ou les von Mueffling ? »

Washington, quant à lui, était convaincu que les Deepdale et les von Mueffling, qui qu'ils soient, seraient sans doute ravis d'accueillir la nouvelle Mme Reynes à leurs réceptions quand le divorce aurait été prononcé. Pour ce qu'il en savait, les secondes épouses étaient la colonne vertébrale et les gardiennes du temple de la haute société new-yorkaise. Toutes ces secrétaires, vendeuses, profs de yoga, mannequins et escort girls qui attendaient jambes et bras ouverts que rentrent de Manhattan ces nababs épuisés et mal dans leur peau, dont les premières femmes ne les comprenaient plus, ne baisaient plus avec eux, ne les suçaient plus, comme ils auraient voulu qu'elles le fassent, ou tout simplement les ennuyaient à mourir – telles étaient celles qui menaient le monde, au moins dans l'Upper East Side, à Southampton, Palm Beach et autres villégiatures luxueuses de la jet-set. Les autres épouses témoigneraient leur sympathie à Casey, se diraient indignées par le comportement de l'infidèle, mais au bout du compte, tout irait bien pour Tom et Laura, et avec le temps, si la jeune femme était assez ambitieuse et les reins de Tom assez solides, elle pourrait devenir une de ces conjointes officielles qui défendent le royaume contre l'intrusion d'intrigantes à l'image de celles qu'elles étaient autrefois. L'avenir de Casey était plus difficile à prévoir, même s'il l'avait un jour entendue exprimer son horreur devant le sort de ses anciennes amies qui, après le divorce, s'étaient vues contraintes de vendre des biens ou des objets d'art à leurs anciennes semblables.

Il se réjouissait de ne pas appartenir à ce monde. Et en une seconde, il comprit où était sa place, à quoi son cœur aspirait.

Casey regarda Tom disparaître dans l'ascenseur, puis elle se tourna vers Washington, les traits encore déformés par la rage. « Je suppose que tu trouves tout ça plutôt comique.

– Oui et non.

– Alors, on fait quoi ?

– Je sais ce que moi, je vais faire en tout cas. »

Vingt minutes plus tard, il se tenait devant la porte de son loft à TriBeCa et se répétait le discours qu'il allait tenir à Veronica dès qu'elle ouvrirait la porte.

36

Ce dimanche matin, Russell ronflait à côté d'elle, quand le téléphone sur la table de chevet la réveilla un peu après huit heures. Pour une raison mystérieuse, elle craignit que ce ne soit Luke, jusqu'à ce qu'elle lise le nom de Casey affiché sur le combiné.

« Je t'ai laissé un million de messages et de textos.

– Casey ?

– Tom est parti avec une bimbo.

– Quoi ?

– Tu peux me retrouver au Balthazar dans une demi-heure ?

– Je vais essayer. Disons plutôt quarante-cinq minutes. Neuf heures, OK ? »

Russell et les enfants dormaient encore lorsqu'elle quitta l'appartement. Elle scotcha un mot sur l'armoire à pharmacie, expliquant qu'elle serait de retour avant onze heures.

Son amie l'attendait sur une des banquettes adossées au mur du fond, trop élégante dans son blouson de cuir noir moulant à épaulettes et son chemisier argenté aux reflets chatoyants. On aurait dit qu'elle portait encore sa tenue de la veille au soir.

« Je n'arrive pas à le croire, dit Corrine en s'asseyant.

– Toi, tu ne peux pas le croire ?

– Qui est-ce ?

– Personne. Mademoiselle Personne de Nulle Part.

– Tu penses que c'est sérieux ?

– Il me l'a présentée comme sa maîtresse. À moi !

– Je ne sais pas quoi dire.

– Je comprends.

– Tu dois être… Tu dois te sentir démolie.

– En fait, je suis folle de rage.

– Que s'est-il passé ? Comment tu t'en es rendu compte ?

– Je l'ai pris la main dans le sac.

– En flagrant délit ?

– Pas exactement. Je suis tombée nez à nez avec lui dans un couloir du Lowell, hier soir, il sortait d'une chambre. Les cheveux et les vêtements en bataille, sourire post-coïtale jusqu'aux oreilles. Et cette petite garce rousse en peignoir de bain, les seins à moitié à l'air, qui l'embrassait sur le pas de la porte.

– Mais qu'est-ce que tu fabriquais au Lowell ?

– L'important, c'est que je l'ai surpris en train de sortir de cette chambre et qu'il était tellement sonné qu'il n'a même pas essayé de trouver une excuse plausible. Il a simplement balbutié qu'il avait une réunion dans cet hôtel.

– Alors, qu'est-ce que tu as fait ? » Corrine ne pouvait se retenir d'imaginer cette scène du point de vue du mari, comme si elle était elle-même Tom, prise sur le fait.

« J'ai tourné les talons et je suis partie sans demander mon reste.

– Il n'a pas tenté de te retenir ?

– Bien sûr que si.

– Donc, il regrette.

– Beaucoup moins qu'il ne va le regretter par la suite, tu peux me croire.

– Je comprends que tu sois accablée, Casey, mais compte tenu des enjeux… tu ne dois surtout pas agir dans la précipitation.

– Et je suis censée faire quoi ? Lui pardonner ?

– Pas aujourd'hui, bien sûr, pas demain, mais tu ne crois pas qu'un jour tu y viendras ? Étant donné les solutions alternatives ?… Je sais, c'est une trahison terrible, mais quand on pense à toutes les années que vous avez passées ensemble. Et puis, regardons les choses en face, ce n'est pas comme si tu n'avais jamais commis la moindre incartade. » Envisageant soudain la possibilité d'être prise à son tour sur le fait, Corrine se demanda si Tom était soulagé, si une partie d'elle-même ne le serait pas.

« On dirait que tu prends son parti.

– Pas du tout. Je veux seulement que tu réfléchisses bien avant de mettre fin à ton mariage. On commet parfois des erreurs. Les mariages sont faits de différents chapitres, et certains sont plus sombres que d'autres. Il ne s'agit pas d'excuser sa conduite, mais peut-être que, l'espace d'un moment, au bout de toutes ces années, vous avez chacun considéré l'autre comme acquis, et lui a sans doute eu l'impression d'être un peu négligé, il a dû songer qu'il ne serait pas éternel et lors d'un passage à vide, quelqu'un a croisé son chemin, qui l'a fait se sentir de nouveau jeune, digne d'attention et invincible. Ce que j'en dis, moi…

– Il va se sentir moins invincible quand mes avocats l'auront découpé en rondelles.

– Je ne comprends toujours pas ce que tu faisais au Lowell. C'est tout de même une étrange coïncidence. Tu le suivais ?

– Je n'avais pas la moindre idée qu'il serait là.

– Donc, tu étais au Lowell par hasard ?

– J'avais rendez-vous avec quelqu'un, répondit-elle vivement.

– À quel moment te l'a-t-il présentée comme sa maîtresse ?

– Qu'est-ce que tu veux dire ?

– Eh bien, j'ai cru comprendre qu'il était complètement abasourdi, que tu étais partie très en colère avant qu'il ait eu le temps de s'expliquer.

– Excuse-moi. C'était un tel choc, tout se mélange un peu dans ma tête.

– Et ensuite que s'est-il passé ? Il est rentré à la maison, hier soir ? »

Casey fit signe que non.

« Il avait probablement trop honte pour se retrouver face à toi. Je suis sûre qu'il reviendra. »

Casey lâcha un petit rire moqueur. « Alors, je lui souhaite bonne chance.

– Laisse passer un peu de temps. »

Corrine avait beau éprouver de la compassion pour son amie, elle ne pouvait s'abstenir de songer que Casey avait été si joyeusement infidèle à Tom pendant toutes ces années qu'on avait du mal à la voir acquérir des parts dans le gratte-ciel de la dignité morale. Ou plutôt, elle pouvait le faire, mais le conseil syndical de la copropriété risquait fort de lui interdire l'accès à l'immeuble.

Elle avait du mal aussi à s'empêcher d'extrapoler sur sa propre situation. Et si, pendant qu'elle était tellement absorbée par Luke, Russell s'était peu à peu ménagé une vie parallèle ? Son mal-être pouvait-il refléter une impasse sentimentale ? Était-il torturé par la décision qu'il lui fallait prendre entre deux vies, ou déprimé – comme elle, quand Luke avait quitté New York – par une histoire d'amour impossible, une passion à laquelle il avait renoncé mais qu'il ne parvenait pas à oublier ? Elle s'était à tel point repliée sur sa liaison secrète qu'elle n'avait pas pris le temps de penser qu'il en avait peut-être une, lui aussi.

« Je vais le dépouiller comme il le mérite, déclara Casey.

– Vous avez un contrat de mariage ? »

Elle secoua la tête et eut un sourire carnassier. « C'est toute la beauté de la chose.

– Incroyable ! » Corrine pensait que dans leur milieu et avec une fortune comme la leur, il y avait toujours un codicille ajouté au contrat de mariage.

« On était jeunes et amoureux.

– Je te conseille d'essayer de te rappeler cet heureux temps avant de prendre une décision radicale.

– Je suppose que tout cela tombe assez mal pour Russell, dit Casey. Je sais que Tom allait investir de l'argent dans sa maison d'édition.

– Ah bon ? Je n'en avais pas la moindre idée.

– Pardon, je croyais que tu savais. Cela m'a d'ailleurs causé une sorte de dilemme moral. Washington m'avait confié que Russell avait perdu Jack Carson et je me suis retrouvée dans cette étrange position où je pensais ne pas avoir le droit d'en parler à Tom, mais en même temps, cette désertion me paraissait avoir un rapport étroit avec la santé fiscale de McCane & Slade. Oh, merde, s'exclama-t-elle en découvrant le visage de son amie. Tu ne savais pas ça non plus ?

– C'est arrivé quand ?

– Je ne sais pas, mais Washington m'en a parlé il y a dix jours. Je crois qu'il ignorait tout des accords passés entre Tom et Russell. Et me voilà le cul entre deux chaises ! En tout cas, je crois savoir que Carson a écrit une lettre à Russell. En résumé, merci pour tout, mais *sayonara*. Vraiment, tu n'en savais rien ? »

Ce soir-là, ils s'étaient attardés à table après dîner, Russell sirotant un verre de pinot noir sur lequel il ne s'était même pas donné la peine de hasarder un commentaire. Corrine attendit que les enfants soient partis faire leurs devoirs dans leur chambre pour lui raconter la saga de Tom et Casey.

« Je n'arrive toujours pas à y croire, conclut-elle.

– Tu as dit que la fille était rousse ?

– Pourquoi, tu la connais ? »

Il sembla hésiter avant de secouer la tête.

« Je veux dire, je sais que ce n'était pas un couple parfait, mais après toutes ces années, je n'aurais jamais pu imaginer qu'ils se séparent, reprit-elle.

— On devrait supprimer du vocabulaire l'expression "couple parfait" ; c'est un oxymore néfaste.

— Tu le penses pour de bon ? On disait ça de nous pourtant. On était un couple parfait autrefois.

— N'essaie pas de me culpabiliser : je n'ai fait qu'affirmer une évidence.

— Mais on est un couple qui marche, non ?

— Ne jouons pas à ce petit jeu, veux-tu ?

— Fais-moi plaisir, Russell. Je m'inquiète pour toi, pour nous.

— Tout ira bien.

— Mais pourquoi est-ce que tout ne va pas bien *maintenant* ? C'est l'impression que j'ai, en tout cas. Qu'est-ce qui t'arrive ? Tu es dans un état proche de la catatonie depuis deux mois. »

Corrine se rappela qu'elle marchait sur des œufs, parce qu'elle avait sa part dans le fait qu'ils se soient éloignés l'un de l'autre. En même temps, elle ne supportait plus leur manque d'intimité. Dans un coin de sa tête, elle voulait que quelqu'un prenne une décision pour elle.

« Rien à voir avec toi.

— Alors, dis-moi ce qu'il y a. Je suis ta femme. Ne pas me confier ce qui se passe a quelque chose de malhonnête. Si tu as des problèmes, il faut que je le sache. Tu as quelqu'un d'autre ? »

Surpris, il leva les yeux.

« Bien sûr que non. »

Affaire classée. « C'est à cause de Jack ?

— Jack ?

— Pourquoi tu ne m'as pas dit qu'il te quittait ? Comment as-tu pu me cacher un truc aussi important ? Et ne pas me dire non plus que tu avais sollicité Tom pour qu'il investisse de l'argent dans ta boîte ? »

Il la fixa, l'air vulnérable, presque implorant. Avant qu'il ne détourne la tête, elle s'aperçut que ses yeux s'emplissaient de larmes.

Elle se pencha vers lui, l'embrassa dans le cou et le serra très fort contre elle, sentant sa résistance diminuer alors qu'il soupirait et refermait ses bras autour des siens. Elle se rendit compte à un moment qu'il pleurait, la poitrine soulevée de sanglots contre son épaule. Elle l'étreignit plus fort encore, jusqu'à ce qu'il s'apaise.

Ensuite, il lui montra la lettre de Jack.

« Comment peut-il se comporter comme ça après tout ce que tu as fait pour lui, c'est incroyable.

– Personne ne le sait encore, mais ça ne va pas tarder. »

Elle repoussa ses cheveux de son front humide. « Je suis vraiment désolée pour toi, mon chéri.

« Alors, on pourra dire que je suis foutu pour de bon.

– Les écrivains changent d'éditeur sans arrêt.

– Jack n'est pas simplement un auteur parmi d'autres. C'est toute la donne qu'il change. Et moi, je ne suis pas n'importe quel éditeur : je suis celui qui a publié cet abominable tissu de mensonges il y a quelques mois.

– Je déteste ce petit salaud depuis qu'il a tué Ferdie. Regarde les choses en face, Russell, ce type est une vraie épave. Tu as d'autres livres, d'autres auteurs.

– Moins nombreux qu'avant. Et le nombre de manuscrits que je reçois est sérieusement en baisse, ce printemps. Je n'arrive même pas à me faire envoyer des textes par les agents littéraires.

– On va s'en sortir, Russell. » Aussi inquiète qu'elle soit pour son mari et son entreprise, d'une façon peut-être perverse, elle se réjouissait de cette tempête, de la possibilité de l'essuyer à ses côtés. Si elle avait attendu un signe, c'en était sans doute un.

37

Le printemps arriva par à-coups et comme avec réticence, puis refusa de laisser place à l'été, ce qui faisait bien l'affaire de Russell. Même s'il avait eu envie de se prélasser sur les pelouses et les plages des Hamptons cet été – ce qui n'était pas le cas –, leur gêne financière ne le lui aurait sûrement pas permis, sans parler de la vente de la ferme de Sagaponack – pour six millions de dollars – intervenue au mois de mars, quelques jours avant l'effondrement de la banque Bear Stearns.

Mais avec l'économie qui s'écroulait sous le poids de la crise des subprimes, l'acheteur n'avait pu encore réunir son financement, et à la mi-juin, les Polanski proposèrent gratuitement leur maison aux Calloway, à condition qu'ils quittent les lieux avec un préavis d'une semaine. Corrine, qui s'était toujours chargée des échanges avec eux, se réjouit de leur générosité, et Russell ne trouva aucune bonne raison de décliner leur offre. Il n'avait donc pas d'autre choix, semblait-il, que de passer l'été parmi les voyeurs et les exhibitionnistes, ses pairs et ses amis, sur la seule presqu'île d'Amérique où on s'intéressait un tant soit peu à ses affaires.

L'immobilier était un sujet brûlant chez les Calloway, cet été-là. Leur propriétaire de TriBeCa fit une première offre à un million et demi de dollars, et Russell dut reconnaître qu'il ne pourrait jamais réunir cette somme, surtout au moment où il luttait pour maintenir sa maison d'édition à flots. Alors qu'il cherchait désespérément un financement sur un marché du crédit de plus en plus resserré, Corrine, il en était sûr, visitait un appartement après l'autre dans les quartiers nord de la métropole.

Les deux derniers week-ends pluvieux du mois de juin, il ne cessa de pleuvoir et ils restèrent enfermés à la maison, au bord de l'océan gris acier, bien trop froid pour qu'on s'y baigne, jonglant avec les après-midi de jeu et les soirées pyjama des enfants. Finalement, en juillet, le soleil revint de là où il avait bien pu se cacher, le tennis fut réinventé, et Corrine se posa sur la plage à plein temps avec les enfants, les longs congés d'été étant l'un des seuls avantages des associations à but non lucratif.

Le jeudi soir, Russell prenait le *jitney* pour Sagaponack et rentrait en ville tôt le lundi matin. Loin de se plaindre de cet emploi du temps de célibataire, il appréciait la solitude de ses jours de semaine, il travaillait tard, dînait un livre à la main au bar de Soho House ou du Fatted Calf, puis rentrait à la maison, heureux de se retrouver parmi les hordes bruyantes de jeunes gens en sueur dans les rues du Meatpacking District. Les corps de femme entrevus le fascinaient, les épaules, les bras, les jambes dénudés, la rondeur des seins débordant des T-shirts échancrés, les robes légères serrées à la taille et s'évasant au-dessus du genou. Il les voulait toutes, ces filles de l'été, mais aucune assez pour laisser parler son désir. Parfois, il était hanté par le regret de n'avoir jamais été un homme célibataire dans cette ville, de n'avoir jamais arpenté ces rues, libre et prêt à l'aventure sentimentale, à la recherche spontanée de satisfactions érotiques ; il s'y était en effet installé dès son retour d'Oxford avec Corrine, qu'il avait épousée peu après, ces premiers temps ayant malgré tout le halo doré des belles histoires d'amour, à l'époque où New York ressemblait à une nouvelle Frontière, regorgeant d'opportunités en tous genres. Même aujourd'hui, en dépit de leur réapparition saisonnière au fil des décennies, les explosions de chaleur crachées par les bouches de métro, l'odeur du goudron fondu dans les rues écrasées de soleil, telle une basse continue sous les relents acides du compost urbain, les déchets humains, animaux et végétaux se décomposant et fermentant dans la fournaise, le ramenaient invariablement aux plus grands moments de bonheur qu'ils avaient connus là, avant d'avoir assez d'argent ou de jours de vacances pour échapper à la canicule de l'été. New York, abandonnée par les vieux schnocks, leur appartenait alors, à eux et à leurs semblables. Cette époque où ils ne pouvaient pas s'acheter un climatiseur et restaient allongés et étourdis sur des draps humides, nus et luisants de sueur et des secrétions du corps de l'autre…

Les soirs de semaine, Russell dînait avec Washington ou Carlo Rossi, ou des amis qu'il n'avait pas eu le temps de voir durant le reste de l'année. Il hélait un taxi ou rentrait en chancelant dans la touffeur moite de la nuit, ivre de rosé bon marché, recevant une dernière bouffée de chaleur torride jaillissant de la grille d'aération du métro, non loin de sa porte, et regagnait son loft aux environs de minuit pour s'écrouler devant des rediffusions de *Fraser* et de *Seinfeld*. La télévision le consolait d'être séparé des siens, c'était un plaisir solitaire et coupable. Il se réveillait inévitablement devant le poste allumé, quelques heures après s'être endormi, la pression de sa vessie aussi insistante que la sonnerie d'un réveil. Il ne lui arrivait presque plus jamais de dormir une nuit entière. C'était le seul moment où il ressentait la solitude et où sa famille lui manquait, cette heure ou ces deux heures qui précédaient l'aube, alors que, tout à fait éveillé, il était assiégé par des idées de ruine et de mort. Comme Fitzgerald à Asheville, il tremblait dans le noir à trois heures du matin, mais lui, au contraire de l'auteur de *Gatsby le Magnifique*, n'aurait aucun chef-d'œuvre à montrer lorsqu'il se présenterait devant son Créateur, rien qu'un mince dossier contenant les traces de ses modestes réussites au service de la littérature. Et celles de plusieurs échecs retentissants : sa reprise ratée de Corbin & Dern, la débâcle de Kohout… En fait, après un long combat contre son éducation catholique, il ne croyait plus qu'il rencontrerait qui que ce soit quand il quitterait ce monde, et l'idée d'être oublié l'emplissait de désespoir. Il avait toujours été optimiste, capable de se convaincre que le meilleur était toujours à venir, que chaque jour contenait la promesse d'une nouvelle aventure, mais aujourd'hui il était de plus en plus conscient de ses fiascos et inquiet de l'avenir. Comment pouvait-on rester optimiste à quatre heures moins le quart du matin quand on avait cinquante et un ans ? Parfois, il était on ne peut plus effrayé par la perspective de sa propre disparition. Il finissait alors par prendre un Stilnox ou un Xanax et attendait que la panique s'apaise.

Au lever du jour, malgré la douleur sourde à la base de son crâne causée par le somnifère – l'impression qu'on l'avait trépané à l'aide de fraises dentaires – et le picotement dans sa gorge desséchée, il se sentait reconnaissant d'avoir survécu aux terreurs de la nuit.

Ce même mois, l'acheteur de la maison de Sagaponack, un banquier de trente-quatre ans de chez Lehman Brothers, se déclara disposé à signer et vint deux fois visiter la maison avant de conclure qu'il allait la faire démolir. Quand Corrine en informa Russell, elle était indignée : « Ce salopard de béotien multimillionnaire, moulé dans son maillot rose avec le logo du joueur de polo bien visible, et sa bonne femme, avec ses faux nichons et ses cheveux blonds coiffés par John Barrett en personne, s'apprêtent à se faire construire un château en carton-pâte de merde ! »

Il semblait qu'ils pourraient sans doute rester jusqu'au jour de la fête du Travail, mais il était désormais clair que ce serait leur dernier été dans ce village et que la maison elle-même, après avoir résisté pendant un siècle et demi à toutes les tornades et tempêtes du cap Hatteras, allait être démolie, ce qui contribuait à laminer l'estime de soi de Russell et le confortait dans l'idée que le monde tel qu'il l'avait connu était en train de s'effondrer. Comment se faisait-il qu'en travaillant si dur et qu'en réussissant et même en excellant à de nombreux égards dans le domaine qu'il s'était choisi, il ne soit pas en mesure de sauver une maison qui comptait tant pour sa famille ? Leurs voisins, eux, avaient l'air de mieux s'en tirer, ainsi que des milliers de gens qui n'étaient pas plus intelligents que lui – et qui l'étaient même moins, pour la plupart –, sauf peut-être en matière de processus d'acquisition. En partie, il le savait, la situation était due à son manque d'instinct mercenaire. Parce que acheter, garder et accumuler ne l'intéressait pas, il s'était toujours senti au-dessus de ces considérations et était demeuré fidèle aux idéaux qu'il s'était forgés à l'université, au détriment de son avenir. Avec un peu de bon sens et d'ingéniosité, il aurait pu acheter cette maison, des années plus tôt, ou mieux encore, un appartement en ville, mais là où il en était, il ne possédait rien, il avait manqué le plus grand boom immobilier de sa vie, et même aujourd'hui, alors que la bulle éclatait, ses finances personnelles étaient dans un état plus précaire que jamais. Il avait de plus en plus de mal à ne pas en conclure qu'il était, d'après les critères conventionnels de réussite familiale et professionnelle, un raté.

Il resta au bord de la mer durant tout le mois d'août, travaillant le matin sur la table en osier branlante installée dans la pièce donnant sur les champs de pommes de terre. Pour la première fois depuis de nombreuses années, il déclina une invitation à participer au match de softball des artistes et des écrivains – une rencontre dont la tradition remontait aux années cinquante, un match improvisé avec des hommes de l'acabit de De Kooning, Pollock et Franz Kline qui soignaient leur gueule de bois sur un gazon pelé dans la ville si peu chic de Springs ; les équipes avaient ensuite été infiltrées par des critiques d'art et d'autres écrivains, jusqu'à ce que la rencontre devienne un spectacle annuel dans lequel les stars du cinéma et les politiciens luttaient pour obtenir une place, les peintres s'attachant à l'idée que les acteurs étaient comme eux des artistes, tandis que les politiciens choisissaient le camp des écrivains – une façon de reconnaître, comme l'avait suggéré un romancier, qu'eux aussi s'adonnaient à la fiction. Du fait qu'il avait publié quelques essais et critiques littéraires, Russell avait été intégré à l'équipe des écrivains depuis des années, et même si ce softball était plus comique qu'épique, il s'était fait une gloire de ses exploits sur le terrain, où on pouvait compter sur lui et où parfois même il se distinguait. Cet été-là, il ne trouva pas la force d'y participer.

En rentrant de la plage, il se donnait le temps de plaisirs simples, comme cuisiner pour la famille, partir à la recherche des meilleures tomates, du plus beau maïs et du poisson le plus frais, jouer au tennis ou faire du body surf avec Jeremy. Il regardait John Edwards confesser sa liaison extraconjugale sur ABC, et les jeux Olympiques avec les gosses, durant des heures. Il se plaisait à penser qu'il se comportait comme un père et un mari idéal, évitant la plupart des occasions mondaines, les galas de bienfaisance sous les chapiteaux de toile blanche, les barbecues de fruits de mer sur la plage et les avant-premières dans les cinémas de Southampton et d'East Hampton. Il expliqua à Corrine qu'il en avait assez de tout cela, qu'il voulait profiter, avec elle et les enfants, de cette maison où ils passaient leurs étés depuis vingt ans. Corrine était trop fine pour le croire, mais trop pleine de tendresse pour lui mettre le nez dans ses contradictions, sauf en une certaine occasion. Ils étaient au lit, une nuit où ils n'étaient pas allés à une fête à laquelle ils se rendaient avec plaisir depuis toujours. « Ces dernières semaines ont été si agréables, dit-elle. Je pourrais sans problème me passer des cent cocktails à venir, mais je sais que tu vis cela comme une punition. Et même si ça fait des années que j'attendais que tu te lasses de cette ronde mondaine incessante, je déteste te voir t'esquiver comme un voleur et te terrer dans ton trou.

– Je me suis lassé de tout ça, en effet. Tout ce cirque m'apparaît soudain vide de sens et épuisant. Août dans les Hamptons, ça n'a rien d'une détente, c'est une vraie corvée. Un peu comme escalader l'Everest.

– Rien de nouveau sous le soleil, mais tu ne t'en étais jamais plaint avant.

– Chacun a sa limite.

– Est-ce que tu as réfléchi à notre soirée ? On la fait ou pas ? »

Jusque-là, Russell s'était retranché derrière l'excuse qu'ils seraient peut-être jetés dehors d'une semaine à l'autre, mais il était à présent certain qu'ils seraient encore là pour la fête du Travail. « Ça demande telle-ment d'efforts, grommela-t-il.

– Allons, Russell, le 1er septembre, ce n'est plus que dans trois semaines. C'est le monde à l'envers que ce soit moi qui essaie de te convaincre d'organiser cette soirée, mais les gens m'appellent pour me demander si elle aura lieu. Tu as créé là une véritable tradition. »

« Corrine a raison », opina Washington, le lendemain soir, alors qu'ils se trouvaient à Sag Harbor, au bar sur-peuplé de l'American Hotel. Ils venaient de terminer un match de tennis en deux sets, sur le court municipal un peu plus loin sur la route, et Washington avait insisté pour offrir un gin tonic au perdant. « Tu es resté planqué pendant la plus grande partie de l'été, mais il est temps que tu remontes sur scène. Ne pas donner cette réception, ce serait comme reconnaître que tu es coupable. Je veux

dire, combien de livres as-tu publiés dans ta carrière ?
Deux cents ? Trois cents ? Tu as tiré un mauvais numéro,
OK, Pataud, mais il faut que tu te remettes en selle, bon
Dieu. Finie la traversée du désert, tout le monde est prêt
à pardonner, à oublier et à refaire la fête.

– C'est aussi une question d'argent. Kohout n'a pas
seulement été un désastre en termes de communication.
J'ai perdu plus d'un demi-million de dollars.

– De combien tu as besoin ? Je veux dire, pour la
réception.

– Je ne peux pas accepter ton argent.

– Considère ça comme un prêt, alors. J'ai besoin de
cette putain de fête ! »

Le même soir, Steve Goldberg, l'entraîneur de l'équipe
de softball des écrivains, l'appela pour lui demander de
jouer le lendemain. Ami de longue date de Russell, ou au
moins vieille connaissance, Steve était journaliste sportif
au *Times*. « On a besoin de toi sur le terrain, Russell.
Ces salopards de peintres ont embauché du renfort cette
année. Un certain Juan Gonzales qui a joué comme
minime chez les Yankees. Apparemment, il a fabriqué
une grenouille en céramique quand il était sixième et ça
fait de lui un artiste.

– J'en serais ravi, mais j'ai un déjeuner.

– Tu nous emmerdes avec ton déjeuner. Je te parle du
match, Russell. Des déjeuners, il y en a tous les jours.
Les écrivains ont besoin de toi. » C'était censé n'être
qu'une rencontre pour le plaisir, sans grande importance,
destinée à lever des fonds pour des associations caritatives
locales, mais Steve prenait les choses très au sérieux.

Au bout du compte, Russell se laissa forcer la main.
En suivant le raisonnement de Washington à propos de
la fête, il se dit que c'était une bonne façon de montrer
qu'il n'était pas fini ; ce match était à peu près le seul
événement public de la saison, la plupart des autres ayant

lieu à l'ombre de grandes haies, au fond d'allées fermées par des portails que gardaient des vigiles armés des listes des invités.

« Je suis heureuse que tu joues, lui dit Corrine. Je viendrai après avoir déposé les enfants chez les Toomey. »

Quand la première balle fut lancée par un ancien combattant de la guerre en Irak, qui portait des prothèses de jambes, cinq cents spectateurs environ s'étaient déjà massés derrière les lignes des première et troisième bases. Le commentaire en direct était assuré par Tim Watkins, correspondant de NBC, qui présenta Russell comme « un éditeur hors pair et le meilleur joueur de 2004 ».

Il débuta comme receveur, et dans la deuxième manche, il frappa une balle qui roulait au sol, ce qui lui permit d'atteindre la première base. Corrine arriva à l'instant où il enfilait son casque pour la troisième manche. Trois jeux plus tard, alors que toutes les bases étaient occupées, Tom Jarrow, l'artiste, frappa une balle en cloche vers le champ centre. Russell jeta son casque et planta les pieds de part et d'autre du marbre. Les coureurs purent s'élancer dès que le joueur de champ, après avoir réceptionné la balle, l'eut aussitôt transmise au joueur de la deuxième base, lequel pivota sur lui-même et la lança à son tour à Russell pendant que le coureur de la troisième base fonçait vers lui. Le lancer imprécis obligea Russell à tendre le bras en l'air pour rattraper la balle sans que son pied quitte le marbre. Il croyait y parvenir, mais déviée par son gant, la balle rebondit et roula jusqu'au grillage, tandis que le coureur marquait. Russell n'en revenait pas de sa maladresse, et le choc le paralysa alors même qu'il s'apercevait que le coureur de la seconde base s'approchait à fond la caisse. Avec l'impression de nager dans une mare de boue, il s'élança pour récupérer la balle, mais le deuxième coureur eut le temps d'effectuer un autre tour.

Le tohu-bohu qui s'éleva du côté des artistes souligna le silence qui s'était abattu sur le camp de Russell. Personne ne pipa mot quand il renvoya la balle au lanceur.

De même, les écrivains restèrent stoïques pendant que le frappeur suivant poussait au marbre le troisième coureur, assurant à l'équipe des artistes un avantage de deux points. Quand la manche se termina enfin sur l'arrivée soudaine du frappeur suivant, Russell n'eut d'autre choix que de retirer son masque et de rejoindre ses coéquipiers sur la ligne de troisième base, campé au milieu d'eux comme un homme invisible, un paria, alors qu'ils donnaient tous de la voix pour s'encourager mutuellement. Mais après quatre manches de frappes régulières, son équipe connut une rapide succession d'échecs : trois frappeurs et trois retraits, comme si son erreur les avait découragés et démontés.

« Je fais entrer Riley comme receveur », lui annonça Steve au moment où les écrivains se déployaient sur le terrain. Relégué sur le banc pour tout le reste du match, et donc privé de la possibilité de se racheter, Russell se sentit exclu de la camaraderie qui régnait dans l'abri des joueurs, grandes tapes dans le dos et échanges de claques sonores sur les paumes. Il se surprit à espérer que les artistes creusent l'écart – celui dont il était responsable –, mais au bout du compte, les écrivains perdirent exactement de deux points, et même si personne ne l'exprima clairement, il savait que tous pensaient qu'il était coupable de cette défaite.

« Il faut bien que les artistes gagnent de temps en temps, dit Corrine en lui prenant le bras tandis qu'ils se dirigeaient vers le parking. Enfin, tu sais bien que c'est vous qui avez gagné ces trois dernières années !

– N'essaie pas de me consoler, répliqua vivement Russell. Je viens sans doute de connaître le moment le plus humiliant de toute ma vie d'adulte.

– Allons, ce n'est qu'un jeu.

– Oh non ! Ce n'est jamais qu'un jeu. »

Deux semaines plus tard, leurs amis répondirent nombreux à leur invitation, y compris Steve Goldberg qui ne fit aucune allusion au match. Russell n'aurait cependant jamais pu imaginer qu'autant d'inconnus se pointeraient à leur fête, certains en compagnie d'invités, d'autres juste attirés par la rumeur, tels des poissons par un appât. Une rock star qui possédait une maison un peu plus loin dans la même rue arriva avec sa nouvelle petite amie à son bras – une apparition qui occupa la majeure partie des pages consacrées à la réception dans les magazines people, lesquels avaient reconnu dans cette mystérieuse compagne la coach privée de plusieurs célébrités, qui avait eu autrefois une liaison avec l'épouse d'un grand financier.

Plus important aux yeux de Russell fut le cortège de gloires grisonnantes du monde littéraire qui vint lui rendre hommage. Comme la nuit avançait, les nouveaux arrivants se firent de plus en plus jeunes et de moins en moins familiers, une bagarre éclata entre deux rivaux amoureux, et on commençait à peine à manquer d'alcool quand la police débarqua, suite à une plainte émanant des voisins.

Le succès de cette fête redonna brièvement le moral à Russell, néanmoins la gueule de bois du lendemain et la facture qu'il lui fallut régler pour les dommages divers et un ménage à fond eurent tôt fait d'en atténuer les effets positifs, de même que le portrait de lui publié dans le magazine *New York*, peu après leur retour en ville, qui le présentait comme « l'éditeur à la source du scandale récent du faux otage ».

38

Où ? Quoi ?

Elle se réveilla angoissée, comme si elle avait laissé inachevée la veille une tâche banale mais importante, et ce ne fut qu'en allumant la télévision qu'elle se rappela quel jour on était. D'après l'équipe d'Eyewitness News, le temps était de nouveau clair et ensoleillé, et c'était par un jour tout aussi lumineux et embaumé, sept ans plus tôt, qu'une légère brise soufflant de l'ouest avait rabattu les nuages de fumée jaillissant des tours vers l'est, en direction de Brooklyn et au-delà, comme pour désigner la source ultime de la destruction. Russell était déjà parti accompagner les enfants à leur nouvelle école, après leur avoir préparé leur petit déjeuner.

Elle se dirigea, sa tasse à la main, vers les fenêtres donnant sur la rue, qui auraient eu bien besoin d'un bon coup de chiffon, et elle regarda par-delà l'escalier de secours vers le carré étincelant de ciel bleu où s'élevait autrefois la haute masse des tours jumelles. Elle sirotait son café, quand son téléphone se mit à gazouiller. Le numéro de Luke s'afficha sur l'écran.

« Tu es de retour en ville ?

– En effet, dit Luke. Serait-ce manquer de respect que de te souhaiter un bon anniversaire ?

– En fait, nous nous sommes rencontrés le 12. »

Durant l'été, il avait voyagé en Europe avec sa fille et s'était mis en retrait de son domaine viticole, en Afrique du Sud, qu'il était en train de vendre. Ils s'étaient souvent parlé, mais elle ne l'avait pas revu depuis la veille de son départ pour les Hamptons, et il ne l'avait pas non plus bombardée de propositions.

« Ça te dirait qu'on prenne un verre ensemble ?

– C'est un euphémisme ?

– Si tu veux que c'en soit un, je suis d'accord.

– Où ?

– Tu pourrais venir ici, tu verrais mon nouvel appartement. Je sous-loue un loft à SoHo.

– Ce serait pratique, c'est sûr, commenta-t-elle. Mais pas ce soir, j'ai une projection.

– Demain soir, alors. »

Il aurait été plus simple, moins éprouvant pour ses nerfs, moins fatal à la vision qu'elle avait de ses propres intentions, de se rendre directement chez Luke en sortant de son bureau. En vue de préparer le terrain, elle avait expliqué à Russell ce matin-là qu'elle comptait prendre un verre avec sa collègue Sandy. Et pourtant, voilà qu'elle était assise à sa coiffeuse, après avoir quitté le bureau de bonne heure, afin de retoucher son maquillage et de se recoiffer. En attendant le retour de Russell, elle se livrait à une dernière vérification dans le miroir et fut surprise d'apercevoir le reflet de Storey, juste derrière elle.

« Mon Dieu, tu m'as fait peur.

– Où tu vas ?

– Je vais boire un verre avec Sandy, une collègue de travail. Elle va se marier. »

Storey parut sur le point de lui lancer une sorte de défi, mais elle tourna les talons et disparut.

Quand Corrine sortit de la chambre, Russell se servait un verre de Maker's Mark dans la cuisine. Manifestement, il n'était pas en train de fêter quelque chose, au contraire, à voir sa bouche pincée et ses épaules tombantes, il cherchait plutôt un moyen de se remonter le moral.

« Tu sors ?

– Je t'ai dit que j'avais rendez-vous avec Sandy.

– Ah oui, c'est vrai.

– Je te trouve drôlement élégante pour aller voir Sandy, remarqua Storey.

– Cette robe-là, ça fait des années que je l'ai, répondit Corrine en tentant de contrôler le timbre de sa voix.

– Et pourquoi tu as mis ton soutien-gorge en dentelle noire ? insista sa fille.

– Quoi ? Mais comment peux-tu savoir quel soutien-gorge je porte ?

– Je l'ai vu posé sur ton lit. »

Pétrifiée, elle se demanda si elle devait ou non récuser cette accusation, mais Russell paraissait indifférent.

« Normalement, tu ne le mets que les soirs où tu sors avec papa.

– Eh bien, parfois, cela me fait du bien de porter de jolis dessous. Surtout quand je n'ai aucune envie de sortir. C'est une façon de me motiver. »

Que les soupçons de Storey soient parfaitement fondés ne firent qu'exaspérer davantage Corrine. Pourquoi sa fille se montrait-elle si méfiante et hostile envers elle ? Si teigneuse. Quelque chose ne tournait pas rond, c'était clair. Elle avait toujours craint que Russell ne découvre la vérité, imaginant les scènes qui s'ensuivraient et les conséquences possibles, mais l'idée que l'un de ses enfants puisse éventer son secret ne l'avait étrangement jamais effleurée. Russell était-il allé s'enfoncer dans le canapé devant les informations parce qu'il soupçonnait quelque chose ou qu'il était en colère ? Ou bien cela lui passait-il complètement au-dessus ? Sans doute la dernière option, se dit-elle en s'approchant de lui pour s'en assurer, sous couvert de lui dire au revoir. Il regardait une émission consacrée à Lehman Brothers sur CNBC – le logo de la banque placardé en haut de l'écran, au-dessus des têtes de plusieurs présentateurs. Jeremy vint s'affaler près de son père. Elle les embrassa tous les deux sur le sommet du crâne.

Storey accepta une bise sur la joue. Corrine, ne trouvant rien à lui dire, esquissa un sourire plein d'indulgence, censé exprimer une bienveillance amusée. Si elle pensait pouvoir faire changer sa mère de plan, elle se trompait lourdement.

Le taxi la déposa dans la rue miroitante de pluie et, devant l'entrée de l'immeuble, elle fut saisie par une étrange impression de déjà-vu. Elle était presque certaine d'être venue là, des années auparavant, pour rendre visite à Jeff, la façade métallique ornée de volutes en fonte et les colonnes corinthiennes encadrant les hautes fenêtres en ogive lui rappelaient quelque chose, même si dans son souvenir, le bâtiment était sale et noir de suie, parsemé de taches de rouille sous la peinture qui s'écaillait. Mais bien sûr, le quartier avait été rénové, transformé à l'image de la ville entière. Elle se sentit presque triste de voir combien tout était devenu net, prospère et de bon goût, à l'instar des rues de SoHo où les vraies galeries d'art avaient été remplacées par des minicentres commerciaux vendaient aux touristes des reproductions produites en masse d'Erté, Dalí et Chagall – comme si l'embourgeoisement était une atteinte à la mémoire de Jeff, comme si tout aurait mieux fait de rester sale et dangereux pour toujours.

À côté de la porte, à la place des sonnettes hétérogènes fixées sur une planche en contreplaqué dont elle croyait se souvenir, se trouvait un panneau brillant en acier inoxydable avec cinq boutons identiques, chacun assorti d'un numéro d'appartement gravé juste à côté. Elle appuya sur le 5, comme on le lui avait dit, tout en revoyant Jeff se pencher à la fenêtre du troisième ou du quatrième étage pour lui lancer un morceau de bois avec une clé accrochée au bout d'une chaîne.

La voix métallique de Luke résonna dans l'interphone. « Entre. Je fais descendre l'ascenseur. »

Il n'y avait pas d'ascenseur à l'époque, se dit-elle. Ou s'il y en avait un, il devait être hors d'usage, comme presque tout dans cette ville alors. Elle se rappelait un long escalier délabré, s'enfonçant toujours plus dans les entrailles de l'édifice au fur et à mesure qu'on en gravissait les marches.

Luke l'attendait devant la porte de l'ascenseur, qui s'ouvrait directement sur l'intérieur du loft. « Bienvenue. »

Elle ne savait pas très bien ce qu'elle ressentirait en se retrouvant face à lui, mais dès qu'elle l'eut embrassé, tout lui revint.

Il l'invita à entrer d'un ample geste du bras qui englobait le vaste espace, les hauts plafonds soutenus en leur centre par une colonnade corinthienne, et les immenses fenêtres en ogive de part et d'autre de la pièce. Aussi improbable que ce soit, c'était peut-être le même appartement, mais elle ne pouvait pas en être sûre. Le mobilier était haut de gamme – deux canapés Le Corbusier en cuir et acier chromé, des sièges Marcel Breuer. Deux grandes sérigraphies colorées et géométriques de Frank Stella étaient accrochées au mur du fond, ainsi qu'une lithographie de la série des fleurs d'Andy Warhol et un grand tableau abstrait, du mouvement « Champs de couleur », qu'elle ne réussit pas à identifier. Ce loft aurait pu se trouver n'importe où à SoHo, se dit-elle, ou même dans n'importe quelle grande ville du monde.

« Il était tout meublé, expliqua-t-il en surprenant son regard attentif. Même si le propriétaire a retiré les œuvres d'art les plus chères et les a entreposées dans un garde-meuble. Apparemment, il avait un Bacon. Dans l'ensemble, rien de très original, je te l'accorde.

– Non, tout est joli. C'est seulement que, l'espace d'une minute, j'ai cru que j'étais déjà venue ici.

– Il est également doté de ce que l'agent immobilier appelle une cuisine "dernier cri", avec machine à cappuccino et rafraîchisseur à vin. Je te sers une coupe de champagne ?

– Oui, s'il te plaît. » C'était ce qu'il fallait en cet instant, une façon de repousser toute conversation ou action sérieuse. Elle n'était pas certaine de ce qu'elle voulait, et pourtant il l'attirait, ne serait-ce peut-être qu'à cause d'une longue habitude, d'un réflexe pavlovien qui la poussait inévitablement à saisir les occasions quand elles se présentaient, et ce d'autant plus qu'elles étaient rares. Ils passaient si peu de temps ensemble qu'ils ne pouvaient se permettre d'en manquer une seule.

Elle le suivit dans l'espace cuisine et le regarda retirer le capuchon, puis le fil de fer.

« Tu as bien une amie qui travaille chez Lehman Brothers ? demanda-t-il en saisissant la bouteille d'une main et le bouchon de l'autre.

– Veronica Lee.

– Elle t'a dit quelque chose ? Tu sais peut-être qu'ils sont sur le point de couler. » Le bruit sec et festif du bouchon qui sautait lui parut déplacé.

« Mon Dieu, oui, j'ai entendu des bruits à ce sujet, mais je n'ai pas eu l'opportunité d'en parler avec elle récemment.

– Les actions sont en chute libre et ils ne trouvent pas de repreneur. À moins que la banque ne bénéficie d'un renflouement externe, ton amie va se retrouver au chômage, et des milliers d'autres avec elle. » Il servit deux coupes de champagne et les porta jusqu'à une table basse presque invisible, placée devant un des canapés, avant de l'inviter à s'asseoir. « Tu as des actions ?

– Pas des Lehman, mais quelques autres. »

Elle possédait un petit portefeuille caché, une réserve secrète en cas de besoin dont elle n'avait jamais parlé à Russell, au début parce qu'il ne semblait même pas valoir la peine d'en parler, et plus tard parce qu'il avait pris assez d'importance pour qu'elle se sente coupable, pas assez cependant pour constituer l'apport nécessaire à l'achat de la maison d'Harlem.

« Moi, je liquide une bonne partie de mon portefeuille et tu ferais bien d'en faire autant. Les actions bancaires en particulier. On s'apprête à connaître la plus grande catastrophe causée par l'homme depuis le 11 Septembre.

– Ça me paraît un peu alarmiste.

– Espérons-le. » Il prit place à côté d'elle sur le canapé. Elle sentit son pouls s'accélérer et le rouge lui monter au visage. « Alors que s'est-il passé avec la fondation ? demanda-t-elle. Tu vas continuer ?

– J'ai engagé un directeur général à ma place. Mais je resterai impliqué dedans. »

Tandis qu'il lui versait une deuxième coupe de champagne, il se pencha pour poser ses lèvres sur les siennes, la prenant au dépourvu, glissant un bras derrière elle sur le canapé ; puis, l'attirant à lui, il l'embrassa doucement et elle se laissa peu à peu aller. Elle n'était pas tout à fait prête à ce geste, et pourtant, elle sentit son corps répondre, sourd à ses scrupules, réagissant au parfum tellurique familier de Luke autant qu'à la caresse de ses doigts et de sa bouche. Quand il lui écarta les lèvres de sa langue, elle renonça à toute résistance, se pencha vers lui et pressa ses seins contre sa main, lui rendit son baiser, tout son corps s'avançant sans crainte sur le chemin de leurs habitudes, dégrafa sa ceinture puis défit l'attache de son pantalon de toile, baissa sa fermeture Éclair sans relâcher la pression qu'elle exerçait sur ses lèvres, tandis que lui, à son tour, la déshabillait.

« C'était époustouflant, dit Luke, juste après.

– C'est vrai. J'espère toujours que ça finira par disparaître.

– Quoi ?

– Ce… désir qui ressemble à une obsession.

– Mais pourquoi voudrais-tu le voir disparaître ?

– Parce qu'il me complique l'existence.

– Alors rends-la plus simple. Viens vivre avec moi.

– Oui, sans doute, ça simplifierait tout. Mais où est-ce que je mettrais les enfants exactement ? »

Il regarda alentour. « Je suis en sous-location ici. Je n'ai pas l'intention de rester très longtemps.

– Ce serait un tel aphrodisiaque – toi, moi et mes deux enfants.

– Tôt ou tard, il va falloir que tu fasses un choix.

– Pourquoi ? On ne peut pas se contenter de ce qu'on a ?

– C'est toi qui semblais trouver les choses compliquées. »

Elle se releva et entreprit de rassembler ses vêtements. « Si tu étais resté marié, tout aurait été beaucoup plus simple.

– Si on retournait dans les monts Berkshire ce week-end ?

– Mais on vient à peine de rentrer des Hamptons, dit-elle en enfilant sa robe.

– Alors le prochain ? »

Elle l'embrassa sur le front. Et soudain elle se rendit compte qu'elle mourait d'impatience de rentrer chez elle auprès de son mari et de ses enfants.

Elle descendit Mercer Street à pied, regrettant d'avoir mis des hauts talons, se frayant un chemin au milieu des chômeurs professionnels et alcooliques du vendredi soir ; elle s'arrêta pour reprendre son souffle devant chez Kate Spade, puis se remit en marche, jusqu'à débusquer enfin un taxi dont le chauffeur, complètement perdu, emprunta Canal Street en direction de Broadway, au lieu de West Broadway Street.

Elle s'était plus ou moins attendue à être accueillie à la maison par une fille et un mari accusateurs, mais en fait, tout le monde dormait déjà : Storey dans son lit, respirant plutôt bruyamment ; Jeremy, silencieux, dans l'antre nauséabonde de sa chambre de jeune garçon ; et Russell, ronflant dans leur lit, des pages de manuscrit étalées sur la poitrine – un spectacle poignant, à la limite du supportable, et merveilleusement familier.

39

Un contrat pour trois livres méritait d'être fêté par une nouba de trois soirs – c'était du moins ce que se disait Jack. Quant à savoir s'il réussirait à terminer trois livres de plus, c'était un mystère qu'il préférait de pas creuser plus avant. À ce rythme, c'était bien improbable. Pour le troisième soir de suite, il se retrouvait au Beatrice Inn, assis au bar à boire de la vodka et à regarder tous ces club kids qui dansaient, sniffaient et fumaient. Cara l'avait amené là, quelques mois plus tôt, et depuis il y avait pris ses habitudes. Cette putain de cinglée de Cara qui lui dégotait toute la drogue qu'il voulait et le laissait la baiser à sa guise. La veille encore, elle lui avait taillé une pipe dans les toilettes pendant qu'il se défonçait copieusement. Mais après deux nuits du même genre, il avait besoin d'un peu d'air et il lui avait annoncé qu'il était occupé. Il avait levé cette groupie au KGB, puis l'avait raccompagnée chez elle pour la sauter, mais ensuite, il avait toujours aussi peu envie de dormir et il avait échoué au Beatrice. Il n'arrivait pas à savoir s'il aimait cette boîte ou pas, mais le fait qu'ils l'accueillent sans réserve et lui laissent faire ce que bon lui semblait le poussait à considérer la question, l'esprit ouvert. Sans aucun doute assez vulgaire pour lui convenir, elle avait tout d'un vrai bouge, jusqu'à l'odeur. Un sous-sol enfumé plein de jolies petites poufiasses filiformes et de jeunes mecs branchés avec des lunettes déglinguées et des Converse basses.

Tous fumaient comme si on était en 1948 et sniffaient de la coke sur leurs clés, le dos de leurs mains, ou les réservoirs des W.-C. dans les toilettes, comme en 1984. Il y avait aussi des gobeurs d'ecstasy aux yeux comme des soucoupes qui léchaient des sucettes Lollipops après avoir descendu leur ration de Quaalude. « J'avale tout ce qui me tombe sous la main », en résumé. Et puis il y avait quelques célébrités, qui semblaient se comporter un peu mieux que ces party monsters. Et de vieux amis qu'il avait rencontrés la veille, ou l'avant-veille, entre autres Tony Duplex, le peintre, qui avait l'air de connaître à nouveau le succès – c'est du moins ce qu'on avait raconté à Jack – après plusieurs années passées à gémir sur le combat inutile qu'il menait contre la drogue. Et voilà qu'il était de retour, sapé comme un prince, dans un costume rouge cintré et des chaussures blanches à bout pointu qui réussissaient presque à dissimuler à quel point il était défoncé – les yeux creux, les pupilles dilatées.

« Salut, Jack, quoi de neuf ?

– Rien que du vieux.

– T'aurais pas quelque chose à me refiler par hasard ?

– Presque rien. Je pensais justement appeler Kyle, mon dealer.

– Ça serait cool.

– Tu vois où on pourrait lui filer rencard ? » Acheter et consommer dans cette boîte de nuit, décida-t-il, était franchement trop compliqué.

« Il a qu'à venir dans mon loft.

– Cool. »

Vingt minutes plus tard, ils arrivaient dans ce que Tony appelait son loft, en fait un immeuble entier dans la 27e Rue Ouest où il vivait et travaillait. Une assistante aux yeux chassieux leur ouvrit la porte, vêtue d'une veste de cuisinier maculée de taches de peinture. Plusieurs tableaux inachevés étaient accrochés aux murs, des douzaines d'autres s'entassaient dans des casiers. Une deuxième assistante dormait dans un coin sur un futon, recroquevillée sous une couette sale. Une Lamborghini Gallardo jaune était garée en plein milieu.

« Avant, c'était un garage à camions, expliqua Tony.

– Je devrais amener le mien, dit Jack.

– Tu as un camion ?

– Ouais, au Tennessee. Un Chevy Silverado noir 1500 à cabine double.

– Tu peux le garer ici si ça te chante. »

Un escalier métallique conduisait à l'espace de vie, une sorte de mezzanine à l'intérieur du loft, décorée de meubles anciens, de vases en porcelaine chinois et de tapis persans, seule la partie cuisine était farouchement design. Jack avait appelé son dealer depuis le Beatrice, et en l'attendant, ils finirent de sniffer ce qu'il lui restait de coke. Il prépara les rails tandis que Tony plaçait *Substance* de New Order dans son lecteur de CD.

Après quoi, Tony trouva une bouteille de Ketel One et servit la vodka dans deux verres en cristal taillé. « Tu t'es déjà shooté ?

– Faut avoir des limites, répondit Jack. Je me dis que je risque rien tant que je me contente de sniffer. Et toi ? »

Ça fait quoi de me traiter comme tu me traites ? chantait New Order.

« Un peu. Juste pour goûter. C'est le crack qui m'a bousillé. J'ai découvert le free-base vers 1985, et ça a été mon enfer et mon paradis. Avec Richard Pryor. On se défonçait ensemble. Le rituel pour préparer le truc, c'était comme une religion. Une putain de cérémonie. Faire dissoudre les cristaux dans l'eau, ajouter l'ammoniaque, mélanger, chauffer pour éliminer les impuretés, et à la fin des fins, la coke elle-même. Un truc de fous. Unique. Ensuite, le crack est arrivé, une espèce d'industrie de masse de la défonce, un raccourci bon marché, la version Kmart. Mais c'était facile, pas cher, et on ne

458

peut plus addictif. Préparer soi-même le free-base, c'était devenu un art perdu, comme l'*affresco*.

– C'est quoi ça, bordel ?

– Une fresque réalisée sur du plâtre humide. Giotto en était le grand maître. Le free-base, c'est comme sa chapelle Scrovegni.

– Puisque tu le dis.

– Ensuite le crack est arrivé et a tout foutu par terre. »

Jack consulta son téléphone pour voir s'il avait reçu un message ou un texto. « Je ferais peut-être bien de le rappeler.

– Bonne idée. »

Mais il tomba directement sur le répondeur. « En attendant le dealer. Cinq centième prise.

– Je peux pas les voir, ces types, dit Tony.

– Le rebut du genre humain.

– Tu es sûr qu'il va venir ?

– Il a dit que oui.

– Et il a dit combien de temps ça lui prendrait ?

– Vingt minutes. Mais c'était il y a une demi-heure.

– Le temps du dealer, c'est comme les années de vie des chiens.

– À qui le dis-tu, bordel de merde !

– Il était où ?

– Au nord de la ville.

– Putain, ça peut être n'importe où. Il a précisé où, au nord ? Genre, Harlem ?

– Il a seulement dit qu'il redescendait vers le centre.

– On peut jamais croire ce que dit un connard de dealer.

– D'accord, mais on a pas le choix, pas vrai ?

– On pourrait tout simplement dire non à la drogue. Tu es sans doute trop jeune pour te rappeler cette connerie de campagne publicitaire. C'était le slogan de Nancy Reagan dans les années quatre-vingt. Simplement dire non.

– Et ça a marché ?

– La drogue était pas prête à accepter qu'on lui dise non.

– Je devrais peut-être le rappeler.

– Absolument. »

Jack composa une fois de plus le numéro, écouta de nouveau le message vocal. « Ce salaud veut pas décrocher.

– Je connais un type, mais il est à Harlem et il se déplace pas.

– C'est un vrai cauchemar, toute cette logistique, putain ! »

Tony désigna la voiture à l'étage principal. « À cette heure-là, avec la Lambo, on y sera en dix minutes max par la voie rapide du West Side. »

Cela avait l'air d'une assez mauvaise idée, mais Tony insista sur le fait qu'il pouvait conduire et demanda à Jack d'ouvrir la porte du garage. Celui-ci se pelotonna dans le nid douillet de l'habitacle tandis que le moteur vrombissait.

40

Storey s'était comportée de manière bizarre toute la matinée, elle paraissait nerveuse, agitée. Russell avait réveillé Corrine, avec cet air supérieur que prend le conjoint qui s'est couché plus tôt, et avait exigé sa présence à table, même s'il savait qu'elle ne mangeait pas le matin. Storey s'était montrée grossière envers sa mère durant le petit déjeuner, ce qui semblait être devenu une habitude ces derniers temps. Sa nouvelle école provoquait en elle un sentiment d'insécurité, d'accord, mais cela durait maintenant depuis des mois. Russell l'avait rappelée à l'ordre : « Ne parle pas à ta mère sur ce ton ! », et elle avait aussitôt quitté la table, en larmes.

Plus tard, après que Corrine fut partie faire son jogging, Storey sortit de sa chambre au pas de charge, les lèvres pincées, et rejoignit Russell dans la cuisine, qui terminait de laver la vaisselle.

« Oui, ma chérie ?

– C'est à propos de maman.

– Oui ?

– Elle a un amant.

– Qu'est-ce que tu racontes ? C'est n'importe quoi. » Et pourtant, il se sentit soudain pris de nausées.

« J'ai trouvé un mail.

– Et pourquoi lisais-tu le courrier de ta mère ?

– Je cherchais un chouchou pour m'attacher les cheveux, et son ordinateur portable était ouvert sur son bureau. Viens, je vais te montrer. »

Un peu étourdi, il la suivit jusqu'à leur chambre. La fenêtre AOL de Corrine était ouverte, et le mail le plus récent, expédié vingt minutes plus tôt, signé d'un certain Luke, avait pour objet : *C'était époustouflant, hier soir !*.

« J'étais sûre qu'elle n'allait pas voir Sandy. Et une autre fois, je les ai entendus se parler au téléphone », expliqua Storey. Sa lèvre inférieure tremblait sous l'effort qu'elle faisait pour dissimuler son émotion, mais bientôt elle éclata en violents sanglots.

Il la prit dans ses bras, tentant de ne pas se mettre à pleurer, lui aussi.

« Qu'est-ce que tu vas faire ? réussit-elle enfin à articuler.

– Tout ira bien », affirma Russell, avec une hypocrisie dictée par l'amour paternel. Il n'avait pas la moindre idée de ce qu'il allait faire. « Tu dis que tu l'as déjà entendue parler avec… ce type. »

Elle hocha la tête. « Luke. »

Il ne pensait connaître aucun Luke. Un prénom absurde. Valait-il mieux que ce soit un inconnu ? « Quand les as-tu entendus parler au téléphone ?

– Deux ou trois fois.

– Mais quand, la première fois ?

– Je ne sais pas. Il y a six mois environ.

– Tu l'as déjà rencontré ?

– Je ne crois pas.

– Ce n'est vraiment pas bien d'espionner ta mère. »

Il comprit aussitôt qu'il l'avait déçue, mais il vivait encore dans un univers d'avant la Chute, régi par les lois anciennes.

Jeremy arriva en trombe pour annoncer que Washington et ses enfants venaient de sonner. « Qu'est-ce qui se passe ? demanda-t-il en remarquant l'atmosphère sinistre.

– Rien du tout, répondit Russell. Tu leur as ouvert ?

– Oui, oui. Je ferais mieux d'aller les attendre à la porte de l'ascenseur, s'exclama Jeremy en fonçant hors de la chambre.

– Gardons ça entre nous pour l'instant, dit Russell en serrant Storey entre ses bras.

– OK.

– Va te rincer le visage et rejoins-nous après. »

Tant que Storey était encore dans la pièce, il avait pu considérer cette information comme purement théorique, mais maintenant, elle prenait une réalité physique. Il avait le souffle court et la nausée, et il dut s'asseoir sur le lit, se forcer à respirer très fort. Elle l'avait trompé avec un certain Luke. Comment pouvait-elle le traiter de cette façon ? Elle couchait à ses côtés et baisait avec un autre. Elle lui mentait et se vautrait contre un type du nom de Luke. C'était intolérable. Luke quoi ? Skywalker ? L'apôtre ? Salaud ! Il n'allait pas pouvoir supporter une chose pareille ! Il regarda de nouveau le mail : *C'était époustouflant, hier soir !* Ces quelques mots venaient de changer le cours de son existence, de jeter le doute sur ses certitudes les plus fondamentales.

Le couple qu'il formait avec Corrine était le cœur de sa vie. Après toutes ces années, il avait cru qu'ils étaient inséparables, et leur union, indestructible. Il se dirigea vers le panier de linge sale dans le placard de sa femme et fouilla dedans, en extrayant une culotte qu'il examina à la recherche de preuves, avant de passer au tiroir de ses sous-vêtements, où il trouva sur le dessus de la pile le soutien-gorge qui avait éveillé les soupçons de Storey. Il le souleva par les bretelles. Est-ce qu'*il* le lui avait retiré hier soir, ou l'avait-elle dégrafé elle-même sous ses yeux ? Il remarqua alors qu'un peu de dentelle sur un des bonnets était effilochée, comme s'il avait été arraché en hâte. Il l'approcha de ses narines, humant le parfum si caractéristique de Corrine, puis tira sur la dentelle, déchirant la moitié du bonnet avant de réussir à maîtriser ses émotions. Le soutien-gorge n'était pas abîmé au point de suggérer sans équivoque un acte de vandalisme. Il avait besoin de temps pour penser, pour réfléchir à ce qu'il allait faire.

Il entendit Washington et les garçons derrière la porte qui bavardaient dans une langue qu'il n'était plus sûr de parler ni de comprendre. Comment pouvait-il aller à leur rencontre et faire comme si de rien n'était ? Comme s'il était le même homme que dix minutes plus tôt ?

Obéissant à une impulsion soudaine et malveillante, il accrocha le soutien-gorge sur l'écran de l'ordinateur portable et se dirigea vers le couloir après avoir refermé la porte derrière lui.

« Désolé de débarquer comme ça, vieux, mais j'ai les gosses pour la journée, Veronica a une réunion au bureau et je suis vraiment à court d'idées. »

Russell hocha la tête, ne se sentant pas encore capable d'ouvrir la bouche.

« Ça va ? Je suppose que tu as appris pour Jack.

— Quoi ? Jack Carson ?

— Oui, il… j'étais sûr que tu avais entendu la nouvelle. Jack et Tony Duplex. Un accident sur la voie rapide du West Side, ce matin, ils roulaient à toute blinde.

— Il s'en est sorti ? »

Washington secoua la tête.

« Il est mort ? »

Washington acquiesça. « Morts tous les deux.

— Tony Duplex ? Mais je ne savais même pas qu'ils se connaissaient. » Russell était sous le choc, même si, quand la nouvelle fit son chemin dans sa tête, il se rendit compte qu'au fond de lui il avait toujours craint un accident de cette nature.

« Je croyais que tu étais au courant », dit Washington, faisant sans doute référence au comportement de Russell qui semblait avoir pris un coup sur la tête et pour lequel

464

il croyait, à ce moment-là au moins, tenir une explication plausible.

Pendant quelques instants, Russell envisagea de se confier à Washington, mais il écarta vite cette idée. Il n'était pas prêt à partager son humiliation. Il ne supportait pas que quelqu'un d'autre soit au courant, en tout cas pas tout de suite. Et peut-être pas, en particulier, son meilleur ami.

« Mon Dieu ! Jack est mort, je n'arrive pas à le croire !

– J'aimerais pouvoir dire que la nouvelle m'a abasourdi, dit Washington.

– Je sais, mais tout de même.

– Tu as raison.

– Un accident ?

– Ils roulaient dans la Lamborghini de Tony.

– Quels cinglés ! »

Washington s'avança pour serrer Russell entre ses bras et lui tapota le dos d'un air bourru. « Je suis vraiment navré, vieux. »

Si seulement il savait !

« Apparemment, les filles veulent aller au cinéma et les garçons rester ici pour jouer à la console. Quelle surprise ! En tout cas, je te laisse choisir, chef. Il faut que je te prévienne quand même. Le film, c'est *Nos nuits à Rodanthe*. J'ai une invitation pour une projection privée au TriBeCa Grand. L'argument pour, c'est qu'il y a Diane Lane dans le rôle principal, le contre, et il est de poids, c'est que c'est une adaptation du roman de ce crétin de Nicholas Sparks. »

Bien qu'il ait très envie de sortir de la maison, Russell ne se sentait pas capable d'aller voir une comédie sentimentale larmoyante. Il ne pouvait pas non plus envisager de croiser Corrine tout de suite. En toute honnêteté, il ne parvenait à penser à aucune activité ni à aucun état de conscience répertorié qui lui rende cette douleur supportable, alors que les images de tout ce qui s'était passé avant l'arrivée de Washington l'assaillaient de nouveau. Aussi triste qu'il soit à propos de Jack, ça, il pouvait le surmonter. « Dans ce cas, vas-y plutôt avec les filles.

— Merci tout plein. Tu es sûr que ça va aller pour toi ?

— Oui, ne t'inquiète pas. Je garde un œil sur les garçons. »

Il tenait à peine debout, ses jambes flageolaient. Il se dirigea d'un pas prudent vers le séjour où les garçons étaient installés sur le canapé, les yeux rivés sur l'écran de télévision, chacun le pouce collé à sa manette de jeu.

À ce moment précis, la porte de l'ascenseur s'ouvrit et Corrine en émergea en tenue de jogging. À la lumière de ce qu'il venait d'apprendre, il se serait presque attendu à ce qu'elle ait l'air différente, mais elle était à peu près la même qu'en sortant, quarante minutes plus tôt, sauf qu'elle était en sueur et toute rouge. Les cheveux tirés en un chignon approximatif, la poitrine aplatie par une brassière de sport, elle ressemblait à tout excepté à la maîtresse de qui que ce soit.

Une seconde plus tôt, il ne savait pas s'il serait capable de se retrouver face à elle.

« Il fait tellement humide », se plaignit-elle.

Heureusement, il restait toujours la météo.

« Wash est passé avec les enfants, dit-il.

— Cela explique pourquoi je le vois là, juste à côté de toi. Non, ne m'embrasse pas, Wash, je suis en nage et toute répugnante.

— En nage, ça me va », plaisanta Washington.

En nage, non, ça n'allait pas. Ces deux mots faisaient naître des images de Corrine en train de faire l'amour. C'était une expression horrible. Avant qu'il ait eu le temps de penser à autre chose, il imagina Corrine dans diverses saynètes obscènes.

« Qu'est-ce qui ne va pas ? » demanda-t-elle en scrutant le visage de Russell. Washington vola au secours de son ami :

« Jack est mort.

– Il s'est tué dans un accident sur la voie rapide du West Side, tôt ce matin, ajouta Russell.

– Mon chéri, c'est terrible. Je suis désolée », dit-elle en le serrant contre elle. Il recula devant cette étreinte, et cela n'avait rien à voir avec la transpiration. « Tu dois être accablé.

– Je ne sais pas très bien ce que je ressens.

– Mon pauvre chéri. Qu'est-ce que je peux faire ? »

Washington intervint : « Tu ne voudrais pas par hasard emmener les filles voir *Nos nuits à Rodanthe* avec Richard Gere ?

– Merci, mais je dois filer à Union Square pour superviser le sauvetage des fruits et légumes du Greenmarket.

– Mais qu'est-ce qui, ou plutôt qui menace le marché bio de Union Square ?

– En fait, on sauve de la destruction, si l'on peut dire, tous les produits frais restés invendus à la fin du marché, qui sinon seraient jetés aux ordures. Et Veronica, elle tient le coup ? »

Washington haussa les épaules. « Elle crève de trouille.

– Ils ne peuvent tout de même pas laisser couler Lehman.

– On en saura bientôt plus.

– Russ, j'espère que ça ne va pas être trop dur pour toi de surveiller les garçons », dit Corrine.

Il hocha la tête d'un air pensif tandis qu'elle passait devant lui en chemin vers la chambre, conscient soudain qu'il ne savait pas du tout si elle avait dit la vérité – si elle allait vraiment au Greenmarket. Combien de fois lui avait-elle menti ? Combien de fois était-elle sortie sous un prétexte quelconque pour aller retrouver ce Luke ? Ce putain de Luke ! Il hésitait entre se sentir soulagé de ne pas devoir partager du temps avec elle, ou scandalisé par la possibilité qu'elle se prépare à rejoindre ce type pour un autre rendez-vous galant. Allait-elle mettre son soutien-gorge en dentelle ? Cette saloperie de soutien-gorge !

En attendant l'ascenseur avec les deux filles, Washington lui lança : « Je ferai une bise de ta part à Diane. »

Russell se demanda combien de temps Corrine mettrait à remarquer le soutien-gorge sur son ordinateur. Verrait-elle aussi le mail ? Il était sans doute arrivé après qu'elle était sortie courir, parce que, de toute évidence, elle ne l'aurait pas laissé affiché à l'écran. Ferait-elle le lien entre deux preuves apparemment si disparates ? Soutien-gorge déchiré, mail accusateur. À cette perspective, il éprouva, sinon un certain plaisir, du moins une brève atténuation de sa douleur. Voulait-il la voir souffrir ? Oui, décida-t-il. Exactement à la mesure de ce qu'il endurait.

Il réussit à l'éviter pendant l'heure suivante, jusqu'à ce qu'elle file là où elle pouvait bien aller, tout aussi désireuse que lui, semblait-il, d'éviter la confrontation. Durant ce temps, Jeremy et Mingus restaient absorbés par leur monde virtuel et il se surprit à les envier.

Il se servit un verre de vodka et s'assit au bar de la cuisine, où il était encore quand Washington et les filles rentrèrent du cinéma.

« Alors, ce film ?

— Pas mal, mais elle est un peu trop vieille, déclara Storey en ouvrant le réfrigérateur.

— Ils étaient tous les deux vieux, dit Zora.

— Eh oh, doucement ! Diane Lane a neuf ans de moins que vos vénérables pères ! » s'indigna Washington.

Zora inclina la tête et le fixa avec une relative curiosité, comme si elle attendait qu'il complète sa remarque, puis elle suivit Storey dans sa chambre, les garçons sur leurs talons.

« Je te sers un verre ? proposa Russell.

— Non, plutôt pas, dit Washington. Tu te sens vraiment bien ? Tu m'avais l'air complètement dévasté.

— J'ai trouvé un mail. Je pense que Corrine a un amant.

– *Corrine ?*

– Je ne sais pas ce que je vais faire.

– Tu en es sûr ?

– Oui, absolument. »

Soudain les garçons firent éruption dans le séjour en brandissant des épées en plastique.

« Il faut que je ramène les gosses. Appelle-moi si tu veux qu'on aille prendre un verre plus tard. »

Russell fit oui de la tête.

« Bon Dieu ! s'exclama Washington. En voilà une que j'avais pas vu venir ! » Il étreignit Russell, lui tapota le dos, avant de pousser ses enfants vers l'ascenseur.

« Pourquoi Washington t'a serré dans ses bras ? dit Jeremy.

– Ça nous arrive parfois », répondit Russell.

Tout le reste de l'après-midi, Jeremy se comporta comme s'il sentait que quelque chose s'était passé, tandis que sa sœur s'efforçait de préserver l'illusion de la normalité. Plus tard, cependant, profitant d'un moment seule avec son père, elle lui demanda :

« Qu'est-ce que tu vas faire ?

– Je ne sais pas encore.

– Vous allez divorcer ? »

Le mot, prononcé à haute voix, lui parut choquant. Alors qu'il tentait de trouver une réponse, il vit les yeux de sa fille s'emplir de larmes. Il la prit dans ses bras et la serra contre lui. « Tu sais si Diane Lane est célibataire ? »

41

Encore abasourdie par la nouvelle de l'accident de Jack Carson, Corrine était occupée à enlever ses vêtements de jogging dans la chambre quand elle remarqua son soutien-gorge accroché à son ordinateur portable, ce qui lui sembla très bizarre. Elle se rappelait très bien l'avoir rangé la veille. En le soulevant, elle s'aperçut que le bonnet était déchiré. Aussi rapide qu'il ait été, son déshabillage chez Luke n'avait rien eu de violent, et elle se souvenait que son soutien-gorge était intact quand elle l'avait retiré plus tard, chez elle.

Elle jeta un coup d'œil à l'écran et découvrit un mail de Luke : *C'était époustouflant, hier soir !* Quand était-il arrivé ? Il n'était pas là quand elle avait consulté son courrier. Comment avait-elle pu oublier de se déconnecter ensuite ? Elle effaça le message, tout en se rendant compte qu'il était sans doute trop tard. Sinon, comment expliquer la présence de ce soutien-gorge sur son ordinateur ?

Russell avait-il vu le message ? Oh mon Dieu, faites que non !

Elle avait attribué son air hagard à la mort de Jack, mais elle entrevoyait maintenant, à sa plus grande horreur, une autre explication – trop effrayante pour qu'elle y réfléchisse. Qu'était-elle censée faire ? Comment pouvait-elle l'affronter ? Impossible. Elle préférait encore se jeter par la fenêtre.

Elle tenta de trouver une explication innocente à ce mail. Pouvait-elle se contenter de nier en bloc ? Elle mentait depuis si longtemps, pourquoi ne pas continuer ? Pourtant, elle savait qu'elle en serait incapable. Finie, la comédie. La seule façon dont elle pouvait peut-être commencer à se racheter, c'était de dire la vérité. Ou, plus exactement, de cesser de mentir, ce qui était très différent. Si elle lui avouait toute la vérité, leur mariage n'avait plus aucune chance.

Mais que faire là, tout de suite ? Elle s'imaginait très mal sortir de sa chambre et se retrouver face à lui maintenant que Washington était parti. D'ailleurs, était-ce bien le cas ? Sinon, elle pourrait au moins passer la porte en évitant une confrontation, et réfléchir ensuite aux possibilités qui s'offraient à elle.

Elle traversa furtivement le couloir pour gagner la salle de bains, sans croiser personne ni entendre d'autres bruits que les bips et les pépiements de la console vidéo. Sous la douche, elle éclata en pleurs, puis se recroquevilla sur le carrelage, souhaitant se dissoudre et disparaître dans les tuyaux pour que lui soient épargnées la honte et la mortification, l'horreur d'affronter Russell et de lire l'accusation et la blessure dans ses yeux. Elle pria pour un bref répit, un report de l'inévitable. Elle espérait s'échapper du loft sans encombre et avoir ainsi le temps de préparer sa réponse tout en allant accomplir ses obligations au marché de Union Square, même si elle se demandait comment elle pourrait se concentrer sur la moindre tâche, sans parler de faire bonne figure devant les autres.

Dix minutes plus tard, elle crut que ses genoux allaient ployer sous elle quand elle le vit dans le séjour, immobile dans le fauteuil à côté du canapé et les yeux rivés sur un match de football, ce qui était étrange car il n'en regardait jamais aucun. Il jeta un coup d'œil dans sa direction et elle comprit alors que le plus grave n'était pas l'expression qu'elle lisait sur son visage, mais les efforts qu'il était clairement en train de faire pour dissimuler ses sentiments. Son petit sourire méprisant n'était qu'un masque qui cachait des émotions beaucoup plus terrifiantes.

« Je rentre d'ici quelques heures. »

Il se retourna sans répondre vers le téléviseur.

Elle arriva à Union Square dans une espèce de brouillard, après avoir raté sa station de métro, puis tenta de s'immerger dans sa tâche, qui consistait à faire de la lèche aux maraîchers et à piloter les bénévoles, mais tout l'après-midi elle se sentit presque paralysée par les remords et la peur. Tout en essayant de se convaincre que Russell ne savait rien, elle ne pouvait s'empêcher de penser l'inverse. Être dans l'incertitude était une torture. Un moment, elle avait envie de se faire porter pâle et de se précipiter chez elle, et l'instant d'après, elle aurait voulu retarder son retour aussi longtemps que possible.

Finalement, incapable d'endurer ce supplice une seconde de plus, elle délégua la responsabilité de la fin de la collecte à l'un des bénévoles et sauta dans un taxi.

À la maison, elle trouva Russell seul, assis au bar de la cuisine. Dès qu'elle vit son visage, elle comprit qu'elle était foutue.

« Les enfants sont chez Washington et Veronica. Je ne voulais pas qu'ils assistent à ça. »

Elle n'eut même pas le cœur de demander ce que « ça » signifiait. Elle resta plantée là, tête baissée, et elle attendit.

« Est-ce que tu as un amant ? »

Même si elle s'était préparée à la question, elle sentit ses genoux vaciller.

« J'en ai eu un.

– Tu en as eu un.

– Russell, je ne sais pas comment te dire combien je suis désolée et combien j'ai honte.

– Qui est ce Luke ?

– C'est important ?

– Bien sûr que c'est important, nom de Dieu !

– Tu l'as rencontré à son gala de bienfaisance au Waldorf. Luke McGavock. C'est lui qui a créé la fondation Good Hope.

– Bon sang, c'était il y a environ deux ans. Cette histoire dure depuis tout ce temps ?

– Il vivait en Afrique du Sud. Je ne l'ai vu que quelques fois.

– *Vu ?* Apparemment, tu as fait sacrément plus que le voir.

– Russell, je suis tellement désolée.

– Je veux que tu t'en ailles.

– On ne peut pas en parler ?

– Tout est dit. Je veux que tu partes. Fais ta valise. Je ne veux plus t'avoir sous le même toit.

– Russell…

– Je suis sérieux. Va-t'en. »

Elle se rappelait à peine avoir fait le petit sac qu'elle portait, quand elle arriva devant l'immeuble de Luke. Elle n'avait même pas songé à ce qu'elle ferait s'il était sorti.

« Oh Luke, dit-elle, et elle éclata aussitôt en sanglots.

– Que s'est-il passé ? » demanda-t-il en la prenant dans ses bras.

Quand elle réussit enfin à se maîtriser pour balbutier son récit, il sembla déconcerté. « Je suppose que c'était inévitable », dit-il.

La tenant par le bras comme une handicapée, il la guida vers le canapé. La chaîne financière crachait ses informations à plein volume depuis le grand écran accroché au mur. Un bandeau défilait en bas de l'image et annonçait : ACTIONS LEHMAN EN CHUTE LIBRE, MARCHÉ DANS LA TOURMENTE. Il prit la télécommande sur la table basse et coupa le son.

« Dis-moi exactement ce qui est arrivé, mon amour », reprit-il en s'asseyant face à elle.

Pendant qu'elle parlait, il leva les yeux vers la télévision. Et plus tard, elle se rendrait compte que c'était à ce moment-là qu'il l'avait perdue. Non qu'elle ait été à lui avant cela, ou qu'elle ait, l'espace d'un instant, réfléchi à ce que la crise récente voulait dire pour sa relation avec lui, mais au fil de leur discussion, il devint clair que Luke, lui, y avait réfléchi, et qu'à ses yeux la mise au grand jour de leur liaison était davantage une chance qu'une catastrophe. Par la suite, elle trouverait plusieurs raisons pour lesquelles il lui était impossible de s'engager avec Luke : c'était un homme habitué à n'en faire qu'à sa tête, un homme qui allait de conquête en conquête. Elle croyait qu'il l'aimait, mais elle n'était pas sûre pour autant que ce sentiment perdurerait. Il était *Déjeuner sur l'herbe* et elle, *Intérieur à Arcachon*. Au bout du compte, elle en viendrait à comprendre et à énumérer les raisons qu'elle avait de le quitter, la plus importante étant qu'il n'était pas Russell, mais c'était aussi parce qu'à ce moment crucial, il s'était détourné d'elle pour regarder l'écran de télévision.

Elle allait rester une heure de plus et Luke essaierait de la convaincre que, aussi douloureux que cela puisse être pour elle et sa famille, la découverte qu'avait faite Russell, c'était comme crever un abcès, couper le nœud gordien, comme la résolution fortuite d'un dilemme persistant. Désormais, suggéra-t-il, l'obstacle principal entre eux avait été levé, et même si, sans doute, la transition ne serait pas indolore, il se faisait fort de la rendre la moins pénible possible. Il prononçait des mots apaisants, des mots réconfortants, il la tenait entre ses bras et lui décrivait leur avenir, et dans son angoisse, sa voix lui arrivait de loin, elle s'estompait, puis parvenait de nouveau à sa conscience, comme s'il lui parlait depuis l'autre rive d'un lac battu par des rafales de vent intermittentes.

42

Russell prenait une sorte de plaisir pervers à cette crise économique ; il se disait que ses malheurs personnels reflétaient ceux de la nation en lisant l'accroche du *Wall Street Journal* : CRISE À WALL STREET : LEHMAN VACILLE, MERRILL A ÉTÉ VENDU, AIG ESSAIE DE TROUVER DES FONDS. Et en feuilletant le *Post*, un titre qui le concernait de plus près : ON CONDUIT VITE, ON MEURT JEUNE : UN PEINTRE MAUVAIS GARÇON ET UN ÉCRIVAIN PRODIGE MEURENT DANS LES FLAMMES D'UN ACCIDENT DE VOITURE. La veille au soir, après que Corrine était partie en larmes avec son sac, et que les enfants, ramenés à la maison par Washington, avaient pris le chemin de leurs chambres, Russell s'était étendu sur le canapé pour assister à la scène d'hystérie contrôlée des journalistes de CNBC. Il avait levé son verre de Maker's Mark en direction de l'écran, et porté un toast : « Après nous la fin du monde, maintenant, baby ! »

Le lendemain matin, il se réveilla sur le canapé, la bouche sèche et une conscience aiguë et presque insupportable de la trahison de Corrine. Apitoyé sur son propre sort, il demeura là, pétrifié, jusqu'à ce que Jeremy vienne l'arracher à sa torpeur et l'interroge sur l'absence de sa mère.

« Elle va rentrer ce soir ?

– On verra. Maintenant, va t'habiller ou on sera en retard à l'école. » Russell, les nerfs à vif, ne se sentait pas prêt à discuter de la situation pour l'instant.

Après avoir conduit les enfants à l'école en taxi, il prit le métro pour redescendre à son bureau. Il savait qu'il ne réussirait pas à faire grand-chose, mais il ne pouvait pas non plus supporter l'idée de rester seul chez lui, toute la journée. Son équipe, le sentant accablé, attribua sa tristesse à la mort de Jack, et après lui avoir exprimé leurs condoléances, chacun se tint à distance respectueuse de lui. Il essaya d'imaginer ce qu'il était censé faire. Il avait envie d'appeler Corrine pour l'admonester, pour exiger qu'elle s'explique. Il voulait aussi la punir par son silence, qu'elle souffre de se demander sans cesse ce qu'il pensait. Entre-temps, le comptable de la société téléphona pour lui dire qu'il avait besoin d'argent avant la fin du mois, car leur ligne de crédit était épuisée. Son unique et dernier espoir, c'était Tom Reynes, qu'il devait voir dans l'après-midi.

Alors qu'il raccrochait, Jonathan Tashjian apparut sur le seuil. « J'ai mal choisi mon moment ? » s'enquit-il, ce qui arracha à Russell un rire sans joie.

« Oui, très mal. Mais entrez tout de même.

– Je suis navré pour Jack.

– Il fallait s'y attendre.

– On a reçu beaucoup d'appels pour connaître votre réaction, et de demandes d'interviews aussi.

– Je ne suis vraiment pas d'humeur aujourd'hui. Dites-leur d'appeler Knopf. C'est sa maison d'édition officielle désormais.

– Mais c'est nous qui avons publié son premier et jusqu'à nouvel ordre unique livre, et c'est vous qui l'avez découvert. Sans parler du fait qu'on nous en a commandé plus de trois mille exemplaires, ce matin. »

L'effet de la mort de Jack sur les ventes n'était pas venu à l'esprit de Russell jusque-là. Leur inévitable explosion pourrait bien, à tout le moins, aider à racheter un jour le passif de l'entreprise. Et parler à la presse pourrait redorer le blason de McCane & Slade et soutenir l'illusion que c'était une maison d'édition solvable et compétente.

« Voyons un peu ces demandes », dit-il, alors que Gita l'appelait sur son interphone et lui annonçait que Phillip Kohout était en ligne.

L'expression de Jonathan refléta exactement ses propres sentiments : incrédulité et dégoût. Il n'avait pas reparlé à Kohout depuis le jour où le *Times* avait publié toute l'histoire, bien que de nombreuses conversations aient eu lieu depuis, avec son agent et ses avocats.

« Dites-lui d'aller se faire foutre », répondit Russell.

Il ne cessa de penser que Corrine allait appeler à un moment ou un autre, mais à la fin de la journée, il attendait toujours. Non qu'il ait su, à la place de l'infidèle, ce qu'il aurait bien pu dire. Mais c'était à elle d'essayer, d'implorer sa compréhension et son pardon.

Dans la rue, une belle femme au corps bien proportionné et joliment mis en valeur par une tenue de yoga noire moulante et un pull-over sans manches, en l'honneur de l'été indien, se révéla n'être autre que Hilary, guettant sa sortie du bureau. Russell s'arrêta dans son élan, bouche bée, incapable de masquer sa surprise.

« Tu ne m'as jamais rappelée.

— J'ai beaucoup de choses sur le gaz, Hilary, au cas où tu ne le saurais pas.

— Oh, je n'en doute pas !

— Et je vais être en retard à un rendez-vous.

— Il faut qu'on discute.

— Je crois avoir fait le tour de la question, la dernière fois que nous nous sommes parlé. Je pensais que nous nous étions mis d'accord sur un paiement unique et exceptionnel. Je t'ai versé l'équivalent d'un mois de loyer. Tu étais censée trouver un travail.

– J'ai essayé. C'est une des choses dont je voulais te parler. J'ai posé ma candidature pour un poste dans les relations publiques chez HBO et j'ai besoin d'une lettre de recommandation. Je sais que tu connais des gens dans cette boîte.

– Je suppose que je pourrais faire ça pour toi.

– Entre-temps, j'ai vraiment besoin d'un prêt.

– C'est ce que tu appelles… un prêt ?

– Je suis au désespoir, dit-elle en le saisissant par le poignet. Je vais me faire expulser.

– Moi aussi, je suis au désespoir. Tu ne peux pas imaginer à quel point, Hilary. Je suis au bout du rouleau, putain. Mon ami Jack Carson est mort et ma femme baise avec un autre depuis je ne sais pas combien de temps. Je l'ai virée de l'appartement et les gosses sont dans tous leurs états. Ma maison d'édition est sur le point de couler. Et à moins que tu aies tellement la tête dans le cul que tu ne t'en sois pas aperçue, l'économie mondiale court à sa perte. »

Les piétons s'écartaient d'eux, jetant au passage un rapide coup d'œil à cet homme en blazer bleu qui criait et gesticulait.

« Oh, mon Dieu ! Corrine a un amant !

– Tu ne le savais pas ?

– Pas du tout.

– Alors, je vais te dire, ça m'est complètement égal que tu lui racontes ou non ma peccadille.

– Je t'en prie. Tout ce que je te demande, c'est une aide pour traverser cette passe difficile. »

Russell sortit son portefeuille de sa poche et en tira deux billets de cent dollars, ne conservant qu'un billet de vingt et plusieurs de un dollar. « Tiens, c'est tout ce que je vaux, ou presque. Maintenant, casse-toi. J'ai eu ma dose de filles hippies pour une vie entière. »

Elle semblait sincèrement blessée, et tandis qu'elle tournait les talons, un sentiment de culpabilité l'étreignit. Même maintenant, en la regardant s'éloigner, il était abasourdi, et mortifié, de continuer à la trouver attirante. Elle lui avait toujours plu, mais qu'il puisse ressentir quelque chose qui ressemble à du désir dans le sillage de l'humiliation écrasante qu'il venait de subir paraissait presque miraculeux, voire pervers.

Russell prit le métro jusqu'à la station 51st Street, à une petite distance à pied du vénérable Brook Club, sur la 54e Rue entre Park Avenue et Lexington Avenue. Il n'y était allé qu'en de rares occasions, c'était un établissement très aristocratique, très vieux New York. George Plimpton l'avait invité à déjeuner là, quelques années auparavant, quand ils travaillaient ensemble sur une anthologie de la littérature de voyage qui avait peu de chances de rapporter beaucoup, et encore moins de couvrir les trente-cinq mille dollars d'à-valoir sur les droits d'auteur. Mais c'était un pari abordable dont il pensait qu'il faisait honneur à sa maison d'édition et qui lui offrait l'opportunité de collaborer avec l'un des derniers hommes de lettres américains. Quand Plimpton ne s'était pas réveillé, un matin, peu de temps après, Russell avait presque envié la grâce avec laquelle il avait quitté ce monde : il s'était rendu avec des amis à un ou deux cocktails, avant d'aller dîner chez Elaine's, puis s'était glissé dans le sommeil pour toujours, tel un invité qui s'échappe furtivement d'une réception sans importuner quiconque. Gentleman jusqu'au bout, soucieux de rester discret et de ne déranger personne, et pourtant plusieurs milliers de personnes avaient pris le temps sur leur journée de travail de venir assister à la messe du souvenir célébrée en la cathédrale Saint John the Divine. Combien se déplaceraient pour moi ? se demanda Russell. Comme le disait Raymond Carver dans son poème – *être bien-aimé*. « Et que voulais-tu ? Me dire bien-aimé, me sentir / bien-aimé sur la terre. »

Russell ne se sentait pas bien-aimé sur la terre.

Dans le hall d'entrée du Brook, il se présenta à l'employé en livrée de la réception, qui lui dit que M. Reynes le retrouverait au deuxième étage. Il emprunta l'escalier en colimaçon et au premier, lut sur tous les visages un air de bienséance gériatrique – ou bien de tristesse ? Au deuxième, en se dirigeant vers le grand salon, il perçut, de façon très nette, une mélancolie sous-jacente aux murmures de l'assemblée, plusieurs groupes de deux ou trois personnes dispersés dans la pièce, profondément enfoncés dans les canapés et les fauteuils clubs, un faible cacardement pareil à celui d'un troupeau d'oies que l'on aperçoit dans le lointain, de l'autre côté d'un champ de maïs, le gémissement si caractéristique des hommes blancs privilégiés qui broient du noir. Russell soupçonna qu'ils venaient presque tous de perdre de l'argent ce jour-là et qu'ils seraient certainement peu nombreux à voter pour Obama en novembre. Depuis une petite table dans un coin de la salle, Tom lui fit signe.

« Merci d'être venu, dit-il. Une journée pourrie. Je retourne au bureau juste après, mais j'avais vraiment besoin d'une pause. Les retombées de la chute de Lehman sont brutales. Le Dow Jones a perdu plus de cinq cents points. Tu veux boire quelque chose ? » Il paraissait fatigué, mais absolument pas découragé. De fait, il avait l'air joyeux, comme revigoré par la crise.

Il leva la main pour attirer l'attention du vieux serveur qui se tenait sur le seuil.

« Le week-end entier a été pourri, d'ailleurs. Tous les gros bonnets de la banque se sont rassemblés à la Réserve fédérale pendant deux jours pour essayer de sauver Lehman et leur propre peau. J'ai connu le krach de 87 et l'éclatement de la bulle Internet, mais ce n'était rien en comparaison. Et ça n'est pas parti pour s'arranger… »

Le serveur s'approcha comme une ombre. Tom réclama un Bloody Mary, et Russell se dit que c'était sans doute une faute de goût de commander un Negroni dans cette auguste maison. « Je prendrai un Bullshot », dit-il. Un cocktail viril, très club d'Anglo-Saxons blancs et protestants qui veulent se donner du cœur au ventre en ces temps d'effondrement des marchés.

« Je suis désolé de ta… situation, dit Tom. Je suis tombé sur Corrine en allant chercher Amber. Apparemment, elle s'est installée chez Casey.

– C'est moi qui lui ai demandé de partir. »

Tom se pencha vers lui, l'air compatissant et concerné, ce qui ne lui ressemblait guère. À moins qu'il n'ait seulement été curieux.

« Elle a un amant depuis quelque temps. Je viens de m'en rendre compte.

– Mon Dieu, je suis navré. »

Russell se sentit soudain envahi par l'émotion, tous ses muscles faciaux se tendirent.

« Que comptes-tu faire ? » dit Tom.

Russell secoua la tête. « Je ne sais pas encore. Et toi ? Tu divorces toujours ? »

Tom fit signe que oui. « Je fais ce qu'il faut pour. Ça a été long à venir, mais au bout du compte, tout finit par arriver. *Boum !* D'un seul coup, on ouvre une porte et l'avenir nous attend. Tu sais comme tout le monde que je n'étais pas un modèle de fidélité. Mais le truc bizarre, la chose à laquelle je ne m'attendais absolument pas, c'est de tomber amoureux. Je n'aurais même pas pensé que ça pouvait m'arriver. Et laisse-moi te dire que c'est sensationnel ! En vérité, ça m'a beaucoup soulagé d'apprendre que Casey me trompait. D'accord, on a une longue histoire ensemble, des enfants, et ce n'est pas une méchante femme, vraiment, mais personne ne songerait à l'accuser d'avoir le cœur trop tendre. Ça faisait partie du problème. J'avais l'impression que notre mariage était une transaction commerciale. Nos parents avaient fréquenté les mêmes universités et les mêmes clubs, on n'a même pas eu à apprendre à se connaître, parce qu'on se connaissait déjà. Je ne suis pas sûr d'avoir un jour ressenti pour Casey ce que j'éprouve aujourd'hui pour Laura. En fait, je suis presque certain de n'avoir jamais été amoureux avant. Qui aurait dit qu'on peut découvrir l'amour, passé la quarantaine ? OK, à cinquante-deux ans. »

Russell leva son verre, que le serveur venait de placer devant lui. « À ta santé alors, je suis heureux pour toi.

– Merci. C'est une femme merveilleuse. Il faut que tu la rencontres un de ces jours.

– Est-il possible que ça se soit déjà produit ? Ou plutôt, que je l'aie aperçue à l'autre bout d'une pièce ?

– C'est possible. Mais si c'était le cas, je sais pouvoir compter sur ta discrétion absolue.

– Évidemment. »

Ainsi donc, Tom était tombé amoureux d'une putain !

« Le problème, c'est que le divorce risque de mal se passer parce que nous n'avions pas de contrat de mariage. Tu y crois, toi ? Tellement vieux jeu. Ou simplement crétin. Mais Casey a des biens de son côté et j'espère qu'elle se montrera raisonnable, même si à mon avis, elle ne va pas me rendre les choses faciles. Quoi qu'il advienne, en résumé, tout ce que je possède est gelé, dans un avenir immédiat, et je ne te parle pas du bourbier de la crise actuelle. L'argent va être de plus en plus difficile à trouver après tous ces excès de crédit. On va se réveiller avec une putain de gueule de bois. Je suppose que tu vois où je veux en venir. Je regrette de ne pouvoir envisager aucun investissement personnel en ce moment. En tout cas, je te souhaite de t'en tirer et je regrette de ne pas participer à l'aventure. »

Avant d'en arriver aux dernières phrases, son monologue avait été étonnamment sincère et direct. Ce n'est qu'à la fin, quand il était passé de l'amour à l'argent, qu'il était redevenu ampoulé et artificiel. *Participer à l'aventure ?* Quelques minutes auparavant, l'effondrement d'une grande banque d'investissement paraissait encore quelque chose d'assez abstrait, mais maintenant, Russell sentait au fond de lui comme un affaissement, un dégoût, en comprenant qu'il faisait partie des victimes collatérales. Il s'était souvent dit qu'il vivait dans un monde à part, que les machinations et les fluctuations des marchés financiers n'avaient rien à voir avec lui, de sorte que c'était un choc pour lui de se rendre compte à quel point il était lui-même embourbé dans la crise actuelle. Il avait de tout temps un peu méprisé cet autre univers, celui des costumes et de l'argent, mais apparemment consacrer sa vie aux belles lettres ne garantissait pas l'immunité.

« J'ai toujours beaucoup aimé Corrine, déclara Tom avant de vider son verre et de le reposer sur la table. Je me suis souvent demandé comment elle pouvait supporter Casey.

– À présent, elle n'a plus le choix », répondit Russell avec amertume.

Alors qu'il retournait vers le métro, Corrine l'appela, son nom sur l'écran l'étonna, comme s'il lui était étranger. Il hésita un instant à répondre.

« Oui, grommela-t-il.

– C'est moi.

– Je sais. Il n'y a plus de surprise de nos jours. » Fallait-il vraiment qu'il lui explique la technologie des téléphones portables ?

Après un long silence, elle lui dit : « Je voulais qu'on s'arrange pour que je voie les enfants.

– Quand ?

– Je pourrais aller les chercher à l'école demain et les emmener dîner quelque part.

– Parfait. Je vais prévenir Joan. »

Il songea à raccrocher, mais ne put s'y résoudre.

« Russell ? reprit-elle enfin.

– Oui ?

– Je suis tellement désolée.

483

– Moi aussi », rétorqua-t-il avant de refermer le clapet de son téléphone.

« Je ne comprends pas pourquoi maman est allée habiter chez Casey », dit Jeremy en brandissant un bâtonnet de poulet croustillant. Russell lui avait préparé le plat favori de son enfance, avec le vague espoir de normaliser une situation familiale extraordinaire et douloureuse.

« Ils ont des problèmes, intervint Storey.

– Nous avons juste décidé que nous avions besoin d'être séparés un moment pour mieux réfléchir à certains aspects de notre relation. » Dieu que cette phrase était prétentieuse ! se dit-il aussitôt.

« Vous allez divorcer ?

– Non. On prend un peu l'air, voilà tout. »

Jeremy mordilla distraitement son bâtonnet. « Comment ça se fait que Storey semble tout savoir ?

– Je suis une fille. Je remarque les choses. J'observe les gens qui m'entourent. Toi, tu es un garçon. Tu ne captes rien.

– On va quand même voir maman, j'espère.

– Demain après-midi, répondit Russell. Elle vient vous chercher à l'école et vous irez faire un tour ensemble.

– Un tour où ça ?

– Je n'en sais rien. C'est elle qui décidera.

– Pourquoi tout ça arrive en même temps ?

– Que veux-tu dire ?

– Les papas de plusieurs copains à l'école ont perdu leur travail et tout le monde a l'air de trouver que ça craint.

– C'est une période assez effrayante, fiston.

– Toi, tu pourrais te retrouver au chômage, aussi ?

– Le monde de l'édition n'a pas grand-chose à voir avec ce qui se passe à Wall Street », déclara Russell en souhaitant que ce soit vrai. Si le marché du crédit était gelé, ce qui paraissait probable, ses chances de survie deviendraient infimes. Il était presque certain que tout le monde allait se retrouver sous l'eau avec l'orage qui grondait.

Après avoir souhaité bonne nuit aux enfants, il s'allongea sur son lit pour regarder les Giants jouer contre les Cowboys et s'endormit presque aussitôt. Il ne refit surface qu'au milieu des informations de vingt-trois heures et découvrit à l'écran une photo du jeune Tony Duplex, un bras passé autour des épaules d'Andy Warhol, suivie d'une de Jack Carson mal à l'aise dans son smoking, se tenant aux côtés de Russell lors de la remise du prix PEN/Faulkner à Washington, l'an dernier ; ces images furent bientôt remplacées par celles d'employés de Lehman Brothers qui entraient dans les bureaux du centre-ville ou en ressortaient avec un même air inquiet.

Il dormit par intermittence, cette nuit-là, et se réveilla épuisé, sans énergie pour affronter la journée qui l'attendait et toutes les autres à venir. Les enfants, qui se rendirent compte de son humeur, en furent effrayés et se montrèrent pleins de sollicitude.

De son bureau, il appela Washington et lui demanda s'ils pouvaient se retrouver pour déjeuner. Il arriva au Fatted Calf avec une demi-heure d'avance et commanda un Bloody Mary. Il avait déjà bu la moitié du second quand son ami fit son apparition.

« Tu as vraiment une sale gueule, dit Washington en s'asseyant face à lui.

– Le contraire m'aurait étonné, rétorqua Russell.

– Je suppose que ça se comprend.

– Où en est Veronica ?

– Traumatisée. Elle vide son bureau au moment où je te parle. Des nouvelles de Corrine ? »

Il secoua la tête. « On a brièvement parlé de la logistique concernant la garde des enfants. Elle m'a dit qu'elle était désolée. » Il dodelina du chef d'un air moqueur.

« Elle ne sait sans doute pas très bien quoi dire.

– C'est sans espoir. Je ne veux même pas en parler. En fait, c'est d'autre chose que je voulais m'entretenir avec toi.

– Tout ce que tu voudras, mec.

– Je voudrais que Corbin & Dern rachète McCane & Slade. Je pense que ce serait gagnant-gagnant pour les deux parties.

– Ça pourrait avoir un sens, en effet, répondit Washington après un long silence. Il faudrait qu'on jette un coup d'œil aux livres de comptes. Je te promets de considérer l'idée avec attention si tu t'engages à ne plus jamais prononcer l'expression "gagnant-gagnant". »

Russell était en route vers son bureau quand il reçut un appel d'Hilary.

« Je voulais juste te dire que j'étais désolée.

– Merci. Excuse-moi d'avoir été désagréable hier.

– Non, je comprends. Écoute, j'avais envie que tu saches que si tu as besoin de moi pour garder les petits, ou pour quoi que ce soit d'autre, tu peux m'appeler, OK ?

– OK, merci. Je n'y manquerai pas.

– Promis ?

– Promis.

– Bon, eh bien, salut.

– Merci d'avoir téléphoné. »

43

Silver Meadows, New Canaan, Connecticut
27/10/2008

Cher Russell,
Je voulais d'abord te présenter mes condoléances pour Jack, mais vraiment ce n'est pas là l'essentiel. Je ne sais pas bien comment te demander de m'excuser pour ce que je t'ai fait, et pourtant il me faut commencer par là. Étape 9 du programme des AA. Me voici de retour une fois de plus à Silver Meadows. Manifestement, je n'ai pas appris grand-chose la dernière fois. Je me suis dit que si j'essayais d'expliquer ce qui s'était passé, tu pourrais peut-être comprendre, même si je ne m'attends pas à ce que tu me pardonnes. Mais je veux au moins tenter de faire amende honorable. Par où commencer ? Par l'échec de mon troisième roman, sans doute. En rentrant de ma petite et bien triste tournée dans six villes, je jouissais encore d'un résidu de célébrité, assez pour rendre ma vie sociale intéressante, et je me suis tourné vers le journalisme. Parce que même si on m'avait demandé d'écrire un autre roman, je me sentais vide d'inspiration.

C'est alors que les avions ont foncé dans les tours jumelles. Ian McEwan a résumé les choses ainsi dans le *Guardian*, le lendemain : « La réalité américaine dépasse toujours l'imagination. » C'était déjà difficile, mais il est devenu encore plus dur d'imaginer à quoi pouvait servir la fiction dans un monde qui avait tellement changé. J'avais envie de réagir à ce qui était l'événement le plus traumatisant de ma vie et de m'engager. Or, mes différents employeurs avaient déjà leurs spécialistes : des vrais journalistes, des correspondants étrangers, des experts en politique. J'ai essayé de me faire envoyer en mission en Afghanistan, et ensuite en Irak. Même si je pensais que cette guerre, officiellement justifiée par la présence d'armes de destruction massive, était une vaste imposture, je voulais la couvrir, nager dans le cours de l'histoire.

Et soudain, alors que je ne m'y attendais pas du tout, j'ai été invité à un mariage à Lahore. Le marié appartenait à une riche famille pakistanaise, il avait étudié à NYU, avant de devenir un pilier de la vie nocturne du Manhattan des années quatre-vingt-dix, ce qui explique que je le connaissais. Il donnait sans cesse des réceptions, entretenait des escadrons de mannequins, partageait volontiers son stock de drogue. Il était rentré chez lui après le 11 Septembre et s'était installé avec une jeune fille de son milieu, ce qui n'empêche que, lorsque je l'avais appelé à propos de son invitation, il m'avait assuré que les festivités du mariage ressembleraient aux bacchanales new-yorkaises de sa jeunesse. « Lahore, c'est de la folie, mon vieux. Une ville qui sait faire la fête. Restes-y toute la semaine. Tu ne le regretteras pas. » Ça m'a eu l'air séduisant et j'ai pensé que je pourrais aussi tirer parti de la situation. Entrer par la petite porte sur la scène du grand conflit international.

J'ai établi une liste de contacts au Pakistan, journalistes et hauts fonctionnaires. Mon camarade de chambre à Amherst était devenu sous-secrétaire d'État, et après m'avoir conseillé de ne pas aller là-bas, il m'a donné des numéros de téléphone, des notes d'information, et dressé un panorama général de la situation. J'espérais pouvoir me frayer un chemin vers le journalisme sérieux en proposant d'enquêter sur les Talibans et la politique pakistanaise ; entre-temps, on m'avait confié un seul reportage sur les aspects touristiques de la ville. Je suis donc parti pour Lahore, où le mariage s'est révélé conforme aux promesses du marié, et même plus que ça. La drogue circulait librement et on allait de réception en réception dans toute la ville, passant de résidences bien gardées à d'immenses lofts. Lahore est une ville majestueuse, avec la patine élégante d'une cité sur le déclin, mais j'ai été rapidement amené à en connaître les bas-fonds. J'avais rencontré une jeune Anglaise, cousine du marié, et une semaine après le mariage, nous nous sommes cloîtrés dans un appartement du quartier Gulberg, où j'ai découvert l'opium. Les deux semaines prévues en sont rapidement devenues quatre.

Marty Briskin a fini par signaler ma disparition. Et en un rien de temps, la nouvelle éclatait dans le *Herald Tribune* : « Écrivain américain porté disparu au Pakistan, présumé enlevé. » Je ne m'étais pas présenté à une rencontre prévue avec un agent des services du renseignement pakistanais, et celui-ci avait immédiatement contacté mon ami au département d'État ; ensuite, Marty a appelé le consulat, et les recherches ont été lancées sans attendre. Dans l'intervalle, j'avais reçu un texto du marié : il me demandait si tout allait bien pour moi et me parlait de l'information parue dans le *Herald Tribune*. Le lendemain, un groupe djihadiste postait un message sur son site, annonçant que j'étais leur prisonnier.

D'abord, j'ai trouvé cela gênant. Puis, j'ai senti qu'il y avait là une chance à saisir. J'avais déjà potassé le sujet, étudié les différentes factions djihadistes, et je suis allé dans plusieurs cybercafés faire des recherches pour trouver des témoignages d'otages récents. Je me disais qu'au moins, je pourrais utiliser ça pour écrire un article, et j'ai donc décidé de me cacher pendant un certain temps afin de voir où tout ça me mènerait. Et puis, assez bizarrement, trois semaines plus tard, je me suis fait kidnapper pour de bon, j'ai été retenu contre ma volonté dans une chambre sordide de Heera Mandi, le quartier des prostituées, alors que j'essayais d'acheter de la drogue. Deux malfrats m'ont dépouillé et frappé avec la crosse d'un revolver avant de m'enfermer dans cette mansarde, dont j'ai réussi à m'échapper au bout de vingt-quatre heures.

Neuf semaines après mon arrivée dans ce pays pour assister au mariage, je me suis présenté au consulat à Lahore, les cheveux en bataille, amaigri et l'air égaré, avec des coupures et des bleus sur le corps dus aux coups que j'avais reçus à Heera Mandi, ce qui a accrédité la thèse de l'enlèvement, à laquelle je me suis tenu. Le débriefing au consulat s'est déroulé sans problèmes, celui de Washington était plus musclé.

C'était étrange de subir un véritable interrogatoire de la part de mes compatriotes dans une salle de réunion aveugle à Washington D.C., à propos d'interrogatoires imaginaires pratiqués dans une cabane en torchis sans fenêtres au Waziristân. J'avais sacrément peur de ces agents du gouvernement, mais j'ai confirmé mon histoire, et quand un petit débile teigneux de la CIA qui flottait dans son costume a tenté de me coincer pour de bon, je lui ai demandé : « C'était vous les mecs qui ont affirmé qu'il y avait des armes de destruction massive en Irak, non ? » Finalement, ils se sont rendu compte que, quelle que soit la vérité, je ne détenais aucun renseignement utilisable et ils m'ont relâché. J'ai eu le sentiment qu'à leurs yeux, la récupération à des fins de propagande de l'histoire d'un journaliste américain ayant inventé son propre enlèvement serait désastreuse. Et dans le contexte du discours officiel de l'après-11 Septembre – « la guerre contre la terreur » – un mensonge était plus utile que la vérité, pour eux autant que pour moi.

Quand je suis rentré à New York, Marty a soigneusement organisé et limité les rencontres avec la presse, l'idée étant de ne pas faire trop de bruit et de me promouvoir juste assez pour que le prix du livre monte sans que le public ni la presse se lassent de moi. Il a choisi l'émission *Today* plutôt que *Good Morning America*, Larry King plutôt qu'Anderson Cooper. Je ne pouvais m'empêcher de me demander si Briskin avait des soupçons, mais tel un bon avocat de la défense, il ne m'a jamais posé aucune question, bien qu'il ait fini par me dire que Random House avait montré quelques signes d'inquiétude, liés à un tuyau émanant du département d'État ; je crois d'ailleurs que c'est pour cette raison qu'il a décidé de signer avec toi plutôt qu'avec les grosses boîtes qui en auraient offert davantage. Quant à moi, il faut que tu me croies, même si c'est dur, j'avais l'impression de te rendre service, que c'était une manière de compenser la façon dégueulasse dont je m'étais comporté envers toi, la fois précédente. C'est difficile à expliquer mais, la drogue et l'alcool aidant, j'en étais presque arrivé à croire à ma propre histoire. J'ai été sincèrement indigné que le journaliste du *Times* se mette à me harceler quand cet absurde site djihadiste a contesté ma version des faits. Alors que les preuves s'accumulaient, j'étais de plus en plus irrité et amer, et le summum, ça a été mon apparition désastreuse dans l'émission *Charlie Rose*. Un moment qui a marqué l'apogée de mon délire – et comme beaucoup l'ont suggéré, j'étais effectivement bourré et défoncé. Le lendemain matin, j'ai compris que tout était fichu et, curieusement, je me suis senti soulagé. C'est un truc qu'on entend sans arrêt aux

Alcooliques Anonymes et aux Narcotiques Anonymes, en fait. La mise au grand jour d'un secret et la révélation d'un enfermement dans le mensonge peuvent se révéler étrangement libératrices. Mais j'ai fini par prendre conscience que ce qui avait eu un effet cathartique pour moi en avait eu un catastrophique pour toi, et je suis terriblement, terriblement désolé de t'avoir mis dans cette situation. J'espère trouver le moyen de me faire pardonner avec le temps.

Bien à toi,

Phillip

44

Ce soir-là, pour une fois, on pouvait entrer dans n'importe quel restaurant de Manhattan à l'heure d'affluence – y compris dans ceux ayant un numéro de téléphone secret ou dont la ligne est toujours occupée – et y trouver une table pour deux ou une place libre au bar. La circulation était fluide dans les deux sens sur les grandes artères, et malgré le temps clément, on croisait moins de piétons que d'ordinaire, même si, çà et là, à Times Square et à l'intersection d'Adam Clayton Powell Boulevard et de la 125e Rue, des attroupements avaient commencé à se former dès la fermeture des bureaux de vote, en préparation des réjouissances à venir ; toutefois, la joie restait en sourdine, la liesse contenue, parce qu'on savait que l'avenir de la République se jouait ailleurs, loin dans le Sud et dans l'Ouest, là où les gens allaient encore voter au volant d'un pick-up équipé d'un porte-fusil sur la lunette arrière, ou d'un minibus Dodge bordeaux avec des autocollants sur les pare-chocs qui disaient : « MON FILS EST UN ÉTUDIANT EXCEPTIONNEL ! », ou encore d'une Volvo 700 toute rouillée annonçant : « DONNEZ UNE CHANCE À LA PAIX », ou arborant la tortue STEAL YOUR TERRAPIN de Grateful Dead.

Pendant ce temps, à TriBeCa, quatre étages au-dessus de West Broadway, dans un loft un peu désuet aux planchers gauchis et au plafond en métal gaufré, veiné de câbles électriques et de canalisations, on avait donné aux enfants la permission exceptionnelle de ne pas aller se coucher jusqu'aux résultats, le raffut de leurs voix haut perchées pendant qu'ils jouaient rivalisant avec le bourdonnement régulier de celle de Brian Williams à la télévision. La soirée électorale venait de commencer, mais il était bien trop tôt pour y prêter encore la moindre attention. Trois de leurs quatre parents buvaient du sancerre tout en se préparant pour ce qu'ils espéraient être une nuit historique, même si l'euphorie naissante était réfrénée par le souvenir de la déception ressentie quatre ans plus tôt, et par la crainte que le reste du pays, malgré les chiffres provisoires qu'annonçaient les sondages, ne soit toujours pas prêt à élire un président africain-américain, l'humeur générale, dans ces cent soixante mètres carrés de ce quartier situé au sud de Manhattan, étant aussi assombrie par une mélancolie sous-jacente, une tristesse non dite due à l'absence criante du quatrième parent.

Russell remplit les verres de vin et goûta sa sauce bolognaise, qui manquait de sel. Un repas simple, ce soir : salade et spaghettis avec un choix de deux sauces, bolognaise et marinara, la seconde pour les adolescentes, toutes deux végétariennes – mais Storey mangeait si peu ces derniers temps que ce n'était pas évident de se rendre compte qu'elle l'était. Depuis la séparation de ses parents, elle semblait avoir soudain adopté l'attitude légèrement hostile de sa mère envers la nourriture.

« Ils viennent d'annoncer que McCain a remporté le Kentucky, dit Washington en consultant son BlackBerry.

– La Pennsylvanie sera décisive.

– Et l'Ohio.

– Je me sens tellement nerveuse, dit Veronica.

– Vous vous rappelez comme on était tous sûrs que Kerry allait gagner ?

– Maintenant que j'y pense, dit Washington, est-ce que vous n'étiez pas censés vous exiler en France si Kerry perdait ? Vous avez oublié de partir, ou quoi ?

– On savait qu'on vous manquerait trop, répondit Russell, l'air songeur.

– C'est en ce moment que vous nous manquez », glissa Veronica.

Après un silence embarrassé, Washington reprit : « Au moins, on boit du vin français.

– En vérité, je vais ouvrir un chianti pour accompagner les pâtes.

– Tu es si géographiquement correct, Russell. »

Jeremy se précipita vers les adultes pour leur annoncer qu'Obama venait de remporter le Vermont.

« C'est bien parti, dit Washington en tendant sa paume vers Jeremy. Check, mon frère.

– Est-ce qu'on est sûr qu'Obama va gagner ? s'enquit le garçon.

– Pas complètement, répondit Russell. Il y a beaucoup d'électeurs blancs, je pense, qui n'avoueraient pas à un sondeur qu'ils ne voteraient jamais pour un Noir.

– Quel flair, Sherlock ! ironisa Washington.

– Je reste prudent.

– Je crois que tu avais raison tout à l'heure, rétorqua Washington. Ce putain de pays de merde n'est sûrement pas prêt à élire un négro.

– Washington, s'il te plaît, intervint Veronica. Les enfants. »

Il commençait à parler très fort. Russell se demanda s'il n'avait pas bu un verre ou deux avant de venir.

« Je peux avoir du vin ? » demanda Jeremy après qu'ils se furent tous assis à table. Russell avait pris l'habitude depuis quelque temps de le laisser en boire un peu lors des grandes occasions.

« Tu pourras prendre une gorgée du mien, tout à l'heure. Pour l'instant, tu trinques avec ta voisine – doucement, juste un coup léger. »

Les enfants réussirent à ne casser aucun verre à pied, mais renversèrent pas mal d'eau.

« Est-ce qu'on va gagner ? demanda Storey à son tour.

– Tu n'as pas touché à tes spaghettis, observa Russell.

– J'ai mangé de la salade. »

Mingus avait les yeux rivés sur son téléphone. « Obama vient de remporter la Pennsylvanie.

– C'est énorme ! s'exclama Russell.

– Alors, on gagne ?

– Il y a de grandes chances que oui, maintenant.

– J'espère que tu as mis notre bouteille de dom pérignon au frais », dit Veronica.

Une fois la table débarrassée, on ralluma la télévision. Les enfants regardèrent brièvement, poussant des cris de joie après l'annonce de plusieurs autres victoires d'Obama, puis disparurent dans leurs chambres.

Pour la forme, des hourras s'élevèrent quand New York fut placée dans la colonne bleue, bien qu'il n'y ait jamais eu aucun doute là-dessus.

« Quelqu'un ici a-t-il vu l'interview que Brian Williams a faite de McCain et Palin ? demanda Veronica. Là où il disait que New York et Washington sont des bastions élitistes ? Qu'est-il donc arrivé au *gentil* McCain ? Vous vous rappelez le non-conformiste des primaires de 2000 ?

– Si ce n'est qu'après les primaires, il a engagé dans son équipe tous les anciens apparatchiks de Bush et Rove, dit Washington. Les mêmes tueurs qui l'avaient couvert de boue en répandant des rumeurs sur son passé militaire et sa vie amoureuse. Les mêmes salopards qui avaient contribué à salir Kerry avec l'affaire des patrouilleurs au Vietnam. »

Quand Russell partit chercher une autre bouteille de vin à la cuisine, Washington lui emboîta le pas.

« Écoute, Pataud, ça m'embête d'aborder ce sujet maintenant, mais je n'ai pas réussi à te joindre à ton bureau. Rien n'est encore certain, mais Anderson m'a fait venir dans son bureau aujourd'hui et m'a tenu un grand discours sur la diminution des dépenses et la réduction des coûts. Il n'est pas certain de ce qu'il décidera de faire, mais il a clairement dit que dans le contexte actuel, il n'était pas raisonnable d'envisager des dépenses d'investissement. J'ai de nouveau défendu ton projet pied à pied, et il m'a promis de me faire part de sa décision, la semaine prochaine.

– Je croyais que ça dépendait de toi.

– En temps normal, oui, mais la période que nous vivons ne l'est pas. Tout le monde crève de trouille. Personne ne sait ce qui va se passer demain. Le marché du crédit est gelé, les banques coulent.

– Pendant ce temps, on lance un nouveau tirage du livre de Jack tous les quinze jours, cinq mille exemplaires à chaque fois. Et si je te disais que *Salon* et *McSweeney's* vont publier des textes de Jeff, le mois prochain ? Je n'ai jamais rien vu de pareil. Les ventes doublent tous les six mois.

– Ça ne peut pas faire de mal. Et le film ?

– Tu devrais poser la question à Corrine.

– Vous vous parlez ?

– On communique. La logistique. Les factures.

– Je veux dire… de votre couple.

– Une ou deux rencontres au sommet, quelques coups de fil angoissés.

– Vous avez pensé à un conseiller conjugal ?

– Elle, oui. Moi, je ne vois vraiment pas l'intérêt et je n'aurais certainement jamais cru que toi, tu me le recommanderais.

– Écoute, vieux, je comprends que tu sois blessé et en colère. Mais tout le monde sait ce que vous représentez l'un pour l'autre. Ce n'est pas comme si tu avais toi-même toujours été – si tu me pardonnes l'expression – blanc comme neige durant toutes ces années. Il faut que tu lui pardonnes.

– Plus facile à dire qu'à faire. Comment pourrai-je de nouveau avoir confiance en elle ? Quand elle dira, par exemple, qu'elle va à un dîner d'affaires ou à une fête donnée en l'honneur d'une future maman ? Comment suis-je censé oublier qu'elle m'a menti sans arrêt ?

– Je me répète, elle n'est ni la première ni la seule.

– Moi, je n'ai jamais aimé personne d'autre.

– Et qu'est-ce qui t'amène à penser qu'elle aime ce type ?

– Le fait qu'elle ne le nie pas.

– Tu vois, elle est juste trop honnête. À mon avis, tu n'as pas à t'inquiéter de ses futurs mensonges.

– Qu'est-ce que vous fabriquez, les garçons ? leur cria Veronica.

– Sérieusement, à part ça, si on ne conclut pas cet accord, je suis foutu.

– Je te reçois cinq sur cinq, mon vieux. Nous, ce qu'on dépense en un mois dépasse largement mon salaire. Sans la paie de Veronica, on va pas mettre longtemps à bouffer nos économies. » Il vida son verre et le tendit à Russell pour qu'il le lui remplisse. « *Carpe diem*, je dirais, reprit-il. Voyons un peu si un bâtard de Noir peut être élu président. »

Bientôt, ils se mirent à parler de l'effondrement des marchés. « Si la Réserve fédérale était intervenue pour soutenir Lehman, on ne serait pas dans une poisse pareille, dit Veronica.

– Ou si Lehman s'était montré un peu moins imprudent, rétorqua Russell.

– D'accord, de mauvaises décisions ont été prises, mais J.P. Morgan et AIG ont été tout aussi imprudents et on les a renfloués.

– Si je vais à Las Vegas et que j'engloutis toutes mes économies, dit Russell, est-ce que les autres contribuables doivent couvrir mes pertes ?

– Cette analogie est absurde, se fâcha Veronica.

– Moi, je la trouve parfaite.

– C'est tellement simpliste. Il y avait beaucoup d'autres facteurs en jeu.

– Je te l'accorde : la cupidité, l'idiotie, l'incompétence.

– Russell, je t'en prie. Pas besoin d'en venir aux attaques ad hominem.

– Je dis seulement que ce n'est pas la conjonction de forces impersonnelles du marché qui a causé la ruine de Lehman. Toute une série de décisions discutables ont été prises par ceux qui travaillent dans cette banque.

– Sous-entendrais-tu que je suis cupide, idiote et incompétente ? demanda Veronica.

– Non, mais il faut bien qu'il y ait des responsables.

– Oh, ferme ta gueule ! » s'écria Washington en cherchant la télécommande.

... *l'État de l'Ohio*, était en train de dire Brian Williams, *et en connaît-on un seul autre pour lequel on se soit battu avec tant de vaillance ?*

« Quoi ? Qui l'a emporté ?

– Obama.

– Géant ! » s'exclama Washington. Une rapide vérification sur les autres chaînes confirma l'annonce, y compris un bref arrêt sur Fox News, où un triste Brit Hume s'apitoyait sur le sort de Karl Rove qui paraissait abasourdi.

« L'Ohio était une des clés du scrutin, dit Russell, tandis qu'ils attendaient de nouveaux résultats. Avec la Pennsylvanie, cette fois je crois que c'est bon. »

Mais Washington n'était pas encore prêt à reconnaître la victoire. « Attendons de voir ce qu'ont voté ces péquenots de Virginie.

– Comment peux-tu dire ça de l'État de Jefferson et de Madison ?

– Ils possédaient tous les deux des esclaves. Deux sales Blancs hypocrites.

– Les derniers sondages donnent Obama en tête en Virginie, dit Veronica.

– Ces bouseux n'avoueront pour rien au monde que ce n'est pas demain la veille qu'ils voteront pour un Noir, répliqua Washington. Sans parler des démocrates qui soutenaient Hillary et qui boudent l'élection dans leur coin. D'ailleurs toi, Russell, tu as arrêté de faire la gueule et tu as voté pour mon frère ?

– Je n'ai rien contre Obama. Je trouvais seulement qu'Hillary était plus qualifiée.

– Mieux vaut toujours une fille blanche qu'un mec noir, pas vrai ?

– Serais-tu en train de m'accuser de racisme ?

– Et pourquoi pas ? Qu'est-ce qui te rend si différent des autres ?

– J'en ai un peu marre que tu croies toujours avoir raison parce que tu es noir.

– Ce qui veut dire ?

– Eh, taisez-vous, tous les deux ! intervint Veronica. Écoutez un peu. »

Un Africain-Américain vient de renverser une barrière aussi vieille que la République, annonça Brian Williams. *Un candidat époustouflant. Une campagne époustouflante. Un séisme dans la vie politique américaine.*

« Putain, s'écria Washington. Alors, c'est vrai, cette connerie ? »

Veronica l'étreignit tandis qu'il continuait à fixer l'écran avec incrédulité.

Russell, lui aussi, était médusé. Il était tellement habitué à penser qu'il appartenait à une minorité dans son propre pays qu'il avait peine à admettre qu'une majorité de ses compatriotes avaient fait le même choix que lui.

Les enfants sortirent en trombe de leurs chambres en poussant des cris de joie. Russell n'avait pas vu les siens aussi joyeux depuis des semaines.

Washington s'approcha de lui et le serra très fort dans ses bras. Par les fenêtres ouvertes, on entendait les acclamations monter de West Broadway, qui s'unissaient à celles de Grant Park à Chicago, retransmises à la télévision.

« Je voudrais que maman soye là ! dit Jeremy.

– Tu lui as envoyé des textos toute la soirée.

– Tu voudrais que maman *soit* là, corrigea Russell.

– Fais pas chier, l'ami », intervint Washington.

Après avoir écouté le discours d'Obama, ils descendirent dans la rue se mêler à leurs voisins. Les enfants retrouvèrent plusieurs de leurs anciens camarades de classe. Jeremy et Mingus disparurent, puis revinrent avec des cierges magiques. Une jeune femme au visage couvert de taches de rousseur qui promenait son fox-terrier le matin quand Russell amenait les enfants petits à l'école, jeta ses bras autour de son cou, et son chien, effrayé, se mit à aboyer.

« Incroyable, pas vrai ? dit-elle. Au fait, je m'appelle Zoe.

– Moi, Russell. Enchanté.

– Arrête, Zeke, c'est notre voisin ! »

Comme un rire nerveux, les hourras et les cris de victoire qui emplissaient les rues de Manhattan et le reste de la ville lui semblaient masquer une angoisse profonde. La période de prospérité des vingt dernières années arrivait manifestement à sa fin et le pays était toujours en guerre. Il était difficile de penser qu'un seul individu, quelle que soit sa couleur de peau, pourrait les sortir du gouffre de ténèbres où ils s'étaient enfoncés. Mais pour l'instant, Russell et ses amis choisissaient d'y croire...

Corrine appela peu après minuit.

« N'est-ce pas merveilleux ?

– Si.

– Ça me redonne espoir.

– Nous en avons tous besoin.

– J'ai parlé avec les enfants tout à l'heure.
– Je sais.
– Et pour nous, Russell, y a-t-il un espoir ?
– Je suppose que tout est possible.
– Je pourrai te voir bientôt ?
– Bientôt. Peut-être. »

45

La ville retenait son souffle. C'était comme si un séisme était en train de se produire, les plaques tectoniques sous l'île de Manhattan se déplaçaient, des monuments s'effondraient, des rivières de richesse étaient happées sous terre et disparaissaient dans les égouts. Des milliards de dollars s'étaient comme volatilisés. On entendait des rumeurs de transactions précipitées, de Picasso et de villas en front de mer à Southampton vendus à perte par des investisseurs pour verser des appels de marge, de camions de déménagement arrêtés devant des hôtels particuliers au milieu de la nuit.

« Ça commence à ressembler à un bain de sang », déclara Casey.

Elles étaient assises sur des chaises peu solides, presque au fond de la salle des ventes bondée de chez Christie's. Le commissaire-priseur se tenait face au public, sous un écran qui montrait les tableaux à vendre, leurs estimations et les dernières offres mises à jour à chaque minute. Casey avait insisté pour que Corrine l'accompagne, arguant de son désir de la voir sortir un peu de la maison, alors qu'en fait, elle redoutait d'être vue seule à une manifestation mondaine de cette importance, les deux personnes à qui elle demandait parfois de venir avec elle étant toutes les deux indisponibles. Bien que Corrine se soit d'abord montrée réticente, obéissant à un motif secret, elle avait fini par accepter.

Casey vendait un petit *Mao* de Warhol qu'elle avait confié à un courtier l'été dernier, après le départ de Tom, quand le marché était encore florissant. Corrine avait toujours été frappée par l'ironie de la chose, ce portrait bigarré du Grand Timonier accroché au mur d'un hôtel particulier de l'Upper East Side, et dans le sillage d'une de ces crises violentes que Mao aurait jugée révélatrice des contradictions internes du capitalisme, il s'apprêtait à trouver refuge dans une demeure sans doute plus opulente encore.

Les problèmes se firent rapidement sentir. Le troisième lot, une petite huile sur papier, rouge et jaune, peinte par Rothko en 1958, d'une valeur estimée entre quatre et six millions de dollars fut adjugée à trois millions et demi. L'autoportrait de Roy Lichtenstein qui la suivit ne réussit pas non plus à atteindre le bas de la fourchette. La salle était de plus en plus silencieuse. « Acheté à l'artiste par un éminent collectionneur », lut Corrine dans le catalogue, et elle se rappela un jour, dix ou douze ans plus tôt, où Russell en avait parcouru un de Sotheby's, dont il lui avait lu le texte en se moquant des descriptions des vendeurs : « Appartient à la collection d'un distingué gentleman new-yorkais, ami de longue date de l'artiste, qui a déjà vendu plusieurs de ses toiles. » « Tu ne crois pas que ce serait plus drôle de lire quelque chose comme : "Appartient à la collection d'un salopard d'expert dont la femme demande le divorce parce qu'il a couché avec sa prof de yoga." Au moins, ce serait un peu plus divertissant », avait-il dit. Elle n'avait jamais repensé à ce jour-là depuis, Russell lisant ce catalogue, étendu sur le canapé du loft, et ironisant sur les prix et la distinction anglaise artificielle de tout ce carnaval.

Dix minutes d'enchères, et la plupart des lots avaient été achetés à un prix inférieur à l'estimation la plus basse, et cinq n'avaient pas trouvé preneur.

La dépression ambiante fut brièvement allégée par une suroffre explosive sur le lot n° 19 : la toile de Jean-Michel Basquiat *Sans titre (Le boxeur)* creva le plafond des quinze millions de dollars estimés, et Corrine se souvint d'avoir un jour rencontré ce peintre avec Jeff. En revanche, il n'y eut pas d'acquéreur pour le lot suivant.

Entre-temps, elle avait reconnu de nombreux visages dans la salle, souvent vus dans les rubriques mondaine et économique des journaux, même si la plupart de ces offres plutôt timides venaient des employés de chez Christie's qui se tenaient le long d'un des murs, où était installée une rangée de téléphones, et qui levaient la main en pressant le combiné contre leur oreille. L'identité de ces acquéreurs fantômes en Asie et en Russie était la source de spéculations enfiévrées. Au fur et à mesure que le temps s'écoulait cependant, il devint clair qu'ils étaient pour le moins d'humeur morose.

Casey se montrait de plus en plus agitée à l'approche de la présentation de son propre lot. L'annonce d'un dessin de De Kooning provenant d'une importante collection privée provoqua les huées de l'assistance.

« Qu'est-ce qu'ils peuvent bien avoir contre De Kooning ?

– Le dessin fait partie de la collection de Dick et Kathy Fuld.

– Qui ça ?

– Mon Dieu, Corrine ! C'était le président de Lehman Brothers, l'homme qui a fait chuter la banque à lui tout seul. Ou du moins, c'est ce que croient les gens qui sont en train de le huer. Les Fuld ont mis en vente seize dessins, aujourd'hui, et quoi qu'il arrive, ils ne seront pas perdants puisque, à ce qu'on raconte, Christie's leur a garanti une somme de vingt millions de dollars. Et personne n'est vraiment ravi de cette mesure de faveur, sauf sans doute les Fuld eux-mêmes. »

Soudain, elle saisit le genou de Corrine, son tableau venait d'apparaître à l'écran, estimé entre quatre et six millions de dollars. Corrine se retint d'imaginer à quoi pourrait lui servir cette fortune.

Le commissaire-priseur indiqua que la toile était un petit, mais superbe tableau de cette série, et qu'elle avait fait partie récemment d'une exposition capitale à l'Asia Society.

« Je propose de commencer les enchères à trois millions. »

La salle demeura silencieuse.

En général, il était difficile d'éprouver de la pitié pour Casey, mais à ce moment précis, Corrine ne put s'en empêcher. Elle se sentait gênée pour son amie, même s'il était peu probable que beaucoup de gens dans l'assistance aient su qui était le propriétaire du tableau.

« Disons alors deux millions sept cent cinquante mille. »

Le silence persista, ponctué par des toussotements et des murmures.

Le marteau du commissaire-priseur retomba. « Lot suivant. »

« Je suis désolée, dit Corrine.

— Ne t'inquiète pas. Christie's m'en a garanti trois millions, donc je ne suis pas si déprimée que ça. » Elle haussa les épaules. « On y va ?

— Attendons encore un peu. Je voudrais savoir ce qui va se passer pour le Tony Duplex.

— Ah oui, c'est la première vente publique depuis qu'il a cassé sa pipe, je crois. »

Corrine hocha la tête.

« Même si je ne vois pas ce qu'une pipe vient faire là-dedans, reprit Casey.

— Au XIXe, l'anesthésie n'existait pas, alors on mettait une pipe en terre dans la bouche de celui qu'on allait amputer pour l'empêcher de crier, s'il mourait, la pipe tombait et se cassait.

« – Ce que tu peux être intello ! Mais pourquoi Duplex t'intéresse-t-il autant ? »

Corrine hésita à lui répondre, mais elle se dit que le fait qu'elle détienne un de ses tableaux lui donnait un point commun avec son amie. « J'en possède un.

– Formidable ! Les toiles de Duplex sont sans doute les seules à avoir gagné de la valeur depuis septembre. La seule chose qui paie encore plus que la mort pour un enfant terrible, c'est la mort par accident. J'imagine que Russell doit engranger pas mal d'argent sur les ventes posthumes du livre de Jack Carson.

– Oh, arrête ! Je me sens déjà assez coupable comme ça à ce sujet.

– Et pourquoi ça ? Ce n'est pas toi qui lui vendais sa came.

– Chut... voilà le tableau.

– Lot suivant, annonça le commissaire-priseur, une toile du regretté Tony Duplex, un des plus importants néo-expressionnistes des années quatre-vingt, proche de Keith Haring et de Jean-Michel Basquiat. Cette grande huile sur toile de 1984 est un magnifique exemple de la période où son art est passé de la rue à son atelier. Estimé entre trois cent et cinq cent mille dollars, qui veut ouvrir les enchères à deux cent cinquante ? Merci... Ai-je bien entendu deux cent soixante-quinze ? Merci, monsieur. Lorna a quelqu'un au téléphone qui propose trois cent mille. Trois cent vingt-cinq mille, dans la salle ?

– Dans une vente pareille, ça reste une affaire, dit Casey.

– Trois cent cinquante pour la personne au téléphone. Quelqu'un à quatre cents ? »

Un homme assis dans les premiers rangs, vêtu d'un costume noir et portant des lunettes de lecture rose vif, leva la main.

« Comment se fait-il que Gary Arkadian surenchérisse ? demanda Corrine. C'était lui qui vendait les
tableaux de Duplex.

– Rien de bien sorcier, il veut faire monter les prix
de tous les tableaux. »

Le cœur de Corrine se mit à battre la chamade quand
les offres dépassèrent le demi-million. La toile fut finalement adjugée à huit cent mille dollars, ce qui, si l'on
ajoutait les frais et taxes de l'acheteur, signifiait que
quelqu'un venait de débourser presque un million. Ce
fut la seule œuvre d'art à partir à un prix bien supérieur à son estimation haute, la vente dans son ensemble
atteignant tout juste la moitié du total estimé le plus bas
– toujours assez, songea Corrine, pour nourrir un million
de New-Yorkais affamés pendant un mois entier –, ce
qui inspira de nombreux commentaires dans la presse sur
l'effondrement du marché de l'art, à l'unisson du reste
des principales valeurs.

46

Soit par détresse financière, soit par désir de ne pas paraître dispendieux en cette période de crise, de nombreux individus et entreprises décidèrent de réduire leur budget alloué aux fêtes ou même d'annuler toutes réjouissances, ce qui laissa des milliers de serveurs, cuisiniers, barmans et employés de vestiaire désœuvrés. Les mendiants, qui au cours des dernières années avaient quasiment disparu des trottoirs, semblèrent se multiplier en une nuit, et les appels à contribution toujours importuns qu'adressent les organisations bénévoles à leurs donateurs en fin d'année adoptèrent un ton d'urgence apocalyptique. Deux semaines avant Noël, quand un éminent financier avoua que son affaire reposait sur un système de Ponzi, une escroquerie de cinquante milliards de dollars, une demi-douzaine d'organisations caritatives durent plier boutique, et des milliers de New-Yorkais découvrirent que leur fortune n'était que chimère. Ce qui rendit cette histoire si retentissante, ce fut la conviction largement répandue qu'elle était emblématique de l'économie en général et que les marchés financiers reposaient sur des châteaux de cartes édifiés sur du sable.

Russell connut sa propre crise de trésorerie. L'explosion des ventes du livre de Jack retardait l'inévitable, mais McCane & Slade continuait de sombrer. S'il n'achetait aucun livre et ne se versait aucun salaire, il aurait juste assez d'argent pour la paie de janvier, et ensuite, s'il ne trouvait pas de repreneur ou un apport en capital, il devrait se déclarer en faillite. Dans le sillage de la récession, l'intérêt qu'avait manifesté Corbin & Dern pour le rachat de sa maison s'était évanoui, malgré tous les efforts de Washington. En ces temps difficiles, personne ne savait plus très bien ce que valait quoi que ce soit.

Ses coffres affectifs étaient tout aussi vides. Ses discussions avec Corrine aboutissaient toujours à la même impasse. Il avait supporté deux séances de thérapie conjugale avant d'y renoncer ; plus elle lui en disait, moins il était enclin à lui pardonner. Thanksgiving et Noël, avec leur forte charge émotionnelle, exigeaient une situation de détente et de compromis, bien qu'il ne soit pas prêt à entretenir l'illusion de la normalité, ni même à passer du temps seul avec Corrine et les enfants. Pour l'instant, Storey et Jeremy faisaient la navette entre le loft et l'hôtel particulier de Casey, et tous deux accusaient une grande fatigue. Après des négociations compliquées, il fut décidé que Corrine emmènerait les enfants chez sa mère pour Thanksgiving, tandis que Russell se rendrait chez les Lee où, en compagnie de son meilleur ami, il regarderait les Titans du Tennessee écraser les Lions de Detroit.

« Jack aurait été fou de joie, dit Russell à l'issue du match. C'était un grand fan des Titans.

– Il y a eu une cérémonie finalement ?

– Je pensais organiser quelque chose au printemps, répondit Russell. Une lecture, peut-être. Personne ne semble prendre l'initiative de quoi que ce soit. Bien sûr, il n'y a pas d'argent pour ce genre de choses en ce moment. »

Après le festin, Washington proposa d'aller faire une balade, histoire de lutter contre l'inévitable torpeur qui suit un bon repas.

« Ça te dirait d'avoir un associé ? demanda-t-il en allumant une cigarette devant l'entrée de l'immeuble.

– Autant qu'un homme à la mer aimerait qu'on lui lance une corde.

– J'ai touché des dividendes inespérés.

– Tu veux dire que tu voudrais personnellement devenir mon associé ? »

Washington hocha la tête, exhalant un gros nuage de fumée.

« Quelle sorte de dividendes ? s'enquit Russell.

– J'ai parié à la baisse sur le marché en septembre.

– Et tu ne me le dis que maintenant ?

– Ce n'est pas très élégant de parader en costume Kiton quand tout le monde autour de toi se retrouve en chaussettes. Et aussi, ça la ficherait mal qu'on apprenne que la position la plus courte que j'ai prise concernait Lehman Brothers. »

Russell n'avait pas la moindre idée de comment on prenait une telle position, ni même exactement ce que ces mots voulaient dire, mais Washington avait toujours eu un vrai talent pour les affaires.

« Bon sang, c'est un peu fort ! Veronica est au courant ?

– À ton avis ?

– Tu serais vraiment prêt à le faire ?

– Ce n'est pas comme si j'avais l'intention de te donner le fric. Je vois ça comme un investissement. L'édition, c'est mon métier. J'ai déjà fait l'audit d'acquisition pour Corbin & Dern et je sais que tu es un grand éditeur. Ce sera comme au bon vieux temps, mon pote, et je m'attends à un excellent retour sur investissement.

– Je ne suis pas sûr que tu mesures l'ampleur de mes besoins. Les choses ont empiré depuis que tu as regardé nos chiffres.

– Je suis prêt à débourser cinq plaques.

– Cinq cent mille dollars ? »

Washington opina du chef.

« Merde alors, tu es sûr ? Ça me permettrait de tenir jusqu'à l'été. Combien de parts tu voudrais ?

– On aura l'occasion d'en reparler.

– Je ne sais pas très bien quoi dire…

– Ne tombons pas dans le sentimentalisme, grommela Washington en tirant une dernière bouffée de sa cigarette. C'est un investissement. »

Si seulement sa crise conjugale pouvait se résoudre avec la même facilité, songea Russell. Noël restait un problème, les négociations tendues. « Je me demande bien pourquoi on pourrait pas être tous ensemble », avait répété Jeremy en plusieurs occasions. Il refusa d'accompagner Russell et Storey quand ils allèrent acheter le sapin. Celle-ci faisait de son mieux pour se comporter comme s'il n'y avait rien de grave, mais quand les semaines de séparation se prolongèrent, elle sembla se lasser de l'effort à fournir, devint de plus en plus taciturne et renfermée. Finalement, il fut décidé que Corrine et les enfants passeraient le réveillon avec Casey et sa fille dans l'hôtel particulier des Reynes. Les enfants Calloway seraient ensuite déposés au loft, le matin de Noël, où ils resteraient toute la journée avec Russell, et le lendemain, Corrine les conduirait à Stockbridge passer une petite semaine chez leur grand-mère maternelle.

Deux jours avant Noël, Hilary appela pour remercier Russell de l'avoir aidée à décrocher le job chez HBO. Elle était venue deux ou trois fois s'occuper des enfants récemment quand Russell avait eu besoin d'une baby-sitter. Il lui demanda quels étaient ses projets pour Noël.

« Aucun, répondit-elle.

– Tu ne montes pas voir ta mère ?

– On n'est pas en très bons termes en ce moment. Je vais me terrer chez moi, regarder *La vie est belle* de Capra et me saouler à mort.

– Tu peux venir ici si tu veux », proposa Russell. Au cours de ces dernières semaines, il s'était aperçu qu'il prenait plaisir à sa compagnie. Elle était allée chercher les enfants à l'école à plusieurs reprises et était restée dîner ensuite. Bien que tout à fait différente de Corrine, elle parvenait en quelque sorte à remplacer sa sœur.

« Sérieux ? dit-elle. Ça serait super ! »

Quand il eut raccroché, il se rendit compte que Corrine allait sans doute être furieuse en apprenant qu'Hilary fêtait Noël avec lui et les enfants, ce qui rendit la perspective encore plus séduisante.

« Alors, c'est quoi, le plan ? demanda Storey quand ils débarquèrent au loft, le matin de Noël.

– Les cadeaux, répondit Jeremy en désignant la pile sous le sapin.

– Oui, d'abord les cadeaux. Ensuite, je ferai rôtir une vraie dinde pour les carnivores, et une dinde-tofu pour notre végétarienne locale.

– Dégueulasse, s'exclama Jeremy.

– Ce qui est dégueulasse, rétorqua Storey, c'est d'abattre des animaux innocents alors qu'il existe telle-ment d'autres sources de protéines et de lipides. »

Russell haussa les épaules et annonça : « Tante Hilary va se joindre à nous.

– Vraiment ?

– Ça ne vous pose pas de problème ?

– C'est un peu bizarre, dit Storey. C'est Noël, quand même.

– Elle fait partie de la famille, non ?

– Moi, je l'aime bien, déclara Jeremy.

– Maman est au courant ? » demanda Storey.

Russell s'étonna qu'elle prenne soudain à cœur les intérêts de sa mère, elle qui avait joué un rôle si déter-minant dans la dénonciation de Corrine.

« Je ne le lui ai pas encore dit, non.

– Je ne suis pas sûre que ça lui plaise beaucoup. »

« Tant pis pour elle », faillit-il répliquer, mais il se ravisa. « Elle n'est pas obligée de le savoir.

– Tu aurais peut-être pu nous en parler avant.

– Hilary a appelé pour prendre de vos nouvelles et elle avait l'air très triste de se retrouver toute seule. J'ai pensé que c'était la chose à faire. Comme tu viens toi-même de le rappeler, ma chérie, c'est Noël.

– Bon, d'accord », conclut Storey, tandis que Jeremy s'affairait à chercher ses cadeaux au pied du sapin.

Hilary arriva à cinq heures, affublée d'un chapeau de père Noël et les bras chargés de présents. Sous son manteau, elle arborait une courte robe rouge bordée de fausse fourrure blanche.

« Je voulais avoir un petit air de fête.

– À mon avis, c'est réussi », répondit Russell.

Storey se montra franchement glaciale en saluant sa tante, au contraire de son frère déterminé, semblait-il, à compenser la réserve de sa sœur.

Russell ouvrit une bouteille de champagne et en servit un petit verre à chacun des enfants. Storey fut bien obligée de faire preuve de plus d'amabilité après avoir ouvert le cadeau de sa tante – un ensemble rose Juicy Couture –, mais elle comme Jeremy restèrent muets pendant tout le dîner, et Russell avait la très nette l'impression que ses efforts pour mener une conversation plaisante ne réussissaient à convaincre personne que ce réveillon en était un comme les autres. Après dîner, les deux enfants parurent se réjouir de l'entendre lire des extraits de « Noël d'un enfant au pays de Galles », un rituel de toujours chez les Calloway, mais au bout de quinze minutes, Jeremy se leva et dit : « Maman devrait être là », avant de courir se réfugier dans sa chambre. Storey attendit la fin de la lecture pour laisser là les deux adultes et se retirer dans la sienne.

« Eh bien, tu auras essayé, dit Hilary, alors que Russell lui resservait du vin.

– Ce n'était pourtant pas si raté que ça, dis-moi ?

– À mon avis, non. Mais pour eux, la situation est insupportable. Jamais ils n'accepteront que Corrine et toi ne soyez pas ensemble.

– Et pourtant, ils vont sans doute devoir s'y habituer.

– Oh, arrête un peu ! Tu te prends trop au sérieux. Tu crois que tu es le premier mari à avoir été trompé ? Ça arrive tous les jours. Les femmes sont censées dépasser le truc, mais les maris, eux, quand ils sont cocus, c'est comme si les lois de la nature étaient mises en péril. Pour vous, les mecs, tout se ramène toujours à une question d'orgueil. Tu sais, je suis une grande spécialiste de l'adultère, si j'ose dire, poursuivit-elle. Et s'il y a un truc que je peux affirmer avec certitude, c'est que quand quelqu'un est infidèle, la plupart du temps, c'est parce que l'autre ne lui donne pas ce qu'il attend. Pose-toi la question, Russell. Tu étais là pour Corrine ? Tu as répondu à ses besoins ?

– Si tu parles de sexe, tout allait bien entre nous, répondit-il en se rendant compte aussitôt de combien cette phrase sonnait creux.

– Je ne parle pas de sexe. Quand une femme va voir ailleurs, c'est d'abord pour être séduite et comprise. Elle a envie d'être désirée, pas seulement utilisée.

– Tu veux dire que moi, j'utilisais Corrine ?

– Je dis que tu devrais réfléchir. Le problème ne se limite pas à s'envoyer en l'air toutes les deux ou trois semaines.

– C'est une liaison qui a duré longtemps, plus de deux ans.

– Et peut-être que tu avais la tête dans le cul pendant tout ce temps. Réveille-toi, Russell. Tu ne peux pas tout simplement lui pardonner ?

– Je ne sais pas. J'aimerais bien, mais pour l'instant, je n'y parviens pas. Elle m'a menti.

– Quel hypocrite ! C'est pas comme si tu ne l'avais jamais trompée toi-même.

– Qui dit que je l'ai fait ?

– Tu prétends que ça ne t'est jamais arrivé ? »

Il ne voyait pas pourquoi il se serait confessé à Hilary. « Oui.

– Bon Dieu, Russell. Et cette banquière avec laquelle tu avais travaillé sur ce stupide projet de rachat d'entreprise ? Et après, cette fille qui bossait pour toi, celle qui avait fait un scandale au réveillon des Talese ? »

Russell n'en revenait pas qu'elle soit au courant de ces coups de couteau dans le contrat qui remontaient à Mathusalem, ni que Corrine lui ait confié autant de secrets. Il eut l'impression d'une trahison de plus.

« C'est de l'histoire ancienne.

– Et puis, n'oublie pas ton expédition chez Madame Gretchen, il y a quelques mois. Donc, s'il te plaît, ne joue pas les pères la vertu. Ça, elle ne le sait pas, en revanche, le reste, elle le connaît, c'est elle qui me l'a raconté. Elle t'a peut-être pardonné, ce qui ne veut pas dire qu'elle a oublié. Mais le fait est qu'elle a passé l'éponge, bordel ! Alors tu devrais peut-être rabaisser ton caquet et songer à faire la même chose pour elle. »

Pendant qu'il lui appelait un taxi, elle alla souhaiter bonne nuit aux enfants qui regardaient *A Christmas Story*, allongés sur le lit de Jeremy.

Peut-être était-ce dû à la quantité assez considérable de champagne qu'il avait bue, toujours est-il que le baiser qu'il lui donna au moment où elle partait était sûrement plus appuyé que ce à quoi Hilary se serait attendue de la part d'un beau-frère, et elle le repoussa gentiment en disant : « Ça suffit maintenant. »

Quand il retourna dans la chambre de Jeremy, Ralphie venait d'ouvrir son cadeau : la carabine à double détente Red Ryder dont il avait toujours rêvé.

« Je peux me joindre à vous ? »

Il prit leur silence pour un assentiment.

« C'est le Noël le plus merdique de notre vie, finit par déclarer Jeremy.

– Désolé, les enfants.

– Ce n'est pas la faute de papa, dit Storey.

– Je me fiche de savoir la faute de qui c'est. Je suis vénère contre maman *et* papa. »

Washington investit la somme convenue par le biais d'une société anonyme créée spécifiquement pour l'achat d'un pourcentage des parts de McCane & Slade. Ils signèrent le contrat, le 13 janvier, chez son avocat et marchèrent ensuite, bien emmitouflés contre le froid, jusqu'à l'Old Town Bar, un de leurs repaires favoris d'autrefois, où ils avaient un jour formé le projet de prendre le contrôle de Corbin & Dern, leur employeur d'alors, avec de l'argent qu'ils auraient emprunté.

« Quand j'ai vu quel nom tu avais choisi pour la société anonyme, dit Russell, je dois dire que ça m'a rendu un peu soupçonneux. S.A. Art et Amour ?

– Ça vient de toi pourtant, non ? Un hommage à ta grande théorie sur les deux équipes de la vie. Amour et Art, Pouvoir et Argent. On appartient à la première, pas vrai ? Pourquoi être soupçonneux ?

– Je ne sais pas. Pour une raison mystérieuse, j'ai eu l'impression de reconnaître la main de ma femme là-dedans. Est-ce que par hasard, c'est elle qui t'aurait donné cet argent ?

– Où Corrine trouverait-elle un demi-million de dollars ?

– C'est bien ce que je me demande.

– Tu sais qu'elle visite toujours des maisons à Harlem ?

– Encore ?

– Je ne suis pas sûr que ça me plaise que de plus en plus de Blancs s'installent à Harlem, dit Washington d'un ton grinçant.

– Je n'en suis pas sûr non plus.

– Elle voudrait qu'on partage une maison de ville avec vous, les copains.

– Il n'y a pas de "nous, les copains".

– Tu nous emmerdes. Tu sais que tu es beaucoup moins sympa à fréquenter sans elle. Tous les deux, vous êtes comme un prénom composé : Russell-Corrine. Vous avez toujours été le couple qui nous a fait croire à tous que le mariage était possible. C'est toi qu'elle aime, pas l'autre type. Mais au diable tout ça, les papiers sont signés, alors autant que tu le saches : oui, Corrine m'a donné ce blé. C'est elle qui te sauve la peau.

– Mais où a-t-elle bien pu trouver une somme pareille, bon Dieu ?

– Elle m'a dit que c'était un héritage.

– Quel héritage ? Son père a laissé le peu de biens qu'il possédait à sa deuxième femme.

– Alors, elle avait peut-être un oncle friqué. »

Russell secoua la tête, soudain, tout lui paraissait parfaitement clair. « Non, mais elle a un amant riche comme Crésus.

– Ça serait super glauque. J'avais cru comprendre que cette histoire était classée.

– Où aurait-elle pu trouver autant d'argent sinon ?

– C'est si important ?

– Bien sûr que oui. À ton avis, pour quelle raison elle ne voulait pas que je sache qu'il venait d'elle ?

– Parce que c'est quelqu'un de bien. Et aussi parce qu'elle avait peur que tu refuses si tu savais d'où venait le fric.

– Elle savait que je n'accepterais pas cet argent parce qu'il venait de ce connard.

– Quoi qu'il en soit, Pataud, l'essentiel, c'est qu'elle ait voulu sauver ta peau. »

Sa première impulsion fut de rendre l'argent. L'idée d'accepter un renflouement des mains de l'amant de Corrine lui était tout à fait intolérable. Traversant la place de Union Square glaciale, il réfléchit à la situation. Sa maison d'édition était sur la paille et ses économies personnelles ne tiendraient pas un mois. S'il rendait cette somme, ses employés seraient au chômage d'ici deux semaines, et ses enfants et lui à la rue avant quelques mois. En ce moment précis, c'était rien de moins qu'une affaire de survie, et pendant les jours suivants, il ne cessa de retourner la question dans sa tête, balançant entre un sentiment de reconnaissance à l'égard de Corrine et de colère à cause de la position dans laquelle elle l'avait placé, son immense soulagement à voir son entreprise sauvée laminé par l'impression de s'être compromis.

Ils se parlaient souvent, leurs conversations tournant surtout autour des détails des finances familiales et des déplacements de Storey et Jeremy d'une maison à l'autre. Les efforts déployés par Corrine pour lancer la discussion sur leur situation conjugale aboutissaient inévitablement à une impasse.

La veille de la Saint-Valentin, après qu'ils eurent organisé l'emploi du temps du week-end suivant, il lui demanda : « Qu'est-ce que tu fais, demain soir ?

– Rien.

– Pas de dîner aux chandelles ?

– Pour l'amour du ciel, Russell. Avec qui voudrais-tu que je dîne ?

– Je préférerais ne pas prononcer son nom.

– Je ne l'ai pas revu depuis cinq mois. Je t'ai dit que j'avais rompu tout lien avec lui en septembre.

– Il ne t'a pas donné un demi-million de dollars ?

– De quoi tu parles ?

– Est-ce que la S.A. Art et Amour te dit quelque chose ? Wash m'a tout avoué.

– Avoué quoi ?

– Que l'argent venait de toi. Et je me suis demandé où tu avais bien pu trouver une somme pareille.

– J'ai vendu un tableau.

– Elle est bien bonne, celle-là. Nous n'avons jamais possédé un tableau d'une telle valeur.

– Nous, non, c'est vrai. Mais moi, oui. » Elle marqua une pause. « Il y a plus de vingt ans, pendant que tu étais à Francfort, Tony Duplex m'a offert une toile…

– Et pourquoi t'aurait-il fait ce cadeau ?

– Parce que je lui avais rendu un grand service.

– Lequel ? Tu avais couché avec lui ?

– Si c'est ce que tu veux croire… » répondit-elle avant de lui raccrocher au nez.

Le lendemain matin, il consultait les chiffres des ventes de *Jeunesse et Beauté*, quand Gita lui tendit une enveloppe qu'un coursier venait d'apporter du bureau de Corrine. À l'intérieur se trouvaient deux pages manuscrites, rédigées sur son impeccable papier à lettres, et plusieurs feuillets de papier pelure jaunis et fragiles.

14 février 2009

Cher Russell,

Pendant que j'étais chez ma mère pour Thanksgiving, j'ai retrouvé cette lettre entre deux pages de mon vieil exemplaire de *Chez les heureux du monde*. Relire ces mots après toutes ces années m'a fait pleurer. (Ceux de ta lettre, pas ceux du roman.) Cela m'a rendue incroyablement triste de penser aux années passées et à tout ce que nous avons partagé depuis que tu as écrit cette lettre, triste plus que tout de me dire que notre histoire était probablement finie, que j'allais sans doute passer le reste de mes jours avec le sentiment d'avoir tout gâché. Tu ne peux peut-être pas me pardonner, et il y a de grandes chances que tu ne me fasses plus jamais confiance. Mais même sous cette forme réduite, n'est-il pas possible d'envisager de préserver notre union ? Ne vaut-elle pas davantage, même mise à mal, que la plupart des mariages vus sous leur meilleur jour, n'est-elle pas une grande histoire d'amour, surtout si nous parvenons à surmonter cette crise ? Je n'ai jamais oublié cette citation dans ta thèse, tirée de *Jules César*, je crois : « Quand la mer est calme, tous les vaisseaux naviguent avec une égale habileté… » Ce que je comprends comme signifiant que personne ne doit tirer gloire de se comporter comme il faut quand il n'y a pas de problème. C'est le gros temps qui révèle vraiment qui nous sommes.

Je regrette d'avoir poussé notre bateau dans cette tempête. Tu ne le méritais pas. Et moi, je ne mérite pas que tu me pardonnes, mais j'espère tout de même que tu y parviendras.

Je t'aime.

Je suis désolée.

Corrine

P-S : Tu avais dû m'écrire cette lettre quelques années avant que je reçoive ce tableau. Jeff et Tony s'étaient fourrés dans un sale pétrin avec un dealer et j'avais sacrifié quelques-unes des pièces d'or de vingt dollars que mon grand-père m'avait léguées, pour les tirer de là. J'aurais dû t'en parler à l'époque. Excuse-moi. En revanche, tu avoueras que c'était un très bon investissement.

Il déplia la fragile pelure et reconnut les boucles de l'écriture de sa jeunesse.

Cloisters Attic
Oxford, le 2 mars 1979

Chère Corrine,

Je me sens nerveux, ce soir. Ici, c'est déjà le printemps, un de ces jours où on sent le dégel de la nature, la fermentation de la terre, où on entend presque la vie végétale endormie s'éveiller, remuer et pousser vers la surface, et au contraire des odeurs typiquement anglaises de mon expérience du moment, celle du *fish and chip* de la grand-rue par exemple, ce parfum-là est le parfum universel du renouveau, du changement et de la migration, et il suscite le désir de sortir, d'agir, de partir sur la route, comme le Dean Moriarty de Kerouac. Je suis terriblement agité, mais à l'inverse des oiseaux migrateurs que l'instinct pousse en été à remonter vers le nord en direction de leurs aires de reproduction, je ne sais pas ce que je veux faire. En tout cas, une chose est certaine, je n'ai pas envie de rester ici à lire la *Biographia Literaria* de Coleridge, sans vouloir offenser cet éminent gentleman, ce soir, je suis incapable de me concentrer. « Les livres ! Un incessant et ennuyeux combat ! » comme le disait si bien son studieux ami Wordsworth. D'habitude, non, mais en cet instant, c'est exactement ce que je ressens. En fait, je sais très bien où je voudrais aller. Quand je reçois des nouvelles de toi ou de Jeff, de Caitlin ou de tous les autres à New York, j'ai l'impression que vous faites votre chemin sans moi, qui suis de retour à l'école, dans une mare d'eau stagnante, enlisé dans le dix-neuvième siècle. Pendant ce temps, Jeff m'écrit qu'il a rencontré Norman Mailer au Lion's Head et qu'ils ont fait une bataille de pouces tout en discutant des mérites d'Hemingway. J'ai le sentiment de passer à côté de ma vie. Tu me manques. J'ai envie de rentrer ce soir même et de me glisser dans ton lit. Je veux être en toi. J'en ai assez. Assez de cette absence qui est censée nous rapprocher. Qu'attendons-nous ? Je veux que ma vie commence aujourd'hui. Dès la première fois que je t'ai vue, en haut des marches, à cette fête au foyer Phi Psi, j'ai su que je te consacrerais toute mon existence. Tu ressemblais à une déesse qui regardait le monde depuis l'Olympe, non sans bienveillance, mais avec un certain détachement amusé quand ses yeux se posaient sur la meute agitée des humains ivres de bière dont je faisais partie. L'Aphrodite de Phi Psi. Je me suis juré à cet instant de découvrir qui tu étais et de passer le temps qu'il me restait à Brown à tenter de te séduire. Cela n'a pas été facile, mais je n'aurais pas voulu que ça le soit. Rien de ce qui vaut vraiment la peine n'est facile, et rien dans ma vie n'a jamais autant compté que de t'aimer. Je t'aurais attendue le temps qu'il fallait pour gagner ton amour, et pourtant ce soir, je suis inquiet, et même effrayé, à l'idée que cette nuit ton cœur ne commence, par pure lassitude, à se désintéresser de moi, ou que tu perdes confiance en nos destins mêlés de façon inexorable, ou bien même que tu rencontres quelqu'un à New York qui ait l'avantage injuste de la proximité physique, et je ne peux pas le supporter, j'en deviens fou. C'est vrai, j'ai éclusé plusieurs petits verres de Bushmill dans la soirée, mais je n'ai jamais été aussi sûr de quelque chose que de mon amour pour toi. Dis-moi que tu sauras attendre et je finirai le semestre en cours, même si je ne rêve que de rentrer par le premier avion. Je vais tenir bon et aller au bout de cette année, mais je n'aurai jamais la force de revenir ici, l'an prochain. J'espère que tu ne seras pas déçue, mais j'ai beaucoup réfléchi, et entre autres choses, je sais maintenant que je ne veux pas devenir enseignant. Pas question de rester encore cinq ou six ans à préparer un doctorat, à Cambridge ou à Palo Alto (et encore, si j'ai de la chance), dans l'espoir de devenir assistant à Duluth ou Des Moines, où j'attendrais encore pendant cinq ou six ans d'être titularisé et d'avoir le privilège d'y passer le restant de mes jours – sans perdre de vue que je ne sais même pas si tu accepterais une existence pareille à mes côtés. Je ne veux pas sacrifier dix ans de ma vie à écrire une thèse de plus sur un aspect méconnu de la poésie de Keats, que personne d'autre que mon directeur de recherche ne lira. Je veux aller à New York et y vivre avec toi, je veux laisser une trace dans l'histoire et la littérature de mon temps. Par là, j'entends non seulement être à mon époque ce que Max Perkins a été à la sienne, mais aussi connaître la plus belle histoire d'amour du siècle, de tous les siècles. Corrine et Russell. Russell et Corrine. Oubliés Troïlus et Cressida, Roméo et Juliette, Pyram et Thisbé, et leurs tragiques destins. Notre passion connaîtra une fin heureuse. Nous allons inventer une histoire d'amour pour l'éternité. Alors, je t'en prie, attends-moi. À peine quelques mois encore, et nous aurons toute la vie devant nous.

Comme le dit la chanson : « Vieillis à mes côtés, le meilleur est à venir ! »

Avec tout mon amour,

Russell

Quand il eut fini de lire la lettre, il se rendit compte qu'il avait les larmes aux yeux. Il ne se rappelait pas s'être jamais senti aussi dépossédé de sa vie – peut-être quand sa mère était morte d'un cancer, presque trente ans auparavant, alors qu'il n'avait que vingt-trois ans. Il était si triste aujourd'hui de penser qu'elle n'avait jamais eu la chance de connaître ses petits-enfants. Il était triste en songeant à l'innocence qui était la sienne lorsqu'il avait rédigé cette lettre, à la façon trop légère dont il avait traité sa propre vie et son couple, ainsi qu'à tous les dégâts que cette histoire avait subis. Se souvenant du garçon qui avait écrit cette lettre maladroite et idéaliste, il comprit que d'une certaine manière, il avait manqué à son propre engagement, tout comme il n'avait pas su se montrer à la hauteur de la tendresse qu'il y exprimait. Il était triste que la fille à laquelle elle s'adressait l'ait trahi, et à la pensée que plus jamais il n'éprouverait pour elle tout à fait les mêmes sentiments. Mais l'orage était passé. Peut-être, ou plutôt assurément, il était temps de commencer à colmater les voies d'eau et de se remettre à voguer.

Il resta longtemps devant la fenêtre qui donnait sur la cour à regarder les arbres dénudés, puis il retourna à son bureau, prit une feuille de papier à lettres dans le tiroir du haut, et se mit à écrire.

14 février 2009

Chère Corrine,
La citation était en fait tirée de *Coriolan*, pas de *Jules César*, mais ta lecture de ce vers mettait en plein dans le mille…

47

Des pancartes annonçaient d'innombrables fermetures de boutiques dans Madison Avenue – rien à voir avec celles affichées en permanence dans les vitrines des magasins d'électronique de la 5ᵉ Avenue afin d'attirer les touristes. Ces annonces, elles, étaient bien réelles, en plein centre commerçant de la ploutocratie, Madison Avenue entre la 70ᵉ Rue et la 80ᵉ Rue, l'artère principale de la haute société où les femmes insatiables des géants de la finance trouvent des paires de chaussures ayant un prix à quatre chiffres, des sacs à main à cinq, et des montres à six. Luke savait aussi bien que tout le monde combien les marchés étaient en difficulté, mais il fut néanmoins un peu surpris ; il aurait cru que l'Upper East Side serait resté tel qu'il l'avait connu aux jours fastes de son premier mariage, une époque de prospérité, sinon de bonheur total. Il éprouva une grande mélancolie en songeant que sa ville avait disparu.

Entre deux réunions, il avait décidé d'aller voir l'exposition Georgia O'Keeffe au Whitney Museum, cet énorme bunker de granit consacré au modernisme, qui s'élève entre d'imposants immeubles d'habitation en brique. Au cours de la visite, il se retrouva derrière une femme aux cheveux blond vénitien, qui l'attira aussitôt. Quand elle se retourna pour admirer la toile sous un autre angle, il fut ébahi de découvrir qu'il s'agissait de Corrine, là, à quelques pas de lui.

Il se sentit paralysé, ne sachant s'il devait la saluer ou s'éloigner discrètement.

« Oh, mon Dieu, Luke ! Qu'est-ce que tu fais là ? » demanda-t-elle, toute rougissante, en se rapprochant. Elle sourit et finit par l'embrasser pour masquer son trouble. Puis elle recula, relevant la tête pour l'examiner avec plus d'attention, et dit : « Je ne savais pas que tu étais fan de Georgia O'Keeffe.

– Qui ne l'est pas ?

– Tu m'as l'air en pleine forme, reprit-elle après un silence embarrassé.

– Toi aussi », répondit-il, alors qu'en fait, elle lui paraissait un peu plus âgée que dans son souvenir, tout un réseau de ridules lui marquant les yeux.

« Toujours à SoHo ?

– Je loue toujours le même loft, mais j'ai passé beaucoup de temps en Europe et en Afrique, ces derniers mois. »

Soudain, ils semblaient ne plus rien avoir à se dire. Elle releva les coins de sa bouche en un sourire artificiel, avant de se retourner vers la toile qui leur faisait face, une déferlante de vagues roses, jaunes et turquoise. « C'est stupéfiant qu'elle ait peint aussi tôt de pures abstractions. Je veux dire que Kandinsky faisait encore du figuratif quand elle en était déjà là. Tu as vu l'expo Kandinsky au Guggenheim ? »

Il fit signe que non.

« Tu devrais, elle est magnifique. Malgré tout, ces O'Keeffe abstraits suggèrent quelque chose de figuratif. Bien sûr, c'est peut-être dû à notre façon de regarder, de rechercher le familier, de trouver du sens et des motifs partout. Celui-ci, par exemple, fait penser à une investigation intra-utérine. » Elle lâcha un petit rire nerveux. « Désolée, est-ce que je divague ? Oui, oui, je sais, je divague. »

Il secoua la tête. « Non, c'est... super. J'ai toujours aimé t'entendre discourir sur les sujets qui t'inspirent. » Cette phrase à peine prononcée, il se demandait déjà si c'était bien vrai. En l'écoutant disserter ainsi, il avait d'abord ressenti une vague de nostalgie, qui s'était vite apaisée pour faire place à une irritation croissante. Ces envolées érudites sur le mode de la libre association qui lui paraissaient autrefois si charmantes, voilà qu'elles l'irritaient désormais – ces fantaisies qu'on juge délicieuses chez celle qu'on aime transformées en défauts de caractère dès qu'on ne couche plus avec elle.

Il l'observait, se rendit-il compte, avec le regard critique d'un amant repoussé, d'un homme qui avait à présent une liaison avec une femme de vingt-trois ans plus jeune que lui. À ses yeux, Corrine était toujours belle, cependant ; il s'étonna de sentir le frémissement d'un désir ancien, une réponse animale à sa présence toute proche, malgré les signes immanquables de l'âge. Il s'imaginait déjà les changements à venir, le ramollissement des chairs et le dessèchement de la peau, comme s'il avait pressé sur la touche « avance rapide » du temps. Or, lui aussi vieillissait – peut-être lui paraissait-il plus âgé également. Il avait soixante ans. Tous deux prenaient de l'âge et ils allaient continuer à vieillir, chacun de son côté, se ridant et se desséchant, en même temps que leur fonds de souvenirs communs – ils perdraient peu à peu de leur réalité l'un pour l'autre. Pendant des mois, il avait été anéanti par son rejet et il l'avait même parfois haïe, mais il lui fallait reconnaître que ce qui lui avait d'abord semblé insupportable était devenu tolérable, jusqu'à ce que, au bout du compte, il se convainque que c'était pour le mieux.

« Comment va ta fondation ? demanda-t-elle.

– Cahin-caha. Les dons ont terriblement chuté, l'an dernier, mais on tient le coup. Et la tienne ?

– Pareil. Toujours plus de gens qui ont faim, et de moins en moins de donateurs. Les contributions ont baissé de trente pour cent. On a dû se défaire de plusieurs permanents. C'est effrayant. L'économie va bien finir par se redresser, non ? Enfin, je veux dire, ça ne peut pas continuer comme ça, n'est-ce pas ?

– Les choses vont s'arranger, tôt ou tard. C'est inévitable. Comment va Russell ? » Il avait besoin de prononcer le prénom de son ancien rival pour démontrer que cela ne l'affectait pas.

« Il va bien. Nous allons bien. »

Cette déclaration paraissait bien tiède et même un peu triste, mais il se dit qu'elle n'oserait tout de même pas se montrer exagérément enthousiaste. Il attendit.

« On a déménagé. À Harlem. »

Son visage dut trahir une certaine inquiétude, sans doute supposait-il que ce changement correspondait à de sérieux problèmes financiers.

« Non, c'est génial, en fait, dit-elle. On a trouvé une belle maison, une *brownstone* de style italien avec des ornements architecturaux incroyables. Pour l'instant, elle est encore en piteux état, mais on la rénove peu à peu. Ce sera vraiment magnifique quand on aura terminé… dans un siècle ou deux. En attendant, on loue le rez-de-chaussée pour amortir le crédit. Mais c'est déjà tellement mieux que notre ancien loft. C'est génial d'avoir autant d'espace, et le quartier est très sympa. Tu n'en reviendrais pas. Tu devrais… » Elle s'interrompit et lâcha un petit rire sans joie.

« Venir vous rendre visite ?

– Eh bien, c'est ce que j'allais dire, mais bon, je ne pense pas… » Elle poussa un gros soupir. « On a du mal à être décontractés, tu ne trouves pas ?

– Si. »

Elle secoua la tête avec tristesse.

Il ne savait par quels mots mettre fin à cette conversation. Pendant des mois après qu'elle eut quitté son loft, ce soir-là, il avait eu une furieuse envie de lui parler, de la reconquérir, ou au moins de l'entendre justifier son brusque revirement. Peu habitué à être frustré dans ses désirs, il s'était senti lésé, désorienté et furieux, considérant qu'il méritait bien une explication. Mais aujourd'hui, plus d'un an après, il mesurait le caractère dérisoire de cette exigence d'homme blessé. Le cœur n'avait pas d'explications, non plus que ce tableau face à eux n'en avait. Tout était une question d'élan, de marées et de courants.

« Comment va Ashley ? demanda-t-elle.

– Bien. Elle s'inscrit en doctorat. » Il ne voulait pas lui avouer la rechute de sa fille, la cure de désintoxication, le cauchemar de la gestion de cette nouvelle crise avec son ex-femme. Ils n'étaient plus assez intimes pour qu'il se confie à elle.

« Et tes enfants ?

– Comme des ados… »

Il se souvint qu'elle avait dit un jour que demander des nouvelles de ses enfants à quelqu'un était la pire des banalités. Il se surprenait encore à se rappeler ses paroles, pensait toujours à elle avec tendresse, et elle lui manquait pour des raisons variées, mais il comprit qu'elle allait désormais lui manquer avec moins d'intensité, et il se dit que c'était sans doute mieux ainsi.

« Tu veux qu'on prenne un café ou un verre ? proposa-t-elle.

– Ce serait avec plaisir, mais j'ai une réunion dans le centre-ville. » En réalité, il avait tout son temps avant ce rendez-vous, mais l'idée de se retrouver dans un bar avec elle pour partager des propos décousus le déprimait.

La bise qu'ils échangèrent furtivement au moment de se quitter fut une bien pâle imitation de leurs anciens baisers.

« Prends soin de toi, Luke.

– Toi aussi. »

Ni l'un ni l'autre ne paraissait savoir que faire ensuite. Ils se tenaient au milieu de la salle où, dans des circonstances normales, ils auraient continué à déambuler en admirant les tableaux. Avant qu'il ait pu se décider à quoi que ce soit, elle fit un signe de la main en lui souriant avec tristesse et le quitta précipitamment, lui laissant l'impression qu'il n'avait pas été aussi chaleureux qu'il l'aurait dû – un sentiment qui devait le hanter pendant des années quand il repenserait à elle.

Ce soir-là, au dîner, il se montra irritable avec sa compagne, au point qu'elle faillit se mettre à pleurer. Il rompit quelques jours plus tard.

Son amant, finalement, meurt dans les flammes d'un accident, la tôle de sa chère Austin-Healey pliée contre un tronc d'arbre à East Hampton, à quelques kilomètres seulement de l'endroit où Jackson Pollock, dont ils avaient visité la tombe ensemble, avait lui aussi trouvé la mort, plusieurs années auparavant. Et son mari, qui lui avait demandé de quitter le domicile conjugal après la découverte de leur liaison adultère, s'apprête à la reprendre au terme d'une longue séparation au cours de laquelle ils semblaient tous les deux en deuil, traversant les sombres canyons de Manhattan chacun de son côté, avec en toile de fond des gratte-ciel indifférents. Le jour de leur anniversaire de mariage, elle l'appelle pour entendre sa voix, et quand il lui dit qu'elle lui manque, elle avoue qu'elle est sur le trottoir d'en face, juste devant sa galerie d'art. Malgré tous ses défauts, c'est un homme bon et elle se rend compte qu'ils sont faits pour vivre ensemble. Il se laisse facilement divertir par le clinquant, le glamour et les plaisirs éphémères, toutes choses qui le fascinent, mais malgré cela, il aime sincèrement l'art et les artistes ; ses amis et sa femme. Lorsqu'il sort de sa galerie pour la retrouver sur le trottoir, il tient entre ses mains un portrait d'elle, peint un an plus tôt par son amant, aujourd'hui disparu, qui était aussi son meilleur ami.

Dans les cinq premières versions écrites par Corrine, cette scène était plus subtile, elle s'était rapprochée de plus en plus d'une banale comédie romantique à chaque rencontre avec les représentants des studios, mais à présent, en la voyant à l'écran, elle lui reconnaît une certaine puissance et les larmes lui montent aux yeux. Elle suppose que c'est bon signe, même si, bien sûr, elle est loin d'être une spectatrice objective. La scène finale sape le caractère trop sentimental de la réconciliation sur le trottoir. C'est une scène courte qui n'a pas été simple à écrire, mais elle sait, pour en avoir fait l'amère expérience, que la confiance, une fois trahie, ne peut jamais être totalement restaurée. Le couple réuni se rend à un vernissage, un de ces immenses cirques mondains de West Chelsea, alors que *Just Like Heaven* des Cure passe à plein volume, le directeur artistique du film ayant intuitivement choisi un des deux groupes favoris de Jeff. Un jour, Corrine lui avait demandé : « Une cure pour soigner quoi ? » et il l'avait longuement regardée, comme pour dire : « Tu as vraiment besoin de poser cette question ? »

La caméra fait un panoramique sur la salle, s'arrête sur la femme qui flirte avec un jeune et beau peintre, puis le champ s'élargit pour englober son mari qui ne la quitte pas des yeux ; il n'a pas l'air soupçonneux, plutôt sur ses gardes – attentif et mélancolique, comme s'il regrettait le temps où il avait en elle une confiance absolue. Telles étaient les indications scéniques notées par Corrine. Elle doit reconnaître que Jess Colter, l'acteur, est d'une grande justesse ; même si c'est elle qui a écrit cette scène, elle n'ignorait pas que tout dépendrait de la façon dont le comédien réussirait à rendre ses intentions, et elle peut à peine retenir ses larmes.

L'expression de Colter dans cette dernière scène n'est pas si différente de celle qu'elle découvre sur le visage de Russell quand les lumières de la salle se rallument.

« Alors ? demande-t-elle, pleine d'espoir.

– C'est bien, dit-il, ayant déjà vu une version antérieure inachevée, sans le vernissage de la fin. La dernière scène est… très forte. » Cela a sans doute été douloureux pour lui de voir ce film, elle admire son stoïcisme et au-delà, son soutien indéfectible durant toutes ces années, ses encouragements à poursuivre un projet qui ravive-rait de manière inévitable des souvenirs pénibles ; en ce moment précis, elle se sent envahie par une immense tendresse pour son mari.

Les admirateurs s'approchent timidement, à l'oblique, incertains de la façon dont il convient de féliciter un couple pour l'adaptation d'un roman basé sur leur mariage, écrit par leur ami mort qui a peut-être – et sans équivoque possible dans cette transposition – couché avec la femme. Le fait qu'elle ait écrit le scénario rend l'équation plus compliquée encore.

La salle de projection ressemble à une matrice, de même que les sièges sombres et rembourrés qui paraissent capter la lumière et absorber la spectatrice, l'aspirant dans un royaume imaginaire dont elle a du mal à s'extraire, retrouvant avec peine ses repères. C'est une chapelle de l'illusion, un espace intermédiaire entre l'univers onirique de l'écran et le tumulte quotidien de ce monde chao-tique, source intarissable de matériau brut qu'il s'agit de refaçonner, d'interpréter et d'améliorer. Tant qu'on est là, dans cette salle, la vie ordinaire peut sembler moins importante que ses représentations alchimiques. Aux der-nières lueurs de l'écran, les images qui y ont été projetées ont plus de réalité que tout ce qui l'attend au-dehors. Elles continuent à flotter. À cet instant, elle est libre, suspendue entre sa vraie vie et toutes celles qu'elle aurait pu vivre. Dans son imagination, tandis qu'elle écrivait ce scénario et pendant qu'elle regardait le film, les deux hommes s'étaient fondus en un seul, Luke était devenu Jeff, à moins que ce ne soit l'inverse, les années qui les séparaient s'étaient abolies, elle avait à jamais vingt-deux ans, et serait éternellement amoureuse.

Mais l'autre vie, sa vraie vie, déferle comme une vague, elle vient la reprendre et effacer son existence imaginaire, elle la soulève et la ramène sur un rivage solide et mouvant à la fois : les amis, les collègues, un producteur, deux des acteurs du film, et même une sœur qu'elle a essayé d'écarter de son chemin.

Voici Casey, sa plus vieille amie, la peau un peu tirée autour des paupières à cause de son lifting, les yeux secs, les joues fermes, qui s'approche, les bras tendus pour l'étreindre. « Oh mon Dieu, j'étais en larmes, c'était tellement beau ! »

Veronica et Washington temporisent, ils restent à distance, faisant comme s'ils n'avaient pas remarqué la présence de Casey, attendant qu'elle s'en aille. Il a déjà été décidé que celle-ci, par égard pour les sentiments de Veronica, ne viendrait pas à la réception qui va suivre, c'est d'ailleurs la raison pour laquelle elle a eu la préséance sur eux, maintenant. De son côté, elle a exigé que son ex-mari ne soit invité à aucun des deux événements. Le présent est jonché de débris de leur passé.

« C'est merveilleux que tu aies pu venir », dit Corrine en se dégageant de son étreinte.

Nancy Tanner se faufile à travers la foule – pas bien difficile, elle est plus maigre que jamais – et se campe soudain devant Corrine. « Pour une amatrice, dit-elle, tu n'es pas une mauvaise scénariste. Je dois reconnaître que tu as parfaitement bien réussi à rendre ces New-Yorkais privilégiés et bardés de diplômes.

– Je vais prendre ça pour un compliment adressé à mon imagination. Mais plus sérieusement, c'est à Jeff et Cody que le mérite revient pour l'essentiel. »

Et de fait, Cody Erhardt est assiégé par la foule de l'autre côté de la salle : l'image même du réalisateur acceptant l'hommage des spectateurs les plus en vue.

« Dis-moi, tu pourrais me présenter à Tug Barkley, il est merveilleux dans le rôle de Jeff. Il vient à la réception ? Je le trouve tellement sexy. Tu le connais un peu ?

– À peine. Je n'ai pas assisté au tournage.

– Il faut absolument que tu me présentes.

– J'essaierai tout à l'heure, pendant la soirée. »

Le comportement flottant de sa sœur, qui vacille un peu sur ses jambes, penche habilement la tête en posant un bras sur l'épaule de Corrine, suggère qu'elle n'a pas dû y aller de main morte sur le vin bon marché qu'on leur a servi avant la projection.

« Tellement fière de toi, sœurette !

– Merci, Hilary.

– Je suis sincère, c'était génial.

– Tu m'en vois ravie.

– Je sais que tu me trouves pas très intelligente.

– Ce n'est pas vrai.

– Mais si. Je l'ai été assez malgré tout pour réussir à convaincre Russell de te pardonner.

– Tu veux dire Russell, mon mari, qui se tient juste là, à portée de voix ? »

Heureusement, celui-ci est plongé dans sa conversation avec Carlo Russi, le chef cuisinier dans le nouveau restaurant duquel la soirée est organisée.

« Je sais que je devrais pas en parler.

– Tu as tout à fait raison, alors tais-toi. Tu connais Michael, notre producteur exécutif ? Michael, je vous présente ma sœur, Hilary. »

Michael, un prince oriental au visage ciselé et au regard intensément intelligent, grand et si beau qu'il aurait pu faire carrière devant la caméra, parvient à détourner l'attention d'Hilary, qui en oublie la révélation qu'elle avait au bord des lèvres. Il lui prend la main et incline la tête avec galanterie. « Ravi de faire votre connaissance.

– Moi aussi. Vous allez à la réception ? On pourrait peut-être partager un taxi ? Je travaille pour HBO, mais j'ai un scénario en tête dont j'adorerais vous parler. »

Une perspective qui paraît affliger Michael, mais c'est un grand garçon, il saura se débrouiller, et Corinne lui est reconnaissante de la débarrasser de sa sœur, qui le tire vers la sortie.

« Corrine, voici Astrid Kladstrup, dit Russell en lui présentant une sensuelle Betty Boop, coupe au carré, lèvres de dessin animé et petite robe vintage. Astrid est en grande partie responsable du regain d'intérêt pour Jeff Pierce, c'est elle qui administre son site web.

– C'est tellement extraordinaire de vous rencontrer », dit la jeune femme, alors que Corrine la toise des pieds à la tête avant de regarder de nouveau Russell, se demandant soudain si pareille chose serait possible, et de fait, il semble un peu troublé. « J'ai trouvé le film super, continue-t-elle, même si j'ai regretté qu'il ne soit pas resté fidèle au livre sur l'épisode de l'overdose. Mais j'imagine que ça ne passait pas. »

L'attaché de presse s'est glissé derrière eux et les pousse vers la sortie.

« Tu es encore triste ? s'enquiert Russell en passant un bras autour de ses épaules.

– Tout va bien, répond-elle, mais les mots s'étranglent dans sa gorge.

– Dans ce cas, allons rejoindre Wash et Veronica qui ont attendu patiemment leur tour pour te féliciter. »

Elle se rappelle alors qu'ils forment un couple. Qu'en plus d'être une amante et une mère, elle représente aussi la moitié de cette unité de base : Russell et Corrine.

Elle embrasse les Lee, et ils se dirigent ensemble vers le vestibule qui empeste le pop-corn dont les grains jaunes luisent derrière la vitrine du distributeur rouge vermillon.

Ils reprennent leurs manteaux, partagent l'ascenseur pour regagner le hall et sortent dans le froid.

« Si on habitait encore ici, on serait déjà chez nous »,
dit Russell en regardant en direction de West Broadway.
Ils vivent cent quarante rues plus au nord désormais, à
Harlem.

« Quelle est cette expression que tu aimais déjà ?
demande Corrine. Si les souhaits étaient des Porsche,
alors les mendiants seraient au volant.

– Une adaptation inspirée d'un vieux proverbe, je
crois.

– Moi, je pense justement que nous serons tous beaucoup plus inspirés après un cocktail ou deux, plaisante
Washington en hélant un taxi.

– Ce n'est qu'à quelques rues d'ici, dit Corrine. Prenez le taxi, nous, on va y aller à pied. » Russell lui jette
un regard interrogateur avant de hocher la tête – une de
ces petites connivences dont est fait un mariage qui dure
depuis longtemps. Corrine s'apprêtait à bondir dans le
taxi, mais elle s'est rendu compte qu'elle avait terriblement besoin de marcher, et elle prend la main de Russell.
C'est une soirée importante et elle a bien l'intention d'en
savourer chaque minute.

Pareils moments sont trop souvent perdus, les inter-
valles privés qui séparent les rassemblements mondains,
le déplacement d'un lieu à l'autre quand la ville devient
un paysage intime, un secret qui se partage à deux. C'était
autrefois leur quartier et elle veut se le réapproprier un
court instant, revoir l'appartement où ils ont habité une
si grande partie de leur vie, même si elle est triste en
songeant à tout ce qui s'y est produit et à tout ce qui
s'est à jamais enfui. Elle se sent mélancolique à l'idée
qu'elle ne passera peut-être plus jamais par là, que ces
pâtés de maisons, tous les lieux qu'ils fréquentaient, leur
ancien immeuble leur survivront ; que cette cité est suprê-
mement indifférente à leur parcours dans ses rues et à
leur destination ultime. Pour l'heure, elle veut seulement
rester dans cet espace intermédiaire. Elle sait que plus

tard, elle se souviendra moins de la réception que de ce moment : une promenade au bras de son mari dans l'air vif de l'automne, baignés par la lumière dorée de la métropole que déversent des milliers de fenêtres, cet instant en suspens laissé à l'imagination, avant d'atteindre le point d'arrivée.

Je suis très reconnaissant à Alexandra Pringle, Elizabeth Robinson et Donna Tartt qui ont relu les premières ébauches de ce roman et m'ont fait d'inestimables suggestions. Binky Urban a lu toutes les versions successives et m'a témoigné, comme toujours, une aide et un soutien précieux. Gary Fisketjon a lu le livre avec son habituelle attention critique et bienveillante, et ce roman en a largement profité. Ruthie Reisner m'a aidé à tirer le meilleur parti possible de tout ce qu'offrent les éditions Knopf. J'adresse mes remerciements à Chip Kidd pour une de ces couvertures sensationnelles dont il a le secret. Je remercie aussi Lydia Buechler pour son œil de lynx, Carol Edwards pour ses corrections pleines de finesse et Kathleen Fridella qui a su faire de ce manuscrit un livre. Beverly Burris, mon assistante dont la présence me manque tellement, a réalisé des dizaines de missions de recherche et de vérification des faits, petites et grandes. Je voudrais aussi dire ma gratitude à Ben Frischer qui a conduit les premières recherches nécessaires à ce roman, et adresser mes remerciements chaleureux à Morgan Entrekin, entraîneur de l'équipe de l'Art et de l'Amour. Enfin, je veux dire merci à ma femme, Anne, pour ses encouragements et son soutien indéfectible.

Journal d'un oiseau de nuit
Mazarine, 1986
réédité sous le titre
Bright Lights, Big City
Éditions de l'Olivier, 1997
et « Points », n° P1924

Ransom
Payot, 1988
et « Points », n° P2961

Toute ma vie
Payot, 1989
et « Points », n° P2490

Trente Ans et des poussières
Éditions de l'Olivier, 1993
et « Points », n° P149

Le Dernier des Savage
Éditions de l'Olivier, 1997
et « Points », n° P610

Glamour Attitude
Éditions de l'Olivier, 1999
et « Points », n° P752

La Fin de tout
Éditions de l'Olivier, 2003
et « Points », n° P1262

La Belle Vie
Éditions de l'Olivier, 2007
et « Points », n° P1902

Moi tout craché
Éditions de l'Olivier, 2009
et « Points », n° P2489

Bacchus et moi
La Martinière, 2013
et « Points », n° P3310

RÉALISATION : NORD COMPO À VILLENEUVE-D'ASCQ
IMPRESSION : CPI FRANCE
DÉPÔT LÉGAL : MAI 2018. N° 138664 (3027738)
IMPRIMÉ EN FRANCE

Éditions Points

Le catalogue complet de nos collections est sur Le Cercle Points, ainsi que des interviews de vos auteurs préférés, des jeux-concours, des conseils de lecture, des extraits en avant-première…

www.lecerclepoints.com